F

Ingrid Astier

Angle mort

Gallimard

© *Éditions Gallimard*, 2013.

Née à Clermont-Ferrand, en 1976, Ingrid Astier vit à Paris. Normalienne, agrégée de lettres, elle débute en écriture avec le prix du Jeune Écrivain (1999). Elle est l'auteur d'une quinzaine d'ouvrages. Son désir de fiction et son goût pour les péripéties sont liés à son enfance au sein de la nature, en Bourgogne, où se mêlent contemplation et action. Elle a choisi le roman noir pour sa faculté à se pencher sans réserve sur l'être humain : *Quai des enfers* (Folio Policier n° 642), son premier roman, a été récompensé par quatre prix, dont le Grand Prix Paul Féval de littérature populaire de la Société des gens de lettres. Il campe pour héroïne la Seine, et a fait d'elle la marraine de la Brigade fluviale. Entre western urbain et romantisme noir, *Angle mort* (prix Calibre 47) a été salué comme « le mariage du polar et de la grande littérature » et la relève du roman policier français.

Pour mon frère, Jean-Christophe
Pour Bruno
Et pour Philippe, en récidive

« Les armes ne sont pas autre chose que l'essence des combattants mêmes. »

GUY DEBORD,
La société du spectacle

AUBERVILLIERS

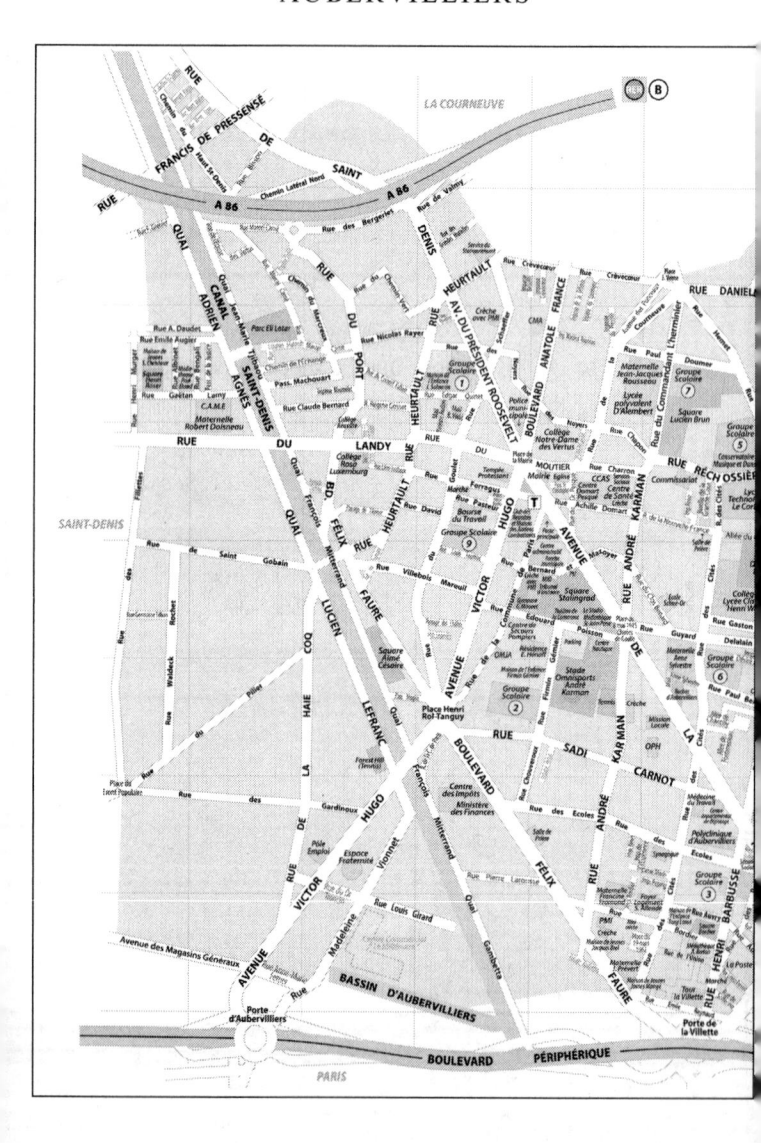

AUBERVILLIERS

LES PONTS DE PARIS

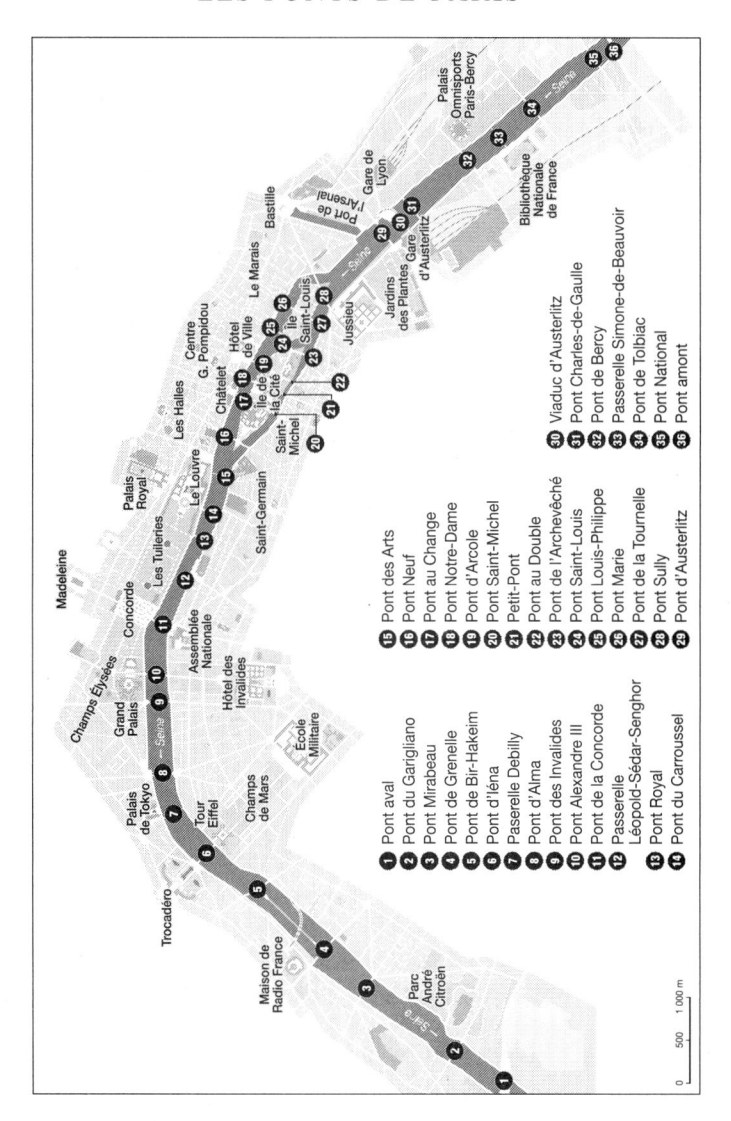

1. Pont aval
2. Pont du Garigliano
3. Pont Mirabeau
4. Pont de Grenelle
5. Pont de Bir-Hakeim
6. Pont d'Iéna
7. Passerelle Debilly
8. Pont d'Alma
9. Pont des Invalides
10. Pont Alexandre III
11. Pont de la Concorde
12. Passerelle Léopold-Sédar-Senghor
13. Pont Royal
14. Pont du Carrousel
15. Pont des Arts
16. Pont Neuf
17. Pont au Change
18. Pont Notre-Dame
19. Pont d'Arcole
20. Pont Saint-Michel
21. Petit-Pont
22. Pont au Double
23. Pont de l'Archevêché
24. Pont Saint-Louis
25. Pont Louis-Philippe
26. Pont Marie
27. Pont de la Tournelle
28. Pont Sully
29. Pont d'Austerlitz
30. Viaduc d'Austerlitz
31. Pont Charles-de-Gaulle
32. Pont de Bercy
33. Passerelle Simone-de-Beauvoir
34. Pont de Tolbiac
35. Pont National
36. Pont amont

Le lecteur trouvera une liste des personnages
à la fin du roman.

CHAPITRE 1

Mardi 21 juin 2011
14 h 44
Aubervilliers, rue Régine-Gosset

Les armes, c'est comme les femmes, on les aime quand on les touche.

J'y ai touché très tôt — aux armes et aux femmes.

J'ai commencé avec un Colt Detective Special .38 à six coups. Avec des plaquettes en acajou sur la crosse. Redoutable petite arme de combat rapproché. Une blonde a suivi de près. Elle était allemande mais cela ne l'empêchait pas de devoir sa blondeur à l'eau oxygénée. J'avais treize ans, elle quatorze. C'est l'avantage des plages espagnoles d'apporter l'Allemagne sur un plateau. Depuis je suis resté fidèle aux deux — aux blondes comme aux armes, même si, arrivé à l'âge de trente ans, je me suis dit O.K., Diego, les brunes existent aussi.

Entre Diego Maradona, Diego Milito et Diego Forlán, j'ai l'impression de porter le prénom d'un footballeur. Finale nette. Droit au but. Je viens de Barcelone et j'ai déménagé autant de fois que le nombre de coups dans le chargeur d'un Beretta 92.

Quinze.

Un jour, j'ai poussé la porte d'une ancienne hacienda à Aubervilliers, un squat de la rue Régine-Gosset, et j'ai décidé qu'avec mon frère Archibaldo, on avait plus le droit de s'installer que les rats. On les a descendus un par un. Depuis, on est devenus des Princes. On terrorise les rats, les rôdeurs et les branleurs. Notre jouet depuis l'enfance, c'est la peur.

Archibaldo, on ne l'appelle jamais comme ça. On a opté pour Archi — c'est suffisant. Et puis, rien de plus fort qu'Archi. Je crois que ça lui plaît, ce raccourci. Les parents ne pensent jamais qu'un prénom se répète à longueur de journée. Archi a toujours été plus dur que moi. Enfant, il refusait de manger des gâteaux. Jamais on n'aurait pu lui faire manger de la crème. *Il lui fallait du dur*. Des chips et des biscottes. Je crois qu'il était persuadé que s'il avalait du flan, il allait se ramollir. On ne pouvait lui ôter l'idée de la tête ni le ballon des pieds. C'est le meilleur dribbleur que je connaisse. Il a des jambes comme des mitraillettes.

Ce que je préfère, c'est le voir tirer ses cheveux noirs en arrière le matin et les lisser. S'il n'avait pas son air froid et buté, il passerait pour un danseur de tango. Archi est fier, avec un sale caractère, mais c'est mon frère et l'équipier le plus fiable du monde. On a grandi sans argent, et, sans argent, personne ne s'intéresse à ce que tu penses. Personne ne voit que tu es posé dans un coin à juste réclamer non qu'on te considère, mais qu'on te remarque. Pendant des années, on a été les fantômes d'une société qui se passait de nous. Jusqu'à ce que Pedro, notre père, se décide à lui apprendre le respect.

C'est par les armes et les femmes que l'on devient homme.

On a aussi une sœur, Adriana. Mais elle, on n'a pas raccourci son prénom. Elle ne l'aurait pas permis. Adriana n'a jamais dessoudé personne, elle ne vit que pour le trapèze. Nous trois, on est les voleurs et la volante. La plupart du temps, on croirait pourtant qu'il y a quarante mille kilomètres entre notre quartier général et sa roulotte aux faux ors du cirque Moreno de la porte d'Aubervilliers. Peut-être qu'elle comprendra, Adriana, que le monde dans lequel elle vit existe aussi peu que notre enfer. Avec Archi, on a fait notre choix, rien ne résiste au blé. On a misé sur le chemin le plus rapide. Celui où rien ne peut nous décevoir. Quand on dort sur l'idée du pire, on ne fait plus de cauchemars. Adriana, avec l'idéal, a choisi les montagnes russes.

Depuis la mort de nos parents, je me suis promis que rien ne nous ferait descendre. Rien, ni personne. Mais l'histoire, notre histoire, elle ne regarde que notre mémoire, et j'ai juré qu'elle resterait dans nos cerveaux. De vrais coffres blindés.

Je disais que j'aimais les armes. Certains trouvent qu'elles sentent la poudre. Vous trouvez peut-être qu'elles sentent le crime. Pour moi, elles sentent la liberté. Ce sont elles qui donnent la place la plus solide dans cette société. Sans ça, tu restes un esclave. Et moi je dis : plutôt crever que d'asservir ma volonté.

Calibrer, c'est décider de l'autorité.

La plupart des gens pensent que les braqueurs sont des tireurs d'élite qui achètent tranquille leur arme en descendant dans la cave d'une cité aussi pourrie que leur vie. Je leur propose de changer de destination, de passer d'Ibiza à Aubervilliers ou du côté de la porte de Bagnolet. Là, ils comprendront pourquoi je flippe quand je ne suis pas sûr de mes équipiers. Car parole, la passion des armes devient aussi rare que le sakkos de l'évêque sur le cul d'un cheval.

Avant de monter au braquo, j'ai des manies : il faut que je prépare tout moi-même — une arme doit être sûre à 100 %. Et puis je ne peux m'empêcher d'alterner les cartouches quand je garnis le chargeur. Ce geste frôle la superstition, mais je suis rongé par l'idée qu'avant de devenir allumée, la superstition est une bonne fille.

Chez nous, la superstition sauve de la tombe.

Jamais deux cartouches de la même marque à la suite : je panache, simplement.

C'est ma parade, au cas où un lot serait foireux. Pour être cash, je veille même à l'orientation des marquages des cartouches dans le chargeur. Comme un minot peut se rendre taré à tourner les crayons de couleur d'une boîte jusqu'au parfait alignement des inscriptions.

Attention, plutôt me reconvertir que d'utiliser des cartouches asiatiques. Chacun son métier, moi, on ne me fera jamais prendre des PMC sous couvert que c'est bon marché. De la daube, même bon marché, reste de la daube.

Tester avant d'adopter. Personne ne me dissuadera d'essayer une nouvelle arme avant de m'en servir. La cave du bar de Mehdi est là pour, ou notre planque dans la forêt. Ni de vérifier les chargeurs, de toujours mettre une cartouche en moins pour ne pas les comprimer, ni de fourrer une arme de secours dans le vide-poches en cas d'embrouille sur le terrain. Le chargeur *made in China* d'un Norinco qui tombe en plein braquo, ce n'est pas du mythe.

Je ne veux pas faire le beau parleur mais l'habitude endort les réflexes. Le jour où on saisit ça, on devient professionnel. Le matin où vous vous croyez bon, vous serez mauvais. La porte ouverte au placard ou au cimetière.

Après ça, on peut vraiment parler de choix ?

Si je conçois qu'on apprécie une arme pour ses courbes affinées ou, au contraire, pour son côté austère, les bruits de quincaillerie me rendent dingue. Que ça gratte durant la course de détente et mon plaisir se barre. Le Beretta 92 est, lui, du pur son.

Pourtant, le jour où j'ai eu 5 000 euros à claquer, c'est un Colt 1900 que j'ai choisi.

Juste pour le plaisir.

Pas question d'aller taper avec. Je le garde comme une maîtresse : je ne le sors jamais. Pour les affaires courantes, j'ai mon fidèle et les avant-bras qui vont avec : un israélien — le Desert Eagle, un pistolet semi-automatique de chez IMI, calibre .357, surpuissant. Droit passé de *Call of Duty 6* à mes mains. Si tu as des doigts de pianiste, persévère dans le récital.

Voilà pourquoi le jour où Sess Sylla, le géant malien de la cité du Pont-Blanc d'Aubervilliers, est venu me voir pour affaires avec son ombre Moussa, j'ai réfléchi plutôt trois fois qu'une.

Mon premier réflexe : refuser. On ne va pas au bal avec n'importe qui, même pour un beau buffet.

Sess fait une tête de plus que moi, avec une cicatrice sur la joue, souvenir laissé par la caresse d'une machette. Il a des bras comme des vérins. Sess dit que sa mère l'a fabriqué haut comme un baobab pour voir venir de loin les bacmen[1].

---

1. Policiers de la BAC (brigade anticriminalité). *(Toutes les notes sont de l'auteur.)*

Rien à dire sur la cité du Pont-Blanc, elle a un bon pedigree. Elle nargue le commissariat. Pour être précis, elle est postée presque en face, à côté de la cité Jules-Vallès. Je ne sais ce qu'en pense le milieu de la chaussée de la rue Rechossière et sa ligne de coke et de sang. Faire du business avec un type qui a des lieutenants au nez poudré ne m'a jamais rassuré. La coke rend sûr de soi et c'est là que commencent les problèmes. Je suis déjà assez taré pour ne pas en rajouter.

En face de moi, quand Sess a fini son poulet *yassa* au chili — qui m'a sacré le plus grand cracheur de feu d'Auber' — j'ai dit : « Ça marche, Sess, je monte avec toi ou je t'envoie Archi. Mais pas de calibre. » Je sais que Sess fonctionne avec des équipes à tiroirs et que ses gremlins mutualisent les moyens. Chacun va piocher dans une cave le nécessaire, du brassard de police au pistolet, en passant par la bombe lacrymogène ou la cagoule pour brouiller les ADN. Et les calibres des équipes à tiroirs, je ne veux même pas en entendre parler. Personne n'en prend soin, puisque personne n'est responsable.

C'est à ce moment-là que Sess s'est tourné vers moi, avec son sourire vicieux qui fait regretter qu'il ne tire pas la tronche, et qu'il a lancé :

« Y a pas de souci, Boss, juste une batte de base-ball. »

CHAPITRE 2

Lundi 27 juin 2011
10 h 44
Paris XIXe, croisement du quai de la Seine
et de la rue Riquet, bar-PMU Le Bellerive

« Tu crois qu'ils vont venir, Marc ?
— Daoud est le tonton le plus fiable de la place de Paris et Sess le fils de pute le plus accompli d'Aubervilliers... Deux valeurs sûres... Ce sont des horloges, ces mecs. Trop déréglées pour être à l'heure, mais des horloges, t'inquiète, Nico. »
Marc Valparisis avait répondu sans quitter des yeux l'entrée du bar d'angle. À croire que son interlocuteur n'existait plus. Assis depuis deux heures dans un Trafic blanc aux glaces sans tain, leur *cuve*, il faisait de son paquet de cigarettes une compression à la César.
La façade crème et rouge de l'établissement avait des teintes douces qui ne cadraient pas avec la situation. Le soleil tapait déjà et cela non plus n'allait pas avec la matinée. Le bassin de la Villette décuplait cette impression de calme. Au milieu des immeubles parisiens, quelques tours gris morose poussaient comme par erreur.

« Et puis, Daoud a le bras tellement profond dans la came qu'il n'a aucune raison de nous retirer notre carte de fidélité. »

Après un temps, le lieutenant Valparisis ajouta :

« Nico, laisse un léger filet d'air pour qu'il n'y ait pas de buée. »

La buée était l'ennemie des flics, elle attirait l'attention sur les véhicules de planque. Nicolas Imbert obéit. Il obéissait à tout ce que lui disait le lieutenant Valparisis qui n'était pas né pour être contrarié, avec son mètre quatre-vingt-dix nerveux.

Lâchant son objectif, il fixa un instant son jeune collègue :

« Dis-moi, Nico, tu braques des bij[1] ? T'as un vrai caleçon de fraqueur... Pardi, c'est de la soie, ton truc ?

— C'était mon anniversaire. Un cadeau...

— Eh bé, des goûts de voyou... Putain, reprit-il en soupirant, le pire, c'est d'être suspendu à l'arrivée d'une poignée de couillonas pour griller une cigarette... »

On était en juin et la journée annonçait des records de chaleur. Marc venait de l'Aveyron mais Nicolas du Nord, le soleil était son supplice. Au bout d'une heure de lutte contre la sueur, le jeune flic avait *débâché* et fini en caleçon. Il avait de belles jambes.

Pris en tenaille entre les avenues de Flandre et Jean-Jaurès qui se ruaient vers le nord-est de Paris, les quais du bassin de la Villette attiraient les contemplatifs. La diversité du quartier n'était pas qu'un alibi politique. Ici, elle résistait aux assauts et flâner valait un tour du monde bon marché.

Tout le groupe de répression du banditisme du

---

1. Bijouteries.

2ᵉ District de police judiciaire participait au dispositif pour sécuriser les hypothèses de fuite. La BRI[1] du quai des Orfèvres avait rappliqué en renfort. Le périphérique n'était pas loin et c'était une rampe de lancement pour les braqueurs. L'A1 avait aussi leurs faveurs, de même que l'A 86 — pour disparaître dans le 94. Marc Valparisis et Nicolas Imbert cuisaient dans leur fourgon, tandis que Julien Roux, un jeune gardien de la paix à moto, domptait l'impatience de sa Yamaha Fazer 600. Le commandant Duchesne, chef de section de la Criminelle, ne manquait pas à l'appel. Toujours soigné, la frange trop courte, contrairement à sa cravate, un regard d'enfant en contraste avec de profondes rides soucieuses. L'intervention extérieure de la BRI imposait que la hiérarchie garde un œil. Avec Stella Auger à ses côtés, ils auraient formé le couple parfait dans leur Ford Mondeo, si la policière n'avait pas renversé le thermos de thé du commandant. Redoutant de donner un mauvais tour à la surveillance, il avait ravalé ses envies de réplique. Ils s'étaient positionnés pour conserver une vue générale.

Deux autres policiers étaient postés à des lieux stratégiques, dans une Mégane et une Fiesta, et le chef de groupe Xavier Cavalier, un petit brun aguerri, s'était garé rue Riquet avec vue sur le café pour voir arriver et voir partir. Il pensait que les lascars allaient déguerpir par le quai de la Seine pour enquiller sur le quai de l'Oise et tourner vers la porte de la Villette, côté Cité des Sciences et de l'Industrie.

Sess n'était pas connu pour ses attaques au pistolet à billes emprunté au petit frère. On le soupçonnait même d'avoir participé en 2008 à une attaque de tire-

---

1. Brigade de recherche et d'intervention.

lire — un fourgon blindé — avenue Simon-Bolivar dans le XIXᵉ. Agresser des commerçants ne paraissait pas en dessous de ses capacités.

Face à l'absence de mouvement, la tension montait.

Pour compléter le dispositif, le commandant Duchesne avait ordonné à Aymeric Henneaux et à Grégory Marchal de rester à proximité immédiate, à longer la rambarde du bassin de la Villette. C'étaient les deux spécialistes de la courette. Le midi, ils allaient trotter quarante-cinq minutes sur les bords du canal. Ils étaient équipés de *discrets* — des petits micros reliés à un système radio. Il suffisait de baisser légèrement la tête pour rendre compte aux autres du moindre mouvement.

« Gatche-moi[1] ce con avec sa cage à perruches sur un diable ! Il fout quoi, le mec ? Attends, je te jure, y a vraiment des abrutis... Mais qu'il se barre, ce couillon ! On n'est pas là pour ce genre de volatiles. Y a pas marqué SPA sur nos brassards. »

C'était la voix de Valparisis qui s'impatientait.

Nicolas resta silencieux. Marc l'amusait pourtant avec sa façon de rouler les « r ».

« Tu fais chier, Nico, tu pourrais au moins me regarder quand je te parle et participer à la conversation... »

Marc garda les yeux rivés sur l'entrée du bar. Nicolas ne répondit rien. Le contraire du partenaire, même si c'était un excellent limier. Marc n'avait pas même réussi à lui arracher ce qui le motivait : femme, homme ou canari. Rien, ce type ne lâchait rien. Pourtant, Marc avait tout essayé pour lui faire avouer ses accroches — le sport, les infos, la politique, le sexe,

---

1. « Regarde-moi » (occitan).

les honneurs ou les blagues. Même son bureau faisait l'impasse sur les fonds d'écran de vacances ou les affiches de cinéma. C'était désespérant. Nicolas était une énigme.

Valparisis n'eut pas le temps de se lamenter car tout à coup, ce furent des secousses nerveuses dans le cerveau des policiers.

Le gérant du PMU sortait à l'instant du bar.

Il s'était déjà fait braquer une fois et en gardait un sérieux traumatisme. Depuis lors, même la centaine de mètres jusqu'à la banque, il ne l'effectuait qu'en voiture, après avoir envoyé un employé en éclaireur pour lever l'agresseur potentiel. On voyait qu'il concentrait ses efforts sur le détachement, comme s'il ne portait pas 30 000 euros au bout de ses doigts, dans son sac de sport. Le cœur n'y était pas. Ou plutôt, il y était trop, la carcasse tressautait. Dans ce sac minable — un Kipsta à 22,90 euros — logeait la recette entière du week-end. Depuis le dernier braquage, le premier à sortir du PMU était Sax, un berger malinois à la mâchoire redoutable.

Une telle somme justifiait d'investir dans le chien.

Les voyous les plus chevronnés perdaient parfois tous leurs moyens face aux dents d'un clébard.

Valparisis était tendu comme un ressort. Il murmura :

« Vas-y, mon Coco, jette-toi dans la gueule du loup… »

Sax stoppa net son trot et marqua l'arrêt. Ses longues oreilles noires se figèrent. Le propriétaire sentit un frisson lui parcourir le dos et les sales souvenirs baissèrent leur herse. Non, il fallait se calmer. Cela faisait presque sept ans. Il n'allait pas sursauter dès que les feuilles des platanes jouaient de leur crécelle... L'enseigne Kanterbräu était toujours solidement rivée au mur, le panneau de stop tenait bon, les habitués finissaient leur café, les lèvres brunies, et, vraiment, tout allait bien.

Dans dix jours, il serait aux Maldives. Les Maldives ! Atolls, hydravion et poisson séché... Il avait maigri de six kilos pour être beau dans son maillot.

Tout allait bien.

Dans sa tête, il évalua le chemin à parcourir. Toujours le même, l'habitude le rassurait. La main crispée sur le sac, il s'apprêta à raser les murs de la rue Riquet jusqu'à sa voiture. La rue était en sens unique : les véhicules ne pouvaient arriver que d'un côté. Et puis il s'était garé presque en face de l'Unité de police de quartier. Il avait tout programmé. L'Unité de police de quartier... Tellement évident qu'il n'y avait jamais pensé auparavant. Qui oserait l'agresser face à des flics ? Il faudrait une sacrée trempe et ils étaient lâches, ces crapauds voleurs de pognon gagné à la sueur des autres. Il ne suffisait pas d'un flingue pour avoir des couilles en or.

Mais la prochaine fois, il ferait appel à un convoyeur de fonds, il ne supportait plus cette angoisse du trajet.

L'air était moite et des gouttes salées vinrent lui piquer les yeux. Il leva le bras gauche pour les chasser de la main. Il faisait chaud : il suait. Normal. Et, non, il n'avait plus peur, il se le répétait.

Son poing restait fermé.

Le sac lui parut encore plus lourd.

Le buraliste concentrait toute son attention sur Sax. S'il avait pu, il l'aurait baigné à l'eau de Lourdes. Chaque fois, il se demandait pourquoi il prenait le risque d'assumer en personne le transport de la recette. À chaque fois, il ressentait cette appréhension qui se traduisait par une faiblesse des jambes. Tout son corps lui disait de rebrousser chemin, de rester derrière son comptoir, de se servir tranquillement un Perrier tranche et de parler aux habitués.

Il n'eut pas le temps de réaliser, pas l'occasion de dire adieu aux Maldives. Sans que personne ne l'ait repéré, un géant encagoulé jaillit de derrière un muret, tandis que le son tonitruant d'un Yamaha TMax 500 donna raison aux aboiements de Sax.

Le coup fut formidable. Un déploiement inouï de rage en un arc parfait. Brandissant à deux mains une batte de base-ball, le colosse sembla tailler les airs tandis que son complice douchait le gérant de gaz lacrymogène. D'un grand mouvement horizontal, le géant dévissa la tête du gérant. La batte vint frapper le visage, de côté, au niveau de la tempe. *Crac*. Avec la brutale rotation, on eût pu croire un instant que la tête avait été montée à l'envers.

La batte le tua sur le coup.

Le buraliste s'effondra violemment sur le sol et se mua en pantin flaccide, comme si toutes les ficelles avaient lâché. Luxation rotatoire du rachis cervical : aucune chance. 30 000 euros et le ticket gagnant pour une section du tronc cérébral et de la moelle épinière.

Une main gantée arracha le butin sous les hurlements des clients qui s'étaient repliés dans le café. Sax grogna et bondit sur ses pattes de derrière, la bouche écumante. On entendit un effrayant craquement d'os, puis le chien couina au sol, alors que les deux agresseurs prenaient la fuite sur le TMax survolté, hypermaniable, apte à sécher une moto au démarrage.

La batte s'était brisée en deux.

Chien et maître gisaient sur le trottoir, et, bientôt, leurs flaques de sang se mêlèrent. La gueule du chien luttait contre une rivière rouge, impétueuse, refusant de se faire mordre par la mort. Le soleil, qui baignait la scène, devint obscène.

L'immobilité du cadavre contrastait avec les désordres du corps. Le visage du buraliste avait perdu sa symétrie. Des esquilles osseuses avaient perforé le globe oculaire droit, délogé. Le nez avait été dévié, la pommette effacée. La vie ne tenait vraiment qu'à quelques centimètres : si l'homme avait été frappé à la mâchoire, elle se serait brisée, amortissant le choc. Une petite médaille avec un portrait de femme brune, que le gérant devait serrer dans sa main avant de recevoir le coup, avait volé à plusieurs mètres.

C'était un monstre qui gisait au sol — et pourtant une victime.

Et personne n'osait prononcer la phrase que chacun avait en tête : « Mais faites donc taire ce chien… »

CHAPITRE 3

Lundi 27 juin 2011
10 h 50
Paris XIXe, croisement du quai de la Seine
et de la rue Riquet, bar-PMU Le Bellerive

La fulgurance de la scène avait surpris tout le monde. Se prendre la mort en direct, à la batte de base-ball de surcroît, plongerait n'importe quel cave dans la stupeur, et le GRB[1] était moins rodé que la Crime aux confettis de chair sur le pavé.

Duchesne n'avait pas à temporiser, quitte à casser le dispositif et à ne pas lever le reste de l'équipe, il fallait interpeller. Avec sa batte de base-ball, Sess avait contré les attentes et pris de court les policiers.

Le commandant lança le top interpellation.

En dépit du nombre, les hommes étaient mal positionnés pour cette configuration. Et parmi les flics sévissait une loi immuable : ce qui est prévu ne se déroule jamais. Vous pouvez verrouiller les situations avec le génie de la synthèse, imaginer le moindre scénario de fuite, placer les effectifs en fonction des dif-

---

1. Groupe de répression du banditisme.

férents axes possibles, inventer le plan parfait, réunir les meilleurs hommes, il n'en reste pas moins un démenti violent, insolent et impassible : la réalité.

Passé le choc, la première réaction du commandant Duchesne avait été : « Il va falloir rapidement du bleu », ce qui signifiait : du gyrophare et des flics en tenue pour figer la scène et rassembler les témoins. Le commissariat du XIXe arrondissement de la rue Erik-Satie avait été avisé, le parquet informé. Ce dernier avait décidé de ne pas saisir le 2e DPJ[1] qui se retrouvait en position de témoin pour faire appel à la brigade criminelle du 36 qui aurait toute la sérénité requise pour enchaîner sur l'homicide.

À la Direction, on rappela les liens forts qui unissaient le commandant Duchesne et le commandant Jo Desprez de la brigade criminelle, le fameux *Révérend* : on ne pouvait qu'en tirer les avantages d'une franche collaboration. Michel Duchesne avait passé dix-sept années au Quai des Orfèvres, où il avait débuté comme sixième et fini brillant chef de groupe, capable de faire cracher jusqu'aux sourds-muets. Dans son bureau du 2e DPJ, il gardait à sa droite une photographie de son ancien groupe, prise face au 36. Pour la Crime, il aurait toujours *les yeux de Chimène*... Au 2e DPJ, les flics se moquaient de lui pour avoir hérité d'une habitude chère au 36 : la cravate.

Duchesne avait prévenu son chef de service que l'action avait mal tourné et envoyé Grégory Marchal au contact de la victime pour s'assurer du décès. Le chien hurlait toujours et sa gueule était un gouffre béant sur l'injustice.

En écho, un petit garçon en pleurs criait face au

---

1. District de police judiciaire.

bassin de la Villette qu'il ne voulait pas que le chien meure. Dans sa main droite, il tenait un lapin en peluche dont il avait déchiré une oreille à force de le secouer. Sa mère cherchait à l'écarter de la scène, le tirant par un bras, mais il se laissait glisser de tout son poids sur le sol et refusait d'avancer.

Avec un temps de décalage, une partie du groupe avait rejoint la BRI pour interpeller les deux malfrats. Le géant et son complice avaient pris la rue Riquet en sens interdit et foncé vers l'avenue de Flandre. Leur TMax alliait la vivacité à la stabilité, et Julien Roux, avec sa Yamaha Fazer, peinait à suivre le tracé imprévisible du bolide qui bondit sur l'allée centrale et jongla avec les passants. Des policiers de la BRI, positionnés vers le périphérique pour anticiper, réussirent à ramarrer, mais il eût fallu une deuxième moto. Le scooter poursuivit sa course furieuse à travers le flot des voitures, distançant ses poursuivants jusqu'à devenir un point noir, insolent, à l'horizon.

Au bout de quarante-cinq minutes, le substitut du procureur arriva sur les lieux du crime. Duchesne lui résuma les circonstances avec des phrases ponctuées de *qui plus est*. Le chef de service du 2e DPJ fit une brève apparition avant de repartir, tandis que la silhouette charpentée de Jo Desprez s'imposait. Aux pieds, il portait de très élégants souliers bicolores : il venait de la Crime. Leur élégance disparut sous les surchaussures. Il avait l'air d'humeur bougonne et c'était son naturel.

Le commandant Duchesne, lui, se réjouissait de retrouver son acolyte. Il l'avait accueilli d'une plaisanterie usuelle : « Si c'est la Crime qui prend l'affaire, on est sûrs que ce ne sera pas élucidé, pépère. » Maintenant qu'il avait déserté le 36, il pouvait jouer les traîtres. Puis tout le monde s'était rembruni en évoquant cette barbarie aveugle. Les hoquets de douleur du chien n'arrangeaient rien et ce fut au tour du substitut de grimacer en rêvant d'une autre bande-son. Au loin, la tour de la cité Curial, aux teintes délavées, dressait ses angles vers le ciel.

La permanence de l'Identité judiciaire avait été envoyée et suivait les directives de la Crime. Régnait une agitation précise autour du cadavre, un ballet chronométré.

La pesée des gestes rationalisait la mort.

Sur place, les techniciens étaient arrivés dans leur chasuble grise. Ils n'en trouvaient jamais une à leur taille. Ils étaient en train d'enfiler des combinaisons à coutures bordées Microgard, développées avec la Greater Manchester Police. Le tissu-piège ne faisait pas dans la dentelle : il filtrait des particules jusqu'à 0,3 µm pour ne pas polluer la scène. Ces techniciens de l'IJ[1] passaient leur vie penchés sur l'invisible. Des mallettes à prélèvements jonchaient le trottoir, au service du principe de Locard : « Nul ne peut agir avec l'intensité que suppose l'action criminelle sans laisser de marques multiples de son passage. » On avait beau sourire devant l'évidence, ce fut une révolution à l'époque, dans les années quarante, de concevoir la scène de crime comme une zone de flux et d'échanges. Je laisse. J'emporte. Point.

Pour le moment, on ne pouvait dire que traces et indices se bousculaient.

Mylène prenait des photographies et attribuait des

---

1. Identité judiciaire.

cavaliers jaunes, tandis que Fabien s'occupait du plan et que Dino, l'un des meilleurs techniciens, recherchait des empreintes papillaires. Ce garçon était tellement gentil que, même sous une bavette, on sentait qu'il souriait. Il portait son masque sur le bout du nez pour contrer la buée. Les paris allaient fort, car il avait la réputation de recueillir toutes les bêtes souffrantes sur une scène de crime.

La batte, brisée en deux sous la violence du coup, avait désormais quelque chose de lâche, d'inoffensif dans son abandon. Elle avait été photographiée scrupuleusement, sous tous les angles, comme pour la faire parler. L'époque des cercles à la craie qui bousillaient l'ADN était révolue. Dino, avec son accent chantant qui mettait de la douceur dans l'horreur, avait précisé à Grégory Marchal qui s'occupait de la procédure ce que personne n'aurait discuté : qu'il serait judicieux de placer la batte sous scellés et de l'envoyer au service pour exploitation. Dino avait revêtu une double paire de gants et s'apprêtait, avec l'aide de Fabien, l'autre IJiste, à glisser la batte dans un grand sac kraft pour préserver l'ADN. Il ne fallait pas la poudrer pour le moment avec l'espoir de révéler des empreintes, sous peine de dire adieu à l'ADN. Concentré, il manipulait l'arme par destination avec une précaution de jeune père et évitait les zones habituelles de maintien, manche et fin du baril. Dans l'idée de ne rien effacer, il avait pensé : « Saisis-la exactement comme tu ne l'aurais *pas* fait... »

Sur le chemin du retour vers le 2e DPJ, le commandant Duchesne sentit la personnalité du meurtrier s'inviter dans sa conscience. Alors qu'il passait sous le boa métallique du métro aérien de Stalingrad, il fut assailli par le crâne défoncé du gérant. Étrangement, l'absence de spasmes annonciateurs du décès l'avait impressionné. Un homme se tient debout, agrippé à ses 30 000 euros, et l'instant d'après, il s'effondre, pauvre devant l'Éternel. Son visage avait été en partie gommé. Mais la perforation du globe oculaire par les esquilles osseuses, ça, Duchesne ne pouvait pas l'oublier.

Surtout, Duchesne songeait qu'un homme qui tue à la batte de base-ball sortait du profil commun... Le cas n'était pas courant. Ce mouvement à deux mains témoignait d'une force terrifiante. La batte avait laissé des traces ecchymotiques linéaires qui en reproduisaient l'exacte forme. Même si l'agresseur était cagoulé, il y avait toutes les chances pour que ce soit Sess. Le profil collait. En revanche, Daoud, le tonton, n'avait fourni aucun tuyau sur le complice. Qui était le deuxième ?

Duchesne restait persuadé que tuer avec une arme à feu et tuer à la batte, comme à l'arme blanche, n'avaient rien à voir. Le meurtrier baignait dans l'odeur du sang.

Pour ne pas laisser les images s'enraciner, Duchesne composa le numéro de portable de Jo Desprez :

« Ma Babouchka, je vais droit à l'essentiel... Passé le plaisir de te retrouver, ton esprit aiguisé aura noté que nos amis ont emprunté un sens interdit avec leur TMax : tu me suis, y a infraction au code de la route, une contravention à relever... Là, je compte sur toi. Allez, ma poule de luxe, je te laisse. »

Et il raccrocha. La structure métallique du 2e DPJ de la rue Louis-Blanc lui faisait face. Il était arrivé.

Duchesne passa devant le planton et poussa la porte vitrée. Tandis que le rire répandait sa chaleur, lui revinrent les paroles ultimes de son père, juste avant de mourir : « La vie est une farce. » Pour une dernière phrase, il ne s'était pas trompé : elle était irrévocable.

CHAPITRE 4

Mardi 28 juin 2011
11 h 02
Aubervilliers, rue Régine-Gosset

Quand Archi est rentré, il m'a suffi d'entendre ses pas pour comprendre que l'affaire avait merdé. Je savais qu'il avait passé la nuit à l'Etap Hotel de Sevran, à côté de l'hôpital, pour se changer, partager le butin et éviter d'être logé au cas où les babylons l'auraient filoché. Ne jamais dormir chez soi après un braquage, c'était la loi n° 1.

Loi n° 2 : on ne devait pas s'appeler non plus, trop risqué.

Les téléphones restaient éteints deux heures avant le braquo et j'insistais pour qu'ils le soient jusqu'au lendemain matin. Mon frère râlait et me traitait de parano mais j'étais l'aîné et quand je prenais mon air mauvais, personne ne m'aurait contredit. En règle générale, on avait des brouilleurs. Pour les grosses opérations, on s'armait de talkies-walkies, des TLKR T7 de Motorola qui portaient jusqu'à dix kilomètres.

J'étais sur la terrasse de l'hacienda, à boire une Bloed, Zweet Tranen — une bière hollandaise tellement sombre qu'elle en paraît noire. Je guettais le retour de mon frère en trompant l'attente, un jeu de tarot élimé entre les mains, les jambes sur la balustrade, chemise ouverte jusqu'au dernier bouton car la chaleur était étouffante.

Je priais pour un bon orage.

Le tarot me plaît.

Pour être sincère, encore plus les cartes que le jeu lui-même. Quand on s'est retrouvés seuls, Archi, Adriana et moi — j'avais quinze ans, Archi treize et notre petite sœur sept —, on passait des heures à jouer à quatre avec Juan, un ami qui zonait, jusqu'à ce qu'on s'endorme. On tirait sur les nattes d'Adriana qui piquait du nez sur les cartes.

Aussi loin que je remonte dans mes souvenirs, j'éprouve pour le Petit, et dans une moindre mesure, pour le 21, une fascination que j'aurais du mal à expliquer. Pourtant si, à y réfléchir, je vois au moins une raison. À dix-sept ans, à Barcelone, j'ai rejoint un soir une femme que je trouvais belle. Plus sexy que belle, d'ailleurs. Limite vulgaire. Mais elle avait des formes qui donnent une sensation d'harmonie entre l'image et l'action. Je l'avais croisée plusieurs fois dans le quartier où elle habitait l'une des rares maisons individuelles. Il était clair que ma jeunesse ne la laissait pas indifférente. Elle avait un mari pitoyable, une larve au crâne dégarni, avec des petits yeux de porc et un porte-documents en cuir qui devait contenir tous ses espoirs. Je ne voulais même pas savoir dans quoi ce naze faisait du business. J'aurais parié sur les assurances. Rien n'assure contre l'infidélité d'une femme. Notre père, dont la vie avait été une injure au code pénal, disait toujours : « La femme te trompe, la pute te balance. »

Dix jours auparavant, j'avais fait à sa femme le coup des courses. Classique mais imparable. Elle venait de refermer le coffre de sa voiture et bataillait avec un carton deux fois plus large qu'elle. À ses pieds, des escarpins de Cendrillon rouge pétard qui compliquaient la tâche. Je l'ai d'abord ignorée puis j'ai fait demi-tour. Mes yeux passaient de ses chaussures à ses cheveux, relevés en un chignon. Question paroles, j'ai joué l'avare. Juste un sourire et j'ai porté son carton. Au dernier moment, elle m'a demandé si je voulais prendre un verre et j'ai décliné, magnanime. Son chignon s'est défait. Elle devait avoir entre trente-huit et quarante ans, plutôt grande, fière. Sincèrement, j'étais touché de son attention pour une tête chaude comme moi.

Une semaine après, je l'ai aperçue quand elle traversait la rue et, cette fois sans hésiter, j'ai planté mes yeux dans les siens, jusqu'à ce que ce soit elle qui les baisse. Rien de plus puissant que ce baratin de signes vieux comme le monde. Profitant de son trouble, je me suis approché et lui ai dit, avec un aplomb qui détonait avec mon âge :

« J'ai réfléchi pour le verre. Juste un.

— D'accord... Je ne vous retiendrai pas.

— Non, non... Je voulais dire : juste *un verre*... Pour boire dans le vôtre. »

Les puissances de vie qui parlaient, je crois que j'étais précoce en tout et mûr pour un stage de perfectionnement.

Elle a entortillé la lanière de son sac à main autour de ses doigts durant trente secondes, jusqu'à laisser un sillon rouge sur la peau, puis elle m'a dit :

« Ce soir, 20 heures ? *Juste un verre.* »

Presque trop facile. Sauf qu'il fallait oser y aller et

entrer dans la baraque. Et je l'ai fait. C'était l'été, une chaleur de dingue et des fenêtres grandes ouvertes. La femme avait une taille élancée et une chevelure splendide, avec des boucles souples comme dans les films. Une blonde. Elle était pieds nus et sous sa robe, on devinait un caraco en satin — encore comme dans les films. Ses seins pointaient sous le tissu et je n'avais toujours pas envie de parler.

Et c'était *la vraie vie...*

Alors j'ai pensé que ce ne serait pas tous les jours que la réalité ressemblerait à un film. Jusque-là, j'avais bataillé avec une armée de cauchemars et de spectres. Il m'aura fallu moins de dix secondes pour poser une main sur sa bouche et l'attirer à moi. Au bout de cinq minutes, c'est elle qui guidait ma main vers des paysages tout en relief. Au final, on ne s'est même pas versé le fameux verre.

Elle fit faire des bonds à ma sexualité. C'était la première fois que je prenais une femme dans la position dite du *bateau ivre*. Agenouillé au bord du lit, j'enserrais ses chevilles tout en écartant ses jambes tandis que sa poitrine tremblait sous mes assauts. Avec le va-et-vient, ses pieds effleuraient mes épaules et ça me rendait fou.

Je n'ai pas tenu longtemps.

Mais je suis revenu.

En souvenir, j'ai volé un jeu de tarot sur une table basse. Au dos de chaque carte, il y avait une reproduction d'une tapisserie que je ne connaissais pas, *La Dame à la Licorne*, avec cette légende que je ne risquais pas d'oublier : « À mon seul désir. »

Et ce jeu, je le tenais là, entre les mains.

Une fraction de seconde, il me rappela mes doigts

disparus dans les boucles blondes, mes doigts qui ramènent cette tête à moi.

Je gardais les yeux rivés sur le « 1 », le Petit, pour ne penser à rien ou plutôt, pour ne pas rester fixé sur le retour d'Archi. J'avais une confiance moyenne en Sess. Il savait se montrer ultraviolent. On est tous des mecs infréquentables mais dans notre business, même la violence doit être contrôlée.

La gravure reproduite sur le Petit m'intriguait et je faisais des efforts insensés pour comprendre la scène gravée sur la carte : que pouvait dire le connard de service à la danseuse pour qu'elle lève sa jupe ? La jupe m'a évoqué le déshabillé de la blonde — je n'ai jamais su son prénom, juste que le jeu de cartes venait de Paris. J'étais à deux doigts de toucher mon sexe pour renouer avec les souvenirs, le nez dans la mousse de la Bloed, quand le pas d'Archi a hésité sur le gravier.

Le gravier : le meilleur avertisseur du monde.

Je ne connais personne qui peut marcher sans faire crisser du gravier. Sauf qu'Archi s'est arrêté plus que de coutume et j'ai entendu son hésitation. Mon frère est un nerveux. Qu'il marque un temps d'arrêt comme un mec qui hésite à rentrer chez lui et je sais que j'ai toutes les raisons d'avoir le sang mauvais. Ça m'a fait bondir d'un coup. J'ai hurlé : « Archi ? » tellement fort qu'on aurait pu croire que des centaines de mètres nous séparaient. J'étais hors de moi. Mon frère n'a pas répondu. Il s'est contenté de monter les marches quatre à quatre jusqu'au premier étage : c'était sa réponse. Ma paranoïa et moi, on sentait venir la contrariété. Archi a jeté sa cagoule dans un coin, il refusait de croiser mon regard et gardait la tête baissée. Il a prononcé cette phrase et sa piqûre de scorpion, et j'ai répété dans ma tête, comme si je savais déjà :

« Sess a tué le mec, hier. D'un coup. D'un coup de batte de base-ball... »

Quand je commence à jurer en espagnol, il vaut mieux me laisser seul, à latter les balustres de la terrasse. Archi me connaît par cœur, il est passé dans la pièce d'à côté. Je l'ai entendu se débarrasser de ses baskets sur le plancher.

La colère infusait en moi. Elle incendiait mes nerfs et je n'avais pas pour elle assez de mots. J'ai cisaillé la pièce dans tous les sens, à pas de géant.

« Putain ! Je savais que c'était un fils de pute, ce crevard ! Qu'on ne pouvait faire confiance à un gorille, Archi, un gorille, c'est un putain de gorille juste descendu de son arbre, un macaque de première, bouffeur de cervelles ! Je vais le cramer, cette ordure de mes deux, on va le calmer au fer à repasser, Archi, jusqu'à ce que sa peau soit du parchemin, tu m'entends, Archi ? Du parchemin et qu'on lise à travers... On va voir qui c'est le bonhomme... »

J'ai mitraillé mon frère de questions, à savoir s'il y avait eu bagarre, s'ils s'étaient arrachés illico, si des flics avaient suivi, quel chemin ils avaient pris, si le butin était à la hauteur et s'il avait respecté les consignes pour le partage. Puis j'ai promis, juré craché, que je ne l'enverrais plus taper avec des tarés. J'étais à deux doigts de penser qu'il fallait éliminer Sess mais trop d'hommes de main gravitaient autour de ce tordu. Ce mec s'était déjà fait serrer plusieurs fois alors que nous, aux fichiers du grand banditisme comme au STIC[1], on est la Blanca Paloma d'El Rocío. Vierges

---

1. Système de traitement des infractions constatées.

de chez vierges. On n'allait pas tomber pour un truaillon. Je ne le répéterai jamais assez, mais pour se faire serrer, il faut être mauvais. Moi j'avais passé zéro minute, zéro seconde au placard.

Règle n° 1 : engraisser un baveux tous les mois. Un avocat, ça se prend avant, pas après.

Règle n° 2 : je préfère que ce soit sa mère qui pleure que la mienne. Et paix à la nôtre...

Voilà comment mon frère et moi, on n'a jamais fait de placard. Avec les années, on était devenus les personnages qu'on avait toujours rêvé d'être : des affranchis. Car les frontières, c'est nous qui les posions. Et ce n'est pas un bâtard qui allait changer la donne.

J'ai ordonné à Archi de me montrer le pognon. Il a couru chercher son vieux sac de sport pourri. Le sac dégorgeait de billets. Mon frère était fier et inquiet et j'ai pensé, un instant, qu'il y avait trop de fébrilité dans sa fierté pour que l'on profite du moment. Je lui ai demandé de me regarder dans les yeux et je lui ai dit : « On se fait oublier pendant quelques jours. Moi, j'irai voir Sess au Pont-Blanc. Et puis après, frérot, on trouvera une belle caisse, une Audi R8 V10 blanche avec des baguettes de calandre chromées et du Bang et Olufsen pour écouter dDamage, et on fera la fête. À notre façon, sans trop de strass. Et tu sais quoi ? Je te présenterai une fille, Archi, une fille *très* gentille, qui a des doigts de fée et un vrai corps de salope. »

Mon frère a ri comme si j'avais peint Al Pacino sur Notre-Dame et je suis parti me détendre avec mon occupation favorite : nettoyer, huiler et graisser nos armes. Je peux y passer des heures quand j'ai les nerfs à cran.

Un à un, j'ai sorti les calibres de leurs étuis en cuir pour qu'ils ne s'oxydent pas.

C'est comme nous, il faut qu'ils respirent.

J'ai rebu une bière, puis encore une autre. Et une dernière. Tout s'est brouillé, jusqu'à douter même qu'Archi soit rentré. J'ai repris les calibres dans mes mains — elles tremblaient. J'avais récupéré un nouveau jouet pour nos affaires, un Zastava M64 avec un chargeur de vingt cartouches qu'un Roumain du 93 m'avait vendu pour 2 500 euros. Pour la transaction, j'avais dû aller jusqu'à Villemomble, à la cité de La Sablière, et ce n'était pas mon territoire. Murs gris poussés prématurément à la verticale, balcons bleus et pelouses pelées. Et rideaux roses toujours tirés aux fenêtres. Le type frayait dans la drogue et m'inspirait moyennement, mais l'occasion ne se ratait pas, on ne trouve pas à tous les coins de rue des marchands d'armes dans les cités. Ce fusil d'assaut était une copie yougoslave des Kalachnikov — l'arme la plus répandue au monde que Mikhaïl Kalachnikov avait dessinée quand il se remettait de ses blessures de guerre à l'hôpital… Cette anecdote avait le don de m'amuser.

Mais sur les Kalach, on avait déjà eu des problèmes avec les chargeurs, ils étaient durs à garnir. Le problème était qu'on ne pouvait les enfiler droit, le préblocage se montrait un peu technique. Je répétai donc la manœuvre jusqu'à oublier ma colère et apprivoiser le fusil : mettre le chargeur, l'enlever, mettre le chargeur, l'enlever.

Archi m'a rejoint. Ça m'a rassuré. Il s'était changé, il portait son débardeur noir avec une tête de panda. Il a pris une chaise et s'est assis au bord, les mains sous son cul : il allait se lancer dans une longue série de ce qu'il appelle en crânant des *bench dips*. Jambes tendues en avant, il a décollé les fesses pour commencer des abaissements avec ses bras, dos parallèle à la chaise, sans rien dire. Après, il a les épaules dures comme du diamant.

Je l'ai regardé et j'ai souri. C'était mon frère et on était les meilleurs équipiers de toute la banlieue Nord.

Nous deux, et personne d'autre.

CHAPITRE 5

Mardi 28 juin 2011
11 h 45
Paris X^e, rue Louis-Blanc,
2e District de police judiciaire

« Et si ce n'était pas Sess Sylla ? »

Marc Valparisis se tenait contre le chambranle de la porte du bureau du commandant Duchesne, le *cahier de crânes* du GRB à la main. Ce cahier était la mémoire vive du service. On y trouvait les télégrammes propres à chaque interpellation, les photographies signalétiques en 9 × 13 du vainqueur, profil, face, trois quarts, parfois des clichés en flag, le ou les surnoms du contrevenant, les objets saisis, les modes opératoires et les articles de presse directement reliés.

Le regard de Valparisis passa d'un Black de trente et un ans, fortement charpenté, à la mince silhouette de Duchesne qui se faisait une entorse dès qu'il touchait un ballon.

Sess vouait clairement un culte à la violence et à la musculation. Beau palmarès, son STIC était un sapin de Noël. Passé progressivement des vols de voitures aux cambriolages, puis aux braquages opportunistes, enfin aux braquages organisés, suspecté de braquer des fourgons, il avait été à bonne école. Ce qui frappait le plus sur les photographies, c'était une fierté butée. Ses sourcils à demi effacés rendaient ses yeux encore plus grands et, avec sa cicatrice sur la joue, on n'aurait voulu le croiser ni de nuit ni de jour.

Le téléphone sonna sur le bureau du commandant Duchesne. Il jura : c'était toujours la même histoire, le fil s'entortillait et faisait tomber l'un des nombreux stylos bleus. Bleus pour signer au kilomètre les procédures et distinguer les documents originaux des copies.

Le commandant leva une main en direction de Valparisis pour lui demander de patienter un instant. Duchesne avait beau être le chef de la section criminelle, son bureau n'avait plus de porte. Tandis qu'il parlait au téléphone, Valparisis, resté debout en ligne de mire, saluait ses collègues qui le charriaient sur son tee-shirt à manches longues avec une petite tête de mort fluo sur l'épaule gauche. Même à la Crime, il avait toujours refusé de porter le costard-cravate.

Grégory Marchal le prit à part :

« Marc, tu sais qu'un capitaine de gendarmerie s'est fait épingler y a deux ans par Synergie parce qu'il portait un tee-shirt *Fuck la police* au commissariat de Bayonne ? T'as pas l'impression de provoquer, non ? Rigole, mec, je suis sérieux... Je suis sérieux, *moi*...

— Tu veux pas vérifier mon calbute, non plus ? Allez, dégage. Hop, on circule, la piétaille. »

Son accent du Sud résonnait encore plus dans le couloir.

Entre-temps, Duchesne venait de répondre à un nouvel appel par des gestes d'impatience, Marc comprit qu'il parlait d'une autre affaire :

« Michel Duchesne, 2e DPJ... Oui ?... Non, rien...

Pour le moment, encéphalogramme plat, on a juste trois tubards qui se battent en duel... J'ai vu qu'il y avait cinquante-cinq faits, c'est pas un enfant de chœur... Ouais, possible... Y aura peut-être de l'ADN de contact, mais on va pas s'énerver avec ça... En tout cas, il faut pas insulter l'avenir... O.K., Régis, appelle-moi quand c'est carré et on se fait une gamelle la semaine prochaine. Salut. »

Enfin, il raccrocha.

« Désolé, Marc, mais tu me connais, je fais toujours l'intéressant. Tu disais ?

— Je disais qu'il y avait toutes les chances pour que le mastodonte soit bien Sess Sylla mais qu'on ne pouvait pas fermer les portes d'entrée de jeu. O.K., il correspond en tout point, sauf qu'un mec encagoulé, c'est comme les trains, il en cache parfois un autre. Je ne veux pas jouer les rabat-joie, mais y a mort d'homme, ça exige de rester prudent. Qu'est-ce qu'il en dit, Jo ? »

Du temps de la Crime, les deux policiers avaient formé avec Jo Desprez le trio le plus redoutable du Quai des Orfèvres. Les années soudaient l'amitié et les coups durs la confiance. Jo Desprez restait l'ombre tutélaire. Le fait que Valparisis soit passé de la Crime au GRB — où il était adjoint au chef — n'y changeait rien. Juste qu'après avoir été raide dingue d'une fille qui s'était fait trucider sur une affaire, il avait voulu repeindre l'horizon. Depuis, il supportait mal le grand déballage de la mort au quotidien. Rejoindre un service territorial lui vaudrait par ailleurs plus rapidement son galon de capitaine, surtout sur le secteur particulièrement actif du 2e DPJ.

Duchesne tapota contre la table son pot bourré d'élastiques, poussa sa tasse du New York Police

Department pour s'emparer, entre les dossiers, de la Fiat 509 de Gaston Lagaffe. Garder les mains vides était au-dessus de ses forces.

« Jo dit que les auditions des témoins donnent du grain à moudre. Ils ont montré les portraits de Sess aux habitués du café et il s'en trouve un qui certifie l'avoir vu dix jours auparavant. Il était au comptoir avec un autre Black, plus petit de taille, tee-shirt blanc et Ray-Ban dorées... Il parlait au gérant, cherchait à lier la conversation. Ce serait bien de savoir qui c'était... Ah ! Sinon, on a deux témoignages contradictoires. Un mec replet qui certifie avoir vu deux types cagoulés en scooter avec le passager qui jette un sac dans le canal Saint-Denis aux heures concernées, et une TJM à l'œil de lynx qui assure que c'était une arme. Tu choisis... »

Valparisis leva les yeux vers Duchesne, l'air interrogateur :

« TJM ?... »

Le commandant répondit sur le mode de l'évidence, large sourire à l'appui :

« Très Jolie Maman... doublée parfois de la TJG : Très Jolie Garce.

— T'es vraiment con... La Crime a bougé la Fluv ? Faut tirer le fil jusqu'au bout. On en parlait justement avec Xavier... »

Duchesne avait disparu sous le bureau, occupé à remonter ses chaussettes écossaises. La voix vint des profondeurs :

« Oui, et c'est même Rémi Jullian qui est dessus, notre plongeur en titre. Tu te souviens, le beau gosse ?

— Affirmatif... Tiens, refile-moi son portable à Jullian.

— Gros chanceux, je te passe le stylo des aveux pour que tu notes, noir de noir. »

Michel Duchesne lança le stylo puis tendit l'écran de son portable, tandis que Marc griffonnait le numéro sur un bloc-notes des pompes funèbres.

Valparisis, qui ne tenait jamais en place, fourra le papier dans sa poche et se leva. Il se dirigea vers les trois fenêtres qui donnaient sur la rue Louis-Blanc, trouées de lumière au bout du long couloir sombre. Il s'absorba dans la couleur vert pistache des murs qui rappelait les casaques des chirurgiens. Elle tranchait avec les teintes favorites de l'administration, championnes de la déprime, beurre rance, blanc fatigué ou bleu délavé. Le parti pris du vert laissait Valparisis sceptique. Mais la pièce avait un avantage : elle était à proximité immédiate des toilettes et de la cuisine.

Le regard du lieutenant fut attiré vers la droite, en direction du conseil de prud'hommes. Il reprit la conversation, sans se retourner.

En vérité, il regardait dans le vague.

« Et les vidéos ? On a un bon angle ?

— À chaud, y a rien. Mais ce n'est qu'un début...

— Quoi ? l'interrompit Valparisis en se retournant. T'as pas de crevaison devant la caméra ?... T'es qu'un misérable, vieux, si Jo était là, il te traiterait de schcoumounard. Faut avoir l'œil de la taupe, l'œil PJ. Bon, sérieux, nous, on bouge les tontons. On les prend par les couilles pour traire l'information et savoir avec qui Sess traînait. Il faut le temps que ça tombe. »

Duchesne acquiesça et feuilleta les dossiers posés à sa gauche. En matière criminelle, il fallait rester humble, les affaires tombaient quand elles tombaient.

Marc Valparisis se détourna des fenêtres pour revenir vers Duchesne :

« Et du côté de l'Identité judiciaire, quelque chose à se mettre sous la dent ?

— On a des espoirs sur la batte de base-ball. Recherche d'ADN et de paluches. Ça devrait tomber d'ici ce soir, Jo a mis la pression. Et la Crime actionne le rouleau compresseur, ils mettent le paquet pour savoir d'où vient la batte et où le modèle a pu être acheté... »

Valparisis l'interrompit. Il s'était jeté dans le fauteuil sacré, celui qui avait hébergé les mis en cause les plus retors, le temps d'une audition avec Duchesne lors d'une GAV[1]. Le fauteuil en cuir marron et accoudoirs en bois trônait auparavant à la Crime, il avait suivi le commandant. Ce grand fauteuil — un prototype pour une pension allemande qui n'avait jamais vu le jour — venait d'un policier de la Crime qui avait des liens avec une fabrique de meubles. Sa base sur patins de bois lui donnait un côté luge.

Le lieutenant Valparisis étendit ses jambes.

« On a une immatriculation partielle pour le TMax. Julien l'a relevée. Au moins, on n'est pas tout nus... (Il marqua un silence.) Et question procédure ? »

Duchesne esquissa un sourire :

« La procédure ?... Juste une saisine conjointe au lieu de deux distinctes... Je ne te cache pas que ça a râlé du côté de la BRB[2]. C'était à eux de prendre la saisine. Mais au vu des éléments en possession du 2e DPJ et des bonnes relations avec la BC[3], notre GRB continue... Vol avec violence aggravé par homicide volontaire, les services travaillent main dans la main, priorité à la Crime pour le dossier...

---

1. Garde à vue.
2. Brigade de répression du banditisme.
3. Brigade criminelle.

— Tu sais que j'en ai déjà deux, pas besoin de te dire lesquels, qui aboient qu'ils ne veulent pas œuvrer pour les Seigneurs de la Crime...

— Je sais qu'on peut compter sur Jérôme pour diviser la meute. Écoute, s'ils l'interpellent, ils savent que ce sera mis à leur crédit... À l'heure qu'il est, ils ne devraient penser qu'à vérifier si Sylla va retaper ailleurs... »

Le commandant s'était levé. Il proposa :

« Un thé, Marc ?... On m'en a offert au jasmin. Et puis regarde, j'ai acheté une merveille à deux sous chez le Chinois d'à côté... »

Il attrapa une théière en inox sur un meuble en contreplaqué blond, envahi par les codes pénaux et l'armada des souvenirs — boule de neige, courriers personnels ou boîte à vache.

« Si tu insistes vraiment, je te suis », dit Valparisis.

Ils quittèrent la pièce biscornue et ses murs sous pente et n'eurent que quelques pas à faire pour rejoindre la cuisine. Duchesne alluma les plaques et fit naître une spirale rouge où il posa fièrement la théière. Il avait beau être commandant, dès qu'il touchait à quelque chose, il ressemblait à un gamin.

« L'avantage pour un mec pressé comme moi : direct sur la plaque. Ça t'épate, un truc pareil, Marco, hein ? Allez, avoue que ça t'épate... »

Valparisis ne répondit pas. Il était ailleurs. Michel Duchesne s'approcha du réfrigérateur et s'empara d'une brique de lait. Marc Valparisis le fixa avec une profonde lassitude et baissa la voix :

« Moi, j'y peux rien si Jérôme est con à scier un œuf à la tronçonneuse, il a jamais aimé la Crime... C'est pas des bonbecs, on les choisit pas dans un panier, les mecs. Y a que des fortes têtes au GRB...

— Écoute, Marc, je te le dis tout de go et tu le sais : y a surtout un type qui, au lieu d'aller aux Maldives, a laissé ses méninges sur notre trottoir... Et moi, tu me connais, je ne laisserai pas un barbare faire la loi ici. Et s'il faut aller le traquer jusqu'au fin fond d'une cave, on ira. Et soudés. Je ne veux pas un boiteux dans le groupe. »

Le ton de la voix de Duchesne s'était affermi et, dans ces cas-là, ses yeux gris-bleu rétrécissaient en têtes d'épingles plus sombres. Il reprit, plus calmement :

« Allez, on ne va pas perdre un match qu'on n'a pas joué... »

Duchesne avait posé sa main sur l'épaule de Valparisis, il l'entraînait à nouveau dans son bureau. Il le savait plus fragile depuis la sale histoire passée — Marc s'était promis de ne plus jamais avoir de liaison intime avec une victime.

« Et puis t'es un gagnant, Marc, reprit-il. Question téléphonie, faudrait trouver la puce de guerre du Malien... De mon côté, je vais aller respirer l'air vicié d'Aubervilliers et déjeuner avec Manu Barthez, le commissaire. C'est un ami, il sait forcément quelque chose sur Sess. »

CHAPITRE 6

Mardi 28 juin 2011
11 h 50
Paris V^e, quai Saint-Bernard, brigade fluviale

D'un bond, Rémi Jullian sauta sur les pontons flottants de la brigade fluviale. Cheveux blonds en épis, un peu plus longs que la coupe réglementaire *parce qu'il était policier, pas militaire*, belle gueule, avant-bras de nageur et poigne d'acier, caractère à l'avenant et voix énergique. Il venait d'amarrer l'*Hélios*, un canot pneumatique Capelli de 200 chevaux Yamaha, en face du ponton officiers qui prolongeait le ponton carburant où séchaient encore les combinaisons de plongée. Les pontons se situaient rive gauche, quai Saint-Bernard, à une encablure du pont d'Austerlitz, en face de la morgue. On les apercevait depuis les berges.

Le pas du plongeur-sauveteur savait parfaitement compenser le tangage des gros cubis noirs sur le fleuve, là où un visiteur aurait eu l'air d'un pantin désarticulé. Une semaine auparavant, au premier jour de l'été, il avait fêté ses trente-trois ans. On reconnaissait de loin sa longue silhouette sportive et son dos profilé en V. Chaque jour, il s'entraînait en Seine, à palmer autour de l'île Saint-Louis ou de l'île de la Cité. Et s'il ne nageait pas, il courait entre le jardin des Plantes et le jardin du Luxembourg. Polo et treillis bleu marine, galon à une barrette dorée sur la poitrine, gilet tactique siglé POLICE, rangers et lunettes de soleil Oakley, c'était la tenue d'été. À ses côtés, deux autres policiers de la même brigade, plus jeunes, surnommés Tic et Tac.

Ils revenaient d'une ronde en Seine à bord du pneumatique que Rémi avait poussé à 83 kilomètres-heure en longeant l'île aux Cygnes. Juste pour la beauté de l'éclaircie. Seul, il montait jusqu'à 90, laissant sur place les bateaux à passagers qui sillonnaient le fleuve. Derrière le canot aux flotteurs noirs, une incroyable houache d'écume semblable aux nuages de poudreuse. Rémi l'appelait *le voile de la mariée*.

Le brigadier avait sa façon à lui de saluer la Seine : lorsqu'il pilotait les canots pneumatiques, Rémi recherchait la plus belle courbe. En fait, il préférait le *Cronos* à l'*Hélios*. D'abord, ce Zodiac était plus puissant avec ses 300 chevaux. Ensuite, ce bateau s'avérait moins brutal que l'*Hélios*. Normal, avec sa coque mer, il fendait mieux les vagues nées du sillage des bateaux à passagers. Rémi jouait avec elles pour faire des bonds en Zodiac. Dans les virages, le plongeur faisait prendre au *Cronos* une angulation importante ; il l'inclinait sur l'un des boudins noirs et glissait sur la Seine.

Trois jours auparavant, les plongeurs de la Fluviale avaient remonté en fin de nuit une Smart qui était passée par-dessus la rambarde de la voie Georges-Pompidou, près de la passerelle des Arts. Entre le point d'impact sur la glissière et le point de chute à l'eau, on comptait bien trente mètres.

Le soleil chauffait l'eau, amplifiant les odeurs du fleuve. Rémi jeta un œil suspicieux à l'astre d'un jaune presque blanc : le temps était orageux et l'ensoleillement en sursis. Arrivé en haut des cinq marches qui menaient au ponton d'équipage de la brigade, Rémi pivota des talons et tança Tic et Tac qui se gavaient de vitesse :

« Les jeunes, pas de déconne quand vous poussez à fond l'*Hélios*. La nuit, vous ne voyez pas arriver un tronc d'arbre et c'est direct dans l'embase, et le jour, si vous trucidez un oiseau, y a gage. Faut maîtriser...

— Tu plaisantes ? répondit Tic avec l'accent chantant de Bandol, en sautant les marches deux par deux.

— C'est quoi, cette histoire d'oiseaux ? renchérit Tac, la main contre la porte de sécurité.

— C'est juste interdit de dégommer les oiseaux. Sinon, tu dois engraisser le cochon-tirelire dans le bureau du commandant Dalot. Les oiseaux, c'est sacré sur le fleuve. Bon, après, on se fait une bonne bouffe avec l'argent de la tirelire... Tu savais pas que Seb avait tranché un cygne en deux avec le *Cronos* ? Un cygne, putain, c'est ignoble... Un cygne... Je lui aurais mis la tête sous l'eau pour moins que ça... Et puis... »

Le haut-parleur du poste couvrit la fin de la phrase :

« Rémi ?... Appel pour toi au poste ! »

Le plongeur n'avait pas eu le temps de finir sa phrase qu'on le demandait au poste de police. Il fonça sur la droite et faillit se prendre la jolie tête brune de Lily qui marchait d'un pas décidé vers son thé.

La policière lui lança un regard appuyé. Indécidable. Il ne sut si c'était un reproche ou de l'attention. Pas le temps de vérifier. Mais il avait noté qu'elle s'était très bien maquillée. Ils avaient été plus que proches, à cheval sur leurs deux appartements sans se décider à vivre ensemble. Depuis cinq mois, ils ne se parlaient presque plus. À cause d'un malentendu. Un soir, Rémi avait laissé traîner son portable et c'était la jalousie de Lily qui avait lu un SMS équivoque.

« Rémi Jullian, j'écoute », dit-il d'un trait, l'esprit encore occupé par les yeux de Lily.

À l'autre bout, une voix familière qu'il reconnut immédiatement, ils avaient déjà travaillé ensemble sur une affaire sensible :

« Commandant Desprez, brigade criminelle...

— Bonjour, commandant ! Vous pouvez me rappeler sur mon portable ? Vous avez toujours le numéro ?... O.K. À tout de suite. »

Et il raccrocha. Les souvenirs affluèrent et Rémi Jullian s'imagina immédiatement le commandant, calé dans son fauteuil au 36 quai des Orfèvres. À moins qu'il n'eût les jambes tendues sur son bureau, face à sa tête d'alligator empaillée qui terrorisait des générations de gardiens de la paix.

Le plongeur se dirigea vers la pièce qu'il préférait à la Fluviale : l'atelier de menuiserie. Là, il serait tranquille pour parler. Il traversa à l'air libre la coursive pour accéder à ce deuxième bâtiment flottant. Les parfums du fleuve et des huiles, rendus plus intenses par la moiteur, se mêlèrent.

Impatient par nature, Rémi trépignait parce que son portable ne sonnait pas. Pour s'occuper, il jeta un regard à la scie à ruban et songea avec regret qu'elle allait finir réformée. Pour être franc, il n'aimait pas voir disparaître les traditions de la Fluviale. Déjà que la corderie était devenue un bureau...

Rémi prit le temps de s'asseoir sur le vieil établi en

bois. Presque aussitôt, la sonnerie de son portable retentit :

« Oui, commandant, je vous écoute.

— Vous allez bien ?... Bon alors, ces recherches dans le canal Saint-Denis... Toujours rien ? Nos témoins qui affirment avoir vu deux cagoulés en scooter avec le passager qui jette un objet à l'eau ? On compte sur la Fluviale...

— Non, désolé, commandant. C'est sans doute un peu tôt. Trois collègues sont repartis ce matin avec le 309 et un Zodiac. Ils continuent les recherches. Même méthode. Une gueuse[1] au fond du canal et une gueuse de l'autre côté. Avec un bout[2] au fond tendu de gueuse à gueuse. Carroyage entre filières. Le plongeur avance le long du bout, puis, arrivé à la gueuse d'en face, il se décale en fonction de la visibilité et repart en sens inverse... Méthode longue, mais rigoureuse. Impossible d'oublier des zones : si on trouve pas, c'est qu'il n'y a rien... Mais pour le moment, je vous avoue qu'on est dans le bleu, commandant. On va continuer encore toute la semaine, plus s'il le faut et on va passer le sonar.

— Ah oui, le sonar... Vous me tenez au courant... Et puis venez prendre un petit noir à la Crime, un de ces jours. Ça fait une paye qu'on ne vous a pas vu et si je n'ai rien sur le feu, ça me fera plaisir. Je ne vous dérange pas plus. Tchô ! »

Le commandant de la Crime avait déjà raccroché, il disait toujours *tchô* au lieu de *tchao*, Rémi s'en souvint en l'écoutant. Il trouva le timbre de sa voix changé. Une légère fêlure, une fragilité tapie : la voix

---

1. Poids en fonte.
2. Corde d'amarrage.

était plus intériorisée, plus en dedans. Il se demanda si le commandant avait le moral.

D'un mouvement leste, le plongeur se redressa. Il fit le tour de la machine combiné à bois et se posta face à la Seine. L'atelier mécanique avait de grandes baies vitrées coulissantes — un vrai écran de cinéma. Péniches, automoteurs, plaisanciers et barges poussées défilaient sur le fleuve. Rémi pria pour qu'ils emportent ses pensées.

Son visage se refléta dans la vitre.

Il baissa la tête et résuma l'affaire du canal.

Puis il songea à Lily. D'un coup, il se retourna. Il lui avait semblé sentir son parfum. Fausse impression.

Il jeta un dernier œil à la Seine avant de rejoindre la brigade. Rémi ne voulait pas s'avouer l'évidence : il attendait. Il attendait que Lily le rejoigne. Malgré lui. Elle était bien trop maligne pour ne pas l'avoir vu se diriger seul vers l'atelier. Encore une minute. Juste pour la gloire. Le fleuve capta à nouveau son attention. Comme tout flic, il passait sa vie à observer. Sur l'autre rive, à l'entrée du port de plaisance de l'Arsenal, son regard s'arrêta sur un remorqueur qui avait été modifié en pousseur. À l'avant, des fers de poussage noirs. Ses couleurs, bleu, blanc et rouge, rappelaient l'*Île-de-France*, le remorqueur. Puis ses yeux se perdirent dans les reflets des vagues.

Lily.

Il fallait reconquérir Lily.

Et retourner au Quai des Orfèvres. L'air du bureau 324 lui manquait.

CHAPITRE 7

Mardi 28 juin 2011
12 h 22
Aubervilliers, rue Léopold-Rechossière,
commissariat

Les bris de verre. Michel Duchesne avait oublié ce détail.

Sur son scooter Peugeot Vivacity, il avait tourné devant le lycée technique Le Corbusier, puis il les avait remarqués, en masse, sur la chaussée : les bris de verre. Plus sûrement que toute pancarte, ils signifiaient l'arrivée au commissariat d'Aubervilliers. Une marque de fabrique en quelque sorte. L'explication en était simple : résidus de vol portière. Aubervilliers était l'une des banlieues les plus criminogènes autour de Paris. Une ceinture du vice et du crime. Le *car-jacking*, où l'on vous sort violemment de votre véhicule préféré pour réviser le code de la propriété, quitte à vous assommer, était ici monnaie courante. Tout comme le vol portière. La victime se garait directement devant le commissariat, sa portière fracassée à moitié et, les constatations effectuées, finissait de nettoyer les vitres pour faire tomber les bris. Ce champ de ruines était le destin partagé des commissariats d'Aubervilliers, de Saint-Denis, de La Courneuve et de Saint-Ouen. Une signature paysagère. Quand on voyait cette glace pilée, on savait où on mettait les pieds.

Le pas du commandant Duchesne crissa sur le verre, tandis qu'il parcourait du regard le mur de brique rouge du commissariat. À l'étage, il entrevit la mince silhouette du commissaire Barthez qui s'agitait. L'activité était telle qu'il ne connaissait Barthez qu'au pas de course. La porte à peine poussée, il se demanda comment le policier pouvait déjà être descendu. Il l'accueillit à bras ouverts, avec ce sourire particulier, aussi efficace que jovial.

« Bon, Michel, vu l'heure, attaquons dans le bois dur. Un Chinois ? C'est bon ? Le meilleur à la ronde. Je peux appeler pour réserver ? On en a un fantastique à Auber'... Le maire dit que La Muraille d'Or est l'une des raisons de passer le périph. »

Sans attendre la réponse, il cavalait déjà dans les escaliers et Duchesne eut du mal à suivre le cabri. Il continua, tout en sautant des marches pour rejoindre son bureau. Duchesne lança de brefs regards circulaires. Un buste de Marianne croupissait dans une alcôve en béton brut au-dessus d'un jardin intérieur, où des plantes de bonne volonté refusaient de périr. Le commandant Duchesne n'en revenait pas de la luminosité de ce commissariat sous verrière, aéré, avec claustras, hublots et passerelles, conçu comme un paquebot en plein cœur d'une banlieue sur les nerfs. Barthez se retourna et le remarqua :

« Y a un architecte qui s'est penché sur un commissariat... Je sais, ça peut surprendre. Et puis on a nos petites spécificités, comme les éclats sur les marches de l'escalier. Tu ne devineras jamais... Une machine à coudre saisie dans le cadre d'une affaire de travail clandestin : elle a dévalé tout l'étage. *Tac tac tac tac tac tac tac... bang !* Tu imagines le carnage ? On a eu de la chance qu'un flic n'y laisse pas un talon... »

Il avait tourné à droite en haut d'une seconde série de marches et Duchesne perçut juste sa voix :

« Tu n'es pas venu pour entendre mes anecdotes, j'imagine ? On passe par mon bureau... Je t'écoute. »

Le commissaire flottait dans sa chemise blanche avec galons argentés à motif de feuilles de chêne. Duchesne se dit que le chef de la circonscription devait faire encore plus de sport qu'avant, il avait séché sur pied. Il se dit aussi que cet homme, Manu Barthez, avait dix ans de moins que lui — il fallait être jeune pour tenir. Début de calvitie pourtant : il y avait une justice. Ce mec était une sacrée pile.

Barthez s'assit dans un fauteuil en cuir, derrière son bureau en bois, coudé et verni comme un comptoir de bar. Murs de brique aux teintes variées, baie vitrée avec vue sur le faux calme de la cité Vallès, plans d'Aubervilliers à travers les siècles, plan élargi de la ville en huit couleurs, table pour les réunions de service avec chaises à l'assise bleue et fauteuil en velours rasé fauve pour le boss. Cela faisait son effet, comme le fauteuil aux aveux de la rue Louis-Blanc.

« Assieds-toi une minute, je t'en prie... »

Il lui désigna la chaise en face de lui, s'excusa d'appeler le Chinois et réserva une table pour 12 h 45. Il raccrocha, leva deux yeux noirs vers le commandant et reprit énergiquement :

« Alors, le 2e DPJ... ? »

Duchesne l'interrompit et esquissa un sourire :

« Tu es bien le seul à arriver à dire *le*. Les cinquantenaires comme moi disent encore division au lieu de district. Je n'ai pas encore pris le pli... Refus de laisser partir ma jeunesse, j'avoue...

— Et l'activité ?

— On se défend, par rapport aux coups d'éclat d'Aubervilliers. C'est giboyeux. La section Crime fait ses quatre cents dossiers. Les Pakos sont toujours les rois du bituricide à la lame, les crapauds de la cité des Flandres se charclent entre eux, les baluchonnages se maintiennent, des bellâtres font chanter des personnalités, Mauricette fait ses courses avec un pétard à la main et j'ai de très belles affaires de surinage en ce moment... Sans oublier les cités Cambrai et Curial du XIXe qui se font des civilités bruyantes, régulièrement. »

Tout en parlant, Duchesne lissa sa cravate. Elle était fine, marron satiné avec de délicats rehauts de blanc évoquant les enluminures. Sur les cravates, Duchesne avait sa théorie : elles devaient être fines pour ne pas former de gros nœuds et tomber sur la boucle de ceinture. Un rituel pour résister à l'enfer du sang.

« Et toi ? »

Le commissaire s'appuya contre son dossier et prit sa respiration, prêt à se lancer dans une liste intarissable.

« Le cahier de doléances des braves citoyens doit faire dix papyrus de long, j'attaque ma troisième année et c'est simple, s'il n'y avait que des Vélibs à Aubervilliers, on aurait 40 % de délinquance en moins. Non, sans rire, je m'en suis rendu compte en faisant le bilan. Ici, la voiture est L'OBJET. Tout tourne autour des voitures. Vol de voitures, dégradation de voitures, vol dans les voitures ou d'accessoires de voiture... À fond la caisse. »

Il avait tempéré sa frénésie, mais ce fut pour se lever d'un bond, se saisir d'une bouteille de Tonic remplie d'eau et arroser son crassula comme si c'était la première des priorités. Cette plante grasse devait son succès de plante de bureau au cynisme des jardineries, qui la vendaient comme *dépolluante*. À les croire, elle absorbait les ondes électromagnétiques. Rien de moins. Surpris, Duchesne gloussa, il aurait préféré qu'elle dissipe la connerie.

« Fais ta hyène, Michel, te gêne pas... S'il arrive qu'on tire sur les gens dans la rue, on reste sensible... Je peux m'intéresser aux plantes vertes, et pas que dans la chartreuse.

— Moi, j'ai tué un coléus et un poinsettia cet hiver. Je suis sûr que tu ne cibles même pas ce que c'est. Oubli volontaire d'arrosage. Je ne voyais pas le jour. Allez, sérieux, je vais te parler clair, je ne te balade pas plus longtemps : je parie qu'on cultive de l'intérêt pour la même raclure. Un sportif de haut niveau du nom de Sess Sylla. »

Le commissaire s'arrêta en plein vol, comprit le message et regarda sa montre :

« Sportif ?? O.K., mais dans cinq minutes, on file, sinon, tu peux dire adieu aux meilleurs nems du 9.3. et je te présente le distributeur de la salle de réunion. Tu regretterais. Du pathétique sous vide avec son sandwich Sodebo à 3 € et son maxi pain au chocolat. C'est du lourd, je te préviens. Qu'est-ce que tu veux savoir ?

— Je suis une blanche. J'ai tout à apprendre. »

Barthez hocha la tête en signe d'évidence. Il alla se rasseoir, repoussa une pile de dossiers et pianota sur son ordinateur. Duchesne précisa :

« Son adresse récente, ses fréquentations, où il

remise son TMax pour les VMA[1], les tuyaux qui gravitent autour du bonhomme, voilà le genre d'infos que je cherche. Savoir si on l'a vu traîner depuis hier… S'il était un peu nerveux… Il y a toutes les raisons qu'il soit l'auteur du travail de salopard sur le gérant d'un PMU du quai de la Seine. Tu as dû voir passer la brève. Il n'était pas obligé de faire gicler la cervelle du mec pour lui arracher 30 000 euros… La batte de base-ball alliée à une détermination de brute, ça ne pardonne pas. Détail important : il y avait un type avec lui. Cagoulé. Qui serait venu pour des repérages dans le bar auparavant. On aimerait savoir qui est cet homme nourri au blé avec un faible pour les Ray-Ban à monture en or. La Crime est sur le dossier, mais la résolution passe par le banditisme, c'est évident. Mon GRB est sur les dents. »

Au loin, il perçut la voix suraiguë d'une plaignante qui s'entretenait avec la policière de l'accueil. Typique du commissariat d'Aubervilliers. Un côté foire via ses discussions enfiévrées et son défilé des misères.

Barthez prit le temps de réfléchir et s'absorba dans son écran.

« Je vois très bien le lascar, même s'il se fait plus discret depuis quelque temps. Je t'imprime illico ses exploits… J'ai aussi un bel os à ronger pour tes dents de jeune flic : un dénommé Moussa, son lieutenant, qui pourrait bien être ton cagoulé. Il n'a pas son pareil pour porter des Ray-Ban : on fait difficilement plus stylé dans le quartier, on se croirait à Marseille… Sinon ma BAC doit avoir du tout frais, ce sont des tenaces et ils n'ont peur de remuer ni les sous-sols ni les décharges. Ce soir j'ai les meilleurs, je vais les met-

---

1. Vol à main armée.

tre au jus. Si je trouve quelque chose, tu m'invites dans ton quartier ?

— Je fais mieux, je t'invite dès ce midi. Départ pour Pékin, je t'enlève en scooter. »

Le commandant s'épongea le front et saisit son casque. Le temps restait lourd et le crime avait le don de plomber les journées. En moins de deux, le commissaire avait passé un polo.

Juste avant de franchir la porte du commissariat, Duchesne découvrit la peinture abstraite qui montait sur le mur de briques comme du lierre. Un côté armée de chromosomes à la sauce zen. Teintes douces et élévation du regard.

Le verre crissa à nouveau sous ses pas.

CHAPITRE 8

Mardi 28 juin 2011
13 h 17
Aubervilliers, rue des Cités, La Muraille d'Or

« Une Saigon export, s'il vous plaît ! »

Duchesne avait commandé sans hésiter sous le regard amusé de Barthez.

Le tenancier, en revanche, eut l'air surpris :

« Monsieur est connaisseur ?

— Les bières rendent cosmopolites... »

Le détail n'était pas sans importance, on comprenait par la bière que le Chinois était vietnamien.

Situé sur la Dalle Villette, l'insoupçonnable restaurant La Muraille d'Or s'insérait dans une coursive commerçante, au milieu d'une floraison de tours poussives où même la pelouse avait des airs de moquette élimée. Impossible de le découvrir par hasard, simplement parce que l'on ne passait jamais là par hasard. Cette zone urbaine sensible était pourtant le contraire de l'enclavement marginal, loin de l'image des cités repoussées aux franges comme des pestiférées. Le carrefour des Quatre-Chemins, le centre du monde de la ville, était tout proche. Preuve que Paris aussi naissait à quelques pas, le sol de la Dalle dépendait de l'autorité du cadastre parisien, tandis que les bâtiments relevaient de celui d'Aubervilliers. Un vrai casse-tête à l'image du lieu.

La tour Pariphéric dominait la porte de la Villette avec ses trente-cinq étages. Elle avait un nom de mirage urbain. Air tertiaire triomphant, morgue de Chicago à côté des logements sociaux qui vieillissaient plus vite que les hommes. Ses fenêtres régulières offraient la monotonie d'une grille de QCM perforée. Pour trouver le restaurant, il fallait s'aventurer dans les rares passages traversants. Royaume des pavés autobloquants, des affiches politiques lacérées et des graffitis, où la rose du Parti socialiste avoisinait *Tu prends un bœuf, tu vol un œuf* sur le bastion au marqueur indélébile de Mam'$, Boubs et Ill's.

Manu Barthez et Michel Duchesne avaient commandé des nems. Balayant la forêt de feuilles de coriandre dans son assiette, Duchesne se pencha vers le commissaire et lui confia ses réticences :

« Je ne te dis pas bon appétit mais bonne chance...

— Détrompe-toi. Mange et après, tu diras. Je te défie de trouver plus frais à Paname. Préparés sur place, la grande classe. »

Le carillon de la porte n'arrêtait pas. C'était un va-et-vient permanent. Nationalités et allures se mêlaient, le temps d'un repas. Duchesne lançait des regards autour de lui et parlait bas. Il se demandait s'il mangeait à côté d'un cambrioleur ou d'un employé.

« Tu vois, ici, dit Manu Barthez en baissant le ton, la faune est égale à la flore. Trafic de drogues dures. La clientèle de toxicos parisiens ou de la région vient s'approvisionner à la Dalle, les points de vente de crack et de cocaïne ne sont pas si nombreux... 25 à 30 € le demi-gramme, 50 € le gramme. Un ring entouré par des immeubles. Ils sont rusés, une quinzaine de mecs de dix-huit à vingt-deux ans, trente pour les opérations, qui changent sans cesse de hall, de dealer... Beaucoup de vols à la portière et à l'arraché, plutôt le matin et le soir. Violent. Les victimes sont essentiellement chinoises : l'envers de la culture du cash...

— Tu crois que Sess Sylla donne dans la drogue ? l'interrompit Duchesne.

— Non, ce n'est pas le truc des Maliens. Sess est malien. C'est plutôt un truc de Zaïrois. Y a même un Cap-Verdien, un Portugais et deux Gaulois à la Dalle. Ça n'empêche pas le mec d'être un furieux. Il a cramé au chalumeau les joues d'un fier-à-bras de la Maladrerie, une cité qui frappe souvent sur Paris. C'est pas Robin des Bois, ce Sylla, et laver un trottoir au liquide céphalo-rachidien ne doit pas lui arracher des larmes... »

Duchesne se tourna vers le comptoir.

« Je vais demander la douloureuse... »

Le serveur vint aussitôt.

« T'es sûr, Michel ? T'es quand même sur mon territoire... »

Le commandant ramassa l'addition, le quartier ne ruinait pas.

« La famille Duchesne va juste manger des patates pendant un mois, grâce à toi. Donc, oui, tu peux me remercier...

— T'es con !... Et pourquoi c'est toi qui te coltines le terrain, y a pas de sportifs à la 2 ?

— Si, mais tout le monde doit être sur le terrain... Si le chef n'y va pas, personne n'y va. Du chef au goumier, on est dans le même bateau, personne ne doit s'arrêter de ramer. Et qui plus est, cela montre que sans circulation de l'information, on peut toujours faire le mauvais à attendre le retour de l'ADN sur son ordinateur... (Il empocha la note et laissa deux euros.) Tu as une idée sur l'environnement de Sess Sylla, il tourne sur plusieurs équipes, il aime le cul, il a des maîtresses, des faiblesses, il joue au poker... ? »

Barthez le considéra avec une attention soutenue, tandis qu'ils retrouvaient le passage sombre de la Dalle.

« Je te balance d'autres infos dès ce soir. Je sais qu'à une époque, il n'était pas insensible à une certaine Sira... T'as vraiment la traque dans le sang, toi...

— Je... Je crois que cela tient de l'éducation. Et de la Crime. Trop de cadavres, sans doute, j'ai besoin de laver la victime, envie que les choses retournent à leur place. Et que le mec s'explique. Une explication, tu vois, c'est le début d'une normalité. Tuer, c'est pas toujours propre. Alors, un coup de batte pour envoyer au Père-Lachaise, je t'assure que cela m'empêche de dormir. »

Autour d'eux, les voitures du rond-point de la place Auguste-Baron semblaient éjectées vers le périphérique par le lance-billes d'un invisible flipper.

CHAPITRE 9

Mardi 28 juin 2011
22 h 35
Aubervilliers, carrefour des Quatre-Chemins

« Tu dis que c'est combien, ton DviX, p'tit père ?
— Deux euros... Trois : cinq euros. »
Zahir en tendait déjà un vers l'inconnu, accompagné d'un grand blond en brosse courte à l'allure sportive. Dans les yeux du Pakistanais tremblait une légère inquiétude, ou le reste d'un instinct. Il ne parvenait pas à soutenir le regard de l'homme en noir en face de lui. Les DviX contrefaits faisaient le trottoir, à l'affût des voyageurs du métro des Quatre-Chemins.

La voix de l'homme — un garçon de moins de trente ans — reprit lentement :

« Je vais devoir te sortir ma carte de paiement mais je ne suis pas sûr qu'elle te plaise. Elle a du bleu, blanc, rouge, ça gâche un peu les chiffres... »

Sébastien Garat avait un humour à froid difficile à cerner. Il travaillait à la BAC d'Aubervilliers depuis quatre ans et aimait patrouiller avec Éric Le Calvez. Il était autant courtois que ferme.

À leurs côtés, un homme agitait une pièce pour

payer *Star Wars*. Sébastien prit l'air le plus naïf qu'il put :

« Ah mais, Monsieur, il faut aller à la FNAC ! Comment voulez-vous qu'ils vivent, après, les artistes, sans droits d'auteur ? Sans déconner, vous n'aimez pas le cinéma au point de vouloir ruiner les artistes ?... Non, hein ? Tu vois, Éric, il est sûr, le Monsieur... Et moi, j'étais sûr qu'il était sûr. »

Sébastien tapa dans ses mains. Il dit avec une conviction calme, tout en arpentant le trottoir et en désignant l'espace avec les bras :

« Allez, on remballe, hop, on range. Oui... Tout de suite... Hop, hop, hop... Merci les amis. Pour ce soir, c'est fini. »

En fait, ils n'avaient rien contre les vendeurs à la sauvette. C'étaient de braves types, la plupart du temps des ILE, des étrangers en situation irrégulière, comme on en trouvait tant à Aubervilliers. Il arrivait même à Sébastien de penser qu'ils avaient de plus beaux fruits qu'au supermarché et d'avoir subitement envie d'une mangue. Mais il fallait tenir le terrain et le carrefour des Quatre-Chemins était déjà assez chaotique. Un petit Barbès local qui sentait bon le poulet, la magouille et la coupe au rasoir. Il grouillait de monde et il fallait donner de l'épaule pour avancer, coincé contre des bataillons de textile sur cintre. Ici, l'urbanisme était rebelle. Kentucky criard, Ed et BNP narguaient des façades rétro qui semblaient là pour l'éternité, un chausseur pour pieds sensibles, un magasin de robes de mariage *avec enfants au sous-sol* et de bruyants troquets. Les hôtels s'offraient à la journée, ou à 42 € la nuit — pas besoin de dessin pour le trafic. L'agneau se vendait, lui, entier, pour 125 €. On trouvait même l'insoupçonnable à côté des fumées de châtaignes rôtissant en pleine rue. Au 9 rue des Quatre-Chemins était implanté, discrètement, Kaspia Caviar Conserves. Cette ville faisait tout exploser, même les clichés.

Babel moderne, soixante-dix nationalités s'y croisaient et le Bar du Métro jouxtait la boucherie musulmane. Pour la petite histoire, Zahir aurait pu râler, car le trottoir de l'avenue Jean-Jaurès avait un pied dans Aubervilliers, et l'autre dans Pantin. Le milieu de la chaussée matérialisait une invisible frontière.

Et Zahir, strictement, était du côté Pantin.

Sébastien Garat n'aurait quitté pour rien au monde l'empire de la nuit. Il lui donnait des frissons sur la peau et il guettait l'adrénaline qui lui rappellerait les courses cyclistes de son adolescence. Il vivait pour cette agitation, pour cette mêlée des destinées fortes, persuadé que, dans chaque voyou, on trouve un policier qui sommeille — et réciproquement. À la BAC civile, ils formaient trois équipes, Alpha, Bravo et Charly, et patrouillaient jusqu'à quatre dans une voiture. Ils effectuaient quatre jours de travail, deux jours de repos, quatre nuits de travail, deux jours de repos, avec des rotations dans les horaires. Ce rythme de tambour de machine à laver aurait usé n'importe qui. Sébastien était passé à la BAC en tenue, la BAC Tango, où ils tournaient à deux groupes de trois. Il prenait le travail à 18 heures pour terminer à 2 h 10. C'était *la* tranche. La plus criminogène. Comme Aubervilliers était *la* carte de visite avec Saint-Denis. Après, ils pouvaient aller partout en France, tels les compagnons du devoir.

Les baqueux avaient une notion forte du territoire. Le leur était bordé au nord par La Courneuve, à l'est par Pantin, à l'ouest par Saint-Denis — la grande sœur du crime — et au sud, par le XIXe arrondissement de Paris. Un vrai jeu du chat et de la souris avec des flopées intarissables de véreux. Sébastien se souviendrait toujours de sa première impression à son arrivée : Aubervilliers était une ville où l'on ne mourait pas de soif. Des bars à chaque coin de rue, leur densité touchait à l'inconcevable. Les angines de comptoir étaient monnaie courante.

Les bars et les garages. De vraies générations spontanées : il en naissait de partout. Parfait reflet d'une criminalité flamboyante qui faisait dire au commissaire : « Qui tient ses bars tient sa ville. » Avec 280 bars, cela relevait du bras de fer.

Bref, Aubervilliers était ce qu'il y avait de plus excitant pour un jeune flic comme pour un voyou.

Les deux hommes rejoignirent leur véhicule. La radio crépitait. 821 revenait à toutes les sauces — l'indicatif d'Aubervilliers. 8 pour la Seine-Saint-Denis. 2 pour le deuxième district du 93, le plus chaud des quatre. Et 1 par ordre alphabétique après Saint-Denis qui était tête de district et donc 0. Sébastien Garat fit glisser le haut de sa combinaison. Il se retrouva en tee-shirt noir avec une cible blanche sur la poitrine. L'excitation montait. Assis au volant, il poussa un cri de conquête. Il ne supportait pas d'être conduit. En roulant, il retrouva le plaisir de trancher le ventre de la ville :

« Yeah ! Moi, ça me donne la trique de trouver. La chasse au TMax est lancée. »

Difficile de dire si la phrase s'adressait à Éric ou à lui seul. Tandis qu'il démarrait, Sébastien inséra un CD.

La voiture remonta tranquillement l'avenue de la République. Elle passa devant la boutique de fleurs

Hana Flor dont la devanture cultivait le sens du raccourci : Mariages / Deuils / Libre-service. Éric Le Calvez tourna le regard vers la gauche pour voir ce qui provoquait le rire de Sébastien.

« Hé ! Ils vont à l'essentiel... Ce genre d'inscriptions, ça me flippe sur le sens de la vie, commenta-t-il. Mais qu'est-ce que t'as été trouver comme musique ? Encore du *hardcore*... »

Sébastien tapait des doigts sur le volant. Il monta le son et scanda le morceau de Downset :

« *Say come killer! Say come killer! Say come killer! Say come killer! You know it is sickness!... Yes greed is sickness! Yes greed is sickness! I am not a lower form of human life! Kill greed!* »

Son regard balayait la ville.

« Sébastien !... Sébastien, j'te parle !

— *Poverty is the worst form of violence!* »

Éric lui frappa l'épaule puis baissa le son :

« Sébastien, si tu ne changes pas de chanson tout de suite, je descends au milieu du carrefour. C'est pas parce que t'es mon pote que je suis obligé de supporter ta musique, j'suis pas ta femme.

— Tu descendrais ? Sans rire, tu descendrais ?... Tiens, regarde, rien que pour voir, je m'arrête... (Il freina brusquement.) T'as plus des goûts de Pacman que de bacman, gros, moi j'te le dis franco. »

Le policier en brosse était descendu place du 8-mai-1945. Sébastien ne put s'empêcher de le taquiner :

« Allez, ma blonde, monte, je t'emmène faire un tour en carrosse près du canal. Reste pas là, tu vas te faire agresser. Et promis, j'te mets de l'opéra. »

Éric plia ses longues jambes dans le véhicule en jurant. Sébastien avait étalé quelques CD sur son siège.

« Et pour te montrer ma bonne volonté, je te laisse choisir... »

Ils roulèrent quelques minutes sans parler, balayant des yeux les halls d'immeubles, jetant un œil aux silhouettes amassées dans les bars, repérant les voitures, relevant quel habitué était sorti de taule et vérifiant qui traînait avec qui, mémorisant les affinités nouvelles. Du vrai travail de sape, patient et obstiné. Au bout d'un moment, Éric se calma et parcourut les titres d'un album de Molecule. Il y avait une chanson d'Aladoum l'Étranger, un *clasheur* noir de Massy qui jonglait avec les rimes en troubadour moderne. Il enclencha « Mister A. » et le *flow* serein du *dub* envahit la voiture.

Je certifie noir sur blanc que l'argent n'est pas mon patron
Faut pas s'enflammer
Rester un gars du terrain.

Quand il n'invitait pas à tirer sur les flics ou à cramer des voitures, Éric n'avait rien contre le rap. Il respectait ce chanteur qui s'était fait connaître par ses combats de mots.

Sébastien reprit :

« Je te propose un tour au nord-ouest vers l'A 86 et la rue de Saint-Denis, du côté de l'aire d'accueil des gens du voyage. Puis plein sud vers le cirque Moreno et la rue de la Haie-Coq. On se fera les yeux au passage dans quelques terrains vagues. Et on passera rapidos près du canal. On se tape le quai François-Mitterrand, on furète, et on enquille ensuite sur les cités. Trouver les TMax, c'est notre truc, pas vrai, Rico ? (Il lui tapa sur les genoux.) Tu paries combien sur celui-là ?

— Je ne parie jamais avec toi. »

La voiture avança dans la nuit et passa la barrière de l'aire d'accueil. Pas loin de l'entrée, ils distinguèrent un vigile qui travaillait avec un chien pour le compte d'une boucherie, sur la zone des abattoirs désaffectés.

Sébastien haussa les épaules :

« Heureusement qu'on est *gunés*...

— Tu dis ça pour le chien ou... ? »

Mais le conducteur se contenta de regarder droit devant lui. Leurs corps tressautaient dans ce champ d'ornières. Les phares éclairèrent des machines à laver d'un blanc lunaire. Quant aux caravanes, elles contestaient la notion de frontière, environnées par un désordre savant. Sébastien fit le cri du loup.

La voiture pila. Malgré le calme apparent, ils se savaient épiés et c'était de bonne guerre. Sébastien siffla longuement :

« Putain ! Mate la Panamera... On n'en croise pas des masses sur Auber' des Porsche quatre portes... On voit plus des Cayenne. (Il réfléchit et compta sur ses doigts avec des hochements de tête) : En fait, j'en connais que deux des Panamera.

— De 0 à 100 kilomètres-heure en un peu plus de quatre secondes sur ce modèle turbo, répondit Éric, fier de sa précision qui créait un lien et un seul entre ce bolide et lui. Minute, la bougeotte, je note la plaque...

— Mais pas de TMax... Allez, on ne traîne pas dans le coin. On n'est pas invités à regarder la télé, ici. »

Ils firent demi-tour et remontèrent le canal Saint-Denis. À hauteur du camp, mais sur l'autre rive, s'étendait le royaume autonome des Francs-Moisins. Le faciès de la ville se durcissait avec la nuit. Une pluie fine jetait des éclairs argentés sous les lumières d'un chantier désert. Au sol, luisait le tracé d'anciens rails industriels à wagonnets. Le regard des deux policiers soupesait les ombres, scrutait les murs de parpaings tristes comme la pluie, bordés de grillage métallique. En face, les halos de Saint-Denis les espionnaient. Sébastien avait réduit sa vitesse à cause des pavés. Il tendait le cou en avant, à l'affût. Sa main gauche piocha dans le vide-poches pour trouver à l'aveugle un CD.

« Désolé, Rico, mais ça n'allait pas avec notre dérive romantique. »

Lamentation de Delerium leva sa lune voilée dans l'habitacle. Le son d'un *doudouk*, hautbois arménien en bois d'abricotier, emplit tout. Éric frissonna, cette musique lui donnait la chair de poule.

Sébastien le regarda avec surprise :

« T'es sensible comme une rosière, maintenant, toi ? »

Éric ne répondit pas, attiré par un graff sur un mur où un homme stylisé modèle jeu du pendu déployait de grandes ailes blanches. Sa tête était entourée d'un cercle rouge qui descendait jusqu'au cœur. On ressentait clairement le message, implicite : *Je vais buter ta sale gueule d'ange.*

« Je n'aime pas ce lieu, murmura Éric.

— Ça tombe bien, c'est là qu'on descend », dit Sébastien en penchant la tête vers lui, de côté, avec un étrange sourire.

Son coéquipier soutint son regard. À ce stade, ils pouvaient se passer de mots.

Ils se garèrent non loin de l'arrière des entrepôts Lapeyre, après le croisement de la rue Pierre-Larousse. Les portières claquèrent. La nuit, ce quartier aurait fait croire aux zombies, avec ses nids-de-poule, ses flaques et ses berges fuligineuses. Le matin, des nuées de travailleurs à la journée se pointaient pour se faire embaucher illégalement à la tâche. Ce soir-là, il manquait un troisième élément pour surveiller le véhicule. Un chauffeur, un chef de bord, un équipier à l'arrière. Sainte Trinité qui devenait quatuor s'ils étaient riches. Machinalement, Sébastien replaça son Sig Sauer 2022. Toucher rassurait.

« Putain de pluie, dit Éric.

— Fine mais vicieuse : ma préférée ! » répondit Sébastien en se retournant.

Il se cala un fin bonnet sur la tête.

Le baqueux cavalait déjà vers une zone de remisage où l'on devinait à grand-peine un chariot télescopique de chantier dévoré d'ombre. Sébastien fouinait, reniflait chaque recoin, soulevait les bâches, tâtait du bout de ses Magnum les gravats de cette zone en friche. L'odeur du métal mouillé envahit ses narines. Un bruit lui fit relever la tête. Quelque chose avait bougé, par-delà le panneau jaune GÉPAL qui indiquait la Générale des Palettes du quai Gambetta.

Quelque chose ou *quelqu'un* ?

Par réflexe, il chercha du regard Éric. Il eut beau sonder les berges du canal, la grande silhouette était introuvable. Il ne pouvait pas être loin. L'espace d'une seconde, il hésita à l'appeler. Mais si le bruit ne venait pas d'Éric, il n'avait aucun intérêt à se faire remarquer. Peut-être aussi était-il conditionné pour aller au combat. Lentement, très lentement, il se laissa glisser derrière l'appentis. De sa main droite, il tâtonna à la recherche de son Sig Sauer. Il maîtrisa son souffle pour respirer moins fort. Désormais, il se situait dans un angle de pleine pénombre. Il fit le vide dans sa tête et laissa les sons arriver à lui, sans chercher à les interpréter. Ainsi, il s'ouvrait à une perception plus vaste, objective, du territoire. Plus près de lui, le bruit récidiva. C'était comme un léger froissement de tôles. Sébastien essaya de se remémorer la configuration des lieux pour en trouver l'origine. Il sentait une idée le frôler. Le bordel était tel que les hypothèses se bousculaient dans sa tête.

Quand soudain, il comprit.

En remontant un peu le quai François-Mitterrand sur la gauche, il y avait des barrières mixtes de chantier, gris et vert. Le bruit venait de là, il en était persuadé. Il regarda sa montre : 23 h 45. Mais qu'est-ce qu'un type foutait à cette heure-ci à piétiner les barrières ? Les SDF étaient plus loin, sous le pont. Il les connaissait tous de vue. Plus la soirée s'avançait, plus ils restaient groupés. Il n'était pas rare que les pauvres bougres se fassent cracher dessus, quand ils ne se faisaient pas briser les côtes.

Quelque chose clochait. Son instinct de flic le lui disait.

Mais Sébastien répétait sans cesse qu'il ne fallait pas avoir peur de son ombre. Il n'allait pas se mettre à flipper sans raison comme une ado qui prend le dernier métro. Et puis monter à l'assaut, il avait ça dans le sang. Un instant, il regretta juste de ne pas être à trois, avec Laurent qui aurait dû patrouiller avec eux.

Un craquement qu'il jugea à moins de cinq mètres stoppa les considérations. Sébastien mit toute son énergie à rester parfaitement immobile et à percer la nuit. Après tout, il se faisait peut-être peur tout seul et son crotale de première s'appelait Éric. Au moment où il devina une forme, plus qu'il ne la vit, il sentit une force rageuse le plaquer contre le grillage des palissades derrière lui. Il dérapa sur les pavés mouillés et faillit trébucher. D'un coup, sa respiration se bloqua. L'assaillant lui avait enfoncé méchamment le ventre avec sa tête comme bélier et Sébastien réprima une nausée. Instantanément, il combattit l'effet de surprise et colla son pied droit au plus près du grillage, verrouillant ses appuis.

Quand il réalisa qu'il n'arriverait pas à utiliser ses épaules contre la grille pour se dégager de la pression, il chercha juste à garder sa tête un peu plus haut que l'adversaire pour que le colosse ne le déstabilise pas avec son front. Là, il serra fort les dents pour oublier sa douleur et se ressaisit. Son bonnet lui glissait à moitié sur les yeux. À force de résistance, il réussit à caler sa propre tête au niveau du cou de l'agresseur et poussa de toutes ses forces contre la muraille des tendons. La sueur aigre du type l'envahit. Le jeune baqueux le fit vaciller, puis plongea dans les jambes de son adversaire. Il retrouva sa fougue, le plaqua au sol et le retourna grâce à la terrible étreinte d'une guillotine. Il y eut un craquement d'os. Furieux, l'homme le mordit. Sébastien hurla. Ne réfléchissant plus, il se redressa et le cribla de coups, le frappant en poings et en coudes.

L'odeur du sang éclipsa celle de la sueur.

Sébastien sentit une brûlure lui zébrer le ventre. L'autre en profita pour le renverser brutalement et s'enfuir dans la nuit en remontant le quai. À peine relevé, Sébastien tenta une courette mais son genou gauche avait morflé durant l'attaque et jouait les lâches. Lorsqu'il comprit qu'il ne comblerait pas la distance, il s'arrêta, souffla et sortit un mouchoir pour essuyer le sang qui coulait.

La défaite l'écœurait encore plus que la douleur.

« Fais chier ! Putain de misère de merde, fais chier ! Éric ! ÉRIC !!! Putain, mais t'es où ?... Réponds ! Réponds !!! »

Il se laissa tomber à terre, retira son bonnet et frappa du poing les pavés. Sel et sang lui brûlaient la bouche.

Lorsqu'il releva la tête, il entendit la voix d'Éric qui se rapprochait :

« T'arrête de faire la hulotte à hurler comme ça ?... Tu vas... Oh merde ! Tu saignes à fond, Seb ! »

Éric se baissa pour considérer les blessures de son équipier puis se redressa d'un bond. Son regard brassa les 360° autour d'eux, entre inquiétude et vengeance. Prêt à courir, il n'attendait que le signal d'une forme en fuite.

« Abandonne, frère, il s'est barré comme un putain de guépard. J'ai pas vu son visage. Il était encagoulé avec un haut noir à capuche... Je crois qu'il portait un treillis...

— J'appelle du renfort.

— Ce soir, la chance est la sale bagasse des morveux... »

Tandis que Sébastien crachait du sang, la radio crépita et il entendit Éric gueuler *priorité* pour que tout le monde se taise sur les ondes : « TN 821 de BAC 821. Priorité. On a un collègue blessé. Il s'est battu quai François-Mitterrand. Individu en fuite, 1,95 m environ, sweat noir à capuche et treillis, direction de fuite rue Pierre-Larousse. Je répète : direction rue Pierre-Larousse... »

Sébastien s'examina sommairement. Son tee-shirt avait lâché au niveau des coutures du cou. Il tira sur le tissu et découvrit les dégâts.

« C'est con, je l'aimais bien ce tee-shirt... »

Un souvenir *plus qu'agréable* traversa son esprit et ses lèvres tremblèrent.

« Tu penses que t'as besoin d'un médecin ?

— Non, tout est douloureux mais en place. Il faut retourner dare-dare où je l'ai trouvé. Il n'était pas là pour la pêche aux carpes. Sors ton gun, Rico. »

Sébastien boitait mais il parvint à retourner aux palissades. En les dépassant, une odeur nouvelle vint se greffer. Et celle-ci lui redonna le sourire.

Cela sentait le brûlé. Un TMax gisait sur le flanc, vaguement dissimulé par une barrière. Ils savaient qu'à partir de maintenant, il ne fallait plus rien toucher.

Éric se tourna vers Sébastien et le prit par l'épaule :

« Je disais bien qu'il ne fallait jamais parier avec toi, verjot. Et moi, j'ai repéré un gant. Match nul. »

CHAPITRE 10

Mercredi 29 juin 2011
5 h 11
Aubervilliers, rue Régine-Gosset

Ce matin, j'ai réveillé la nuit.
Si j'aime voir le jour se lever, je déteste me sentir fatigué. Et comme ce que je déteste ruine ce que j'aime, me lever tôt me met logiquement de mauvais poil.
Il faut dire que l'aube n'est pas mon souvenir préféré...
À 5 heures du matin, j'avais les yeux grands ouverts. Une nuit passée à cauchemarder. Une heure et demie s'offrait à moi et je ne savais pas quoi en tirer. On avait rendez-vous à 7 heures sur Paname pour les ultimes repérages d'un DAB[1] bélier dans le XIXe arrondissement. On tournait autour depuis quinze jours. J'étais parasité et il fallait que j'arrête de me plomber la tête avec le coup de la batte de base-ball. Je suais dans mon lit entortillé dans les draps et fixais les détails du papier peint qui se décollait par larges plaques, comme s'il allait me tomber dessus.

1. Distributeur automatique de billets.

Avec Archi, on n'avait pas pris le temps de peaufiner l'état de l'hacienda. Pour tout dire, on avait la flemme. J'étais plus rapide à grailler le chargeur d'un PM à trente-deux coups en me pourrissant les doigts qu'à dégainer un rouleau à peinture. Le seul rouleau dont dépendait ma survie était le rouleau autocollant à vêtements. Je le traînais partout avec moi. Monoprix vendait le meilleur de la place. Comme je porte des habits noirs, je m'énerve dès que les armées de poils et de cheveux souillent mes ténèbres. C'est fou le nombre de gens qui ont des clebs à Auber', et le chien est l'ennemi du noir. Je suis intraitable sur l'allure et ne cesse de répéter à Archi : « Si c'est pas noir, c'est pas gangsta. »

Dans ma chambre, il y a un parquet qui n'a jamais été vitrifié et de vieux placards peints en bleu ciel — l'accident le plus débile qui leur soit arrivé. Dessus, une main inconnue a plaqué des autocollants d'*Astérix*. Je ne les ai pas grattés car dans le lot se trouve Falbala. Avec son casque d'or qui pourrait lui servir de robe si elle était nue, et une jupe qui me rappelle mon pays, à cause de Carmen. Une fenêtre filtre la lumière. Je laisse les persiennes toujours à demi fermées. Chez moi, c'est chez moi. Et si j'ouvre les fenêtres en grand, j'ai l'impression d'être chez les autres.

Un soir que j'étais à cran et qu'une Madone m'avait planté, je me suis retrouvé à faire les cent pas dans ma chambre. Le seul vrai meuble de cette pièce est le lit. Il a des montants en bois sombre qui vrillent comme la vigne et des formes massives. Quand je le vois, j'ai l'impression qu'on habite un château. Et quand je vois le reste de la demeure, j'ai la certitude d'habiter une hacienda en ruine. Ce soir-là, j'ai fini torse nu sur le lit avec plus de neige dans le cœur qu'en haut de l'Everest.

Et pour la deuxième fois de ma vie, j'ai pleuré.

La première, c'était un 13 juillet.

L'un des placards bleu ciel encastrés dans le mur est rempli de livres. Il l'était quand on est arrivés. Les gens ont dû trouver que c'était trop lourd pour mériter des cartons de déménagement. Alors qu'ils pensaient m'encombrer, ils étaient loin d'imaginer le cadeau qu'ils me faisaient. Au début, je les ai laissés, car j'avais autre chose à foutre que de les descendre. J'ai même songé à les brûler, je passe l'hiver à faire des feux, planté des heures devant le tango des flammes. En fait, je me suis retrouvé avec *L'île au trésor* dans les mains. J'ai commencé à arracher les pages pour les jeter au feu. Mais le livre était illustré. Je me suis arrêté sur une image, je ne saurais plus la décrire avec précision. En revanche, je me souviens parfaitement du pistolet sur l'illustration. C'était un pistolet de marine du XVIIIe siècle, en bronze pour ne pas rouiller, avec le chien en position centrale au lieu d'être latérale. Ça permettait de mieux le cacher.

Un lien entre les pirates et moi. Et ce lien m'a pourri mon feu.

J'ai observé les flammes lécher les nouvelles pages et j'ai retenu mon geste. Je me suis dit que les nanas me rendaient sentimental et que je ramollissais. Mais non, c'était de brûler un lien qui m'angoissait. Lentement, j'ai laissé le feu s'éteindre et ouvert en grand le placard. Un à un, j'ai jeté les livres sur le lit. Il y en avait une vingtaine. Plus que je n'en n'avais jamais vu. À cause des nuages de poussière, j'éternuais comme un dératé. J'ai cherché les images, d'autres liens possibles avec ma vie. Une photographie en noir et blanc m'intriguait. Un type en blouson d'aviateur penchait la tête sur une couverture orange. Il me regardait. Y a pas grand monde qui ose me regarder dans les yeux. J'ai ouvert, lu le premier paragraphe sans rien piger en vidant une bière, et suis tombé nez à nez avec cette phrase :

Il comprend, se dit-il. Il me laisse pas tomber.

J'ai eu un choc.

Il me laisse pas tomber...

J'ai refermé le livre et trois jours après, je me suis accroché pour le lire, j'y ai mis un point d'honneur, j'étais pas plus bête que ceux qui avaient fait des études. Il m'aura fallu un mois. C'était *Martin Eden*. Depuis, je l'ai relu et relu, et, chaque fois que je retombe sur ce passage : « Je suis un bègue dévoré du désir de parler », j'ai le cerveau criblé d'éclairs. Au bout de la dixième lecture, j'ai rêvé d'en pincer comme Martin Eden pour une Ruth Morse et j'ai pensé que j'avais une nouvelle arme.

J'étais devenu un beau voyou à belles formules.

O.K., j'avoue avoir plus facilement un faible pour la belle sape. Sur ce point, je reconnais être maniaque. Tout est sur cintre. Pas de housse, ça me rappelle trop de morts violentes. Ma fierté est un blouson Hugo Boss, très rare, au tissu numéroté — j'ai le 200 170 — avec une doublure en soie à motif de tatouage *yakuza*. Un dragon blanc né de l'écume d'un tsunami. Pour moi tout un symbole. Les *yakuza* tirent leur nom d'une main perdante au jeu et ces exclus ont demandé au crime de leur apporter ce que d'autres gagnent par héritage : une place. Ce blouson possède deux petites poches intérieures dont l'une avec le picto du portable qui fait rire Yacine, mon vassal. La poche est tellement petite qu'on pourrait juste y glisser un truc de femme, genre Derringer à deux coups. Alors pour le Desert Eagle...

Cette veste est la seule exception à ma règle du noir. Elle est bleu nuit.

J'engueule Archi parce qu'il porte des trucs indignes. Des débardeurs avec des pandas ou Mickey sous des sweats à capuche. Souvent je lui dis : « Archi, t'es ridicule. T'es la honte des gangsters, mon frère. » Mais je ne peux pas demander à Archi de grandir.

Et Archi ne quittera *jamais* ses vêtements.

Adriana, elle, a toujours eu la classe. En tant que trapéziste, elle met des tenues que personne ne pourrait enfiler. Il faut dire qu'elle ose. Quand elle arrive dans une soirée, elle est l'événement. Tout de suite. Et les mecs se demandent si elle porte un nuage ou une robe. Elle tient ça depuis toute petite. Le premier souvenir qui me vient : elle doit avoir huit ans. Je m'en souviens parce qu'on habitait chez la sœur de mon oncle. On lui avait volé une robe de princesse en satin rose avec un gros ruban bleu. Pas notre premier choix avec Archi mais elle était restée scotchée devant une vitrine. Elle s'était assise par terre en extase. Nous, on a fondu. Je ne supporte même pas l'idée de la voir pleurer. Et elle avait assez pleuré, la petite mésange...

Je crois que c'est la baguette magique qui la faisait le plus rêver. Notre petite sœur n'a jamais été capricieuse... Archi a fait le pitre pour détourner la vendeuse et moi j'ai embarqué la tenue de Cendrillon. Après, elle a dû rester trois jours dedans à refuser de se changer. Et je me rappelle encore : quand je lui ai dit bonne nuit, elle portait toujours la robe et s'est collée à mon oreille pour murmurer : « Diego ? Tu sais quoi ? Diego, dis-moi que je suis la reine des voleurs, dis-le... » Parce que rien n'est plus beau que le sourire d'Adriana, on a feint de croire aux superpouvoirs de la baguette magique pendant des mois avec Archi. Quand notre petite sœur la pointait vers nous, on se jetait au sol pour faire semblant d'être terrassés. Il fallait nous voir, nous les insoumis, ramper et demander grâce.

Mais aujourd'hui, nulle baguette magique pour ramener le passé.

Zéro.

Fin des superpouvoirs.

L'hacienda, je l'ai louée sous des prête-noms dont la liste est impossible à remonter. En fait, impossible n'est pas le mot. *Tout* est possible pour un flic, mais plus vous multipliez les étapes sur la route, plus la route est longue et laborieuse et plus les chances augmentent qu'il abandonne ou qu'il se perde en chemin. Rien que l'idée de les balader me fait bander.

Le plus difficile n'est pas là. On a beau aimer l'oseille, le chantier est rapidement de dépenser sans se faire repérer. Et ça, quand on rentre de braquo avec 150 000 €, ça donne vite des frelons dans la tête. Les billets te brûlent les doigts, une envie d'écosser à racheter le Louvre, et tu sais que c'est par là qu'on peut te tenir par les couilles. Avant, on déplanquait des tickets gagnants au PMU, on achetait des restos et les mecs investissaient au bled. Beaucoup de *hawala*, des transferts d'argent qui n'avaient pas besoin de paperasse. Avec leurs noms à la con, leur PIAC, leur TRACFIN et maintenant leur AGRASC, le grand jeu des zdecks est de vendre nos fauteuils et de repartir avec nos Audi S5. Il faudrait être foulek pour leur laisser. Nous, on travaille pas pour l'État.

Alors j'ai trouvé la parade. On loue les bagnoles à l'année ou à la semaine à des anciens ou des *intermit-*

tents du code de la rue. 20 000 € d'acompte pour un Cayenne puis du 4 500 € par mois pour une voiture qui n'existe pas... Et quand on veut vraiment s'amuser, on en chourave une et c'est Venise, on part arracher la gomme et on se fait des courbes pendant que les condés dorment. J'ai conduit toutes les voitures qui existent sur cette planète — à y réfléchir, il me manque que de piloter un avion.

Une partie importante de mon biz est de prêter de l'argent à des types qui ne remontent jamais à la surface. Pour l'extérieur, ils n'existent pas plus que la Sainte Vierge. Je leur prête du cash à 20 %. Mais il ne faut pas me la faire à l'envers, sinon c'est le canon du Desert Eagle enfoncé jusqu'à la glotte avec révélation instantanée du dernier repas.

Profiter : c'est le mot qui fait rêver. Car si on tombe, on risque de marquer cinq, dix, quinze. Si bien que l'erreur n'existe pas. Chez nous, les peines de prison sont plus longues que la durée de certains mariages... Quand ça se passe mal et qu'on frôle la cata, je le jure, j'ai envie de décrocher. De fonder une famille ou des conneries de ce genre. Que Diego le Barcelonais devienne M. Diego. Que j'achète des chevaux de course avec une fille à chapeau à mon bras. Puis je me dis que ce n'est pas mon genre de fille et que j'ai envie d'être libre. Et que j'ai besoin de pognon. Le château de cartes s'écroule et je m'en fous, car c'est moi qui pose la loi.

La terre ferme ne bouge pas assez pour moi.

L'heure a galopé d'un coup et en regardant ma montre — une Gucci de la collection 101 en acier — j'ai lu 6 h 35. J'ai couru dans la chambre d'Archi et il faisait la marmotte. Légère hésitation, puis je l'ai laissé dormir. Je passe ma vie à le laisser dormir... Il était beau dans son calbute avec des montgolfières, jeune pour l'éternité. J'ai enfilé un jean noir à fines rayures, pris un tee-shirt et chaussé mes rangers. Puis j'ai sauté sur mon GSXR 1000 et visé la porte de la Villette, en roulant mollo pour ne pas me cramer inutilement. De toute façon, ils mettent partout des ralentisseurs en banlieue. Parfois je me dis qu'ils devraient laisser la route pleine de trous, ce serait le même effet et ça coûterait que dalle. J'ai fait ma limace jusqu'à la place Auguste-Baron, brèche sauvage vers Aubervilliers, la capitale et le périph. Bordélique à rendre psychotique un moine tibétain. Mais l'heure favorisait le fluide et je me suis glissé dans Paris comme dans du beurre.

Lors des précédents repérages, on n'avait pas lésiné sur les moyens. On avait investi dans les vêtements. Un jour, j'étais électricien, un autre, joggeur, et la dernière fois, ouvrier. Le plus crédible possible, du pur Rank Xerox. Avec les taches et les usures d'usage. Si j'avais dû me travestir en infirmière, m'épiler les jambes et porter une perruque blonde, je l'aurais fait. Quand il s'agit de retapisser, je peux même dire combien de dosettes de sucre le dabiste met dans son café à La Chope de Corentin, la brasserie d'à côté, lorsqu'il fait sa tournée. Et ça, les jeunes des cités d'Auber' ou de Navarre ne l'ont pas gravé. Ils ne préparent rien. Ils roulent en scooter, ces bouffons, se disent qu'ils se taperaient bien une bijouterie, pilent devant la première, déboulent comme des furieux avec des armes factices ou à grenaille, gazent à la lacrymo et brisent trois côtes au mec parce qu'ils sont trop speed.

C'est pas du business, c'est de la bricole. On ne peut pas travailler comme ça.

Il faut de la préparation. Et ne pas laisser de casseroles derrière soi, être correct. Quand tu passes, ça doit partout être chapeau bas. Tu calibres qu'en dernier recours et tu mesures tes patates. Je ne veux pas me la jouer querelle des anciens, je ne fais pas partie des vieux. Mais nos jeunes, ils démarrent de plus en plus tôt. Ils veulent le fric facile et tout de suite. Comme Hassan, un Sénégalais du Zola Zoo de Massy surnommé TMax, qui, avant de trouver le rap comme bouée de sauvetage, a plongé précoce avant de *ne plus jamais remettre la cagoule* — c'est son expression. Depuis, il scande des chansons à la gloire du TMax et il dit aux minots de se calmer. Moi, je ne prends des petits que pour faire chauffeurs. On a des ténors qui semblent nés avec une TDM 900 entre les jambes. Ils pourraient monter des escaliers. Eux, ils méritent d'être recrutés.

J'avais rendez-vous avec Yacine Marek. En vrai, son blaze c'est Skor. À cause de l'expression *péter des scores* et des *Affranchis* de Scorsese. C'était un bon. C'était un dur. Je pouvais lui faire confiance à 110 %. On avait déjà tapé des dizaines de fois ensemble. Il était juste un peu survolté et il fallait savoir le canaliser.

Après le périph, j'ai reconnu sa silhouette mince et nerveuse qui se dessinait. Il attendait les pieds dans les gravats devant les Magasins généraux — le trottoir était défoncé par des travaux. J'étais étonné, car Yacine est maniaque sur ses pompes. Le genre de mec à pouvoir asthmater un bâtard à coups de crocos cirées, sans ciller. Même de fourrer le calibre dans les chicots, il le fait avec style.

Je me suis garé, il m'a salué de son style habituel, *moins j'en dis mieux je me porte*, a enfilé un casque noir qu'on n'allait plus lâcher et grimpé sur ma moto.

On était au-dessus du canal Saint-Denis, au milieu de l'avenue Corentin-Cariou. J'avais repéré le CIC depuis un moment, la banque située au n° 9. Elle avait des vitrines à n'en plus finir, interrompues par une boutique de retouches. On faisait un dernier tour de repérages pour que le trajet et le déroulé de l'attaque soient limpides comme de la vodka.

Trottoirs extra-larges avec piste cyclable, deux distributeurs de billets, les *coffres-forts avec pignon sur rue* aurait dit Archi, surmontés de deux superbes caméras de vidéosurveillance. Juste à côté, la petite porte d'accès du dabiste. L'avenue Corentin-Cariou est vaste à y bâtir le stade de France, et à 7 heures du matin, on pourra circuler à l'aise. Autour, que des commerces fermés le matin. Au 12, Charles Traiteur et sa pâtisserie kasher, au 10, la boucherie Emsalem. À côté, au croisement avec la rue Benjamin-Constant, La Pièce de bœuf, un restaurant pour mecs enchemisés qui fait l'angle, toujours ça de regards en moins.

C'est par cette rue qu'on repartira, le sens unique jouant en notre faveur. Pour le DAB bélier, juste deux potelets de trottoirs à scier pour se tailler une autoroute jusqu'aux distributeurs. Alors, on aura suffisamment de recul pour prendre de l'élan et faire voler les billets.

Le recul et la puissance sont les clefs du casse-bélier.

Côté voiture, il faut du solide. Une Clio absorberait le choc en faisant l'accordéon et laisserait les DAB nickel. Moi, je dis, rien de mieux que le 4 × 4 Nissan Patrol avec pare-buffle. Ils ont interdit le pare-buffle en 2007, il causait trop de dégâts. Mais à Auber', les filiales occultes de pièces détachées ont la vigueur du chiendent. Elles poussent en bordure et bradent de moitié les prix du Casse Center. Yacine, lui, foncera dans les DAB avec le 4 × 4. Il vient armé d'un fusil à pompe avec canon scié. Archi ne s'occupera que de la sécurité. Son job sera de rester dos à l'équipe et de faire le guet. Rien que ce point repose sur la confiance. Car le mec inexpérimenté ne résistera pas au désir de jeter un œil à l'opération pour voir si les billets aboulent.

Puis la règle est simple : le maximum d'oseille en un minimum de temps et on s'arrache. Moi, je m'occupe de nettoyer à la massette, de jeter le flouze dans mon sac en bandoulière puis d'arroser le 4 × 4 pour faire cramer le buffle. On aura choisi des sièges en tissu pour que ça flambe mieux. Je prendrai mon Zastava M64 pour le repli — suffisamment dissuasif. Archi sécurise le périmètre avec un Beretta 92 FS Inox, assez lourd pour assommer un mec qui s'improviserait Rambo de trottoir, depuis une moto replaquée prête à partir. J'ai recruté Oz, un petit de la Maladrerie qui avait bien grandi, pour m'enfuir avec une seconde moto. Il se faufile comme personne.

On a noté toutes les caméras sur le trajet et vérifié la distance des commissariats les plus proches. Avec cet ultime repérage, on s'est rendu compte qu'on ne prendrait pas comme prévu le trottoir de l'avenue Corentin-Cariou après le canal Saint-Denis. On avait loupé deux caméras qui visaient la contre-allée. Yacine voulait qu'on mette un véhicule en travers en simultané devant l'unité de police de la rue de Nantes pour les bloquer. J'ai hurlé :

« T'es complètement psycho, toi ! Tu cherches la daille ou quoi ? Faut agir le maximum en scred. Et puis faut faire un truc propre. Tu vas pas les pousser à bout, les condés, c'est de la double provoc. »

On aurait ramené un cinquième lascar et diminué la part d'autant. Yacine a failli dire *qu'on serait que trois* de toute façon, puis il a baissé les yeux. On a passé en revue toutes les personnes susceptibles d'intervenir et de nous gâcher notre partie. J'ai précisé :

« Si ça bade, on mitraille d'abord en l'air, généralement ça suffit. »

On est convenus de ne pas dire un mot durant le braquage. Lorsque tu parles pendant l'opération, c'est que t'as mal géré la préparation. Quand tout est synchro, *y a rien à dire*.

Si ça part en couille, la règle est de prendre un accent. Yacine avait du mal, je lui ai conseillé de garder une clef dans la bouche. On a décidé de tous porter des lentilles de couleur, des cagoules noires et des gants. J'ai répliqué que ça suffisait pas. Que même si on devait crever de chaud il fallait mettre des pulls avec un col roulé pour se grossir et deux pantalons avec des élastiques en bas. Quant aux chaussures, on augmentait la taille de deux pointures. Après, on brûlerait tout. On a rappelé l'impératif de laisser les portables éteints, batterie ôtée. On a décidé de frapper entre 6 h 50 et 7 heures, au moment de la relève entre l'équipe de jour et l'équipe de nuit. Les shrecks seront en marcel quand on montera au braquo. En priant pour que les effectifs départementaux ne tournent pas dans le quartier.

On a parlé du prochain coup. J'ai été ferme : les flics sont comme des fous pendant un ou deux mois après le casse. Pendant qu'ils ne dorment plus et font les frelons, nous, on se fait oublier. Je pouvais parler, je savais qu'on tiendrait pas. On retaperait au premier tuyau. Yacine a rêvé un instant sur les 200 000 €. Il voulait déjà les palper dans ses mains, aller en boîte, boire du champagne sur la croupe des filles, et se lustrer les crocos sur leur peau. J'ai juste dit :

« T'as rien compris... On n'a qu'une devise, c'est discrétion et patience. »

Le problème des devises, c'est qu'on a beau les répéter, on les applique jamais.

Moi moins que personne.

CHAPITRE 11

Vendredi 1ᵉʳ juillet 2011
21 h 15
Paris XIXᵉ, porte d'Aubervilliers,
cirque Diana Moreno

Elle était au bord du vide.
Les doigts de pied pointaient vers l'abîme. On sentait qu'elle allait sauter et il fallait s'habituer à l'idée que cette gracilité était tendue vers la chute. Pourtant, dans sa robe blanche sur laquelle semblaient greffées des milliers d'étoiles de neige, elle n'avait jamais été aussi belle. Diego s'en fit la remarque.
Fréquenter la foule à découvert était inenvisageable. Les ouvreuses l'avaient autorisé à entrer en plein spectacle. Il s'était faufilé, plus noir que l'ombre, casquette enfoncée sur la tête. L'idée de rester assis, même trente minutes, le rendait nerveux comme un étalon. À ses côtés, un petit garçon au visage bleu, illuminé par un sabre laser, gesticulait sur une chaise de velours rouge cerclée d'or. Dès que l'enfant bougeait, il diffusait une odeur de barbe à papa. Une femme en habit-veste fermé par des nœuds à brandebourgs avait placé Diego à la lampe électrique, au

bout d'une rangée, sur un strapontin. La seule place qu'il supportait. S'il se levait, personne à enjamber.

Basculer d'un univers à l'autre effaçait ses repères. Ses yeux allaient des spectateurs à la piste. Dans les airs, Adriana resplendissait. Il se répéta l'évidence : elle n'avait jamais été aussi belle.

Tout le monde devait l'admirer. Lui le premier.

Il tapota son paquet de cigarettes contre la rambarde de bois ciré. Rester longtemps sans fumer serait au-delà de ses forces. Diego releva les yeux, entre terreur et fascination. Sa sœur avait hérité de la beauté de leur mère. Quelque chose en elle relevait de la grâce, comme si elle incarnait l'essence de la femme. Elle était leur fierté. Il regarda, encore et toujours, dans l'idée qu'elle s'apercevrait de sa présence. Un faisceau bleuté trahissait les ombres et donnait à cette torche blanche des contours parfaitement dessinés, presque sculptés. Maintenant, elle s'agenouillait, encore retenue par ses deux bras. La position mit en valeur l'arrondi nerveux des cuisses. Diego entrouvrit les lèvres. Elle était fragile, la petite mésange bleue. Il aurait voulu la protéger pour l'éternité. La tenir dans ses bras, un instant, comme les papillons ivres de lumière que l'on capture et que l'on sent trembler, dans la cage sombre des doigts. Lui dire qu'il était là, qu'il ne l'abandonnait pas. Se rassurer dans cette proximité, aussi. Mais, comme les papillons, il savait que la retenir, c'était la faire mourir. Toute cette palette irisée des ailes, ce chromatisme chatoyant et subtil ne servait en définitive que la mort, puisqu'elle attirait irrésistiblement, et que les mains, en touchant, chassaient la vie. On ne retenait pas Adriana.

Profond soupir. Fuir sa bande de chacals lui faisait du bien. Une trêve avec le monde, une trêve avec lui-même. Il ferma les yeux. Les souvenirs profitèrent de l'accalmie et les femmes qu'il avait aimées le traversèrent. Il y en avait eu trois. La dernière lui manquait. Marina. Il s'enfonça dans ses pensées. Trois semaines qu'il n'avait pas serré une femme. Un instant, il n'y eut plus que cela : le besoin d'assaillir Marina, de la dévorer, de plonger les mains dans ses chairs jusqu'à ne plus savoir où commençait son corps, et où finissait le sien.

Il rouvrit les yeux. Adriana était là, suspendue à l'irrémédiable. Diego posa ses bras sur la rambarde et retint son souffle.

Quand, tout à coup, elle bascula.

Ce fut très rapide. L'œil avait à peine le temps de saisir cette inversion du corps. Elle fendit les airs. Ses longs cheveux roux bouclés tombèrent en cascade dans la nuit. Un rêve... Diego se crut dans un rêve. Ses deux bras avaient lâché prise en même temps et elle était suspendue par les chevilles. Les spectateurs retinrent leur souffle. Une partie de la jouissance reposait sur ce péril du corps.

Ce plaisir ambigu perturba Diego. Cette grâce menacée, impossible à sauver, lui arracha de profonds tremblements. Un frisson courut sur sa peau. Il avait souvent eu peur pour elle. Peur d'arriver *trop tard*.

Voilà pourquoi il était là. Pour que le mot regret n'existe pas.

Sa sœur jouait avec les abîmes. Dans son métier, le risque zéro n'existait pas. Au début, il pensait qu'Adriana exerçait un art aux antipodes de ses propres choix. Jusqu'au jour où elle lui avait parlé de l'enseignement qu'elle avait reçu en matière de sécurité. Les acrobates raisonnaient en fonction d'une échelle des risques : risque sensible, risque critique, risque inacceptable. Le parallèle l'avait surpris. Adriana avait évoqué le triangle de Bird et sa théorie du déclenchement des accidents : les accidents majeurs dépendent étroitement du nombre d'incidents mineurs. Diego avait souri : comme pour les braquages. Le nombre de fois où ils avaient renoncé, avec ses équipiers, juste devant l'objectif, parce que le risque de *marquer quinze* en prison était plus fort que celui de se bourrer les poches de billets... Braquer 30 000 euros pour finir avec un cadavre : où était l'erreur ? En se perchant à neuf mètres du sol, Adriana ne pouvait se permettre, elle non plus, l'erreur. Elle avait expliqué à Diego l'autre loi, l'échelle des comportements, du suicidaire à l'averti : « Ignorer, nier, se défausser sur autrui, justifier, assumer, pallier, analyser, corriger, prévenir. » Diego avait tendu l'oreille. Pour la première fois, il s'était rendu compte que leurs parallèles se croisaient. Chacun son adrénaline.

Sa sœur se balançait désormais dans les ténèbres comme une poupée sacrifiée et sa blancheur incendiait la nuit. L'air qu'elle déplaçait semait son parfum poudré. Il étira les secondes où il pensa, où il fut persuadé qu'elle avait bravé les airs et chuté pour lui.

Rien que pour lui.

Pour lui montrer sa joie qu'il soit là, comme cette liberté profonde qui les reliait.

Signature de sang.

Rattrapé par ses nuits d'insomnie, Diego lutta contre le sommeil. Sa tête tomba une fois vers sa poitrine, animant sa casquette de brusques soubresauts. Tenir. Il devait tenir pour ne rien manquer. Le chapiteau restait rivé à Adriana. Après avoir tournoyé dans les airs, elle se tint suspendue à la barre, par la seule force des bras. Elle ne faisait qu'un avec le trapèze. Avec une souplesse qui gommait l'effort, elle remonta sur la barre puis se retourna et effectua un équilibre en pointe, ne tenant que par le pied gauche. Elle déplia sa jambe avec une volupté ingénue, jusqu'à former un V parfait, auquel répondait, tel un reflet, le V des bras tendus vers la piste. Lentement, elle les fit glisser en triangle, tressant ses longues boucles à la douceur de ses gestes. Ses bras verrouillèrent l'arrière des genoux pour se rétablir. Alors, elle se tourna vers le public, de profil, comme si elle s'éveillait. Vision ou non, elle crut apercevoir son frère au premier rang.

Adriana sourit.

Le programme tomba aux pieds du petit garçon. À l'intérieur, on trouvait un portrait d'Adriana. Elle se tenait en équilibre, assise sur la barre, un bras tendu dans les cordes, l'autre retombant à la parfaite verticale. Contrairement à Diego, elle n'était pas très grande. Son corps était vêtu d'une courte robe blanche nouée dans le dos, à broderie anglaise ajourée, à losange satiné sur le ventre qui soulignait doucement la poitrine. Ses lèvres, très maquillées, scintillaient, et sur ses yeux brillaient des reflets marron glacé. La beauté de l'image tenait à la précarité de l'équilibre. La posture relevait du mirage, la figure du fantasme.

Nul ne pouvait tenir au bord du vide. Mais elle, elle savait.

Sous l'image, une phrase tirée d'une revue, *Le Cirque dans l'univers* : « La tête en bas, elle caresse le ciel avec ses jambes. » C'était exactement cela : elle caressait le ciel avec ses jambes. Et les spectateurs jalousaient le ciel.

Redoublement des prouesses. D'un bond, elle sauta sur le trapèze avec une dextérité inouïe. Ressort parfait, elle nouait un pacte diabolique avec le vide. Maintenant, elle prenait de l'élan, debout en équilibre sur la barre, fière. Tirant fort sur ses bras, elle se pencha en arrière pour donner de l'impulsion au trapèze, s'agenouillant pour monter encore plus haut ou sautillant en grand écart facial, elle ouvrait l'espace. Elle donnait l'impression d'avoir huit ans et qu'on la surprenait sur une balançoire, abandonnée à sa joie naïve.

Elle était la femme-oiseau.

La résolution de ses mouvements, empreints d'une infinie langueur, laissait sans voix. La beauté, elle, venait de ce sens aigu du paradoxe, de cette oscillation entre la force et la grâce. Le plus surprenant était que l'espace du chapiteau semblait se réduire à mesure qu'elle évoluait. Son corps se dépliait dans les airs tandis qu'elle changeait de jambe d'appui, ciseau régulier.

Mue par l'énergie du grand ballant, elle atteignit une hauteur vertigineuse. Ses envols renforcèrent l'illusion, très nette, que le chapiteau, si imposant encore avant son arrivée, rétrécissait. Rapidement, il sembla trop petit pour Adriana : elle dévorait l'espace. À l'ondulation des cheveux répondit celle du tissu de sa robe, délicieusement froissé par la vitesse. C'était comme si les abîmes l'avaient acceptée. Chacun était hypnotisé par ce va-et-vient. Au gré des figures, la robe dévoilait ses fesses et les hommes guettaient ce moment trop fugace. Elle se balança jambes tendues sur la barre pour amorcer un rouleau avant, enchaîner avec un rouleau arrière et un périlleux lâcher. La trapéziste finit suspendue par les chevilles, puis en amazone dans les cordes.

Les spectateurs regardaient, stupéfaits.

Elle était la grâce même. La grâce au bord du néant.

L'odeur des chevaux du numéro précédent monta aux narines. La salle baignait dans le piano de Chostakovitch qui puisait ses notes dans toute la nostalgie du monde. Chostakovitch était une musique d'hiver, un vent glacé, une plaie vive. Quand elle redescendit et qu'elle salua l'assistance, on aurait pu lui en vouloir de ne pas rester ce qu'elle était — une apparition.

Mais Diego était plein de reconnaissance. Sa sœur lui avait offert l'impossible.

Le temps d'un numéro, il avait oublié sa vie.

La lumière baigna la piste et les artistes montèrent la cage aux tigres. Les cliquetis du métal arrachèrent Diego à la féerie.

Sa prison à lui était intérieure.

Les braqueurs repentis n'existaient pas.

Le chapiteau versa à nouveau dans la nuit et l'entrée des artistes seule resta illuminée par des lampions jaunes. Deux halos rougeoyaient sur la gardine et l'on ne savait si c'était l'enfer ou le paradis qui s'ouvrait. Les tigres empruntèrent les tunnels aux arabesques d'acier et d'un coup ils furent là, paradant à portée du regard. La majesté des fauves s'imposa. À force de voir de la fausse fourrure sur le dos des vieilles peaux, on en oubliait la splendeur de ces rayures.

En costume queue-de-pie gris à galons d'or, le dresseur à talonnettes fit claquer son fouet en criant des instructions en allemand, tandis que les félins sautaient de tabouret en tabouret, leur queue en balancier. Ils étaient sept. En fin de numéro, l'homme, un court fouet en main, ordonna à l'un d'eux de se dresser sur ses pattes de derrière. Feinte ou réalité, le tigre rugit et répliqua par un violent coup de patte qui battit l'air.

Une acrobate descendit sur la piste, perchée sur un globe terrestre. Diego se cala en arrière et essaya de se concentrer sur ce qu'il voyait. La femme portait un collant noir qui allongeait sa silhouette. Sa chevelure était aussi longue que la crinière des chevaux. En équilibre sur le globe, elle fit valser treize cerceaux de couleur. Elle enchaîna avec des massues. La lumière était douce et bleutée.

Diego cligna des yeux.

Quand il les rouvrit, un projecteur emprisonnait une fildefériste dans son halo. En chaussures de tango, short et gants de satin noir, chapeau et bustier blanc à lacets, cette blonde élancée ne manquait pas de charme. Ses jambes gainées d'une résille esquissèrent des pas de deux sur le fil, à deux mètres du sol, tandis qu'une ombrelle servait de balancier. Mais il y avait quelque chose de trop ouvertement sexuel, un manque de mystère qui ne pouvait lutter avec la grâce naturelle de sa sœur.

Diego referma les yeux et Adriana continua à danser sous ses paupières.

Il était rassuré pour elle, par-delà les risques qu'elle encourait. Sur son trapèze, Adriana était à sa place, loin du feu des calibres.

C'est en somnambule qu'il se leva de son rêve éveillé. En plein numéro de dressage de caniches et de colombes blanches au kitsch assumé, il claqua le strapontin et se dirigea vers la sortie. Il reviendrait la voir, juste pour elle.

La beauté le ramollissait. À force, elle finissait même par l'agresser.

Elle lui rappelait un monde qu'il avait depuis longtemps quitté.

CHAPITRE 12

Samedi 2 juillet 2011
23 h 23
Aubervilliers, rue Régine-Gosset

Sûr que la raison ordonnait de rester planqué, à ne bouger une oreille que devant son miroir avec une main sur le calibre. Mais qui décide de ses angoisses ? La nuit gagnait et c'était ma tumeur. J'étais sur la terrasse de l'hacienda avec vue sur le néant et tout était noir en moi, les fringues et le soir avaient déteint et je n'étais plus qu'une grosse tache d'encre. Je regrettais de ne pas avoir parlé avec la petite mésange hier, de tout et de rien.

Surtout de rien.

Retour en arrière. Avec Yacine, Oz et Archi, on avait lancé un concours de pâtes. Pas pour la recette... C'était à celui qui en mangerait le plus. Il fallait nous voir tous les quatre, parler aussi fort que dix bouchers, dans la cuisine d'Oz à la Maladrerie, plus petite qu'un mouchoir replié, à croire qu'ils ont calculé les diagonales avec des Kalach pour voir si l'essentiel y tiendrait. Rien que la cuisson nous avait plongés dans la moiteur d'un hammam. C'était tellement millimétré qu'il y avait de la buée partout. Yacine a dessiné un cœur sur la fenêtre avec *Oz + Aïcha*. Je n'étais pas au courant. On a tous gloussé. Sauf Oz.

J'ai gagné avec un kilo, direct du couscoussier à mon ventre. Pour engloutir les pâtes, je ne me connaissais pas de concurrent. J'avais versé dix tonnes de piment dessus car j'étais pire qu'un Indien et un Africain réunis. Du *bioko*, un truc rouge violent droit venu de Côte d'Ivoire, pourtant moins dangereux à avaler que le *koutoukou*, leur alcool de palme. Le feu appelait le feu : vrai, j'y croyais.

Ils avaient été débiles de parier. Il faut reconnaître que le pari n'était pas vicieux : vingt DVD de films d'action. Oz marmonnait dans son coin que je trichais, que j'avais dû jeûner pendant quatre jours. Je répondais que ça changeait rien, que j'avais gagné. Yacine sortait deux, trois mots, juste pour faire genre j'ai des lettres et Archi, comme toujours, ne disait rien. Puis ils m'ont tous regardé et ils ont déclaré que c'était à ces détails à la noix qu'on reconnaissait que j'étais le boss. On est passés au salon. Enfin, au salon, façon de parler, car chez Oz le salon c'est une table basse, un tapis, une plante qui est tout ce qui lui reste de sa mère morte d'un cancer et un écran plat qui mange l'espace. C'est tout. Il aurait mieux fait de prendre une radio parce qu'à cette distance, regarder la télé le faisait bronzer.

À mes pieds, un ancien carton de chips bourré de DVD. J'ai annoncé à Oz que je commençais mon racket et pioché dans le carton pour prendre mon dû. Au hasard, j'ai tiré un film : « Je vois que tu fais dans le culturel, Oz. Je savais pas que tu les aimais fournies. » Je l'ai reposé et j'ai continué à fouiller. Ce n'était pas ma came.

Il y eut un silence.

Oz a couru comme un fou dans sa chambre sans qu'on comprenne pourquoi. Il est revenu pour me braquer avec un Gomm-cogne[1] pour que je lâche ses DVD. Il devait trouver ça drôle ou il ne supportait pas qu'on tombe sur ses fantasmes, va savoir. Pour être précis, je n'ai pas eu à lever les yeux, j'ai vu le reflet dans le cadran de ma montre Gucci et j'ai dit : « Poussin, tu ne crois quand même pas m'arrêter avec de la 7e catégorie ? » Il était surexcité et il a hurlé qu'il avait plus l'âge d'être un poussin et que c'étaient pas des balles en caoutchouc.

Il les avait remplacées par des cartouches chargées de chevrotine en plomb.

Des cartouches chargées de chevrotine en plomb...

J'ai bondi.

J'ai attrapé Oz par l'oreille et je l'ai plaqué contre la table en verre jusqu'à ce que l'oreille devienne bleue. Puis je l'ai pris par les burnes et j'ai soufflé à son oreille violacée :

« Personne ne me braque, Oz. Tu m'entends, larvasse ? Pas même pour rire. J'ai *présentement* plus de pouvoir sur tes couilles que la meilleure de tes putes. Alors tu poses ton crache-noisettes et tu t'excuses. »

Je l'ai relâché d'un coup. Sa tête a cogné et il s'est mis à pleurnicher. L'odeur des pâtes refroidies est devenue écœurante. Ça sentait l'huile à gerber. Oz a jeté un œil aux autres, effrayé, en les questionnant du regard, puis il a baissé les yeux. Je crois qu'il a dit pardon.

J'ai pris le carton rempli sous le bras et je suis sorti en claquant la porte.

---

1. Arme de défense avec munitions en caoutchouc durci.

Au bout d'une minute, j'ai sonné. Oz ne répondait pas. J'ai gardé le doigt appuyé sur la sonnette jusqu'à ce qu'il ouvre.

Alors j'ai vidé le carton de DVD à ses pieds :

« Je garde le carton, c'est ce qu'il y a de moins pourri dans le lot. »

J'ai claqué la porte et je suis parti.

Yacine m'a couru après. Il m'a dit que j'étais malade, qu'Oz tremblait de l'échafaudage entier. Déjà que sa mère était morte depuis moins d'un an... J'ai répondu qu'il y avait des règles et qu'on pouvait pas passer outre.

Lui, Oz, la réincarnation de Lucky Luciano. Personne.

Sinon, c'est l'anarchie, le bordel érigé en système. Du bout du pied, j'ai ratissé le gravier au sol et fini par lâcher ce que je pensais juste — que ce serait bon pour la montée au braquo. Stage de perfectionnement. La jeunesse d'Oz ne lui ferait plus prendre d'initiative. Il était là pour obéir, pas pour bordeler. Puis j'ai conseillé à Yacine d'aller dormir. Le braquage, c'était comme les examens ou le permis, il ne fallait pas arriver défoncé de fatigue.

Pour être sincère, les règles, j'étais le premier à les transgresser. Une haie devant moi et j'ai envie de sauter.

Avec Archi, on est rentrés à l'hacienda.

Et c'est là que je me retrouve sur la terrasse, une bière à la main — fidèle aux Hollandaises. Je n'avais pas sommeil et me trottait dans la tête le désir de débouler chez Adriana pour lui dire que j'avais vu son numéro. Alors aller se coucher... À côté, Adriana rayonnait. Elle était notre petite étoile, intouchable. J'hésitais toujours à lui rendre visite de jour. C'était compliqué. Le cirque Moreno était un cirque familial, sans histoires. *Septième génération de dompteurs*, comme disait notre sœur avec une fierté légitime. Et pour des raisons évidentes, j'évitais d'appeler.

Hors du cercle, Adriana, elle, n'avait pas droit au faux pas. Elle n'aimait pas que je vienne. Elle avait peur que quelqu'un sache *qui* j'étais. Elle avait l'impression que mon pedigree était écrit sur mon visage. Parfois, je lui en voulais. J'étais son frère, c'était plus fort que tout. Ça devait être plus fort que tout.

J'ai fini ma bière et jeté la bouteille dans la cour, direction une zone herbeuse. On n'était pas du genre à passer la tondeuse et sur la gauche, par-delà le gravier, s'élevait une vraie pampa. Je suis retourné à l'intérieur. Pas un bruit. Archi était aussi silencieux qu'un fantôme. Par réflexe, j'ai allumé les écrans vidéo et suis tombé au milieu de *Lost Highway*. Bill Pullman embrassait Patricia Arquette. Ou peut-être que c'était Rosanna, je me souviens plus. Je n'ai jamais été bon pour retenir les noms. En revanche, je n'oublie jamais un visage. J'ai lorgné l'image, puis j'ai baissé les yeux.

Pullman avait les mains pleines de chair.

Mon pied a rencontré un tabouret et ce dernier a valdingué jusqu'à l'escalier. J'ai regardé mes mains vides et me suis traité de manchot. Parfois, la solitude avait le goût de la punition.

Dans la salle de bains, j'ai pris la douche la plus rapide de l'ouest, puis le temps de me lisser les cheveux et de parfaire une fine moustache à la Johnny Depp. Ces gestes avaient la vertu de me calmer. Je suis passé par ma chambre, ai enfilé une chemise Ralph Lauren à manches longues — je ne la rentrais jamais —, pris une veste Hugo Boss et tâtonné sous une latte à la recherche de mon Browning Baby, un pistolet Herstal à six coups qui tirait du 6.35 et qu'on pouvait même cacher dans un bonnet. Petit mais fiable, il avait de faux airs de gadget de fête foraine mais joli, noir, chromé, costaud, insoupçonnable. Bref, d'une perversion redoutable. J'ai glissé Satan dans la poche arrière de mon pantalon et sans rien éteindre, je suis sorti. Quand je rentrais, je voulais que tout soit allumé, que ce soit Versailles, faire de mon palais des vents la galerie des Glaces. Comme si quelqu'un m'attendait.

J'ai sauté sur ma moto et j'ai rejoint un box à Pantin. Depuis deux jours, m'y attendait une Audi R8 noire avec plaques en doublette parfaite. J'ai hésité, puis je l'ai sortie. Ma sœur avait beau le cacher, elle adorait les voitures et je savais que je lui ferais plaisir comme à une gosse.

Le bruit du moteur m'a fait du bien. Net, puissant, rauque. L'odeur du neuf aussi, le cuir qui craque sous la main, passer les vitesses au volant — le baratin flatte-flouze au complet. Ça pouvait aller loin, je connaissais un mec qui bandait tellement pour les caisses qu'on s'asseyait chez lui sur des sièges de bagnoles. Et sur le sol, y avait même des bandes orange et turquoise comme sur le circuit du Mans... Un taré.

J'ai mis *Ore d'amore* en boucle, une chanson qui aurait apprivoisé un grizzli. Y avait tout un orchestre derrière et de vrais chœurs, c'était pas de la musique pour boîte à sardines. Et puis dans des moments de sincérité, le premier braqueur l'avouerait : ce qu'il préfère, ce sont les vraies chansons de crooner. Toute l'histoire de Sinatra et de la mafia. Je n'échappais pas à la règle. Il y avait assez de violence dans nos vies pour qu'on ait parfois juste envie de croire, dur comme l'acier d'un calibre, à l'amour. J'avais jamais combattu mon romantisme. C'était peut-être le seul truc doux en moi qui me rendait encore heureux. Après, je savais que si le romantique l'emportait sur le parano, j'étais mort. Chez nous, *la paranoïa est la forme aiguë de la conscience.* Un moment de relâchement et tu te fais trouer la cervelle.

Arrivé à la porte de la Villette, je me suis garé sur le côté. Au loin, j'ai reconnu le roi Saïd — le boss de L'Orange bleue — qui sortait, et j'ai détourné la tête. Il faisait le meilleur couscous de la ville mais j'étais pas d'humeur à parler. Y avait marqué misanthrope sur mon front. J'avais, c'est vrai, des facilités. J'ai baissé une vitre pour fumer, fermé les yeux et me suis enfoncé dans le siège pour plonger, sans résistance, dans l'eau des mots. Plus rien n'existait et, ferveur d'un condamné, j'ai béni cette noyade.

> *È solo te che vorrei*
> *Soltanto te.*
> *Il tuo posto era quì*
> *Vicino a me.*

Calmement, je suis reparti direction la porte d'Aubervilliers. Je planais, comme si j'habitais soudain la nuit, c'était bon, sacrément bon, et revoir Adriana me rendait léger. Je priais juste pour qu'elle ne soit pas sortie avec un de ces connards dont elle avait le secret. Adriana n'avait jamais été douée pour tomber sur un type bien. Le type qu'elle méritait, voilà tout, pas plus. À côté d'elle, ces mecs paraissaient fades, transparents, des spaghettis emmêlés dans leur tourbillon trop cuit. Putain, elle méritait la classe, ma sœur... En pensant à elle, j'ai souri et une idée a jailli.

Je suis descendu de l'Audi, j'ai verrouillé les portières et j'ai franchi en prince la porte automatique du B & B Hotel. Zoom avant. Mon regard s'est immédiatement posé sur ce que je cherchais. Je l'aurais parié. Dès qu'un endroit se prend au sérieux, ce chiendent classieux pousse. Restait à divertir l'esclave à l'accueil.

Je me suis approché avec mon allure du genre : *T'as compris, gros ? J'ai des billets parme plein les poches*, et je lui ai demandé si Mme Rosarno était arrivée. Le temps qu'il examine son registre, je me suis penché vers lui tout en glissant une main dans mon dos pour sectionner une fleur blanche d'orchidée, posée à gauche du comptoir. Il a pris un air ennuyé, a vérifié sur son ordinateur puis a déclaré qu'il n'y avait pas de Mme Rosarno. J'ai répondu par une moue contrariée, option c'est bizarre, cette histoire, puis j'ai sorti mon iPhone, tapoté l'écran et dit que j'étais vraiment trop bête, que j'avais confondu et que c'était à l'Holiday Inn... J'ai salué le gremlin, direction la porte, dégoulinant d'excuses. Mission accomplie.

L'orchidée et ma veste Hugo Boss : l'alliance fatale. Même question élégance, j'étais pire qu'un Italien. En tout, je voulais être pire qu'un Italien. Normal, j'étais espagnol.

Je suis remonté dans le carrosse et en moins de deux minutes, le portail vert du cirque fut en vue dans les phares. La musique s'est éteinte comme par évaporation, je sautais de sas en sas sans toucher du doigt la réalité ; les feux à LED de l'Audi ont clignoté : verrouillage disco des portes, je me sentais grand seigneur. J'ai couru jusqu'à l'entrée. Le cirque dormait. De rares lucarnes perçaient la nuit.

La caravane d'Adriana était là, sur la gauche, en

blanc et rose — pièce montée meringuée de partout. J'ai souri : je l'appelais son gâteau de mariage. C'était l'une des plus belles, le châssis avait été transmis de famille en famille ; un fils de dompteur avait construit la structure. Ma sœur était fière qu'on la lui prête. À côté de l'escalier métallique, les petits jeunes avaient fixé en hauteur un panier de basket. Je m'y suis essayé cinq fois pour vérifier ma détente : j'avais la pêche, un vrai saumon.

Sans bruit, j'ai grimpé l'escalier et écouté à la porte. Rien. Parfois, elle allait tôt au lit, ça dépendait de ses spectacles et de ses entraînements. J'ai ajusté mon orchidée que j'avais fait tomber et tourné la poignée en professionnel. Adriana était là : ce n'était pas fermé mais elle devait être couchée. Il y avait juste une petite bougie qui jetait du jaune dans un coin, au milieu de pierres et de souvenirs. C'était dingue, je passais des heures à lui répéter qu'on s'endormait pas avec une bougie... Ma petite sœur était dingue. Complètement dingue. Et elle n'écoutait rien, cette tête de mule.

La caravane sentait son parfum. J'ai soufflé la flamme et j'ai éclairé avec mon portable. En montant les marches qui menaient à son lit, je l'ai vue dans l'ombre, recroquevillée côté fenêtre. Elle serrait son oreiller, endormie sur sa couette rouge avec des gros coussins violets, et elle avait natté ses cheveux. On avait envie de la prendre dans ses bras pour la protéger jusqu'à la fin de sa vie.

Elle m'a semblé fragile, infime, une enfant dans la gueule du loup.

Hermanita...

Je me suis assis sur son lit comme un voleur. Elle a bougé, s'est retournée en allongeant le bras, a frôlé ma jambe droite et poussé un cri de bête en se redressant. J'ai posé ma main sur sa bouche et je lui ai dit :

« C'est rien, *cosita linda*, c'est moi, Diego. »

Et je l'ai embrassée sur la joue. Elle m'a serré fort à m'étouffer en soufflant dans mon cou. C'était plus doux que tout et j'aimais bien quand elle poussait ses pépiements d'oiseau.

J'ai chuchoté à son oreille :

« La prochaine fois que tu dors avec une bougie allumée, petite mésange bleue, je te tue. Tu m'entends ? Je te tue. »

J'ai sauté droit sur mes jambes, ai chopé la première robe qui traînait sur une chaise, la lui ai jetée, puis j'ai repéré deux escarpins de princesse qui brillaient de partout. J'ai soulevé Adriana dans mes bras en lui faisant claquer des baisers dans le cou. Elle pesait trois plumes.

Dans sa main droite, j'ai déposé mon portable en lui donnant mission d'éclairer. Elle me regardait droit dans les yeux et, comme je ne les baissais pas, elle a murmuré en cognant front contre front :

« Tu me manquais, sale gosse. »

J'ai ri et je lui ai dit :

« Allez, je t'emmène à l'assaut de la capitale. Je t'ai trouvé un beau carrosse, princesse. »

On a descendu les marches, toujours elle dans mes bras et elle gigotait dans tous les sens. Elle protestait que tout le monde allait nous voir, qu'il fallait que je la dépose par terre. Là. J'ai obéi, juste pour qu'elle ferme sa porte. Son tout le monde, c'étaient deux insomniaques, à tout casser.

Quand elle a vu la voiture, elle a couru pieds nus jusqu'à la portière. Je lui ai lancé ses escarpins en lui précisant que je n'acceptais ni les chiens ni les saltimbanques dans mon Audi.

Elle a glissé ses pieds dans des talons de sept centimètres et j'ai ouvert. *Ore d'amore* a repris alors que je mettais le contact. Adriana n'a même pas demandé ce que c'était. Au bout de deux minutes, elle s'est juste penchée vers moi en montant le son et en disant, avec son aplomb habituel :

« J'aime bien... »

Puis elle a répété en défaisant ses nattes, comme si c'était une affaire d'État :

« J'aime *vraiment* bien. »

On est restés silencieux : tous les deux, on adorait rouler le soir sans rien dire, avec juste l'écran de la nuit aux vitres. Elle a fini de défaire ses nattes et agité ses cheveux de feu. Avec sa crinière, j'ai précisé que c'était elle, la plus belle lionne du cirque. Les portes de Paris se rapprochaient, je me suis tourné vers elle, sérieux :

« On va où, petite sœur ? »

Mais je connaissais déjà la réponse : la tour Eiffel.

Elle a fait semblant d'hésiter, à moins que ce ne soit sincère, puis elle a dit :

« La tour Eiffel, Diego ! »

Gagné.

Je n'avais pas de mérite, Adriana avait des goûts de touriste. Pour elle, Paris, c'était la tour Eiffel, les Champs-Élysées et, à l'extrême limite, les ponts de Paris. Le reste n'existait pas. J'avais beau lui dire qu'il y avait des coins de malade autour de Montmartre, des lieux tout en dénivelés, elle devait le savoir, elle y avait habité, que l'hiver, j'avais vu une fois des types descendre en snowboard les rues près du funiculaire, elle secouait la tête d'un air boudeur en décrétant que *ça ne pouvait pas être la tour Eiffel*.

On a pris le périph et j'ai poussé un peu la gomme, sur de courtes distances, pour la faire rire. De toute façon, en dessous de 200 kilomètres-heure, rien n'allait assez vite pour Adriana.

Elle s'est tournée vers moi, je sentais son regard qui pesait. J'ai fini par dire :

« Qu'est-ce qu'il y a, mésange ?

— Tu voudrais pas... virer cette orchidée de ta poche ? Je te jure, ça fait maquereau, Diego...

— Maquereau ? Arrête ! Y a rien de pire que de gagner son flouze sur le cul des filles. C'est pas un métier, ça, julot. Tiens, regarde !... »

Et j'ai jeté l'orchidée. Satisfaite, elle a souri.

Adriana a trituré les boutons sans arriver à interrompre la chanson qui tournait en boucle. Je me suis moqué d'elle et j'ai mis une autre musique. C'était *Big Jet Plane* d'Angus & Julia Stone. Je l'avais prise rien que pour elle, je savais qu'elle adorait.

Elle s'est à moitié allongée en tapotant le rythme sur mon bras. Ses ongles étaient couleur bronze. La petite mésange bleue s'est mise à fredonner la chanson et ma voiture n'était plus un bolide. Ç'aurait pu être une R8 ou même une charrette : on s'en foutait. On était à nouveau enfants et c'était un refuge, une cabane en bois, un château fort en carton, une tente de fortune en pleine forêt...

Je n'ai pu m'en empêcher, je lui ai posé une main sur l'épaule et je lui ai dit, en la regardant de biais :

« Et bien sûr, Archi t'embrasse. »

Elle est restée silencieuse mais j'ai vu deux larmes couler le long de sa joue. Comme je ne voulais pas qu'elle s'arrête de chanter, j'ai sifflé le refrain.

Et le miracle a repris et j'étais heureux et j'aurais voulu que jamais ne cessent les cercles autour de Paris.

Belle accélération, sortie porte Maillot. En tout, je voulais de la mécanique parfaite. Que ça réponde au doigt et à l'œil. À bien y réfléchir, c'est peut-être pour ça que j'avais du mal avec les gens. On a passé l'Arc de triomphe, j'ai jeté un œil à ma montre. Plus que trois minutes avant que... J'ai pris des virages serrés pour me faufiler avenue d'Iéna.

J'ai pilé et elle a eu un fou rire :

« Je ne savais pas qu'un feu rouge pouvait arrêter mon frère ! Un feu rouge, Diego, toi ! *Arrêté par un feu rouge...* »

Puis elle a dit :

« Diego, les gens nous regardent. »

Et j'ai répondu :

« Non, petite mésange. Ils regardent la bagnole. »

Il fallait pas me chercher, même sur des blagues à la con comme ça : j'ai évidemment grillé tous les feux. C'était n'importe quoi, Paris était truffé de flics, une vraie volière. Chaque fois, elle anticipait juste avant le feu :

« T'es fou ! T'es fou, Diego ! Mon frère est fou... »

J'aurais pu tomber pour des conneries de ce genre. Mais j'étais avec Adriana, il ne pouvait rien m'arriver.

On a enfilé le pont d'Iéna comme un gant de soie et tout à coup elle fut là.

Rien que pour Adriana.

Retour sur ma montre et pile chrono : minuit. La tour Eiffel s'est mise à crépiter de milliers d'étoiles. Yacine, qui était accro au savoir inutile, soutenait qu'il y avait dix mille ampoules et qu'avec les câbles électriques, on aurait pu aller jusqu'à l'aéroport de Beauvais. S'il le disait, j'allais pas vérifier... Je l'ai répété à Adriana mais elle avait sorti la tête par la vitre et elle ne m'écoutait plus. Je l'ai tirée par sa robe de satin vert qui était plus courte que mes chemises et elle m'a repoussé et frappé de la main. Quand elle regardait la tour Eiffel, il ne fallait pas la chercher, ma sœur. Elle avait les plus belles jambes du monde. Des jambes de trapéziste.

J'aurais voulu ouvrir la portière et me promener avec elle. J'étais fier quand elle se tenait à mes côtés. Mais j'avais toujours peur... Peur que, voilà tout.

Je me suis calé dans le siège et j'ai essayé de regarder avec les yeux d'Adriana. Mais le problème avec la beauté, c'est que ça manquait vite d'action. Patient par sacrifice, j'ai attendu qu'Adriana repose ses fesses à demi nues. Elle a dit :

« Je voudrais suspendre mon trapèze à la tour Eiffel, un jour... Rien qu'une fois. Pour être la plus heureuse des femmes... Alain Robert, il l'a bien escaladée ! Il est même arrivé en haut à minuit pile, un 31 décembre. Il est trop fort. Et tu sais ce qu'il a dit, Diego ? Il a dit *qu'après tout, la tour Eiffel n'était qu'une grande échelle...*

— C'était quand, ça, Adriana ?

— En 1996. Enfin, je crois... J'ai un doute... Peut-être 1995. Et rigole pas, Diego, c'est super important, des actes comme ça. C'est du terrorisme poétique, ça vaut toutes les révolutions ! Bouglione aussi, il avait fait monter les escaliers de la tour Eiffel à son éléphante pour son anniversaire — quatre-vingt-cinq ans. C'est dingue quand on y pense. Une éléphante, Diego ! Et quelques années après, en 1952, Rose Gold avait fait une démo de trapèze sans filet, à plus de cent mètres du sol !... C'était trop beau... Oui, Diego, c'est mon plus grand rêve, la tour Eiffel, et je peux te dire jusqu'à la fin de la nuit les trucs les plus fous qu'elle a vécus, Andrée Jan et tout ça... »

Central Park. Je me suis souvenu qu'elle avait suivi un jour un saxophoniste à New York. Un mec bien, pour le coup. Là-bas, elle n'avait rien trouvé dans le cirque et pour se faire un peu d'argent, ils avaient fini par dénicher un arbre dans Central Park pour accrocher son trapèze. Elle revivait. Joli Cœur jouait à ses côtés. Un flic à cheval était arrivé et l'avait fait descendre, parce que l'arbre était centenaire et qu'on n'emmerdait pas un arbre centenaire. Tu parles, elle pesait trois brindilles, la petite mésange. Ils y étaient revenus et avaient accroché son trapèze sur un pont de Central Park. En février. Elle est cinglée, ma sœur. Un con de gardien avait été insensible et elle était rentrée en France parce que vivre d'amour et d'eau fraîche ferait crever n'importe qui.

Là encore, deux larmes ont coulé. Elle s'était démaquillée mais il restait du noir sous ses yeux et c'était presque encore plus beau.

J'ai essuyé ses larmes :

« Mésange, tu mérites d'être la plus heureuse des femmes... Et je ferai tout pour. »

J'ai porté la main à la poche intérieure gauche de ma veste et j'ai brandi une enveloppe sous son nez avec un clin d'œil :

« Tiens, mais interdit de l'ouvrir avant que je sois parti. »

À l'intérieur, que du vert. Une belle forêt — de billets.

Sans transition, elle a enchaîné avec son air de tragédienne qu'elle avait depuis toute petite :

« Diego, emmène-moi un soir à la Tour d'Argent...

— La Tour d'Argent ?... La Tour d'Argent... T'as de drôles d'idées, toi... Je vois pas pourquoi mais toi, tu sais... Ça doit être mortel avec que des gens grandis au chaud dans le pâté croûte...

— J'ai toujours rêvé d'aller à la Tour d'Argent. À la Tour d'Argent... et au Crillon. »

Elle a tapoté mon genou pour qu'on bouge. Je connaissais par cœur la suite et j'ai foncé vers le pont des Invalides. Elle était pleine de vie, ma comète :

« Je sais... La Grande Roue.

— Quoi, la Grande Roue ? »

Je me suis moqué d'elle en imitant son ton décidé.

« Ce soir on monte sur la Grande Roue de Concorde. Pour voir Paris d'en haut... La nacelle, euh... 42, la noire, la seule. S'il te plaît, fais-moi plaisir, Diego... »

Elle était prête à me sortir son mouchoir et tous les arguments du monde. J'ai été ferme : « Non.

— Pourquoi ?

— Non.

— Oui, mais pourquoi non ?

— Putain, Adriana, je vais pas m'enfermer dans une cabine tout en haut à quarante mètres du sol !

— Soixante. Et pourquoi pas ?

— Mais non ! Pas pour rien ! Tu prends pas des risques pour rien... Tu prends des risques *pour de la thune*. Pas pour rien, Adriana. »

Elle a eu l'air ahuri. Du coup, elle n'a plus rien dit. Elle s'est contentée de secouer la tête.

« Fais pas cette tête, mésange... Et puis y a pas de Grande Roue en été, c'est que pour les fêtes, l'hiver, tu vois. »

Elle a réfléchi. L'argument semblait porter. Intérieurement, j'ai soufflé. Mais elle a ajouté :

« Alors des churros, tu me trouves des churros. Des churros avec plein de sucre qui brûlent les doigts !

Ceux de Zouzou à Bastille, le type à tête de tueur yougo qui parle pas français, tu te souviens, avec un beau sourire... Et s'il est pas à Bastille, il est à la Foire du Trône... O.K., Diego ? »

Ma sœur avait dans la tête une vraie carte des churros de Paris. Je savais qu'elle en grappillerait deux avant de balancer le sachet.

Je l'ai regardée et ses yeux brillaient. On avait les mêmes.

« O.K., baby, je ferai le tour de Paris pour te trouver des churros. On ira jusqu'à Barcelone s'il le faut. »

Oui, jusqu'à Barcelone. Simplement parce que j'aurais passé ma soirée à ne pas la ramener à Aubervilliers, la petite mésange.

Sans hésiter, je suis reparti, prêt à épuiser la nuit, en remettant *Big Jet Plane*.

Pour Adriana. Tout pour Adriana.

CHAPITRE 13

Lundi 4 juillet 2011
8 h 45
Paris Ier, quai de l'Horloge,
Identité judiciaire

« Bravo. »

Dino n'eut pas le temps de se retourner que le commandant Jo Desprez lui tapait déjà sur l'épaule. Il avait reconnu la voix, sévère et bougonne. C'était la première fois que le commandant de la Crime débarquait dans son bureau du deuxième étage du quai de l'Horloge, qu'il partageait avec ses collègues de l'Identité judiciaire. La pièce était séparée en petits box avec chacun leur galaxie. Jo Desprez jeta un œil sur l'ordre relatif du bureau de Dino. Le technicien était de rapport et s'apprêtait à taper des dossiers. C'était sobre face aux collections de vaches, à la déferlante de cartes postales ou aux porte-clefs peluches qui rappelaient les stands de fête foraine.

Au fond, de larges fenêtres donnaient sur les vitraux du tribunal. S'absorbant dans des détails et leurs lucarnes sur l'intimité, Desprez remarqua une bouteille de Teisseire à la menthe 0 %, un *20 minutes* ouvert sur l'horoscope, des autocollants Disney, d'autres pour la libération du Tibet et une parodie de carte postale, où un pigeon parisien apprenait « à chier sur les piétons en douze leçons seulement ». Le flic pensa aussitôt que les douze années passées à l'IJ n'empêchaient pas Dino d'être un enfant. Ce jeune homme brun en gardait la fraîcheur, les mains fines et la fantaisie, par-delà les assauts du crime. Sa petite taille semblait la preuve de ce refus de grandir.

Dino n'osait rien dire. Il était tellement étonné qu'il mit trente secondes à proposer au commandant de s'asseoir sur l'une des chaises de bureau bleu piscine. Il était d'autant plus surpris que le bruit courait que cette grande figure de la Crime claudiquait du pied droit et que Jo le Rugueux était affaibli.

D'un geste radical, le commandant refusa. Dino proposa alors de descendre à la machine à café. Les deux hommes se levèrent et empruntèrent un long couloir. Au sol, l'on aurait pu jouer au jeu des sept erreurs avec les dalles de lino aux couleurs aléatoires. Des bonjours scandèrent leur progression. À la question « Ça va ? », Dino répondait invariablement : « Comme un lundi... » Ce qui, pour l'intonation, était l'exact contraire de la variante ascendante : « Comme un vendredi ! » qui clôturait la semaine avec ses espoirs de barbecue et de jogging au bois de Vincennes avec les cygnes.

Dino vit que la pendule affichait 8 h 45 sous sa coiffe de guirlandes. Il avait bien fait d'arriver à l'heure.

Ils longèrent des épiscopes où les dactylotechniciens comparaient les traces digitales relevées des empreintes des suspects, ils dépassèrent encore des bureaux, croisèrent une ancienne balance Dayton-Testut — les services de police avaient tous leur cimetière aux éléphants —, descendirent un étage et arrivèrent à la machine en échangeant les nouvelles. Ici, la lumière avait des tristesses d'hôpital. Dino glissa des pièces et le distributeur cracha deux thés à la menthe. C'était le moins mauvais face au café vanille qui puait le caramel brûlé ou au cappuccino qui rappelait l'affreuse teinte des carreaux. Ils étaient à deux pas de la tour Bombec et de la cuisine.

Tandis que Jo s'adressait à lui, Dino se rencogna dans un angle et jeta des regards en biais au commandant :

« Sincèrement, Dino, c'est du beau boulot. Je tenais à vous le dire. Je n'aurais pas misé sur une empreinte dans le gant. »

L'empreinte correspondait au pouce droit de Sess Sylla.

Dino ne put s'empêcher de sourire au policier en costume beige et chemise lavande. Il se trouva soudain négligé avec ses chaussures fatiguées. Il les compara aux souliers bicolores de Jo, entre noceur et mac tellement ils étaient astiqués, jusqu'à ne plus savoir quoi faire de ses pieds. Même les chaussettes étaient raccord avec le cuir ivoire et marron. Dino essayait de se concentrer sur ce que lui disait le commandant mais il avait encore Shakira dans la tête — il avait écouté en boucle *Loca Loca* dans le métro et les paroles détonaient avec celles du commandant. Son esprit gambadait comme à l'accoutumée. Pourtant, les compliments de Jo Desprez le touchaient, plus qu'il ne le montrait.

Le sérieux obstiné de Dino avait payé dans l'affaire du braquage du PMU.

« Au débotté, on était un peu secs, admit Jo, et

vous avez sérieusement apporté votre obole, Dino. J'aime les équipes gagnantes. »

Le dactylotechnicien prit de l'assurance, tout en soufflant discrètement sur son thé — en plus d'être imbuvables, ces boissons brûlaient la langue et les lèvres :

« C'est vrai que c'est une première. On n'avait jamais trouvé de traces en passant un gant en latex aux examens chimiques...

— Exact... », acquiesça le commandant Desprez en avalant son thé d'un trait, sous le regard éberlué de Dino qui se demanda de quoi son palais était fait.

Dino s'attacha à soutenir le regard de Jo Desprez et continua :

« Tout le monde m'a dit de laisser tomber, que je perdais mon temps. Mais en parcourant une revue étrangère, j'avais lu qu'on pouvait obtenir des résultats. Alors j'ai essayé. Comme le support était non poreux, je me suis lancé dans une révélation aux vapeurs d'ester de cyanoacrylate. Ni pinceau ni poudre. C'est simple, on fait monter l'humidité à 60 % dans la cuve à cyano et on chauffe la coupelle de colle. J'ai attendu le cycle d'extraction d'air et en jouant avec la lumière, j'ai vu sur le gant retourné apparaître en rasance cette superbe trace qui ressemblait au gros lot. J'ai figé le déroulé de l'empreinte par une photographie, préparé l'album en agrandissant par 5 et positionné les douze points réglementaires. Et j'ai couru à l'identification au FAED[1]. Chez nous, chacun est responsable de ses traces. On les suit jusqu'au bout. Vous connaissez Gégé ? C'est un traceur de folie. Même s'il se moque de lui en disant qu'il

---

1. Fichier automatisé des empreintes digitales.

est nul en art et droitier avec deux mains gauches et dix pouces, il n'a pas son pareil pour interroger Métamorpho, le logiciel. Et la trace papillaire a parlé. *Hit!* Le palmarès de Sess Sylla est sorti de l'imprimante avec tous ses passages... C'est un braqueur-né, le Monsieur, il n'a pas perdu son temps... »

Jo Desprez lui adressa un sourire désabusé. Des types qui embrassaient la carrière du crime, il ne croyait que cela.

Dino reprit :

« Vous avez vu, j'imagine, que les recherches de traces papillaires au cyanoacrylate n'avaient rien donné sur la batte. Rien d'étonnant. Il ne fallait pas s'attendre en plus à ce que cette brute signe. Ensuite, la batte est partie sans succès au LPS[1] pour recherche d'ADN. Le TMax, c'est moi qui m'y suis collé, aussi... »

Dino avait baissé la voix. Pour une pile électrique comme lui, la cabine cyanoacrylate était une punition. Il était fait pour les sorties et les scènes d'infraction. Le travail d'équipe avec le service enquêteur le stimulait, le mettait dans une traque aux traces et indices. Le téléphone sonnait au service. Le bureau de commandement opérationnel donnait les instructions. Et là, il sautait dans la Xantia avec sa collègue, chacun avec une mallette bio et une mallette poudre, sans oublier les réserves de Balisto et de Coca.

La cabine cyanoacrylate était entrée en jeu en 2005. La technologie était efficace mais elle privait de faire son Indiana Jones dans la jungle du sordide. C'était une cabine de fumigation dans le nord de Paris, une sorte de sauna à la colle Super Glue pour la révéla-

---

1. Laboratoire de police scientifique.

tion de traces sur des pièces trop imposantes. Habillé pour résister aux derniers jours de l'humanité dans sa combinaison à capuche, Dino plaçait trois coupelles de cyanoacrylate sur quatre plaques chauffantes posées comme des points cardinaux. Un brouillard se formait et il nageait soudain dans les nappes épaisses des landes du loch Ness. Puis il ventilait. Le tout prenait deux heures. Les vapeurs de la colle chauffée s'acoquinaient avec les composés sébacés des traces et de la sueur, et le tour était joué. Il ne restait plus qu'à photographier les empreintes ou à les poudrer.

Les braqueurs avaient brûlé le TMax, réduisant à néant les chances de trouver de l'ADN et des empreintes digitales. Mais pour une raison ignorée, le scooter n'avait pas brûlé entièrement et les vêtements des malfaiteurs avaient préservé une zone du carénage. Dino avait ouvert la selle, démonté les cache-colonnes dans l'hypothèse où ils auraient été forcés pour le démarrage, puis recueilli les fausses plaques en parfaite doublette qui assuraient le scooter de ne pas être repéré en cas de contrôle et examiné le ruban adhésif. Mais au final, c'était le gant qui avait parlé.

« Vous avez une carte de visite ? »

Dino n'en revenait pas encore de la question du commandant. Il jeta son gobelet dans la poubelle maculée de coulures brunâtres. Jo Desprez l'imita et nota avec surprise les inscriptions en quatre langues : *Poussez. Drücken. Push. Düwen.* C'était la première poubelle savante qu'il voyait. Sur le couvercle, une main avait ajouté au marqueur bleu *Poubelle*. Comme pour certaines ordures qui portaient la crasse de leurs pensées sur leur visage, on ne pouvait pourtant pas se tromper.

En fouillant dans ses poches, Dino ne sortit que

son badge Coop Cité, sa carte plastifiée de service et un vieux papier de madeleine Bijou.

Il secoua la tête en signe d'échec :

« J'en ai dans mon bureau, si vous avez encore cinq minutes pour remonter... »

Le commandant Desprez jeta un œil à sa montre.

« O.K., mais après, je file. »

Ils reprirent le couloir et Dino vit que les bruits n'étaient pas infondés : le dinosaure boitait. Ce dernier finit par poser la question qui le démangeait — les policiers avaient les narines sensibles :

« C'est quoi, cette odeur à réveiller un cadavre ? »

Dino se retourna à nouveau et eut un rire bref :

« Ça vient de la cuisine, ils ont fait de la choucroute hier... La cuisine, c'est un vrai congélateur. Non seulement on pue la choucroute mais en plus, on y gèle. Dites donc, en parlant cuisine, vous ne pourriez pas me trouver une des nouvelles tasses de la Crime ? »

Jo Desprez acquiesça :

« Vous la voulez rouge sang, noir corbillard ou rose poule ? »

Il tourna définitivement les talons à la cuisine, tandis que Dino fredonnait Shakira :

> *I'm in love with a crazy girl*
> *But it's all good*
> *And it's fine by me*
> *Just as long as I hear her say « Ay, Papi »*...

De retour au Quai des Orfèvres dans son bureau 324 qui donnait sur la rue de Harlay, le commandant jeta sa veste sur le fauteuil près de la fenêtre. Face à la tête d'alligator empaillé, il tenta de synthétiser. Il se sentait lourd de toute la misère du monde. Plus de vingt années à la Crime ne bardaient pas contre l'horreur. Et quand le moral flanchait, les visions quotidiennes prenaient le nom qu'elles méritaient : des cauchemars. Quand il grimpait, elles regagnaient le simple nom d'*affaires*.

Pour renouer avec une virginité de pensée, il avait fait le vide dans son bureau. Avec méthode, il avait débuté par les meubles, se séparant de son armoire aux vieilleries qui avait été longtemps sa compagne. Retrouver un mur pour vis-à-vis lui donnait au moins l'illusion d'y voir plus clair. Autour de lui, il avait gardé quelques tableaux de paysages assez calmes pour qu'il oublie les hommes. Et un *Nouveau Petit Larousse illustré* de 1947, couleur vieille brique, qui lui venait de sa mère. Le pissenlit de la couverture rappelait le chardon de la Crime. En haut d'une étagère, il avait remisé une ancienne lampe au carbure dont la flamme faisait sauter le grisou. Les mineurs la portaient au ceinturon.

Jo Desprez avait grandi dans le Nord.

Tout l'agaçait tellement qu'il se demandait si ce n'était pas de se lever du mauvais pied qui avait fini par lui bousiller la cheville. Pourtant, son esprit démarrait toujours au quart de tour dès qu'il fallait faire parler un mort. Car à la Crime, il passait son temps à ressusciter les personnes décédées. Le principe était simple : *on a tout à apprendre du mort*. Point. Après, il fallait dévider les cercles concentriques, suivre la scène à rebours et ne fermer aucune porte.

Avec les braqueurs, au moins, le mobile était clair. L'argent. Mais là, il lui semblait qu'il patinait, que les liens n'allaient pas assez vite dans sa tête. Qu'est-ce qui s'était grippé ? Pourquoi ce perpétuel nuage sombre lui plombait-il la vue ? Il se demandait simplement s'il n'avait pas atteint ce seuil critique où le noir rattrape le noir, et où le jour n'est qu'une perpétuelle avancée dans la nuit. Avant, quand il était sur la jante, il pouvait au moins compter sur Duchesne pour le recadrer. Ensemble, ils avaient formé un groupe unique, ils attaquaient les affaires à l'instinct, et Michel Duchesne n'avait pas son pareil pour débloquer un mec qui chiquait. Mais Duchesne jouait la vigie du canal Saint-Martin au 2e DPJ de la rue Louis-Blanc, et il avait perdu son meilleur compagnon...

La main au bord de plonger dans sa coupelle de cacahouètes, il suspendit son geste. Se bourrer de nourriture de singe n'allait pas arranger son état. Il s'était pourtant remis au vélo d'appartement sous l'œil mi-amusé, mi-encourageant d'Aleyna, sa femme, et de ses deux filles, pour garder l'essentiel : le mouvement. Et il avait maigri, retrouvé un vrai profil. Ses pieds écrasaient les pédales tandis qu'il s'inventait des côtes escarpées, des dénivelés dignes des cuisses de Pantani. Son Tour de France à lui tenait dans l'enclave familiale du boulevard Henri-IV, près de Bastille, où il s'imaginait les lacets de l'Alpe-d'Huez, les yeux fermés, à boire la sueur qui perlait sur son front, tandis qu'il enterrait les affaires de la Crime.

Le regard du commandant croisa à nouveau celui de l'alligator, puis s'arrêta sur sa médaille du marathon de New York. Il était prêt à la décrocher pour la ranger dans un tiroir, quand son téléphone sonna.

C'était Murielle Bach, du groupe dirigé par Marcelo Gavaggio. Elle avait la voix de ceux qui viennent de gratter le ticket gagnant à la tombola :

« On a réussi à loger Sira, la supposée maîtresse de Sess Sylla. Elle habite chez une amie dans le XIXe, rue de l'Oise. J'ai déjà prévenu Marcelo...

— Eh bien, on va lui demander de nous rendre une petite visite de courtoisie... »

Avant d'être interrompu par les incessants allers-retours dans son bureau, Jo Desprez fit le point sur l'enquête. En tant que chef de section, il ne voulait pas empiéter sur les plates-bandes du chef de groupe, mais il était le seul, de par sa proximité avec Duchesne, à pouvoir dompter le taureau à deux têtes de la cosaisine. Duchesne et le GRB du 2e DPJ gardaient l'enquête banditisme et la Crime celle sur l'homicide.

Les uns voulaient une équipe de braqueurs, les autres un tueur.

Les deux services devaient nourrir un même élan en s'avisant mutuellement et en fournissant copie des actes dressés dignes d'être partagés. Cela semblait évident sur le papier, mais dans la réalité, il y avait des hommes à gérer et conflit d'intérêts, d'autant plus que la réforme de la garde à vue renforçait l'importance du flag[1]. Si le GRB parvenait à localiser Sess, il faudrait que les services, les chefs et les magistrats s'accordent sur un délai maximum de serrage et l'on marcherait en plein champ d'œufs de caille.

La plaque du TMax avait pu être remontée, grâce à l'identification partielle et aux recoupements. Le commandant Desprez s'enfonça dans le siège de son fauteuil, posa un pied contre son bureau et relut les saisines qui évoquaient ce TMax. La concentration le tira du réduit obscur de ses pensées.

---

1. Flagrant délit.

VOLS À MAIN ARMÉE

Le 1er District de police judiciaire a été chargé des enquêtes consécutives aux 2 vols à main armée commis :

Le jeudi 23 juin vers 8 h 20, sur la voie publique, au croisement de la rue Bridaine et de la rue des Batignolles à Paris XVIIe, au préjudice de M. Laurent RODTS.

Alors que le conducteur s'était arrêté pour laisser traverser un piéton, deux individus en scooter, cagoulés et casqués, dont l'un était porteur d'une arme de poing, se présentaient à sa hauteur. Le passager le menaçait, l'extirpait de son TMax et exigeait l'engin. Il l'aspergeait de gaz lacrymogène, le jetait au sol et le frappait. Les deux individus prenaient la fuite, l'un avec le TMax, l'autre avec le scooter, dans des directions différentes.

Il se pencha ensuite sur la copie des PV et des synthèses de ce vol à main armée. Il s'agissait du TMax qui avait servi au braquage du PMU. Quand il arriva au signalement des malfaiteurs, il surligna les paragraphes suivants :

NUMÉRO UN (*qui conduit le TMax*) : Homme mesurant 1,85 m environ, mince, porteur d'une cagoule noire de type motard et d'un casque noir, ganté, vêtu d'un haut noir à capuche et de baskets noires à bandes rouges.

NUMÉRO DEUX (*qui menace la victime*) : Homme mesurant 1,95 m environ, d'allure plus athlétique que son complice, porteur d'une cagoule noire et d'un casque noir, vêtu d'un haut noir à capuche avec un pantalon de survêtement noir à bandes blanches, porteur d'une arme de poing de type pistolet automatique avec carcasse en polymère kaki.

> Les renseignements recueillis sur le scooter des malfaiteurs, faisant état qu'il pourrait s'agir d'un scooter Gilera de couleur rouge et noir, permettaient d'établir un rapprochement avec un scooter Gilera GP 800 de couleur rouge et noir immatriculé dans le 93, volé à main armée le mercredi 22 juin au préjudice d'un coiffeur de Pantin, par deux individus dont l'un était porteur d'un pistolet automatique kaki.

Les PV d'audition des victimes confirmaient que seul le numéro deux délivrait des ordres et qu'il avait un comportement résolu, particulièrement intimidant. Les deux victimes avaient été tétanisées de peur. M. Rodts, le propriétaire du TMax, avait reçu trois coups, dont l'un tellement violent qu'il avait éprouvé un K.-O. électrique. L'équipe était rodée, professionnelle, et tout laissait à penser qu'il s'agissait du tandem gagnant du PMU.

C'était un miracle : cinq minutes s'étaient écoulées sans que son téléphone ne sonne. Jo Desprez en profita pour relire les données sur la batte de base-ball. Il avait eu droit au récit en direct, dans le bureau 324. Franck Lecourtois, un lancier du groupe Gavaggio, avait écumé les Decathlon et épluché les sites de vente sur Internet pour se mettre au jus. Celle utilisée par Sess Sylla ou son clone n'y était pas commercialisée. Le policier s'était rendu dans des magasins près de Gambetta et de Nation, en vain. Il avait fini chez un vendeur de la rue Beaurepaire, dans le Xe arrondissement, The Boxing Shop, grâce aux conseils d'un capitaine de l'un des neuf groupes de droit commun de la Crime, fou de boxe. Ce collègue avait souligné qu'il leur arrivait d'avoir des lots de battes. Il n'aurait pas su dire si c'était des Barnett.

Une fois dans la boutique, Franck Lecourtois, gardien de la paix qui était 7e de groupe, s'était retrouvé en face d'un type taillé à la serpe, tellement sur ressorts qu'on aurait pu jurer qu'il passait sa vie à faire de la corde à sauter. Entre la cascade satinée des peignoirs de Rocky Everlast et les gants de combat Reyes, il avait demandé s'il avait des battes Barnett en bois. Le jeune vendeur avec trois tonnes de gel sur la tête avait hésité puis déclaré qu'il en restait peut-être quelques-unes mais qu'il versait plutôt dans les arts martiaux. Puis Franck lui avait montré les portraits de Sess Sylla en demandant s'il faisait un beau champion. Le vendeur avait martelé non de la tête à grand renfort de moues. Il avait fallu lui déballer quelques détails gore, sur le mode massacre à la batte à l'heure des croissants, pour que, dans le doute, il finisse par héler un collègue. Franck Lecourtois s'était retrouvé face à un mur de boîtes de suppléments alimentaires aux noms à lettres de feu, destinés à faire de Dupont un Brutus. Nietzsche avait été dévoyé pour la cause, avec *What doesn't kill you makes you stronger* à l'appui.

Le temps que le mec s'épuise les neurones à se remémorer, Franck avait pu méditer s'il prendrait Brutal Muscle — des protéines pour la croissance musculaire —, Brutal Blade — un brûleur de graisses — ou Brutal Anadrol — un stimulateur naturel de testostérone. Les arômes de ces produits pour gladiateurs jouaient dans la cour des enfants : vanille, chocolat, stracciatella, fraise, pistache, yaourt citron ou myrtille. Dans le registre, le gardien de la paix était prêt à commander un Cornetto, quand le vendeur à la barbe millimétrée avait fini par hocher la tête. La conversation avait fait dans le minimalisme :

« Ouais, je l'ai vu. Une fois…

— Quand ?

— En toute exactitude, je peux pas vous dire. Mais c'était dans le mois, plutôt au début. Maintenant, il faut que je m'occupe de mes clients. »

Le policier avait quand même réussi à faire plonger le vendeur dans un ordinateur pour retrouver la date et vérifier si le paiement avait été effectué par carte bleue. La date avait ressurgi : mercredi 15 juin, mais la batte avait été payée en espèces. Sess Sylla avait également pris une paire de gants de combat libre, une barre de traction et un short Fairtex noir et rouge à tête de tigre blanc. En partant, Franck avait tapé dans un buste de « Bob à frapper » en latex injecté. Il avait ajouté : « Merci, Bob, je savais que je pouvais compter sur toi », sous l'œil médusé du premier vendeur.

CHAPITRE 14

Lundi 4 juillet 2011
8 h 48
Paris XIXe, porte d'Aubervilliers,
cirque Diana Moreno

L'air courait sur sa peau. La température pouvait grimper, sur son trapèze ballant, Adriana faisait danser le vent. Alors, sa sueur était rafraîchie par le balancement, cet éventail naturel. Elle aimait refermer ses poings sur cette barre qui devenait son axe. La barre pesait presque neuf kilos, elle était rassurante. En retour, elle lui donnait tout : sa vie, son temps, sa grâce, sa confiance, la fraîcheur de ses vingt-cinq ans.

Quoi qu'il arrive, cet axe était là. Il l'attendait.

De qui aurait-elle pu dire la même chose ?

Même Diego disparaissait, Diego, son frère aimé, son protecteur. Archi lui donnait de la force — différemment.

Pourtant, jamais elle n'aurait imaginé devenir trapéziste. Tandis qu'elle oscillait, elle repensa aux infimes croisées dont dépendait sa destinée. Le sort était une étrange couturière.

Un axe : oui, le trapèze avait donné un axe à sa vie.

Petite, elle voulait être pilote de chasse. Ou astronaute... Parce qu'elle gardait tout le temps la tête en l'air. Ses parents étaient morts alors qu'elle n'était encore qu'une petite fille. Elle avait sept ans et tellement froid au cœur... Ce givre était resté : il lui gravait parfois cet air mélancolique qui faisait de la peine à Diego. Diego était alors capable de toutes les clowneries pour qu'elle retrouve le sourire — lui, ce frère si redoutable. Diego n'avait que quinze ans quand ils avaient dû se débrouiller mais il avait déjà le sang de leur père, et ses réflexes.

Au début, Adriana s'était sentie oubliée par la Création. Elle injuriait le ciel d'être si petite, si fragile, abandonnée à l'inconnu à l'âge de sept ans. Qu'est-ce qu'un enfant dans la main du monde ? Ses frères étaient rapidement devenus des caïds — Diego était né avec un tempérament de chef. Ils avaient relancé les dés du destin. « À jeu truqué, règles de tricheur », assénait son frère pour triompher de la douleur.

La vie avait été injuste : la justice deviendrait leur affaire personnelle.

Leur oncle Cristobal fut leur première boussole. Il avait fini par les adopter. Ce n'était pas un méchant homme, mais la peur dominait sa vie. Il craignit rapidement des représailles. Diego obtint qu'ils se cachent tous les trois chez la sœur de leur oncle, le temps que les choses se tassent. Elle vivait aux limites de la ville, dans une rue morne où personne ne s'intéressait à son voisin. Même les chiens crevés demeuraient au milieu de la chaussée. Adriana se rappelait juste les nattes tressées, ramenées en gros chignon, de cette femme, Leonor, et ses grosses mains qui lui préparaient un chocolat le matin. Elle leur parlait peu : elle ne voulait rien savoir. Leonor exigeait en retour qu'ils l'aident et lui ramènent un peu d'argent. Diego et Archi restaient dehors toute la journée, ils soutenaient mordicus qu'ils allaient à l'école. Personne ne vérifiait. Leonor avait traversé assez de problèmes dans sa vie pour considérer que le seul était de manquer d'argent.

Malgré le chagrin, Adriana restait une bonne élève. Elle avait la chance de comprendre vite et de tout mémoriser. En revanche, elle se faisait gronder, parce qu'elle dessinait sur chaque page, inlassablement. Des fleurs sans tige. Des fleurs pour sa Maman. Adriana avait refusé d'expliquer pourquoi elle dessinait des fleurs. Les trois enfants avaient tenu presque cinq ans auprès de Leonor.

Jusqu'au 13 juillet 1998. *Date maudite* qui changea tout, qu'elle n'évoquait jamais.

Diego décida qu'il fallait déménager. Il avait désormais vingt ans et il se sentait capable de prendre des décisions fortes. Ils passèrent de parents éloignés à de simples connaissances, de squats en camps. De cette phase, Adriana n'avait gardé qu'un ours. Un ours tricoté par sa grand-mère, Annia, qu'elle traînait partout par une patte.

Il s'appelait Arturo.

Longtemps, il avait été sa seule richesse, avec un carton à peine plus gros qu'une boîte à chaussures qui contenait toute sa vie. Elle avait été pauvre, elle avait été triste, mais Diego l'appelait *princesse*, et alors elle rayonnait.

Pour ses seize ans, Diego lui avait offert une montre en or. Elle ne l'aimait pas, elle trouvait que cette montre la vieillissait. Mais elle avait compris le symbole. Pour son frère, sa sœur valait de l'or... Elle avait pleuré sur l'épaule de Diego, qu'elle voyait de plus en plus rarement — il disparaissait et elle ne lui posait pas de questions. Son frère lui avait relevé la tête : « Petite mésange, je sais que tu la trouves moche, cette montre... mais un, elle n'est pas si vilaine et deux, promets-moi de toujours la garder sur toi. Quoi qu'il t'arrive dans la vie, *hermanita*, si tu dois t'enfuir, tout quitter en cinq secondes, il te restera ta montre et si tu la revends, tu seras libre et forte. *Me lo prometes ?* »

Elle avait promis. *Prometido.*

Diego lui avait expliqué que c'était pour cette raison que les grands bandits portaient de l'or sur eux : en cavale, il leur restait au moins ça. Cela frôlait la superstition.

Elle avait compris.

Ce jour-là, elle avait aussi compris que son frère ne faisait pas le même métier que les autres.

Son frère n'avait *jamais* été comme les autres. Mais elle se refusait à le juger. Le chemin d'un être n'était du ressort de personne.

Dans sa vie d'*avant*, elle n'était allée qu'une seule fois au cirque avec sa mère et ses frères — elle devait avoir cinq ans. Son père était une tornade, il apparaissait et disparaissait presque en même temps. Il était une terreur, aussi. Sa mère lui avait acheté le programme et elle avait passé la moitié du spectacle fascinée, à toucher la couverture. C'était beau ! Si différent du quotidien... Comme une vie posée à côté. La couverture représentait un clown à collerette bordée de paillettes. Adriana n'avait jamais vu ça. Elle passait et repassait son doigt sur les paillettes qui s'irisaient sous les lustres. À la fin, elle eut le visage moucheté de paillettes. Des éléphants étaient annoncés dans le programme. Des éléphants ! Elle avait lutté contre le sommeil, jusqu'à ce qu'elle s'endorme sur les genoux d'Archi sans jamais voir les éléphants. C'étaient ses seuls souvenirs du cirque, avec l'image de l'écuyère en bustier d'azur. Elle ne savait pas qu'une femme pouvait être aussi belle — c'était elle, la princesse, l'écuyère !

Sa vraie rencontre avec le cirque fut le fruit du hasard. Un temps, elle fit serveuse dans un bar pour se payer des cours de danse. À Barcelone. Elle avait seize ans mais elle mentit sur son âge. Diego lui donnait de l'argent : elle voulut lui prouver qu'elle savait se débrouiller. Mais elle rêvait de Paris, d'un chat tigré, d'un inconnu romantique, d'apprendre à coudre et de voir les aurores boréales. Elle avait découvert le trapèze avec une Française, au théâtre de la Riereta. Un petit théâtre antique où la scène apparut comme un tour de magie. On montait sur scène... et l'on devenait l'objet de tous les regards. Elle n'en revenait pas, elle, si timide ! Elle présenta des facilités évidentes pour le trapèze et apprit avec une amie, Luci. L'émulation apporta une concurrence positive. Lorsque l'une exécutait une figure, l'autre mettait un point d'honneur à la réussir.

Tout commença sérieusement quand le directeur de l'*Institut del Teatre* de Barcelone chercha une partenaire pour le double trapèze. Elle fut choisie. Très vite, elle comprit qu'elle passait la semaine à attendre que le vendredi soir arrive pour retrouver le public le week-end. Sans trapèze, elle ne respirait plus. Et sans public, elle n'existait pas. Sa vie était suspendue au trapèze. Le lundi devint jour morbide.

Elle n'eut qu'une idée en tête : avancer.

L'occasion de rejoindre Paris se présenta. Grâce à son oncle Cristobal, bienfaiteur pour la seconde fois. Il tomba amoureux d'une Italienne, Gigi. Une fille aux longues jambes et aux cheveux tellement blonds qu'ils paraissaient transparents. Elle était danseuse de revue. En quelques mois, il lâcha tout — il était garagiste — pour s'installer à côté de Paris, à Pantin. Diego le conjura de leur trouver des contacts. Il voulait quitter l'Espagne au plus vite, Adriana restait persuadée que Diego avait des dettes. Le sang lui bouillait pour un rien et il gardait en permanence deux armes sur lui, une de chaque côté. La nuit, il faisait des sauts de carpe lorsqu'il parvenait à s'endormir.

L'oncle Cristobal les hébergea quelques mois avant d'aller vivre avec sa danseuse. Par peur de la perdre, il refusa d'avouer qu'il vivait à Pantin et se dépêcha de louer un appartement dans le VIIe arrondissement, avec vue sur les Invalides. Gigi accourut et leur oncle changea toutes ses habitudes, jusqu'à celle de les voir. Plus tard, quand elle le quitta pour un financier, Cristobal disparut de la circulation. Certains assuraient que, ruiné, il était parti au bout du monde, en Nouvelle-Calédonie. Comme si leur destin avait toujours été de compter sur leurs propres forces.

Mais avant d'embrasser une nouvelle vie, il avait offert à Adriana la possibilité de rejoindre Paris, à l'âge de sa majorité. Paris enfin, les Champs-Élysées, la tour Eiffel, pour intégrer l'École du cirque des Noctambules. Et un professeur, il s'appelait Michel Nowak. Il lui parlait français : Adriana faisait semblant de comprendre, rivée aux bribes de français apprises à la Riereta. Le grand rêve de Paris se changea en une petite chambre de cinq mètres carrés près du Sacré-Cœur. Pour une fois, posséder peu prenait du sens et elle bénit le sort de n'avoir qu'un carton et Arturo. Il lui fallait 300 euros par mois. 300 euros ! Le Pérou !

Elle trouva du travail à Montmartre et fit cuire des centaines et des centaines de crêpes pour gagner son lit. Trois fois par semaine, elle répétait de 18 heures à 22 h 30. Il lui semblait que tout en elle sentait le beurre, ses mains, ses cheveux, sa peau. Elle passa beaucoup de temps dehors pour ne pas se sentir piégée comme un rat dans son réduit ; elle courait les expositions, se réchauffait des heures dans les cafés, se cachait entre les séances de cinéma pour enchaîner les films. Et quand elle se jetait le soir sur son lit qui grinçait, elle s'imaginait avoir un trapèze à elle, pour l'accrocher partout. Elle s'endormait en répétant :

« Je l'accrocherai à la tour Eiffel, à la passerelle des Arts, au jardin des Tuileries, à la lune s'il le faut. »

Peu après, elle se mit à la corde volante. Un matin, elle n'arriva plus à se lever. Elle resta trois jours au lit, seule, sans manger. Diego était introuvable. Elle échoua à Lariboisière et personne ne lui fit rien payer. Le monde n'était pas si indifférent. Mais elle comprit qu'elle ne pouvait plus vivre en solitaire. Un artiste argentin lui acheta une crêpe et elle alla vivre avec lui au Théâtre de Verre, un squat greffé sur une ancienne miroiterie. À cette époque, elle faisait la fin du marché d'Aligre et récupérait tout ce que le Parisien moyen ne jugeait pas digne d'un panier pour manger. Si sa volonté fléchissait, elle se plantait devant le miroir et répétait ce que ses frères lui disaient petite : « Bonjour, Princesse ! » Quand le squat ferma, elle partit pour un autre squat, à Ivry.

Diego réapparut.

Ses traits s'étaient durcis. Il l'arracha à ce squat sordide rongé par les raves et la drogue avec ces paroles : « Soit tu viens vivre avec moi à Aubervilliers, soit je t'achète une caravane, petite mésange. Mais tu arrêtes de vivre comme un cloporte. » Il la serra dans ses bras : « En tout cas, maintenant, c'est fini, je ne te laisse jamais plus, *hermanita*. » Elle pleura une nouvelle fois et accepta la caravane. Ils cassèrent une chaîne à côté du cirque des Noctambules de Nanterre, firent pousser une boîte aux lettres et écrivirent en gros : « 230, avenue de la République ». Bien sûr il n'y avait ni eau ni électricité et Adriana se chauffa au pétrole. Mais elle vivait pour ce qu'elle aimait le plus au monde. Cela justifiait d'avoir faim, d'avoir froid, d'avoir peur.

Diego s'inquiéta pour elle. Il lui apprit qu'Aubervilliers avait un cirque : le cirque Diana Moreno. Elle sembla ne pas entendre mais au bout d'un an, ils cherchèrent une trapéziste. Ils ne le savaient pas encore, mais ils cherchaient Adriana.

Et ce fut la caravane, blanche meringue, avec des rehauts framboise. Peu d'objets, mais tous choisis. Peu d'espace, mais la sensation d'être reliée à l'infini par l'ouverture, les saisons. Elle avait fait siennes les paroles de Bartabas, le prince de Zingaro, ce royaume libre du Fort d'Aubervilliers, qui avait vécu en caravane dès sa majorité : « Le dehors c'est un chez-moi, sans limite. » Le sport avait apporté à Adriana un cadre, un dépassement, le cirque lui offrit une famille.

Elle deviendrait la meilleure.

Pour Diego, pour Archi, et pour le plus beau des cercles : le cirque.

CHAPITRE 15

Lundi 4 juillet 2011
20 h 44
Aubervilliers, rue Régine-Gosset

J'aurais dû être l'homme le plus heureux du monde. Le braquage du CIC s'était déroulé avec la rapidité d'un bobsleigh sur les marches de Montmartre. Il avait confirmé que les équipes soudées font les meilleurs coups. On ne change pas une équipe qui gagne.

On avait été encore plus rapides que nos meilleurs chronométrages.

Moins on met de temps, plus la balle reste dans notre camp.

Règle de survie du braqueur qu'on devrait lui greffer dans les tripes. C'est simple, si tu te retrouves par malheur enfermé avec le dabiste à gérer pendant trente minutes parce qu'il a lancé la temporisation des coffres, tu peux passer en revue les dieux d'un temple hindou avant de calmer ta glotte. Et t'as toutes les chances de finir en calèche.

Oz, notre pilote, le résumait à sa manière : *Faire en*

deuspi[1] *ou la vie*. J'aimais bien aussi et il m'arrivait de lui emprunter la formule.

En revenant de l'assaut, on avait la gouache comme des fous. On n'était pas le cousin du roi, on *était* le roi. Voir Adriana m'avait comme toujours porté chance. Avec ma meute, on faisait les coyotes sur le périph à japper en grands malades qu'on était, les cris étouffés par l'air et la vitesse sur nos motos. On gueulait *Easy Rider*. Avec 175 520 euros dans les mains et des plats de traiteur, achetés en prévision pour ne pas sortir, qu'on damerait après avoir eu le ventre noué à gerber. Le pare-buffle avait encore fait ses preuves et nous, on pouvait descendre en pression. Je disais toujours que c'était le moment où il fallait rester vigilants. Souvent les schmitts jettent leurs filets quand on est en pleine retombée, à compter les billets. Chlac ! Comme le paon qui se fait avoir pendant la parade parce que ce trouduc a les plumes les plus longues pour rafler la femelle et qu'elles l'empêchent de marcher. Et ça ne pardonne pas. Le lendemain, après notre nuit à vivre en derniers des caves à l'Etap Hotel alors qu'on aurait pu faire du pèze un matelas, on est rentrés comme des Attila.

Yacine « Skor » Marek, lui pourtant si avare de paroles, se la pétait un peu trop à mon goût. Je le surveillais de biais, inquiet. L'argent le gonflait à bloc et il cherchait de la blonde *qui respire bien* pour étendre son pouvoir. On est allés boire un verre à La Taverne. Par beau temps, ils mettent des chaises de bureau dehors, on se croirait dans la salle d'attente du dentiste et je guette toujours l'arracheur de dents. La serveuse roumaine était en train de servir Ali, un mec

---

[1]. « Faire en vitesse. »

qui tapait de bons scores en vol effrac. Et moi, je riais à côté d'Archi qui commençait à tirer la gueule. Après un braquo, il s'assombrissait une fois sur deux et c'était parti pour le train fantôme. Yacine était, lui, atteint de verve subite et je me suis retourné quand il s'est mis à parler avec Ali. Je ne l'avais jamais vu comme ça, il prenait des airs de gros dur et toisait tout le monde en brandissant des théories tordues. Il avait pourtant les pieds sur du carrelage de merde, à écraser avec ses pompes de prince des papiers de dosettes de sucre. Archi m'a fait la remarque : « Parole, il a été coulé dans du bronze. C'est ça de finir en héros », et j'ai souri pour me calmer.

Quand Skor a dit d'une pute qui entrait en jupe trop courte pour son grand canyon : « C'est un thon celle-là, ils viennent de le pêcher », j'ai relevé la tête. La fille est venue faire l'échassière sur une chaise haute et il a poursuivi sa litanie du pire, avec sa manie des chiffres : « Les scientifiques ont découvert que chaque femme a eu, à un moment donné de sa vie, de l'ADN intelligent. Malheureusement, 98 % le recrachent. » J'ai pensé à Adriana. Chaque fois qu'un mec parle des femmes en général, moi je pense à *hermanita* en particulier. Sa phrase à peine terminée, je me suis interposé, lui ai juste tapé sur l'épaule en plantant mon regard droit dans sa face de raclo et lui ai soufflé dans l'oreille un vent de Sibérie : « Soit on sort, soit je t'aplatis sur le comptoir jusqu'à ce qu'on puisse poser les verres sur ta gueule. Tu choisis... Mais te goure pas dans ton choix, gossebo. »

Yacine est tout, sauf un taré. Il a posé un billet sur le comptoir avec une lenteur suisse, a eu deux, trois tics qui ont fait trembler ses lèvres, puis m'a suivi.

Une fois sur le trottoir, on n'a rien dit. Il était hors

de question que l'on revienne sur le différend. On savait l'un comme l'autre que le jour où y aurait du lourd entre nous, ça se réglerait à coups de calibre.

De toute façon, il n'était pas bon de traîner trop longtemps ensemble. Dans l'idéal, on aurait dû partir en Thaïlande ou au Mexique, un coup de plage à Cancún pour laisser les frelons flicards œuvrer en paix jusqu'à ce qu'on n'ait plus de braise. Mais les braquages, c'est comme le jeu. Tout dans ta tête te dit d'arrêter. C'est mathématique, tu sais qu'un jour, tu vas perdre. Jamais la trotteuse ne te quitte, elle bat dans ta cervelle et t'ordonne de te ranger. Mais au plus profond de toi, il y a le souvenir de l'adrénaline. Tu sais que si tu décroches, tu vas t'ennuyer. Moi, au bout de dix jours de plage à dorer, je braquerais tout le monde, même le plagiste pour un beignet. Et puis on peut dire ce qu'on veut de la mer, mais ça reste juste une grande baignoire où tu patauges seul.

Avec mon frère, on avait les crocs au ventre. On s'est séparés de Yacine « Skor » avec une vraie civilité de bourges, des sourires frais peints sur nos gueules et des tapes dans la main pour remettre à zéro les compteurs. J'avais toujours eu confiance en Yacine et c'était la première fois qu'il partait en vrille. O.K., l'argent rendrait fou un pape, je le sais plus que personne. Mais on n'avait pas droit à l'erreur. En moi, je ressentais un léger signal d'alarme, une dissonance qui aurait pu passer pour de la paranoïa. C'est pourquoi je l'ai regardé partir et tourner au coin de la rue du Port. On était juste à côté de l'hacienda mais la règle était de ne jamais balancer notre quartier général. Tous les rendez-vous se faisaient en extérieur. Et si on nous demandait, on disait qu'on habitait rue Crèvecœur, au nord, près de La Courneuve.

J'ai dit à Archi :

« On va chercher les motos et on s'occupe de la soupe. »

Il a hoché la tête en signe d'assentiment. Archi n'est pas un contradicteur. Soit il fait la gueule, soit il dit oui. Et puis je reste son grand frère, et lui le petit. Y a peu de choses stables sur cette terre mais ce point faisait partie des acquis.

Par sécurité, on a d'abord pris la rue Claude-Bernard pour longer le canal sur le quai Tjibaou. Je tenais à ce qu'on fasse le tour du pâté de maisons pour vérifier que personne ne nous filochait. La vue sur le quai du canal Saint-Denis laissait du champ pour voir arriver le chacal. En marchant, j'ai senti que l'anecdote de La Taverne travaillait mon frère. Alors je l'ai pris par l'épaule :

« Tu sais quoi ? Un jour, on décrochera. On nous donnera du Monsieur et t'arrêteras de porter tes Tee-shirts de panda. Tu te marieras avec la blonde la plus bombesque de Paname et t'achèteras un duplex avec vue sur la tour Eiffel. »

Il a ri et répondu qu'il voulait juste une brune pour la nuit. Je l'ai frappé dans les côtes avec le plat de la main pour conclure :

« T'inquiète, frérot, j'déconne. Je veux pas d'une vie de canard… »

Je lui ai laissé cinq minutes pour rejoindre seul l'hacienda, le temps de griller une clope face au canal. On ne rentrait jamais ensemble et on se vissait une casquette sur la tête dans la rue. La mienne était une vieillerie, une ancienne de skate élimée rouge et vert avec écusson Bones, mais j'y restais attaché. C'est avec elle que j'avais tapé mon premier *ollie tail grab 360* — une figure qui faisait se retourner les filles, et toujours les plus sexy. Depuis, j'avais arrêté le skate, mais gardé la casquette.

On s'est changés et on a sorti nos motos, toujours avec cinq minutes de décalage. Avant de partir, on s'est donné rendez-vous rue des Bergeries. J'avais prévenu Archi :

« Je t'invite dans l'endroit le plus chicos d'Auber'. »

Archi m'a fait des yeux de poisson rouge et sans un mot, il est allé troquer son haut contre une chemise blanche impec digne des riches heures de la voyoucratie. Il a dégoté un jean gris noir avec des reflets. J'ai sifflé longuement et agrippé mon blouson Hugo Boss.

Mon frère n'a pas dû comprendre quand, arrivé sous la partie aérienne de l'A 86, je lui ai fait signe d'arrêter la chevauchée. Juste à côté du réverbère et de l'affichage Decaux, il a découvert avec perplexité une tente bleue comme celles des hommes du désert et, planté devant, un petit camion blanc avec des palettes pour escaliers. S'échappait de la musique *rara* avec ses percussions de carnaval.

Au début, il a cru que je m'arrêtais pour pisser sous le frêne. Je lui ai répondu :

« Attends, je suis pas un clébard. Ôte ton casque, Lancelot, je t'emmène chez Marie. »

Mon frère a dit qu'il voulait pas aller chez les putes se taper une incendiaire en pleine zone. Lui, c'était les Prix de Diane sinon rien et encore, il était pas grand fan de la tarifée. Pour toute réponse, j'ai flairé l'air en connaisseur, en pointant du doigt la fumée. Ça sentait rudement bon le poulet boucané.

Quand il a vu Marie, dans le camion, en tablier plastifié, en sa cuisine improvisée, avec chaise de jardin, réfrigérateur et friteuse, il a eu l'air rassuré. Marie m'a salué sans repérer Archi. Il se planquait toujours derrière moi comme pour m'envoyer en première ligne. La Haïtienne était en train de faire prendre un bain d'huile à des bananes plantains. Elle les a trempées ensuite dans de l'eau salée puis les a aplaties en se servant d'une peau de banane comme d'un rouleau. Marie était de Pantin, elle avait de jolies mains et j'étais fasciné. Elle m'a souri et comme je restais silencieux, elle a précisé :

« C'est des bananes *pesées*, on dit en créole. »

Je l'ai dévorée des yeux et j'ai juste répondu :

« J'adore. »

Dans des plats en inox et des petits bols blancs, nickel, il y avait de quoi nourrir tous les routards borderline d'Auber'. Archi a descendu les palettes pour aller faire le tour du propriétaire. Un groupe électrogène jaune Defitec pétaradait. Je ne voulais même pas savoir d'où il venait. Ce n'étaient pas les chantiers qui manquaient dans cette ville éventrée. Derrière le camion, un Haïtien en débardeur faisait griller le poulet qu'il arrosait régulièrement de jus de citron, sur un barbecue de garden-party. Avec son balai-brosse vert fluo, ses jerricans d'eau, sa grande poubelle d'éboueur et ses seaux géants en plastique, il était le roi de la nuit. J'ai commencé à faire flipper mon frère en lui racontant qu'il ne tuait jamais les poulets sans réciter des rites vaudous.

On a pris place sous la tente avec Archi et j'ai commandé un Coca et une Heineken en bouteille. Face au couteau en plastique, Archi a râlé et dégainé sa lame en moins de deux. Avec, il aurait pu couper la table. Moi, j'ai sorti mon couteau favori, une merveille faite dans une lame de ressort d'amortisseur de camion par mon pote Adjé, un artiste qui touchait que le bois et le métal. J'ai dit à Archi :

« Frérot, t'auras jamais mangé un poulet de cette trempe. Et la salade des Haïtiens, c'est la meilleure du monde. Ils l'appellent *pikliz* ou *piliz*, je retiens jamais. »

Comme mon frère hésitait, j'ai ajouté en triant les ingrédients avec la fourchette :

« Là, t'as chou, carotte, oignon, tomate, citron vert et regarde, y a même du piment pour te chauffer. Et tout l'amour de Marie, alors tire pas la tête, crevette. »

Je suis allé payer : un billet de dix euros à sortir, pourboire compris. J'aimais bien jouer au pauvre. Parfois je l'étais vraiment. Puis j'ai regardé mon frère, avec mon air irrésistible que même le curé il succomberait :

« Archi, ce soir tu te démerdes avec ta brune, mais tu me laisses l'hacienda... »

Je suis monté sur mon GSXR 1000, ai jeté un dernier coup d'œil à travers la nuit au camion blanc et sa lucarne jaune sur Haïti — puis j'ai fait défiler la ville. Rue de Saint-Denis, ligne droite jusqu'à la rue Henri-Barbusse où j'ai tourné pour rejoindre la porte de la Villette.

En fait, je remontais une autre ligne. Elle allait droit au souvenir. Dans ma tête, j'ai eu plaisir à me rappeler le chemin. Je ne l'avais pas pris depuis presque trois ans. J'ai ressenti une violente bouffée de désir qui m'a serré le ventre et j'ai eu immédiatement Sinatra dans la tête. *I would sacrifice anything, come what might, for the sake of holding you near...* Alors, je me suis demandé comment j'avais pu résister aussi longtemps à elle...

La réponse était simple : c'est par les femmes qu'on tombe. Un abonnement permanent à la paranoïa pour tomber à cause d'un sourire.

Une pluie fine s'annonçait mais je m'en fichais, j'arrivais même à trouver ça romantique. Paris s'entrouvrait. En passant devant la caserne de pompiers du quai de Valmy, après Stalingrad, j'ai repéré un gros ours en peluche calé derrière les barreaux d'une fenêtre au rez-de-chaussée. Un pompier lui avait enfilé un gilet jaune à bandes réfléchissantes. J'ai freiné et je suis descendu. À force de tirer sur une patte, il a fini par se décider à venir avec moi. Je priai juste pour ne pas gagner le pompier qui allait avec. Puis j'ai obliqué pour prendre la rue du Faubourg-Saint-Martin. Je suis passé comme une flèche sous la porte Saint-Martin, rien que pour le bruit, puis j'ai rejoint Étienne-Marcel où je me suis fondu dans les lumières fauves du souterrain sous les Halles. Arrivé au Pont-Neuf, j'ai essayé de ne penser à rien, juste à la Seine qui courait librement.

Je laissais le vent filtrer à travers ma visière. Je me sentais bien.

Elle habitait rue Mazarine. Je me souvenais encore du code par cœur. Je l'avais rencontrée dans une boîte. Elle avait cru embrasser un agent immobilier et je ne l'avais jamais démentie. Je lui avais juste balancé que le jour où je disparaîtrais, il ne faudrait pas se poser de questions. Elle avait ri en disant qu'elle ne se posait jamais de questions parce qu'elle n'avait pas le temps d'attendre les réponses. De toute façon, elle était du genre mutique. J'avais été bien inspiré de me saper et d'enfiler mon blouson Hugo Boss. Je savais aussi faire mon civilisé. Mes doigts ont caressé l'interphone en aveugle, jouant avec le chassé-croisé du souvenir. J'ai entendu un déclic et la lourde porte a cédé sous ma main droite. Dans le bras gauche, je tenais serré Alfonso, l'ours en peluche nouvellement baptisé, le petit frère d'Arturo, l'ours d'Adriana.

J'ai grimpé les quatre étages en sautant des marches. Je n'étais plus habitué aux tapis qui étouffent les pas. Je sentais un peu le poulet grillé et j'étais catapulté du quart-monde à l'Élysée. Une fois face à la porte, avec ses initiales en lettres menues sur la sonnette, je me suis dit que j'avais toutes les chances qu'elle habite encore seule. Mais rien n'excluait l'hypothèse B : que m'ouvre un bâtard des beaux quartiers avec son sourire au dentifrice. Une seconde de lucidité retrouvée, avec Alfonso dans les bras, a failli me faire rebrousser chemin illico.

Puis j'ai sonné.

Chez Marina.

Elle avait en commun avec ma sœur la finale de son prénom, sauf qu'elle était d'origine russe, et la couleur des cheveux.

À l'intérieur, rien ne bougeait.

J'ai pensé que j'étais le dernier des cons et qu'il fallait laisser dormir les fantômes. Puis j'ai sonné une dernière fois. J'étais en train de repartir avec Alfonso quand Marina a entrouvert sa porte. Je ne dirais pas qu'elle a eu l'air surpris. Plutôt l'air gêné de s'être démaquillée. Pour la tenue, elle était toujours sexy. Cette fille aurait pu dormir en porte-jarretelles. Elle avait les cheveux en pétard mais ça lui donnait un air garçonne que j'aimais. Toujours un carré déstructuré. Mais surtout, elle avait des cheveux couleur de flamme.

Je l'appelais la Fille du Feu.

« T'es seule ? (Sans attendre la réponse, je lui ai glissé l'ours dans les bras.) Tiens, il s'appelle Alfonso et lui, il déteste dormir seul. »

Je l'ai fait sourire et presque rire et à ce moment-là,

j'ai su qu'elle viendrait avec moi. J'ai continué, après l'avoir embrassée dans le cou :

« Si on t'enlève en pleine nuit pour t'emmener dans des quartiers mal famés, je suis sûr que tarée comme t'es, tu dis oui... »

Elle a planté ses yeux turquoise dans les miens et je me suis demandé si j'aurais le cran de ne pas lui sauter dessus.

« Tu es mon enfoiré préféré, Diego, à disparaître comme les quarante voleurs... Tu me laisses cinq minutes ?

— Et... ?

— ... Et je te suis. »

Elle a disparu au bout du couloir et je me suis retrouvé face à une peinture qui représentait une tour de Babel. Moi, je connaissais une langue universelle. Le baiser. Cinq minutes, chez une fille, c'était dix, mais je n'ai pas regretté mon attente. Elle avait mis un long manteau blanc qui laissait pointer des bottes rouge sang. Pour la charrier, j'ai commenté :

« T'as raison, à moto, ton manteau, c'est le top. »

Je lui ai bandé les yeux et on a entaillé les rues de Paris. Elle me serrait fort entre ses cuisses et elle avait glissé une main à travers les boutons de ma chemise, me caressant le torse. Si elle n'avait pas eu de casque, elle aurait posé sa tête sur mon épaule. J'ai failli l'enlever.

L'air avait fraîchi et je ne roulais pas trop vite pour qu'elle ne gèle pas. J'avais l'impression d'être en pleine guerre ancienne, de voler une femme au peuple ennemi sur mon cheval avant de la monter pour assurer mon lignage.

Je pouvais toujours rêver, je n'aurais jamais d'enfant.

CHAPITRE 16

Lundi 4 juillet 2011
23 h 44
Aubervilliers, rue Régine-Gosset

Arrivés à l'hacienda, je l'ai fait grimper par l'escalier d'honneur. Il est en bois avec une rampe à fuseaux. Sur le mur, le papier peint aurait pu être beau, genre pashmina de riche, mais il bayait aux corneilles. Dans cette maison, rien n'a bougé depuis la dernière tornade. Tout s'écroulait à moitié, c'était resté trop longtemps un squat. Mais les lieux étaient immenses et coupés du monde. Il suffisait de franchir un long couloir pour qu'Aubervilliers disparaisse. Je l'ai emmenée dans la plus grande pièce. Là, je lui ai ôté le bandeau.

Sur les murs défraîchis, j'avais posé quatre écrans plats. Au sol, une chaîne 3DLab et des amplis Myriad et même un lecteur de disques vinyles. Le tout acheté cash, en honnête homme. Avec l'argent du braquage de la poste d'Auber' — à l'explosif.

C'était ma pièce. Il n'y avait que moi qui avais le droit d'entrer. Même Archi se serait fait allumer s'il avait franchi le perron.

D'une voix juste réchauffée d'un sourire, elle m'a demandé :

« Alors... ? »

Je me suis approché dans son dos et lui ai caressé les cheveux :

« Ou je te déshabille *et* je te fais l'amour. Ou je te fais l'amour *et* je te déshabille. »

Bien sûr, je savais que mon côté mauvais garçon jouait pour moi, que de me suivre au fin fond d'une banlieue lui apportait plus d'exotisme qu'un aller-retour aux Cyclades. Se donner à un barbare était sa roulette russe, les polos Ralph Lauren du VIe ne pouvaient lutter. Je ne lui ai même pas demandé si elle était avec quelqu'un. J'ai réglé la question en me persuadant qu'elle n'était avec personne. Je n'osais pas reconnaître que j'aurais été jaloux du contraire.

J'ai déplacé un fauteuil au milieu de la pièce et je l'ai délaissée, le temps de choisir mes vidéos. Avec mes quatre écrans, j'allais décider du paysage. Marina ne serait plus à Aubervilliers, rue Régine-Gosset. Elle viendrait rejoindre ce nulle part qui était le mien, dans les contrées reculées de l'imaginaire. Après un tri rapide, j'ai saisi les clips de dDamage. C'étaient deux frères, et ce que la banlieue faisait de mieux en musique. Fred et J.-B. Hanak. Maisons-Alfort avait les Hanak comme Montreuil avait les Hornec. J'avais accroché grâce à *The Belly* et ses sons de calibre. Un soir, j'avais fini par les rencontrer car j'avais le projet de produire, un jour, les mecs du 91, du 93 et du 94.

Mon rêve. Le seul.

Ils m'avaient fait écouter un morceau avec un rappeur serbe, Sin, et cent quatre-vingt-deux coups de feu en 3,30 min. C'est devenu mon mojo et je l'écoutais avant chaque braquo. Le son de dDamage était construit avec un ordinateur historiquement mort : l'Atari Falcon. Pour rechercher du grain, de la salissure et pousser la machine jusqu'au conflit informatique, jusqu'au *bug sonore sauvage*, comme ils disaient. Ces mecs approchaient d'ailleurs l'Atari Falcon comme une bête sauvage. Les Hanak utilisaient le langage musical des jeux vidéo de l'époque de Xenon 2, condamné à l'inventivité à cause du faible espace de stockage. Xenon 2 — mon jeu préféré. Jouant de la frontière entre vol et hommage, dDamage étaient des pilleurs. L'essence même du hip-hop.

Les écrans ont jeté leur lumière bleutée. Une ville est apparue avec les tours géantes du clip d'*Ink 808*. Flèches de béton et de verre. J'ai toujours pensé que c'était Tokyo. Marina ne bougeait pas. Elle savait que j'aimais les femmes comme des statues. Si elles se mettaient à exister dans ma vie, c'était la fin. *Ink 808* a empli la pièce. J'étais une balle de flipper, enfermée dans un jeu vidéo.

Un robot géant s'est baladé entre les tours, diffracté sur les murs. Méthodiquement, il s'est mis à les détruire avec ses yeux laser, sa bouche de feu, ses 33-tours disques rotatifs copiés sur les Planitron de la soucoupe de Goldorak, et ses doigts béliers d'acier. J'ai fermé les yeux et j'ai vu ce robot souffler les tours d'Auber' comme on avait rasé la tour ABC de la cité Balzac à Vitry. Volatilisation de la matière. C'était la mode de raser les clapiers à lapins.

J'ai ouvert les yeux : Marina est réapparue. Elle était figée dans la même posture.

Elle m'attendait.

J'ai coupé le son pour ne laisser que le défilé des images : on allait vivre entourés de mirages. Dessus, j'ai plaqué en boucle un autre morceau de dDamage,

Aeroplanes, avec des sons déformés de boîte à musique, en plus aquatique. Tellement obsessionnel qu'on s'inventait le ressort.

Je l'ai dénudée. J'ai délacé son manteau blanc, découvrant une chair tout aussi blanche. Elle avait des sous-vêtements en satin rouge, des bas blancs opaques et ses bottes rouges en cuir qui remontaient très haut. De moins en moins patient, j'ai tout enlevé, pour ne laisser que les bottes et les bas. J'ai mis mon index sur sa bouche pour qu'elle ne parle pas. Avec les sons de boîte à musique, Marina est devenue ma poupée mécanique. J'allais la regarder tourner autour de ma volonté.

Je me suis débarrassé de ma chemise blanche et j'ai reculé de deux mètres. J'avais positionné Marina : buste insolent et jambes croisées. J'ai couru dans la cuisine et je suis revenu avec une grande bouteille et plus de désir que dans tous les sex-shops du monde. Debout face à elle, j'ai plongé mes yeux dans les siens. Et j'ai lu combien on s'était manqué. Ça m'a suffi. Plus que tout, j'avais peur qu'elle me parle d'*un autre* que j'aurais eu envie de massacrer. Elle a fermé les yeux. Je l'ai compris comme une acceptation.

Elle m'avait pratiqué.

Elle savait qui j'étais.

Je l'ai contemplée une dernière fois et j'ai baissé la lumière. Ses seins se sont découpés tandis que son sexe s'ombrait encore plus. Mais ce n'était pas encore ce que je voulais.

Il fallait qu'elle corresponde à l'exacte image mentale de mon désir.

Dans la pièce d'à côté, je gardais un chandelier chargé de faux ors. Volé dans une église près de Cannes parce que je le trouvais beau. J'ai posé la bouteille et j'ai ramené le chandelier — je l'ai placé à deux mètres d'elle pour juger de l'effet. Je me suis relevé pour rapprocher un miroir et piéger le reflet de Marina. J'ai éteint la lumière. Puis j'ai allumé les cierges un à un, avec mon briquet. Les flammèches ont répandu leur chaleur. Odeur de miel.

Marina avait été ma dernière régulière. Après elle, j'avais juste traversé des filles. C'était plus de la masturbation par sexes interposés que de l'amour. Alors, en retrouvant ce corps que je connaissais pour l'avoir possédé avec toute la folie du propriétaire, j'ai senti l'instinct me regagner. Je savais que rien ne viendrait combler ce manque d'elle. Au fond de moi, je crois que j'en voulais à la chair, de finir en abandon après la fusion.

Quand les cierges ont jeté dans la pièce des lueurs de soleil mourant, les ombres ont grandi. J'ai saisi la bouteille d'huile d'olive à deux mains et, violemment, je l'ai entièrement vidée sur elle.

Sous la surprise, elle a ouvert grands les yeux. L'huile a gagné chaque parcelle de son corps tandis que je défaisais la boucle en tête de mort de ma ceinture. Le reflet des flammes errait sur sa peau. Elle est restée stupéfaite, statufiée, avec la bouche en O, parfaite, plus luisante qu'avec du gloss. J'ai renversé sa tête, lui ai saisi le cou et j'ai répété *Marina, Marina, Marina...* Mes doigts ont couru jusqu'à sa bouche, à y plonger la main entière. Elle a ri. J'ai craché un long filet de salive entre ses lèvres. J'y ai glissé mon sexe et le temps a cessé d'exister.

J'aurais tout donné pour ces minutes d'oubli.

Je l'ai renversée sur le sol pour la cambrer et remonter ses fesses, mes mains ont glissé en l'agrippant. L'étoile fixe de son cul dansait. Je l'ai caressée longuement, tout en mordant sa nuque, fendant ses chairs de mes mains, jusqu'à ce qu'elle jouisse. Des cris insaisissables, qu'elle m'offrait tout autant qu'elle les retenait. Des cris de femme. Le reflet du miroir me fascinait : l'huile faisait luire ses paupières, ses fesses et surtout sa bouche, sa bouche entrouverte sur l'infini.

Alors j'ai passé les portes étroites, une à une. Conquérir et posséder.

Sur les murs, les tours de Tokyo s'effondraient dans des nuages de poussière.

Mon sperme a gravité en elle et j'ai fait la paix.

Main dans la main.

Avec moi et moi-même.

CHAPITRE 17

Mardi 5 juillet 2011
12 h 45
Paris Ier, quai des Orfèvres,
brigade criminelle

Les deux nattes de Murielle Bach firent leur entrée dans le bureau 324 du commandant Desprez. L'une des rares jupes du couloir, jolie fille, plus agréable que belle en vérité, efficace et dévouée avec un défaut majeur : végétarienne.

« Murielle, aujourd'hui, je ne prends que les bonnes nouvelles. »

Elle lui offrit le sourire le plus aimable dont elle était capable :

« Cela tombe bien, c'en est une ! GE[1] de la brigade fluviale. »

Et elle lui tendit un fax.

« Ah oui ! Le plongeur m'a appelé ce matin avec Marcelo. Merci, poulette. »

La voix était affairée, presque expéditive.

La policière gigota sur place avec une mine bou-

---

1. Gestion d'événement.

deuse, elle n'aimait pas qu'on l'appelle poulette. Conflit de générations. Cette réaction amusa Jo Desprez : si elle se vexait, c'est qu'elle était vivante, tout allait bien. L'huître et le citron.

Il fit diversion en passant du coq à l'âne et désigna la fenêtre :

« Murielle, au rang des questions vitales, vous ne trouvez pas que ça fait un peu Deauville, nos stores rayés blanc et vert ? »

Pour toute réponse, elle haussa les épaules. Elle se tenait raide sous la plaque de rue QUAI DES ORFÈVRES, trophée suspendu au mur à côté du portemanteau. Murielle finit sur une jambe, un pied remonté contre le mur. La position accentua le galbe de ses cuisses. Desprez lui trouva une allure de flamant rose.

Attirée par un document sur le bureau de Jo, elle se rapprocha :

« Belle gueule ! » siffla-t-elle en mâchant son chewing-gum.

Deuxième conflit de générations : Desprez détestait qu'on lui mâche un chewing-gum sous le nez.

« Beau pedigree, ouais. »

Il haussa les épaules puis repoussa son casse-noix chromé et trois cadavres de coques d'amande perdues sur les Babel des procédures. Un coup d'œil sur les feuilles posées devant lui et il recouvrit la fiche de Sess Sylla. Sans un mot, il tendit ses avant-bras pour remonter les manches de son costume d'été, en lin blanc cassé.

Murielle tourna le regard vers la Seine, tira sur sa jupe et sortit.

Desprez parcourut le document, il était signé de la

main de Rémi Jullian, le plongeur de la Fluviale. Sans transition, comme si son esprit effaçait les temps morts, il oublia le beau Noir et la jupe pour plonger dans la lecture de la gestion d'événement.

GESTION D'ÉVÉNEMENT

RÉDACTEUR : Jullian Rémi, brigadier de police
NATURE DE L'AFFAIRE : Recherches d'objets en milieu fluvial
LIEU D'INTERVENTION : N/A Quai de la Charente 75019 Paris — XIXe arrondissement
TYPE D'ÉVÉNEMENT : Exécution de consignes

COMPOSITION DE L'ÉQUIPAGE :
Jullian Rémi, brigadier de police
Marxer Anne, gardien de la paix
Lesage Igor, brigadier-chef de police

Ce jour, suite au bon de commande N° 2011-2806 concernant la réquisition à personne de la brigade criminelle, je me suis rendu au moyen du TC309 avec un pneumatique en remorque avenue Corentin-Cariou, angle quai de la Charente, 75019 Paris, pour y effectuer des recherches judiciaires au moyen du sonar et par plongée.

Sur place à 8 h 30, j'ai pris attache avec l'OPJ, M. Marcelo Gavaggio, commandant à la brigade criminelle, présent sur les lieux, qui m'indique vouloir rechercher un sac de sport et / ou une arme à feu jetés par des individus en scooter rapide.

À 9 heures, la prospection au sonar débute le long du quai de la Charente dans le sens avalant et ce, sur une distance de 25 mètres de part et d'autre du pont et sur toute la largeur du canal.

À 9 h 15, un écho sonar pouvant correspondre au sac de sport est repéré sur l'écran du sonar. Une bouée est immédiatement jetée pour matérialiser le point détecté.

À 9 h 20, le SAL[1] Jullian Rémi s'immerge afin de vérifier par plongée l'objet repéré au sonar.

À 9 h 25, le SAL Jullian Rémi remonte et indique que la recherche est positive concernant le sac. Les constatations au fond indiquent que c'est un sac de sport de marque Kipsta, de couleur noir et blanc, fermé par système cordon tire-zip, de capacité 70 litres avec anses et bandoulière. Que le sac de sport ne soit pas recouvert de vase indique une présence récente dans l'eau. À la palpation du sac, il appert qu'il contient des objets indéterminés jusqu'à présent.

Le SAL Jullian Rémi décide d'effectuer une recherche aux alentours du sac de sport, afin de trouver d'autres indices.

À 9 h 45, une arme de poing de type semi-automatique, de marque Beretta, modèle 92FS 9 mm parabellum, chargeur engagé, est retrouvée à environ deux mètres de distance du sac de sport. Son état indique que sa présence dans l'eau est récente. L'arme a été placée dans une boîte plastique remplie avec l'eau du milieu afin de conserver les traces et indices.

À 10 heures, remettons à M. Marcelo Gavaggio, OPJ présent sur place, le sac de sport et la boîte plastique contenant l'eau du canal et l'arme de poing semi-automatique. En surface et en présence de l'OPJ, le sac de sport est ouvert et il appert qu'il contient une bombe lacrymogène, de type extincteur, Super Pepper.

La reprise de la prospection sonar n'a pas permis de retrouver d'autres éléments pouvant être rattachés à l'affaire en cours.

11 heures : fin des recherches.

---

1. Scaphandrier autonome léger.

PARAMÈTRES DE PLONGÉE
Temps de plongée total : 60 min
Visibilité : 0 à 50 cm
Température de l'eau : 19 °C
Courant : faible

Le commandant Desprez ajusta ses lunettes et prit le temps de relire le document une seconde fois. Dans son métier, il savait qu'il fallait éviter d'avoir des idées toutes faites. Mais là, son instinct lui dit d'emblée qu'il misait peu sur le lien du Beretta avec l'affaire. L'arme viendrait nourrir une incidente ou jouer la Belle au Bois dormant, quand le crime réveillerait le crime, à la faveur d'une embellie.

C'était désormais à l'Identité judiciaire d'écoper du lot. Examen cyanoacrylate de la bombe lacrymogène, avant de partir au laboratoire pour les recherches ADN. Même sort pour le Beretta, qui finirait en balistique. Quant au sac, il ne fallait rien attendre du côté de la fermeture Éclair, il partirait directement aux recherches ADN.

Jo Desprez saisit son téléphone pour une vérification de l'autre côté de la cité judiciaire, quai de l'Horloge. Le cordon s'emmêla et comme toujours, il jura après tous les dieux de la Création :

« Dino ? Commandant Desprez, brigade criminelle. Vous allez bien ? Juste une question : vous pouvez faire des recherches sur des objets qui ont séjourné dans l'eau pour retrouver des traces papillaires ? J'ai un doute. »

Au bout, la voix enjouée du technicien :

« Parfaitement, commandant, avec le SPR... »

L'impatience légendaire de Desprez le coupa :

« C'est quoi, votre truc ?

— J'allais vous le dire, commandant. Une suspension aqueuse de microparticules. On pulvérise une poudre insoluble qui va réagir avec les composants sébacés... Mais après, c'est niqué pour les recherches ADN.

— O.K., merci, je vous laisse répondre à l'appel du caboulot.

— De qui, commandant ?

— Du troquet du coin, vu l'heure... Tchô, Dino. »

Veillé par le faisceau de ses deux lampes articulées, le commandant se mit à crayonner sur son agenda. Au royaume de l'éphémère, il écrivait ses rendez-vous au crayon à papier. L'agenda était marqué d'une forêt de croix qui barraient chacune des tâches remplies. Jo Desprez et sa bataille navale contre le temps, perdue d'avance. Son crayon à papier dessina un visage puis resta suspendu : s'il devait donner un visage au Mal, que choisirait-il ? Il s'était souvent posé la question. Le policier jeta le crayon sur les deux pages après avoir rempli la tête d'un point d'interrogation. Il n'y avait rien à dessiner. Le Mal avait tous les visages, de la mère de famille au terroriste. Il pensa à ces femmes qui quittent la vie avec pour dernière image le visage de l'homme qu'elles aimaient — en train de les étrangler. Le zoo de l'humanité. Il se cala dans son fauteuil et chercha une position, son dos collectionnait les contractures. Il fit le point.

Sa main tâtonna à la recherche d'une feuille vierge. Il arracha une page d'un bloc France Assistance — une société de serrurerie-menuiserie-vitrerie — et commença à écrire les éléments majeurs, recouvrant peu à peu la carte de France imprimée en plein centre.

Mercredi 15 juin, Sess Sylla achète une batte Barnett, ainsi qu'une paire de gants de combat libre, une barre de traction et un short Fairtex noir et rouge à tête de tigre, auprès de *The Boxing Shop*, rue Beaurepaire, Paris X^e. Règlement par espèces.
Mercredi 22 juin, deux malfaiteurs dérobent le scooter rouge et noir d'un coiffeur de Pantin. Vol à main armée, pistolet automatique kaki.
Jeudi 23 juin, un TMax est volé au croisement de la rue Bridaine et de la rue des Batignolles, Paris XVIIe, par deux individus cagoulés et casqués circulant sur le scooter du coiffeur, l'un étant porteur d'une arme de poing. Aspersion à la bombe lacrymogène. L'un mesure 1,85 m, l'autre 1,95 m.
Lundi 27 juin. 10 h 50. Deux lascars cagoulés en TMax arrachent 30 000 euros à un buraliste. Ultraviolence. Attaque à la batte de base-ball et à la bombe lacrymogène. Vol avec violence aggravé par homicide volontaire. Ils jettent le sac et la bombe lacrymo de type extincteur Super Pepper dans le canal Saint-Denis.
Le TMax est retrouvé cramé quai Gambetta, à Aubervilliers.
Mardi 28 juin, 23 h 45, un lascar retourne sur les lieux du TMax cramé. Surpris par deux hommes de la BAC d'Aubervilliers.
Sur place, un gant est retrouvé. L'IJ identifie une empreinte de Sess Sylla.
Sess Sylla, le géant malien, aurait fait des repérages dans le bar-PMU dix jours auparavant, avec un Black plus petit de taille, Ray-Ban à monture dorée sur le nez.

Jo marmonna : *Sess Sylla, grand favori au STIC.* Il continua sa prise de notes.

Sylla : se fait vider les bourses par une Malienne (Sira) — loge chez une amie, rue de l'Oise, Paris XIXe : audition blanche.

À part, il écrivit :

Pistolet semi-automatique, de marque Beretta, modèle 92FS 9 mm parabellum : incidente ??

Il s'imprégna des lignes écrites, jusqu'à pouvoir les réciter mentalement. Puis il ouvrit son tiroir de droite et sortit un plan détaillé de Paris et de sa banlieue. Feuilletant les pages, il reporta les lieux sur un schéma. Du bout des doigts, Jo Desprez se massa longuement les tempes : concentré derrière ses lunettes demi-lunes, il attendait qu'une logique précipite, au sens chimique. Que *quelque chose* prenne. Car au fond de lui, il sentait qu'il passait à côté d'une évidence. *Quelque chose* s'imposait. *Quelque chose* qu'il avait sous les yeux. Il avait beau se brusquer, cela ne vint pas. Le QI d'un escargot mort : il avait le QI d'un escargot mort. À quoi bon grisonner des tempes si c'était pour raisonner moins vite ?

Il se sentit lent, vieux et las. Si, à l'instant, on lui avait proposé d'aller faire la circulation en terre Adélie, il aurait signé. Dialoguer avec des pingouins le reposerait de ses semblables.

CHAPITRE 18

Mercredi 6 juillet 2011
15 h 11
Paris XIXe, porte d'Aubervilliers,
cirque Diana Moreno

Avec une extrême méfiance, Diego repoussa la tenture de velours rouge qui le séparait du stand de contrôle des billets. Là, il épia les bruits. Des sons de cloche suivis d'une musique folklorique s'échappaient de la piste. C'était le numéro du dressage de deux Frisons et d'un Falabella, un cheval miniature. L'odeur des animaux, puissante et entêtante, parvenait jusqu'à lui. Le mercredi, le spectacle se tenait l'après-midi. Il relâcha le tissu et jeta un œil à sa montre pour vérifier l'heure. 15 h 11. Il avait plus d'une heure devant lui.

Danger minime. Tout le monde était aimanté par le spectacle qui avait débuté à quinze heures. Il avait le champ libre, même s'il fallait rester sur ses gardes. Les trois zones à risque se situaient autour de la ménagerie, de l'entrée des artistes et des toilettes. Il lui faudrait garder un œil constant sur les va-et-vient.

Les applaudissements des spectateurs retentirent. Diego en profita pour s'éclipser. La moquette de l'entrée étouffa ses pas. Il longea une vitrine où des léopards en peluche baignés de lumière bleu fluo semblaient piégés dans un aquarium. Au-dessus de lui, des guirlandes et des lampions semaient leurs constellations. Baissant les yeux, il faillit rentrer dans un clown en résine, grandeur nature.

Les clowns le mettaient mal à l'aise. Contrairement aux bêtes.

Personne dans la roulotte aux friandises. Les odeurs lui rappelèrent qu'il avait faim — il avait encore sauté un repas. À côté du pop-corn, ils vendaient d'authentiques moustaches de tigre à cinq euros. Qui pouvait avoir envie d'acheter des moustaches de tigre ? Ce monde était vraiment taré. Le hall sentait encore la barbe à papa.

Il se dirigea vers la sortie et se faufila entre les véhicules du campement. Un vent violent souleva la poussière.

Diego savait se faire plus discret que le feuillage, plus immobile que la pierre. Plus loin vers la grille, il repéra un Hummer jaune avec les autocollants Bormann où trois tigres rugissaient sur un globe terrestre. Les circassiens vivaient dans un décor de perpétuelle fête foraine. C'était comme si sa sœur n'avait jamais grandi.

Pas une âme en vue. Passant de caravane en caravane, il prit garde de se baisser sous les ouvertures, même quand les rideaux étaient tirés. Il réfléchit : le mieux était d'éviter le gravier au maximum. Trop bruyant. Il préféra se rapprocher du grillage qui encerclait le campement pour gagner une bande de terre semi-herbeuse. Pour barrière végétale autour du campement, partout des ailantes, ces arbres qui rappliquent au moindre terrain vague. Ces feuillus créaient des ombrages qui lui seraient propices.

Le sol était jonché de paquets de cigarettes jetés par-dessus la grille, et, çà et là, quelques sachets déchirés de préservatifs, témoins de l'activité nocturne de la place. Le cirque Moreno jouait avec les frontières du XIXe arrondissement et d'Aubervilliers. Les derniers mètres de Paris mouraient avec lui.

Diego continua en rasant le rideau d'ailantes, rassuré par leurs frondaisons. Il lui avait fallu composer avec les paniers de basket, les tables de jardin en plastique blanc, le mobilier disparate, des cônes de chantier, des sculptures en stuc et les quelques plantes qui fleurissaient l'armée des véhicules. En quelques bonds, il rejoignit le Hummer.

Décomposant chacun de ses mouvements, il se releva de sa cachette et sonda le silence autour du chapiteau. À une quinzaine de mètres, il perçut la musique du spectacle.

Les chants hébreux d'*Isaac* de Madonna se mêlèrent au vent.

Diego se concentra.

Il observa à la ronde, à 360°.

À quelques pas, les chromes rutilants des camions américains qui dormaient comme des buffles d'eau. Droit devant lui, Diego remarqua un vieux Kenworth rouge bordeaux, tatoué de flammes grises. Il l'avait reconnu à sa mascotte de capot — un remarquable cygne chromé surplombant l'écusson bicolore qu'il aurait bien volé. Ces camions incarnaient le cirque autant que la piste. Le défilé du convoi était le premier spectacle, avec ses immenses calandres en nid-d'abeilles, les feux de gabarit et leur rampe lumineuse, les échappements verticaux chromés et les véhicules réformés. Les Mercedes se taillaient aussi une place, pour tracter des petites semi-remorques. Il y en avait une belle, bleu marine, qui paradait au milieu des camions. À droite, il nota une remorque des surplus de l'armée américaine. Ses lèvres esquissèrent un sourire : il avait l'air aussi con qu'un flic en train de planquer. Plus même car il n'était pas payé pour.

Il rampa sur plusieurs mètres, jusqu'à frôler la caravane d'Adriana, celle avec deux hublots et des ornementations dorées. Une roulotte blanc, cassis et or, immatriculée dans le 77. Sur le côté, une fenêtre où pendait sur cintre un justaucorps couleur chair, parsemé d'étoiles brillantes.

15 h 35. La voix féminine de la maîtresse de cérémonie se rapprocha. En tendant l'oreille, Diego l'entendit offrir des billets d'entrée à vie à deux petites filles, une Amandine et une Émilie dont c'était l'anniversaire. Il fallait qu'il ait fini avant que les artistes ne regagnent leur caravane.

Il avança — jubilation de passe-muraille.

Invisible.

Il faillit trébucher sur une tête de poupée aux cheveux de comète. Elle posait sur lui de grands yeux vides. Pour ne pas attirer le mauvais sort, il la remit d'aplomb.

CHAPITRE 19

Mercredi 6 juillet 2011
15 h 40
Paris XIXe, porte d'Aubervilliers,
cirque Diana Moreno

En voyant la caravane d'Adriana, on aurait pu penser à la Louisiane, à cause des volets à lamelles en bois. Quelqu'un les avait peints en blanc. Peut-être elle. Le bas était cassis. Blanc et cassis : écho aux couleurs du chapiteau, à ce royaume en PVC posé au centre tel un soleil.

Diego monta les marches de fer, tandis que son regard balayait le campement. Il posa sa main sur la balustrade en ferronnerie. Les volutes avaient une douceur féminine. Nul doute, Adriana était mieux ici qu'à l'hacienda. De son autre main, il vérifia que l'enveloppe prise en partant se trouvait toujours dans la poche de son jean.

Elle y était.

Soudain, les applaudissements du public donnèrent au campement une aura sacrée. Il lui restait une vingtaine de minutes pour opérer en paix. Face au heurtoir, Diego colla son oreille à la porte. Le silence répondit et il posa sa main sur la poignée, sûr de lui.

La porte s'ouvrit sur un tableau où sa sœur avait épinglé des dizaines de photographies qui accrochaient le regard. Sillonner ce lieu sans Adriana le rendait moins familier. Il prit le temps d'observer ce qui avait changé. Au dos de la porte, une phrase tracée au marqueur fluo, avec des boucles énergiques dans les lettres : *Le Cirque est l'art de la Vérité*. Plus loin sur la droite, Diego reconnut une cage couverte d'un tissu brodé. Avec des bougies, des fleurs séchées et des pierres — autel en hommage aux morts. Il fouilla ses poches et parut déçu. Comme il n'avait trouvé que son paquet de cigarettes, en plus de l'enveloppe, il en sortit le papier argenté et le plia en forme d'étoile.

L'étoile rejoignit les fleurs séchées.

Diego remarqua qu'elle avait un nouveau bureau. Une petite tablette de bois suspendue par des câbles. La planche avait été travaillée à la scie sauteuse pour former une vague, sans doute par un homme du cirque. La tablette était laquée de rouge et dorée à la feuille d'or. Près du bureau, sur une étagère, il reconnut une carte qui lui était familière. Il la retourna, sourit et relut :

Pattayah beach, 21/03/2011

Querida hermanita,

Assis sur un transat avec, à ma gauche, des tours mégalo qui rendent minable la dalle d'Auber', je regarde la mer et c'est bleu à périr.

Chaque fois, je me demande ce que je cherche à l'autre bout du monde.

Et chaque fois, la réponse est la même.

Je cherche le souvenir de nous trois.

Je fais cent prières à Beach Road pour que cette

carte t'arrive le 2 avril. Je l'avais achetée pour toi avant de partir. Je parie qu'elle te plaît.

Pour tes 25 ans, je voulais te dire que j'étais... trop absent pour être le meilleur mais que toi, tu resteras toujours un astre, petite sœur.

ES QUEDAR VIVO,

Diego

Elle l'avait reçue à temps. Il s'en souvenait. La Thaïlande dansa dans son esprit. Une lumière d'un jaune triste. Tout était déjà si loin... Il resta planté là, à flotter dans ses pensées, jusqu'à ce qu'une douleur lui écrase le crâne. Il ne dormait pas assez.

Adriana avait posé une tasse sur son bureau — on voyait encore les traces de rouge à lèvres sur la faïence. Diego agrippa la tasse et en but le fond. Le thé froid chassa la sensation de sécheresse. Il essuya sa bouche d'un revers de main. Ses doigts brillèrent de mille paillettes. Alors il retourna à l'observation du campement. Il fit pendre délicatement le justaucorps à la fenêtre pour vérifier que rien ne bougeait dehors.

Rassuré, il se dirigea vers les tiroirs-rangements du lit. Avec précaution, il tira l'un des deux tiroirs. Près d'un foulard où elle cachait la montre en or — celle qu'il lui avait offerte — il plaça l'enveloppe.

À l'intérieur, elle trouverait cinq mille euros.

Un jour, plus tard, peut-être le lendemain.

Il préférait lui déposer l'argent sans rien lui révéler, sinon, cette mule aurait été capable de refuser.

Diego referma le tiroir en comprimant le foulard pour ne pas le coincer. Quand il se releva, il crut que sa tête allait exploser. Sur le bureau, il vit un tube d'Efferalgan. Il reprit la tasse, marcha jusqu'au coin cuisine, fit couler un filet d'eau et y jeta deux comprimés. Ils commencèrent à se désagréger. En attendant qu'ils fondent, Diego s'assit sur le lit. Ses yeux errèrent dans cet espace petit, chargé de mystère, qu'il connaissait finalement peu. Partout, des recoins et des cachettes. Les tenues d'Adriana servaient de décor. Elles ornaient chaque pan, entre talismans et trophées. Là, une courte robe traversée de nuages, ici, une autre, noire à paillettes, et, plus loin, une jupe avec une pluie de fleurs. C'était à cent lieues de son univers, immense, austère.

Il avala les comprimés effervescents et rinça la tasse dans le lavabo. Sur le rebord, une brosse abandonnée qu'il fit basculer. Les poils de sanglier emprisonnaient encore les cheveux de feu de sa sœur. Quand il se pencha pour ramasser la brosse, le sang lui battit aux tempes.

Il se redressa, nauséeux, et retourna, hypnotisé, au tableau couvert de photographies. Partout des artistes de cirque. Tel ce duo de main à main, porteur et voltigeur, figés en plein casse-cou. Au dos de la photographie, deux autographes au feutre noir : Mykola Shcherbak et Sergii Popov. Et une mention — Valentin Tretiakov Team, cerclée d'étoiles. À côté, les mêmes sur une autre carte, tenant un stupéfiant équilibre en planche. Le voltigeur avait une gueule de tombeur : Diego eut un doute. Pile le genre de sa sœur. Dessous, une photographie légendée Sandrine Bouglione où la dresseuse, en body pailleté, s'allongeait sous la patte d'un éléphant gigantesque. Des cartes postales en noir et blanc des Bouglione avec Dovima par Richard Avedon...

Il considéra les autres photographies.

Adriana à la patinoire. Adriana avec son saxophoniste. Adriana qui fait la lune au trapèze. Adriana à sept ans avec Archi et leur mère. Nouvelle vrille dans sa tête. L'air de famille était flagrant. Les yeux bleus maternels exceptés, immenses, dont personne n'avait hérité. Diego était aussi sur cette photo. Il épiait sa mère qui gardait le regard rivé sur Archi.

Diego grimaça, la douleur gagnait sa nuque. Il ôta la punaise qui retenait la photographie. Il voulait l'observer de près. Quand elle fut entre ses mains, il se demanda ce qu'il ressentait. La douleur s'était changée en rancœur.

Il remit l'image à sa place et se força à ne plus la regarder.

Retour aux autres images. La petite mésange... Adriana au Festival mondial du cirque de demain avec sa minirobe à broderie anglaise blanche. Adriana à l'hôpital avec un plâtre criblé de messages. Adriana à l'entraînement avec des longes. Adriana en pleine vrille à la corde volante, en body transparent et turquoise. Adriana avec un guépard — c'était elle qui paraissait la plus sauvage. Du bleu, du jaune, du rouge, du noir, du blanc sur sa peau, un vrai feu d'artifice.

Adriana en astre, Adriana en ange, Adriana en femme-oiseau...

Maintenant, il devait s'en aller, quitter le monde de la petite mésange. Le vent fit tanguer la caravane. Noyé dans sa migraine, il ne prêta pas attention au portrait d'eux quatre qui avait glissé entre deux livres. Il pensait à la joie d'Adriana, quand elle découvrirait l'enveloppe...

Dernière vérification à la fenêtre et aux deux hublots.

Le champ était libre. Libre pour disparaître.

CHAPITRE 20

Mercredi 6 juillet 2011
16 h 35
Paris X^e, rue Louis-Blanc,
2e District de police judiciaire

Le commandant Duchesne était prêt à s'énerver contre la machine à café du deuxième étage de la police judiciaire, persuadé que des milliers d'années de poisse pesaient sur les Duchesne et qu'elles s'étaient liguées pour empêcher la descente de son gobelet de chocolat chaud. Il envoya un léger coup de pied dans la machine, puis, face à l'insuccès, lui décocha un franc chassé frontal qui fit descendre immédiatement le gobelet. Satisfait, il regarda le liquide s'écouler. Au bout du couloir, Marc Valparisis apparut. Duchesne crut bon de préciser :

« C'est pas parce qu'on a abandonné la méthode de l'annuaire avec les gardés à vue qu'on est obligé de bien parler aux machines... Ça va ? Tu fais une drôle de tête ou je me trompe ? »

Duchesne, lui, offrait toujours son faux air d'enfant de chœur, doublé d'une malice qui contredisait sa rigueur protestante. Il avait sorti sa cravate des grands jours, un modèle introuvable, à motifs rouge, noir et or, imitation Versace digne de la magnificence des palais italiens, qui gonflait sous son gilet en velours vert bronze. Décalée par rapport aux patères d'écolier du couloir où traînaient de vieux blousons. Après un regard sceptique lancé à sa cravate, Valparisis lui serra la main à lui dévisser le poignet puis glissa une pièce dans la fente. Ventriloquie de la machine. Un café descendit. Le lieutenant adressa un regard narquois à Duchesne :

« C'est comme pour les femmes, faut juste savoir leur parler... Ouais, sinon, je te l'accorde, petite forme... mais longue nuit.

— Le dispo de cette nuit dans nos banlieues fatiguées ? interrogea Duchesne qui soufflait sur son chocolat. Xavier Cavalier m'a fait un topo.

— Ouais, Xavier il dormait, lui... Bon, on peut pas gagner à tous les coups. On était chez les Balbyniens dans les jardins suspendus de la cité Karl-Marx... Un petit Toulouse, la Ville rose en plein Bobigny, le rêve, quoi... Surtout à une heure du mat.

— Le rose morose habituel du 93... C'est sûr que statistiquement, t'as moins de chances de planquer au pied du Trocadéro ou de Montmartre... »

Le lieutenant hocha la tête avec une bonne dose d'autodérision. Gobelets en main, ils grimpèrent les étages vers le bureau de Duchesne et sa trouée de lumière qui, comme le disait Valparisis, annonçait le messie.

« Plus de 2 500 personnes entassées dans des clapiers à lapins, reprit Marc... Tours roses et blanches. Bobigny fait pas dans le glamour. Et merde !... »

Valparisis venait de renverser son café sur la moquette vert d'eau et il n'était pas du genre à faire le canard :

« Bordel de Dieu ! Mais quelle idée de foutre de la moquette avec des bras cassés comme nous ! Il faut dire qu'ils sont cabourds, aussi... Avec du bon vieux lino cradingue, là, y aurait pas de risque... C'est vraiment des bandes de mascagnes. Ouais, donc, je disais : une heure du mat. J'ai alors compté les minutes parce que la chasse en meute, c'est drôle que quand ça part. Je te fais pas le panorama : mecs qui choufent sous l'œil blasé des réverbères tirés au lance-pierre. (Il s'interrompit pour boire une gorgée.) Ça, tu n'y coupes pas. La banlieue, c'est un mètre de pleine lune puis il fait noir comme dans un four, tu te ramasses des bidons de cire colorée sur la gueule et t'es bon pour te laver à l'éponge de mer. Bref, on n'était pas chez les amis et on attendait la grande livraison. Un fournisseur de Sess Sylla d'après Daoud le Zinc. Il devait y avoir des PM dans le lot et même un Kleenex...

— Faut que tu traduises, là...

— Un Kleenex... Un lance-roquettes, quoi. À usage unique, donc on dit un Kleenex, Mike. Bref, on était prêts à se rabattre sur des produits marocains tellement on se comptait les poils : cornes de gazelle, loukoums et même pois chiches, mais on a fait chou blanc et je suis rentré à 8 heures du mat chez moi avec la frustration au ventre... On peut raconter ce qu'on veut mais c'est ça, la vraie vie d'un flic de PJ... »

Ils arrivèrent au bureau de Duchesne. La fenêtre était ouverte et le vent soulevait les sous-chemises des procédures.

Valparisis s'assit directement dans le fauteuil aux aveux. Main gauche sur la bouche, il bâilla.

Le commandant, resté debout, jeta un œil à son portable puis se cala près de la fenêtre, à côté d'un tableau — *Michel au Congo* — parodiant Hergé. Il but son chocolat à petites gorgées. Contrairement à Marc Valparisis, il ne supportait pas de boire brûlant.

« Moi, c'était plus drôle que toi, dit Duchesne, j'ai passé ma soirée devant *The Party*, avec Peter Sellers. Heureusement, y a juste eu une affaire de balluchonnage. Rien de bien sanglant. Les cités Cambrai et Curial ne peuvent pas se charcler toutes les nuits. (Le téléphone sonna.) Une seconde, Marc... »

Il prit la communication et lança de but en blanc, sans même se présenter :

« Il est mort ? »

C'était sa blague favorite.

Valparisis patienta en fermant les yeux sur le fauteuil aux aveux. Durant cinq minutes, il ne pensa à rien. Des bribes de conversation parvenaient à son cerveau, par salves. Il ne cherchait pas à analyser. Juste à faire le vide. La voix rassurante de Duchesne l'y aidait, avec son rire de dessin animé et sa frénésie enjouée. À quoi lui faisait-il penser ? Avec la fatigue, le lien patinait. L'image monta : à Bip Bip, Duchesne lui rappelait Bip Bip. Il sombra alors dans un semi-sommeil, tandis qu'il se remémorait le groupe qu'ils avaient formé à la Crime avec Jo, tous les trois.

Duchesne raccrocha après de nouvelles trilles. Le bruit fit sursauter Marc.

« Bon, tu vas aller te reposer un peu car ce soir, c'est opération bars de nuit, lança Duchesne.

— Bars de nuit... où ça ? »

Marc n'était plus sûr de comprendre quoi que ce soit.

« Écoute ça, je viens d'avoir Manu Barthez du CIAT[1]

---

1. Commissariat.

d'Aubervilliers. Un tuyau tout frais pondu, même la poule, elle a encore chaud au cul. Ce soir, le commissariat d'Aubervilliers fait une opération bars de nuit en concertation avec plusieurs services. On va s'y greffer avec Jo car l'homme de main de Sess Sylla pourrait être de sortie. On a son blaze en entier, cette fois-ci, il s'appelle Moussa Keita.

— Le type avec des Ray-Ban à monture en or, 1,85 m, mince, avec du goût pour les baskets noires à bandes rouges ? C'est lui, Moussa ? »

Valparisis se redressa d'un bond dans le fauteuil. Son instinct de chasseur s'était réveillé et il avait recouvré toutes ses facultés.

« Exact, ma lampe halogène, répondit Duchesne. On va sortir les fiches d'historique des complices pour l'occasion, histoire de se refaire une jeunesse et d'avoir les tronches bien en mémoire. Parce qu'à Aubervilliers, c'est le défilé. »

Il saisit un vieux stylo bleu parmi le buisson serré par un élastique et s'en servit pour touiller le fond de son chocolat qu'il vida d'un trait. Puis il reprit :

« En tout cas, plus d'une semaine après, tu vois, ça commence à transpirer… »

Les pupilles de Marc Valparisis retrouvèrent leur vie :

« J'aime bien l'idée d'aller sur leur terrain, y aura toujours à débroussailler. Bon, pour le moment, je suis juste carbonisé… Sinon, t'as vu, les auditions de la Crime n'ont pas donné de miracle. Pourtant, y avait Marcelo au confessionnal et tu le connais, c'est une pince, il lâche rien. De mon côté, on a réussi à traiter les bandes des caméras de vidéosurveillance, pharmacies y compris. Là non plus, la chance n'était pas de sortie. Quant au bornage, on passe à la loupe tous les numéros de portable pour voir à qui on remonte. C'est la pêche aux canards dans la piscine gonflable. Mais rien de palpitant pour le moment. Sempiternelle théorie de l'hélicoptère : plus tu brasses de vent, plus tu t'élèves. »

Duchesne fit l'hélicoptère avec les bras et dit en frappant des mains :

« Parfait... Dispersion ! Et j'appelle Jo illico... Je te laisse prévenir Xavier de l'opération bars de nuit pour qu'il te fasse un bon de sortie... »

Tandis que le commandant se saisissait du téléphone, Marc déplia ses longues jambes, et s'étira. Il se leva comme s'il avait cent ans. Juste avant de passer la porte, il fixa Duchesne au niveau du cou, avec une hilarité non dissimulée.

« Quoi ? Qu'est-ce qu'il y a, Monsieur le profane ? C'est ma cravate *d'une certaine étendue* qui...

— D'une certaine étendue, tu rigoles, c'est un spinnaker ! Non, mais j'admire. Sincère. Faut oser...

— C'est sacré. Un souvenir. Cadeau d'une famille de victime. Tirée du vestiaire d'un Africain élégant parmi les élégants... Et toi, avec tes chemises Xoos à col Danton, tu crois pas que tu joues les jeunes premiers ? Alors fais pas chier avec ma cravate, Marc. J'appelle Jo, c'est un connaisseur, lui. »

Et il lança des foudres à Marc avant d'adoucir sa voix :

« Ma babouche en plumes d'autruche ?... »

Il fallait connaître le physique et le caractère de Jo Desprez pour comprendre qu'il n'y avait que Duchesne pour se permettre ce genre d'appellatif.

« Oui, c'est l'éclusier du Xe, ton fidèle serviteur... Je voulais savoir si tu n'avais pas d'affaire délicate qui chauffe ce soir... Car on a une invitation dans les règles pour traîner les bars d'Aubervilliers... Apparemment, de la pêche au gros dans notre affaire de batte... Un lascar *très* proche d'un bienfaiteur du nom de Moussa Keita... Mike, Oscar, Uniform, Sierra deux fois et Alpha. Keita : Kilo, Écho, India, Tango, Alpha. Ce Moussa serait le lieutenant de Sess Sylla... Oui, parfaitement, Barthez l'avait mentionné dès le 28 juin. Et Marc a dans son cahier des photos de surveillance où on a sa silhouette. Tu m'appelles si t'as pas dérouillé et on essaie de partir ensemble avec Marc ? »

Il n'ajouta pas *comme dans le bon temps* pour ne pas prendre un coup de vieux.

Au fond de lui, il ne sut dire ce qui lui faisait le plus plaisir : que l'affaire avance ou de retrouver Jo.

La réponse avait pourtant la simplicité des évidences.

CHAPITRE 21

Mercredi 6 juillet 2011
19 h 51
Aubervilliers, porte de la Villette

« Passé la porte de la Villette, je vous annonce qu'on entre au royaume des voitures replaquées », dit Valparisis.

Marc, Jo et Michel étaient tassés dans la petite Peugeot 206 bleue. Jo était au volant. Il avait passé les deux tiers du trajet à râler contre la circulation de l'avenue de Flandre qui empirait à l'approche de l'avenue de la porte de la Villette.

Le vent soulevait la poussière des travaux.

« Je ne sais pas, vous, dit Michel, mais j'ai l'impression de revivre les heures de gloire de la Crime. Finalement, c'est vrai que *malheur est bon à quelque chose*. Au moins à se retrouver.

— Tu connais bien Barthez ? coupa Jo en se tournant vers Michel, assis à sa droite.

— Regarde la route, babouchka. Oui, on se fréquente. Tu verras, il a une tasse démente dans son bureau, je parie qu'elle va te plaire... N'oublie pas de regarder droit devant toi.

— Une tasse ?

— Oui, tu verras, t'inquiète. Il a été officier à la Direction centrale de la sécurité publique puis il a passé le concours de commissaire. Il a d'abord pris son galon de capitaine à Melun. Parcours au GIR[1] comme commissaire où il a brassé large, délinquance financière, machines à sous, stups, proxénétisme, blanchiment et saisie de capitaux, travail dissimulé... Il en a gardé un esprit ouvert. Ensuite, je crois qu'il a tourné à Meaux. Et là, ça fait trois ans qu'il est à Aubervilliers. Deux fois par mois, ils font des nocturnes — opérations débits de boisson. En revanche, il court tout le temps et je ne sais pas si tu arriveras à le suivre, avec tes claudications de Quasimodo...

— Je te conseille de pas la ramener, sinon, je te balance à Barthez et je lui dis qu'après six ans de procédure, tu tapes toujours les PV avec un doigt...

— C'est bas, moi, je dis que c'est bas... Sans te commander, babouchka, c'est à gauche. Là, aux Quatre-Chemins, tu prends l'inoxydable avenue de la République. Après, t'iras à droite, ma poule... Je sais pas si t'es un bon flic, mais tu ferais un super chauffeur de taxi, comme notre directeur... Tu vas garder tes Ray-Ban au commissariat ? Parce que déjà, avec tes pompes framboise écrasée...»

Jo lui envoya un coup dans les côtes :

« Un policier, c'est comme le vin. Pour qu'il soit bon, faut qu'il ait de la bouteille. »

Indifférent à leur tandem querelleur, Marc Valparisis révisait sa connaissance des visages d'Aubervilliers — des femmes essentiellement. La richesse des nationalités le fascinait et il se tordait le cou à chaque car-

---

1. Groupe d'intervention régional.

refour pour suivre les silhouettes du regard. Bien portées, il appréciait toutes les vêtures, boubous aux couleurs chaudes, saris jouant avec le vent ou robes moulantes des Africaines.

Ils arrivèrent devant le commissariat en briques. Devant, l'invariable accueil des bris de pare-brise et de glaces.

Barthez dévala les escaliers. Michel murmura à l'adresse des deux autres :

« Je vous avais dit que c'était un bouquetin, le mec. Marathonien, en plus. »

Il portait sa chemise blanche à galons de commissaire, grisâtre après cent lavages.

Le commandant Duchesne fit les présentations et ils montèrent dans le bureau du commissaire, après un rapide tour du propriétaire. Porte à hublot surplombée du numéro 200. Commissaire central.

Jo Desprez trouva le bureau spacieux. Ce n'étaient pas les petites pièces de la Crime qui se muaient en sauna l'été — même si Jo, en commandant rusé, avait eu la bonne idée de choisir au Quai des Orfèvres le 324 pour son vieux climatisateur, en plus de la vue sur Seine.

Tandis que Manu Barthez expliquait à Marc Valparisis qu'il gérait cent soixante personnes et qu'une brigade commune à Aubervilliers et Pantin allait être créée parce que les bandits n'ont pas de frontières, Jo Desprez passa en revue les documents encadrés sur les murs.

Manu Barthez en était à expliquer qu'il suppléait les magistrats du parquet dans le petit contentieux de premier niveau, pour les contraventions de quatrième classe. Jo, lui, écoutait d'une oreille distraite, occupé par le premier titre du *Parisien libéré*, « La victoire de

Paris est en marche », daté du 22 août 1944, trois jours avant la Libération. Mais ce fut un autre document historique qui retint son attention et lui fit écarquiller les yeux :

RÉPUBLIQUE FRANÇAISE
PRÉFECTURE DE SEINE-ET-OISE

28 août 1944
Brigadier-chef LACOSTAZ E.
À
Monsieur le Commissaire de Police
De la circonscription de Longjumeau

J'ai l'honneur de vous rendre compte que ce jour, à 10 h 30, effectuant une tournée de contrôle des postes de circulation et de surveillance à la Société générale assurés par les services de police,
J'ai trouvé le Gardien LE BONNIEC Jean, chargé de la surveillance de la Société générale, au café-bar Lesage, en complet état d'ivresse et en tenue débraillée. Je l'ai invité à rentrer aussitôt.
Je demande qu'une punition sévère soit infligée à ce Gardien, coutumier du fait.

Le Brigadier-chef

Michel Duchesne vint lui faire du coude pour le ramener à la conversation. Il lui glissa à l'oreille :

« Plutôt que de mater les vieilleries, n'oublie pas de regarder sa tasse... »

Manu Barthez se tourna vers eux.

Une première rencontre de Jonathan Desprez ne permettait pas de sentir que derrière sa façade bougonne se cachait un homme d'une grande attention. Baigner dans l'horreur et la mesquinerie des intérêts avait juste mis la cordillère des Andes entre l'humanité et lui.

Soudain, à côté d'un carton de ramettes de papier Xerox, il l'aperçut. La tasse était posée sous le plan d'Aubervilliers. Jo Desprez trouva une question pour s'approcher. Il posa la main vers le quartier du Marcreux-Landy :

« Désolé de vous interrompre, c'est là que vous dites qu'il y a plein de clandés ?

— Absolument. L'autre soir, on en a vu qui avaient une pièce d'identité pour huit. Des Égyptiens. Ils avaient juste de quoi s'acheter des œufs mais ils avaient tiré des fils pour leur ordi — ils étaient rivés à Facebook. Y a quand même des vies de misère... Enfin, ça reste que des pauvres bougres, pas dangereux... »

Jo put alors contempler la tasse à loisir. Elle était à anse, en céramique blanche. Sur l'une des faces, un homme bodybuildé, vêtu seulement de la marque du maillot, prenait une pose lascive dans l'écume des vagues. Son sexe était caché par une feuille de vigne. Quand on versait un liquide chaud, la feuille disparaissait.

Au même moment, le commissaire se tourna vers Jo et surprit son regard étonné, alors qu'il était lancé dans le récit d'une fille de joie qui avait voulu se jeter dans le canal Saint-Denis parce qu'elle refusait qu'on la traite de tapineuse. Elle avait accompli un saut héroïque de cinq mètres depuis le pont et Barthez insistait sur le fait que le canal atteignait, à cet endroit, lui, péniblement deux mètres.

Il s'arrêta net, attrapa la tasse et dit :

« Ah oui ! Juste la classe, cette tasse. *Les ruines de Mykonos*. C'est ma belle-mère qui en a hérité lors d'une soirée où l'on tirait des cadeaux au hasard. Horrifiée, elle l'a planquée au fond d'une armoire. Comme elle voulait la jeter, je l'ai récupérée mais ma femme l'a interdite de cuisine. Elle a atterri là, mais je vous rassure, je suis pas allé faire un tour chez les Grecs. »

Marc Valparisis s'empara à son tour de l'objet et Barthez lui lança avec un clin d'œil :

« Si vous êtes très sages, en fin de soirée, vous aurez droit à un thé... »

Puis il reprit, après avoir fait le point sur Moussa et ses contacts :

« Bon, je résume. Pour ce soir, on s'équipe, gilet pare-balles et tutti, il faut y aller gunés, les mecs. Je vous retape pas la liste des troquets, on est O.K. ? Vous verrez, on a quelques gérants de débit de boissons terribles. Ils sous-louent pas mal et jouent les prête-noms. Parfois, ils se font dépasser aussi. Une fois, y en a même un, un ancien boxeur, qui m'a appelé à la rescousse en me disant : *Commissaire, le renard est dans le poulailler*. Non mais, j'te jure... Ici, c'est le monde à l'envers. Allez, on descend et je vous présente les gars. Laissez-moi juste deux minutes... Pendant ce temps, vous pouvez enfiler les gilets pare-balles. »

Le commissaire réapparut, remonté comme un ressort, en chemise claire à grosses rayures et en costume cravate, légèrement cintré, qui soulignait sa condition physique en dépit du gilet. La cravate trop fine le distinguait de la Crime. Duchesne l'aurait recalée.

Il fallut courir dans les escaliers derrière Manu Barthez. Jo Desprez mit un point d'honneur à laisser croire qu'il gardait la cheville vaillante. Mais à l'abri des regards, il serrait les dents.

En bas, des policiers en tenue et des policiers en civil étaient réunis. Manu Barthez salua les hommes et les remercia pour leur présence. Il rappela qu'ils agissaient sur la base d'une réquisition du parquet visant le travail dissimulé. Puis il fit un appel informel pour permettre à chacun de se connaître et expliquer la présence de la Crime et du 2. Il y avait des hommes du GSP[1], de la BAC et Habib Riffi, un OPJ de la brigade des délégations et enquêtes judiciaires pour s'occuper des gérants et des employés.

Barthez détailla ensuite l'opération contrôle des débits de boissons, tactique à l'appui afin de coordonner les actions. Au milieu de son discours sur les bars mal famés du secteur Villette, le commandant Duchesne repéra des yaourts Baïko à la cerise dans le distributeur. Il demanda un euro à Marc Valparisis qui ne comprit tout d'abord pas la question. Ce dernier lui glissa discrètement une pièce qu'il tendit dans son dos en agitant la main. Comme toujours, Michel Duchesne n'avait pas eu le temps de manger, il passait ses journées à faire chat noir au 2e DPJ. Alors qu'il se dirigeait vers la machine salvatrice, Manu Barthez battit le rappel et Duchesne se résigna à mourir de faim.

Direction les sous-sols. Ils montèrent tous en voiture dans une Ford Focus gris anthracite. À l'avant, le bacman Sébastien Garat conduisait. À ses côtés, le commissaire Barthez. Derrière, Marc Valparisis, Jo Desprez et Michel Duchesne se serrèrent. Ils avaient abandonné leur voiture, tant pour pouvoir continuer la conversation avec le commissaire que pour éviter de se la faire caillasser.

Les bars d'Aubervilliers étaient principalement tenus par des Algériens, seuls non-Européens à détenir le droit d'avoir des licences. En vérité, les retraités

---

1. Sécurité publique : Groupe de sécurité de proximité.

servaient souvent de prête-noms à des Ivoiriens ou des Maghrébins. Ces bars et les backrooms obéissaient au même principe : le vrai spectacle se passait derrière. Les serveuses y étaient d'une compétence rare — avec le dévouement d'une multiprise. Du genre plantureuses, elles désespéraient des légions de clients qui, en vertu de leurs tenues légères, s'autorisaient à penser qu'elles savaient autant servir que s'allonger. Ce qui n'était pas faux. Mais comme le jeu ne marchait pas à tous les coups, ils prenaient d'assaut le comptoir et alignaient les verres jusqu'au grand soir de la victoire. C'était bien pensé, bien rodé. Devant les bars, il n'était pas rare de voir garées de belles bagnoles de location. Dans les rades, comme disait Barthez : « Au mieux, cela joue aux cartes, au pis, cela trafique et deale. »

Le vent n'avait pas faibli et la voiture filait à travers les rues d'Aubervilliers. Les deux autres véhicules suivaient de près. Le lieutenant Marc Valparisis bâillait. Comme ils passaient à nouveau par le petit Barbès des Quatre-Chemins, il guetta les silhouettes entrevues à l'aller, mais c'était l'heure des hommes, et les femmes semblaient s'être volatilisées.

Le convoi s'immobilisa. Le commissaire Barthez s'agita dans la voiture :

« Non mais, vous voyez ce que je vois : il gare sa bagnole en triple file la nuit, le mec, il ne se fout pas de ma gueule, lui ? »

Le coup de sang du commissaire ne fit pas même ciller Sébastien Garat. Calé sur le siège, il gardait un coude contre la vitre, la tête appuyée sur sa main gauche, et conduisait de l'autre. Rouler dans le royaume du crime et du délit ne le lassait jamais. Tournant son profil vers le commissaire, il risqua :

« Chef, on pourrait pas faire rapidos un tour à L'Orange bleue pour commander à Saïd des salades pour tout le monde ? Cinq minutes au compteur pour des PJF...

— C'est quoi, Sébastien, les PJF ? l'interrompit le commissaire.

— Poulet-jambon-fromage... Sept euros pour la salade la plus populaire d'Aubervilliers. Au jambon de dinde hallal. Quadruple file, chef, rien que pour la salade. Avec Habib, on y a nos habitudes... »

La minceur athlétique de Manuel Barthez laissait supposer de nombreux repas sautés et Sébastien insista, s'alliant l'avis de Michel Duchesne dont il avait remarqué le petit jeu autour du distributeur du commissariat. Barthez céda, alors que, sobriété des sobriétés, il venait d'engloutir une pomme avec le trognon en moins de temps que de le dire.

« Vous verrez, patron, on la finit jamais la salade... Même Habib qui fait pas pitié, il la finit jamais...

— Allez, allez, c'est bon, Sébastien. Mais si vous mettez plus de cinq minutes, vous pourrez toujours courir derrière la bagnole. »

Sébastien tint son pari et revint les bras chargés. Il fit un crochet du côté de Barthez pour lui passer les imposantes boîtes en plastique transparent :

« Patron, j'ai dévalisé le jardin des Vertus d'Auber', tenez, y a des salades pour tout le monde. »

Les jardins ouvriers des Vertus occupaient deux hectares et demi au nord-est de la ville, à la limite avec Pantin. Cette enclave verte, juste à côté du Théâtre équestre Zingaro, campait une poésie désuète, avec ses retraités en salopette bleue qui cultivaient carottes et petits pois face à la cité des Courtillières. Cerisiers en fleur contre tours en béton — David et Goliath version XXIe siècle.

Barthez décida de remiser les salades dans le coffre : elles attendraient plus de calme. En découvrant le sac plastique qui débordait de morceaux de pain, il eut un doute :

« C'est quoi, ça, Sébastien ? Il a braqué une boulangerie ou quoi ? Quand il donne du pain, Saïd, il donne du pain... Y en a pour tout le commissariat, plus les pigeons. »

Sébastien haussa les épaules. Manger cinq morceaux de pain ne lui faisait pas peur.

Le convoi passa devant le B & B Hotel de la porte de la Villette puis Barthez demanda à Sébastien de virer à droite, rue des Cités. Là, les rades ne manquaient pas. Barthez se tourna vers les trois compères :

« Bon, j'espère qu'il pointera le bout de son nez, le lascar. Je ne peux pas vous promettre le pompon. On ne le voit pas souvent, Moussa. Il se terre plus qu'il ne paraît. Mais avec un peu de chance, son pote sera de sortie... Il aime bien les cartes et on nous dit qu'il viendra draguer les as, ce soir... »

Duchesne le coupa :

« Moi, je dis, un coup de calibre et on repart.

— C'est sûr que pour atteindre un mec à trois mètres dans un bar, t'as pas besoin de passer par le stand de tir », renchérit Desprez.

Le commissaire Barthez, qui ne tenait pas en place, trépigna. On le sentait comme un V2, prêt à jaillir de la voiture :

« Je vous préviens, à Auber' plus le nom du bar est chantant, plus le rade est pourri. La palme revient aux bars qui ont des noms de superbes villes côtières ou genre Océan du lagon. Là, il faut s'attendre au pire. »

Marc Valparisis sentit l'excitation monter en lui. Il ne vivait que pour l'action. La Côte ne l'intéressait que pour Marseille et Paris que pour la traque. Quant à l'amour, ce n'était qu'une variante de la traque. Ils étaient tous convenus d'un code si Moussa se trouvait dans le filet.

La voiture tourna encore à droite et Marc se frotta la rétine à tous les recoins.

Barthez ordonna soudain à Sébastien de s'arrêter rue Barbusse. Les pneus crissèrent.

« Là, le *salon de thé* ! Ils ne manquent pas d'humour, hein ? Pourquoi pas une garderie ou un salon de manucure, tant qu'on y est ? Allez, les gars, on y va. Y a une fille qui bosse à gauche et des mecs qui jouent aux cartes. »

Le dispositif se déploya derrière le commissaire. La BAC en civil et en tenue entra et géra les clients, deux d'entre eux gardant la sortie pour prévenir toute fuite. À l'épaule, la double gueule d'un Flash-Ball, prête à envoyer des balles de caoutchouc d'une puissance de 200 joules à sept mètres, l'équivalent d'un direct d'un champion de boxe. Les visages des clients quittèrent le magnétisme des cartes.

Le salon de thé faisait dans le minimalisme. Du carrelage de récupération, des tables, des chaises, une vitrine réfrigérée qui avait l'ironie d'aligner de la *Smirnoff ice* et du lait fermenté à boire, un comptoir de fortune et deux magnifiques machines à sous — des Acapulco —, seuls éléments à briller de mille feux contre le mur. Le penchant Las Vegas d'Aubervilliers... Le commissaire Barthez parla en premier :

« Bonsoir, Messieurs, on s'arrête trente secondes, on range les cartes, on se lève. Commissariat d'Aubervilliers. Qui est le patron ? C'est vous, Monsieur ?

Vous parlez français ? Tournez-vous. On va vous fouiller, après, vous présenterez une pièce d'identité, mesure de sécurité. Ça rime en plus... Et, Messieurs, vous n'oublierez pas de payer vos consommations avant de partir. »

Nulle agitation, nulle protestation. Des gueules taillées à la serpe rodées aux contrôles. Quelques démêlés avec la conscience qui ordonnaient, en bonne sagesse, de se tenir à carreau.

Habib, l'OPJ, se dirigea vers la caisse. Il salua la serveuse roumaine de sa blague habituelle :

« Bonsoir, Mademoiselle, c'est vous qui avez appelé la police ?... »

Habituée à la séduction, elle lui décocha un redoutable clin d'œil bordé de khôl.

Le regard d'Habib quitta rapidement la serveuse pour fouiller les abords de la caisse. Il savait qu'il y avait *autre chose* à trouver. Les vertus de l'intuition. Juste une question de temps. Il demanda à la serveuse d'ouvrir le placard sous le comptoir : les produits ménagers ne se bousculaient pas. Ricochet des yeux sur les étagères, à la recherche d'une boîte en métal. Quand tout à coup, tel un chien à l'arrêt, il stoppa. La grande boîte en plastique sur la droite, sans couvercle, juste couverte de la décence d'une feuille : cela flairait la double caisse à trois mètres. Bingo. Au fond, que des pièces de deux euros.

« Commissaire ?... Commissaire ?... COMMISSAIRE ? »

Barthez était toujours en train de démêler qui était le vrai gérant du bar, promené par les déclarations divergentes de son interlocuteur. Il releva la tête d'un coup en direction d'Habib :

« Oui, Habib, je suis pas sourd. Je vous écoute.

— Y a bien deux caisses, commissaire. Une pour les consommations. L'autre pour les machines à sous. Pas de vente de cigarettes à première vue.

— Parfait, Habib. Comptez les pièces. »

Sébastien Garat demanda ses papiers à un client qui avait écrasé son mégot à l'arrivée de la volière. Il avait sorti les tickets gagnants des contraventions pour relever la violation. Le type remonta au pliocène pour expliquer sa lignée. Il trébuchait sur chaque mot. Le baqueux l'interrompit en repoussant son verre :

« Naaan, la question, elle est simple. Tu me réponds un nom, un numéro et tu me fais le plus bel autographe. »

Un client tenta avec un sourire :

« On vous offre un verre ?

— Moi, ça va, je vous remercie, pas pendant le service, mais je vous conseille de poser la question au Monsieur en uniforme, avec les belles feuilles de chêne sur les épaules, il adore », répondit Sébastien en désignant le commissaire.

Duchesne attrapait les paroles sur le trottoir, Valparisis tentait de comprendre le fonctionnement des Acapulco et Desprez suivait le commissaire. Manu Barthez revint à sa conversation avec le gérant fantôme et son associé qui n'en finissaient pas de le balader dans les méandres de la rhétorique de survie :

« Les gars, je vous propose de tenir un discours cohérent. Vous risquez la garde à vue. C'est interdit de tenir des machines à sous, Messieurs. Alors un peu de franchise ou je vais vous assaisonner. »

L'un d'eux protesta :

« Moi, je veux parler la vérité avec vous. Je sais pas comment elles marchent les machines... Sincère... J'ai rien contre vous, moi, commissaire, je te dis la vérité...

— Rien contre moi ?? Ça tombe bien, vous voyez, ça m'arrange, même, Monsieur. Il ne manquerait plus que ça. »

Sébastien Garat, le baqueux, s'approcha de l'homme et le fixa dans les yeux avec un léger balancement de la tête :

« Elles sont pourtant pas venues toutes seules, les machines. Moi, j'ai jamais cru à l'Immaculée Conception...

— Monsieur, vous êtes en train de nous mentir », renchérit Habib qui avait compté quatre-vingt-une pièces.

Il se posta juste sous son nez et continua :

« Vous dégagez des ondes, quand vous mentez. Je les sens, là (il pointa son ventre). Juré. Je le ressens et je le lis aux émotions sur votre visage. Vous avez du mal à respirer. Vous êtes déjà moins tranquille. Vous doutez, Monsieur. Et vous avez raison car lui, c'est le commissaire, et il n'aime pas qu'on le balade. Pas du tout...

— C'est qui, lui, exactement ? demanda Barthez en désignant l'associé.

— C'est mon frère. »

Tous les policiers faillirent éclater de rire. Les regards allaient d'un homme charpenté, blond en brosse, au profil régulier, à un grand gaillard brun, mince comme un ticket de métro, très mat, au nez cassé.

Sébastien Garat répliqua en hochant la tête :

« Il revient de vacances, alors, ton frère... Tu sais, chéri, j'ai un pote qui a une belle expression quand on se fout de sa gueule. Il dit qu'il supporte pas qu'on le regarde *avec des yeux caramélisés de sottise*. Et c'est quoi, ça ? De la vodka ? Là, je suis plus sûr de rigoler... Et les clefs des machines, elles sont où ? »

Un bruit métallique retentit. Marc Valparisis avait glissé une pièce de deux euros dans la fente des Acapulco pour voir si elles fonctionnaient avec une pièce ou un jeton. Avec la conversation, la musique d'ambiance tenait du surréalisme. La pureté du *saz*[1] de Cumali Bulduk s'accordait mal aux mensonges.

Jo Desprez remarqua une veste en cuir au dos de l'une des chaises des joueurs qui avaient quitté le bar après vérification de leur identité. Il questionna la serveuse :

« Et la veste, pourquoi il l'a laissée, le Monsieur ?

— C'est la mienne. Je la lui ai prêtée parce qu'il avait froid et qu'il était beau gosse, répliqua-t-elle avec un aplomb surprenant.

— Un peu petite pour sa carrure, non ? » douta Sébastien Garat.

La fille haussa les épaules. Rien ne la déstabilisait.

Barthez poursuivit son interrogatoire. Devant lui, les rares documents paraissaient encore plus pauvres que le lieu. Il lança d'un trait :

« Bon, je mets lequel des deux en garde à vue ? »

Les faux frères échangèrent quelques paroles en turc.

« Minute... vous parlez français, Messieurs, question de courtoisie. »

Long échange de regards. Puis le blond céda :

« Moi. Lui, il travaille demain.

— Ah, bien sûr. Et il fait quoi ?

— Boucher...

— Boucher ?? Et il a acheté la moitié des murs ici... Ouais, ouais, évidemment. Je raisonne pas assez vite. »

---

1. Luth turc qui accompagne les airs populaires.

Valparisis quitta la fille en bikini rouge sur le lagon des machines à sous ; elle régnait en prêtresse du jeu entre les chiffres et les loupiotes rouges et vertes. Autour d'elle, un cadre en plaquage bois à l'élégance de cercueil. Le flic avait beau avoir fait le tour, aucun élément d'identification sur les machines, pas de référence à une société qui mettrait les machines à disposition. Il se dirigea droit sur le gérant :

« Tu vois, on ne veut pas la mort du petit cheval mais tu vas être sacrément dans la merde... D'autant plus que t'es recherché pour situation irrégulière avec obligation de quitter le territoire. Et c'est que le début de la liste. Travail dissimulé. Jeux de hasard... »

Il se colla à son oreille.

« Je sais que tu comprends mal le français alors pour une fois, je vais essayer d'être clair. T'as pas un champion du nom de Moussa qui aime tâter des cartes, chez toi ? Si t'es gentil, je peux même te montrer sa photo. Collection personnelle. Je ne m'en sépare jamais. Une superstition à la con... Allez tiens, j'y résiste pas, je te la montre. À la limite, t'as presque pas besoin de parler. Juste le minimum. »

Le type avait le front perlé de sueur. Ses yeux soupesèrent ceux de Valparisis. Le flic tapota une cigarette sur un coin de table et marmonna :

« Je suis comme les filles. Je peux être patient... Mais je suis d'abord un mec... Donc je suis violent et chiant. Et je compte pas passer ma soirée à jouer au chamboule-tout avec tes Smirnoff. C'est jamais bon pour mes pompes et j'en ai mis de belles. »

Au fond, la pendule entre les deux Acapulco semblait arrêtée sur minuit. On percevait son tic-tac — Manu Barthez avait demandé que l'on arrête la musique. Valparisis contempla la pendule, puis revint lentement au gérant pour ne plus le quitter des yeux.

Ce dernier pencha la tête vers l'oreille de Marc.

« Rue Barbusse, au croisement avec... »

Puis il balança le nom de l'un des sbires de Moussa et chuchota le nom d'un bar qui rivalisait d'exotisme et de luxuriance. Si l'on en croyait Barthez, c'était bon signe. Il acheva en décrivant l'homme.

Valparisis enregistra les informations et lui adressa un bref sourire :

« Eh bien, blondin, tu vois qu'on peut parler la même langue. »

Sébastien Garat taquinait deux poissons rouges appliqués à leur énième tour depuis le début de la conversation. Il saisit le pot de flocons lyophilisés et le déversa avec tendresse au-dessus du bocal :

« C'est jour de fête, Nemo, profite. »

CHAPITRE 22

Jeudi 7 juillet 2011
Minuit cinq
Aubervilliers, rue Henri-Barbusse

Les policiers sautèrent dans les véhicules. Direction tout droit, même rue, plus haut. Comme l'avenue Jean-Jaurès, la rue Henri-Barbusse partait de la porte de la Villette. Avant, cette rue avait été le royaume des allumettes, avec sa manufacture dont il restait l'imposante cheminée en brique et pierre qui dominait le quartier du haut de ses quarante-cinq mètres. Cette vigie avait résisté au temps.

Valparisis passa en revue ce que lui avait confié le gérant. La tension montait dans la voiture. Le commandant Michel Duchesne était inquiet : il avait passé l'âge de se frotter à des caïds et il vérifiait les scratchs de son gilet. Ses paumes étaient moites. À ses pieds, il trouva un autre gilet pare-balles glissé sous le siège. Il le tira et s'absorba dans la lecture des étiquettes pour dissiper son appréhension, tandis que Jo Desprez, Sébastien Garat et Manu Barthez évoquaient le cas du gérant d'une épicerie où les poissons multidécongelés côtoyaient un insoupçonnable bar clandestin. Ils lui rendraient peut-être visite en fin de programme. Sous les doigts de Duchesne, une étiquette donna soudainement corps à la menace.

Après le groupe sanguin (o+), on pouvait lire :

FACE INTERNE (CÔTÉ CORPS)

Lors des essais, ce gilet a arrêté à cinq mètres les munitions suivantes :
7,65 mm Long à balle chemisée blindée de 5 g à 360 m/s.
9 mm parabellum à balle chemisée blindée de 8 g à 427 m/s.
357 magnum à balle type chemisée blindée ou JSP[1] de 10,2 g à 427 m/s.
Chevrotines de calibre 12 (canon lisse), 9 grains à 390 m/s.

La dernière phrase ne le rassura pas :

Ce gilet n'arrête pas certains projectiles d'armes de poing, ni les projectiles perforants, ni les munitions de fusils et carabines à canon rayé.
Ne pas laver. Ne pas nettoyer à sec.
Si nécessaire, essuyer avec un chiffon humide.

Le *si nécessaire* prit le visage, non de la nécessité, mais de la destinée. Il se voyait bien, *si nécessaire*, passer un chiffon humide sur les projections de sang de haute vélocité de son agresseur ou les résidus de cervelle. Pour le reste, il se rappela les cavités générées par les impacts de balle dans les blocs de plastoline qui simulaient la chair et les cadavres criblés pour l'éternité.

---

1. *Jacketed Soft Point* : balle chemisée à tête déformable, balle tronconique à tête plate en plomb pur.

Relevant la tête, il vit passer les lumières d'Aubervilliers avec des sentiments mêlés. Il n'était pas loin de penser qu'un jour viendrait où sauver la veuve et l'orphelin n'aurait plus assez de poids face à ses angoisses.

Manu Barthez quitta la conversation pour désigner au bacman un groupe de jeunes qui zonaient :

« Sébastien, le tout grand, là, vous l'avez reconnu ? Vendeur de crack... C'est vraiment des sales cons, ces traîne-lattes... »

Il se tourna vers le trio :

« Parce que au-delà de vendre la mort, ils agressent, et ils piquent des voitures, de la vraie racaille. »

Sans transition, il agrippa le Storno avec une nervosité aiguisée par la fatigue. « TN 93 de TI 821 » retentit avec des crachotements, puis le commissaire rendit compte. Ils approchaient de la cible. Manu Barthez exigea une arrivée discrète. Sébastien Garat releva la présence de la voiture du gérant, stationnée aux abords, ce qui fit dire au commissaire :

« Vous avez vu le fin limier, hein ? »

Marc Valparisis jura. Il avait chaud sous le gilet pare-balles et il détestait sentir la sueur.

Le bar faisait un coin. Le rideau métallique était tiré et la rue jetait des lueurs blafardes. La BAC se positionna près des sorties de repli. Manu Barthez désigna une petite porte dérobée sur le côté :

« Les gars, ça refoule par là. Chacun tient sa position et restez prudents, on ne sait jamais. »

Un léger filet de lumière filtrait sous le rideau. Sébastien Garat, penché à même le sol, le remarqua :

« C'est allumé, dessous, ils sont dedans. »

Le commissaire lança immédiatement le top départ :

« Allez, on y va. »

Les hommes de la BAC secouèrent le rideau et crièrent :

« Ouvrez, c'est la police ! Ouvrez, Monsieur. »

Rien ne bougea. Ils redoublèrent d'injonctions :

« Tu comprends pas ? C'est PO-LI-CE... »

L'acier crissa.

Sébastien Garat ajouta en aparté, comme s'il faisait les présentations :

« Ouvrez *ou* on casse la porte. Et APRÈS, la tête. Mais D'ABORD la porte.

— On entre par le côté ! ordonna Barthez. Derrière la grille, attention, une porte donne sur les cuisines. »

Les voix se chargèrent d'électricité et les muscles des corps se tendirent. La BAC débarqua en premier, suivie de près par Manu Barthez :

« Bonsoir, Messieurs, vous éteignez les cigarettes. Pièces d'identité, s'il vous plaît. Sébastien ? Éric ? Franck ? Vous les regroupez dans le fond... Les gars, vous relevez les cendriers au passage... »

Les visages essayaient de ne rien laisser paraître, à des degrés divers de réussite.

Marc Valparisis croisa le regard d'un homme près d'un pilier couvert de mosaïque : il avait posé ses cartes. Le type jouissait d'un regard tellement intense qu'il dévorait le visage tout entier. Une fraction de seconde. Ce fut très animal. Alors qu'il allait hurler, le joueur se rua sur Barthez qui bloquait l'allée et l'éjecta violemment contre le mur. Avec une rapidité inouïe, il se fraya un chemin jusqu'à la sortie, bousculant l'un des hommes de la BAC posté à l'entrée en une rage désespérée qui sut percer la brèche. Sébastien Garat, le plus sportif de tous — il avait usé sa jeunesse dans les compétitions cyclistes —, amorça une courette, suivi de près par ses collègues.

Les ordres fusèrent, les radios crépitèrent. Barthez appela des renforts en se tenant le ventre. Duchesne s'étonna de son pressentiment et ne regretta pas d'être resté en retrait.

Sébastien ne lâchait pas sa proie des yeux. Très vite, il sua à grosses gouttes sous sa combinaison renforcée. Ses rangers martelaient le macadam et ses cuisses le brûlèrent violemment. Le voyou avait sûrement une flopée de défauts à son palmarès mais il courait comme Carl Lewis.

Sébastien Garat enquillait les numéros, rivé à son objectif qui, pour le moment, ne parvenait pas à creuser la distance entre eux. Il allongea ses foulées. Le fuyard avait la sagesse de ne jamais se retourner. Plus ou moins clairement, Sébastien songea qu'il était sûr de lui pour résister à la tentation.

À droite, il venait de tourner passage des Roses.

« AUBERVILLIERS PRIORITÉ ! hurla Sébastien à la radio tout en courant.

— TN 21, parlez.

— Je vais passage des Roses... Je répète, passage des Roses... Individu en fuite de type africain, environ 1,85 m, treillis foncé et haut noir... »

Il soufflait entre les syllabes. Mais au moins, on le comprenait à la radio. Ce qui n'était pas le cas de certains collègues, moins sportifs. Le passage des Roses était l'enclave sereine d'Aubervilliers — petites maisons du début du siècle, en pierre meulière, sagement calées à côté des cerisiers du Japon et des néfliers. D'anciens ateliers de verriers et des pancartes « Chien méchant » parce que, comme le soulignait le commissaire, « on ne peut pas tout avoir ». Sébastien ne pensait pas à ces détails. Il était rivé à la tache noire qui s'excitait telle une bête à l'hallali. Le baqueux avait des envies de mordre et le cerveau entièrement tourné vers la prise. Le mec, lui, courait comme un bon petit lapin et Sébastien rêvait de le plaquer.

Rue étroite, courte ligne droite, sous l'œil impassible des lampadaires. Les pas résonnèrent, la sueur piqua les yeux. Au loin, Sébastien perçut le deux-tons d'une voiture en renfort ; il était tant absorbé par le fugitif, par cette tache sombre qui se fondait dans la nuit que les sons parurent appartenir à une autre réalité, comme s'il avait basculé dans une existence parallèle, happé par un jeu de trappes.

Au croisement avec la rue de la Motte, le policier eut juste le temps d'apercevoir l'homme tourner à droite. Puis, rien. Plus rien. Volatilisation. Ce mec avait un cardio de l'espace. Les idées se bousculèrent en guêpes guerrières. Sébastien sonda l'ombre.

L'impasse.

Immédiatement sur la droite, il y avait une impasse. Sébastien se rua à la poursuite du lascar, l'acuité des sens démultipliée par la chance du cul-de-sac. Il s'engagea dans l'impasse et progressa par paliers. Le fuyard l'avait mis dans le rouge et il avait le goût du sang au fond de la gorge.

Il lui sembla percevoir, faiblement, un halètement. Il n'était pas venu ici depuis presque un an mais il se souvenait de la configuration des lieux. Une petite vieille de quatre-vingt-treize ans logeait au fond dans un appartement à peine plus large qu'un mouchoir ; elle s'appelait Nonette et nourrissait des bataillons de chats. Tout le monde l'appelait Maman dans le quartier. Entre deux *Derrick*, elle faisait des mots croisés et inversement. Sinon, c'était sieste pour dire à la mort d'attendre.

Dans l'impasse vivaient une trentaine de personnes — mais seulement deux femmes. Nonette avait passé cinquante ans dans son antre de fond de cour et elle connaissait Aubervilliers sur le bout des doigts. Il l'avait rencontrée lors d'une affaire de drogue. Des petites frappes remisaient des doses dans le passage. Sébastien avait fait sauter un cadenas pourri et découvert un kilogramme de pollen et des pochons thermosoudés de coke au gramme et au demi-gramme. Dans cette ruelle, on s'attendait plus à croiser Cosette que le pape.

En trente secondes, il projeta le plan dans sa tête. L'impasse coudée, encombrée de sommiers, de cordes à linge, de caddies, de vélos et de balais, enfin une vingtaine de mètres à découvert ; fenêtres avec persiennes fermées à longueur de journée au rez-de-chaussée ; sol bétonné troué d'herbe et derniers mètres pavés. Au fond à droite, des planches en pyramide pour abriter chats et tribu de cageots. Le fuyard ne pouvait escalader aucun mur.

Le flic cracha puis reprit son souffle, à l'affût du moindre bruit. Il ne voulait pas se faire repérer et il saisit son Acropol pour appuyer en haut à droite, sur le bouton rouge, et décrocher de la conférence.

Sébastien entendit un chat feuler et rebondir sur une plaque de métal. De bonnes chances pour que... Il eut un méchant sourire, l'envie de se venger de son dernier combat sur le quai François-Mitterrand. Cette fois-ci, personne ne lui échapperait.

S'il aimait jouer, il détestait perdre.

Il était prêt.

Comme le policier avait affaire à du gros poisson plus qu'à de la friture, il avança calibre au poing — un Sig Sauer 2022. Progression tactique croisée : torche dans la main gauche, positionnée sous le pistolet automatique tenu de la main droite. Le jeune flic franchit le coude de l'impasse, décidé à parer ou à en découdre. Là, il passa en progression nocturne : il décala son bras gauche au-dessus de sa tête, tendu sur le côté.

C'était LE truc.

Si le lascar l'allumait au calibre, il ne verrait que la lampe et viserait le point lumineux. Et si la torche restait près du corps, c'était pruneau dans la cible.

Le halo dénuda l'ombre. Toujours rien.

Un doute traversa l'esprit du baqueux. Mais il ne voyait pas d'autre possibilité que l'impasse. L'homme *était là*. Il devait juste trouver où et ne pas le laisser filer.

Du bout du pied, il remua une pile de cartons. Il réussit seulement à faire tomber une boîte de conserve vide. Avec la nuit, le bruit creva le silence. Son instinct lui dicta de se méfier : il partait avec un temps de retard, puisque l'autre, contrairement à lui, ne pouvait que l'avoir repéré. Il eut une impression de déjà-vu, de revivre un épisode où il avait le mauvais rôle. Il fallait renverser le rapport.

La solution tendit son visage : la ruse.

Sébastien fit semblant de rebrousser chemin et d'abandonner. Il repassa le coude de l'impasse et se posta juste après, derrière un appentis. Là, il éteignit sa Maglite et domina sa respiration jusqu'à ce que sa poitrine ne bouge presque plus. Sébastien songea que ses collègues avaient dû manquer l'impasse. Il faudrait se débrouiller seul, le temps qu'ils comprennent comme lui.

Il réfléchit. Pour avoir encouru de tels risques, nul doute que le type avait la conscience lourde. Peu de chances qu'il sorte de sa planque, il avait beau être nerveux, il attendrait d'être sûr du grand calme. Un mec qui va tomber pour plusieurs années de taule ferait tout pour s'en sortir. C'était la seule certitude, mais le pedigree du bandit posait les règles du jeu. Sébastien était persuadé qu'il finirait par bouger pour se dégourdir et là, au moindre mouvement, ils seraient à égalité. L'attente ne fut pas longue.

Un bruit de frottement, quasi imperceptible, dans le fond de la cour. Dans la tête du baqueux, l'équation trouva vite sa résolution. Le voyou était sous les planches de fortune destinées au refuge des chats, devant les fenêtres de Nonette. Il ne pouvait qu'être solidement armé et il fallait éviter le corps-à-corps. Et s'il ne répondait pas aux sommations, Sébastien savait qu'il le dessouderait sans hésiter. Une arme pointée et il se prendrait deux pélauds. Le baqueux se précipita derrière un sommier abandonné dans la cour :

« Bâtard, je sais que tu es là alors sors bien calmement, mains derrière la tête pour te mettre face au mur. Lentement. Sors de ta niche, connard, ou je te crame les amygdales ! »

Sébastien ne quittait pas le refuge des yeux. Seule comptait la cible, pas la visée. Il se concentrait sur sa réaction de défense. En cas de danger, il ne chercherait pas à se mettre mieux à l'abri mais se tasserait et riposterait. Comme disait Hübner, un ancien instructeur : « Vous avez le choix entre être un homme rapide ou un homme mort. » C'est la phrase qui le traversa. Il pria pour que Nonette ne sorte pas.

Un faisceau de lumière descendit du premier étage. Quelqu'un avait allumé.

« Personne aux fenêtres ! » hurla Sébastien en levant le regard.

Le type en profita pour jaillir de sa planque comme une boule de feu. Il se jeta sur le sommier et renversa Sébastien dont la tête cogna le béton. Le pistolet automatique vola quelques mètres plus loin. Sébastien se releva d'un bond et demeura en garde, de profil. Il se déplaça par petits sauts pour éviter les coups en ligne basse de son adversaire. Le faisceau de lumière révéla des yeux haineux. Les deux hommes se jaugèrent en un éclair. Il émanait de l'agresseur détermination et puissance. Ce type avait l'œil du Tigre. Pour toute réponse, Sébastien eut le goût du combat dans la bouche.

Le flic n'aimait pas se battre debout : la mobilité favorisait la fuite. Il jeta ses bras autour du cou de l'adversaire pour l'étrangler, le tirer en arrière et le jeter à terre : son péché mignon. Sébastien aimait se battre... Il opta pour la seule méthode, celle de la rue. Le cogner d'abord à coups de grandes patates puis, quand il serait attendri, l'interpeller. Mais l'homme ne se laissait pas faire. Ce Black avait une allonge impressionnante. Sébastien sut immédiatement qu'il était aiguisé aux combats ; il avait pris le temps de l'observer avant de déclencher ses coups et sa gestuelle était intelligente, il ne cessait de varier ses trajectoires, jouant de la force comme de la feinte. Un malicieux et un *ficellard*. Sébastien savait qu'il fallait le fatiguer. Les paroles d'un vieil entraîneur le traversèrent : « Tiens-le à distance. Comme ça s'il vient, tu lui dis bon appétit. » Au-dessus d'eux, les lumières des fenêtres s'allumaient une à une telles les lucarnes d'un calendrier de l'Avent, révélant toujours plus les deux visages qui ruisselaient de sueur.

Le combat dura bien trois minutes. Les muscles irradiaient, les joues chauffaient et les corps se zébrèrent d'ombre et de lumière. La hargne guidait l'attaque. Le type avait réussi à s'extirper pour se relever. Sébastien risqua un fauchage par un coup de pied circulaire pour déstabiliser l'homme. Celui-ci absorba le coup, se rétablit et répliqua par un contre en direct plongeant. À dix mille kilomètres, dans sa conscience émoussée par le combat, Sébastien perçut qu'une porte s'ouvrait au fond. Nonette. *Quelle conne !* Elle n'allait pas jouer les héroïnes à quatre-vingt-treize ans ! Ce fut sa dernière pensée consciente. L'adversaire dut sentir son hésitation. Il se lança dans un corps-à-corps pour le fatiguer, le criblant de coups de genou dans les cuisses. Sébastien s'énerva. Une envie de l'écraser à coups d'enclume monta en lui. Il ne fut plus qu'une immense pulsion destructrice.

Quand deux mains le cerclèrent et l'arrachèrent au combat.

Sébastien n'entendait plus rien. Il avait *It's going down* de X-Ecutioners dans la tête et il achevait sa métamorphose en puma. Il allait planter ses crocs dans la chair.

Les faisceaux crus des torches disséquèrent les combattants et les lumières bleues des rampes Goldorak rythmèrent l'entrée du passage. Des pas, partout des pas qui battaient le pavé. Des ordres criés. Un bruit de cliquetis. Puis plus rien.

Sébastien s'écroula.

Now it's going down.

CHAPITRE 23

Jeudi 7 juillet 2011
7 h 04
Paris XIXe, porte d'Aubervilliers,
cirque Diana Moreno

La luminosité annonçait une belle journée. Adriana avait soulevé le rideau pour interroger le ciel. D'un geste, elle quitta sa nuisette bleue et s'habilla en conséquence. Tandis qu'elle préparait le thé, elle grappilla des amandes et des baies de goji, achetées chez les Chinois. Elle mit ensuite à cuire un œuf avec du jambon blanc. Tasse en main, elle ne put s'empêcher de marcher. Une fois levée, cette fille ne savait tenir en place.

Se lever tôt pour s'entraîner faisait partie de ses habitudes. Le jour lui appartenait, ne restait plus qu'à le peupler. Son premier mouvement fut de sauter les six marches de la caravane pour se ruer vers la ménagerie. Elle aimait flatter les naseaux des frisons. Cela fit danser ses deux nattes. Elle taquina Ceylan, le plus beau des tigres du Bengale, le traitant d'*embelecador*[1]

---

1. Cajoleur.

qui avait perdu une rayure durant la nuit. Elle rêvait de lui tirer les moustaches mais Ceylan ouvrit grand une gueule où sa tête aurait tenu tout entière.

Les flatteries passées, elle partit courir trente minutes à travers le quartier des Entrepôts et Magasins généraux de Paris. Ce quartier de la Haie-Coq lui plaisait. Il aurait rebuté le premier touriste venu. Le passant était ici l'acheteur venu d'Europe, perdu dans l'eldorado remisé du capitalisme. Il fallait imaginer cette enfilade de grossistes et de showrooms à perte de vue. Au matin, les rues ne sentaient ni le café ni le croissant : ce quartier puait le cash à dix mètres. Adriana avait longé des hangars numérotés, collés serrés, avec des toits en zigzag qui rappelaient les usines. Chaque fois, elle manquait se perdre dans ce dédale de carton-pâte, aux airs de décors de cinéma. En même temps, se perdre promettait des découvertes. Elle ralentit ses foulées et ouvrit grands les yeux, à l'affût d'un détail qui humaniserait ce labyrinthe futuriste.

Près du Millénaire, ce « temple de la consommation » de 56 000 mètres carrés à l'ambition pharaonique, elle tomba nez à nez avec une feuille volante. Écrit au marqueur, on pouvait lire « Élection de reines 93 », à même une barrière grillagée couverte de panneaux de travaux. C'était là l'essence du lieu. La création s'en donnait à cœur joie pour associer tout et n'importe quoi. Elle avait l'impression de courir entre les greniers à gadgets de la France, débordant de textiles, montres, jouets et bibelots nés pour être jetés. L'empire des Chinois du Wenzhou. Tout se décodait à leur aune, tel le LEM 888, ventre à vrac de grossistes qui portait haut le chiffre porte-bonheur des Chinois — le 8. Plus loin, elle repéra d'autres affichettes collées sur les murs. UNION DES COMMERÇANTS D'AUBERVILLIERS / SÉCURITÉ, avec le 17 de la police et même le portable du Groupe vol violence. Le tout traduit en chinois. L'envers du cash. Cela la fit rire : le péril de l'ultraviolence à l'assaut de cette civilisation qui avait inventé les billets... Diego lui avait raconté que l'anonymat des entrepôts attirait aussi la drogue. Il lui avait même montré où des mecs avaient remisé une voiture porteuse de résine de cannabis en direct du port de Barcelone. Elle savait que son frère ne touchait pas à la drogue. Au moins un point pour la rassurer.

Adriana se pencha sur le ventre de la terre. Il révéla un cheminement inconnu de tuyaux. Les travaux perçaient la ville. Elle aurait pu rester des heures devant les pans d'immeuble démolis où les pièces semblaient coupées d'un coup par la feuille d'acier d'un boucher. Des fragments de vieux papiers peints ramenaient aux années cinquante. Le penchant nostalgique d'Adriana se nourrissait de ces brusques télescopages et elle rêvait, captivée, aux traces d'un monde disparu. Alors, elle ne savait plus vraiment qui elle était, d'où elle venait. Sa vie aussi accouplait avec violence le passé et le présent.

Elle rejoignit le canal Saint-Denis pour le suivre un temps, puis elle revint par une rue qu'elle avait baptisée « rue des Sourds-Muets », à cause des rares pavillons aux orifices bouchés par des parpaings. Peu de croisées. Elle évita juste un zonard encapuchonné qui avait oublié de se coucher.

Le portail vert du cirque Moreno franchi, Adriana eut une impression de terrier. La vie privée et son métier se confondaient ici, aimantés par le chapiteau. Le cercle de la piste rayonnait. Le chapiteau était un volcan, elle n'aurait su se passer de son feu. Il était son centre, elle y puisait son énergie.

Au retour, bref passage par sa caravane pour se doucher et se changer. Elle savait le faire en quatre minutes. Elle vérifia les messages sur son portable mais elle n'avait ni mère ni amoureux pour envoyer des SMS aux aurores. Sa dernière histoire avait duré trois soirs. Le premier, elle avait été intriguée. Le deuxième, déçue. Et le troisième, elle avait épuisé toutes les questions de bonne volonté. Ne subsistait pas même de quoi devenir amis. Elle en avait éprouvé beaucoup de dépit, se demandant si elle exigeait trop de l'amour. Mais à quoi bon se donner pour rester au bord de soi ? Elle venait du pays de Carmen, elle était faite pour les grandes histoires.

Éclair vif-argent, Adriana se jeta sous la douche. L'eau dansa entre ses seins.

Depuis la veille, quelque chose la chiffonnait. Elle se frotta lentement la poitrine. Elle réfléchissait. Aux prises avec une idée folle, elle tâchait de raisonner sa pensée, de ne pas écouter que l'instinct.

Quelqu'un avait pénétré sa caravane, la veille, elle l'aurait parié. Elle en était persuadée : mordu, craché. Bien sûr, elle fermait rarement à clef. La vie en caravane était faite d'incessants allers-retours et elle n'allait pas passer cent ans avec des serrures. Parfois, quelqu'un venait prendre un œuf ou du maquillage et laissait un petit mot. Ce n'était pas la question.

Sa brosse avait été posée bizarrement.

Elle ne posait jamais sa brosse de cette façon, piques contre le rebord du lavabo. Jamais. Tumulte dans sa tête. Qui aurait pu venir se brosser *avec sa brosse* dans *sa* caravane ? C'était absurde. Il y avait plus inquiétant encore... Se concentrer, réfléchir.

L'idée prit la forme d'une angoisse diffuse, enfin se précisa. Les photographies. Elle sauta hors de la douche avec juste un peignoir serré contre ses seins et se précipita face au tableau, encore toute dégoulinante d'eau.

Son regard balaya l'espace et tomba sur un vide. Elle poussa un cri.

C'était l'une de ses préférées. La seule en sa possession, avec sa mère et ses deux frères. Celle qu'elle regardait avec un clin d'œil avant de s'offrir au public. Elle jeta des yeux affolés alentour, inspecta le sol à quatre pattes, passa la main sous les étagères et en sortit des chatons de poussière. Introuvable. Ses iris semblèrent encore plus noirs. Elle jura. Qui s'était introduit chez elle ? Ce n'était pas la question qui l'inquiétait le plus. Cette autre question s'imposa, plus forte, insidieuse : pourquoi ? Elle vérifia si on lui avait volé de l'argent, sa carte bleue, des bijoux. Alors elle pensa à la montre en or offerte par son frère et elle vida frénétiquement le tiroir sous son lit. Elle dénoua un foulard en tremblant. Non, la montre était toujours là. Elle la caressa en murmurant : « Diego... »

Soudain, elle remarqua au fond du tiroir une enveloppe. Elle chercha dans sa mémoire. Non, elle était sûre de ne pas avoir rangé d'enveloppe à côté de ce foulard sacré. Intriguée, elle la prit dans ses mains. L'enveloppe était fermée. Elle courut piocher des ciseaux près de l'évier. Quand elle l'ouvrit, elle découvrit une liasse de billets.

Elle répéta, mais à haute voix : « Diego ! »

Elle sourit et eut le cœur léger. Presque aussitôt, elle se demanda comment il les avait gagnés.

Coup d'œil à son portable : elle était en retard sur ses habitudes. Elle devait s'entraîner, il lui fallut s'habiller. Rapide, elle enchaîna avec méthode des gestes devenus naturels. Elle enfila ses collants couleur chair en secouant la tête pour chasser les idées noires. Puis elle avala un fond de thé froid. Garder ses angoisses ne ferait qu'augmenter la dangerosité sur le trapèze. Sur ses jambes, elle ajusta une deuxième paire de collants. Même en été, elle le faisait. Ses jambes étaient ainsi mieux protégées. D'un geste sûr, elle saisit ses guêtres — ses alliées pour renforcer son maintien, surtout pour la suspension par les chevilles. Elles étaient d'un cuir solide et sans elles, sa peau se serait couverte de bleus, au niveau des tibias et des pieds. Les lacer tenait du rituel et soudainement, elle prit son temps, réussit à faire le vide, tout entière à sa transformation. La femme devenait artiste.

Piochant dans une boîte laquée, elle glissa quatre épingles entre ses dents et noua ses nattes en chignon. Une à une, elle piqua les épingles. Elle traça ensuite un trait de khôl et l'estompa.

Enfin, elle enfila des chaussons qui lui serviraient juste à rejoindre le cirque. Prête, elle était prête, par-delà la contrariété. Poussée la porte de caravane, elle se jura de ne penser qu'une dernière fois à la photographie. On pouvait tout lui prendre, mais pas cette photographie...

Ses pieds s'enfoncèrent dans la moquette rouge qui menait à la piste. La métamorphose s'amorçait. Son corps se redressa. À partir de maintenant, seuls les airs comptaient. S'arracher au sol, aux ombres, à la gravité — oublier. Sa vie prenait sens là, au milieu du chapiteau qui dormait, les applaudissements disparus. Par son étreinte avec le trapèze, Adriana ressuscitait le cirque assoupi.

Elle tira un tapis jusqu'à la piste. Le nuage de

poussière la fit toussoter. La veille au soir, Rico, le dompteur, l'avait aidée à fixer ses agrès. Lentement, elle débuta ses échauffements. Son corps souple sema sa lumière sur la piste. Un peu de mobilisation articulaire, quelques étirements et de l'acrobatie. Le trampoline avait été son école pour acquérir de la force, de la nervosité et de la dynamique. D'habitude, elle pratiquait l'acrobatie avec des partenaires — Messaoud ou encore Alicia — mais personne ne traînait dans les parages. Au bout de quarante-cinq minutes, elle se tourna vers le trapèze. Sa sueur perla la piste. Le moment était venu de passer ses guêtres à la magnésie pour améliorer l'agrippe. Elle tapota ses mains, l'excédent tomba. La poudre tournoya, blanche comme de la farine.

L'entraînement était son métronome. Cinq fois par semaine, deux heures de trapèze qui s'élevaient à cinq heures avec les autres activités physiques. Tout cela pour cinq minutes de numéro. De la dévotion, plus que du courage. Depuis quelque temps, une idée lui trottait dans la tête, qui avait modifié ses exercices : elle avait ajouté une échelle en cordage à son numéro.

Accéder au trapèze par l'échelle, voilà la trouvaille, inspirée de *Jacques et le Haricot magique*. Donner cette impression de monter au ciel, que la trapéziste s'arrache au sol pour rejoindre les nuages. Un côté pirate à l'abordage, en hommage à Diego et Archi. Elle en rêvait. Ce serait sa signature. Une façon de souligner que le balancement se méritait, qu'on n'accède pas d'un claquement de doigts au royaume des cieux. Elle avait tout pensé, tout séquencé : elle ouvrirait le numéro avec un salto, grimperait, chuterait, ferait la planche sur les barreaux, à l'image de l'aventure humaine où tout se mérite à la force des bras. Enfin elle atteindrait son trapèze ballant, se désolidariserait de l'échelle pour fendre les airs, dans l'euphorie du balancement. Diego avait promis qu'il viendrait voir la prochaine fois ce numéro. Elle en mesurait le prix. Être enfermé était pour son frère la pire des menaces et, d'ordinaire, il trépignait sur son siège comme une bête traquée. Dès qu'il le pouvait, il se levait et partait. Elle lui avait dit : « Tu sais, Diego, j'approche le trapèze comme le tigre. Si je pense maîtriser, alors je suis en danger. » Diego aussi entrait dans la famille des grands fauves. Personne n'avait su le domestiquer.

Si elle n'encourageait pas les choix de son frère, elle les respectait. Elle avait hâte de le remercier pour l'argent déposé. Trouver sa place sur cette terre était l'épreuve de chacun. Se sentir exister, l'horizon. Grandissait-on par la richesse, la peur, le désir ou la reconnaissance ? Adriana avait la chance des réponses claires : elle devait tout au trapèze.

Elle existait à travers lui, comme lui à travers elle.

Ordre rassurant de l'entraînement. Elle révisa figures et tempo, avant de se lancer dans des enchaînements en ballant et de travailler de nouveaux mouvements. Après le trapèze volant, elle projetait de faire du trapèze fixe et de l'échelle. Elle finirait sa séance par du renforcement musculaire, avec pompes, abdominaux et lifts latéraux pour travailler en dernier son grand écart et s'assouplir. Elle était reliée à une longe double pour ne pas se briser les os lors de l'entraînement. Sa longueur lui permettait d'expérimenter de nouvelles figures. Quand son trapèze atteignait un angle de 60°, elle dominait la piste à neuf mètres du sol. L'erreur n'était pas envisageable. Son numéro s'achevait sur une figure périlleuse, dont peu d'artistes étaient capables. Dans son langage, elle l'appelait *chute chevilles à l'avant, retour en position debout avec salto avant*. C'était stupéfiant, loin d'une complicité avec les cordes, comme si le poids de la barre lui servait de tremplin. Juste avant de l'exécuter, ses émotions jouaient aux montagnes russes. Mais après, la tension accumulée depuis l'entrée en piste s'évanouissait. Elle se sentait alors belle sur son trapèze, si féminine, si forte.

Pourtant, elle ne recherchait pas le spectaculaire, ni la virtuosité d'une quelconque maîtrise où valser avec le danger. Intérioriser ses gestes, sentir l'au-delà du mouvement, intégrer par le regard le public comptaient tout autant, voire plus. On lui avait appris à casser ses suites, à s'émanciper de la technique. Inlassablement, Adriana s'attachait à gommer l'effort.

La clef était la liberté. Que l'on perçoive cette liberté, et elle rayonnait.

Elle respira fort et les parfums montèrent, brassés par l'air. Le bois ciré se mêlait à la terre et à la paille. Cela sentait encore la sciure de bois et son côté mine de crayon, les animaux, une odeur puissante et chaude qui l'habillait, comme on peut être drapé par la mousson. Mais aussi le cuir et la poussière, le froid du métal.

Cela sentait son univers.

CHAPITRE 24

Jeudi 7 juillet 2011
14 heures
Aubervilliers, rue Régine-Gosset

La nature a horreur du vide. Dans le banditisme peut-être plus qu'ailleurs. Cela explique pourquoi dès qu'un mec tombe, un autre reprend le territoire. Mais aussi qu'à peine après avoir tapé un DAB, on a besoin de retourner au charbon.

Besoin n'est pas le mot.

On ne peut pas faire autrement. Quand on est en forme, on en tape jusqu'à deux par semaine avec Archi. Esprit de compétition. On a l'oseille dans le sang ou on ne l'a pas. Nous, c'est de famille. Et puis, ça évite de bâiller au réveil en se demandant comment tuer le temps. Moi, je ne supporte pas de me lever le matin si ça ne me rapporte rien. Je n'ai pas choisi ce business pour avoir des horaires de col blanc.

Là, j'étais plutôt de bonne humeur. Je dis plutôt car il suffit d'une contrariété pour que je passe sans transition au jeu de massacre. Trois raisons pour croire au soleil : j'avais un nouveau jouet — un introuvable à belle gueule de feu que j'avais détourné —, j'avais joui dans le corps d'une femme et, d'après Yacine, on préparait un coup juteux.

Le jouet, c'était un Sig Sauer P 226 Navy Seal, un pistolet 9 mm avec silencieux. Ça changeait de nos pistolets de type 45, de nos Glock, CZ ou encore de nos Beretta 92 FS. Il avait été produit pour les forces spéciales de la Marine US et des dizaines de forces militaires et policières en étaient dotées — et pourtant il était là, dans mes mains. La flicaille avait des Sig 2022 qui ne valaient rien. Ils n'étaient même pas *parkerisés* : un coup de pluie et ça rouillait.

J'éprouvais un plaisir pervers à jouir des mêmes armes que les forces de l'ordre. Comme si je leur volais leurs totems, à ces connards. Je n'aurais pas hésité à les fumer avec. Comme disait Mesrine, et paix à son âme, « dans notre milieu, c'est le plus féroce, le plus rusé, le plus dur qui a une chance de survivre. Si un jour, par pitié, il laisse sa vie à un rival ou à un ennemi, il se condamne lui-même à la mort ». La phrase méritait d'être tatouée. On l'avait d'ailleurs gravée au feutre indélébile sur le réfrigérateur. Chaque fois qu'on buvait un coup, on levait la bouteille à ce principe de survie.

Je m'étais levé en pleine nuit pour l'essayer à une distance de vingt-cinq mètres. Dès que j'achète une nouvelle arme, je n'arrive plus à dormir. Avec, je groupais bien, il était précis et j'allais vite l'avoir en main. Quand la déflagration retentissait, il ne montait pas trop, la queue de détente était douce et pour les doubles *taps*[1], il serait top. Je prévoyais d'aller m'entraîner en forêt : avec Archi, on avait une cabane perdue au milieu des bois à trente kilomètres de Paris.

---

1. Tir de deux cartouches simultanément.

On y remisait une partie des armes et des explosifs. Un coup de moto et on y était. On prenait le vert, tirer en liberté ne se refusait pas. Après, la verdure, c'était comme les vacances, il ne fallait pas que ça dure.

J'ai jeté un œil à ma montre et constaté que l'heure du rendez-vous avec Yacine « Skor » se rapprochait. C'était bien : j'avais faim. On avait décidé d'avaler des bricks à l'œuf au snack Mabrouk, sur la place de la Mairie. J'aimais leur salade *mechouia* et, aussi, leur thé à la menthe, avec de grosses amandes blanches que je mastiquais pendant des heures. Et quand je buvais un thé sur la place, sur les chaises bleues en plastique face aux palmiers, j'avais presque l'impression d'avoir une vie normale.

Yacine est arrivé avec seize minutes de retard et mon humeur en a tout de suite pris un coup. Quand il a tiré la chaise pour s'asseoir, je n'ai même pas levé les yeux. J'avais fait exprès de commander quatre verres de thé au bout de cinq minutes pour les aligner, vides, devant moi. Après, il n'y a plus rien à dire. Même l'ortie était plus douce. Dans la vie, j'exigeais que *tout* soit précis. J'ai pensé à mon P 226 et j'ai pris une longue inspiration.

Quand il a cru bon de jacter en ouverture qu'il trouvait mon tee-shirt sympa, j'ai senti que j'allais lui en coller une. Je portais, il est vrai, mon tee-shirt de branleur, avec des Ray-Ban rangées en trompe l'œil dans une poche. Sale bavard. Lui, il avait *Zoo York* en grosses capitales jaunes sur le torse. J'avais des envies de le patater sur place. C'est là que ça a commencé à se gâter sec.

Il a annoncé qu'il avait une bonne nouvelle et une mauvaise : « Choisis, Diego. »

Je lui ai répondu que j'en avais rien à branler de la mauvaise, que ça ne changerait jamais le cours de ma vie, que je baissais pas mon froc et que je faisais toujours ce que j'avais décidé. Vu ma tête, il n'a pas osé me contredire. Le réveil matinal ne devait pas m'arranger. Alors, il s'est lancé, à voix basse, dans le partage du coup à venir. Il masquait l'essentiel pour que cela ne tombe pas dans l'oreille du premier venu. J'avais choisi la seule table isolée, celle sur la droite. Autour de nous, sur la place, que des hommes.

Il avait fait des repérages : il me garantissait tout. On avait juste à prendre l'A 86, direction Drancy, Bobigny. O.K., c'était après le camion sacré de Marie et de son poulet haïtien. On passait devant la cité des 4 000 de La Courneuve, là où les barres avaient été coupées en deux. Avant le tunnel Norton, il fallait veiller à ne pas se faire flasher, surtout au retour, c'était limité à 90 kilomètres-heure, puis viaduc de Drancy et après le tunnel Lumen, sortie 13, direction la zone industrielle des Vignes. Cinq minutes au plus depuis Auber'. Il accumulait les détails comme s'il avait goudronné la route. J'ai cru qu'il allait me réapprendre le code et me préciser où l'on dégotait des stations-service. On longeait les rails des voies ferrées — bien sûr que je voyais, il me prenait pour une truffe ? Au rond-point, la deuxième à droite. Il fallait dépasser l'hôpital franco-musulman et sur la droite à nouveau, on trouvait le centre commercial. Je lui ai dit, super, mais tu veux quoi, que j'aille ramasser du tilleul sur le parking ? On n'allait pas prendre un caddie et faire nos courses à Carrouf. Pourquoi le centre Drancy-Avenir ?

Il y venait. Des petits de la Maladrerie étaient partis avec des Air Soft — de faux flingues avec des culasses en métal. Je connaissais leurs blazes, ils devaient avoir dans les dix-sept ans à tout casser. Ces gosses avaient cambriolé les combles des galeries couvertes. Ils cherchaient à piquer des bricoles pour les revendre. Au-dessus s'étendait un réseau de greniers. Je ne percutais pas encore. Dans leur progression, ils avaient rampé et trouvé un cheminement qui reliait les combles et donnait accès à toutes les boutiques. Presque banal, on était loin d'une révélation. Yacine m'invita à plus de patience. J'ai commandé ma *mechouia*. Nos petits fraqueurs étaient tombés sur un faux plafond mince comme la couche d'ozone. Et là, syndrome du Père Noël : si on défonçait une cloison, on tombait droit sur le local DAB de la banque. Ils l'avaient découvert grâce à une trouée. Pas fous, ils lui avaient vendu l'information. C'était les doigts dans le nez et les cinq, tellement c'était facile. On pouvait même ne monter qu'à deux, ce serait tout bénéf. J'ai pensé : à trois, Archi ferait voiturier pour le palace.

Je me suis calmé.

Une lueur a dû s'allumer dans mes yeux. L'argent facile ne se refuse pas. Sauf que ça n'existe pas. Il y a toujours un loup. Yacine a vu que je doutais. Il a ajouté, en donnant le tournis aux amandes dans le verre avec sa cuillère :

« Faut juste que ça soit vite èff[1]. »

Du coup, moi aussi, je me suis mis à tourner les amandes dans le thé. Ça sentait encore plus la menthe et j'ai sucé les feuilles.

Yacine attendait que je parle. Je me suis retourné pour voir si la salade arrivait. Il a suffi d'un regard

---

1. « Que ce soit vite fait. »

pour que le serveur comprenne. C'est à ce genre de connerie qu'on peut tester son pouvoir.

J'ai réfléchi et brassé mes souvenirs. Drancy. Passée de ville pourrie avec les rafles à ville fleurie aujourd'hui. Ville minable : je n'étais pas enganté par Drancy. Le centre commercial Avenir : on ne pouvait qu'avoir envie de braquer un lieu baptisé au cynisme. Y imposer mes règles me ferait plaisir. En janvier, j'avais fréquenté un mec de la cité Youri-Gagarine. Un Albanais — Slobodan. Il était censé me trouver un pistolet-mitrailleur — un HK MP5 — et des carrés explosifs. Au final, ce guedin[1] ne m'avait fourgué que du C4. Mais il fallait cultiver les bonnes relations et puis je préférais qu'il me lève un MP7 qui troue le Kevlar. Il se vantait d'être spécialiste des sorties d'usine en douce... J'ai regardé Yacine, ça me faisait marrer de le voir s'impatienter. Alors j'ai pris mon temps. Les palmiers, le soleil, je me suis même étiré.

Dans ma tête, défilait le trajet. Je projetais quels raccourcis ou détours on pourrait prendre au retour pour mixer des zigzags à la sauce et se faire la belle comme des princes.

Les caméras de vidéosurveillance.

Je me suis souvenu qu'il y en avait des bataillons sur le centre commercial et le Quick. Il faudrait toutes les noter. Sous la table, les pieds de Yacine jouaient du lapin Duracell.

Je me suis détendu, ai conclu en faisant mon Casanova, lui ai tapé dans le dos et dit, le sourire aux lèvres :

« Tu penses qu'il y en a dans les combien ?

---

1. Dingue.

— 50 000 à 70 000... Mais c'est l'autoroute, ça se fait en deux-deux ! »

J'ai tiqué.

« Attends, je me déplace plus pour 50 000. Je veux qu'on vise plus haut, maintenant. Et j'attaque pas des guichetiers, y a juste de quoi banqueter une fois au Ritz dans leurs caisses. Et là tes 50 000, Yacine, c'est du 3 000. Ou alors on enchaîne les DAB. »

En fait, je pensais à autre chose. Il fallait attendre un peu, ne pas se précipiter.

Les salades sont arrivées, tellement grandes qu'on avait à peine la place de poser les coudes. Yacine a commandé les bricks. Je me demandais où il avait trouvé ses lunettes de soleil. Elles étaient profilées pour supporter le décollage à Kourou. J'ai relevé la tête :

« O.K., gros. Je vois le truc. Faut taper la veille du 14 juillet. On peut grimper à du 150 000, la veille. Ça nous laisse le temps d'affiner les repérages et de surveiller les habitudes du dabiste. Le problème, comme d'hab, c'est la temporisation des coffres. Trente minutes, ça peut être l'éternité. »

Un instant, j'ai eu un sale nuage d'orage dans la tête, arrêté par un mauvais souvenir. Le 13 juillet... J'ai failli me reprendre, puis j'ai poursuivi en m'éclaircissant la voix :

« Je veux que le trajet retour soit calé au cordeau. On n'est pas des pieds-nickelés. Et surtout, on reparle des voitures. Je me ferais bien un parking privé, y a pas de caméra et j'ai repéré un mec qui avait une A6 break noire et qui a l'air d'un gros tas. »

Il a hésité à me poser une question. Tout de suite, j'ai dit :

« Tu veux qu'on redemande du thé ?

— Non... Si ! allez, ça marche, cousin. Je voulais juste te dire... Tu sais... Mourad, tu vois qui c'est, le keum[1] ?

— Ouais, j'ai répondu en regardant le fond de mon verre comme s'il disait l'avenir.

— Mourad, il kiffe grave de monter sur un coup avec nous... Je sais que tu...

— Quand on n'a pas d'expérience, ai-je répliqué en le coupant, soit on fait vite des progrès... soit on reste con et y a rien à faire. »

Yacine a eu un sourire gêné. Quand je me raidissais, j'étais pire qu'un serpent mort. On aurait mis la main que le crochet à venin restait encore mortel. La question n'est pas revenue sur le tapis. Mais je sentais qu'il y avait plus grave. Un non-dit entre nous qui jetait son Alaska. J'ai attendu qu'on nous serve les bricks, puis je me suis penché vers lui, les yeux cachés par la visière de ma casquette.

« Vas-y, Skor, je t'écoute, dis-moi la mauvaise... »

Yacine a relevé ses yeux d'un coup.

« Pitbull, le narvalo[2], il s'est fait mécra cette nuit dans un bar par les schmitts[3]. Ça nique la hala[4], sur la vie de ma mère. »

Pitbull... Souleymane Traoré. L'un des bras armés de Sess Sylla. J'ai eu du mal à contenir ma rage face à Yacine et j'ai repensé à la phrase de Mesrine sur mon réfrigérateur : « Si un jour, par pitié, il laisse sa vie à un rival ou à un ennemi, il se condamne lui-même à la mort. » Pourtant, une voix me disait de rester tranquille, de ne rien laisser transpirer. Souleymane

---

1. Le garçon.
2. Le bouffon.
3. « Cramé », « attrapé par les flics ».
4. « Oui, ça fout le bordel. »

avait deux défauts : il n'avait que vingt-trois ans et déjà un beau Canonge. Pas besoin de me faire un dessin, je voyais la scène d'ici. Encore heureux qu'on ait des oreilles qui traînent partout pour jouer les vigies. Souleymane embarqué par les bacmen... Cet as du chlass n'avait pas dû être un tendre. Il avait sûrement fui un contrôle et tatané comme un malade à bien énerver nos ennemis de sang.

Devant moi, le brick était en train de refroidir à vitesse grand V. Alors que je pouvais en avaler cinq d'affilée, j'ai repoussé l'assiette sans y toucher.

Souleymane... Non, la nouvelle ne me plaisait pas. Je me suis calé dans le fond de la chaise, puis me suis balancé, les bras au-dessus de la tête. Plus la tornade enflammait mes nerfs, plus je paraissais décontracté. Souleymane. L'histoire, je la connaissais d'avance. Ce bouffon allait parler. Détention de stupéfiants, papiers pas en règle, port d'arme irrégulier ou juste un couteau, le choix ne manquerait pas pour l'embarquer. Parfois, ils avaient même dans leur voiture un TESA, un ordinateur de bord, pour accéder directement à leurs fichiers et vérifier leur prise. Une connaissance devenue flic, l'un des rares à venir des cités, l'avait raconté à Mehdi, notre pote qui tient un bar à Auber'.

Et c'est là que le ver est dans le fruit.

Souleymane ressort positif. Ils tombent sur sa fiche de recherche et les négociations peuvent commencer. C'est ou se faire déférer et passer trois à six ans au ballon, ou cracher. Ils remonteraient rapidement à Sess et à Moussa. *Et ensuite...* Pourquoi il choisirait la case GAV pour aller tranquillement en calèche, Souleymane ? La réponse était simple : il n'y avait aucune raison. Les hommes sont des hommes, ils ont envie d'être libres.

C'est par là que les schmitts nous tiennent. Par nos putains de couilles libres.

Ces teigneux surveilleront Sess et Moussa, coup de filet et porte ouverte à la balance. Sess, qui risque gros avec sa batte fatale, et moi en bout de ligne pour alléger la note.

Dans ces cas-là, une règle : risque zéro. La solution pour neutraliser Sess et Moussa et donner à Souleymane l'envie de se mordre la langue me brûla le cerveau.

J'ai eu le commentaire sobre :

« J'en connais à qui ça ne va pas plaire *du tout...* »

Yacine avait fini son brick. Les verres étaient vides. Et je n'avais plus rien à faire sur la place. Même les palmiers me donnaient le cafard. J'ai sorti un billet en repoussant de la main le tas de pièces jaunes de Yacine « Skor », un sourire bref a dû se balader sur mes lèvres, tiré des tréfonds de ma volonté, et j'ai juste ajouté :

« Samedi, 11 heures, on se fait le trajet de reconnaissance. »

J'ai enfourché mon GSXR et calmé les dix millions d'équations qui gravitaient dans mon cerveau. Le plus dur, dans ma position, était de ne pas griller les feux.

J'en crevais d'envie.

CHAPITRE 25

Jeudi 7 juillet 2011
15 h 35
Paris V^e, quai Saint-Bernard,
brigade fluviale

« Steve, tu resteras toujours en vie. »
Rémi Jullian fit une prière. À sa manière. La prière d'un ami à un souvenir.

Le remorqueur-pousseur de la police passait devant le pont Louis-Philippe et Rémi, le plongeur de la brigade fluviale, ne put s'empêcher de penser à Steve. Steve, un SDF fier comme un prince qui avait fait d'un squat voûté de soixante-treize mètres carrés le repaire des âmes errantes... Il avait été la meilleure vigie de l'île Saint-Louis durant des décennies.

Un an auparavant, Steve était mort, dans son squat du pont Louis-Philippe. Le revers des tickets gratuits pour la buvette de Paris Plage, sans doute. À la morgue, quai de la Rapée, ses amis avaient déposé dans son cercueil ses fidèles : le *Parisien* qu'il lisait chaque matin et son inséparable cannette de Königsbacher pour le dernier voyage.

Un mois avant de mourir, Steve avait avoué à

Rémi que son rêve était de monter sur le remorqueur-pousseur qu'il voyait passer tous les jours devant son squat. Et voilà : Rémi avait juste obtenu l'autorisation du commandant Dalot que Steve disparaissait, comme si frôler un rêve se payait de mort.

Le plongeur sonda les vagues. La Seine jetait des reflets argentés. Rémi Jullian se dit : « Ce sont des milliers de poissons qui montrent leur ventre en sautant. » Accoudé sur la lisse du pavois du remorqueur-pousseur, le plongeur de la Fluviale regardait désormais dans le vide.

Avec Thierry et Loïc, deux autres policiers de la brigade, ils étaient partis pour une ronde sur le fleuve. Lily Péry était aux commandes de pilotage. L'*Île-de-France* quittait le pont au Change et les vingt-deux mètres du bateau se dirigeaient vers la passerelle des Arts. On entendait de loin le vrombissement des deux moteurs, de 1 200 chevaux, sourd et puissant. Ce remorqueur n'avait ni hélice ni gouvernail, il donnait l'impression de glisser sur la patinoire du fleuve. C'était le seul bateau de la Fluviale à avoir ce côté toupie, grâce à des propulseurs à l'avant qui tournaient à plat. Il pouvait même faire du latéral ou un 360°, en une rotation fluide. Rémi l'appelait le bateau Playmobil tellement l'*Île-de-France* était un jouet pour adultes, avec sa lance à incendie qui ressemblait à une lunette astronomique, sa grue hydraulique au bras articulé et ses alarmes dans chaque compartiment. Unique bateau de mer à naviguer sur le fleuve, on le reconnaissait facilement sur la Seine avec ses couleurs bleu, blanc, rouge et son sigle POLICE sur les flancs, au-dessus des sabords de décharge[1].

---

1. Ouvertures dans la muraille d'un navire qui servent à l'évacuation de l'eau du pont.

Rémi retourna à la timonerie du bateau amiral. À l'intérieur, la lumière était plus sombre. Paris défilait derrière le quadrillage des hublots. Aux commandes, Lily Péry et l'occasion de retrouver leur complicité. Les deux autres membres de l'équipage discutaient sur le pont. Il vint se poster à côté d'elle. La jeune femme s'engageait sous l'une des passes de la passerelle des Arts, main gauche sur le volant, la droite posée sur le retour en bois de la console de pilotage. Elle se tenait de profil, avec ses traits fins et ses belles boucles. Il ne put s'empêcher de la regarder. Beauté simple, sans fioriture. En lui-même, il pensa : « Beauté efficace. » À cette seconde, il se remémora son corps nu et le souvenir lui donna le courage des mots. Ils s'ignoraient depuis de trop longs mois.

Lentement, il se pencha vers son oreille et retrouva son parfum. Elle sentait toujours le lys :

« Mademoiselle Lily, je te conseille de faire un cap droit et de ne pas oublier de rectifier. Ce n'est pas parce que l'aiguille est à zéro que le bateau va droit, tu sais... »

Il se rapprocha encore et d'un coup, l'invisible cercle qui défendait l'intimité s'évanouit. Elle le sentit et se raidit. D'un doigt, Rémi désigna la passerelle :

« Là, tu vois, il faut anticiper, tu vas chercher un peu plus loin pour revenir, même si tu n'as pas à choisir la passe, ici... Mais tu peux t'entraîner. Une fois que le nez de l'*IDF* est sous le pont, tu redresses, tu rectifies pour passer droit avec un léger coup de volant vers la gauche et tu...

— Rémi, protesta-t-elle, je n'ai pas encore mes cent heures de pilotage mais je ne suis pas non plus une gamine. Cesse de croire que t'es le meilleur. »

Elle ne prit pas le temps de le regarder, concentrée

sur la navigation. Son parfum poudré gagnait Rémi. Il eut envie de la serrer dans ses bras. Lily ne put dissimuler un bref sourire, mais elle revint vite à une froideur de circonstance. Elle ne voulait pas retomber dans les filets de la séduction. Une seconde d'inattention, la défiance qui se relâche et elle connaissait la suite : les plaisirs du cœur se payaient chers sur cette terre.

Un baiser, et deux ans à pleurer.

Le remorqueur dépassa le tablier de la passerelle. Rémi avança, elle percevait désormais son souffle dans son cou. D'une main, il désigna la passerelle des Arts :

« Six ans à la Fluv et cette victoire de l'acier sur la pierre est toujours aussi belle...

— Tu joues les sensibles, toi ?

— Ose me dire que tu en doutes... »

Il l'embrassa dans le cou et elle riposta derechef, le repoussant du coude :

« Hé !... Je ne t'ai pas permis...

— C'est vrai, mais je ne t'ai pas demandé, non plus... »

La voix était caressante. Lily sut qu'il serait difficile de le repousser.

« Je peux même être romantique..., ajouta-t-il. Tiens : quand les cadenas ont disparu de la passerelle, j'étais furieux. »

Elle le regarda, plus rêveuse que moqueuse :

« Ah oui ?... Toi, le cadenassé, tu te laisses attendrir par leur disparition ? »

Ils évoquaient les deux mille cadenas d'amour de la passerelle qui couvraient les parapets grillagés. En mai 2010, un vandale inconnu avait mis fin au rite amoureux. Un matin, les Parisiens et les touristes avaient juste constaté que la quasi-totalité des cadenas avaient été ôtés. Le mythe de la Ville des Amoureux en avait pris un coup.

« De toute façon, ils sont de retour, les cadenas...

— Chassez l'amour, il revient au galop ! »

Il en profita pour avancer une main vers les boucles de la jeune femme.

« Arrête », souffla-t-elle en repoussant sa main.

Elle le fixa dans les yeux, toussa pour s'éclaircir la voix et répéta :

« Arrête, Rémi... S'il te plaît. Arrête. »

La couleur des yeux de Lily était celle d'une châtaigne que l'on aurait frottée énergiquement avec la manche d'un pull de laine. Rémi ne put s'empêcher d'y plonger, il aimait ces yeux de feu.

Mais il obéit : il avait le temps pour lui.

Son regard retourna aux hublots. *Marsouin*, le pousseur de Lafarge Cimenteries que l'*Île-de-France* croisait à l'instant, fit diversion. D'un geste, Rémi salua le capitaine et le matelot.

Le remorqueur continua son avancée. Au niveau du pont Alexandre-III, Lily mit les leviers au point mort, tourna le volant à droite et fit demi-tour pour revenir vers le quai Saint-Bernard et la Fluviale. Mieux valait ne pas éloigner le remorqueur de sa base. Rémi sortit sur le pont. Avec le soleil, les ors des mascarons redoublaient de majesté. Ce n'était pas tant l'arc surbaissé du pont Alexandre-III qui le retenait, mais la richesse du bestiaire sculpté.

En secret, il salua ses préférées, deux salamandres dorées discrètement enroulées, et fit un vœu.

Bien sûr qu'il était sentimental.

Il resta peut-être dix minutes à scruter les berges et les bateaux-logements, tandis que l'*Île-de-France* enquillait les ponts. Après le Pont-Neuf, le quai des

Orfèvres se profila et il pensa au commandant Jo Desprez. Il tapa un SMS sur le clavier de son téléphone :

> **Commandant Desprez (Portable)**
> Envoyé @
>
> Cdt, passage de l'*IDF* sous vos fenêtres. Dans le sillage d'un café ? R.

Un moment, il demeura à l'avant du pavois, devant le guindeau et le barbotin de l'ancre. Penché sur l'accoudoir, il entendait l'eau qui roulait. Il se pencha pour observer la vague que le bateau poussait devant lui ; car l'*Île-de-France* ne fendait pas l'eau. Lily conduisait bien : elle veillait à ne pas faire avancer le remorqueur à pleine vitesse, pour que cette vague ne dérange pas les pénichards.

L'avant était l'endroit le plus calme du bateau. Là, le bourdonnement des moteurs s'apaisait. Il paria dans sa tête que Lily le regardait. Il aurait aimé se retourner pour vérifier. Peut-être aurait-il dû le faire, pour le plaisir. Sa fierté le retint. Dans la poche droite de son treillis, le portable vibra. C'était Desprez et sa réponse, lapidaire :

> **Commandant Desprez (Portable)**
> Reçu @
>
> O.K. Appelez avant. La fenêtre est vide, je suis à Bobigny. J.D.

Le plongeur sentit qu'il avait besoin de calme ; il emprunta le pont et descendit dans le magasin avant du bateau, sans un regard vers la timonerie. Là, une chaise l'attendait. En ce lieu, les bruits étaient encore plus feutrés.

Rémi fit basculer la chaise sur deux pieds et ferma les yeux.

Appuyé contre la cloison, il ressentait les sensations du remorqueur, son ondulation singulière. Lentement, son esprit remonta les souvenirs. Des images se détachèrent : son enfance, le Refrain où il pêchait les truites en Franche-Comté, Saint-Malo, où il avait appris à piloter les bateaux quand il était sauveteur en mer, puis la Fluviale, où un aîné, Philippe, lui avait transmis son savoir pour qu'il ne redoute pas la puissance de l'*Île-de-France*. Enfin la rencontre avec Desprez et la brigade criminelle.

À ses débuts à la Fluviale, Philippe le menait en Zodiac dans le sillage du remorqueur. Le courant y était plus rapide, plus turbulent, comme à l'aval des piles de pont durant les crues. Philippe le forçait à piloter dans le clapot du bouillonnement de l'hélice pour qu'il anticipe à l'instinct. Exercice d'aisance. Une demi-seconde d'inattention se payait par un écart de deux mètres. Mais Rémi avait depuis Saint-Malo le pilotage dans le sang et, très vite, il s'était distingué par sa façon de conduire.

Assailli par les odeurs d'humidité, Rémi rouvrit les yeux. Ce compartiment étroit ne prenait jamais la chaleur. Il se laissa aller aux mouvements du bateau, paupières closes. Son corps fit un avec l'*Île-de-France*. D'un coup, il ne reconnut plus les petits coups de volant de Lily. Aux embardées du remorqueur, il sut qu'elle avait passé le volant à un collègue. La conduite était plus brusque.

Rémi resta encore une minute à basculer sur sa chaise, traversé par le flux et le reflux de pensées contradictoires. Avec assurance, il se releva, franchit la salle des machines et grimpa l'échelle jusqu'au pont.

Lily était là. Figure de proue que l'on aurait déplacée, elle fixait la Seine, accoudée au plat-bord, cheveux au vent. Rémi, qui n'avait pas encore été repéré, sortit son portable et la prit en photographie. Il s'approcha.

« Miss, tu veux qu'on s'entraîne à lancer la corde sur les bollards ? »

Elle se retourna d'un bond. On eût dit un enfant pris en flagrant délit de rêverie. Elle haussa les épaules, indécise.

Le policier décida que cela signifiait oui. Avec les femmes, il fallait jouer les interprètes. Il ramassa une corde sur le pont, lui fit faire des tours de même diamètre et recula de quatre mètres. Alors il la lança comme un lasso pour coiffer le bollard.

« Gagné ! lui dit-il avec un clin d'œil. Mais gagné... *quoi* ? »

En guise de réponse, elle se saisit de la corde, multiplia trois tours et la jeta autour de Rémi.

Elle prit plaisir à le laisser ainsi, rejoignit la timonerie et répéta avec un sourire :

« Perdu. »

CHAPITRE 26

Jeudi 7 juillet 2011
15 h 50
Bobigny, rue de Carency, hôtel de police,
service départemental de police judiciaire

Souleymane Traoré était le genre de beau gosse qui pense que le flic est le maillon manquant entre la larve migrante et le rat-taupe glabre, qu'il avait vus en Éthiopie. La larve migrante pour son côté parasite, le rat-taupe glabre parce qu'il n'y avait rien de plus laid, que la bête était quasiment aveugle, avec des oreilles minuscules car seule régnait l'énorme mâchoire — et qu'il passait sa vie sous terre. Bref, ça ne voyait rien, ça n'entendait rien et ça ne savait que mordre.

Le voyou toisait les spécimens du SDPJ 93[1] de Bobigny avec un mépris évident. Même amoché par la bagarre, il gardait fière allure. Sur ce genre de lascar, les blessures faisaient partie du paysage, elles légitimaient le guerrier. Souleymane se tenait de biais sur sa chaise, légèrement affalé, et même sa décontraction paraissait calculée. Par moments, il jetait un œil

1. Service départemental de police judiciaire de Seine-Saint-Denis.

blasé aux menottes qui retenaient son poignet gauche à un anneau fixé au mur, dans le bureau des enquêteurs. Elles le gênaient dans son habitude de se frotter le crâne pour réfléchir.

Il avait des cils de Bambi, et c'était à peu près la seule douceur qu'on aurait pu trouver au milieu d'un visage taillé pour le combat. Bodybuilding : l'homme sentait la protéine. Crâne nu, pommettes hautes et mâchoire carrée, muscles saillants du type qui enchaîne les séries de pompes à l'aise, avec un mec sur le dos. À côté de lui, Manu Barthez semblait aplati au fer à repasser. Sur son biceps droit était tatouée une infirmière, buste offert, avec des sparadraps sur les seins, une faux et une seringue dans les mains, cerclée d'une nuée de comprimés.

Dès le début de sa garde à vue, on lui avait notifié ses droits, les infractions et les dossiers d'enquête pour lesquels il serait auditionné. Violences volontaires à magistrat — les commissaires étaient considérés comme des magistrats de l'ordre judiciaire et administratif —, refus d'obtempérer, rébellion et tentative d'homicide volontaire sur personne dépositaire de l'autorité publique. Il serait également entendu sur le dossier du vol à main armée du buraliste aggravé par la mort de la victime.

Il n'avait pas bronché, juste demandé qu'on appelle son avocat qui était arrivé sans surprise au bout de deux heures. Souleymane passait son temps à arroser le baveux. Le moment était venu qu'il le lui rende et il pouvait compter sur le cynisme de l'argent. On lui avait retiré sa ceinture *Ünkut* à la boucle ornée d'un lion moulé et son treillis noir descendait sur ses hanches. Sans ceinture, sans montre, sans chaîne en or et sans lunettes de soleil, il se sentait nu.

Le SDPJ avait enchaîné les auditions des victimes, des témoins et de Souleymane. Grand flambeur, Souleymane Traoré distillait pourtant ses mots au compte-gouttes. Inébranlable, il semblait autant à l'aise dans le banditisme que l'obélisque sur la place de la Concorde.

La Crime et le 2 s'étaient répartis les heures d'audition avec le SDPJ 93. Souleymane les intéressait pour les affaires en cours. Quand ce dernier avait vu arriver le commandant Desprez et le lieutenant Valparisis, il s'était mordu la lèvre inférieure. À considérer leurs airs et leurs méthodes, son instinct de voyou lui disait que la police se fendait de lui envoyer du beau monde. De quoi flatter son ego : il pesait lourd. Jo Desprez avait remarqué sa déstabilisation première, et il lui avait lancé les présentations :

« Les flics, c'est comme les couilles, pépère, ça va toujours par deux. »

Souleymane les avait regardés d'un air blasé, comme si son pedigree l'avait rompu aux œuvres complètes des blagues de flics. C'était un dur, il avait décliné son droit à un examen médical, pour leur montrer qu'on pouvait lui taper dessus, qu'il avait grandi à l'école de la rue et que les hématomes se bornaient à du sombre sur du sombre. Les policiers du SDPJ 93 l'avaient auparavant entendu sur son identité, en attendant l'arrivée de l'avocat. Ils s'étaient méfiés de toutes ses réponses, l'animal était capable de dire qu'il était fils de pape rien que pour les balader. À la question portant sur sa situation maritale, il avait même eu le culot de répondre en ricanant, faisant rayonner ses dents blanches :

« Marié ??? Arrête, j'ai pas poussé l'escroquerie jusque-là... Célibataire, mon frère. »

Lui rappeler le vouvoiement et la distance ne servait à rien, il aurait fallu le répéter à chaque phrase. Souleymane Traoré avait une voix grave, assurée, imperturbable, et il savait parfaitement dominer ses réactions. Nul hasard si Sess Sylla l'avait choisi comme lieutenant avec Moussa. N'est pas lieutenant qui veut. Il faut aimer servir et savoir tenir sa place. Le meilleur lieutenant est-il celui qui restera toujours lieutenant ou celui qui passera chef ? Souleymane, lui, avait le sens de la fidélité, et le moins que l'on puisse dire était qu'il s'acquittait parfaitement de sa fonction. Ne rien savoir, ne balancer personne, ne cracher que le minimum. Il refusait d'avouer sur quoi ouvraient les clefs que l'on avait retrouvées sur lui et dont il avait essayé de se débarrasser au moment de l'interpellation.

Le commandant Desprez et le lieutenant Valparisis avaient pris le relais et ils avaient débuté par un PV de chique avant d'attaquer dans le bois dur. Ils avaient insisté là où ça péchait : qu'il avait un couteau sur lui, que le fonctionnaire de la BAC en aurait bien pour dix jours d'ITT[1], que le commissaire Barthcz, par ailleurs, était loin d'avoir apprécié le coup reçu dans le ventre et que ce pouvait tout autant être lui, Souleymane Traoré, le n° 2 dans l'attaque du buraliste...

Jo Desprez avait ajouté : « Un agent de la force publique, ce n'est pas M. Tout le monde qui revient du tiercé. Alors, deux... Il faut y aller. » Il avait gardé un atout dans son jeu, qu'il ne lui servit pas tout de suite. Face au mutisme profond de Traoré, le commandant finit par lancer, le regard fixe et sournois :

---

1. Incapacité totale de travail.

« Et tiens, Beau Gosse, t'as pas de chance... On t'a trouvé un mandat d'arrêt européen. Une condamnation définitive ferme à exécuter en Espagne... T'as été mauvais, l'ami, pour qu'ils t'accrochent sur une affaire de stups... Une petite peine de cinq ans, l'Espagne, la mer, les filles... Sans rire, t'as bien fait de prendre des lunettes de soleil, un branleur comme toi, tu vas adorer. »

Souleymane tiqua. Ce fut imperceptible. Juste le coin des yeux qui se plisse. Pour le moment, le mauvais garçon jouait son Scarface que rien n'ébranlait. Il paraissait n'avoir à se reprocher que de perdre son temps avec des flics. Quand ils lui demandèrent s'il avait participé au braquage du PMU Le Bellerive, rue Riquet à Paris, lundi 27 juin à 10 h 55, parce qu'un tonton avait lâché son nom, il déclara :

« Erreur de casting, les deux burnes. »

Quand ils le questionnèrent sur ses connexions et ses contacts, il répondit d'une voix traînante, menton levé :

« Ferme ta bouche, flic, t'auras chaud aux dents. Perds pas ton temps... »

Le commandant Desprez en regretta l'époque où un coup de Bottin valait mieux qu'un long discours.

CHAPITRE 27

Jeudi 7 juillet 2011
16 heures
Aubervilliers, rue Régine-Gosset

D'abord, je suis parti courir. J'ai enfilé un short noir et attendu que la sueur me mange le crâne avant de rentrer à l'hacienda. À chaque foulée, j'avais l'impression d'écraser ma destinée. Il faut dire qu'on avait eu droit à un drôle de berceau à la naissance, avec Archi. Mais les souvenirs sont les souvenirs. Et quand ils se prennent pour le présent, il faut les couper à la racine. Qu'on comprenne bien, je ne suis pas un nostalgique : je suis juste fâché, pour l'éternité, avec mon passé. En duel, avec froideur, je le descendrais.

Quand je suis revenu, flottait une odeur de riz. La nourriture favorite d'Archi avec le steak. Il faisait à peine cuire le riz pour que les grains craquent encore. Toujours sa manie du dur. Il les grillait à l'huile et ils devenaient presque crissants. Comme les spaghettis, qu'il mangeait crus. Parfois, je le jure, il passait dix minutes à croquer des chips. *Cratch, cratch, cratch*, impassible, une à une, comme s'il fixait la Lune.

J'avais l'impression qu'il prenait son pied à mâcher du bruit et ça me rendait fou. Pour comprendre, sa vraie torture était la chantilly : le doux, le sucré, le fondant et tout le fatras angélique lui donnaient la gerbe.

Il n'avait pas d'horaire. Mon frère décidait de manger quand il avait faim. Point. Il était capable de déjeuner à 16 heures. C'est ce qu'il faisait. Je suis passé près de la cuisine et j'ai crié :

« Archi ! Archi ! On a une petite mission, frérot. À 23 heures, rendez-vous dans la cour. D'ici là, on me laisse tranquille. »

J'ai pris une douche brûlante. Les carreaux de la salle de bains auraient excité un Champollion. Je tournais le dos à plusieurs générations. Fragments de faïences aux roses subclaquantes et mosaïque. Étrangement, ces fêlures me rassuraient et je n'y aurais touché pour rien au monde. J'ai pris le savon dans mes mains et je ne savais même plus me frotter. Le savon a glissé entre mes pieds. Je ne l'ai pas ramassé. Immobile sous le jet, je me concentrais sur la sensation d'être lavé par des milliers de gouttes d'eau.

Des milliards de larmes.

Plus rien n'existait. Même pas moi.

Alors, je me suis senti seul. Plus seul que le dernier des hommes.

Bien sûr, j'ai pensé à Marina. J'aurais voulu l'avoir, simplement, près de moi.

Mais je savais qu'une femme ne pouvait partager ma vie.

Je me suis séché. La bouteille d'*Eau pour homme* d'Armani m'a glissé des mains. Les éclats de verre ont criblé le sol. Quelque chose a lâché en moi. Une colère profonde. Un désir de ruines. L'envie de passer ma vie au lance-flammes. D'un revers de la main, j'ai balancé par terre tout ce qui se trouvait sur la tablette, sous la lumière intenable de l'ampoule nue. Violemment, j'ai frappé le mur avec le poing, pas celui qui tire. Des os ont craqué et j'ai hurlé. J'avais arraché la peau, la douleur me ramenait à moi-même. Pendant cinq minutes, je ne pensai plus à rien et ce fut bien.

Après, les angoisses ont commencé à remonter.

J'ai rejoint le salon et j'ai glissé un clip de Rammstein sur les écrans — *Ich will*. Les images ont renvoyé le braquage d'une banque. Un grand hall. Des clients qui se font dégommer à coups de crosse. Et des tas de calibres. Du pistolet Beretta 93 R au pistolet Walther P 99, en passant par le fusil à pompe ou le fusil de précision Steyr SSG 69... La palme revenait à un Accuracy international série AW, un fusil de sniper à verrou. Cette vidéo me donnait chaque fois envie de remonter au braquo. Je baignais dans mon monde. Puis j'ai lancé une vidéo porno de Sasha Grey. Juste les images. Pour le son, j'ai gardé Rammstein.

Sasha Grey avec une Roumaine, Sandra Romain, et un gus évidemment surmembré en tee-shirt Industry. Surenchère de muscles, de seins, de sexes, de crudité, de possession, pure décharge pulsionnelle. Revenir à la sensation brute. Tout ce dont j'avais besoin. Sasha Grey qui prend sa Merco rouge, avec un gros plan sur la clef, nue, pour s'ouvrir au désir inconnu. Ce n'était pas moins réel que le reste... Sasha Grey et son joli petit cul. J'en ai profité pour me bander la main droite — je suis gaucher. La tension est descendue et j'ai laissé mes yeux errer entre braquage et pénétration.

Alors je me suis dit que pour ce que j'avais à faire, il ne fallait pas gaspiller l'énergie de ma semence. Ce n'était pas bon pour l'agressivité. J'ai décidé que dormir était la meilleure option. J'ai baigné encore une vingtaine de minutes dans la musique, puis je me suis jeté sur mon lit. Et j'ai fait comme si le temps n'existait plus.

Ma Gucci affichait 19 h 17 quand je me suis décidé à nettoyer et lubrifier le mécanisme de mon Colt Diamondback. J'avais mis des années avant d'apprendre que le *diamondback* était un serpent. Un crotale diamantin. J'aurais pu y penser avec le Colt Python… Un soir, on jouait au poker dans un bar clandé d'Auber' et la question avait fusé. Les paris étaient montés. Personne n'avait trouvé, à part un vieux de la vieille qui nous avait séchés sur place. Tout le monde le surnommait Le Piqueur — parce qu'il était légèrement fêlé : *marteau piqueur*…

Je me suis retiré dans les combles, éclairés par des hérons d'acier — de vieilles lampes industrielles avec un pied articulé. Cette ambiance me plaisait : perdu dans les cercles de lumière où j'autopsiais mes pétards. À force de concentration, je ne respirais presque plus, le torse plié sur les calibres éventrés. Au bout d'un moment, j'ai dû me redresser avec des torsions de carpe. J'avais le dos cassé en deux.

Le Diamondback était une belle pièce avec canon lourd et bande ventilée. Je le touchais toujours avec respect, ce n'était pas de la quincaillerie ou de la saloperie de polymère. Pour le canon, je ne l'avais pas choisi trop long : l'élégance était dans la discrétion, même si un canon long comme le Desert Eagle, brandi sous le nez d'une bonne âme, campait son homme. Par-delà la discrétion, comptait la maniabilité. Jamais de silencieux sur le Diamondback : l'intérêt était nul. Pour tester la résistance de mes armes, je trempais le canon dans un bain de boue pour voir ceux qui pouvaient encore tirer après. Radical.

En prenant le Diamondback en main, je ne pouvais m'empêcher de penser à ma première arme : le fameux Colt Detective Special .38 à six coups, avec ses plaquettes en acajou. Et je me suis demandé, un instant, si j'avais trahi mes rêves d'enfant. Non. J'étais un *warrior*. Un putain de *warrior* avide de liberté. Quand je nettoyais mes armes, je n'écoutais pas de musique. C'était un rendez-vous, un face-à-face avec des gestes rassurants, une attention au bruit parfait. Presque un soin de nourrice.

Là, j'essayais de ne penser à rien. Il *fallait* que je ne pense à rien.

Un seul but : m'absorber dans le rituel. Disparaître avec lui.

Il demandait du doigté.

Les pièces étaient bien protégées. Ce n'était pas à la portée du premier gremlin. Trois vis retenaient une plaque métallique, placée sur l'une des faces à l'arrière du barillet. On pouvait devenir fou à vouloir soulever cette trappe, et faire levier aurait abîmé le métal. C'était le même vieux qui m'avait appris le truc, Le Piqueur. Je l'entendais encore me dire : « Diego, tu prends un marteau en *peau de belle-mère*, un truc en nerf de bœuf, tu m'entends bien, Diego ? Puis tu frappes et pas comme une brute, tout autour de la trappe. Les vibrations vont déloger progressivement la trappe. Et c'est gagné, gamin. » Gagné. Ça relevait du tour de magie. Après, même principe qu'avec les montres pour le mécanisme : facile à démonter, difficile à remonter. Petit, je volais déjà des casse-tête. Je me terrais dans un coin et je trouvais un plaisir fou à *penser autrement*.

Vint le moment que j'aimais le plus : déposer quelques gouttes d'huile fine. De l'Armistol. Certains disent que ça sent la rencontre de l'hôpital et du Ricard : pas faux. Cette odeur du lubrifiant pour armes était gravée dans mes narines. Elle faisait partie de mon ADN.

Le plus long était de bien sécher le canon. J'ai pris mon temps.

Vers 22 heures, avec calme, j'ai chopé mon portable ; je ne prenais que des cartes SIM sans engagement, genre forfait Virgin Liberty Sim, et je changeais de carte tous les quinze jours, parfois toutes les semaines en cas de braquo. Le surdoué qui aurait retenu mon numéro aurait eu un annuaire dans la tête. J'abloquais les packs les doigts dans le nez, comme on achète des cannettes, en grandes surfaces, pour ne pas avoir à montrer ma carte d'identité. Après, ils pouvaient toujours se gratter pour que je renvoie le formulaire avec copie de mes papiers, j'étais gangster, pas guichetier. Au bout d'un mois, l'opérateur coupait la ligne et je m'en foutais. J'ai respiré comme si j'étais à 3 000 mètres et adopté le ton le plus neutre que je me connaisse. Je *savais* que j'en étais capable : donc, j'en *étais* capable. Point.

Trois sonneries.

À l'autre bout, cette voix tellement grave qu'elle en était caverneuse.

Je m'entendais dire tout ce qui sortait comme si ça résonnait :

« Bien ou quoi ?... Ouais, j'suis juste un peu fracasse... Un truc à te proposer... Ma Suzuk' est tombée en rade... T'es dans le coin ?... Vous passez me chercher ? O.K., pour 23 h 15. Rendez-vous au croisement du chemin de l'Échange et du quai Tjibaou. »

Ensuite, je suis allé piocher des vêtements que je ne mettais jamais. Un truc voyant. Un pull rose fluo Ralph Lauren qu'on m'avait refilé — je détestais le rose, et un vieux treillis. Si quelqu'un m'apercevait, il décrirait un profil aux antipodes. À tous les coups, il citerait le pull rose fluo. Impossible de le louper. J'ai mis une autre casquette. Une noire que j'avais ramassée dans un bar. J'ai pris un blouson avec plein de poches, dont des grandes. Et je suis sorti.

Archi était en train de jouer au football dans la cour avec son haut de panda. Je ne le changerais pas. Qui pourrait seulement ? J'ai regardé mon frère et un souvenir m'a envahi, sans que j'aie le temps de le repousser. À l'âge de dix ans, j'avais inventé un jeu. Rien que pour lui. On nous laissait jouer dans une cour bétonnée à côté de chez nous, avant qu'on ne déménage pour la centième fois. J'avais volé une boîte de craies de toutes les couleurs. Et, patiemment, sur le sol, j'avais dessiné un réseau de chemins à travers la forêt imaginaire. Des heures... J'avais mis des heures pour tout griffonner. À l'époque, je passais mon temps à dessiner et à fuguer. On m'aurait donné un bout de bois calciné que j'aurais crayonné. Adriana accourait et faisait la Schtroumpfette en robe blanche. Elle a toujours été craquante, notre petite sœur. Archi, lui, aime les ballons depuis qu'il a des jambes. Et moi, je lui dessinais un jeu grandeur nature, à mon frère. Si je me rappelle bien, c'étaient les maisons-champignons des Schtroumpfs et l'antre de Gargamel. Il y avait des cases numérotées comme pour un jeu de l'oie. Je ne sais plus comment on avançait, je me souviens juste que Gargamel avait le ballon et qu'il essayait de dégommer le Schtroumpf. Archi riait à mort et moi je riais de voir rire Archi.

Et puis il a plu. Et tout a disparu.

J'ai sifflé : Archi venait de mettre un but. La lumière d'un spot extérieur l'éclairait. Des moustiques s'étaient donné rendez-vous dans la lune artificielle. Il était temps de rejoindre le lieu de ralliement.

On a marché dans la nuit, sans un mot. Archi ne posait jamais de questions. Il me suivait, il m'avait rarement abandonné quand je lui demandais d'être là et personne n'aurait pu remplacer un équipier comme lui. J'étais sûr qu'il avait remarqué pour ma main — il avait même dû m'entendre — mais pour ça aussi, il a gardé le silence.

D'un seul coup, le canal Saint-Denis fut là, à nos pieds. Les bâtiments se reflétaient. L'eau était tellement plate que je ne savais plus de quel côté regarder pour être dans la réalité. On n'a pas eu à attendre longtemps.

Moussa est arrivé en dérapage avec une Audi A5 coupé blanche. Jantes alu, volant sport, sièges avec surpiqûres, finitions alu brossé — carrossé : effet du film ou non, j'ai pensé aux actrices porno. Les basses de la musique les avaient devancés. Moussa était maigre comme un grain de riz, des muscles longs, tout en nervosité. Il était en débardeur à capuche, à motif tribal. Sa peau d'ébène avait des effets de laque. Sur l'épaule, une date tatouée. À son oreille droite brillait un diamant. Moi, je n'avais jamais été tapé de bijoux. Rien que l'idée de finir comme le cadre d'un tableau avec des dorures partout me courait sur le bide. Je portais juste un lacet en cuir avec un D en argent, offert par ma sœur. Sess était à ses côtés : il n'avait pu s'empêcher de ressortir. On était tous les mêmes. Incapables d'aller se planquer sous le soleil tant qu'on n'a pas le couteau sous la gorge et la dynamite aux fesses. Je savais qu'il vivait dans la clandestinité, s'appuyant sur le réseau des cités pour changer à tour de bras de domicile.

Je suis monté derrière Sess. Archi derrière Moussa. Sans vouloir les commander car les deux avaient l'ego sensible, j'ai suggéré qu'on se dirige vers l'A 86 pour voir si Marie était au rendez-vous avec ses poulets. Sess a gloussé et dit qu'il pourrait passer sa vie à manger du poulet grillé, surtout s'il l'avait chassé de nuit et qu'il portait le label rouge « BAC » tatoué sur le cul. Avec son accent, c'était presque drôle. J'ai conseillé à Moussa de ne pas trop faire le malin avec l'Audi, qu'il ne fallait pas rêver et que Sess avait à coup sûr les kisdés de la Crime aux fesses. Sess ne s'est pas laissé démonter et il a répliqué qu'il était le plus rusé, qu'il avait tout prévu. Moi, je voulais bien.

Tout prévoir.

Pendant une minute, plus personne n'a parlé. Plus on roulait vers le nord, plus les rues d'Aubervilliers se vidaient. Ne traînaient que les meilleurs, avec leur démarche de Vikings. Les studios de cinéma d'Aubervilliers se sont profilés. Je m'étais enfoncé dans la banquette, le front dévoré par ma casquette. J'ai essayé d'être cool et marmonné à l'attention de Moussa :

« C'est quoi, la musique ?

— RCP. *Trust me*, ma gueule. »

Moussa ponctuait tout ce qu'il disait d'un rire en cascade. Sess a eu un regard dans le rétro. Il ne m'a pas manqué sur le rose. J'ai eu droit à toutes les blagues sur la jaquette. S'il savait... Il a balancé :

« J'ai pas de gros seins, alors fantasme pas trop, sauss[1]. »

---

1. Associé, ami.

J'ai coupé court :

« Arrête de m'engrainer[1], fils de pute, j'te filerai le scorbut. »

Sess a répliqué illico, de sa voix cromagnesque :

« Boloss, j'te broie la bite au granit. »

Archi, lui, comptait les points en regardant par la vitre.

J'ai attendu qu'on approche de l'A 86 et de son défilé de camions graffés, stationnés sur le bas-côté.

« Bon, je crache le morceau sur l'affaire du mois. Sess, tu vas pouvoir te payer tes dents en or... Écoute bien. Y a un entrepôt de parfums à Villebon-sur-Yvette. Il faut rappliquer la nuit parce que la nuit, ils sont que deux vigiles. Un maître-chien et le second vigile. On les neutralise, on les ligote, on exige la déconnexion du système d'alarme et y a vingt palettes de parfums à charger dans un, peut-être deux camions. Faut qu'on évalue. Toi, tu t'occupes de trouver les camions. Que des marques d'enfer, question parfums. On peut se faire une somme honnête. Allez... je dirais dans les 150 000. Le tuyau vient de l'intérieur. Un des deux vigiles. Alors, qui est-ce qui ferme sa gueule ? »

J'étais triomphant. C'est vrai qu'un plan comme ça, c'était un plat de roi. Sauf que...

Sess a souri, ses deux incisives espacées ont blanchi le rétro. Il ne me lâchait pas du regard.

J'ai attendu que l'histoire fasse son effet, puis j'ai demandé :

« Alors, t'es opé ou bien ? »

Sess a redoublé de rire et monté le son de la musique. Au ralenti, j'ai vu : sa main occupée, à gauche, les doigts en serre autour du bouton de volume. Moussa

---

1. « De me provoquer. »

freine. Autour, le désert nocturne. Rien, un éclair, une fraction de seconde. Tellement rien que ça n'existe pas. À part une volonté aveugle, qui doit pourtant être moi. Mon regard qui rebondit sur Moussa, qui glousse aussi et n'en peut plus de faire le beau au volant. Il pile à l'entrée d'un parking pour répondre à Sess qui l'embrouille et négocie un demi-tour.

Et moi, je me glisse dans cette brèche, dans cette lumière qui m'éblouit et m'ordonne de tirer.

Ma main gauche fouille sous ma veste et passe dans le creux de mon dos, habituée à sortir en moins de temps que de le dire mon Colt Diamondback, nickel de chez nickel. Presque un ami tellement je lui fais confiance. Nourri au .38 Special + P. Plus chargé et plus rapide que le .38 Special — du 350 m/s. Il suffit de tirer pour que le mec soit en pièces détachées.

Je ne le sors pas immédiatement, d'abord, je déroule avec l'autre main les écouteurs de mon iPod shuffle, puis je me les plante dans les oreilles. *Ich will*. Sess qui guette soudain mes mouvements et hoche la tête dans le rétro, comme pour s'assurer qu'il me trouve taré en guerrier solitaire. Sess, le géant Sess, avec sa longue cicatrice qui court sur sa joue gauche.

Moussa à l'arrêt, au bord de repartir. Moussa qui monte encore le son.

Jump, jump, jump up
So we got di power

J'arme le marteau en un éclair. Le clic d'armement des pièces mécaniques aurait suffi à m'envoyer en enfer, s'il n'y avait eu cette sacro-sainte chanson qui envahissait l'Audi. *Trust me*. Et là, je sens le plaisir de l'irréversible : la queue de détente qui bouge, le barillet qui vient se caler.

J'ai chaud. Incroyablement chaud.

Saut dans la fournaise.

Je pointe à une main. Premier tir en simple action, peu de relèvement.

De quoi vite toucher le plafonnier pourtant. En un éclair, tout est couvert par la détonation. Je bénis mes écouteurs. Flash : le feu dévore la nuit. Sess n'a pas le temps de se retourner. Il faut dire qu'on tape dans ma spécialité. Et j'aime le travail bien fait. J'avais répété le geste cent fois dans ma tête.

Tir à bout touchant pour Sess. Des milliers de cellules vaporisées soudain, de ce qui *fut* Sess.

J'ouvre grand la bouche, comme face à l'hostie, pour amortir le bruit. Archi m'imite, prêt à répliquer au moindre court-circuit. Moussa réagit au quart de seconde et porte les mains à son visage, pour se protéger, par instinct. Le réflexe naïf que la chair puisse encore faire barrage.

Tir à bout portant. Je tiens mon Diamondback avec une fermeté d'acier, progression contrôlée sur la détente. Je double la mise : je ne sais si c'est par nervosité ou par acquit de conscience, mais seule compte la rapidité d'exécution, d'être un avec la surprise de Moussa qui ne durera pas.

Un instant, mon cerveau n'est que fracas, lueur et fumée.

Tout se fend de rouge et je me sens cerné par l'odeur du sang.

Le cuir surpiqué des sièges maculé de la couleur de la colère, je regarde sans vraiment voir. Je n'éprouve plus rien, que mes avant-bras qui se contractent, par spasmes réguliers.

Lentement, je retire les écouteurs de mes oreilles.

La musique prend une ampleur infinie, comme si elle avait absorbé le temps dans son trou noir.

Moussa, le visage renversé, a sa capuche sur le nez.

Archi fait encore la carpe.

Et Sess, le roi Sess, pisse le sang.

Ils sont les fantômes de la nuit.

Je suis le fantôme de la nuit.

CHAPITRE 28

Vendredi 8 juillet 2011
3 h 05
Aubervilliers,
quartier des Bergeries-Pressensé

La nuit, les cadavres ont l'air encore plus morts.

C'était la réflexion que se faisait Marc Valparisis, tandis que les spots de l'Identité judiciaire, reliés à un groupe électrogène, jetaient leur lumière crue sur une Audi A5 coupé blanche avec deux clients pour la morgue. Le commissaire Barthez avait percuté au quart de tour. La Rubalise jaune reflétait le faisceau lumineux, doublée par la Rubalise POLICE, cerclant de ses oriflammes le grand chantier de la mort.

Derrière son masque, Marc commenta en levant les yeux vers Michel Duchesne :

« Putain merde, une Audi toute neuve, blanche comme la poudre... Si c'est pas sacrilège de la repeindre en rouge... »

Duchesne eut un rire discret. Il se rapprocha du commandant Desprez qui discutait à voix basse avec Manu Barthez. Tiré du sommeil, le commissaire d'Aubervilliers avait perdu de sa fièvre. Il souffrait encore du violent coup au ventre que lui avait asséné Souleymane Traoré dans le bar. Le commissaire errait autour de la voiture tel un renard, avec gants et bavette, observant, flairant, réfléchissant. Tout en lui était fin : bouche, sourcils, lèvres, nez, silhouette et même cravate. La BAC de nuit avait découvert le flingage et les services locaux avaient déboulé avec un binôme de l'IJ de permanence. Ils avaient gelé la scène, sachant qu'il faudrait passer la main à la Crime. L'état-major de la police judiciaire avait été informé, le parquet de Bobigny également et il avait immédiatement envisagé la saisine de la brigade criminelle, au vu des premiers éléments recueillis.

Le commandant Jo Desprez avait, lui, appliqué le joker du 36, le culot, et décidé que l'on ne passerait pas des heures à attendre le substitut du procureur. « Forcés, pas le temps... » Jo avait la puissance de persuasion d'un pilier de rugby. Dans les parages, le commandant Marcelo Gavaggio dirigeait le groupe de permanence où se distinguait la longue silhouette du procédurier, le lieutenant Hervé Montagne, et l'éternel sourire de Murielle Bach.

Michel Duchesne fit signe à Jo de s'approcher. Il le tançait toujours sur le masque porté à bout de nez :

« Viens plus près que je t'admire : la grenouillère te va à ravir, ma babouche...

— Fais pas chier avec ta chemise vichy, je sors pas en layette des banlieues sud, moi. »

Jo Desprez enchaîna en poursuivant sa conversation avec le commissaire d'Aubervilliers sur l'enquête de voisinage. Barthez remarqua qu'il serait difficile de faire parler des entrepôts. Un point pour lui. Tandis qu'il achevait sa phrase, il faillit trébucher, à cause des rallonges qui couraient sur le sol.

Marc Valparisis promena un regard circulaire et approuva : désert nocturne des bâtiments voués au textile, ateliers de réparation, bennes à ordures, empilements de cartons et pas un chat. Les gyrophares jetaient du bleu. Marc, qui n'avait pas un véhicule de patrouille, avait éteint le sien pour qu'il ne décharge pas sa batterie. Michel Duchesne l'avait prévenu que Jo les appelait en renfort aux côtés des services locaux sur lesquels la BC[1] s'appuierait. À son arrivée sur la scène de crime, les gyrophares des équipages de police secours l'avaient attiré et rassuré comme les phares dans la tempête. Avec l'âge, Marc savait de moins en moins décrypter un plan à la lumière du plafonnier, il s'énervait et jurait qu'il n'y voyait plus rien. Le bleu, visible de très loin, le sérénisait de sa pulsation régulière, douce transfusion nocturne.

Son attention revint à l'Audi. Soutenus par les sièges, les deux corps à l'intérieur de l'habitacle ne présentaient pas cet air ridicule qu'ils offrent parfois. Marc Valparisis s'en fit la réflexion et se demanda pourquoi. Valparisis passait sa vie à se poser des milliers de questions, essentielles ou parfaitement inutiles. Des germes de réponse affluèrent ; il gardait l'esprit clair, l'insomnie était chez lui une seconde nature.

Déjà, tout restait en ordre, les individus baignaient encore dans leur milieu. Ce n'était pas, autour d'eux, un chaos de tiroirs retournés, de lampes renversées ou de chaises fracassées.

Marc se tenait à côté de la portière avant gauche, près du conducteur. Il se pencha et se laissa envahir par la vision des victimes.

---

1. Brigade criminelle (du 36 quai des Orfèvres).

Les pieds.

Quand les cadavres sont découverts en plein escalier ou sur le trottoir, les pieds prennent souvent des positions saugrenues, contraires à l'anatomie. Exception faite des coulures de sang qui partaient du nez, zébraient le visage et maculaient les vêtements, les deux Blacks semblaient pris en flagrant délit de sommeil. Le conducteur était effondré sur sa jambe droite. Sa capuche blanche lui tombait à moitié sur la tête. La mort avait rapproché les deux hommes, faisant des corps siamois, soudés par l'épaule.

Marc Valparisis ne résista pas à dire :

« Deux pour le prix d'un. »

Manu Barthez releva les yeux. On sentait de l'inquiétude dans son regard. C'est lui qui avait prévenu Michel Duchesne dont le portable n'était jamais éteint la nuit. Puis, Marc, qui était de permanence, avait récupéré Jo Desprez sur le chemin. Aucun n'avait imaginé que le sort les réunirait aussi vite à Aubervilliers. De toute façon, ce métier exigeait de ne rien s'imaginer.

Marc se rapprocha de Manu Barthez et lui glissa :

« Au moins, dans le banditisme, on a l'avantage de connaître d'avance le mobile, et de savoir dès le début que ça finira mal... »

Barthez ne répondit pas. Il réfléchissait toujours.

Deux policiers des services locaux s'approchèrent. On voyait à deux mètres que le plus baraqué avait parié qu'il ne redoutait pas de s'adresser *aux seigneurs*. Il parla à Marc en bombant le torse :

« Vous êtes de la 2, si j'ai bien compris...

— *Du* 2, ouais, rectifia Valparisis.

— Ouais, ben je comprends pas pourquoi vous faites les constatations, c'est pas votre dossier, c'est la BC qui acte et déjà que ça fait pas mal de monde qui...

— Là, je vous arrête, on va pas user de la salive pour rien, trancha Jo Desprez qui vit que Valparisis allait monter au quart de tour, ils sont là comme observateurs intéressés par les deux refroidis. On était tous ensemble à la Crime... Y a une procédure initiale de VMA en lien probable avec le double flingage sur le plan judiciaire... Seul l'intérêt de l'enquête nous occupe, ici. »

Jo avait pris sa voix de buffle.

« O.K., O.K., O.K... », fit la baraque en reculant, impressionnée par l'aplomb de Jo Desprez.

Furieux, Valparisis le regarda s'éloigner sans le quitter des yeux. Puis il revint aux morts.

Les cadavres furent déposés sur du drapage en non-tissé fourni par les pompes funèbres, pour les isoler du sol. Les pliures formaient des carrés réguliers qui donnaient une impression d'échiquier blanc. Moussa était en position de boxeur, figé entre fureur et stupeur, en posture de défense. La rigidité cadavérique gardait la mémoire de ce dernier mouvement et le poing gauche était replié sur lui-même.

On lui ôta sa capuche. Un duvet blanc, semblable à une fleur de coton, coiffait son beau crâne glabre. On en retrouvait sur les paupières, sous la narine droite, piégé dans les poils naissants de la barbe et dans les gros maillons de sa chaîne argentée.

C'étaient les fibres pulvérisées de sa capuche.

Pour se détendre, Marc Valparisis releva les baskets Nike. Un modèle assez disco sous la lumière des spots de l'IJ, avec des reflets gris et bleu métallisé.

Le temps était orageux et le vent soulevait la poussière. L'IJ craignait que la pluie ne vienne effacer les traces. Le commandant Jo Desprez de la Crime n'avait tout d'abord pas reconnu Dino, dans sa combinaison à capuche. D'un coup, la silhouette d'elfe lui parut familière et il comprit. Il quitta le groupe et s'approcha.

« Salut, Dino. Vous allez encore nous trouver l'empreinte qui tue ? »

Le technicien de scène de crime avait quitté sa chasuble verte trop grande — quand il mettait ses mains dans les poches, elles touchaient les genoux, et Dino répétait, dépité : « Il n'y a pas de taille à ma taille. » Le jeune homme était en train d'enfiler des surchaussures pour passer au peigne fin la voiture.

« Bonsoir, commandant ! Sûr que je compte la trouver, cette empreinte... Ça fait bizarre de voir le cadavre en chair et en os après la paluche du gant... Sacré masse, le mec. La permanence nous a appelés avec mon binôme. On était d'astreinte de nuit avec Mehdi, l'équipe CrimeScope. Ils ont demandé le camion en renfort, à cause des spots. Normalement, on le réserve aux attentats. Voilà pourquoi on a rejoint l'équipe de nuit — commandant Desprez, je vous présente Sandra Coirier, la dactylotechnicienne, Valentine Lamy à la photographie et Nicolas Allemoz au plan. Que les meilleurs ! Vous avez des demandes particulières, vous ou le procédurier ?

— Non, si ce n'est de commencer par l'arrière. Apparemment un seul tireur, même s'il est trop tôt pour penser quoi que ce soit. Situé à droite. Mais vérifiez avec Gavaggio et Montagne s'ils ont des coups de foudre...

— O.K., ça marche, commandant. »

Dino se tourna vers Mehdi et, voyant autant de grands flics réunis, il lui chuchota à l'oreille :

« Y a de l'indice de sortie… »

Mehdi prit le temps de tous les regarder et se retourna pour rire.

Tandis que Michel Duchesne, Jo Desprez et Marc Valparisis échangeaient leurs premières impressions avec Marcelo Gavaggio et le procédurier, en attendant le substitut du procureur *qui ne devait pas tarder*, les techniciens de l'IJ se lançaient dans leur traque de l'infime. Il y en avait pour au moins deux heures, sans doute trois. Valentine Lamy avait déjà mitraillé la scène. Rien ne devait lui échapper, le dossier technique tenait de l'obsession méthodique : vues générales du véhicule, du parking et des accès, vues rapprochées des traces de pneus et de pas avec cavaliers jaunes, mégots de cigarette, chewing-gums, vues rapprochées des dessins des pneus et des indices matérialisés aussi par des cavaliers… Elle avait tout passé au crible, du sachet de viennoiserie au paquet de bonbons présents aux alentours, avant de figer le contenu du coffre, l'habitacle, le sol, le vide-poches, le corps des victimes, la banquette arrière et le tableau de bord.

Pour garder le sens des échelles, des piges semaient leurs repères millimétrés.

Début de rationalisation face à la mort.

Sur la banquette arrière, on avait apposé six tissus ouatés couverts de papier aluminium pour recueillir, par lente imprégnation, les effluves. Préservés dans des bocaux stériles, ils seraient envoyés à Écully en odorologie, où, le moment venu, des chiens baladeraient leur truffe au-dessus des bocaux pour une parade d'identification.

Deux iPhone, un BlackBerry, trois trousseaux de clefs, une carte bleue au nom de Yacouba Kanté et 260 euros en cash.

Aucune douille n'avait été récupérée.

Le substitut du procureur arriva : son impeccable nœud de cravate, qui compensait l'air hagard de celui qui est tombé du lit, devait être seul responsable de son retard. Carrure sportive, mèches de biais, menton décidé, belle dentition et sape ruineuse : la porte ouverte aux cinq à sept. Les policiers lui firent un cours de rattrapage pour qu'il soit rapidement dans le vif du sujet. Il répondait à tout en levant les yeux puis hochant la tête, avec une rigueur mécanique.

De son côté, Dino commença par le plus volatil, donc le plus fragile : le prélèvement des fibres et des cheveux à l'arrière du véhicule. Tandis qu'il se penchait, il essaya de se mettre dans la peau du flingueur. L'OPJ l'avait aidé à imaginer le scénario pour qu'il se fonde dans les gestes et réflexes du fantôme. Il examina le sol, les fauteuils, les assises, tandis que Mehdi remplissait la fiche de prélèvements — une spécialité de la Préfecture. Les doigts de Dino, glissés dans une paire de doubles gants, déposaient les fragments du puzzle, révélés en rasance par la puissante lumière blanche du CrimeScope, dans des sachets cristal ou des enveloppes destinés aux scellés numérotés.

Ses yeux s'illuminèrent.

Non sans autodérision, il se disait alors *visité par la grâce*. À l'aide d'une pince métallique à bout rond, Dino préleva un élément pileux entre la console centrale et le siège avant droit. Le trophée finit dans un sachet cristal à destination de l'OPJ.

Quelque chose attira son attention. Coincé sous le tapis du passager avant droit, il trouva un morceau de plan de Maisons-Alfort déchiré avec les inscriptions « D. / 06 36 56 76... ». Et pour dernier chiffre un 4 ou un 6. Il lui fallut bien trente secondes pour déchiffrer le D. car le stylo et la nervosité avaient troué le papier. Et un autre, sur un Post-it jaune, avec marqué « BOOBA / Fresnes / N° d'écrou 950 169 ». Ce travail de fourmi ouvrière n'avait de sens que s'il y croyait. Pour se motiver, il se dit que ses pinces en plastique bleu et ses écouvillons valaient bien les solides mandibules des fourmis soldats de la BRI, avec leurs Glock 17 et leurs Glock 26. En partant de chez lui, Dino avait refermé la porte sur ses sept chats. Il avait le cœur inquiet car Orphée, une petite chatte blanche aux yeux verts, refusait de jouer depuis deux jours. Il balaya l'image d'Orphée et se concentra sur un cheveu noir qu'il avait eu la bonne idée de traquer sous le siège.

Quand il fut sûr qu'il ne restait plus un poil ou une fibre dans la voiture, il passa à la recherche de traces biologiques. Il y eut un long débat : fallait-il enlever les appuis-tête ou les découper au scalpel ? Dino frotta des écouvillons humidifiés au sérum physiologique pour dénicher des traces d'ADN de contact. Il explora une trace palmaire glissée à l'extérieur de l'une des vitres avant ; glissée, parce que la trace était en mouvement. Puis les poignées intérieures et de maintien, tous les boutons d'ouverture, l'arrière du rétroviseur, avec la patience qui était sienne... Seule l'obstination payait.

Ce fut le tour des empreintes. Il avait été décidé que la voiture ne partirait pas sur plateau à la cabine McDo — Dino appelait ainsi la cabine cyanoacrylate. L'Audi A5 allait se reconvertir sur place en cuve de fumigation de colle cyanoacrylate pour faire apparaître les empreintes blanches. Dino et Mehdi réunirent tous les objets susceptibles de porter des traces papillaires : plaques peut-être faussement immatriculées, bouteilles d'eau du coffre, CD du lecteur et du videpoches... Dino demanda à Mehdi s'il voulait écouter Dr. Dre, RCP ou Lunatic. Rompu aux facéties, Mehdi secoua la tête. Ils prirent également le soin d'ouvrir les boîtes à gants et lieux de rangement du véhicule. Puis Dino fit son MacGyver : il suspendit les deux plaques d'immatriculation sur un fil tendu coincé dans l'ouverture des vitres pour que les vapeurs se déposent sur toute la surface.

Intrigué par ses méthodes, le commandant Desprez s'approcha et le suivit du regard. Il vit Dino sortir une plaque chauffante et une petite casserole qu'il remplit d'eau pour humidifier l'atmosphère. Par-delà le côté boy-scout, le procédé de fortune était très efficace. Passé quelques minutes, il retira la casserole et posa une coupelle en aluminium sur la plaque. Il y versa de la colle. Quand les vitres furent blanches de buée, il ôta la coupelle et l'arrosa de l'eau de la casserole pour neutraliser la colle. Le jeune homme parut satisfait. Il ouvrit les portes et attendit avec Mehdi plus d'une quinzaine de minutes que les vapeurs révèlent les empreintes.

Le métal de la boucle de ceinture, côté Moussa, en livra deux belles qu'il transféra sur un décalque. Photographies macroscopiques. Destinées à l'épiscope, plus tard, au quai de l'Horloge. Elles vinrent s'ajouter à une trace papillaire digitale recueillie sur l'extérieur de la vitre avant.

Orphée revint occuper l'esprit de Dino. Il grimaça, ce que personne ne pouvait remarquer sous sa tenue de spationaute. La combinaison et le masque de l'armée le couvraient de sueur. Son dos ruisselait.

Le vent et la nuit rivalisaient dans le lugubre. Il fallait juste s'habituer à passer les heures avec quatre yeux fixés sur l'éternité plutôt qu'avec une fille en nuisette.

Pour les fantasmes, Dino avait pourtant un grand panneau publicitaire qui toisait le parking, accolé à un bâtiment industriel. Deux filles faisaient de l'auto-stop en tenue légère sur l'affiche, une blonde à la chevelure crêpée et une brune, en lingerie rouge et noir, porte-jarretelles et béret. Le showroom Valege était à deux pas de la scène de crime. Dino hésita et choisit la brune.

Son esprit fut rattrapé par les bribes de la conversation entre les enquêteurs.

Jo Desprez était penché vers Manu Barthez :

« Ça pue l'exécution professionnelle... Moi je dis qu'ils devaient se connaître. Ils écoutaient de la musique, fort. Et personne n'a touché aux 260 euros. »

Il tourna la tête vers le procédurier :

« Le moteur tournait encore lors de la découverte ?

— Oui, Jo, les portières étaient closes mais non verrouillées, et les feux étaient allumés. Les clefs de l'Audi étaient présentes sur le contact. Le cendrier est vide.

— Ma babouche, reprit Duchesne à l'attention de Jo, tu noteras qu'il a commencé probablement par Sess Sylla. Classique. Son acolyte, lui, a eu le temps d'esquisser un geste de défense et il s'est ramassé deux coups, si tu considères les orifices.

— Ouais, Monseigneur, logique, le coupa Jo. Le premier n'a pas le temps de se retourner, il se ramasse un coup de calibre froid et précis, dans les règles de l'art... L'agresseur a visé le cervelet pour une élimination radicale...

— Babouche... Monseigneur... Vous vous appelez souvent comme ça tous les deux ? questionna le commissaire Barthez.

— Seulement quand il y a des témoins, dit Michel Duchesne.

— Ouais, à la Crime, tu donnais même du *Mon lapin en chocolat*, je me souviens, intervint Marc Valparisis en désignant Duchesne. Bon, les mecs, y a deux morts, je vous rappelle. (Il bascula de la pointe des pieds aux talons.) Pour le deuxième, le lascar ne jouit pas de la même sérénité. Il double la mise. C'est quand même des pauvres réflexes de mettre ses mains pour se protéger, quand tu sais qu'une portière de voiture ne fait pas le poids... »

Le commandant Duchesne le charria, fronçant les sourcils au-dessus de la bavette — il n'allait pas pleurer deux bandits :

« Arrête de te moquer. Je te rappelle, comme tu le dis si bien, qu'il y a deux morts et peut-être même des veuves... »

Il y eut un temps de silence où l'agitation de la nuit tint de l'hallucination.

Manuel Barthez prit congé :

« Messieurs, je vous laisse à vos clients. Il est temps pour moi de retrouver mon oreiller préféré... On se carillonne, les gars. »

Tout le monde le salua.

Le substitut déclara d'un ton assuré qu'il demanderait à l'IML[1] une autopsie en urgence et qu'il confirmait la saisine de la brigade criminelle. Jo Desprez, revenu au sérieux, médita la dernière remarque de Valparisis. Il regarda au loin :

« Ouais... La fameuse seconde de panique. Qui dure en fait 1,4 seconde face à un événement imprévu. C'est juste quand on n'a pas déjà son arme en main. »

---

1. Institut médico-légal.

Marc releva la tête et se redressa avec un air de défi. Il savait dégainer son arme en moins d'une demi-seconde. La règle était simple. Pour développer un tir instinctif, il fallait ne jamais regarder son holster en dégainant, pour mémoriser son emplacement et saisir l'arme avec le maximum d'efficacité. Il s'était entraîné avec un policier posté à 1,5 mètre de lui, qui, bras tendu, lui lâchait à l'improviste des boîtes renforcées. Marc dégainait en un éclair et devait frapper avec son pistolet la boîte pour la faire remonter avant sa chute.

Le meilleur exercice pour développer des réflexes d'acier. Et qui pouvait servir, il en avait la preuve sous les yeux. Il en eut des fourmis dans les mains.

Duchesne pensa que Desprez avait raison. La scène sentait le règlement de comptes entre malfaiteurs, une exécution irréprochable, ce qui, pour les policiers, signifiait une enquête complexe, avec de faibles chances de mettre la main sur l'auteur. Contrairement à une enquête classique, les victimes baignaient dans la clandestinité. Le commandant Duchesne gagea qu'on ne dégoterait pas un témoin de bonne volonté dans ce quartier désert la nuit. Les réflexions fusaient. Il fallait réfléchir avec *leurs logiques*, se concentrer sur cette société autonome des voyous et sur la crise qui avait pu aboutir à ce jeu de massacre. C'est là où la bonne connaissance des mouvances paierait. Qui avait *intérêt* à se débarrasser de Sess Sylla et de son ombre, Moussa ?

Le commandant Desprez prit la parole en bâillant, il lui manquait une partie de la nuit :

« Que Sess Sylla et son lieutenant Moussa se fassent dégommer juste après l'arrestation de Souleymane Traoré, ça force le hasard et dessine, en creux, des réseaux... Je ne crois pas aux coïncidences. Il faut tirer le fil jusqu'au bout. Comme dit le chef de la Crime, *les groupes de malfaiteurs se constituent par la force de l'amitié, des intérêts, mais aussi de la crainte, et celle-ci a toujours été génératrice de trahison.* Il faut lever l'informateur qui redoutera la foudre, celui qui a intérêt à ce que les têtes aillent faire un tour au placard. Faut le faire craquer aux forceps, le gars. Creuser pour savoir qui sont ces D. et Booba. Et lancer des chaouches dans tous les sens, Marc, laisser traîner partout des oreilles d'éléphant. Tu sais faire, ça, hein ?

— Moi, je sais *tout* faire, Jo », assura Marc.

Il prit Jo à part :

« Dis-moi, tu boites, toi... C'est en changeant les chenilles de ton char que tu...

— Me cherche pas les amibes, Marc. Et mon pied va très bien. »

Le commandant Desprez continua plus fort, en s'adressant à Dino qui renforçait deux autres empreintes à la poudre volatile pour faire des décalques à transmettre aux traceurs du FAED :

« Et y a toujours pas de douilles dans cette putain de boîte de nuit ?

— Non, commandant, rien de rien. On est pourtant habitués à les traquer jusque dans la carcasse...

— Toutes les chances qu'il ait tiré au revolver, pépère... »

Marc Valparisis opina. La majorité des tueurs ne ramassaient pas leurs douilles. Et dans un revolver, elles restaient dans le barillet. Jo gratta le sol avec la pointe de ses souliers. Marc lui demanda s'il faisait le sanglier. Quant au substitut du procureur, il attendait la suite de la réflexion, l'œil interrogateur, avec une impatience agacée.

Jo continua :

« Un revolver... Étrange. Tu notes, Marcelo ? Pas le plus courant. Il faut garder ça en tête. Un mec qui aime le travail bien fait et qui bande pour les revolvers. Intéressant d'avoir la confirmation des balisticiens... Qu'est-ce que t'en dis, Marc ?

— Moi, je dis : quand est-ce qu'on va boire un petit jus ?... »

C'était en partie faux. Les propos de Jo rebondissaient dans son esprit et l'on voyait que Marc cherchait à donner des contours à un fantôme.

Les contours d'un homme qui tire froidement. *Froidement au revolver.*

Les balisticiens n'allaient pas tarder à prendre le relais pour étudier les trajectoires et les distances. Ils relèveraient les orifices d'entrée et de sortie des balles sur les deux vainqueurs. Les mains de Moussa et de Sess seraient examinées avec des tamponnoirs pour que le microscope électronique à balayage du laboratoire étudie, par la suite, d'éventuels résidus de tir, nés des nuages des coups de feu.

Marc Valparisis regarda sa montre. 4 h 44. L'heure où la densité de la nuit fait douter du retour du jour. Il hocha la tête, comme pour accepter sa vie pourrie de flic qui passe ses plus belles nuits dehors.

Entre les rafales de vent, on entendait une voix dansante, décalée face au sordide. Dino parlait à Mehdi :

« Et là, on est appelés pour un viol, près de la gare de l'Est. On part chargés comme des mulets. Y a un souterrain. Scène glauque à la lampe torche, ça pue la misère humaine. Et tu sais quoi ? L'OPJ me dit très sérieusement, Mehdi, j'te jure, il me dit : *Mets-toi à la place du mec et imagine tout ce qu'il a pu toucher...* »

CHAPITRE 29

Vendredi 8 juillet 2011
6 h 15
Aubervilliers, rue Régine-Gosset

À peine rentré à l'hacienda, de violents frissons ont fait la loi. J'avais demandé à Archi de ne pas bouger, tandis que j'irais brûler nos vêtements en tas dans un terrain vague. Je n'allais pas mégoter pour un pull rose ton sur ton, à la cervelle de psychopathe. Seul dans la rue à fumer, j'étais loin de me taper l'affiche : j'avais retrouvé mon allure noire qui faisait de moi une ombre. Archi était juste ressorti de son pas souple et détaché pour me tendre ses affaires, dans un gilet noué, avec cet air indifférent qui est celui de mon frère. Souple et détaché — *après deux exécutions*. Dans la nuit, le profil de sa tête se découpait sur le mur. Un guerrier à queue-de-cheval. Son ombre bougeait à peine. Le monde aurait pu s'écrouler. Archi, Archi et son regard dur de statue de jardin. Archi et ses grands yeux verts, avec cette frange transparente qui entoure l'atoll des pupilles et les glace. J'ai plongé dans ses yeux, dans ses yeux froids comme la morgue et sans un mot, je lui ai demandé de me donner son impassibilité, la force de traverser les brasiers.

Il m'avait apporté une bière. Je me suis jeté sur la bouteille. Le verre givré a réveillé mes mains. Un long flot mousseux a glissé dans ma gorge. L'or a ruisselé et débordé sur mon torse. Je m'en foutais. Il fallait arrêter de cogiter sur les deux fumés. Je me suis rappelé les fondamentaux de Mesrine. Le risque de deux loups dans le diocèse était trop grand, je n'avais pas eu le choix. J'aurais par-dessus tout redouté de ne plus être là pour Adriana.

L'alcool et la bière qui couraient sur ma peau, l'oubli fait liquide, m'ont fait du bien. J'aurais voulu me doucher à la bière et embrasser l'enfer.

J'ai couru à travers la nuit, dévalé des escaliers insoupçonnés, sauté les trottoirs, battu le pavé. Je ne savais plus ce que je fuyais. C'était ma vie qui me brûlait. Elle me dévorait de l'intérieur.

Dans ma poche, j'ai serré ce qu'Archi m'avait tendu de l'autre main : mon Sig Sauer P 226.

Je portais la rage. Elle m'irradiait.

J'ai marqué une halte.

Devant moi, il y avait une alcôve dans un mur, entre deux bandes de peinture écaillée jaune et rouge d'un garage. Avec une Vierge en plâtre peint, à moitié défoncée par le temps, et une rose en plastique rouge. L'odeur du cambouis suintait des parois. Cette Vierge, je la connaissais mais je ne m'étais jamais arrêté. Personne n'avait osé la démolir. Dans les plis de sa robe bleue, un scintillement de Voie lactée. J'aurais voulu qu'elle m'accueille dans sa robe et qu'elle me cache. J'aurais voulu sentir la chaleur des cuisses d'une femme.

Une image m'a débordé. Elle revenait souvent. Elle me hantait.

J'étais au Mexique. À Acapulco. Roche de La Quebrada.

J'étais Enrique Apac Rios, ce plongeur mythique, l'intrépide, qui fit le saut de la mort à l'âge de treize ans. Je gravissais les rochers à mains nues, les arêtes griffaient ma peau et je saluais la Vierge de Guadalupe.

En espagnol, j'ai prié. Une prière baignée de poudre, de sang et de sueur.

Madre de Misericordia, Maestra del sacrificio escondido y silencioso, a ti, que sales al encuentro de nosotros, los pecadores, te consagramos en este dia todos nuestro ser y todo nuestro amor.

¡TE QUIERO, PUTA!

J'étais hors d'haleine, mon cœur tressautait et ma peau luisait dans la fente de ma chemise noire. J'ai pensé aux plongeurs d'Acapulco qui se jettent du haut du promontoire rocheux. Quarante mètres.

Au fond, les vagues découvrent les rochers et le sable. Les jambes détendent le ressort de leurs muscles, les bras s'ouvrent à la mort et la saluent. Croix parfaite des bras, offrande et sacrifice. Triomphe. Bravade.

Rester fier.

Rester fort.

Repousser la mort, fermer les poings et toucher l'eau. Faire le moins d'éclaboussures, être un parfait missile juste au moment où la vague et sa langue infernale s'engouffrent dans la crique.

Des souvenirs, encore : Archi et moi. On glisse sur les rochers pour atteindre une plate-forme. Le Pacifique d'Acapulco *est* notre Méditerranée. On saute. Quatre mètres. Puis six mètres. On se tape des barres de rire et on bombe le torse. On cherche des yeux les plus belles filles.

On croise le regard d'Adriana : elle rit aussi, la petite mésange.

Puis elle se concentre, bras collés au corps, et plonge d'un bond du rocher des quatre mètres. Sauf que là, elle nous cloue Archi et moi. Adriana a plongé des quatre mètres, certes, mais en plus, elle a fait un saut périlleux parfait. Elle ressort de l'eau en brandissant une main, les yeux encore fermés. Des doigts, en triomphe, elle nous montre : quatre. Elle ruisselle sous le soleil, notre sirène.

Et les garçons ne regardent plus qu'elle.

C'est bien notre sœur.

Et c'est notre exploit, nos quarante mètres.

Nous aussi, on a tous les trois fait le saut de la mort.

Je m'agenouille devant la Madone, à même le trottoir. Ses yeux déteints tombent sur moi. Je relève la tête et la supplie, elle, perchée à deux mètres. Dans ma tête, la mousse de la bière et l'écume du Pacifique se confondent. Je ne suis plus très sûr de rien. Un instant, je voudrais être au fond de mon lit et dormir.

D'un bond, je me relève. Les rues sont désertes. Sous une porte d'entrée, je ramasse des prospectus qui dépassent et je les bourre dans mes poches. Le vent vole les bruits de la nuit. Je ne peux m'empêcher de courir. Alors qu'il ne faudrait pas courir. Alors qu'il faudrait aller se laver des résidus de tirs. L'air fraîchit et je sens que l'orage monte. Son électricité grimpe en moi. Je n'arrive pas à desserrer les dents.

Dans mon cerveau, les rues se brouillent. J'entends le bruit d'une voiture qui s'approche. Je m'aplatis dans un angle et une BMW Z4 blanche passe en trombe avec la silhouette de deux tarés. Les basses m'écrasent la tête.

Je ne sais plus si je dois tourner à droite. Je traverse le canal Saint-Denis face aux ventres-obus des bétonnières en contrebas. La cimenterie jette des lumières blafardes et je me prends à répéter : je suis coincé dans le labyrinthe d'un *bad trip*, je suis coincé dans le labyrinthe d'un *bad trip*... Mon paquet de linge piégé sous le bras, je continue à fuir. Quand soudain, je reconnais la rue de la Gare. Je m'y engouffre comme l'on se sauve. Quelque chose s'apaise en moi. Je sais que bientôt, à gauche, je n'aurai plus qu'à escalader le grillage vert pour accéder à un terrain envahi par les arbres aux papillons.

Les arbres aux papillons... Le nom jette sa lumière dans mes ténèbres. C'est Adriana qui me l'avait appris. Un jour qu'elle avait improvisé un pique-nique en sortant du cidre et une galette des rois de son sac de fille qui contenait des royaumes. Adriana, ma petite sœur. Adriana, notre papillon posé sur un trapèze...

Puis tout s'évanouit et je me sens à nouveau seul au monde, erreur au milieu du grand foutoir de la Création.

Quelques regards autour, puis je m'élance contre le grillage ; je grimpe autant par force que par survoltage. Ma main droite me fait atrocement souffrir. Je fais voler les vêtements par-dessus le grillage et je me laisse tomber sur le sable. Je fais le mort au sol, les bras en croix et je souffle. Les palissades des chantiers coupent le vent et je mets toute mon énergie à faire prendre le feu.

Au fond, je devine les bras à vérin des pelleteuses et leur découpe de dinosaures. Personne. En tout cas, personne qui ait envie de se montrer. Je fouille dans mes poches et sors un sachet de sucre glace que je disperse et une petite bouteille de kerdane. D'un trait, je la verse sur les vêtements. La poudre de sucre glace aime le feu. Je craque une allumette. Déchirement de l'ombre. Le crépitement des brindilles et des prospectus m'apaise.

Pris d'une fougue soudaine, le feu dévore la nuit, cette nuit coincée entre deux palissades. Le panda du haut d'Archi se recroqueville, ses pattes fondent sous lui, jusqu'à complète disparition. Plus de pattes de panda.

Kidnappé par la vision, je reste à regarder le bûcher, alors que je dois rentrer.

JE DOIS RENTRER.

Dix contre un que les schmitts sont de sortie.

Je repense à la Vierge de Guadalupe.

Mes mains sentent l'essence, mes mains sentent le sang, mes mains sentent la poudre.

Je pense à Adriana. Puis je repense à Marina, dans le reflet des flammes.

Tout cramer. Un jour je ferai tout cramer, et je cramerai avec.

CHAPITRE 30

Vendredi 8 juillet 2011
6 h 30
Bobigny, rue de Carency, hôtel de police,
service départemental de police judiciaire

Le commandant Desprez et le lieutenant Valparisis avaient une sacrée carte en main et ils n'allaient pas se priver de la jouer. Pour le coup, Michel Duchesne décida d'être aussi de la partie. La sainte trinité de la Crime se reformait.

Le soleil s'était levé depuis une demi-heure et tout était lourd, le temps, la fatigue. Il ne fallait pas compter sur les lueurs rosées de l'aube pour chasser les cauchemars de la nuit, le ciel était traversé de nuages filocheux. Retour à l'hôtel de police de Bobigny, deuxième étage. Chacun fit le deuil de son sommeil. À leur arrivée, ils avaient des photographies à imprimer, Jo avait téléphoné pour que les fichiers soient transférés.

Avant de retrouver Souleymane Traoré, Jo Desprez dit à Michel Duchesne :

« Je pense que tu vas avoir un grrrrrand succès avec ta chemise vichy quand tu vas croiser sa Majesté Beau Gosse.

— Toujours le mot pour plaire, mon lapin en chocolat.

— Bon, Michel, tous les deux, on lui fait le couple maudit. Toi dans ton rôle de diplomate et d'entremetteur, t'es capable de partager ton pain avec lui, et dis pas le contraire, tu le soûles de paroles au besoin. Pas la peine non plus d'avoir la radiographie complète de sa vie, te sens pas obligé de lui demander s'il a un permis de chasse... Surtout tu y vas au flan sur les ITT, et moi je reste dans le rôle du vieux con qui lui casse les pattes... Avec Marc qui vient rajouter quelques louches...

— Les photos devraient parler mieux que personne », dit Marc Valparisis qui trouvait que le florilège remportait une bonne place au musée des horreurs.

Comme un voyou n'avoue jamais rien sur PV, ils allaient gentiment lui proposer d'aller parler ailleurs que dans sa cellule de garde à vue...

Jo Desprez ouvrit le bal, Souleymane avait les yeux piqués de rouge :

« Hello, pépère... Je vois que la nuit a dû être courte et en gros salopards qu'on est, on vient encore te l'abréger. Rassure-toi, personne ici n'a fait de beaux rêves... Tu fumes pas, j'imagine, avec ton corps d'athlète ? »

Souleymane Traoré fit non de la tête.

« Ben ça tombe bien, nous non plus. Sauf notre collègue parce qu'il lui arrive d'être nerveux... »

Il désigna Marc qui se tenait debout, jambes légèrement écartées, bras croisés. Jo continua :

« On te propose un petit tour pour sortir de ta cage et chasser les fourmis. Oh ! Pas loin, je te le dis tout de suite, t'emballe pas, on va pas à Saint-Trop'... Le couloir d'à côté, en fait. Et je te conseille pas de jouer au con, Rambo. On est gentils, on va pas te mettre une pince à la cheville parce qu'on s'inquiète pour ton talon d'Achille mais je te préviens, connard : une balle de 9 mm, ça court plus vite qu'un homme, O.K. ? »

Le voyou soupira, jambes ballantes, et murmura « O.K. » sans relever les yeux. Ils lui passèrent les menottes dans le dos et le surveillèrent comme le lait sur le feu. Souleymane suivit, encadré, en traînant des pieds. Ils allèrent dans une petite pièce sans fenêtre que leur avait désignée un officier. Humour involontaire ou pas, la seule affiche, en noir et blanc, était un « Arrêté de dératisation » de la préfecture de police, en date du 5 mars 2010.

Le commandant Duchesne alluma la lumière et prit le relais. Il tapota le sol du bout de ses richelieus. Souleymane le regarda avec un air moqueur : le flic avait une gueule de premier de la classe et il était soigné comme un œuf de Pâques. Duchesne fit mine de ne pas relever et posa ses deux mains sur la table, doigts largement écartés en pattes d'araignée :

« Je sais que tu n'es pas un grand bavard mais dis-moi, toi qui viens du 93, est-ce que tu sais seulement comment on appelle les habitants de Seine-Saint-Denis ? »

Souleymane le fixa avec mépris, pupilles acérées en pointes de fléchettes.

« Non ? Eh bien tiens-toi bien : les Sancto-Dionysiens ou les Séquano-Dionysiens... Ça ne s'invente pas, ça, hein ?... (Il marqua un silence.) Tu vois, ça prouve juste qu'on peut t'apprendre des choses sur ton propre terrain... Des choses que tu ignores, et *que nous on sait.* »

Le Black ne voyait pas où le flic voulait en venir et d'être baladé l'agaçait. Il flairait qu'il n'avait pas la main. Jo Desprez intervint :

« Te sens pas obligé de répondre, surtout... Tu sais où t'es le plus con ? Moi, je vais te le dire franco : c'est de croire que c'est nous, tes ennemis. Parce que le chemin que t'as choisi, il se termine toujours mal. Après, il peut être encore plus court si tu ne fais pas confiance aux quelques neurones qui te restent pour réfléchir trente secondes dans ta vie. »

Marc Valparisis se rapprocha :

« Vu ton comportement, mec, de toute façon, t'es accroché. La prison, c'est sûr que tu vas y aller...

— Foin d'angélisme, Souleymane... »

Foin d'angélisme : Jo regarda Duchesne et eut du mal à réprimer un rire. Il n'y avait que Duchesne pour employer encore des expressions pareilles en gardant son sérieux... La morgue de Traoré aida le commandant Desprez à rester grave. Son visage se ferma aussitôt.

« Il faut que tu comprennes, reprit Duchesne. Que tu détestes les flics, ça, tout le monde l'a noté. Mais le fonctionnaire de la BAC que tu as débarbouillé, il est parti pour plus de dix jours d'ITT et là, y a délit, l'ami : t'es bon pour le tribunal correctionnel. Il manquerait plus qu'on lui trouve une infirmité permanente et te voici chaud pour quinze ans de criminelle... Et c'est pas moi qui le dis, c'est l'article 222-10 du code pénal. T'ajoutes le mandat d'arrêt européen, exécutable très rapidement, les violences volontaires à magistrat et l'affaire d'homicide volontaire du buraliste où tu pourrais avoir trempé...

— Et t'es dans la merde... », le coupa Desprez qui ne le quittait pas des yeux.

Souleymane baissa la tête et se concentra sur sa main droite qu'il ouvrait et fermait sans discontinuer. Son crâne luisait sous le néon. Derrière lui se découpait l'affiche de dératisation.

Le commandant Duchesne avança sa chaise vers Souleymane Traoré. Il laissa le silence s'installer puis lui dit :

« Tu connais bien sûr Moussa Keita ?

— Je parle que pour moi.

— Tu as tort... Sess Sylla est ton chef, ça, tu ne peux pas le nier...

— Je parle que pour moi, s'obstina-t-il, buté. J'assume mes responsabilités, sur le reste, je prends que pour moi, je balance pas.

— Juste ça, alors : tu leur connaîtrais pas des ennemis, par hasard ? » demanda Desprez.

Petite lueur dans l'œil du malfrat. Éveil de la curiosité. Souleymane s'éclaircit la voix et eut un sourire vicelard, en coin :

« Les flics de ta sale engeance, babtou[1].

— Joli !... lança Desprez qui détestait qu'on emploie le mot *flic*. Eh bien, tu vois que tu peux te servir de ta langue, quand tu veux. Alors, Monsieur-qui-fait-de-l'esprit, maintenant que tu sais parler, tu vas aussi apprendre à voir. »

Souleymane se trémoussa sur sa chaise, mal à l'aise. Le flic avait un air satisfait qui ne laissait augurer rien de bon. Jo Desprez fit une grimace exagérée :

« Marc, poursuivit Desprez, je crois que tu as de belles photos de vacances pour Beau Gosse... Fais gaffe, c'est en couleurs et y a beaucoup de rouge. Tu vas regretter tes lunettes de soleil... »

---

1. Blanc.

Regard de biais, regard inquiet, légère excitation de la paupière droite.

Le lieutenant Valparisis lui balança huit tirages de la scène de flingage sous les yeux :

« Tu vois qu'on cherche pas à t'enfumer... Je te l'accorde, ça fait désordre... Besoin de faire les présentations ? Non ? Peut-être que si, comme *tu ne les connais pas*... Alors là, tu as le crâne explosé de Sess Sylla qui était pourtant un dur, et à gauche, le modèle pièces détachées de Moussa Keita. Pourtant c'était net, bien exécuté. Du travail de professionnel... Les sièges de l'Audi A5 aussi sont morts, après un tel carnage. »

Souleymane eut un léger mouvement de recul et cligna des yeux. Coup de sueur sur le crâne et début de tempête dessous.

Jo Desprez soupira, saisit un carnet, le plia et fit crépiter les pages avec le pouce, à la façon d'un flip book. Au bout du dixième aller-retour, le regard de Souleymane foudroya le carnet. Il n'arrêtait pas de changer de posture, de plus en plus mal à l'aise.

Beau Gosse plissa les lèvres, comme pour retenir ce qui s'en échapperait.

Marc enfonça le clou :

« Il faut voir ce que c'est que de tuer. C'est pas toujours propre. T'inquiète, ils sont morts rapidement. Ils n'ont même pas dû tilter qu'ils se faisaient couillonner par plus fort qu'eux, tes titans. Il devait être sûr de lui, le mec, pour tirer sur deux paranos en misant sur un sans-faute. Et ils devaient être trop sûrs d'eux, tes potes, pour ne pas voir le coup venir. Franchement, j'aimerais pas que *le mec* m'ait choisi pour cible... »

Le commandant Desprez tapota avec son stylo sur le carnet qu'il avait enfin posé :

« Moi, je redis que tu joues au con avec nous, mais que t'es assez intelligent pour comprendre qui sera le prochain sur la liste à prendre une balle dans la tête. Pas vrai ? »

Souleymane avait beau être la fierté incarnée, il accusait le coup. Il se tassa sur sa chaise.

« Bordel, réveille-toi ! s'énerva Desprez. Tu vois pas que ton putain d'horizon, c'est prison et abattoir ? Et t'appelles ça un horizon, couillon ? »

Il avait frappé du poing sur la table. Par réflexe, Traoré avait sursauté. Il semblait désormais bouder comme un enfant. Il bredouilla :

« Et ça s'est passé... quand... ?

— Du tout frais, juste cette nuit rien que pour toi, cadeau, à croire que ce genre de truc bien dégueulasse a un lien avec ton arrestation », dit Desprez.

Les deux autres policiers hochèrent la tête avec des airs désolés.

Ils le laissèrent mariner dans ses pensées, pour le faire sécher sur pied.

Michel Duchesne brisa le silence :

« Et d'abord, est-ce que notre ami a mangé ce matin ? »

Souleymane Traoré réagit, écœuré. Il balaya la question de sa main restée libre, avec une moue de dégoût. Son œsophage charriait de l'acide à plein régime.

Desprez fit un clin d'œil à Duchesne. Bien joué, pour dénouer une affaire, Duchesne savait même faire l'instrument à cordes. Lui pouvait rester dans son rôle de tortionnaire, l'autre allait basculer dans les bras de l'angélisme.

Souleymane releva la tête. Il avait pris vingt ans d'un coup :

« Et si je parle, j'aurai quoi ?

— Attends, connard, intervint Desprez, tu parles, et c'est NOUS qui décidons, ENSUITE, de ce que t'auras. T'as pas compris, Musclor, de toute façon, t'es niqué. »

Souleymane se tourna vers le commandant Duchesne :

« Il pourrait pas arrêter de m'appeler *connard*, ton roquet ?

— Ah parce que maintenant, *Monsieur* est sensible à la politesse, non mais, je rêve ! Ci-devant Monsieur qui n'a pas deux couilles qui pensent, mais deux montgolfières ! Tu te foutrais pas de la gueule du monde, Ducon ? »

Jo Desprez fit la toupie autour de Souleymane, les nerfs à vif. Il le mitraillait du regard avec des yeux de fou.

Le malfrat prit une profonde inspiration. La sueur lui mordait les yeux. À nouveau, il se tourna vers Duchesne :

« Je veux bien te parler, à toi, mais en off et de toi à moi. Je signerai rien sur PV. Mais si les deux autres restent, je peux t'assurer que je dis rien. »

Duchesne fit signe à Jo et à Marc de les laisser. Jo pensa qu'il avait vraiment la tête du confesseur.

Ils sortirent. La porte claqua et Souleymane resta d'abord rivé une bonne minute sur ses baskets. Elles étaient noires avec des éclairs orange fluo. Quasiment neuves. Un achat récent de toute évidence. On lui avait pris ses lacets. Dur de regarder ses pieds quand on ne peut plus courir.

Le commandant Duchesne se détourna, arracha deux pages dans le carnet de Desprez et les plia en forme de cartes à jouer. Sur l'une d'elles, il écrivit : « 15 = 13 », sur l'autre, « 5 = 3 ». Il leva avec compassion ses yeux bleu-gris vers Souleymane :

« T'as quel âge ?

— Euh... toujours vingt-trois, comme j'ai dit... »

Duchesne fit claquer les deux papiers sous le nez de l'homme, inscriptions au verso :

« Regarde, et tu touches pas aux cartes. À droite, c'est ton score si tu parles. À gauche, ton score si tu persistes à chiquer en masse. Réfléchis bien avant de choisir. À droite, t'as encore la vie devant toi. À gauche, ta gonzesse aura fait deux gosses quand tu sortiras, tes vieux seront encore plus vieux... Tu sais bien que tu as l'âge de tirer encore le maximum de filles, avec ton physique, et de prendre du bon temps si tu freines sur les conneries, mais si tu te prends quinze ans dans la tronche — et quinze ans de taule, Souleymane, je peux te jurer que ça abîme... Et si tu te ramasses du plomb dans la tête dès que tu sors, ça fait un peu fête foraine pour les nuls, l'ami. Je te considère comme tout, sauf un abruti, Souleymane, alors, je te demande juste de les prendre pour réfléchir, ces fameuses trente secondes de ta vie dont parlait mon collègue... D'homme à homme. »

Souleymane se gratta la tête avec sa main contrariée. De temps en temps, il vérifiait que le flic était toujours là et que ce n'était pas un cauchemar. Dès qu'il fermait les yeux, les têtes explosées de ses complices surgissaient. Il se toucha la face avec des gestes nerveux, s'arc-bouta sur sa chaise et inspira bruyamment.

Le commandant Duchesne lui trouva un côté Sisyphe. Les voyous finissaient par tous se ressembler : avec des corps ratatinés par le rocher trop gros qu'ils poussaient.

Alors Souleymane parla. Bas, sans plus jamais regarder Duchesne, comme s'il monologuait avec sa peur et sa conscience et que tout le reste avait disparu. Débit rapide, presque haletant, débit de bête traquée, débit d'un homme qu'un revolver venait de frôler.

Duchesne, chez qui faire sauter les opercules était une seconde nature, réussit à lui faire dire que les clefs ouvraient un box à Aubervilliers, où ils entreposaient avec Sess du matériel pour monter leurs coups. Duchesne hocha la tête, satisfait. Il faudrait perquisitionner le box en menant Souleymane sur les lieux durant sa GAV, pour que le lascar ne puisse pas dire que les policiers avaient semé des objets compromettants, juste pour charger la note.

Et sous les néons blafards, Souleymane lâcha un prénom qui aurait suffi à le rendre livide, un prénom qui n'avait pas de nom : Diego.

CHAPITRE 31

Samedi 9 juillet 2011
10 h 45
Paris X^e, rue Louis-Blanc,
2e District de police judiciaire

Quinze minutes. Cela faisait quinze minutes que ses deux téléphones n'avaient pas sonné et le lieutenant Valparisis leur jetait des regards où l'étonnement combattait la suspicion. D'un geste, il vérifia que son portable n'était pas réglé en mode silencieux. Il n'avait presque pas dormi et doutait de ses réflexes. Son esprit était resté à Aubervilliers, à rôder autour de l'Audi plongée dans l'éternité d'une nuit. Beau Gosse et ses cils de Bambi faisaient aussi des apparitions dans son esprit.

Le box de Sess Sylla et de ses complices avait mérité le détour. Une vraie caverne d'Ali Baba pour flics. La liste ressemblait à une pêche miraculeuse et ce n'était pas tous les jours que le filet était aussi complet : une Audi A6 noire, des jeux de plaques d'immatriculation en doublette parfaite, sur divers départements, un fusil à pompe Mossberg chargé de cartouches Brenneke en calibre 12, un Remington

Colt .45, un revolver de calibre 9 mm à grenaille, revisité pour tirer des cartouches de calibre 32, un pistolet-mitrailleur Intratec modèle TEC 22 Scorpion avec chargeur, un pistolet-mitrailleur MAT 49 en calibre 9 mm parabellum, un fusil de chasse Manufrance crosse et canon sciés, une carabine à répétition de calibre 22 LR avec lunette de visée démontée, deux boîtes de cinquante cartouches de 9 mm, trois boîtes de dix cartouches de calibre 12 Brenneke, un lot de cartouches de différents calibres, un couteau, 25 500 euros en numéraire, un pied-de-biche, trois massettes, des cagoules, des gants, des sweats à capuche intégralement noirs et deux treillis, des vêtements en boule, parades à l'ADN, trois bidons d'essence, deux torches artisanales, des faux papiers d'immatriculation et d'assurance en correspondance avec les plaques, six téléphones portables, dont deux non géolocalisables, un brouilleur de téléphone, six talkies-walkies, un gyrophare, deux gilets pare-balles dont un à forte protection contre les balles à haute vélocité, trois brassards POLICE, des holsters, une paire de menottes — américaines pour brouiller les pistes —, une bombe lacrymogène de type extincteur, un poste radio CB, un ordinateur portable. Pour plaisanter, Valparisis avait décroché un calendrier d'un mur et ajouté : « Et un *Playboy*, s'il vous plaît. » Rien à dire. Mine d'or digne de crapules chevronnées. Souleymane était sorti de la perquisition en prenant du galon.

Les yeux de Marc le brûlaient. Il détestait cette sensation d'avoir le blanc des yeux sec et il ne cessait de vriller sa tête en tous sens pour détendre les muscles de sa nuque. Dans ces moments-là, il se disait que le 2e DPJ manquait sérieusement d'une masseuse. C'était autant utile qu'une imprimante — pourtant moins reconnu d'utilité publique par l'administration.

Teint grisâtre, humeur bileuse mais volonté d'acier. Duchesne, avec l'accord de la hiérarchie, lui avait demandé de mettre le paquet sur le dossier pendant plusieurs jours, eu égard au VMA initial. Avec l'enthousiasme débordant dont il était capable, Marc avait répondu : « Cool. » C'était logique, c'était bien, et surtout, c'était ce qu'il voulait. Pouvoir approfondir, rebondir et se prendre une bonne plongée jusqu'à trouver, les bras et l'esprit enfoncés dans l'affaire, à s'en noyer. Après les déclarations de Souleymane, il était prêt à tirer la langue des indics à la main, jusqu'à la luette, à libérer les cervelles à l'ouvre-boîte ou à faire sauter des têtes les casquettes Lacoste s'il le fallait pour que *ça parle*. Rentrer bredouille était le coïtus interruptus du policier et Valparisis le supportait moins qu'un autre.

Pour le moment, le lieutenant priait les dieux de la guerre « pour qu'une daubasse ne vienne pas le polluer ». La simple idée d'une autre saisine le mettait à cran. Mais bon, il était moins chat noir que Duchesne dont c'était la spécialité, alors... Bien sûr, la Crime du 36 avait la charge de toute la partie procédurale. À enquête distincte, numéro de procédure distinct. Ils avaient quinze jours chauds devant eux et on pouvait compter sur la Crime pour ne laisser aucune porte fermée. La Crime et ses méthodes de bulldozer...

Marc se sentait d'attaque. Il avait envie de se battre, il avait envie de gagner. Il gardait un macchabée de première à la batte de base-ball en travers de la gorge, ce n'était que la première manche et il aurait sa revanche.

Il était dans son bureau, qu'il partageait avec trois autres collègues. Le 2e DPJ n'était pas les Champs-Élysées et l'on devait se battre pour trouver de la place. En même temps, l'exiguïté renforçait l'esprit de groupe. Encore fallait-il accepter l'univers de Valparisis. Autour de lui, une collection de sous-bocks de bières qui couvrait deux murs entiers. Elle allait des colverts rétro de Stella Artois à L'Alsacienne « sans culotte »... qui en portait une sur le dessin, juste pour le marché américain. Au milieu, Valparisis en jeans et chemise blanche Xoos en train de se faire les dents sur l'un des crayons à papier orange fluo de l'administration, une corne de croissant encore devant lui. Les jambes en travers du bureau, sa position favorite pour réfléchir — ou draguer une fille, encore fallait-il qu'il s'en pointe une et une vraie, pas un bouledogue en pantalon avec les cheveux en brosse.

Celle du bureau voisin venait de sortir. Il entendit son pas sec et pensa qu'il n'y avait pas que lui pour être là un samedi. La fille avait oublié d'être sexy — contrairement à l'Alsacienne de Stella Artois. Il faut dire qu'on ne le lui demandait pas, non plus. Mais comme le soulignait Valparisis, *ce n'était pas interdit, non plus...* À sa gauche, un drapeau de la Bolivie en tissu, avec écrit en gros MARIJUANA. On aurait pu se croire aux Stups. Sauf qu'on était au GRB. Déroutant, toujours. Et sur le mur d'en face, une collection d'écussons de police américains et d'anciennes plaques publicitaires avec pin-up. Sa collection de cochons, héritage du 36, avait suivi. Bref, Valparisis avait un bureau atypique. On pouvait y lire sa vie, par bribes — ce qui, au final, n'apprenait rien de fondamental sur lui. Ce flic aurait fait exploser n'importe quelle catégorie.

Le plus surprenant était les lourdes médailles des grands services qu'il posait sur les dossiers de son bureau. Car en plus d'être anticonformiste, il était organisé, ce qui compliquait le tableau. Tout était aligné, classé, avec des associations incompréhensibles comme un caféier à côté d'une casquette du RAID. Mais c'était un sacré flic, un vivace, un tenace, modèle liane grimpante prête à se fixer partout, surtout là où on ne l'attendait pas.

Sa plus grande qualité était aussi son défaut : quand une affaire le tenait, il ne la lâchait pas. L'école de la Crime et de Jo Desprez. Pour tout dire, il avait mis du temps à passer de l'esprit Crime à l'esprit GRB. Son caractère sanguin et instinctif le rapprochait pourtant de l'esprit des braqueurs. Il pouvait les comprendre, les sentir. C'était là l'essentiel : la clientèle du GRB relevait des grands fauves difficilement approchables.

La différence principale étant que, lorsque Marc les arrêtait vivants, Jo Desprez les trouvait refroidis. Le règlement de comptes et son faciès particulier : pas de larmes pour le mort mais intérêt majeur pour l'angle mort — l'invisible main cachée *derrière*. En PJ, et Marc le répétait sans cesse, quand on trouvait le mobile, on était à deux doigts d'avoir le nom de l'assassin. Dans le banditisme, le mobile s'affichait en capitales : l'argent. Il n'avait pas de visage au sens propre puisque c'était une hydre à cent têtes.

Marc avait choisi le GRB parce qu'il voulait faire du braqueur. Pas du dealer ou du proxo casse-croûte qui s'arrache, ni de la jalousie à la sauce sanguine ou du bituricide. Après toute une série de braqueurs opportunistes, des pieds-nickelés de cité qui pilent en scooter devant une bijouterie après avoir joué à la PS3 en laissant les clefs sur l'engin, pistolet à billes du petit frère en main, il sentait qu'il avait à nouveau affaire à des *beaux mecs*.

Pour le moment, le GRB était loin d'avoir brillé avec le braquage à la batte de base-ball. Ils s'étaient fait allumer par la hiérarchie. Normal.

Valparisis voulait sa revanche.

Seconde manche. La sienne.

Au bout d'un quart d'heure, il se rendit compte qu'il avait faim. Il noya son bout de croissant dans un fond de café imbuvable, s'estima heureux de reprendre des forces et comprit qu'il fallait compter sur un second café.

Il se demanda ce qu'il avait oublié. Pourquoi cette satanée affaire de la batte n'avançait pas plus rapidement. Avec un peu de chance, le double flingage redistribuerait les cartes. Et forcément, cela baverait. Au besoin, il faudrait y aller aux forceps pour que la récolte soit bonne et qu'elle confirme les dires de Souleymane.

Le lieutenant Valparisis tapota sur son portable et ses traits gagnèrent en dureté à la lecture du nom qui défila dans la liste : Ken Wood.

Ken Wood, c'était le blaze de sa balance favorite, de son tonton en titre, Bilal Askri.

Il l'avait connu lors d'une GAV. Les GAV étaient des ateliers de confection sur mesure pour la fabrique des indics.

Une seule règle au téléphone avec un tonton : le moins de temps, le moins de mots. Il ne fallait pas insister, ces mecs étaient branchés de partout, en officiel, en administratif ou en sauvage.

Marc Valparisis prit une voix ferme :

« Salut… Ça va ? Bien ? O.K., on peut se voir dans une heure ? »

Non, *de nuit*. De nuit car ce mec ne voulait pas sortir de jour. Bienvenue dans le monde de la paranoïa. Valparisis coupa court au refrain connu :

« C'est bon. 22 heures, même endroit. »

Et il raccrocha après s'être assuré que l'autre avait compris l'horaire.

Les tontons : les relations les plus passionnantes et les plus complexes de la police. De la diplomatie doublée de tactique, compliquées par de l'affectif malgré soi. Pour canaliser le tout, ces drôles d'oiseaux étaient enregistrés sous un code dans un registre électronique, le bureau des sources, et payés en liquide.

Si Bilal ne savait rien, alors, personne ne savait rien. Cette fouine avait la curiosité d'un chapelet de concierges et l'âme d'un mercenaire.

Maintenant, Marc pouvait appeler le commandant Duchesne.

« Michel ?...

— Lui-même et en personne.

— T'es con... Café ?

— Ça marche, je descends dans... allez, tu me donnes cinq minutes, pas plus. »

Marc prit le temps de parcourir les télégrammes reçus.

Une équipe avait fumé un bijoutier pour un butin de 2 500 euros par tête. Minable.

Des individus avaient découpé un toit au couteau-papillon pour descendre à la corde dans des entrepôts de fourrure et de maroquinerie. Acrobatique. Spécialité des Moldaves, baptisés joliment *les monte-en-l'air* par la BRB.

Une tentative de vol à l'aide d'un véhicule-bélier sur un distributeur du boulevard Soult, dans le XIIe. Échec, abandon du véhicule aspergé de poudre d'extincteur, fuite. Pieds-nickelés. Pieds-nickelés. Pieds-nickelés : voilà ce qu'il restait des beaux voyous.

Une camionnette avait été volée avec son fret et son conducteur, braqué. Pas de quoi exciter un scarabée.

Il attendait le moment où il lirait que des mômes de moins de dix ans avaient braqué au pistolet à billes et au gaz lacrymo des crocodiles Haribo. C'était dans l'air du temps, il y avait bien un tordu qui s'amusait à braquer des boulangeries pour leurs viennoiseries.

Il soupira, ferma toutes les fenêtres ouvertes sur son ordinateur, une manie chez lui, fourra son portable dans sa poche et partit à l'assaut de la machine à café. Les couloirs paraissaient déserts le week-end. Duchesne descendait à l'instant. Marc Valparisis ne le rata pas :

« J'y crois pas, on n'a pas encore dormi, on se tape des auditions, et t'as trouvé le moyen de changer de cravate...

— Allez, allez, je crois pas que mes cravates méritent une synthèse. (Il baissa le ton.) Bon, alors, me balade pas : tu as pu joindre *notre ami* ?

— Oui, ce soir, 22 heures. Je vais le tromblonner.

— 22 heures ?... Il n'avait pas plus tôt, ta belle de nuit ? Tu me tiens au courant. En attendant, ce serait bien de revoir la scène du flingage de jour. On n'a jamais la même perception. Quelle heure est-il, là ?

— 11 h 18.

— Bon... Trois cafés, une petite vitamine C et tu te retapes un tour à Auber' ? Sinon, je te la fais courte : j'ai eu Jo au téléphone pour la gazette du 36 et ses dernières nouvelles. Letdaï, notre chère directrice de l'IML, nous fait une fleur et ça, c'est tous les 36 du mois, prière à Notre-Dame, Marc... Ils pratiquent l'autopsie des deux saints dans la matinée. Elle en chope un et le docteur Tacou, son directeur adjoint, se serait bien coltiné le deuxième mais il est parti cueillir les petits pois dans sa maison de campagne. Ce sera le docteur Laurent Gosset qui s'y collera. Côté IJ, y a un bataillon de traces à exploiter et Dino...

— Dino ?

— Le mec mal rasé qui sourit tout le temps. Il rendra compte directement à Jo. On peut compter sur lui pour ne rien lâcher... Attends, j'ai pas fini et c'est pas la peine de me bâiller sous le nez, flic de mes deux. Jo a rappelé la priorité sur le numéro de téléphone et le numéro d'écrou de l'Audi avec identification à la clef. Ils vont comme d'hab' faire parler les téléphones et les cartes bleues, gratter autour des clefs et tenter de loger les deux clients. Quand je te dis que c'est un job, la police...

— C'est à moi que tu dis ça ? Et tu m'avertis si je peux en placer une...

— Arrête de faire ta salope... C'est moi le chef. Écoute : Jo a déclaré qu'on pouvait s'associer à l'enquête de voisinage et je veux que tu traînes ton groin là-dedans. Je sais qu'on n'est pas en plein centre-ville, mais qui dit entrepôts dit vigiles et y a toujours des traînes-lattes à dégoter, des SDF... Et comme tu ferais parler un platane avec ta verve du Sud...

— On va marcher sur les plates-bandes du commissariat d'Aubervilliers...

— Ah, on y vient... Je te l'accorde, mais vu l'intérêt du 2 pour le dossier, on a les coudées franches. On avait déjà fait ses urines, à Sess Sylla ?

— Oui, lors du VMA, on s'était réparti avec la Crime et on avait brassé. STIC, FT[1], le fichier de la

---

1. Fichiers de travail.

BSP[1], les BAC locales... Pas de révélation majeure. Connu pour quinze faits. Je te cite le *best of* : dégradations, outrages, vols avec arme, vol avec violence, séquestration, association de malfaiteurs, tentative de meurtre, violences sur AFP[2], acquisition illégale d'armes et d'explosifs, recels en bande organisée, menaces d'atteinte aux personnes sous condition, violences volontaires avec armes à feu et trafic de véhicules volés...

— Quelqu'un a pensé à demander à la DCRI[3] s'il était proche des salafistes[4] ?

— Euh... non, je crois pas, faut que je vérifie...

— Bon, concentre-toi pour le moment sur les tuyaux... Essaie quand même d'aller faire une sieste dans l'après-midi, ça ne sert à rien de revenir. Reste sur ton objectif, les rumeurs devraient sortir comme les lombrics après la pluie. Même tard, tu m'envoies un SMS sur mon portable si tu as du nouveau. »

Avec ces dernières paroles, Michel Duchesne s'approcha du distributeur de boissons et enclencha la touche chocolat chaud. Il lissa sa cravate et claqua des talons en attendant la descente du gobelet.

« T'es chat noir même avec les machines, toi ? Tiens, je parie que tu plantes CHEOPS[5], rien qu'en regardant l'écran ! » dit Valparisis.

Duchesne ignora la remarque. Il s'apprêtait à parler du pied au distributeur, il était habitué maintenant, quand Marc Valparisis l'arrêta pour enfoncer

---

1. Brigade des stupéfiants de Paris.
2. Agent de la force publique.
3. Direction centrale du renseignement intérieur.
4. Frange dure des islamistes.
5. Circulation hiérarchisée des enregistrements opérationnels de la police sécurisée. Portail d'accès aux applications de la police.

à son tour la touche lumineuse. Le faible éclairage du couloir accusait la fatigue sur leurs visages.

Le gobelet descendit, odeur poudreuse de cacao à l'appui.

« Tiens, je te file ton plâtre au chocolat. Et tu vois que c'est pas la cravate qui fait l'élégance. »

Ils burent en se brûlant les lèvres. Marc sentit l'appel du terrain fourmiller dans ses mains. Un flic avec son indic restait un flic en chasse.

Duchesne releva la nervosité de Valparisis. Il y avait dans son regard une fièvre qu'il connaissait :

« Conseil d'ami et tu le sais, ne te pousse pas dans tes limites non plus, Marc... Et je te rappelle que dans l'idéal, c'est mieux d'aller le voir à deux, ton Ken Wood...

— *Et je te rappelle* que l'idéal, on s'en branle, parce que dans les faits, à deux, ça ne donne rien, strictement rien. »

Marc eut un rire bref, hésita à étoffer, puis secoua la tête comme pour chasser ses pensées. Il avait de beaux cheveux, blonds cendrés, plus courts sur les côtés, qui commençaient à grisonner. Courte frange dégradée, sourcils discrets, mâchoire carrée. Mais c'était son sourire qui mettait toutes les femmes d'accord.

Valparisis marqua un panier en jetant son gobelet. Au bout du couloir, il se retourna et sa chemise blanche perça l'ombre :

« T'inquiète. Je suis zen, moi : je suis tellement zen que je marche sur l'eau. »

Et il fit semblant d'avancer sur un fil en écartant les bras.

Le commandant Duchesne le regarda disparaître. Il souriait.

Retourné à son bureau, Marc se jeta dans son fauteuil, chassa un vertige et repensa aux fichiers. Il restait une carte qu'il n'avait pas jouée. Un peu limite, un peu acrobatique, mais il fallait tenter. L'excitation monta — il avait besoin de détails et un bon flic ne les attendait pas dans son fauteuil. La soif de savoir fit grimper la frustration.

Travaillant sur son secteur et ses propres tuyaux, il n'avait pas pensé à piocher ailleurs. Normal, plus un réflexe DCPJ[1] que PP[2]. Chacun ses habitudes. Comprendre qui gravite autour des malfrats était une priorité et Marc avait pensé à un fichier où les surveillances étaient versées. Sess et Moussa pesaient lourd : ils ne pouvaient qu'avoir été la cible de surveillances et de recherches sur leur environnement et leurs relations. Que du beau monde à gagner et peut-être même des photographies à gratter. Sauf que ce fichier servait aussi à inscrire les objectifs sur lesquels les services travaillaient pour se les réserver. Chasse gardée.

Il fallait tenter.

Seul souci : le lieutenant n'avait pas accès à ce fichier.

Nouveau regard à son portable, nouveau défilé.

Capitaine Benoît Tesson, brigade de répression du banditisme. À tout hasard, il tenta le fixe.

Appel.

Il se leva, gagna en trois enjambées la porte de son bureau pour la fermer :

« Benoît ? C'est Marc. Un petit truc à te demander. Ça va ? Nickel ?... Toi aussi t'es au taf ? T'es de permanence ?... Ça tombe bien... Je peux te parler tran-

---

1. Direction centrale de la police judiciaire.
2. Préfecture de police.

quille ?... Bon, tu me fais toujours confiance ? Alors rends-moi service et ce sera à charge de revanche, O.K. ? J'ai besoin que tu ouvres le FBS[1] pour moi... Ouais, je sais que ça laisse des traces, mais c'est *vraiment* important et au 2, pas d'accès. Je te balance le blaze du 5 max (il appelait ainsi les cadavres de l'IML, à cause de leur température de conservation) : Sess Sylla... Exact, c'est lui... Sierra, Yankee, Lima deux fois, Alpha. T'es sûr que t'es à l'aise, là ? Tout m'intéresse, ses relations, son historique, ses liens, adresses, maîtresses, ses contacts, tout... »

Au bout, Valparisis imagina la forte carrure de Tesson et les efforts qu'il fournissait pour parler bas. Le lieutenant tiqua :

« C'est vous qui l'aviez mis en sensible ? Ah... Eh bien, va falloir partager ton os, gros, maintenant qu'il est mort. Je t'écoute. »

Partager : le mot le moins évident entre services de police. Et pour seul levier : une amitié solide, des coups durs vécus ensemble, sur lesquels Valparisis misa.

Défilé d'informations connues. Marc Valparisis se concentra sur chaque mot qui tombait, crayon à papier fluo en l'air, prêt à griffonner. Au rythme plus soutenu de son écriture, on sentait que les détails commençaient à lui plaire.

« Attends, attends, pas si vite, l'ami, répète-moi ce que tu viens de dire. »

Au bout, le capitaine Tesson baissa la voix :

« Il a intéressé plusieurs services, pas étonnant avec son calibre. On a des hits de la BRI PP et de la BRI Versailles qui ont consulté. SYLLA a été soupçonné dernièrement dans une affaire de vol de Porsche

---

1. Fichier des brigades spécialisées.

Cayenne à Conflans-Sainte-Honorine avec KEITA et un autre complice, Souleymane TRAORÉ. Un informateur a lâché qu'il avait été en contact avec un quatrième comparse. On a le blaze mais pas l'identité : SCORE ou un truc du genre. Le mec n'en savait pas plus. On aurait pu le traire qu'on en serait restés là.

— Un quatrième... »

Valparisis fouillait dans ses souvenirs et révisa mentalement son cahier de crânes.

« Après, j'ai plus intéressant...

— Je t'écoute.

— Les interceptions téléphoniques font apparaître une pièce apparemment maîtresse, désignée uniquement par son surnom : LE SPANISH. »

Valparisis arqua les sourcils et écrasa la mine sur son carnet :

« Quoi ? Quoi ?... Attends, répète ! »

Il avait écrit à la hâte sur la page de son carnet, en gros, encadré :

Relations connues non identifiées : LE SPANISH *ou* SPANISH.

Cela flairait bon. L'instinct du chasseur se réveilla.

Du neuf, il avait enfin du neuf, des pièces qui s'imbriquaient.

Le Spanish ? Cela collait avec un prénom comme Diego.

« Attends, je t'arrête, comment il est apparu dans le fichier, l'Espingo ? Dans quel cadre précis ? Spanish, c'est pour quoi ? Son accent ? Son nom ? Son apparence ? T'aurais pas une photo de surveillance, un truc à se mettre sous la dent... »

De l'autre côté, le commandant Tesson répondit tout en relisant à l'écran, avec un léger décalage :

« On l'entend jamais en personne sur les intercep-

tions. Mais je te livre le plus intéressant, Marco : Sylla fonctionnait avec des équipes à tiroirs et ses sbires sont tous blacks pour ce qu'on sait. Tu piges ? Malgré leur principe de précaution, leur méfiance face aux Blancs, ils mentionnent le Spanish sur des affaires sensibles comme un important braquage de palettes de tabac ou un DAB au cadre explosif sur la poste d'Aubervilliers pour lequel on n'a pu l'accrocher. Je peux pas t'en dire plus. C'est incroyable mais il a l'air de passer à travers toutes les mailles, invisible, le Spanish...
— À travers les mailles ? Et même de la BRB ? Attends, me dis pas que vous n'avez même pas été foutus d'identifier une pointure dans l'entourage ? Quand on fait un environnement, on fait tout le monde, non ?
— T'es pas encore en position de te la ramener, Marc... En cherchant bien, j'ai une photo de surveillance à te passer où on voit Sess Sylla sortir d'un bar d'Aubervilliers, Le Mille et Un Jours, avec un lascar indéterminé qu'on pense être le Spanish. Simple hypothèse. Compte pas le rebecter jusqu'à pouvoir le dessiner, c'était de nuit avec des contrastes pourris, mais t'auras une idée du gabarit. On a toutes les raisons de penser que c'est lui, le Spanish... Mais c'est propriété privée des bras cassés...
— Envoie ! Pas besoin que ce soit net comme une perle pour me faire une idée... Benoît, t'es cool, je t'ouvre ma permanence 24 heures sur 24. Filière champagne au rabais pour tes festivités, sapin de Noël à prix sacrifiés, pour la galette des rois, je peux rien faire mais je te refile ma maîtresse si j'en ai marre de lui casser les pattes arrière... Mais non, je déconne, tu connais ma délicatesse légendaire. Je suis connais-

seur, pas collectionneur... À plus, pépère, je te le revaudrai. Et je suis la carpe la plus muette du bassin de la Villette, t'inquiète. »

Marc raccrocha. Il fallait qu'il bouge.

Avant de partir, il avisa Xavier Cavalier, son chef de groupe.

Puis il sauta sur sa veste, tâta une poche à la recherche des clefs et dévala les escaliers. Il passa la descente à taper son paquet de cigarettes contre la rambarde.

Arrivé en bas, la voiture refusa de démarrer. Valparisis jura comme un charretier. Il en avait marre des caisses à savon de la police. Les filles marquaient toujours un temps de surprise quand elles découvraient sa Ford Fiesta où il rangeait à peine ses jambes. Elles s'attendaient sans doute à le voir avec la Peugeot 407 des hauts fonctionnaires du 36 ou une Subaru des gendarmes. Vingt insultes et la voiture démarra.

Direction Aubervilliers.

Il baissa la vitre pour sortir un coude et tirer sur sa cigarette en observant les gens. Rien que pour cette raison, il aimait rouler.

Aux feux rouges, il chercha du regard les plus belles paires de jambes de Paris.

Il dépassa Stalingrad, faillit continuer sur l'avenue de Flandre, se ravisa pour braquer à droite quai de la Seine et longer le bassin de la Villette, pour rejoindre après le canal de l'Ourcq. Histoire de réviser l'épisode de la batte de base-ball. Arrivé au croisement de la rue Riquet, il se rangea devant Le Bellerive. Dans sa tête, impossible de chasser une nuée d'aboiements. Ni le sang, le sang que seule une interpellation sait laver.

Valparisis pensa en lui-même :

« Je ne sais pas qui tu es, le Spanish, mais toi, tu ne vas pas tarder à apprendre à me connaître. »

Le ciel était gris béton. Il sentit un vent frais sur son bras et calcula que dans moins de dix minutes, il serait bon pour une averse. Ses poils se hérissèrent — l'air humide, comme les femmes, le rendait sensible. Il passa une série d'appels tous plus brefs les uns que les autres. Puis il alluma la radio. Le Tour de France attaquait la moyenne montagne et l'étape finissait à Super-Besse. Bien plus important pour Valparisis que l'affaire DSK. Il tendit l'oreille et pendant une minute, il fut transplanté de Paris à l'Auvergne. Il grimpa avec les coureurs.

Brusquement, un Vélib quitta la piste cyclable au bout du quai de la Seine et frôla sa tôle. Valparisis sortit la tête et s'emporta :

« Achète au moins un vrai vélo, connard ! »

La vue du square de la place de Bitche, en face de l'église Saint-Jacques-Saint-Christophe de la Villette, le calma. S'énerver jurait avec les deux coupoles vert-de-gris du bon Dieu. Une jolie fille traversa, et le kiosque à musique rappela à Marc celui des amoureux de Peynet.

Il sourit, elle répondit à son sourire et ce fut tout à coup une belle journée, même la pluie s'éloignait.

Face au pont levant de la rue de Crimée, il tourna. D'un côté, le canal de l'Ourcq et de l'autre, défilé des plus beaux graffs de Paris. Valparisis pensa soudain au commissaire Barthez. Mieux valait l'appeler sur-le-champ. Valparisis composa le numéro du commissaire d'Aubervilliers. Il passerait le voir quand il saturerait de la scène de crime.

« Manuel, c'est Marc Valparisis du 2. Ça va ?... Je vous dérange une seconde pour vous dire que je retourne traîner du côté de l'Audi mais après, je passerais bien vous voir cinq minutes... Je suppose que c'est sandwich dans le meilleur des cas, ce midi ?... Ouais, moi, c'est clope sur clope et ça devrait suffire... Le coup dans le ventre, ça va mieux ? Malgré l'ITT, vous ne vous êtes pas arrêté ? C'est pas sérieux, commissaire... Je vous appelle quand je m'arrache des lieux. »

Barthez avait l'air stressé et débordé. Valparisis l'aurait parié. Il raccrocha, tandis qu'il forçait le passage au niveau du canal Saint-Denis. Les voitures se tamponnaient jusqu'à Aubervilliers. Autour, des pelleteuses prêtes à mordre, des trottoirs défoncés et des barrières de chantier.

L'histoire du Spanish tournait en boucle. Il aurait déjà voulu être le soir. Il fallait éclairer chaque recoin, épuiser la moindre piste, même la plus anodine. Sinon, autant rentrer chez lui. Ce qui donnait du sens à son travail n'avait pas d'étoile de shérif. Il le répétait souvent : « Si on part du principe que le mec est infaillible, on ne fait pas ce métier. »

L'erreur. Où était l'erreur ?

Parce que le voyou *allait* faire une erreur. Traquer les braqueurs revenait à exceller en puzzles et recoupements. Valparisis rassembla mentalement ses pièces. Il avait toujours eu du penchant pour les puzzles. Gamin, son préféré était une forêt avec de grands chênes en automne. Que de l'orange à perte de vue, avec quelques touches de jaune et de vert pour ne pas lâcher. Un jour, il le finirait.

Premier braquage : lundi 27 juin, Sess Sylla tape un buraliste, il le sèche sur place à la batte de base-ball. Avec lui, sur le TMax, un individu non identifié. Peut-être Moussa. Plus rigoureux de penser : Sess Sylla + X. Deuxième étape : dans la nuit du mercredi 6 au jeudi 7 juillet, Souleymane Traoré, beau stické, lieutenant de

Moussa, se fait pincer par la BAC d'Aubervilliers. Troisième étape : la nuit du jeudi 7, Sess Sylla et Moussa se font fumer par un deuxième inconnu, Y, qui serait le fameux Diego.

Valparisis n'avait qu'une certitude : en matière policière, les coïncidences sont suspectes. Quant au hasard, on ne pouvait lui faire confiance.

Ne restait plus que la Providence pour aider à la pêche au gros.

En clair, la Providence n'avait pour Valparisis qu'un seul nom : l'obstination.

CHAPITRE 32

Samedi 9 juillet 2011
11 h 03
Aubervilliers, carrefour des Quatre-Chemins

Trois minutes de retard : Yacine est arrivé dans une bagnole que je n'aurais pas même sortie pour aller à Carrouf. Blanche comme la colombe de la paix. J'en avais marre de passer ma vie à attendre des blaireaux. Même trois minutes, ça m'électrisait les nerfs. On s'était donné rendez-vous au carrefour des Quatre-Chemins. Il s'est garé sur une place livraison. De toute façon, dans ce quartier, les places n'existaient pas, que le bordel. J'ai signé le trottoir de mon ADN, un beau crachat comme une supernova, puis j'ai sauté dans la voiture. C'était spongieux à souhait, le genre de siège qui vous rend mou d'un coup — fallait assumer le côté bouffon et je voulais même pas connaître le nom du cercueil roulant.

Yacine avait de nouvelles lunettes de soleil et je n'ai pas vu son regard. Impossible de savoir s'il me jaugeait ou pas et s'il flairait l'embrouille.

J'ai attaqué dare-dare en posant un bras sur son appui-tête :

« T'avais laissé la Merco 300 SL au garage ? Ah non... Laisse-moi deviner, gros : ça y est... J'y suis... Tu luttes contre la surconsommation d'essence ? Ou attends, c'est la maison de retraite des Vieux Fresnes qui liquidait son stock d'occases, hein ?... C'est ça, bolosse, pas vrai ? »

Si Archi avait été là, il aurait tout de suite senti que ça sonnait faux. Que je repeignais la façade pour paraître détendu mais qu'en dessous, j'étais une pile électrique. J'ai eu peur d'en faire trop et je me suis vissé la casquette sur la tête en m'enfonçant au fond du siège. Mes tempes pulsaient et je me demandais comment je tenais encore debout. Tout se mêlait : les coups de calibre, le feu, le manque de sommeil, la cordillière des Andes de la joue de Sess à la lumière du plafonnier. Le diamant de Moussa à l'oreille. La musique vomie par la voiture-tombeau.

Et la nuit, la nuit qui excusait tout parce que au fond, plus rien n'était réel.

Direction l'A86. Les doigts de Yacine tapotaient le levier de vitesses. Tac, tac, tac. Et dans ma tête résonnait : tac, tac, tac. J'étais à cran et j'aurais pu à nouveau tuer rien que pour faire cesser ce tac-tac. Des tonnes d'efforts pour cacher mon supplice et ne pas lever de soupçons. Tac, tac, tac. Les paroles me venaient avec un temps de retard : « Ça va, ma gueule ? » Tac, tac, tac. « Tu m'écoutes quand j'pénave[1], Diego, sur la tête de ma mère ? » Je hochais la tête à tout ce que disait Yacine. Tac, tac, tac. « Cousin, y a des patates d'enfer à se faire à Drancy Avenir, c'est de la boulette, mec, et c'est moi qui te le dis, sur la vie de ma mère. » Tac, tac, tac. Puis les paroles se sont éloignées. Peut-

---

1. « Quand je parle. »

être que Yacine ne parlait plus. Moi, j'ai pensé : « Ferme ta bouche », je me suis mis en mode économie d'énergie et j'ai regardé défiler le trajet. Sur les bas-côtés, la répétition agressive de plaques emboîtées, allure de ruche bétonnée, la décadence.

Au bord de l'épilepsie, j'ai fermé les yeux pour les rouvrir au niveau de la cité des 4 000. C'était triste à mourir. Mais mourir pour de bon. Je connaissais bien. 4 000 à cause des 4 000 logements. Si on multipliait par trois à quatre personnes par foyer, on obtenait le nombre de désœuvrés. 12 000 à 16 000 têtes d'écran qui bouffent de la télé à longueur de journée, flippés par les guerres, frustrés par les mirages à dose létale de la jet-set. Alors, si tu déboules bien sapé avec une belle caisse, des filles, de l'argent et une montre chicos, t'es le roi. Jackpot. Le roi de 16 000 personnes à qui tu montres que tu peux naître dans le gris béton et palper de l'or. Ils y croyaient plus vite qu'à la religion. Celle de l'argent a ravagé les cités.

Je jette la pierre à personne. Pour créer le ciel, faut juste que l'enfer soit sur terre.

À 90 kilomètres-heure avec cette caisse, on lui soutirait tout ce qu'elle avait dans le ventre. On risquait pas de se faire flasher. Y avait pas de quoi attirer l'attention et c'était fait pour. Mais j'enrageais quand même. Entre la charrette et le fauteuil roulant, y avait notre calèche. Je nous ai imaginés en Lamborghini Gallardo LP 560 — la concurrente de Ferrari — celle du clip de Booba *Bakel City Gang*. La pure caisse de gangstas, mauvais genre à mort, preuve que le vulgaire peut être classe. Puis j'ai entendu le bruit poussif du moteur, ça a tout cassé net et la Lamborghini s'est barrée dans ma tête.

Sous ma casquette, j'ai baissé la garde, bercé par

les yeux de feu des voitures dans le tunnel de La Courneuve. Ma tête me projetait des diapositives. Au milieu des images de zombies de Sess et de Moussa, Adriana. Elle fait l'équilibriste sur la rambarde du barrage de Rialb et Archi hurle au fond. Elle doit avoir huit ans. Je me rappelle l'âge, car on avait perdu nos parents pas longtemps avant. J'entends plus le cri de mon frère. En fait, je ne vois que l'image. Adriana paraît mue par un fil invisible et là, je réalise combien je tiens à elle. Je voulais pas qu'elle tombe, je tenais à sa vie, encore plus qu'à la mienne.

Elle me manquait. Plus j'angoissais, plus elle me manquait. Je ne prenais pas assez le temps d'aller lui parler. Parfois, trois semaines filaient... Fallait pas croire, je m'inquiétais souvent pour elle. J'avais promis d'aller voir son prochain numéro et je tiendrais parole. La parole était en moi la racine la plus profonde. Quand je croyais plus en rien, mes promesses me rassuraient.

Je passerais chez elle dès ce soir, après une sieste. Au pire, dans les jours à venir.

J'ai chassé le sang de mes pensées et décidé d'une trêve avec ma tête. On arrivait aux voies ferrées et le rond-point n'était plus loin. D'un coup, j'ai vu une voiture royco, du bleu blanc rouge de merde avec des culs-de-jatte en tenue. Coup de flux. Je me suis tassé au fond du siège, détendu jusqu'au mensonge :

« Les bleus, c'est des amateurs. Deuxième à droite, mon frère, Drancy Avenir parisien. »

Yacine a regardé devant lui comme s'il allait rendre visite à sa grand-mère — à l'hôpital franco-musulman Avicenne. Il en fallait beaucoup pour stresser Yacine. On se rapprochait de l'entrée au style mauresque. On a continué tout droit en guettant les rétroviseurs.

J'étais calmé de voir les bleus disparaître, même si je n'ai rien montré. Dès que je vois la flicaille, mon cœur passe à 120. Et ce matin, il devait battre des scores. Il fallait que je me surveille, je n'étais pas dans un état normal. Puis Yacine a tourné devant la station-service Carrefour et s'est garé entre les tilleuls. Plus citoyen que lui tu mourrais, il mettait même le clignotant. Je lui ai dit :

« Yacine, t'es au poil pour passer le permis, gremlin. Respect. »

J'ai tourné la tête vers lui et même derrière ses lunettes de soleil, j'ai senti qu'il bloquait sur un détail :

« Hé, Yacine ! Y a un blème, gros ?

— Mate les trois narvalos à gauche... Discretos. »

À gauche, effectivement, trois jeunes qui n'ont pas l'air de réviser la liste des courses.

« Inconnus... Des pélos de Marcel-Cachin ou de Jules-Auffrey, peut-être... Des jeunes pousses... Tu crois quand même pas que...

— C'est clair qu'ils vont pas à l'usine, ces têtes cramées, coupa Yacine.

— Baisse la musique, mec. »

Ils écoutaient du rap à faire saigner les tympans.

« Calme. Moi, je dis qu'ils n'écouteraient pas si fort s'ils tramaient du lourd... Ils seraient pas cons au point de se faire remarquer à ce point. Laisse couler. On les garde à l'œil, on repère plutôt les caméras et les sorties, et on cale le trajet. »

Je me suis retrouvé dans mon élément. Observer, repérer, décider. Et du flouze à la clef, de quoi me motiver. Du coup, j'ai eu envie d'un café. Ce serait pour plus tard. J'aimais pas m'envoyer un café dans des centres commerciaux, ça me donnait le cafard. J'ai pris le temps de disséquer le parking. Ici, tout avait l'air faux. Les parcs à chariots droit sortis d'une dînette, les lettres pharaoniques du centre Avenir avec ce V qui se prenait pour une mouette. V comme Victoire. Mon cul, victoire du néant, oui. Et dessous : La Vie en rose. Je jure qu'il y a écrit *La Vie en rose*. On aurait rasé le centre que personne n'aurait pleuré. Parfois je voudrais un dinosaure qui vienne tout écraser. Genre sauroposéidon-qui-fait-soixante-tonnes — encore une référence de Yacine qui est fou de documentaires animaliers.

On est sortis de la voiture, casquettes baissées. En attendant la fin du monde, j'ai fumé une cigarette.

J'avais briefé Yacine pour qu'il mette les fringues les plus déprimantes de la Création. Je le voyais déjà arriver en tee-shirt avec écrit en gros gothique ÜNKUT et ses pompes en croco. C'est bête mais je connaissais un petit qui s'était fait péter par la BRB. Il montait au braquo, toujours avec son haut préféré. Il n'en avait qu'un et il l'aimait. Ce genre de connerie mène direct au comico[1]...

Sans un geste, j'ai soufflé à Yacine :

« Là-haut, au-dessus du Quick, y a deux caméras de surveillance.

— Ça rentre dans le disque dur, *godfather*. »

On s'est approchés du Pizza Hut. Des minots de la cité d'à côté étaient rassemblés autour d'un type, visiblement un homme de religion — en tunique *dishdash* dixit Yacine et chapeau blanc musulman de prière. J'ai tendu l'oreille. Le mec leur prêchait la bonne parole. J'ai mimé les gosses avec Yacine en me plantant là pour me donner le temps d'étudier les allées et venues avec un alibi en or. Le vent apportait les vagues :

---

1. « Au commissariat. »

« Allah, il a fait quoi, Allah ? Il a créé les pommes, les poires, les fraises. Allah, il a créé les Arabes, les Portugais, les Français, les Chinois... Pourquoi il a fait ça ? (Il se rapprocha des jeunes et leur laissa le temps de réfléchir.) Pour qu'on se lasse pas de la vie ! S'il y a que des rebeus, t'en as marre, cousin. S'il y a que des pommes, t'en as marre. Et Allah il a dit, Y A PAS DE DIFFÉRENCE. Que t'ait un site, du fric, il s'en fout... Le meilleur d'entre vous, c'est celui qui aura la meilleure foi, qui fera les meilleures actions. Et là, Y A PAS DE THÉÂTRE. »

Il arrivait à tenir son assistance. La religion musulmane était la religion de quartier, ici. Une religion de proximité qui avait plus réussi que la police.

À force de faire tournoyer ses bras dans les airs, ce type m'hypnotisait. J'étais en train de me demander par où on partirait — derrière se trouvait un second parking — quand il a continué :

« Tes yeux, tu vas regarder que des trucs bien : tu vas pas regarder des trucs porno, des trucs *harām*. Tes oreilles, tu vas pas écouter les médisances. Tes jambes, tu vas pas aller au PMU, hein ? Au tiercé, tiens, au tiercé, ou en boîte de nuit... Naaaan. Avec ta bouche, cousin, tu vas dire que des bonnes choses. Mais attention, cousin, tout est étudié pour que tu sois pas comme ça. Une heure et demie de film américain et t'as tous les péchés ! D'accord ou non ? Il prend ton âme pendant une heure et demie, le film. Avec l'islam, tu protèges ton âme, sinon tu risques de tomber en panne. (Il rit comme un enfant.) C'est un poème, mon frère... T'as compris tout ça ? »

J'ai fait signe à Yacine qu'on y allait et, en partant, je me suis retenu de dire au mec pétri de bonnes intentions qu'il devrait pas acheter des baskets Nike aux Américains. Yacine a eu peur que j'intervienne et il s'est penché vers moi :

« Il gagne ses *Hassanat*…

— C'est quoi, ses hassanuts, Yacine ?

— *Hassanat*, gros. Ses bonnes actions pour accéder au paradis. Ses bons points, si tu veux. »

J'ai craché par terre, tiré une dernière bouffée puis écrasé ma cigarette :

« Allez, viens, Garcimore, nous, on va cultiver nos bonnes relations avec l'enfer. »

On est rentrés par la porte 2. Défilé de boutiques qui vendent leur vie jetable. Ça me dégoûtait encore plus que nos vies. Au final, c'était justice que de braquer ces voleurs. On a marché entre les zombies. Yacine a voulu s'acheter un Coca. J'ai écarquillé les yeux :

« Putain, Yacine, t'es malade, tu vas pas leur donner 2 € à ces hyènes ! 2 € : 13,11 francs, Yacine, pour une cannette ! C'est du vol à main armée, gros ! Laisse bét' et je t'interdis de filer 2 € à ces malades. C'est vraiment des enculés d'écrire *2 € seulement*. Putains de bâtards de voleurs… »

Yacine avait toujours l'air de regretter sa cannette. Mon attention cherchait une cible et je mitraillais du regard tout ce qui bougeait à 360°. Soudain, j'ai tiré Yacine par le dos du tee-shirt et ajouté, clin d'œil à l'appui :

« Hé, bulldozer, j'ai trouvé ce qu'on va faire pour se défouler. »

Droit devant moi s'agitait le rêve ultime. Quatre automates — trois animaux et une voiture — rutilaient sous les spots avec des sons en direct de Saturne.

« On y va, Yacine ! On monte sur le cheval et l'éléphant et on mate à fond : la planque absolue…

— T'es ouf', toi, ou bien ?

— Mais non, arrête ta tchatche, et puis t'adore les bêtes... Allez, viens, fais pas l'adulte, gros ! »

Et je l'ai traîné sur les animaux. Lui sur l'éléphant, moi sur le cheval. La dernière fois devait remonter à au moins trois ans, au manège du centre Créteil Soleil. C'était avec Adriana et Archi. J'avais sauté avec Archi dans un petit avion biplace bleu ciel et Adriana dans un camion vert, en face du Darty. On avait juste eu le temps d'un tour avant de se faire virer par la sécurité tellement on déconnait.

Pour le coup, j'ai fermé l'œil sur mes deux pièces d'un euro glissées dans la fente.

L'éléphant et le cheval ont commencé leur rodéo. Je riais tout mon saoul en pensant à Archi. Il aurait adoré. J'en profitais pour prendre le pouls du centre commercial. Je godillais à cœur joie sur l'idée du braquage. Le déroulé prenait corps dans ma tête, je retrouvais mon mordant. J'avais envie de retaper, juste pour l'adrénaline. J'ai imaginé Dieu le Père en train de me regarder au milieu des gamins, perché sur un éléphant avec un Sig Sauer P 226 Navy Seal bien rodé niché dans le dos, et je me demandais ce qu'il en pensait. Chaque garçon de la Création naît pourtant avec un pistolet à billes. J'avais tiré cinq cents cartouches en forêt pour roder le Sig. C'était ce qu'il fallait.

J'avais beau faire le débile, je réglais des milliers de détails. Yacine a dû le sentir parce qu'il s'est déridé, juste au moment où la sécurité s'est encore pointée. C'est une manie dans ce pays. On ne peut pas s'offrir un tour de manège tranquille. J'ai fait signe à Yacine de se lever et de quitter Saturne. Les deux types ont grogné pour la forme mais je crois qu'on leur a donné l'occasion de rire. Il faut dire qu'ils passent leur journée à reluquer les mères des gosses alors c'était pas nous qui allions les déconcentrer...

On a continué à tourner comme pour se remplir les caddies. Le sol était en marbre, je trouvais ça grandiloquent pour vendre leurs saloperies. Au passage, on repérait les bijouteries. C'était déjà la quatrième qu'on croisait, à croire qu'elles le faisaient exprès de s'afficher en vitrine comme les filles d'Amsterdam. L'avantage des bijs dans les centres commerciaux, c'est l'absence de sas. Pas besoin du coup du livreur ou de l'ouvreuse. La vraie bonne occase. Je me voyais déjà avec une massette. Archi aussi aimait tout ce qui brille, il me lâcherait pas.

On est arrivés devant la banque Carrefour Finances. Mais on n'allait pas tourner comme des vautours. J'ai dit à Yacine :

« Minute, gonze, on passe à Carrouf donner du flouze aux capitalistes. »

Sept minutes après, on était de retour devant la banque. Mais avec des Magnum — les glaces. J'ai résisté face aux murailles des bières. Deux mecs qui palabrent devant une banque attireront toujours l'attention. Pas des péquins moyens qui mangent des glaces. C'était l'atout sympathie. J'ai repensé au tarot : un peu comme l'Excuse. Je traîne, je suis là, je m'arrête mais désolé, j'ai une glace et je ne vais pas en mettre partout sur vos belles dalles de marbre. Et puis en mangeant une glace, on baisse naturellement la tête sous sa casquette. Si par malheur les employées arrêtent de discuter de leurs congés et se demandent ce qu'on branle, elles diront : « Qu'est-ce qu'ils foutent, les deux pingouins, là-bas ? » et l'une répondra : « Ben, ils mangent des glaces, ils ont raison avec cette chaleur. »

Mieux vaut avoir l'air touriste que braqueur.

Pendant que le froid me vrillait les gencives — le côté négatif — et me réveillait — le versant positif —, je me demandais si on repartirait par l'entrée ou par les combles. La réponse était les combles.

En rattrapant un bout d'amande glacée qui se barrait, j'ai murmuré à Yacine :

« Au moins, pas besoin d'arme longue ni d'explosifs. Une arme de poing suffira, vu qu'on sera en petit comité avec notre pote le dabiste et que, contrairement aux transporteurs, il n'est pas armé... Parce qu'on va pas se faire une banquette et braquer Josette au guichet, hein, on est bien d'accord ?

— Sûr...

— Allez, lèche-toi les doigts, et va demander à Josette si elle sera ouverte le jeudi 14 juillet. Comme on a dit, ça roule ? »

Il venait de finir son Magnum. On était pile chrono.

Je l'ai suivi du regard ; je savais qu'il était en train de jacter — on l'avait répété au mot près, je pouvais mettre les mots sur ses lèvres :

« Bonjour, Madame, vous serez ouverte le 14 juillet ?... Enfin, *vous*... la banque, je veux dire, bien sûr, Madame. »

Avec un grand sourire. Et en lui montrant ses yeux bleus. Il avait mis comme convenu des lentilles de couleur et je lui avais demandé de boiter légèrement. Si la fille devait se souvenir de quelque chose, ce serait de ce détail, éventuellement de sa sympathie charmeuse, mais surtout de la couleur de ses yeux. Bleus. Et Yacine a les yeux marron cochon. Pour le reste, il était habillé tout en noir pour que la fille soit ferrée sur les autres détails.

Moi, j'avais prévu d'achever ma glace le temps

qu'il se renseigne. Tout devait être fluide et naturel. Après, on pourrait aller respirer ailleurs. La musique de pouf commençait à me taper sur les nerfs et j'avais l'impression d'être séquestré dans une mauvaise soirée. Quand il est revenu, on s'est dirigés vers le parking. Il m'a confirmé ce que je savais : que le 14 juillet serait férié, sauf pour le supermarché. Ces bienfaiteurs ouvriraient exceptionnellement de 9 heures à 20 heures — *mais pas la banque.*

« Donc, on tape le 13 juillet. Y a rien de temps jusqu'au 13 et reste plus qu'à choper les habitudes du dabiste, gros, parce que comme tout le monde, il aura la flemme de changer ses trajets. T'as remarqué, y en a quasiment aucun qui modifie ses manies. À croire qu'ils pensent à nous : pas vrai, Yacine ?

— Il passe le mercredi. »

Il avait dit ça froidement, sans me regarder, en matant ses baskets. J'avais insisté pour qu'il laisse ses crocos au vestiaire, et je ne gagnais pas chaque fois, tant Yacine aimait frimer.

« Quoi ? Comment tu sais ça, toi ? »

Cette fois-ci, il a levé vers moi ses faux yeux bleus sans comprendre.

« Ben, j'ai fait le taf, comme tu dis. J't'explique : j'ai mis une allumette dans la porte du local DAB tous les jours et le keum, il vient le mercredi. »

J'ai sifflé longuement avant de m'allumer une cigarette. Ce sens de l'initiative me plaisait. En cas de coup dur sur une opé, il aurait les bons réflexes. Le mercredi, c'était pile poil pour nous : le 14 tombait un jeudi. J'ai toujours pensé qu'il fallait composer avec la chance. La réussite repose sur une équation simple : l'organisation + la foi. Et moi j'étais un fervent dès qu'on me tendait l'hostie. J'ai dit :

« On planque dans les combles au-dessus du local DAB dès la nuit du 12 au 13. Les fraqueurs ont assuré qu'une trappe donnait sur le local, on vérifiera sur place...

— Ouais, et pour accéder aux combles, Diego, y a une seconde trappe. J'te montre juste l'auvent de l'autre côté. Y en a pour cinq minutes. Je suis pas monté mais paraît que c'est pas très large et qu'on tiendra pas debout. Ensuite y a plus qu'à crapahuter, quoi, disons soixante mètres à la louche, jusqu'à l'agence. Hé ! Tu m'écoutes ?... T'es pas obligé de mater les biatchs[1] quand je tchatche, gros. Aziz il dit qu'on est tout le temps à couvert. C'est triple zéro, question risques. Ils ont viré une plaque en contreplaquo et tu tombes direct sur le faux plafond de la salle. C'est là qu'est la trappe. Ils ont fait sauter la gâche et tilté. En dessous, la salle des coffres. Après, c'était pas de leur calibre, aux minots...

— Mais c'est du biz pour nous, y a pas d'erreur. Moi j'amène l'adhésif pour le bavard et des Serflex pour l'entraver. Sinon c'est le même topo : cagoule, gants et le travestissement de circonstance. Si tu ramènes tes crocos, je les crame au chalumeau. Tu remets tes baskets pouraves, compris, gremlin ? Pas de logo, du basique. Après, on jettera tout. Tu passes me prendre avec une voiture de compét' et on décolle à 4 h 30 du quai Tjibaou. On embarque des croissants pour la voiture et au besoin, on pissera dans des bouteilles. Je prendrai juste mon Beretta. Et toi, limite, tu te ramènes avec ton Taurus... On se positionne, on attendra ce qu'il faudra, on mate et dès que l'agent rentre dans la salle des coffres, on le maîtrise. »

---

1. « Les allumeuses. »

J'étais tendu comme une ligne de thazard et j'aurais voulu y être, là, maintenant. C'était comme un rendez-vous amoureux et je détestais déjà l'attente. Les retrouvailles, sincères et fidèles, avec le fric m'injectaient de l'éther dans les veines.

On est passés repérer l'auvent, puis on s'est concentrés sur le trajet retour. Il fallait trouver un autre parcours.

L'aller ne devait jamais être le retour. Encore un principe simple. Le centre Avenir comptait trois entrées et deux sorties. Mais le 13 juillet, on se foutrait du code de la route comme de l'an mille. Se barrer rapidement serait le mot d'ordre, finies les politesses de bourge. Pour le moment, on imaginait sortir sur la gauche pour se frayer dans les ruelles des cités d'à côté. On fendrait la cité Youri-Gagarine, puis on se faufilerait entre les blocs. Le stade. Et après, rue Jean-Varnet, quartier pavillonnaire, top pour la fuite. On arriverait sur La Courneuve pour enquiller sur l'A86. Arrivée par Drancy, sortie par La Courneuve. Parfait. On pourrait même se permettre de revenir au bercail, c'était assez loin pour semer les flics si une équipe nous surveillait — l'ignorer, c'était se condamner.

Au loin, la sortie 10 s'est profilée. Aubervilliers, ses bars, ses garages, ses mauvais garçons... Et le poulet de Marie en direct d'Haïti, le meilleur du monde. L'idée de retourner près du lieu du crime me donna des remontées acides. Pas grave, j'enverrais Yacine en éclaireur et je ne me lécherais pas les doigts sur place.

J'ai toujours aimé rentrer chez moi. Une chose que je savais depuis longtemps : je n'étais pas fait pour la cavale.

CHAPITRE 33

Samedi 9 juillet 2011
13 h 15
Paris Ier, quai des Orfèvres,
brigade criminelle

« Je voudrais de la terrine de chez Brunon sur du pain, des cornichons et un café, s'il vous plaît ! »

Assis en face de Jo Desprez dans le bureau 324, le commandant Marcelo Gavaggio se retourna et scruta le couloir vide. Puis son regard revint à Jo Desprez :

« À qui tu parles... ?

— À personne, je fais souvent ça quand je meurs de faim... Bouffer de la procédure n'a jamais nourri son homme. Tiens, reprends une amande. Si t'es sage, je te sortirai mes dattes, il doit m'en rester deux ou trois. »

Il lui tendit la coupelle et grommela :

« Bon, je te cache pas que l'examen cyano de la bombe lacrymo retrouvée dans un sac de sport par la Fluviale a donné que dalle. Faut dire aussi qu'on n'attendait rien. Et pourtant c'est pas des bulots, à l'IJ. Et sinon, revenons à nos brebis. Du côté du fameux Booba ?

— Booba BA...

— Booba, scanda Desprez.

— Non, BA, c'est son nom, sourit Gavaggio. Le lascar est sénégalais. Il s'appelle Booba BA. Au moins, c'est facile à retenir. On a vérifié à partir du numéro d'écrou sur le FND[1], il est bien à Fresnes. Franck Lecourtois a appelé la maison d'arrêt, sur mon conseil, le directeur, pour vérifier qu'il soit bien toujours là et éviter les fuites. Notre lancier a fait tous les fichiers pour mordre dans le bois dur dès qu'il verrait Ba.

— Franck est entré en contact avec le dernier service qui l'a serré ?

— Bien sûr, Jo. La BRB de Versailles. Serré le 06/07/2008 pour le VMA en réunion d'une banque à Viroflay. Il avait rien trouvé de mieux que d'envoyer un coup de crosse dans la gueule du caissier. Un gentleman : tout en élégance et en finesse... Booba Ba a pris cinq ans — donc trois ans. La justice est le seul domaine où l'on solde toute l'année... Connu STIC pour, entre autres, vol à main armée, vol de véhicules et recel, notre ami. Il est en train de finir sa peine à Fresnes.

— Ah ouais ? Nos deux lascars avaient peut-être des propositions d'embauche à lui faire en prévision de sa sortie... Faudrait pas qu'il finisse au chômage, Booba. Dis-moi, vous allez l'extraire ?

— Exact, Jo. Mettre de l'énergie pour finir bredouille ne viendrait à l'idée de personne. C'est pas la peine de l'entendre en prison, on perdrait notre temps. J'ai demandé au directeur le maximum de discrétion et de limiter ses contacts.

— La demande d'extraction au parquet de Créteil a été faite ?

---

1. Fichier national des détenus.

— Oui, on ira le chercher à trois lundi matin — Franck, Laurent et moi.

— Vous pourrez lui faire la chansonnette. Mais vérifie qu'il n'y ait pas une opération de transfert prévue lundi ou qu'il soit pas entendu par un autre service, on ne sait jamais. Faut tout border. Manquerait plus que les surveillants pénitentiaires soient en grève. C'est arrivé y a deux mois pour Lakhdar Ali. (Il marqua un silence.) Ouais... S'il finit de purger sa peine, y a peut-être encore plus moyen de s'arranger... Faut voir s'il est friable. »

Marcelo Gavaggio rayonna d'un sourire :
« Pour sûr, Jo.

— Le plus important est de creuser ses relations... Avec qui il est tombé, le mec. Et de gratter pour savoir qui vient le voir, à qui le juge d'instruction et le parquet ont délivré un permis de visite. Ils ont parfois une famille intéressante... Demande au greffe de la maison d'arrêt. »

Jo Desprez se recula dans son fauteuil à roulettes. Le cuir craqua sous ses fesses. Un soleil franc jetait sa lumière sur son bureau. Il posa un pied sur son sous-main à liserés dorés et garda une jambe repliée sur le fauteuil. Gavaggio remarqua le contraste entre la chemisette parme à manches courtes, impeccablement repassée, et les souliers en daim marron tamisés de poussière. Jo semblait réfléchir. Il poursuivit après un temps :

« Bon... Et le numéro de portable ?

— J'ai chargé Laurent Lefort de la réquise à l'opérateur. On ne remonte à rien, carte à usage temporaire. Forfait sans abonnement. Du non-identifiable. Ce qui sous-entend qu'on a affaire à du sensible. J'ai mis aussi Murielle sur le coup pour les fadettes entrantes et sortantes du numéro. Avec un peu de chance, on va peut-être rebondir...

— Faut pas rêver, non plus, on n'allait pas avoir du tout cuit de ce côté-là... Faut mettre le paquet sur un bornage scrupuleux. Dis-moi, on a fait à tout hasard la SNCF, pour voir s'il n'y avait pas de contravention sur un mec connu de nos services qui fuirait à la première heure au fin fond de la France pour se faire oublier ?

— Euh... Non, je ne crois pas, Jo...

— Bon, ce n'est pas du brûlant mais dans le doute, moi, je ne m'abstiens pas, je fais. Comme de vérifier si un mec ne s'est pas fait flasher à toute blinde dans le coin. »

C'était dit avec un ton où le reproche n'était pas loin et Gavaggio baissa la tête, pris en flagrant délit d'oubli. La remarque le laissait perplexe. Il se demanda si c'était de l'ironie. Jo avait le don de dire très sérieusement des choses absurdes. Marcelo Gavaggio ne releva la tête que pour ajouter, déstabilisé :

« Sinon, la carte de crédit n'était pas à leur nom. On est remontés au dossier d'ouverture des banques en insistant, notre goumier a failli s'engueuler avec le responsable, tu connais la chanson, mais tout était faux : ce n'étaient ni des débutants ni des blaireaux, les deux... On est en train de traiter les lieux, les adresses, le timing et les achats pour voir s'il y a de quoi gratter, en particulier du côté de la vidéosurveillance... »

Jo tapota son crayon à papier contre le bureau. Marcelo Gavaggio le fixa sans un mot et son regard le supplia d'arrêter. Avec la fatigue, les bruits parasites lui tapaient sur les nerfs. Pourtant, Marcelo était d'une bonne composition, « généreux de partout », comme disait Jo, « et surtout du derrière ». En tant que chef de section, le commandant Desprez avait juste demandé à Marcelo Gavaggio de revenir avec Murielle Bach et Laurent Lefort. Jo était, lui, de permanence à la brigade criminelle. Nul besoin d'être un groupe entier le samedi pour s'occuper d'un double flingage entre voyous qui n'exciterait pas la presse. Pour la balistique, il faudrait attendre le lundi et pour la toxicologie, on verrait après l'autopsie.

« Je te donne ma position : pour moi, on n'a pas affaire à un rustique bas de plafond derrière l'exécution. Le mec est tout sauf un baluzeau. Il est méthodique, appliqué, froid, il règle ses comptes vite fait, bien fait, et s'occupe d'essuyer ses empreintes. Enfin, je dis *il*, mais il pouvait être accompagné, Mauricette, même si j'y crois peu. Les résultats de la balistique seront intéressants. Faut insister aussi sur les fadettes du portable, Marcelo, on ne sait pas qui on pêche...

— Bien sûr, Jo, les mecs saignés par balles ont certainement des amis de qualité. Et puis on a pas mal de portes ouvertes avec l'IJ. On cherche aussi du côté des enregistrements de vidéosurveillance des entrepôts... Je t'avoue qu'on compte peu sur une bonne orientation mais il ne faut rien exclure.

— Ouais, faut tenter...

— Ah, j'oubliais. Laurent a vérifié aussi le numéro de la plaque d'immatriculation auprès du CACIR[1], au cas où ils se seraient fait flasher. Il leur a mis un gros coup de pression mais nada. Les techniciens du SITT[2], eux, exploitent le GPS pour voir quel chemin le plus récent ressort... Ça permettra d'affiner la vidéosur-

---

1. Centre automatisé de constatation des infractions routières de Rennes.
2. Service de l'informatique et des traces technologiques.

veillance et de faire notre enquête de voisinage à l'envers. Si on décroche le Père Noël, on les verra peut-être embarquer notre auteur...

— Faut pas cracher sur la chance. Il serait bien d'interroger les Z[1], aussi. Un mec qui vit comme un voyou laisse forcément des traces. Et il faut travailler main dans la main avec Marc du 2. Plus on sait qui sont les victimes, plus on sait où chercher. Et connaissant Marc, il va ratisser sec autour du fameux Diego, de Sylla et de Keita. Il va finir par trouver du dur, ce vicelard. D'accord avec toi pour le GPS. Faut faire une enquête de voisinage sérieuse car ce sera pas l'euphorie de ce côté. Tu renvoies à la chasse tes trois lanciers dans une semaine, à la même heure matinale, avec une photographie des deux lascars. Ils nous lèveront bien un traîne-lattes. »

Jo frappa son plumier du Vietnam d'un coup sec sur son bureau, ce qui fit sursauter Marcelo Gavaggio. Puis il continua :

« Bon, on refait le point tout à l'heure et moi j'essaie de joindre le professeur Letdaï à l'IML. Elle n'est pas du genre à prendre deux heures pour manger, et elle ne va pas tarder à rentrer chez elle retrouver une vie normale. Je ne la vois pas passer son week-end aux chandelles avec deux éviscérés... »

Marcelo hocha la tête, bouche ouverte pour bâiller. Suspendu par la fatigue, il eut un blanc et l'air ahuri d'un pantin de bois. Les images de l'autopsie du matin remontèrent. Comme les deux avaient été traités dans la matinée, il était passé voir Hervé Montagne, le procédurier. Et Marcelo s'était penché sur Sess et Moussa ou plutôt ce qu'il en restait.

---

1. Écoutes.

Après la mort.

Sess Sylla, son torse athlétique troué de rouge et jaune et sa peau zébrée d'une impossible fermeture Éclair. La peau devenue vêtement, entrouverte sur les organes, clampée par deux pinces à champ. Transperçant Sylla de part en part, une baguette blanche de matérialisation du tir qui donnait l'impression qu'il s'était pris une très longue aiguille à tricoter. Marcelo Gavaggio bâilla à nouveau, heureux de rouvrir les yeux sur le bureau de Jo. Son regard erra. Il vit : les procédures au cordeau dans leurs sous-chemises orange, truffées d'index fluo et de trombones. Pas une feuille ne dépassait. L'ordre le rassura. Posée sur une procédure, la main droite de Jo et ses ongles tellement rongés que le bout des doigts en paraissait encore plus rond.

Il mit un temps pour trouver l'énergie de se lever et faire le deuil de son déjeuner. Il avait beau se raisonner, même après une autopsie, il avait toujours faim.

Jo avait déjà pivoté sur son fauteuil et saisi le téléphone. Il fit signe à Marcelo de se rasseoir et d'écouter.

Le commandant avait la particularité de prendre le combiné de la main gauche pour le porter à l'oreille droite. Non par perversité : cela révélait juste ce qu'il n'aimait pas reconnaître : qu'il entendait de plus en plus mal de l'oreille gauche. Encore un point qui l'énervait et venait s'ajouter à la guerre ouverte contre sa cheville droite.

Trois sonneries, quatre sonneries. L'IML ne répondait pas. Jo s'impatienta. Au bout de cinq sonneries, il s'énerva et tapa avec sa règle sur son bureau.

« Réponds, putain de bordel, elle le fait exprès, réponds...

— Professeur Letdaï, j'écoute. »

Elle était revenue spécialement pour partager les deux autopsies le samedi avec Laurent Gosset, le médecin de garde. En l'absence de sa secrétaire, Desprez avait redouté qu'elle ne réponde pas au téléphone.

Jo tenta d'adoucir sa voix mais on ne l'appelait pas le Rugueux pour rien. Quand il essayait d'être courtois, il gardait le ton d'un dogue :

« Commandant Desprez, de la Crime. Je vous dérange ?... Bon, juste pour avoir des nouvelles du double flingage... Notre procédurier m'a fait un topo mais je préférais vous avoir en direct.

— Je vous écoute...

— Non, c'est moi qui vous écoute.

— Attendez un instant, je vous reprends dans une minute. »

Elle le faisait exprès, elle le faisait exprès...

Il avait enclenché le haut-parleur pour que Marcelo Gavaggio puisse entendre la conversation. Il murmura à l'attention de Marcelo : « Attendre, on n'a que ça à faire... Tu savais pas qu'on était payés à attendre, nous ? » Marcelo n'enchaîna pas pour que Jo reste calme.

Le chef de section en profita pour s'étirer. La voix de la directrice de l'IML résonnait comme si elle parlait depuis la chapelle Sixtine. Jo comprit qu'elle avait transféré les appels dans la bibliothèque. Il entendit ses talons sur le parquet ciré. L'image des lieux vint se superposer à la conversation. Avec le petit amphithéâtre, la bibliothèque était l'un des endroits les plus paisibles, où l'on oubliait les dix autopsies quotidiennes et les cent vingt corps qui séjournaient en permanence dans les locaux du quai de la Rapée, à flanc de Seine. On pouvait y parler sans être dérangé. Le plus fou à l'IML était la régularité : si rien n'était stable en ce bas monde, la mort s'ingéniait à livrer en gros à l'IML 3 000 clients par an. Ponctuelle, la camarde.

Line Letdaï avait reçu plusieurs fois Jo et les procéduriers dans cette pièce où elle aimait discuter des cas. Une galerie métallique à gros rivets courait devant des mètres et des mètres d'ouvrages anciens où le corps humain n'en finissait pas d'être exploré, en toutes langues. Et dessous, des vitrines avec des crânes, des bocaux, un bonzaï et des souvenirs. Tandis qu'il écoutait, Jo se rappela une soupière en porcelaine à filets d'or. Il n'avait jamais su ce qu'elle venait faire dans l'arsenal médico-mortuaire. Durant cinq secondes, il ne pensa qu'à la soupière et il se sentit de bonne humeur.

La femme qu'il avait au bout du fil était une pointure. Elle avait autopsié 19 911 corps depuis sa prise de fonction. Autant dire qu'elle en savait plus sur les morts que sur les vivants. Line Letdaï... Une grande blonde au carré qui cultivait la féminité : il se souvenait l'avoir vue avec des ongles rose layette et un pendentif cœur. Pommettes hautes et yeux immenses, mais un regard bleu acier qui savait être réfrigérant et une volonté de tyran sans laquelle les révolutions ne se faisaient pas. On lui devait d'avoir couvert les corps à la morgue de draps blancs, parfois jaunes, tous recyclés de l'Assistance publique, pour que les couloirs retrouvent de la décence. Hyperprofessionnelle, elle avait un tempérament redoutable, et si un policier osait prononcer le mot *cadavre*, il se faisait démonter. Ici, on ne parlait que de *corps* ou de *morts* et le bon de sortie était le permis d'inhumer. Ce qui donnait à Jo l'envie de lui demander des nouvelles de ses Frankenstein. Il se retint.

« Oui, commandant, je vous reprends. Les deux autopsies ont eu lieu comme vous le savez ce matin, et j'ai d'abord invité votre procédurier à regarder les radiographies des corps. On n'a récupéré aucun projectile dans le corps de SYLLA Sess. On pouvait observer la présence d'un projectile dans le corps du dénommé Moussa. Le décès est consécutif à un tir d'arme à feu pour le premier et à deux tirs pour le second. Pour le premier, il a tiré à bout touchant au-dessus de la protubérance annulaire du tronc cérébral, à l'origine de la moelle épinière, si vous préférez... Et comme les centres vitaux qui régissent l'activité cardiaque sont situés dans le tronc cérébral, autant vous dire que l'auteur ne voulait laisser aucune chance de survie à sa victime... Orifice d'entrée à bout touchant au niveau de l'occiput, contus, déchiqueté, étoilé et tir oblique d'avant en arrière dans le plan transversal. Orifice de sortie joue droite avec une plaie déchiquetée par effet de souffle. Allô ? Vous m'écoutez, commandant ?

— Oui, oui, je me faisais juste un petit schéma... »

Les images avaient la peau dure et Jo visualisait encore la croix rouge du tir à bout touchant qui fendillait les chairs d'une étoile. Les gaz avaient fait éclater la peau. Moussa avait eu droit à des trous noirs, lui, à cause des tatouages de fumée du tir à bout portant. Son poignet droit présentait aussi un tatouage noir. Posture de défense. Il avait une réentrée au niveau du poumon gauche.

« ... Radical. Pour le deuxième, on a un orifice d'entrée situé au niveau de la face postérieure de l'avant-bras droit, avec un liseré en faveur d'un tir à bout portant. Sortie face antérieure et réentrée dans le thorax. Le projectile a été localisé et confié à votre procédurier. Les estomacs étaient quasiment vides, avec une faible quantité de bouillie, voilà pour leur dernier repas... Décès dû à des blessures crânio-encéphaliques provoquées par un tir d'arme à feu dans un contexte d'homicide, ayant causé, pour Sess, une mort immédiate et, pour Moussa, une mort rapide par hémorragie intrathoracique consécutive d'une lésion de la crosse aortique — avec une blessure non mortelle au niveau de l'avant-bras droit. Il ne faut pas être BAC + 18 pour comprendre que c'est de la précision suisse. »

Si elle le disait. Jo savait que cette femme pesait tous ses mots. Son métier ne permettait pas l'approximation et Jo partageait son credo : « Le corps est une preuve judiciaire qui disparaît avec le temps. » Chez elle, même le mauvais caractère était de la rigueur. Elle était le cerbère redoutablement efficace d'une maison glauque et inquiétante, qu'elle tâchait de rendre humaine.

Jo remercia et raccrocha. Il fixa longuement Marcelo et déclara :

« Vraisemblablement un seul tireur avec des nerfs d'acier. Et deux refroidis morts de saturnisme violent. »

Il échangea avec Marcelo qui avait été longtemps procédurier à la Crime : il en avait gardé de bons réflexes d'enquête. Puis Marcelo quitta le bureau 324 tandis que Jo se levait pour se dégourdir les jambes jusqu'à la fenêtre.

Il retira ses lunettes demi-lunes et les laissa pendre pour se frotter les yeux. La Crime avait fait le plein d'affaires. Il fallait qu'il retourne à deux gardés à vue, des tenaces. Comme lui. Vingt-deux ans qu'il tenait bon.

Jo rouvrit les yeux sur les toits de Paris.

Son regard descendit sur la Seine. Le temps s'était couvert et les Bateaux-Mouches paraissaient plus tristes dans leur lent défilé. C'était un samedi gris.

CHAPITRE 34

Samedi 9 juillet 2011
15 h 35
Aubervilliers, rue Léopold-Rechossière,
commissariat

Marc Valparisis grimpa les escaliers du commissariat d'Aubervilliers pile quand Manu Barthez les descendait. Avant d'arriver au bureau du commissaire, il fallait traverser une passerelle avec des marches en bois. C'est là que Marc croisa le commissaire Manu Barthez, qui cavalait tête baissée, occupé à son jeu favori : faire rebondir une pomme entre son biceps et son avant-bras. En même temps, il criait à l'adresse d'un policier que Marc ne parvint pas à localiser :

« Vous vous lancez tout de suite dans une saisinette pour ne pas perdre une minute, c'est O.K. ? »

Cela lui fit tourner la tête. Un quart de seconde d'inattention et le bruit fut terrible.

La pomme vint s'écraser un étage plus bas, sur la verrière qu'un ouvrier était en train de réparer.

Manu Barthez fut arrêté en plein vol, passant du sourire au rictus. Il salua Marc en murmurant :

« Marc ! Comment est-ce que vous allez bien ? »

Une voix couvrit ses derniers mots :

« PUTAIN, MAIS C'EST PAS POSSIBLE, même en plein comico on se fait caillasser dans cette ville ! C'est pas possible, vraiment pas possible de travailler ici... »

Marc et Manu risquèrent d'un même mouvement une tête par-delà la rambarde. La pomme avait explosé. Manu lança un regard appuyé à Marc puis s'écria :

« Elle vient d'où, cette pomme, mon petit Monsieur ? (Il se reprit très vite.) Et d'ailleurs, est-ce qu'on sait seulement que c'est une pomme, hein ? »

Une moue sur les lèvres, il n'attendit pas la réponse et retourna à sa course :

« Je suis à vous tout de suite, Marc, attendez-moi dans mon bureau. Installez-vous. »

Le type pestait encore quand Marc entra dans le bureau de Barthez. La verrière faisait caisse de résonance. Son côté flic sans doute, Marc appréciait de se retrouver seul dans l'intimité d'un bureau. Son regard pouvait se balader à loisir, fouiller les recoins, trouver les détails qui cassent le portrait lisse. Il joua un moment à la balle avec ses yeux, pour rebondir et découvrir. Inévitablement, ils tombèrent sur la tasse de Manu Barthez. À côté, avait été posée une autre tasse avec fleur d'hibiscus sur fond d'imprimé tartan. À même le sol, face à lui, une affiche encadrée des Brigades du Tigre : 1968-2008 / CEUX QUI ONT FAIT LA PJ DE MEAUX. Avec une kyrielle de tronches en vignettes. Plus à droite, une vitrine avec nid de bibelots, tableau de munitions et de cartouches, de la Brenneke en calibre 12 à la Fiocchi. Trois sections : pistolet automatique, fusil et revolver avec même les balles à blanc. Le tout devant des tortues en pâte à sel. L'armoire vitrée était à moitié cachée par le portemanteau de Barthez, où pendaient pêle-mêle costume anthracite, blouson à galons et serviette-éponge bleue à grosses boucles en train de sécher.

Valparisis pivota et découvrit en haut d'une autre armoire une réserve inépuisable de paquets de chips allégées. Cela ne cadrait pas avec le commissaire marathonien.

Marc tourna encore un peu, puis alla s'asseoir sur une chaise de bureau bleu flashy dont l'administration avait le secret. Une seule suffisait à flinguer une pièce. Des femmes hululaient à l'accueil. Il tapota des mains sur ses cuisses, laissant les sons venir à lui. Valparisis se sentait dans un aquarium. Sauf que le poisson rouge qui faisait des cercles, c'était sa pomme. Il essaya surtout de calmer son impatience. Le rendez-vous avec l'informateur le travaillait.

Il avait auparavant pris trente minutes pour revenir sur la scène de crime, tâcher de se forger un regard neuf en flânant aux abords, sans but précis. Garder l'esprit ouvert, observer, repérer une présence, trouver un habitué, sentir le lieu : on n'attendait pas moins de lui. Balayer le possible pour être capable de démonter les fausses hypothèses, aussi. Il y retournerait.

Un bruit précipité le sortit de ses pensées. Galop dans l'escalier et Barthez surgissait déjà dans le bureau. Le Bouquetin : le surnom n'était pas usurpé. À croire qu'il n'avait subi aucune altercation avec Souleymane. En bonne logique, ce policier aurait quand même dû être au fond de son lit à se tenir le ventre. Il dégaina le premier :

« Désolé, Marc, mais c'est la course. Parlons peu, parlons bien. Qu'est-ce que je peux pour vous ?... Café ? Porto ? Orangina ? Coca Light ?

— Rien pour le moment, merci. »

Le commissaire se jeta dans son fauteuil et repoussa ses œuvres complètes : deux grands cahiers en faux cuir. Le noir — parapheur du tribunal de police. Et le rouge — parapheur du secrétariat de circonscription qui aurait ruiné l'aura de n'importe quel chef, avec ses demandes de renouvellement d'une paire de chaussures pour un policier, son avis de dépose d'une voiture de police ou ses demandes de congés.

Les yeux de Barthez parcoururent le bureau à la recherche d'un objet.

Stylo, se dit Marc. *Il cherche son stylo.*

« Putain, mais c'est pas vrai ! On m'a encore piqué mon stylo : comment c'est possible ? Pile le genre de connerie qui me fait frémir... »

Gagné.

Un policier frappa deux coups à la porte demi-ouverte. Il devait avoir dans les vingt-cinq ans, mais Aubervilliers usait les visages.

« Chef, j'arrive pas à ouvrir mon LRP[1]...

— Et alors, Kevin, je comprends pas bien, vous voulez que j'impose les mains ? C'est pour ça que vous me dérangez ? Non mais je rêve... JE RÊVE !! »

Marc s'appliqua à ne montrer aucun signe d'impatience. Pourtant, il était prêt à sortir son bâton de réglisse naturelle pour se faire les dents comme un jeune chiot.

Barthez avait baissé la tête sur son agenda où il griffonna nerveusement un numéro de portable sur un dessin de Geluck avec deux bulles qui entouraient le Chat : « Le plus vite possible, c'est déjà très vite », et « Alors le plus vite impossible, je ne vous raconte

---

1. Logiciel de rédaction des procédures.

pas ! » À croire que Geluck connaissait Barthez. Le commissaire marmonna sans relever la tête :

« Je suis à vous tout de suite, Marc. Après, faudra que je fasse rapide le TG[1] si ça ne vous dérange pas. On en a pour longtemps ? Cinq ? Dix minutes ? Plus… ?

— Non, juste une petite question qui me trotte en tête. Si je vous dis SPANISH ou LE SPANISH, ou encore DIEGO, ça vous évoque quelqu'un dans votre bestiaire ? »

Le commissaire s'arrêta net. Il se gratta l'épaule puis se frotta les joues à deux mains. L'érosion naturelle des commissaires des banlieues chaudes, même si Barthez restait miraculeusement frétillant. Il répéta :

« *Le Spanish* ? *Diego* ? Pour la même personne ?

— Pas de certitude…

— Et dans le registre du gendre parfait, on est bien d'accord ? »

Marc hocha la tête en signe d'assentiment. Il resta ainsi, sans rien dire, pour ne pas l'influencer.

« Alors là, non, je sèche. Déjà que c'est pas courant, un Espingo… On a quelques Portugais, des Gaulois qui se la jouent italiens mais un Espagnol… Et déjà, *Spanish* pourquoi, vous savez ? »

Le lieutenant leva la paume des mains vers le ciel : réponse ouverte.

« Toujours dans le cadre de l'affaire des deux dessoudés ?… Vous êtes sûr de votre coup, j'imagine ? Et je vous demande pas d'où ça sort sinon vous me l'auriez dit, c'est ça ?… Faudrait voir du côté de mes petits gars de la BAC. Le bureau 10, en bas de l'escalier, à droite. Je pense à Sébastien Garat ou à Nicolas. Ils assurent, question physionomie. Si vous avez

---

1. Télégramme.

une photo à leur balancer... Et puis ils sont fouineurs. Ouais, Nico ou Séb : vous avez les cartes en main... Mais l'après-midi, ils ne sont pas là. Autre chose ?

— Non... »

Marc eut du mal à cacher sa déception. En même temps, il ne fallait pas s'attendre à des révélations. Si la BRB butait, n'importe qui aurait buté. Le lieutenant chercha son paquet de cigarettes dans sa poche. Il était contrarié. Malgré lui, il avait espéré. L'espérance, saint supplice du flic...

Le commissaire releva la tête. Valparisis l'observait.

« Ah si ! Une question encore... Parlez-moi un peu du Mille et Un Jours...

— Le Mille et Un Jours ? Une nuit n'y suffirait pas... Non, je plaisante. Pour que vous compreniez bien, Marc : à Aubervilliers, on a trois sortes de bars. Le bar-tabac PMU d'honnêtes hommes, le bar de traîne-savates bourré de clandés qui viennent s'arsouiller ou lever une poule et, ça ne vous aura pas échappé, le vrai rade de loulous où l'on croise aussi de beaux spécimens d'estrasses. Devant, c'est parfois le Salon de l'auto. Je vous laisse deviner dans quelle catégorie on range Le Mille et Un Jours, qui obéit à la règle immuable de cette ville : à nom chantant, bar pourri. Encore un lieu qui rassure sur la nature humaine... Bon allez, j'arrête de blaguer, faut pas se moquer de la misère de ce monde. Y a pas mal de braqueurs au Mille et Un Jours mais c'est varié aussi, de la vraie salade mexicaine et des équipes Benetton...

— J'irai faire un tour... »

Le regard de Valparisis retomba sur les paquets de chips. Marc avait la question au bord des lèvres mais c'était hors sujet.

« Bon, maintenant, si vous voulez, Marc, je peux vous mener chez l'un de nos fidèles abonnés qui tient une épicerie cradingue. On l'a mis trois fois en garde à vue. Il peut jamais se tenir à carreau, c'est plus fort que lui. Vous allez voir sa boutique, c'est de la science-fiction. Les mecs mangent sur leurs genoux jusqu'à point d'heure au milieu des poissons congelés depuis le déluge. Rassurez-vous, c'est pas pour faire de la sociologie de comptoir que je veux vous y traîner.

— Je suis par nature contre rien, Manu...

— Ça ne m'étonne pas de vous. Bon, notre ami a un beau carnet d'adresses qui peut vous intéresser. Plein de ressources, vraiment. Je vous fais le topo : son épicerie cachait en fait un bar clandestin où ça jouait gros. Fort possible qu'il connaisse votre Spanish. Les gros poissons sont souvent joueurs... Si vous y tenez, on sort, pas longtemps, pour une petite visite en voisins... Profitez-en, je suis d'humeur. Mais à charge de revanche, hein ? Et je vous montre rapidos Le Mille et Un Jours au retour. Vous me laissez envoyer mon TG pour que j'aie l'esprit tranquille ?

— Y a pas de problème, faites comme chez vous. »

Le commissaire se concentra sur son écran. Marc changea d'assise. Il avait repéré deux fauteuils pseudo-anciens, recouverts de velours vieux rose. Un côté Paris XVIe mais pour son coup de barre, ces fauteuils tendaient un rêve. Il allongea ses jambes et fit le vide. Les doigts de Barthez couraient sur le clavier en tapant fort sur les touches. Ce bruit répétitif le berça.

Le TG achevé, le commissaire sauta sur sa veste et l'enfila en moins de deux. Valparisis l'observa un instant et repensa au dessin de Geluck. Il se demanda s'il faisait tout vite dans la vie, l'amour y compris.

Saut du bouquetin dans la Mondeo. Démarrage en trombe.

« J'imagine que vous êtes repassé faire un tour dans nos quartiers Nord ?

— Oui, j'avais repéré une belle Audi mais ils l'ont enlevée », sourit Valparisis.

Du bout des doigts, il tapotait la boîte à gants, tandis que le commissaire regardait droit devant lui.

« Alors, du neuf ?

— Non, juste quelques repérages. Une prise de température. J'y retournerai plus longuement quand j'aurai dormi.

— Pas loin, vous avez remarqué le centre-fort ? Cela vaudrait le coup d'interroger le veilleur de nuit... »

Voilà un détail qui l'intéressait. Il connaissait son quartier, le commissaire. La radio cracha : les vols à l'arraché du samedi commençaient. Valparisis regarda par la vitre. Il avait remarqué une maisonnette avec des carreaux de faïence. Il se demanda s'il pourrait habiter Aubervilliers. Sûrement. Le commissaire, lui, vivait loin, à plus d'une heure de route. Cette ville déroutait Marc. On eût dit que le présent s'était greffé trop vite sur le passé. Comme si Manu Barthez lisait dans ses pensées, il se lança dans de brèves confessions sur les lieux. Marc eut l'impression qu'il déshabillait la ville rien que pour lui :

« Vous savez, Marc, faut pas croire, mais on finit par s'attacher à ce patelin. Y a des anecdotes à chaque carrefour. Des trucs drôles parfois, pas que du vol à la portière. Comme ce bar qui s'appelait Au Père Tranouille, en grosses lettres capitales sur l'enseigne. Tranouille, avouez que c'est pas un nom courant. Limite sérieux, même. Ça intriguait. Le nouveau propriétaire arrive et rajoute une queue à la lettre O. Personne n'en revient. Car d'après vous, ça donne... ?

— Euh... Je vois pas. Non... »

Barthez tapa sur le volant, satisfait comme un pape, à croire qu'il avait résolu le théorème de Fermat :

« Eh bien, je vous le donne en mille : Au Père Tranquille. Le Q avait perdu sa queue. Et pendant des années, ça ! Tranouille... »

Marc se tourna lentement vers le commissaire et le regarda de profil. Il était hilare. C'était sans doute ce qui lui permettait de résister à une ville pareille. Tout à coup, il s'arrêta devant une épicerie que Marc avait à peine eu le temps de repérer. La Mondeo fut garée à la sauvette, à cheval sur le trottoir d'en face.

Le commissaire entra en premier. Clin d'œil adressé à Marc : du genre, je vous initie au vrai exotisme de cette ville.

Ce fut d'abord l'odeur qui accueillit Marc. Sitôt la porte poussée, elle chatouillait les narines. Un mélange inépuisable où s'imposaient le carry, l'odeur âcre du poisson séché et des effluves qui se rapprochaient des croquettes pour chien.

« Hello, les amis ; ça va, chef ? Me dites pas que ça tourne, y a du monde derrière ? Pas en pleine journée quand même, hein ?

— Mais non, Monsieur le commissaire, mais non ! Juré. Même pas en soirée, c'est vrai. »

Le type resta les deux mains levées comme s'il les laissait en gage.

« Reconnaissez qu'il a fallu que je vous arrête trois fois pour que vous vous découvriez des talents d'honnête homme, Monsieur Sakanoko... Mais si c'est ça, je le dis devant témoin, vous marquez des points. Bravo. Mais je sais que la bataille n'est pas gagnée...

Ici, le scepticisme est de rigueur. Si vous respectez les scellés, moi, je dis, chapeau ! C'est fermé, alors, la porte derrière ? Vrai de vrai ? Faudrait pas qu'en vicieux on revienne le soir, non plus... Vous êtes un homme sérieux, Monsieur Sakanoko, y a rien à dire. Enfin, le jour où je vais débouler avec l'hygiène, ils vont tomber du vingtième.

— Ah non ! Ah non, Monsieur le commissaire. Tout est en règle, ici.

— Faut pas le dire trop vite, non plus, Monsieur Sakanoko... »

Marc se rapprocha des congélateurs où la glace formait une banquise conquérante. Les poissons étaient couverts de givre. L'homme précisa :

« C'est vendu comme ça, commissaire, à Paris aussi, à Château-Rouge, pareil. Ça, c'est du pangasius. Pan-ga-si-us. Autant d'arêtes que dans les fesses d'un bébé. Rien. Et tout est autorisé, commissaire, ah non, non, non, tout est autorisé (il se pencha :) là, du malangwa du Congo, là du ngolo et là du tilapia — au pays d'Obama, ils z'adooorent le tilapia.

— Permettez-moi de douter mais je suis sûr qu'il ne faut pas y regarder de trop près, Monsieur Sakanoko. »

Le visage de l'homme s'éclaira d'un grand sourire :
« Oh ! Monsieur le commissaire... »

Barthez jugea que c'était le bon moment pour une brèche. Il se rapprocha de Sakanoko et lui parla à l'oreille :

« Dites-moi, je peux vous parler seul à seul ? Avec mon ami, on a une question pour vous. »

L'épicier se tourna vers les deux habitués qui avaient planqué leurs cannettes de bière à l'arrivée des deux flics :

« Les amis, allez me chercher des cigarettes, voilà. »

Il les poussa gentiment dehors. Les deux hommes abandonnèrent à regret leurs cannettes et sortirent en se retournant plusieurs fois.

Le sourire de Sakanoko parut soudain plus crispé. L'homme avait plongé ses mains dans ses poches pour ne pas montrer qu'il tremblait.

« Monsieur Sakanoko, mon collègue aimerait savoir si dans vos petits papiers, y aurait pas un gentleman. Le Spanish ou Spanish, ça sonne quelque chose pour vous ? Ou Diego tout court parce qu'on ne sait pas son nom... »

Le sourire disparut d'un coup. Éclipse totale. Il revint presque aussitôt, mais faussé :

« Ah non, ah non. Je vois pas, commissaire, juré.

— On ne vous demande pas de voir, Monsieur Sakanoko, on vous demande de vous souvenir. Ça peut être plus long, mais on attend. »

Le commissaire eut un mouvement de recul. Il s'appuya contre une pyramide instable de paquets de Fufu Flour, de la farine de banane plantain, accolée à un empilement de paquets de Sankhal, de la semoule de mil. À son tour, il sourit :

« Ce serait dommage que je fasse tout tomber, Monsieur Sakanoko, vraiment dommage. Je suis parfois très maladroit, hein, Marc ? Y a des moments, c'est comme si j'avais des bras de mille-pattes, je m'emmêle de partout... Très maladroit...

— Très, je confirme.

— Ça doit bien exploser au sol, des sachets de farine comme ça, en plus...

— Ah oui, oui, oui... Ah oui, ça se niche partout, Monsieur le commissaire, c'est pire que la poussière... »

Il lui jetait désormais des regards inquiets.

« Bon, Monsieur Sakanoko, vous m'avez mis l'eau à la bouche alors moi, en attendant, hop, je vais ouvrir ce beau congélateur pour regarder de plus près ces poissons... »

Le commissaire commença à brasser les blocs gelés avec un air de dégoût.

« Marc, il faudrait me donner un coup de main parce que je ne suis pas toujours sûr de bien voir, sans lunettes. À moins que vous ne lisiez vous-même les étiquettes, Monsieur Sakanoko, vous devez connaître tout ça par cœur... Y a pas longtemps on est tombés sur une épicerie avec des chenilles qui grouillaient de partout. On a tout mis dans la poubelle avec de l'eau de Javel, tellement c'était dégoûtant. Arrêté préfectoral : pan ! Fermé durant un mois : vlan ! Un mois : ça fait mal à la compta... Sinon, je vous laisse réfléchir pour le Spanish, prenez votre temps, surtout, Monsieur Sakanoko, parce que nous, on n'a que ça à faire d'attendre que vous fouilliez votre mémoire... »

Tout en parlant, il se rapprocha d'un mur de boîtes de pâte d'arachide Dakatine. Son coude droit le heurta et ce fut un fracas terrible. Sakanoko sursauta. Ses paupières battaient la chamade.

Barthez décida d'y aller au flan. Il avait toutes les chances de viser juste et il sentait que l'épicier savait quelque chose :

« On a eu un tuyau, aussi, mais je vous le gardais pour plus tard, Monsieur Sakanoko. Y aurait de la came, chez vous. Va falloir qu'on cherche... Et la marchandise, eh bien la marchandise, elle va être foutue parce qu'on va pas y aller avec des mains de fleuriste, non plus...

— Commissaire, si je vous dis que je sais pas... »

Son regard se faisait implorant.

« ... Moi, je réponds juste que ce ne serait pas la première fois que vous me mentiriez. Des descentes tous les soirs pour ruiner les consos et le poker dans l'arrière-salle, l'hygiène dans votre boutique et notre petite recherche du moment, je vous assure que ça ressemblera vite à l'enfer, Monsieur Sakanoko. Alors réfléchissez, mais réfléchissez bien. On reste encore cinq minutes. »

Nouveau sursaut de Sakanoko. Valparisis venait d'éventrer quatre paquets de farine de mil. Il se rapprochait d'un rayonnage d'huile de palme Kumba. Les yeux de Sakanoko ne savaient plus où regarder entre les deux policiers, et l'épicier ressemblait à un rat englué sur un carton. On sentait que le coup de l'huile n'était pas pour lui plaire. Il s'avança pour gagner du temps :

« Attendez, vous avez dit *Spolish*, c'est bien ça ?

— Écoutez, montrez-nous que vous êtes un homme sérieux, Monsieur Sakanoko. Un peu de bonne volonté encouragera la nôtre. C'est *Spanish*, et vous avez très bien entendu. Alors me faites pas répéter pour le plaisir.

— Vous savez, commissaire, j'ai des problèmes d'oreille... Ah ! C'est vrai. Je jure que c'est vrai... »

Barthez se tourna vers Valparisis :

« Un véritable tragédien, notre ami. »

Le commissaire balada son regard à travers la pièce. Il s'appuya sur le congélateur et continua, tandis que Valparisis tailladait des paquets de farine :

« La dernière fois, en audience, il avait oublié son appareil auditif. Résultat : ils n'arrivent jamais à le juger. Ça fait un an qu'ils essaient de le faire comparaître. Et chaque fois, c'est reporté. Sakanoko. Du pur Sakanoko. »

Valparisis jugea qu'il fallait monter d'un cran. Il prit dans ses mains du poisson séché.

« Du *sali*. Très bon. Du Sénégal, Saint-Louis. La Grande-Côte... »

L'épicier avait la voix éteinte, la tête rentrée dans les épaules. Assurance à la baisse.

Le lieutenant se retourna et fit tomber des bouteilles de bière Phoenix. Subitement, l'épicerie eut des relents de taverne de Bavière.

« Putain, c'est con, ça. On vous doit combien, Monsieur Sakanoko ? »

D'un bond, il vint se poster sous le nez de Sakanoko qui avait perdu toute fierté. Il l'agrippa au col :

« Le commissaire, il est peut-être patient, mais moi, c'est la dernière de mes qualités. »

Marc Valparisis le lâcha, pivota et frappa un grand coup de poing sur le comptoir :

« Bon, la question, elle est simple, ça vous dit quelque chose ou rien du tout. On va pas y passer la journée. Je vous assure que je vous retourne toute l'épicerie pour trouver de la came : c'est ma spécialité. Je vous laisse trente secondes, Monsieur Sakanoko. »

Avec l'énervement, il roulait encore plus les « r » et c'était l'orage. Le flic resta fixé sur sa montre. Sakanoko n'osait plus bouger. Il avait rarement vu un flic qui criait aussi fort.

Il suait maintenant à grosses gouttes et sa pomme d'Adam faisait l'ascenseur. Barthez le saisit par un bras et l'assit brusquement sur un tabouret, près du congélateur. Face à eux, les poissons paraissaient morts, étranglés par le givre.

Ping-pong des deux yeux injectés de sang de l'épicier entre les deux policiers. Il avala sa salive puis dit d'un trait :

« Oui, je me souviens maintenant, y a un type qui s'appelle Diego qui vient jouer, parfois. Mais pas souvent. Je l'ai vu que deux fois.

— Avec qui ? asséna Barthez qui se rapprocha encore plus.

— Avec... Je sais pas... Commissaire. Ils peuvent me tuer, commissaire ! C'est pas des rigolos...

— Qui ça, *ils* ?

— Deux autres... Vous avez vu ce qui est arrivé à Sess et Moussa, commissaire, et c'étaient des durs, on peut pas jouer avec ça. J'ai cinq enfants, commissaire. Cinq enfants... »

Il tressautait sur son tabouret comme une carpe. Le double flingage ne faisait rire personne, à Aubervilliers. Le vouvoiement vivait ses dernières secondes.

« Et pourquoi ce serait lui, le Spanish ? » dit Valparisis, soudainement plus calme.

L'épicier hésita à le regarder. Valparisis lui faisait visiblement peur.

« Mais parce que des Espagnols, y en a pas d'autres dans ce milieu !

— Et tu sais où il habite, le Spanish ?

— Non !... Non. Non, je sais pas et ça c'est vrai. Je le jure sur mes cinq filles. C'est pas un bavard, il dit rien, il boit, il joue, il rit, il paie bien, il salue très poli et il s'en va...

— Et il arrive comment ? En caisse ? »

Sakanoko se creusa la tête, perturbé.

« Non, attendez... en moto. Mais je l'ai vu que deux fois. Deux fois, c'est rien. Je le connais pas, ce type, moi ! »

Barthez y alla tout doux :

« Quoi, comme moto ? Tu saurais la décrire, au moins la couleur ?

— Mais non ! Et puis j'y connais rien en motos, commissaire. Déjà que je reconnais à peine les bagnoles...

— O.K... Et tu dirais qu'il est comment, le type : grand, moyen, petit ?

— Normal... »

Sans se concerter, les deux flics adoptèrent un air exaspéré.

« Normal plutôt grand ou plutôt petit ?

— Normal grand, oui, c'est ça. Grand. Très brun, mal rasé. Avec comme une moustache. Un beau mec, stylé, ça, y a pas à dire, non, non, non...

— Il aime la sape ?

— C'est ça.

— Quel âge ?

— L'âge ?? Euh... Entre trente-cinq et quarante mais c'est à la louche, hein ?

— Tatoué ?

— Oh ! Je sais pas, Monsieur, je sais vraiment pas... Je suis pas allé lui regarder les bras et j'étais pas toujours derrière lui.

— Et les deux autres ?

— Je me souviens pas, je jure que je me souviens pas. Je me souviens juste de ce type parce que c'est pas courant, un Espagnol. Mais il est peut-être brésilien, j'en sais rien, moi. »

Valparisis et Barthez se regardèrent : ils savaient qu'ils n'en apprendraient pas plus.

« Bon, Monsieur Sakanoko. On va vous laisser faire un peu de ménage parce que c'est vraiment le bordel, votre épicerie, et que le bordel, ce n'est pas bon pour le commerce. Pour le moment, je ferme les yeux sur l'hygiène et je laisse tomber la came. Et si vous m'appelez parce que votre mémoire s'affine ou que vous savez quelque chose sur le flingage, je peux même oublier quelques mois votre bar clandestin. Ça dépend de vous, Monsieur Sakanoko. Merci pour la conversation, vous êtes *presque* un saint homme. »

Crochet par Le Mille et Un Jours pour que Valparisis se fasse une idée du lieu avant le retour au commissariat. Pas le genre de bar où ils seraient les bienvenus. Il valait mieux ne pas se découvrir et Sakanoko, lui, n'avait aucun intérêt à parler. Dans la tête de Valparisis, le Spanish gagnait en contours.

Le flic en chasse se réveillait.

Devant les bris de verre du commissariat, Marc Valparisis salua Barthez et reprit sa voiture.

En passant le périph, il paria que les adieux avec Aubervilliers seraient de courte durée.

CHAPITRE 35

Samedi 9 juillet 2011
21 h 55
Passerelle aux Câbles de Charenton

C'était l'heure où le jour et la nuit se confondent. Les dernières lueurs combattaient le noir. Marc Valparisis venait de claquer la porte de sa voiture. L'air avait fraîchi. Il enfila une veste en jean sur sa chemise blanche qui couvrait son Sig Sauer. Une nuit bleue tombait sur Paris, au loin, en aval de la Seine. Au-dessus de la capitale, le crépuscule s'orangeait. Dos au policier, le pont Martinet de Charenton-le-Pont enjambait l'autoroute de l'Est. Pulsation régulière de la quatre-voies, métronome lumineux des phares au milieu de nulle part.

Marc avait quitté le Paris civilisé pour les marges industrielles du sud-est. Il longea le vert blafard d'un stade et s'alluma une cigarette. Dans la pénombre, ce fanal ramenait à de la normalité. Valparisis avait sauté sur la première occasion d'humaniser ce lieu qui avait tout d'un coupe-gorge.

Bilal Askri avait dit : sur la passerelle d'Ivry-Charenton à 22 heures. Marc savait qu'il avait une maîtresse juste à côté, à Alfortville. Regard bref à sa montre : 21 h 55. Ce tordu avait intérêt à être à l'heure.

Marc sonda l'ombre. Il ne repéra personne. L'endroit le mettait mal à l'aise.

En octobre dernier, une fille de trente-trois ans avait été poignardée par des squatteurs, à quelques pas de là où il marchait. C'était sa dernière affaire à la Crime. Après, il était parti pour le GRB 2 du 2e District, le groupe VMA, rejoindre Duchesne. Tandis qu'il suivait le fleuve, les faits remontèrent à sa mémoire. Fractures et cinquante coups de couteau. La fille ficelée dans une couverture beige, jetée à la Seine, lestée d'une trancheuse à jambon par des mecs qui puaient l'alcool et la connerie. Elle s'appelait Victoria. Ils avaient trouvé la trancheuse dans le restaurant désaffecté de Chinagora, cette cité interdite à flanc de Seine et de Marne, avec pagodes et dragons. Plus intimement, la Seine rappelait à Marc une femme qu'il avait aimée, et qui s'était fait tuer. Au pont du Carrousel.

Il fallait être fou pour accepter des rendez-vous d'Apaches. Mais Bilal Askri était rongé de paranoïa. Toujours en terrasse, dos au mur, jamais dans un local fermé, à mettre la main à la ceinture dès qu'un mec le fixait... Ingérable. Une vieille lui avait dernièrement tiré les cartes. Depuis, il voyait la Faucheuse à chaque coin de rue. Il avait dû penser, à juste titre, que l'instinct de survie des malfrats les repoussait loin de la passerelle. Il avait sans doute raison.

Marc était aussi venu avec la Crime, des années auparavant, pour un crime homosexuel. Il essaya de se rappeler la configuration. Face à lui, la passerelle jetait son arche, brute de béton armé. Longue de deux cents mètres, elle était le contraire du pont touristique. Ses poutres en porte-à-faux lui évoquèrent un autre pont. Il hésita. Le pont de Québec ?

Difficile d'accès, la passerelle d'Ivry-Charenton servait surtout à acheminer des câbles électriques. D'où son deuxième nom — la passerelle aux Câbles. Certes moins romantique que la passerelle des Arts. Pour vis-à-vis, elle n'avait ni l'Institut de France ni la Samaritaine. En face d'elle, l'immense cheminée de la Compagnie Parisienne de Chauffage Urbain montait au ciel, refuge de faucons pèlerins.

Valparisis n'arrivait pas à mettre un mot sur ce qu'il ressentait.

De jour, ce pont sombre couvert de graffitis déroutait. Mais de nuit, ce style néomédiéval, avec ses culées comme des pattes d'ours et ses créneaux, terrifiait. Avec l'âge, il finirait bien par dire non à ce genre d'aventure. Marc n'avait pourtant pas ralenti, encore moins fait demi-tour. L'attrait du tuyau était trop fort et croiser Bilal Askri était, il le savait, synonyme de coins à mygales. Sous sa veste, le lieutenant tâta son arme. Dans ces moments-là, elle était la perpétuation de son bras, une maîtresse qu'il gardait sous la main avec la sale manie de la caresser pour se calmer.

Ce qu'il avouait moins était, simplement, qu'il aimait ça. Malgré lui et presque contre lui.

Le danger, l'adrénaline, les marges.

Il écrasa son mégot et se dirigea vers la rampe d'accès piétonnière. On ne pouvait traverser en voiture. Il regarda une dernière fois la passerelle et trouva, enfin, ce qui l'intriguait : le treillis des poutres était construit comme en reflet au-dessus de l'eau. On perdait la notion de haut et de bas pour gagner celle, tenace, d'un mirage. Hypnotisé par cette vue, le nez en l'air, le policier trébucha sur une cannette.

« Putain de coin à soiffards ! »

L'air poissait les narines. Il en chercha la raison. Au loin, il repéra le panache des deux cheminées du centre de traitement des déchets d'Ivry. C'était une réponse. Dans sa poche intérieure, il mit rapidement la main sur sa torche. Le faisceau éclaira l'avancée. Partout, des tags dansèrent sous la lumière blanche. Ici, la ville appartenait aux affranchis.

Marc oscillait entre la faim et la fatigue. Son dernier repas remontait à plusieurs heures. Il s'était arrêté avenue de Flandre en sortant d'Aubervilliers, au Subway, rien que pour le nom — à cause du film. Dans sa voiture, il avait englouti un sandwich au bœuf à dix étages, grappillé des cookies et bu un Coca. C'était de la nourriture pour chien et il rêvait d'un vrai plat d'homme. Tel l'aligot de son Aveyron natal... Ou l'*estofinado* et son stockfish à l'ail — sa grand-mère l'avait élevé à l'*estofinado*. Sa grand-mère... Tout était loin.

Trouver cette fouine de Bilal. Le flic continua son chemin, objectif en tête. Des tags à perte de vue. À nouveau, son pied roula sur un objet. Valparisis pesta d'autant plus que la torsion réveilla une ancienne entorse :

« Putain ! Tu vas quand même pas me porter la mafre, maudite passerelle ! »

Il se baissa et éclaira. Un cap jaune fluo de bombe à tags. Le bruit fit détaler un rat. Plus loin, Marc en vit deux autres qui fuyaient comme s'ils avaient cent chats à leurs trousses.

Coup d'œil à sa montre. 22 heures. Trouver Bilal.

Il s'aventura sur la passerelle. Une langue de béton courait sur le pont, bordée d'un garde-corps bleu pétrole. D'en haut, le point de vue était excellent. Il lança un regard circulaire. Le vent s'était levé et d'un coup, Marc se sentit loin de tout. Il se demanda si c'était son imagination qui voyait trembler les lumières de Bercy à l'horizon. Ce lieu était lugubre. Dans le doute, il finit par appeler :

« Ken ?... T'es là... ? KEN ? »

Il utilisait toujours le pseudonyme de Bilal. Les informateurs relevaient des espèces protégées menacées de disparition. Moins on révélait leur nom, mieux ils se portaient.

Une voix s'éleva derrière lui :

« Ben ouais, j'ai pas avalé ma montre. »

Valparisis sursauta malgré lui. L'homme souriait dans le faisceau de la lampe. Crâne presque rasé et regard incapable de se fixer : Bilal. Tee-shirt blanc et chemise kaki ouverte, pantalon de treillis. Voix érodée au napalm de la nicotine et de l'alcool.

« T'es vraiment abastardi, toi ! T'es obligé de faire comme si tu me voyais pas ? Je rêve... JE RÊVE ! On a rendez-vous, mec. On n'est pas là pour jouer à cache-cache et je te préviens, je suis pas Running Man, moi ! »

Marc était furieux. D'autant plus furieux qu'il n'avait pas été fichu de repérer Bilal Askri. Ce qui ne le rassurait pas sur ses réflexes.

Bilal vint lui taper sur l'épaule. Marc garda son air renfrogné et lança sans entrain :

« La forme ?

— Pépèrement... Chez nous, le plus important c'est de survivre. Le reste...

— On reste là comme des cons ou on va s'asseoir plus confortablement sur le pont ? Si la notion de confort garde du sens, dans ton nœud de crotales...

— Ouais. O.K. Là-bas... Là... Tout me va. »

Il avait des gestes lents et la voix traînante. Marc se demanda si, pour couronner le tout, il ne s'était pas drogué.

Ils firent quelques mètres et s'adossèrent à un tag géant. ZIK, en lettres de feu sur le béton — c'était déjà le troisième ZIK que le flic repérait.

Bilal sortit deux cannettes de Desperados. Il en tendit une à Marc qui remarqua alors les pierres à son annulaire.

« Dis, je vois que t'es équipé... Ta bagouse est presque aussi grosse que ta main... Les nouvelles sont donc si bonnes ?

— Y a pas de lézard... Je tire mon épingle... On peut pas se plaindre pour le moment. »

Bilal commença à boire sa bière à petites goulées. Il regardait droit devant lui. La Seine et la Marne mêlaient leurs eaux. Plus près, la cheminée de la centrale dressait son périscope coiffé de deux yeux rouges.

« Beau spot, dit Bilal. J'ai un pote qui a fait un sandre de 36, devant la pile, juste là... »

Il montra du doigt Chinagora.

« Spot sublime, je te l'accorde, mais ça manque de Japonais. Bon, rassure-moi, tu connais aussi bien Aubervilliers que ce coin pourri, parce que je suis pas venu pour une partie de pêche. »

Valparisis n'avait pas encore touché à sa bière. Bilal sourit :

« Ben ouais. Demande. On sait jamais... Go, frolo.

— T'es au courant qu'il y a eu de l'activité, ces derniers jours ?

— Si tu parles de Sess Sylla et de son soldat...

— Pile. Y a plus que des revenants. »

Bilal tâcha de ne pas montrer ses émotions. Il remuait la poussière du pied gauche et fixait sa bière :

« Du beau travail. C'était pas un manchot, le gonz.

— *Le* gonz, pas *les* ? Et il s'appellerait pas Diego, le gonz, par hasard ? »

Bilal accusa le coup. Il ne s'attendait pas à ça. Il eut un regard fuyant. D'abord tester le flic :

« Tu *sais* ou tu supposes ?

— C'est moi qui pose les questions, Ken. Alors commence pas à m'embrouiller. Tu veux que je te rafraîchisse la mémoire ? Si t'es pas en odeur de me répondre, moi, je vais me pieuter parce que j'ai pas que ça à branler d'attendre que t'accouches. »

Un silence. Le vent ramena les odeurs du fleuve.

« Et déjà, tu le connais, ce mec ? »

Légère hésitation. La lèvre supérieure qui tremble.

« J'y gagne quoi, moi ?

— Ma promesse que tu seras payé. Combien, tu sais que je ne peux pas te dire. Mais je demanderai le maximum. Alors ?

— Pas perso. Mais je crois qu'y a personne de sérieux qui pourrait ignorer qui est Diego. C'est un prince, ce mec. Attends, un dur, aussi. Il mord, il tue, il arrache les oreilles s'il le faut, un vrai de chez vrai. Si tu croises son canon, t'es mort.

— Il aime les revolvers ?

— Putain mais j'en sais rien ! C'est quoi, ces questions ? J'suis pas avec lui 24-24 et j'te préviens tout de suite, je connais pas la marque de ses bottes.

— Espagnol ?

— Ouais.

— Il ressemble à quoi ?

— Plutôt grand, sportif, cheveux noirs, mat de peau avec des sourcils marqués. Et de grands yeux. Des yeux immenses... Mâchoire très carrée. Je dirais, allez, entre trente et trente-cinq. Difficile de trancher, je suis pas physio comme un flic, moi. Mal rasé. Parfois il a une fine moustache de Sicilien. Souvent les cheveux plaqués en arrière mais en même temps il a jamais la même gueule, ce mec. Je t'assure, c'est le caméléon de la profession... »

Plus il engrangeait les détails, plus l'esprit de Valparisis s'emballait. Il croisait les informations, dressait un portrait-robot mental et passait en revue son cahier de crânes. Il pensait à tous les signalements qui auraient pu coller dans des affaires au point mort.

« Et du grand style, reprit Bilal. C'est pas un Jacky. Sapé comme un mafioso. T'as vu comme je suis précis, hein ? J'espère que t'apprécies.

— Et tu dis que tu l'as jamais vu, tu me prends pour un con ??

— Pas jamais vu. Mais on se connaît pas. Et si tu veux tout savoir, j'aimerais pas des embrouilles avec lui. Tu trouveras personne pour te parler de Diego. Tu rentres dans un bar d'Auber', tu demandes. Personne. Personne l'aura jamais vu. Ou ils te baladeront avec des conneries...

— Attends, c'est Rambo, ta terreur ? »

Bilal leva les yeux au ciel :

« Pire que ton pire cauchemar...

— Alors pourquoi tu parles, toi ?

— Raisons personnelles...

— Je m'en branle de tes raisons personnelles. Dis-moi : affaires ? Tu t'es engrainé avec lui ? »

Il secoua la tête pour dire non et dégaina un couteau en traçant des signes sur le sol.

« Non, non, nan. Et pas la peine de me regarder comme ça, je parlerai pas.

— Range-moi ce couteau. Il menace tes trafics ?

— Arrête ! T'es hors sujet. C'est pas le genre de mec que tu douilles. »

Valparisis le saisit violemment au poignet. Le couteau tomba.

« Hé, Ken, j'ai l'impression que t'oublies deux, trois trucs de base. Alors on va réviser. Et arrête de jouer la blanche colombe parce que ça va vite me taper sur les nerfs. Primo, c'est la dernière fois que tu m'imposes tes lieux de merde. Secundo, je te rappelle que c'est moi qui te tiens par les couilles. Pour mémoire, *ceux dont on ne dit pas le nom* seraient super heureux d'apprendre que c'est toi qui as braqué leur nourrice. Tu sais, tes super potes... Et là, je donne pas cher de ta peau avec des tarés pareils. Ils cherchent depuis un an LA crevure en question qui les a baisés comme le chancre syphilitique sur le vagin de leur gros butin. Leurs lieutenants n'attendent que ça, de te mettre la main dessus pour te trouer le cul avec leur mini UZI. 32 balles, *paow !* et pas une pour te rater, réfléchis, ça fait des trous. Mais avant de te réduire en charpie, crois-moi, ils te feront souffrir mille morts ; ils prendront le temps de te crever les tympans à l'aiguille et de te broyer les os pour que Monsieur donne gentiment les clefs de ses box. Tertio, tu lâches ou tu pars. *All right ?* »

Bilal se laissa tomber contre le mur. L'adrénaline de la trahison avait ses limites. Il eut soudain le regard vide et le dos courbé, comme s'il portait toutes les casseroles de la Création. Son assurance avait disparu. Il renifla et dit :

« O.K. (Il baissa les yeux.) Je bandais pour sa sœur. Attends, je savais même pas que c'était sa sœur. Un soir, je prends un verre avec des potes place de la Mairie. Elle était là à boire un verre aussi. Tu la remarques, je t'assure, tu peux pas faire autrement. C'est vrai que je commençais un peu à lui tourner autour. En fait c'était la deuxième fois que je la voyais. On a parlé, tu me connais, je l'ai fait rire mais pas lourd... On s'est même trouvé plein de points communs. Et là, Diego est arrivé comme un fou, je sais même pas d'où. Je savais qui c'était mais on n'avait jamais tchatché. Il m'a foncé dessus et ça a clashé grave, il m'a pris par l'oreille et m'a projeté contre le mur, ce psycho. Et là il a dit : "Si tu t'approches de ma sœur, je te plombe la tête et personne pourra plus compter les morceaux." Ça m'a grave estomaqué, j'ai dû sourire ou un truc du genre. Juste pour signifier *cool mec, on se calme.* Pas le temps de le voir partir en sucette qu'il m'avait déjà allongé... J'ai eu une de ces quintes[1], man, comme t'en auras jamais de ta vie.

— Elle s'appelle comment, sa sœur ? »

Il hésita. Marc le foudroya du regard, des fourmis dans les poings.

« C'est bon, t'énerve pas ! Adriana...

— Adriana comment ?

— Adriana.

— Tu t'intéresses à une fille et tu connais pas son nom ?

— C'est une artiste. Les artistes n'ont pas de nom... Et tu crois que Diego il se balade avec son nom et son 06 sur son tee-shirt ? »

Valparisis sentit qu'il fallait le laisser parler. Il allait s'enfoncer dans le souvenir de la fille et cela le rendrait bavard. Il fit semblant de s'absorber dans la cannette de bière.

---

[1]. « J'ai eu une de ces haines. »

« Son truc, c'est le trapèze. Un truc de dingue. Au cirque Moreno, pas loin du périph. Tu me croiras si tu veux mais une fois, je suis allé voir le spectacle. Moi. Au cirque, man ! Tout seul, rien que pour la voir. Et après, j'ai fait livrer des fleurs, genre je te la joue star... Elle doit même pas savoir que c'était moi. Te marre pas, je vois pas ce qu'il y a de drôle à offrir des fleurs à une super nana... C'est pas parce qu'on vit dans le béton qu'on est de marbre...

— Eh ben, ça te rend lyrique ! Je me marre pas, je t'écoute. »

Il eut soudain l'air absent. C'était la première fois qu'il trouvait à Bilal un air romantique et il se demanda quel genre de fille pouvait être à l'origine d'un tel miracle.

« ... Et je te jure, j'ai jamais pu l'oublier. Même quand j'embrasse une fille, je pense à elle...

— Pourquoi ? Me dis pas que t'as pris le risque de l'embrasser pour te faire dégommer par l'Espingo ?

— Non... Mais je regrette...

— Bon, et plus sérieusement...

— Arrête, c'est super sérieux, ce que je dis, je crois même que j'ai jamais rien dit de plus sérieux...

— O.K., O.K. Pour que t'aies encore plus d'argent pour acheter des fleurs à qui tu veux, alors, juste une dernière question... C'est quoi, le lien entre Sess et Diego ?

— Du solide. (Il haussa les épaules.) T'es à la masse, parfois... Ils tapent ensemble, voilà le lien ! Tu veux qu'ils fassent quoi d'autre ? Enfin... tapaient.

— Le braquage du Bellerive, dans le XIXe, avec un mec au tapis à la batte de base-ball, il y était ou c'était Moussa ?

— Je...

— Il y était ? »

Le regard de Valparisis s'enfiévra. L'autre paraissait arrêté en plein vol et Marc faillit perdre toute patience. Le flic répéta en haussant la voix :

« IL Y ÉTAIT ?

« Ouais, gueule pas ! Avec Sess. Je le sais par un jeune qui leur sert parfois de chauffeur.

— Qui s'appelle ?

— Attends, ça, c'est autre chose...

— Vas-y. Ça fera monter tes honoraires.

— T'es con, t'es vraiment con... On voit que c'est pas toi qu'as écopé de ma vie de merde. Il est de la Maladrerie. Son blaze, c'est Oz. Mais son vrai nom, c'est Malek Naïm.

— Cool... »

Valparisis ressentit un frisson. C'était la première fois que l'affaire avançait vraiment. Il répéta :

« Cool, vrai. »

Il y eut un silence qui amplifia le murmure de la Seine. Le flic se gratta la tête. Maintenant, il pouvait aller dormir, taper des SMS à Duchesne et à son chef sur le trajet de retour. La note attendrait quelques heures.

« T'as rien d'autre à me dire ?

— Non.

— Tu n'utilises toujours ce portable que pour nos contacts, on est bien d'accord ?

— Sûr... Tu me prends pour une brêle ?

— Parfait. Bon...

— Juste un truc.

— Ça m'aurait étonné, aussi. Je t'écoute, sangsue.

— Eh ! m'appelle pas comme ça. Je t'ai livré des infos de première. J'peux me faire caner pour moins que ça. »

Le flic sortit son paquet de Marlboro et tira une cigarette avec les dents.

« Crache ta pastille...

— J'aurais besoin de toi pour un truc.

— Ça tombe bien. Profite de ta chance... Mais passe pas par Marseille pour aller à Melun. J'ai pas envie de rouiller ici. Vas-y... »

Valparisis s'étira et leva la tête au ciel. Il en profita pour allumer sa cigarette, il connaissait la suite.

« Tiens, file-moi une nuigrav'[1] que j't'explique. »

Marc lui tendit une cigarette en plissant les yeux. Il paria sur l'une des demandes les plus probables du lascar.

« J'ai besoin que tu me trouves un logement... C'est urgent.

— Ben ouais, je suis agent immobilier et je loue la tour Eiffel. »

Perdu. Il avait misé sur la carte de séjour, pas sur le logement.

L'informateur ne le lâchait pas du regard. La cigarette tremblait au bout de sa main. Valparisis se leva.

« Très bien, Ken. Je te tiens au courant. Laisse-moi quelques jours et pas besoin de me rappeler. J'oublie pas... J'oublie jamais rien, c'est d'ailleurs un défaut. Bon, j'y vais. Merci pour la bière. Je prends cinq minutes d'avance sur toi et après tu peux filer.

— Ça marche. »

Marc regagna la rampe d'accès — cette fois-ci en sens inverse. Il ne se retourna pas. Dans le ciel, il aperçut Arcturus. Elle finissait sa vie dans la constellation du Bouvier. Même les étoiles mouraient...

---

1. « Une cigarette. »

Sa pensée ricocha sur Bilal. Les indices aussi finissaient mal. Là où irait un jour Bilal, personne ne pourrait le décrocher.

En attendant, Diego se rapprochait.

CHAPITRE 36

Samedi 9 juillet 2011
22 h 35
Aubervilliers, rue Régine-Gosset

Ma montre affichait 22 h 35 et je sentais que si je ne sortais pas, je n'avais aucune chance de fermer l'œil de la nuit. Mes mains tremblaient, j'en étais à ma quatrième bière et j'aurais donné cher pour le vide complet dans ma tête. Passer le plat de la main sur le sable, que tout soit lisse. Le soir tombait et je voulais repousser l'obscurité des deux mains. J'étouffais. Ce n'était pas la première fois. Les mêmes symptômes qu'après la mort de mon père, où je courais toutes les nuits dehors pour échapper aux ombres.

Pour couronner le tout, Archi se barrait parfois loin de moi et rien ne me mettait plus les nerfs. Une fois, il devait avoir entre quinze et seize ans, il a suivi une fille croisée sur la Playa Mar Bella. Elle avait au moins quatre ans de plus que lui, la peau très brune et de grandes dents blanches. Et un maillot à pois, je m'en souviens à cause de ses seins. Tandis que je guerroyais pour tenir notre territoire, il avait disparu avec elle pendant deux jours. J'avais fait tous les bars du quartier pour le dénicher. Puis les terrains vagues. Quand il était revenu, au petit matin, je l'avais giflé. Comme une fille. On ne me laisse pas sans nouvelles. Je le voyais déjà charogne dans un fossé et j'avais la rage au fond du gosier, prête à exploser.

Retour à ma montre. 22 h 37. Il fallait que je bouge, que j'aille voir la petite mésange. On irait manger un bout ensemble même si à cette heure, elle picorerait au plus deux miettes dans mon assiette. Son spectacle avait démarré à 15 heures, avec un peu de chance, elle serait reposée. J'avais juste besoin qu'elle soit là, en face de moi, que je retrouve du stable, du familier pour casser l'impression de m'être trompé de vie. Adriana était l'autre hémisphère, l'envers de cette existence avec des crapules. Quand je la voyais sourire, je me réveillais de mes cauchemars et toutes les saloperies disparaissaient.

J'ai cherché un cadeau pour elle — je savais que j'avais un solitaire qui traînait, avec de la pierre qui brille. Je me suis changé en deux minutes, j'ai pris deux casques et enfourché le GSXR 1 000. Le vent avait le don de remettre les idées d'aplomb. Parfois, je prenais l'A86 juste pour sentir mes vêtements flotter. Je me suis dit qu'il fallait relever la tête, garder la dignité du taureau dans l'arène quand il pisse le sang. J'étais en train de me détendre, et je pensais que Yacine avait fait du bon boulot avec ses repérages à Drancy. Il m'avait impressionné sur le coup de l'allumette dans la porte du local DAB. On allait bientôt pouvoir se calmer les mains dans les billets.

Je n'étais qu'à quelques rues du cirque Moreno et ce fut presque trop rapide. Le chapiteau se dressa devant moi. Je me suis rangé juste à côté dans l'idée de repartir aussi sec. Quelques enjambées et je grattais au hublot d'Adriana. Derrière, à travers le tissu d'une robe, j'apercevais une flamme de bougie qui vacillait. Elle a écarté le pan de tissu et son visage s'est éclairé. J'avais espéré qu'elle serait surprise et je n'étais pas déçu. La fraîcheur de ma sœur était un don du ciel. Adriana a agité une main, comme un éventail, puis m'a fait signe de ne pas bouger. Je lui ai montré le casque pour qu'elle n'arrive pas entortillée dans un foulard. Elle en était capable. Ma sœur ne se couvrait jamais. Une tenue de ski aurait suffi pour la faire crever.

J'ai allumé une cigarette, dos contre la caravane, et j'ai tiré quelques bouffées. Le vent montait. Il balayait des odeurs de gratin et j'avais encore plus faim. L'alcool me donnait des envies de sucré. J'aurais bien avalé un beignet. Une musique indienne me parvenait, tantôt claire, tantôt gommée par le vent. La sensation de ne plus trop savoir où était ma place revenait en force, quand j'ai entendu les pas d'Adriana, sur les marches métalliques de l'escalier.

Elle m'a sauté dessus et son parfum est resté accroché à mes joues mal rasées. J'étais heureux d'avoir quitté les requins. Je l'ai prise dans mes bras et elle a volé, volé... Elle a lancé ses pépiements d'oiseau et immédiatement, j'ai eu le cœur léger. Puis elle a fait claquer au moins dix baisers, je me demandais quand elle s'arrêterait. Elle portait une salopette bleue en jean avec un haut blanc, transparent.

Je lui ai tendu le casque, elle l'a pris et elle a dit, salut militaire à l'appui :

« Parée ! »

J'ai souri et je l'ai enlevée.

Avant de démarrer, j'ai tourné la tête pour lui demander :

« Poulet chez les Haïtiens pour ne pas s'enfermer ? »

Elle s'est calée contre moi, m'a ceinturé de ses bras et a crié :

« OUI, OUI, OUI ! »

Puis elle a dit en roucoulant dans mon dos :

« C'est si bon de te revoir déjà ! Je n'aime pas le temps sans toi. »

J'avais peur qu'elle veuille retourner à la tour Eiffel mais pour le moment, j'y échappais. Avec mes mains encore chaudes du sang versé, je préférais les coins discrets. Mais je ne pouvais pas lui dire, à la mésange.

On a quitté Aubervilliers. Direction Saint-Denis, la petite sœur d'à côté. Je ne voulais pas retourner près du rond-point des Bergeries, là où Marie faisait griller son poulet. À quelques rues de là, j'avais descendu Sess et Moussa. La question ne se posait même pas. Où on allait, personne ne serait venu nous lever. Le genre d'endroit où on n'échoue que si on est rencardé.

Il fallait viser le Stade de France. Lorsqu'on est arrivés, au pied du bâtiment de Point.P, le noir s'épaississait. Dans le ciel, on ne voyait que l'enseigne SIEMENS de la tour Pleyel, gigantesque, genre message subliminal d'une société futuriste, et ses couleurs de sabre laser. Je l'appelais la tour des Miracles, à cause des allocations familiales. Je l'ai montrée à Adriana en hurlant justement :

« La tour des Miracles ! »

Elle a souri.

La porte de Paris était à moins de cinq cents mètres et on était pourtant au bout du monde. Une fumée montait du Point.P. Les sales lumières lui donnaient la jaunisse. Le nuage était tellement dense qu'on s'attendait à découvrir une vieille loco. Mais c'étaient les fumées du poulet boucané. Adriana a écarquillé les yeux. Un baptême de plus pour la petite mésange. La musique haïtienne emplissait tout. Une ambiance de bal créole en pleine zone. Comparé à la camionnette de Marie, il y avait foule mais l'odeur était toujours aussi délicieuse.

On a garé la moto et avancé. Je tenais à ce que la Suz[1] reste à vue. J'aurais cramé le premier qui voulait me faire rentrer à pied. Je jouais des coudes pour qu'Adriana ne se fasse pas bousculer. Déjà que les Haïtiens la dévisageaient. J'appréciais pas trop les regards qui s'attardaient... Adriana, je l'aurais parié, faisait semblant de ne rien remarquer. Tu parles, cette bande de lubriques avait des loupes à la place des yeux.

On a commandé des cuisses de poulet grosses comme le poing et des bananes. Puis Adriana a corrigé : sans bananes pour elle. Je lui ai dit : laisse tomber, je te les mangerai. Elle a tracé des cercles avec le pied tandis que je payais.

La petite mésange n'a pas pu s'en empêcher, elle a demandé comment le poulet était préparé. La fille a répondu que c'était mariné avec du bouillon cube, du poivre, de l'ail — je m'impatientais — et beaucoup de citron. Grand sourire à ma sœur de la plante perchée sur des talons vernis :

« Nous, les Haïtiens, on aime assaisonner avec du citron parce que ça tue les microbes. »

J'ai pensé que moi aussi, je tuais les microbes, mais là encore, je n'ai pas pu partager. Le malaise revenait. La tronche de Sess le balafré qui se promène, pulvérisée. J'ai cligné des yeux pour oublier.

---

1. La Suzuki.

On est allés se poser à une table. Derrière nous, des Haïtiens jouaient aux cartes.

Adriana s'est penchée vers moi, ses cheveux caressaient mon bras :

« Diego, t'as vu, t'as vu, Diego, ils ont des compteurs à côté d'eux ? C'est quoi, ce jeu ?

— Je sais pas...

— Il faut leur demander !

— Attends, Adriana, c'est pas le club de l'amitié non plus, ils ont envie que tu leur foutes la paix alors on mange notre poulet tranquille sans les déranger. »

Elle a froncé les sourcils et pris une vraie mine boudeuse de fille.

Le silence s'est installé. Elle l'a brisé :

« T'es pas drôle, Diego... Tu crois toujours que les gens ne s'intéressent pas aux autres... Parce que TU ne t'intéresses pas aux autres, voilà. »

Ma réponse a failli cingler. J'ai levé lentement les yeux vers elle puis j'ai décidé de revenir au poulet pour ne pas gâcher la soirée. J'ai rangé mon couteau et j'ai saisi la cuisse avec les doigts pour la dévorer de toutes mes dents. Ma sœur a eu l'air effrayé. Elle n'aimait pas que je fasse mon goret.

Elle a pivoté sur le banc. Soudain, j'ai vu son regard happé. Comme elle ne mangeait plus, je me suis retourné.

Un type faisait le beau, foulard en soie autour du cou, genre artiste. Il posait les cartes avec des gestes affectés. Il n'en fallait pas plus pour m'énerver. J'avais eu le temps de remarquer qu'il souriait à ma sœur. Il devait avoir dans les trente ans. Fier comme un vendeur de bagnoles.

J'ai évalué la scène : le beau ténébreux qui minaude et, à côté, deux mecs fins comme des pinces à linge qui jouent aux dominos. De l'index, j'ai repoussé l'assiette en plastique : j'avais perdu l'appétit et j'en avais déjà marre de la guitare sirupeuse.

Retenu par les joueurs, je n'ai même pas remarqué qu'Adriana s'était tressé deux nattes. Elle ressemblait à une poupée, détail qui m'a encore énervé. Je me suis levé pour prendre une Heineken. Besoin de marquer le coup ou pas, je n'ai rien proposé à Adriana. La nervosité me rendait goujat. Alors que je payais, Adriana s'est approchée de la table du petit minet. J'entendais sa voix chantante :

« Vous jouez à quoi ? »

Ma sœur était une forte tête.

Petit Minet a souri de toutes ses dents :

« Au bézigue.

— Au bézik ??? »

Avec l'accent traînant, elle ne comprenait pas.

Le mec s'est mis à compter les as et les dix avec un clin d'œil. Il a répété en détachant les syllabes :

« Bézi-gue. Même les Français jouent au bézigue, dans le Centre... Vous êtes française ?... italienne ?...

— Non, je suis... »

J'ai bondi et me suis interposé :

« Elle est ma sœur et elle en a rien à branler de votre jeu de nazes. »

Adriana m'a foudroyé du regard :

« Diego... »

Je l'ai saisie par la taille :

« Maintenant, on y va... Et m'appelle pas par mon prénom, mésange. »

Elle a insisté, dure, obstinée :

« Diego !

— Quoi ? Tu vas pas parler à un mec qui a besoin

de se nouer un foulard autour du cou pour draguer une fille ? »

Elle est restée bouche bée, outrée.

« D'abord, il ne m'a pas...

— Allez, viens, on s'en fout, on se barre. »

J'étais à cran, l'angoisse de me faire serrer revenait, même si on n'était pas sur le terrain favori des condés, et l'alcool me donnait sa flamme. Les Haïtiens formaient une communauté tranquille.

Derrière moi, une voix risque une remarque :

« C'est ça, Tony Montana, va te faire téter les oreilles... »

Je me retourne. Punch à la main, une armoire à glace aux bras tatoués — j'ai juste le temps d'apercevoir une épée et un cœur. Pas un Haïtien.

Je dis à Adriana, en visant l'embonpoint du gros :

« T'as vu le Monsieur, il abuse, putain, il a bien mangé à la cantine, lui. »

Il n'en revient pas et il commence à placer ses pieds, prêt à baver. Je ne lui laisse pas cet honneur, je lui fonce dessus et lui assène le coup de boule de sa vie.

Le tatoué crache du sang et une dent, peut-être deux.

Adriana crie, me tire par un bras et me supplie d'arrêter.

Quelqu'un a baissé la musique et aux tables, plus personne n'ose jacter.

Et là, des moments de solitude comme seuls les mecs calibrés en connaissent. J'ai mon Browning Baby sur moi, je peux trouer ce connard d'un pruneau aussi simple que je respire, et lui fermer sa bouche pour l'éternité... Il a dû le sentir car il n'a plus bougé. Regard de biais, vers la petite mésange. Ses lèvres tremblent, ses yeux me lancent des appels désespérés. Elle se retourne d'un coup et part d'un pas décidé, sans me regarder. Dans sa salopette, on dirait une enfant et c'est décalé.

Je m'en veux un peu, je me demande si j'arriverai à le lui dire.

Je pousse un long soupir vers le tatoué, je finis son punch et je balance :

« La prochaine fois, tes potes viendront te chercher dans la forêt. »

Retour à la Suz. Adriana et son air fâché. On est rentrés sans un mot, la petite mésange crispée dans mon dos. Je n'étais pas fier, d'autant plus que d'ordinaire, j'étais cul et chemise avec les Haïtiens.

Face au portail vert, j'ai déposé Adriana et récupéré le casque.

Avancée dans la connerie comme dans des sables mouvants. Un pied et je me suis enfoncé. Au lieu de l'embrasser et de lui répéter que je l'aimais, j'ai dit :

« Je demande à personne de me pardonner. »

Ma sœur est partie en courant, dans cette salopette bleue comme la nuit.

En la voyant disparaître, j'ai tâté ma poche pour mettre la main sur mes cigarettes et je suis tombé sur le solitaire. Je ne le lui avais même pas donné.

J'ai craché face au panneau d'accès pompiers du portail puis tiré une cigarette du paquet. Finalement, je ne l'ai pas allumée.

Enfin, j'ai démarré.

Un croisement, et j'ai jeté le solitaire au premier fourré.

CHAPITRE 37

Dimanche 10 juillet 2011
18 h 04
Paris IVe, pont Saint-Louis

« Monsieur le Président de la République, Françaises, Français... Citoyens du Monde, APPEL AU PEUPLE... Je, Michel L. Godin des Mers, Artisan Poète, ayant subi dix expulsions sans relogement, avec vols, destructions d'ouvrages... Grrr... Considérant que l'insulte à l'Humanité : naître libres et égaux en droit-mendiant, prostitués aux propriétaires... Grrr... est "Maladie honteuse" en trajectoire de mort de 1789... »

Accoudé à la rambarde du pont Saint-Louis, Rémi Jullian écoutait les paroles qui sortaient de la bouche de Michel Godin des Mers, philosophe harangueur des temps modernes. Sa verve intarissable recherchait naturellement la Seine. C'était une figure locale, prince autoproclamé du trottoir, que l'on ne pouvait rater quand il longeait Notre-Dame, dépassait L'Esmeralda et s'installait sur le pont des Artistes. La vision tenait du mirage. Sur son vélo-nef où flottait l'étendard POÉSIE, une caverne d'Ali Baba ambulante, Old

Dehli à l'assaut de l'île Saint-Louis. Greffés à la bicyclette, des parapluies renversés, illuminés par le bas, devenus fontaines aux miracles. Partout, des lampions et des lanternes. De loin, on eût dit une constellation errante.

Et pour couronner le tout, ce Diogène sorti de nulle part donnait chaque semaine rendez-vous aux passants pour les tirer de l'obscurantisme. Avec sa flûte de berger, il attirait l'attention des brebis égarées, nourries à la glace Berthillon, et les sensibilisait à la « révolution civile ». Rémi l'appelait Barbe-Bleue. Il en avait l'impressionnante barbe, la forte corpulence et, la première fois, le plongeur l'avait cru échappé de la gravure de Gustave Doré. Il portait une longue tunique bleue à surpiqûres blanches, un bonnet de marin tirebouchonné et des bottes en lambeaux.

Rémi regarda sa montre : 18 h 08. Le policier prenait son service au poste de la Fluviale à 19 heures. Pile. Comme disait le commandant de la brigade : « Être à l'heure, c'est déjà être en retard. » 19 heures, c'était 19 heures *opérationnel*, il devait donc arriver à 18 h 45. Le plongeur avait à peine le temps de flâner ; il rejoindrait la Fluv à pied, en passant devant ces diables de boîtes vertes des bouquinistes.

Son regard revint à la Seine.

Il aimait particulièrement ce pont où le fleuve se séparait en deux bras et lorsqu'il pilotait, cette sensualité l'envahissait. Il se pencha en avant pour observer. Du pont, il pouvait apercevoir l'Hôtel de Ville, le Panthéon, Notre-Dame et la tour de Jussieu, et il comprenait sans peine que ce pont attire des flopées de touristes. La Seine n'était pas très profonde à l'aplomb, entre quatre et cinq mètres, et Rémi avait déjà sauvé de justesse deux adolescents qui avaient fait le pari de plonger en été, là où elle n'atteignait qu'un mètre. Ces crétins se seraient rompu le cou en riant. La plupart pensaient que le fleuve s'enfonçait sur des mètres et des mètres. Pourtant, on était loin des profondeurs du Rhin...

Rémi se redressa et jeta un œil amusé à Barbe-Bleue. Au bout du pont, côté île Saint-Louis, un homme avec de grosses lunettes rouges jonglait. Mais autour du prophète, autoproclamé *esclave non consentant*, c'était tout un attroupement. Rémi tendit l'oreille :

« Par l'immobilier, la République est État esclavagiste... On n'a jamais vraiment commencé la démocratie. Je dis : l'intelligence politique se mesure par la condition des plus démunis. »

Quand même, quel phénomène ! La dernière phrase retint Rémi. Par certains côtés, l'homme lui rappelait Steve, son ami SDF du pont Louis-Philippe disparu l'été dernier. Ce rapprochement le rendait encore plus sympathique.

Rémi n'avait pas l'âme d'un propriétaire. Le fleuve le lui rendait bien, avec son royaume infini. Ses richesses à lui étaient des souvenirs, comme lorsqu'il amorçait ses virages, signatures d'écume sur le fleuve. Rien que pour cela, il n'aurait pu quitter son métier.

Il ferma les yeux et se laissa envahir par les sensations. D'un coup, il fut sur le fleuve. Il prenait une bonne vitesse avec le pneumatique, pas moins de 4 500 tours/minute, et il baissait d'un poil le trime en bas, à gauche de la manette des gaz. Le moteur s'enfonçait légèrement dans l'eau. Il fallait le sentir. Alors, il coupait net les gaz. Il mettait au neutre puis à fond à gauche et hop ! le coup de volant lançait le virage. En même temps qu'il relevait le trim, Rémi remettait les gaz. L'arrière du bateau chassait et c'était parti pour le plus beau des dérapages sur la Seine... Tout se faisait au bruit du moteur qui entrait un instant en survitesse. Ce n'était pas un jeu de novice. Le pneumatique pouvait vite décrocher et les passagers étaient alors éjectés comme des boulets de canon dans la Seine. Pour lui qui avait failli être chasseur alpin, il retrouvait des plaisirs de montagne. Le bateau prenait de la godille et Rémi dosait le roulis, inscrivait l'*Hélios* en appel, contre-appel, jouait du transfert de masse.

Du ski, c'était du ski.

Le jeune homme aimait les belles trajectoires et les gardait en tête. Il savait exactement où il voulait sortir, ajustait en conséquence l'angle du bateau et l'ouverture du volant. Le pont Saint-Louis n'était pas le seul à l'amuser. Il avait aussi un faible pour le pont Marie, avec son cintre droit : le jeune homme calait l'avant de son bateau sur la sortie et faisait chasser l'arrière. L'avant frôlait et, à l'arrière, le moteur évitait de justesse le tablier. Plus loin, le pont Alexandre-III avait une particularité. Si l'on restait proche de la rive, le pneumatique filait avec des *tchic, tchic, tchic* caractéristiques, grâce au tablier bas et métallique. Au niveau du pont du Carrousel, le plaisir, très différent, naissait de l'alternance rapide ombres et lumières.

Bref, Rémi avait sa façon de lire le fleuve et le huit des îles était son grand slalom. Pas loin, au Pont-Neuf, se trouvait même une arche où il était le seul à s'aventurer. La première, près de la voie Georges-Pompidou — trois à quatres mètres de large. Autant dire qu'autour du pneumatique, il ne restait rien pour se faufiler. Tandis qu'il passait en revue ses courbes préférées, son esprit ricocha sans surprise sur Lily. Elle serait là ce soir. Les brigades avaient été en partie redistribuées et ils allaient de nouveau travailler ensemble. Peut-être qu'il pourrait partir en ronde, seul avec elle, sur le fleuve ? Comme avant. *Avant*, elle aimait tant ses virages... Et la vitesse faisait danser ses boucles. Au fond, les courbes qu'il enchaînait ne dessinaient rien d'autre sur le fleuve qu'une parade amoureuse, tout en écume.

Nouveau coup d'œil à sa montre : 18 h 20. Il allait se mettre en route vers le quai Saint-Bernard. Il prendrait le quai de la Tournelle, rien que pour les bouquinistes, même si l'heure n'était plus à jouer au touriste. Il se promit de ne pas s'arrêter — il serait dur de résister à l'appel des sirènes des livres d'occasion. Cela faisait un mois qu'il guettait un livre sur la vague mythique de Tahiti, Teahupoo, et il n'avait pas perdu l'espoir de le trouver.

En partant, les paroles de Barbe-Bleue se perdirent au vent :

« Je demande justice. C'est mon premier objectif... Et après, c'est d'aimer toutes les femmes du monde, *soyons clairs*. Ma raison de vivre, c'est d'aimer les femmes... Je pense que ce sont elles qui détiennent le pouvoir courtois. »

Rémi contempla la Seine. Il se baissa pour ramasser une pierre, la fit ricocher sur l'eau, et ne put s'empêcher de sourire de son vœu.

CHAPITRE 38

Dimanche 10 juillet 2011
20 h 02
Paris V^e, quai Saint-Bernard,
brigade fluviale

« Ta chaussure bâbord bâille... »

Rémi Jullian baissa la tête, regarda le bout de ses bottes et constata, effectivement, que celle de gauche avait pris un coup de vieux. En face de lui, Philippe Le Ster était hilare. Rémi s'appuya contre l'une des chaises bleues de la salle d'équipage et désigna l'épaisseur du cuir :

« C'est pourtant du costaud... De vraies bottes de pompier, achetées 50 € quand j'ai passé mon monitorat de secourisme, coquées et étanches jusqu'au mollet ! Moi qui croyais que c'était indestructible... Elles ont quatre ans : elles feront bien encore quelques interventions... »

Dans la cuisine, Lily Péry releva la tête et adressa un clin d'œil à Anne Marxer. C'était son tour de préparer le repas. Les cheveux remontés en queue-de-cheval, elle brassait à l'écumoire une montagne de moules qui cuisaient dans un faitout. Elle avait ajouté du laurier, des échalotes et elle finirait par de la crème et du curry. Anne l'aidait en veillant sur les frites. Tic et Tac avaient découpé les pommes de terre et Igor avait mis la salade égouttée dans un saladier inox. Lily l'arrêta :

« T'as pas l'impression d'en avoir fait moins que les autres, toi ?

— Question de grade...

— Eh ouais, c'est ça d'avoir l'encéphalogramme plat », dit Rémi.

Allusion au galon blanc d'Igor, de brigadier-major, traversé d'une ligne rouge horizontale.

Lily fit semblant de donner un coup de pied à Igor et lui lança :

« Hé ! Prends au moins le sel, la moutarde et la carafe avec toi, Monsieur Je-m'économise ! »

Rémi avait mis la table. Règne involontaire du disparate : assiettes en verre transparentes, couverts en plastique ou en inox, verres qui semblaient droit sortis d'une brocante... Igor posa le sel, modèle 750 grammes, une vraie tour de contrôle. Loïc, un gardien de la paix, était déjà assis et tapait des MMS. Il envoyait des images de *Sœur Marie-Thérèse des Batignolles* de Maëster, une bonne sœur armée comme un porte-avions. Ils étaient huit policiers pour la nuit, Tic et Tac n'ayant pas voulu poser leur permission.

Tous en polo bleu marine avec leur écusson de la Fluv sur l'épaule droite, ils avaient l'air d'une grande famille. Face à la longue table, l'écran de surveillance, divisé en neuf secteurs, leur permettait de garder un œil sur les pontons et les quais.

D'un pas rapide, Lily quitta un instant la cuisine pour poser un dessous-de-plat sur la table. Elle tapa gentiment Loïc derrière la nuque :

« Et toi ? Tu peignes la girafe ou quoi ? S'il n'y avait pas deux femmes, je ne sais pas ce que vous mangeriez, ce soir... Je ne parle pas pour Tic et Tac qui ont donné de l'huile de coude. »

Elle aimait les taquiner. L'ambiance de leur brigade était excellente et elle avait retrouvé ses anciens équipiers. Tic avait de sages paroles pour résumer l'esprit : « À la brigade A3, on part du principe qu'on ne travaille pas moins bien dans la bonne humeur. » Elle l'avait toujours pensé.

Rémi la rejoignit dans la cuisine. Il la frôla pour sentir son parfum et la détourna du bain de vapeur des moules :

« On te doit combien, Lily, pour le repas du soir ?
— 6,50 € pile. »

La voix d'Igor, le chef de poste, s'éleva :

« 6,50 €, c'est quoi, ça, deux minutes au spa, non ? On a un repas de gala pour 6,50 €, Lily !
— Attends de manger et tu diras après, Igor...
— Arrête ! On sait bien qu'il suffit que tu touches à quelque chose pour que ça devienne bon... (Il nargua Rémi du regard et dit plus bas.) Enfin, presque. »

Brandissant le faitout fumant à bout de bras, Lily les interrompit :

« Chaud ! Poussez-vous... Allez ! Qui est-ce que je sers ? »

Tous tendirent leurs assiettes.

« Igor, en tant que chef, tu devrais montrer l'exemple et prendre plus de moules et moins de frites, c'est meilleur pour les compétences du plongeur, dit Tac.
— Et toi, t'es un gnou, t'as droit qu'à de la salade. »

Igor se saisit de l'écumoire pour se verser une seconde ration de moules.

En récupérant son assiette, les doigts de Rémi touchèrent ceux de Lily. Il aurait juré qu'elle hésitait à les retirer.

« Ça sent rudement bon, ta cuisine, Lily. »

Elle se contenta de sourire et s'adressa à tous :

« C'est pas tout mais mangez, hop ! Sinon ça va être froid... »

La salle d'équipage s'emplit de bruits d'assiettes et de couverts qui n'empêchaient pas les conversations de fuser.

« Qui peut me dire pourquoi ça pique, une fourchette ? »

Tic avait posé son poignet trop vivement sur sa fourchette, restée dents au ciel. Il en gardait les marques sur la peau.

« Moi, coupa net Rémi, je prévois que cette nuit, on va avoir de la merde, sur le coup des 3, 4 heures du matin...

— C'est vrai qu'avec la chaleur, c'est blindé sur les quais, dit Tac.

— Faudra faire gaffe au bras de la Monnaie, près du Louvre et près de chez nous, square Tino-Rossi avec leurs bals folk qui rameutent le peuple. Vu comme ils se cuitent, gare aux bouteilles quand on passe sous les ponts...

— T'as raison, Igor, ils sont chauds, le soir, mais si on s'en prend une, tu me largues sur le quai et y en a un qui va battre un record d'apnée, ça c'est sûr. Tant que je reste au fond, il reste avec moi.

— Tu sais nager, toi ? »

Lily lui avait posé la main sur l'épaule, elle le narguait. Tac se leva de sa chaise, frappa du poing sa poitrine et dit d'une voix forte, réchauffée par l'accent de Bandol :

« Ça, on ne m'a pas appris... Mais rester au fond sans respirer, je sais faire. Jusqu'à trois minutes trente sans problème. »

Tous partirent d'un grand rire.

Anne fit passer le pain et Philippe reprit une grosse tranche pour éponger la crème au curry. Il leva les yeux vers Rémi :

« D'un côté, toute cette agitation, c'est mieux, on risque pas de se faire chier comme des rats morts...

— J'ai connu des rats qui étaient bien sous tous les rapports, *ce qui n'est pas le cas de tous les gens autour de nous*, dit Loïc.

— Et d'ailleurs, pourquoi est-ce qu'on dit se faire chier comme un *rat mort* ? C'est pas déontologique. Et puis le rat, s'il est mort, il ne peut plus se faire chier...

— C'est une image, précisa Anne.

— Ben, même une image, elle n'est pas obligée de dire n'importe quoi... Est-ce que quelqu'un aurait l'amabilité extrême de me passer la salade ? »

Rémi lui tendit le bol inox. De l'autre main, il attrapa la carafe en verre Ricard pour se servir de l'eau :

« Je t'explique : c'est pour montrer que c'est vraiment le fond du fond. Un rat mort, c'est pire qu'un homme mort. Parce que si un rat n'intéresse personne vivant, tu trouveras pas une bonne âme pour le pleurer mort.

— Putain c'est triste, ton truc ! » dit Philippe, rivé à son assiette.

Tac leva son verre :

« Moi, j'ai une belle histoire, et en plus elle est vraie. C'est Tany Zampa, aux Baumettes, qui se rue sur un autre taulard pour l'empêcher de tuer un rat. Il le retient par un bras et il dit : "ON TOUCHE PAS AU RAT". L'autre le regarde, éberlué, et il reprend : "Le rat est la bête la plus pourchassée, comme nous. Donc on respecte le rat. Personne ne tuera de rat devant moi." Véridique. Pourtant c'était un nerveux, le Zampa...

— Tu vas nous les rendre sympathiques, dit Tac.
— Qui ça, les rats ou les braqueurs ? »
Les rires redoublèrent.

Lily repoussa sa chaise pour aller chercher le dessert, tandis que les autres débarrassaient. Elle revint avec un gâteau au chocolat. Tac courut dans la cuisine pour ramener la bombe de chantilly.

Sitôt posée sur la table, Igor s'en empara. Il ne lâcha la bombe que quand il eut le Cervin en face de lui. Tac ne le rata pas :

« Dis donc, t'es sacrément viril sur la chantilly, toi ! »

Igor se redressa :

« C'est la première fois qu'on s'attaque à ma virilité... »

Lily le regarda en secouant la tête, ils étaient vraiment survoltés ce soir. Puis elle eut un regard furtif vers Rémi. Elle baissa aussitôt les yeux — il la regardait et elle l'avait senti.

Soudain, Lily remarqua que le gâteau avait été entamé :

« Hé !! Qui est-ce qui a grignoté mon gâteau comme un hamster ?
— Ça commence par Tac... et ça finit par Tac », dit Rémi.

Lily baissa les bras en signe d'abdication. La conversation partit sur les deux retenues d'eau sous l'Opéra Garnier. Rémi parla de la formation Surface non libre et du fil d'Ariane qu'ils équipaient de plomb tous les vingt mètres. Il enchaîna sur les stages de plongée sous glace à Évian, à Annecy et au lac Genin. Anne dit qu'elle préférerait bronzer quai de la Tournelle, sur le pont du *Yacht de Paris*, plutôt que de se geler dans des lacs. Tic raconta qu'il avait perdu trois kilos au stage à Antibes et Philippe parla d'un homme qu'ils avaient chopé et qui se lavait dans la Seine ; quand il porta la tasse de café à ses lèvres, le brigadier s'écria :

« C'est qui le salopard qui a préparé ce café ? »

Anne désigna Loïc. Tic repoussa sa chaise et se dirigea vers le ponton officiers :

« Bon, moi, je vais aller me fumer un petit Cohiba.
— On te voit jamais fumer là-bas de jour, hein ? dit Igor.
— Écoute, y a un grand principe : si tu fumes devant l'officier... c'est que t'as pas de travail. Donc je fume jamais devant les officiers. Qui vient avec moi ? »

Philippe l'accompagna.

Le téléphone de secours du poste sonna. Le son était différent du standard, un bip long, lancinant, stressant. Quand ils l'entendaient dans des séries télévisées, tous sursautaient. Tac se précipita, suivi d'Igor :

« Brigade fluviale, bonsoir. À qui ai-je l'honneur ? »

Puis il hocha la tête et commença à remplir la fiche d'intervention avec le numéro du requérant et l'heure — 20 h 40. Igor, le chef de poste, revint rapidement vers les autres :

« Désolé pour le café mais le *Petrus III*, stationné port de l'Arsenal, vient de nous appeler. Les mecs devinent une forme au fond de l'eau et ils sont persuadés que c'est un corps. Vous partez tout de suite à l'échelle et moi, j'appelle le port de l'Arsenal pour qu'ils préparent l'écluse.

— Et c'est reparti pour le baiser du cadavre ! » lança Rémi.

Il poussa la porte coupe-feu et cria à l'attention de Tic :

« Tu peux dire adieu à ton cigare, on y va !

— Attends, ça se fume pas comme une Marlboro, un Cohiba... »

L'équipe de secours avait été désignée dès 19 heures, au moment de la vacation. Rémi, Philippe, Anne et Tic prirent leur gilet tactique et s'élancèrent vers le *Cronos*. Le matériel de plongée était déjà à bord de la vedette de secours. Rémi attrapa la radio et appela l'état-major :

« TNZ de la vedette *Cronos*. La vedette *Cronos* se rend port de l'Arsenal pour une forme au fond laissant penser que c'est un cadavre dans l'eau du port. »

Philippe largua l'amarre arrière et démarra le bateau, tandis que Tic, encore sur le ponton flottant, largua l'amarre avant et qu'Anne se préparait. C'était elle qui plongerait. Ils avaient peu de chemin à faire — en fait, juste à traverser. L'écluse du port de l'Arsenal se situait pile en face des pontons de la Fluviale. Via la VHF, canal 9, Rémi prit contact avec l'éclusier. Il leur faudrait un quart d'heure pour passer.

Ils étaient prêts, prêts à remonter des eaux un monstre.

CHAPITRE 39

Dimanche 10 juillet 2011
20 h 04
Paris IVe et Paris XIIe, port de l'Arsenal

Avec la Ducati 749 Testastretta, j'ai fait un beau plongeon dans le virage du quai des Célestins au boulevard Henri-IV et je roulais droit sur Bastille. La chaleur montait encore du bitume. Je n'avais pas pris le GSXR : je changeais souvent pour déjouer les repérages ; je modifiais aussi les stickers et les plaques. Là, j'avais collé un écusson Tag Heuer sur le carénage, assez gros pour qu'on le repère à cinq mètres.

Je pensais à la petite mésange. La vie a le don de tout compliquer.

Pile au moment où Archi disparaît dans la quatrième dimension.

J'avais rendez-vous avec La Fêlure au port de l'Arsenal sur le *Shark*.

La Fêlure était l'une des plus fortes têtes brûlées que je connaisse. Sec et nerveux, avec une face émaciée qui lui donnait un air malade. Toujours nickel. Sapé comme un Russe même s'il était serbe. Ce type était fou des « violets » neufs — c'est comme ça qu'il appelait les billets de 500. Il en lâchait quelques-uns pour se faire tailler des chemises sur mesure place Vendôme, chez Charvet. Un type capable d'en dézinguer un autre à la barre de fer et de se recoiffer juste après. Modèle Yacine puissance mille, toujours avec un peigne en corne dans la poche. Mais je pouvais lui faire confiance. On n'avait pas grandi ensemble mais c'était tout comme : j'avais défoncé un soir un mec à coups de crosse dans un bar clandé pour qu'il lâche sa sœur. Je supportais pas qu'on s'attaque aux femmes. Fallait vraiment avoir les couilles à l'envers pour les malmener. Ce jour-là, j'avais gagné sa reconnaissance à vie. La fille s'appelait Dajana et elle était belle comme dix aubes.

La Fêlure vivait sur plusieurs endroits, principalement à Aubervilliers mais parfois, on le trouvait au port de l'Arsenal, quand il voulait épater une belette. Je n'étais venu qu'une fois à l'Arsenal, un soir, pour un verre. On avait tellement tisé de sky[1] qu'on avait fini complètement dékère. Je m'étais effondré raide sur le pont à même plus pouvoir compter les étoiles. Le matin, je m'en souviens encore, il m'avait apporté des croissants et il fallait voir cette brute stylée de La Fêlure avec son sachet à la main. Encore un mystère de la Création. Un moment, j'avais cru que je dormais toujours. Je me souviens aussi qu'on avait refilé les miettes aux poissons et qu'ils venaient les gober.

J'ai garé la guêpe noire au début du boulevard de la Bastille. Un mec en skate m'a souri. D'abord, j'ai dû avoir l'air surpris, puis j'ai compris qu'il avait repéré ma vieille casquette *Bones* sur la tête — la vert et rouge. Je suis resté près des marches, je l'ai regardé

---

1. Whisky.

une minute et il a rentré un parfait *ollie flip*. À mon tour, je lui ai souri en me demandant si je remonterais un jour sur un skate. Pour être honnête, ma panoplie de tricks devait maintenant se résumer au tic-tac, cette façon libre d'avancer en zigzag. Je portais mon blouson Hugo Boss, un tee-shirt noir avec une tête de mort, un jean gris, et les poches bourrées de cash.

J'ai vérifié les zips des fermetures Éclair et je me suis dirigé vers l'entrée du parc en allumant une cigarette, plutôt de bonne humeur. La Fêlure m'avait prévenu : il m'avait préparé une belle mallette, je roulais pas en corbillard. De larges marches servaient de descente, je les ai dévalées comme un gosse. Peut-être à cause du minot en skate qui m'avait donné la ouache. Au bas de la pelouse, un gus jouait de l'harmonica. Sa musique avait la nostalgie des jours perdus. Lui aussi portait une casquette qui lui tombait sous les yeux. J'ai saisi un talbin de 50 € et je l'ai agité sous la visière. Lentement, il a relevé les yeux, sans cesser de jouer, et ce fut mon deuxième sourire de la soirée. Il suffisait qu'un mec joue bien d'un instrument pour que je fasse mon chamallow. Après, que ce soit de la guitare, de la cornemuse ou du djembé, je m'en branlais. Je demandais juste que ça vienne des tripes. Le type a eu l'air de ne pas y croire, ce hotu m'a arraché le billet des mains. J'allais pas le lui voler, mais je le comprenais.

Mon regard a ricoché sur les bateaux et j'ai trouvé rapidement le *Shark*, un Meridian 341 Sedan. Pas difficile. Cette vedette était flanquée d'un poste de pilotage haut perché, qu'on aurait repéré à cent mètres. Il m'a fait un drôle d'effet. J'hésitais entre la pièce montée et un gros éléphant, coiffé d'un howdah, prêt à transporter La Fêlure pour la chasse au tigre. En prenant le ponton pour rejoindre le *Shark*, je riais au fond de moi.

La Fêlure est arrivé bras tendus, ce mec avait le sens de l'accueil, précédé par Farouge, son dalmatien. À son poignet droit, j'ai immédiatement reconnu la Magic Gold de Hublot. Ce salopard en avait une, et surtout de la chance que je braque pas mes partners. Or et noir, classe, et de l'or inrayable, sauf par du diamant — encore plus classe. J'ai dû avoir l'air hésitant. Car il avait rangé ses chemises Charvet et dégoté un tee-shirt avec l'inscription : JUSQUE-LÀ, ÇA VA. J'ai pas pu m'empêcher de dire :

« Ben je te demande pas si ça va, alors...

— Arrête, répondit-il en me faisant signe d'éteindre ma cigarette, il est sympa, ce tee-shirt, non ? Si tu veux, je peux même t'en donner un, j'en ai deux... »

Je lui ai mis la main sur l'épaule en écrasant de l'autre ma cigarette sur mes rangers. Je devais avoir l'air d'un héron. Il m'a regardé de haut en bas, à l'affût du moindre changement :

« T'es bien, dis donc, t'as l'air en forme. Taillé comme Bruce Lee, pas un pet de graisse. Tu fais beaucoup de sport, on dirait, ou t'es amoureux ? »

J'ai répondu oui, que je courais tous les jours et que je faisais du free fight. Soudain, j'ai eu un doute. Je l'ai observé du coin de l'œil en me demandant s'il n'aimait que les femmes. Cette idée m'a gêné.

Il portait un pantalon en lin blanc et des chaussures de bateau, le Serbe savait se fondre partout. J'aurais parié qu'on lui avait offert le tee-shirt. Quelqu'un qui avait du poids sur lui car jamais il ne lâchait ses chemises avec ses initiales brodées sur la poche gauche, BZ. Je réalisai que je ne connaissais même pas son prénom, encore moins son nom. La

Fêlure avait une façon bien à lui de parler, avec plein d'intonations qui mettaient des montagnes russes dans ses phrases. Chaque fois qu'il insistait sur un mot, il haussait les épaules. Cette terreur me faisait rire, j'avais toujours vu que son côté sympathique.

Il me fit un clin d'œil et signe d'avancer dans le salon de la timonerie, les portes coulissantes étaient ouvertes :

« Alors qu'est-ce qu'on fait, mon garçon, on dégoupille une bouteille de champ' ? Ou tu préfères un vin blanc ? La Fêlure a tout ce que tu veux : chablis, meursault... Du tokay aussi, tiens, si ça te dit... Qu'est-ce que je te sers ? »

J'ai failli lui répondre une bière, une Lav, puis je me suis dit que j'allais pas le décevoir, c'était mauvais pour le bizness :

« Du champ', ouais, c'est bien, j'ai envie de bulles. »

Dans le salon, y avait un petit bar en bois. Sur le plateau, deux flûtes, des poivrons farcis et de la feta. C'était autre chose que d'aller à Villemomble voir le Roumain de La Sablière dans les cages à lapins. Le dalmatien a reniflé les bols, puis il s'est étalé au travers de l'entrée en quête de fraîcheur. Du coup, j'ai pigé que le jouet couineur qu'il mâchonnait représentait une grenade et je me suis demandé où est-ce qu'on pouvait trouver des trucs pareils. La Fêlure a levé sa flûte et il fallait avouer qu'il ne manquait pas d'élégance quand on lui mettait pas une Kalach dans les pattes :

« *Giveli !* »

Je l'ai regardé droit dans les yeux en répétant :

« *Giveli !* »

CHAPITRE 40

Dimanche 10 juillet 2011
20 h 44
Paris IVe et Paris XIIe, port de l'Arsenal

Lorsque l'équipe de secours arriva à l'écluse de l'Arsenal, Rémi saisit la VHF :
« Capitainerie pour la brigade fluviale. »
Une voix crépita et Rémi dut se concentrer pour comprendre :
« Port de l'Arsenal, je vous écoute. »
Il annonça presque aussitôt, en regardant sa montre :
« Vedette *Cronos* montante dans le port de l'Arsenal. Pourriez-vous nous sasser rapidement pour que l'on fasse l'intervention par plongée dans le port ?
— Pas de problème pour l'éclusée. Ce sera prêt dans cinq minutes. »
La capitainerie était fermée depuis 20 heures et Rémi avait reconnu la voix de l'agent de nuit. Au-dessus d'eux, les flancs bétonnés de la voie Mazas portaient en gros l'inscription CANAL SAINT-MARTIN. PORT DE PLAISANCE DE PARIS. ARSENAL. Le vrombissement des voitures leur parvenait. Ils se rapprochè-

rent et le bruit se fit fracas. Deux métros se croisaient sur le pont aérien avec pour vigie, à quelques pas, l'institut médico-légal et sa forteresse de brique rouge. Les wagons hoquetaient, poussant des sifflements plaintifs. Anne plissa les yeux en regardant se faufiler les deux serpents. C'était lugubre.

Rémi se prépara à sauter sur l'échelle, suivi de Tic. Il se hissa sans peine et s'élança d'un bond sur les pavés. Tic dérapa sur les mousses des barreaux, se rétablit et partit à la poursuite de Rémi qui cavalait déjà. Il dépassa la protection civile et s'engouffra sous le tunnel coiffé de son trident de voies infernales.

Au bout, Rémi se retourna pour l'attendre. Il en profita pour vérifier l'attache de sa Maglite sur son ceinturon.

« Magne-toi, Tic.

— C'est bon, on va pas le réveiller, le cadavre.

— C'est pas le problème. Question de principe. "Brigade A3, brigade des rois." On se doit d'être les meilleurs, donc les plus rapides. Et puis j'aime pas marcher, Tic. Marcher, c'est pour les Rivoire et Carret. »

Tic n'avait pas le choix, il se mit à galoper. Le duo dépassa les deux premiers bateaux amarrés, un noir, un blanc — *L'Air du temps* et l'*Aliénor*, puis la capitainerie. Rémi savait où se situait le *Petrus III*. Il fallait atteindre le poste d'amarrage G, un peu avant la brasserie Le Grand Bleu située en surplomb, dans le jardin du port.

Le *Petrus III* — il connaissait parfaitement ce bateau hollandais, l'un des plus élégants du port, avec sa ligne effilée, sa coque blanche étincelante, son superbe vernis et ses matelots en pantalon blanc. Une très belle unité de 1953, un vingt et un mètres ramené par la mer des chantiers navals Akerboom à Lisse. Plusieurs fois, il avait pris des verres sur le pont en teck.

La Fluviale n'intervenait pas souvent sous la voûte Richard-Lenoir. Rémi n'y était allé que six fois dans sa vie et il se réjouissait de revoir le *Petrus III*. La beauté du yacht compenserait l'horreur du cadavre.

CHAPITRE 41

Dimanche 10 juillet 2011
20 h 50
Paris IVe et Paris XIIe, port de l'Arsenal

Les portes avales[1] de la neuvième écluse fermées, Philippe Le Ster avait fait un tour mort autour du bollard flottant. Il gardait l'amarre en main pour que le *Cronos* ne glisse pas vers l'aval avec les remous. Le Zodiac allait tanguer fort. Derrière eux, les lourds vantaux s'étaient refermés comme des portes d'arrière-monde. À la capitainerie, l'agent de nuit avait ouvert les vantelles amont à fond. Ces trappes d'ouverture de l'écluse géraient l'écoulement. Neuf cents mètres cubes d'eau se déversèrent en cinq minutes. Anne oublia tout ce qui l'attendait dans ce bruit de torrent. Les remous, violents, amplifièrent les odeurs du canal ; la descente de l'eau avait révélé les algues vertes des bajoyers, des entéromorphes, fluo comme du wasabi. Anne était prête à plonger. Elle avait enfilé sa combinaison Néoprène, ses chaussons et ses palmes, positionné son couteau à la cuisse, face

---

1. Côté Seine.

intérieure, et glissé son masque autour du cou. Ses doigts tapotaient le boudin du pneumatique. La jeune femme regarda autour d'elle, son regard était habitué à tout repérer : la porte rouge de l'ancienne maison de l'éclusier, la pancarte paris-Pont Morland P.K. 4.49, les pierres meulières du pont, les câbles qui couraient sur les parois... et en face, le ciel. Ce ciel qui prenait son temps pour basculer dans la nuit. Un beau ciel — un ciel d'été.

Bientôt, son horizon à elle se bornerait aux profondeurs du canal. Ce n'était pas très profond, deux mètres à deux mètres cinquante, mais l'eau était plus stagnante que celle de la Seine. Peut-être faudrait-il sonder la vase, main gantée en avant. Tout dépendrait de la visibilité. Quand elle aurait découvert le corps, elle glisserait son bras pour le crocheter et le remonter avec elle, au plus serré. Cette étreinte avec la mort resterait gravée, elle le savait. Elle viendrait s'ajouter aux vingt-cinq autres cadavres qu'elle avait déjà repêchés. Elle pria pour que ce ne soit pas un enfant.

Anne tourna ses grands yeux bleus vers Philippe. Elle avait des gestes de garçon manqué mais un regard doux, bordé de cils blonds, et de jolies lèvres bien dessinées.

Le pilote sentit qu'il fallait la détourner de ses pensées :

« Tu souris toujours plus l'été, toi ! »

La remarque agrandit son sourire, jusqu'à découvrir ses dents. Elle riait maintenant. Anne était la plus grande frileuse de la Fluviale. S'entraîner en Seine l'hiver lui donnait des envies d'hibernation. En été, elle revivait.

Derrière eux, un métro hulula et, un instant, l'écluse fut un train fantôme.

CHAPITRE 42

Dimanche 10 juillet 2011
20 h 50
Paris IVe et Paris XIIe, port de l'Arsenal

Les yeux de La Fêlure brillaient comme s'il m'avait préparé un paquet-surprise bourré de bolduc.

« Spanish, tu n'oublieras pas, faut que je te fasse goûter la *Dunjevaca* avant que tu repartes...

— C'est quoi, la Dunj... ? ai-je demandé en gobant un poivron farci.

— De l'eau-de-vie de coings de Voïvodine. Ça devrait plaire à un homme comme toi, un vrai ! Le fruit ressemble au cul des vieilles mais pas le verre, garçon, ah ça non ! Tu ne repars pas sans avoir baptisé ton gosier à la *Dunjevaca*. »

Et il m'a tapé dans le dos à me démonter l'épaule. La tape amicale des Balkans. Farouge s'est levé d'un bond et s'est mis à sauter autour de nous. J'ai fusillé La Fêlure du regard. On ne me touchait pas comme ça. Personne me touchait. Heureusement pour lui... j'avais besoin de lui.

J'ai descendu d'un trait le champagne. Les bulles

me sont montées droit au cerveau. Ma main a pioché de la feta et j'ai attaqué sec en posant ma flûte :

« T'as dit que t'avais une *mallette de voyage* pour moi ? »

Il a hoché la tête et je lui ai trouvé un air d'alpiniste, avec ses rides qui lui plissaient le coin des yeux. La Fêlure s'est mis à tourner sur lui-même. J'étais prêt à lui dire : arrête de faire le vautour, tu me donnes le mal de mer, mais il a cessé d'instinct et dit avec son regard de braise :

« Bouge pas. »

Il a disparu dans un recoin de la cabine. Farouge s'est précipité derrière lui, j'ai entendu ses pattes griffer le sol. Depuis ses profondeurs, La Fêlure a décrété :

« Et tu fumes pas, hein ? »

J'ai crié, après un silence, les yeux fixés sur les embarcations du port :

« Pourquoi tu l'as appelé Farouge, ton clebs ? C'est un chien de communiste ?

— Mais non, le Spanish, c'est pas Farouge, c'est FAROUCHE, *che* comme chien. Farouche... »

Il devait farfouiller dans des caches, la voix était étouffée mais son accent me faisait mourir de rire. Et dire que depuis des années, j'avais appelé ce chien Farouge sans me poser de question !

La Fêlure est revenu avec deux mallettes noires, genre outillage de bateau. La vedette avait de larges baies vitrées, La Fêlure a posé les mallettes sous la table basse et s'est assis face au ponton en s'époussetant les épaules. Sans transition, il s'est levé comme un ressort pour ramener les flûtes, les poivrons et la feta ; il m'a resservi, la mousse a cavalé sur la table, et il m'a dit de piocher dans les bols.

J'avais un faible pour les poivrons, surtout s'ils étaient pimentés.

La Fêlure a planté ses yeux gris dans les miens et il a ouvert les mallettes. De l'extérieur, vu sa position, personne ne pouvait deviner le contenu. Bruit du déverrouillage.

J'ai fait :

« Whao. »

Il m'a lancé un regard satisfait :

« Si ça mérite pas les yeux doux, ça... Farouche, tu bouges pas ! Je te fais pas les présentations, garçon, là t'as les kits DAB avec des pétards de deux cents grammes... Tolite, du bon explosif secondaire, pas plus gros que des savonnettes, là, de la mèche lente de cinq millimètres, attention, tu coupes pas trop court si tu tiens à tes doigts, pas trop long non plus pour pas faire sauter la ménagère. Ici, t'as de quoi monter un cadre alu et quelques détonateurs pyrotechniques aussi beaux que des happeaux mais sans trou, c'est pas de l'inerte... Tu peux essayer sur une porte de gymnase, ça fait du grabuge...

— T'as pas de détonateur électrique ? »

Quitte à penser à mes doigts, je préférais...

Il a haussé les épaules et passé un doigt sur son front :

« Attends, y a pas écrit SUPERMARCHÉ, là, non plus. J'ai ce que je trouve, l'ami... Bon, ici, t'as du SEMTEX, de l'explo de destruction, stable, vraie pâte à modeler en direct de Niš que tu peux fourrer partout. Y a juste la parabole que je te fournis pas. Tu te démerdes pour concentrer le souffle avec ce que tu veux, couscoussier ou coque d'enceinte, sinon c'est beaucoup de bruit pour rien et moi je suis pas responsable du manque de dégâts après vente... T'as déjà fait, de toute façon, garçon ? »

J'ai hoché la tête avec assurance. Depuis tout gosse, j'avais un faible pour les pétards. Avec Archi, on s'amusait même à construire des petites forteresses en béton couvertes de mousse qu'on faisait exploser — je devais avoir huit ans. Notre père, Pedro, était un pro des explos et il nous avait appris les principes de base, de rafraîchir la mèche sur vingt centimètres pour retomber sur du bon, de donner un coup de couteau en travers et d'écarter les lèvres pour glisser deux têtes d'allumettes au cœur de l'âme de poudre noire. On grattait une allumette pour initier, et c'était le 14 juillet. Mon père utilisait un mégot pour que ça parte en combustion. Chaque fois que je le faisais, j'avais l'impression de reproduire ses gestes, j'entendais la voix de ce drôle de type qu'avait été mon père.

Il disait : « Fils, si tu retiens que les explos agissent toujours vers la partie la plus dure, tu ne seras pas le plus mauvais. » Pedro avait des rêves bien à lui, comme de dégoter de la mèche de sabotage, utilisée pendant la Seconde Guerre mondiale pour les ponts, qui se consumait — cent mètres en une seconde.

Mon père... Mort troué de balles, comme tous les voyous qui ne finiront jamais leur vie dans un lit.

J'ai saisi deux pétards en main, ils avaient la couleur du beurre rance et étaient enveloppés sous film plastique avec des inscriptions au marqueur, en serbe. Puis j'ai examiné la mèche, pour voir si elle présentait bien sur toute la longueur. Le problème avec les Balkans, c'étaient les vieux stocks. J'ai pointé du doigt la mèche verte :

« Dis voir, la mèche lente, pourquoi elle est pas brune ou noire ? »

Les sourcils de La Fêlure se sont arqués et il a haussé les épaules :

« Hé ! On s'en fout de la couleur de la mèche, c'est juste qu'elle est pas française. Enfin, tu vas pas être raciste, le Spanish ? »

Je l'ai reposée en riant et fait non de la tête. Je demandais juste que ça pète, le reste, ça pouvait venir des caves de la cité Rechossière ou de Mars, j'en avais rien à cirer.

Il y eut un silence, puis La Fêlure a pris un air entendu :

« Si tu veux aussi, je peux t'échanger une Kalach et du cash contre le TEC 9 dont tu veux te débarrasser. Tu sais, tu m'en avais parlé la dernière fois... »

Je me suis fourré une allumette entre les dents et j'ai vu que ça faisait grincer La Fêlure, à cause des explosifs :

« Et du côté liasses ?
— 700 ? C'est cadeau... »

Ses yeux étincelaient et j'étais comme sous le charme, incapable de dire non. J'avais un putain d'anaconda en face de moi, avec les yeux et les narines qui surnageaient, et je me demandais parfois s'il n'allait pas me mordre à la gorge pour m'entraîner sous l'eau. Heureusement que j'avais sauvé sa sœur.

« Le TEC 9, cette merde ? T'as vraiment ferré un mec pour ça ? »

J'ai levé les yeux et regardé au-dessus, la vie tranquille du quai par les baies vitrées. Y avait que les mecs dans la drogue pour vouloir des TEC 9 aujourd'hui. L'avantage était, je l'admets, leur côté compact, et les TEC 9 tiraient en rafales. Les mecs avaient l'impression d'arroser la vermine avec leurs couilles. Pas ma came, pas assez fiable pour moi. Je me suis laissé retomber sur le canapé qui était comme du C-4, couleur pâte d'amande et moelleux, et j'ai réfléchi.

La Kalach, j'étais preneur. Pour Yacine en fait. Je prévoyais qu'on fasse bientôt les hirondelles à ratisser les présentoirs d'une bijouterie, celle de Drancy qui était presque en libre service. La Kalach, à part mes réserves sur les chargeurs, c'était du solide — indestructible, indémodable, facilement réplicable, O.K. Mais surtout, créée pour les illettrés, pour des bataillons de Russes confits dans la vodka qui ne savaient alors ni lire ni écrire. C'était le secret de son succès. De la tige et du ressort, point. Elle ne s'enrayait jamais parce que le mécanisme était hyper simple, réduit au minimum, pensé pour que le plus naze puisse la démonter et la remonter. Et comme c'était hyper simple, la merdasse pouvait s'y nicher. Il suffisait d'appuyer, d'enlever le cache en tôle emboutie qui coûte que dalle, de passer un coup de pinceau trempé dans l'eau, et c'est reparti Charly. Tu fais ça avec un FAMAS, il est mort. Trop de petites pièces. J'ai tendu ma flûte à La Fêlure avec un sourire :

« O.K., ça marche. Sers-moi en bulles avant que je vide ta Dune...

— *Dunjevaca*. Je vais la chercher.

— Et je te prends tes feux d'artifice. Tu les ramènes jusqu'au canal Saint-Denis dans dix jours ? Ou au bassin de la Villette, comme tu veux. Tu me dis combien... »

La Fêlure était penché sur ses bouteilles. Le dalmatien a tendu sa gueule vers le ponton, oreilles dressées. Il grognait avec de petits jappements, étouffés. J'ai entendu du bruit et je me suis relevé d'un coup.

Un type venait de passer en courant et j'aurais juré que j'avais vu du bleu.

Un frisson m'a parcouru le dos et j'ai bondi près des hublots. Un mauvais pressentiment.

Putain, C'ÉTAIT UN FLIC.

J'ai regardé à droite, à gauche, et j'en ai vu un deuxième qui arrivait moins vite.

J'ai jeté un regard fiévreux à La Fêlure qui ne comprenait rien ou faisait semblant, débuté une phrase que je n'ai pas finie et balancé ma flûte. Je me suis rué vers le ponton avec une seule idée en tête : l'effet de surprise. J'ai repris mon souffle, ils ne m'avaient pas encore repéré. Les idées ont fusé dans ma tête. Comment avaient-ils pu me trouver ?

Je n'imaginais pas que La Fêlure ait pu me balancer. Ni pour lui, ni pour moi.

En une fraction de seconde, j'évaluai la situation : le premier flic se dirigeait vers un saule pleureur où l'attendaient deux mecs en civil, fringués comme des marins. D'autres ? Tout me paraissait suspect et mon cœur tambourinait. Si je remontais les marches vers le parc, je me ferais serrer avant même de rejoindre ma moto. Ils étaient à une trentaine de mètres. Ils avaient dû calculer que je courrais soit vers le parc, soit que je rebrousserais chemin en les voyant. *Putain !!! Comment ? D'où ?* J'essayai de maîtriser mes nerfs, j'avais envie de hurler. Ces connards avaient dû tout imaginer, poster d'autres mecs... Ils allaient pas juste balancer deux glandus pour m'interpeller. Il me restait une chance. Une seule. Risquée.

De choisir la voie la plus dangereuse. Celle qu'ils auraient écartée.

Foncer droit sur eux, voilà ce qui me restait. Je me laisserais pas attraper.

Plus que jamais, raisonner devait être, à parts égales, du cérébral et de l'instinctif. J'ai hésité à me laisser couler dans l'eau du bassin et à me planquer entre les bateaux. Peu de chances qu'ils ignorent ma mise à l'eau, et puis j'avais mon Browning Baby dans la poche avant gauche de mon jean. Si je sautais, je risquais de me faire choper comme un lapin qui se prendrait pour une carpe. J'allais pas non plus leur tirer tous dessus, l'addition serait trop lourde.

Non, je courrais vers la voûte et m'enfoncerais vers le souterrain du canal qui passe sous Bastille. C'était la seule solution. Si je préservais mon avance, j'étais sauvé. Sinon... Sinon je ferais premier au tribunal de Bobigny — ils pouvaient courir pour que je leur laisse cette chance.

CHAPITRE 43

Dimanche 10 juillet 2011
20 h 51
Paris IVe et Paris XIIe, port de l'Arsenal

En remontant à la course le quai Bastille, Rémi Jullian essaya de se rappeler le dernier corps repêché dans le port de l'Arsenal. L'effort le fit douter. D'un coup il fut certain : il y avait trois ans. Un soir, un plaisancier, sans doute absinthé, avait chuté. Il s'était cogné la tête et avait coulé à pic, au pied de son bateau. Sa famille s'était inquiétée en retrouvant juste ses lunettes posées sur le quai.

Rémi se demanda sur quoi ils allaient tomber. Dans l'eau, la putréfaction avait un autre rythme. Un jour à l'air valait une semaine pour un noyé. En été, la pulpe des doigts blanchissait en trois heures, puis c'étaient les paumes au bout de quatre heures et les fameuses « mains de blanchisseuse ». Après quelques jours, l'épiderme s'épaississait, se plissait et se détachait. La face noircissait après deux semaines. Passé cinq semaines, la saponification s'amorçait, pour être totale au bout d'un an. En hiver, bien sûr, tout était plus lent. Les noyés pouvaient être les cadavres les plus effrayants de la Création... Rémi se retourna vers Tic et lui lança pour dédramatiser :

« Alors, du blanc, du noir ou du savon ? »

Tic avait envie de répondre : « De la nourriture pour les silures, Ben Hur », mais il était à bout de souffle. Il n'était pas aussi sportif que Rémi. Ce dernier fit le vide dans sa tête et allongea ses foulées. Derrière lui, Tic lâcha et finit au petit trot. Le soir tombait et en droite ligne, le Génie de la Liberté de la colonne de Juillet s'envolait. Autour de lui, un bataillon de nuages moutonnants s'effilochait.

Après les deux ducs-d'Albe, Rémi reconnut les membres de l'équipage du *Petrus III* qui attendaient au bord du bassin, près du saule pleureur. Il ralentit. L'un d'eux lui fit signe. C'était David Caron, le pilote, il l'avait reconnu à sa forte carrure.

CHAPITRE 44

Dimanche 10 juillet 2011
20 h 55
Paris IVe et Paris XIIe, port de l'Arsenal

Rémi eut juste le temps de les saluer. Un homme jaillit du ponton comme une boule de feu. Les poils de Rémi se hérissèrent sur ses bras et un coup de sang l'électrisa. Dans le contexte, il y avait de fortes chances que le fuyard ait un lien avec le cadavre, sinon, pourquoi redouter la police ? Dans le pire des cas, l'enquête donnerait une affaire incidente qui excitait Rémi. Le flic se tourna vers son équipier qui finissait d'arriver et hurla :

« TIIIIIIIIIC !! »

Tic trottinait sans conviction, quand il se retrouva pile au niveau de l'homme. Il ne comprit pas immédiatement la situation et quand il voulut le ceinturer, la bête humaine le chargea et lui décocha un méchant coup dans la rate. Tic le prit de plein fouet et ses dents claquèrent avec violence. Il s'était mordu la langue. Le sang lui macula la bouche, le goût de ferraille lui donna un haut-le-cœur et il poussa un gémissement de bête en se tenant le ventre. Il avait l'impression d'avoir été heurté par un bélier. Après la collision, il resta plié en deux avant de puiser dans une revanche rageuse pour se remettre à courir.

Rémi se campa au milieu du quai, jambes légèrement arquées pour verrouiller ses appuis et il écarta les bras. Cela dura quelques secondes. Il n'eut pas le temps de réfléchir, il n'était plus que deux mains occupées à saisir.

L'homme lui fonça dessus et l'esquiva au dernier moment. Rémi eut un réflexe à droite mais il passa à gauche. C'était une chance sur deux. Trop tard. Déstabilisé, Rémi s'élança à la poursuite de l'homme, les muscles et la volonté tendus vers un seul objectif : la prise.

Le type courait très vite. Il fonça droit sur la voûte Richard-Lenoir. Rémi esquissa un sourire : cet idiot courait vers une porte cadenassée qui empêchait d'accéder aux banquettes, ces étroits chemins bétonnés qui bordaient la partie souterraine du canal. L'ironie voulait qu'elle ressemble à une porte de prison. Ce débile allait se casser les dents contre les barreaux de fer et il n'y aurait plus qu'à sortir l'épuisette. L'imminence redoubla ses forces, pourtant, impossible de combler la distance entre l'homme et lui.

Sa sueur goutta sur les gros pavés disjoints. La grue de levage du port se rapprochait, juste avant le coude qui bifurquait jusqu'à la voûte. Au-dessus, la station Bastille du métro de la ligne 1 et ses baies vitrées, qui donnaient sur le port. Rémi vit arriver le serpent blanc et vert de la rame. Ce n'était plus qu'une question de secondes. Il serra les dents pour accélérer. Le mec avait disparu dans le virage qui menait au passage condamné. Les freins firent hurler le métro. C'était comme si le vent se sentait piégé et qu'il poussait une lamentation d'un autre monde, fantomatique. Rémi pensa : « Rien ne sert de courir, mieux vaut bien choisir son chemin, loser. » À bout de souffle, il s'apprêta à jubiler. Lorsqu'il perçut, par-delà les plaintes du métro, le bruit de *quelque chose* qui tombe à l'eau.

Il arriva enfin à l'angle, se prit de plein fouet une chaise de brasserie en osier tressé qui devait servir de guet, et faillit tomber dans le canal. Il se rattrapa, se stabilisa et sonda l'obscurité. Le métro s'était arrêté. Il bourdonnait maintenant, entrecoupé de sifflements. Impossible de les ignorer, la structure métallique du pont les faisait résonner. Ces sons emplissaient tout, Rémi songea à un ocarina, plongé dans une jungle dense. Restait à lever le grand fauve.

D'un coup, il le vit se hisser comme un fou sur la banquette côté droit, avec une énergie sidérante. Une fraction de seconde, Rémi fut retenu par la surprise. Il n'y croyait pas : le type avait sauté ! Confronté à la porte à barreaux, le lascar n'avait pas hésité à se jeter dans le canal Saint-Martin. Le fugitif se retourna et ses yeux croisèrent ceux de Rémi, figé sur place. Le policier fronça les sourcils. C'était comme si l'homme lui avait parlé, comme s'il lui avait dit : « Tu ne m'attraperas jamais », à la façon de deux guerriers qui se toisent avant de s'affronter et qui mesurent leurs énergies. Tout se passa en un éclair.

D'un geste rapide, Rémi sortit son Sig Sauer et pointa l'inconnu :

« Bouge pas, connard, bouge pas ou je te crève. »

Mais l'homme savait que le policier n'allait pas tirer et il reprit sa course, disparaissant dans l'ombre du souterrain.

Rémi cria à s'en faire saigner la gorge :

« TIIIIIIIIIIC !!!! BORDEL !!! »

Son collègue déboula, haletant, avec dérapage dans le virage à quatre-vingt-dix degrés. Un rat affolé passa la porte cadenassée, se faufila comme une flèche entre ses jambes. Tic hurla de surprise.

Rémi décrocha son ceinturon. Il brandit à Tic, qui se tenait le ventre et grimaçait, son arme, sa Maglite et la radio. Sans hésiter, il se jeta à l'eau. L'homme l'avait défié et Rémi n'était pas du genre à se laisser vaincre sans combattre. Il crawla tête hors de l'eau, comme un poloïste, et se cramponna à son tour au chemin de halage. Il prit son élan et fit un jeté, verrouillant fermement ses mains sur le béton couvert de poussières pour lever son corps hors de l'eau. Ses vêtements ruisselèrent et il partit pour une course effrénée, goût de vase en bouche. Par trois fois il cracha, écumant de rage. Il savait que l'homme avait deux kilomètres à courir avant de rejoindre l'extrémité du souterrain. Si tout se passait bien, le *Cronos* serait là avant même qu'il ne revoie le jour. Le policier s'offrit à la nuit artificielle du tunnel, pistant cet homme qui devait avoir beaucoup à se reprocher pour mettre autant de fureur à fuir.

Tic avait sauté sur la radio pour prévenir immédiatement Philippe et Anne. Essoufflé, il annonça d'un débit rapide :

« Portable *Cronos* pour la vedette *Cronos*. Personne suspecte en fuite à notre arrivée. Il a pris la direction de la voûte Richard-Lenoir. Je répète : il a pris la direction de la voûte Richard-Lenoir. Rémi est à l'eau à sa poursuite. Récupérer d'urgence Rémi et le fuyard.

— Bien reçu, portable *Cronos*. »

Tic était surpris d'avoir parlé, il avait l'impression qu'à chaque instant, il allait cracher ses dents.

Anne était juste en train de pousser du pied le *Cronos* pour sortir plus rapidement le pneumatique de l'écluse. Philippe n'avait pas pris trop de vitesse pour ne pas générer d'inutiles remous dans le bassin de l'Arsenal qui réagissait comme une bassine. Il fronça les sourcils, encore éberlué par ce qu'il venait d'entendre. La donne était changée. Il ordonna à Anne de bien se tenir. D'un geste assuré, il poussa les deux leviers du *Cronos* en avant. Les deux moteurs se mirent en harmonique et le *Cronos* bourdonna.

Le Zodiac déjaugea et s'élança sur le canal. Philippe cria à Anne qui s'était rapprochée :

« Zou ! C'est parti les loups-garous ! Youhououou ! Prépare-toi à jouer aux cow-boys et aux Indiens, c'est course-poursuite sous la voûte ! »

Anne n'entendit pas la fin de la phrase mais elle comprit qu'il fallait s'agripper.

Le *Cronos* bondit sur l'eau.

Dans le souterrain, le regard de Rémi eut du mal à s'habituer à la pénombre. Au-dessus de lui, une lucarne se dessina, en demi-lune. Avec ses motifs réguliers en métal, elle ressemblait aux portes ouvragées d'une crypte. À travers, il crut percevoir les fondations de la colonne de Juillet. Il était pile sous Bastille. Rémi eut subitement l'impression qu'on l'avait enfermé dans un caveau. Ses narines étaient saturées des odeurs fortes du canal. Le goût de vase au fond de sa bouche se mêla à celui du sang. Son polo trempé collait à la peau. Il ne voyait pas l'homme, il discernait à peine une forme, mais il l'entendait toujours courir. La voûte semblait n'être que cela, des martèlements réguliers de pas et l'odeur de la peur.

Puis ce furent des lunes entières au plafond, grillagées, où perçait la lumière du boulevard Richard-Lenoir. Ces puits d'aération projetaient des cercles sur le canal, puissants spots naturels que l'ombre dévorait dès qu'ils touchaient l'onde, d'un vert de jade profond. La voûte suintait un sacré teinté de mysticisme. Rémi courait après son démon. La distance ne faiblissait pas, l'inconnu avait des jambes d'acier. Soudain, Rémi entendit le bourdonnement du *Cronos* qui se rapprochait. Il serra les poings et continua de s'accrocher à son objectif. Il pria pour ne pas se prendre dans la course un morceau de bois qui traînait.

Quand tout à coup, son esprit fut dérouté. Il faillit ne pas comprendre, ne pas réaliser ce qui était proprement *impossible*.

L'homme avait disparu.

L'homme s'était volatilisé.

Rémi s'arrêta net et se laissa retomber sur ses genoux, frappé d'abattement.

Il n'avait pas su anticiper. Il avait été mauvais.

Et ça, il le comprit immédiatement.

Le *Cronos* arriva au niveau de Rémi dans des gerbes d'écume et le jeune homme se redressa. Philippe avait pourtant ralenti progressivement pour contrer les vagues qu'il faudrait surfer aussitôt en marche arrière. Le jeune homme sauta à bord et atterrit à grand fracas sur le pont. Il ruisselait de sueur. En deux phrases, il résuma la situation, tandis qu'il arrachait à Philippe sa Maglite pour éclairer nerveusement la banquette droite du canal. Il n'arrêtait pas de jurer. Le faisceau dénuda les murs de pierre.

Rien.

Rémi donna l'ordre à Philippe de lancer le *Cronos* plus avant sous la voûte. Les moteurs emplirent l'espace souterrain. Avec la vitesse, le vent fusait aux oreilles. L'air fit grelotter Rémi, refroidi par ses vêtements trempés. Mais il s'en fichait. Il se mit torse nu pour ne plus sentir son polo mouillé. Rémi ne remarqua pas Anne qui, à la dérobée, admirait entre deux ombres son corps parfait, taillé par l'entraînement pour l'Ironman. Rémi, lui, voulait juste retrouver l'inconnu. Anne s'inquiéta pour lui. Elle s'approcha de son oreille et lui cria de prendre son K-Way qu'elle gardait toujours dans son sac. Rémi fit non de la tête avec un sourire et se replongea sans transition dans ses pensées.

Les puits de lumière, percés tous les soixante mètres, défilèrent et le Zodiac trancha les lunes. L'approche du pneumatique déclenchait des faisceaux lumineux sur les murs qui se couvrirent d'arcs-en-ciel irisés. L'effet avait été pensé par un artiste japonais. Le lugubre bascula dans le féerique.

Rapidement, ils arrivèrent à l'endroit où le souterrain se continuait par un virage. L'autre bout du tunnel jeta son halo salvateur. Les policiers approchaient de l'écluse du Temple. Ils n'avaient pas vu l'ombre d'un fuyard. Rémi se mordit les lèvres et ordonna de repartir pleins gaz en arrière. Quelque chose lui échappait. Ne pas mettre un nom sur son aveuglement le rendait fou. Tandis que le *Cronos* vrombissait en sens inverse, Rémi se rappela soudain un détail qui frappa son esprit avec la violence d'une lame sur un écueil. Il écarquilla les yeux, furieux de son oubli, et hurla à Philippe en lui tapant sur l'épaule :

« Va au max, Phil ! »

Le *Cronos* monta en quelques bonds à 88 kilomètres-heure et ses moteurs firent un bruit d'avion sous le tunnel. Le gyrophare bleu fixé sur la roll-bar dispersa sa lumière en tournoyant. Elle donna aux visages, par intermittence, des teintes d'aquarium.

Rémi plongea dans sa mémoire. Tout s'éclairait, non sans amertume. Un collègue de la Fluviale lui avait raconté qu'en 1989, ils avaient dû faire toutes les vérifications pour prévenir les risques d'attentats, lors du bicentenaire de la Révolution. Ils avaient plongé à l'aplomb de Bastille, vérifié les coques de chaque bateau de l'Arsenal et inspecté la voûte à pied, mètre par mètre.

Et là — Rémi se mordit les doigts de ne pas s'en être souvenu —, ils avaient découvert une porte métallique en marchant côté droit, dos au port. Une vieille porte à barreaux, rouillée comme une épave. Elle avait dû être à nouveau forcée et le fuyard en avait profité. Les policiers de la Fluviale l'avaient franchie et s'étaient retrouvés dans un univers insoupçonné, souterrain, digne de l'imaginaire de *Vingt Mille Lieues sous les mers*. Ils avaient longé un couloir, traversé une voûte qui s'était révélée être un égout, puis monté un escalier pour arriver... dans une cour d'immeuble, boulevard Richard-Lenoir. Rémi avait cent fois rêvé sur le récit de son ami qui lui rappelait un dessin animé de son enfance, où des bambins traversaient le fond d'une armoire pour se retrouver dans le pays des glaces. Cela s'appelait... Il fit un nouvel effort de mémoire tandis que l'écume lui frisait les doigts... Il y était : *Le lion, la sorcière blanche et l'armoire magique*. La Fluviale allait si rarement sous la voûte qu'il n'avait jamais eu l'occasion de voir cette porte. Il avait couru en regardant droit devant lui et dans l'obscurité, la porte ne lui avait pas sauté aux yeux.

Ils approchèrent des fondations de la colonne de Juillet. Retour de l'ouverture en forme de paupière, baignée de lumière. Après les entrailles de Paris, elle sonnait la résurrection.

Rémi la vit enfin.

La porte.

Il soupira, toujours aussi peu fier de lui. Il fallait le reconnaître, se ruer dans l'action et décider de sauter à l'eau lui avaient ôté sa lucidité. À tout hasard, il demanda à Philippe de le débarquer. Comme Tic était stoïquement resté posté à l'entrée de la voûte, il aurait vu le type rebrousser chemin ; cela méritait de vérifier que l'accès à la cour ne soit pas fermé, et le fuyard encore piégé comme un rat dans sa souricière.

Rémi récupéra son arme que Tic lui passa entre les barreaux de la première porte. La douleur au ventre avait diminué. En voyant Rémi trempé jusqu'aux os, Tic ne put réprimer un rire. Rémi maugréa :

« Espèce de sadique, si je m'enrhume, je t'envoie la facture des pastilles. Compte plus sur moi pour te sauver si tu crèves sur place. »

Et il disparut à nouveau dans les ténèbres de la voûte.

Lorsqu'il passa la porte, il eut l'impression de chuter dans un songe. Le cadenas avait sauté. Des odeurs de vieille cave et de moisissures le cerclèrent. Le faisceau de la Maglite lui servit d'éclaireur. Au bout de quelques mètres, il repéra par terre un tissu. Il s'approcha et l'éclaira : c'était une casquette. Sa découverte lui donna du courage. Il enfila la paire de gants qu'il gardait dans une poche, glissa la casquette dans un sachet plastique et la mit de côté. Il l'avait reconnue ;

à défaut de trouver le lascar, il aurait gagné un trophée pour l'Identité judiciaire.

Rémi progressa dans cette obscurité qu'il violait, attentif au moindre bruit, au moindre mouvement. Mais toujours rien, sauf de vrais rats surpris sur leur territoire, seuls à l'aise dans cette pénombre humide. Le policier rencontra l'égout évoqué puis gravit l'escalier grossièrement taillé. Son cœur battit plus fort. Le lieu était autant incongru qu'oppressant.

Il poussa une dernière porte et se trouva au beau milieu d'une cour vétuste. Là, il prit conscience qu'il était torse nu et il remit à la hâte son polo. Les sons d'un téléviseur lui parvinrent depuis une fenêtre ouverte. Ils étaient concurrencés par Olivia Ruiz, échappée du troisième étage. Un peu plus haut, la queue d'un chat tombait à pic d'un rebord de fenêtre. Sur un autre, un sac plastique bruissait au vent et en face, une plante verte finissait de se déshydrater. Rémi épia la moindre parcelle pour relever un détail, des traces de sang ou un nouvel objet que l'homme aurait laissé tomber dans sa fuite.

Il se dirigea vers la sortie, la main sur la poignée de la porte d'entrée. Arraché aux profondeurs, il tomba nez à nez avec l'agitation du boulevard Richard-Lenoir. Déphasé, rendu hagard par la traque et l'émotion, il faillit bousculer une vieille qui rentrait. Lorsqu'il lui demanda si elle n'avait pas croisé un homme qui courait avec des vêtements trempés, elle crut d'abord n'avoir comme toujours rien entendu. Puis son regard tomba sur les chaussures de Rémi qui couinaient et sur son uniforme bon à essorer et elle parut contrariée. Elle tiqua, secoua la tête, plus pour repousser l'étrange image qui se présentait à elle que pour dire non. Rémi eut un profond soupir. Un moment, ses yeux errèrent sur les voitures qui fusaient, puis il baissa les bras et se sentit seul, le cœur criblé de reproches et de doutes, semblables aux aiguilles d'une poupée vaudoue. Baissant les yeux, les lèvres plissées de dépit, il murmura :

« Et merde... »

La casquette lui apporta un maigre réconfort, juste assez pour trouver le courage de retourner sur ses pas. Il fallait que Tic contacte au plus vite l'état-major pour lancer un appel général sur toutes les conférences.

CHAPITRE 45

Dimanche 10 juillet 2011
21 h 20
Paris IVe et Paris XIIe, port de l'Arsenal

Quand je me suis retrouvé dans la rue, je savais que je n'avais toujours pas droit à l'erreur, j'aurais rapidement au cul tout ce que le quartier faisait de voletaille. J'avais l'air d'un ragondin sorti de son égout, les cheveux collés par la sueur et l'eau du canal. Et surtout, j'avais perdu ma casquette. *Ma casquette.* Celle de mon adolescence. J'avais pourtant pris soin de la comprimer dans une poche avant de sauter. Je me demandais si les poules mouillées me mettraient la main dessus et je sentais monter une rage qu'il allait falloir immédiatement calmer si je ne voulais pas être piégé.

Déguerpir au plus vite, réfléchir après.

Déjà, prendre un air plus normal, autant que possible. J'ai remonté mon jean bon à essorer jusqu'aux genoux, coiffé mes cheveux en arrière et ôté mon tee-shirt. Je l'ai serré au-dessus de ma tête pour ressembler à un joggeur. Puis j'ai noué mon blouson autour de ma taille. D'un geste rapide, j'ai poudré mes mains de poussière pour me sécher le visage, genre talc. Du bout de l'index, j'ai essuyé le rebord de la fenêtre la plus cradingue que j'ai trouvée, me suis tourné vers les volets fermés et avec le noir de crasse, je me suis tracé une moustache. Et je suis parti en courant vers l'allée centrale de Richard-Lenoir. C'était assez large pour que je repère de loin un troupeau de bleus à ma recherche.

Mes rangers faisaient des bruits de ventouse, mon regard scrutait tout à 360°. Je me faisais des frayeurs rien qu'à imaginer une épaule à écusson derrière un platane. Traverser Bastille serait plus facile, entre le flot des voitures et les grappes humaines. Il fallait juste arriver de l'autre côté et sauter sur ma Ducati, en priant pour qu'elle ne soit pas surveillée. Mais je n'avais pas le choix. Dans mon état, le moindre péquin m'aurait repéré en me traitant d'homme-grenouille et j'étais la cible parfaite pour la vidéosurveillance du métro.

Les idées couraient à cent à l'heure dans ma tête. Où était l'erreur ? Comment les flics avaient-ils pu savoir que je serais au port de l'Arsenal ? Qui m'avait balancé ? QUI ? Si j'avais pu tenir ce bâtard, je l'aurais criblé de balles jusqu'à ce qu'il n'ait plus de face. Ou je l'aurais tué avec les mains. J'avais beau réfléchir, j'étais persuadé qu'on ne m'avait pas suivi d'Aubervilliers à Bastille. Jeter le soupçon sur La Fêlure me mettait hors de moi. Je ne savais plus quoi penser. Mon instinct résistait et je ne pouvais croire à une trahison.

Mes vêtements me glaçaient. J'étais perdu, et ce n'était pas le moment.

Arrivé à Bastille, j'ai soudain pensé à Adriana. Le camion des churros n'était pas là mais j'ai eu l'odeur dans le nez. Je ne pouvais pas me faire prendre. Rien que pour Adriana. Elle avait besoin de moi, la petite mésange. Penser à elle a aiguisé mon acuité. J'avais tous les sens en alerte.

À une centaine de mètres, ma Ducati patientait toujours. Soudain, elle m'a paru comme un piège. Peut-être qu'ils n'attendaient que ça, les condés, que je saute sur le pot de miel pour m'exploser la gueule. Pas besoin d'être marabout pour savoir que le plus dangereux ne se voyait pas.

Notre credo est revenu en renfort : *la paranoïa est la forme aiguë de la conscience*. Je me suis dit : concentre-toi, méfie-toi de tout le monde, regarde cent fois autour de toi avant de te décider. Repère le moindre mec qui a l'air posé comme à la kermesse. Le moindre type qui flâne ou fait semblant d'attendre, avec un putain de faux air détaché. Le mec avec un blouson lesté par un calibre. Celui qui serre une fille tout en laissant traîner ses yeux. Flaire-les, ces enfoirés de flics, renifle-les, avec leurs allures de chiens pisteurs. Trouve un mec sur une moto arrêtée, fouille chaque véhicule du regard, repère les vitres sans tain, les choufs, la buée. Avec mon Browning Baby noyé, je me sentais plus nu que nu. J'avais l'estomac broyé par la peur et je ne voulais pas être crétin deux fois dans ma vie.

Ce qui m'angoissait le plus était de savoir que si je me faisais choper, je ne pourrais même pas me faire sauter la cervelle. L'idée m'était insupportable, il fallait que je lutte contre elle pour que mon cerveau ne soit pas paralysé par ses phobies.

En haut de la colonne de la place, le Génie de la Liberté se pavanait avec ses ailes dorées. Il avait beau être ange et libre, il ne bougerait plus de son socle.

J'ai fermé les yeux et j'ai pris une grande goulée d'air. Je me suis posté derrière un kiosque à journaux, j'ai encore respiré profondément et j'ai décidé.

Je cours en direction de la moto — je voyais déjà le surnom que me donneraient les flics en ricanant, *le joggeur en rangers* —, j'affine rapidos mes observations par un nouveau 360°, j'enfile en deux deux mon blouson et je m'arrache.

Si la Vierge de Guadalupe le voulait bien.

J'ai embrassé ma médaille, ce « D » dur comme le métal, dur comme ma volonté, et je l'ai priée — elle, et la petite mésange.

CHAPITRE 46

Dimanche 10 juillet 2011
21 h 35
Paris IVe et Paris XIIe, port de l'Arsenal

Anne avait ajusté son gilet stabilisateur, resserré les sangles et clippé les boucles. Son regard se posa sur Tic. Elle demanda, pleine d'inquiétude :
« Tic, t'es vraiment sûr que ça va ? Tu me le jures ? »
Rémi avait dit que le mec lui avait envoyé un coup terrible. Tic fit semblant de faire King Kong :
« Qu'est-ce que tu crois ? Que c'est pas résistant, là-dessous ? T'inquiète, Anne. Toujours fidèle au poste. Servir ou périr ! »
Elle eut l'air un temps sceptique, puis elle revint à ses gestes. Il fallait qu'elle reste concentrée. Elle vérifia son détendeur, le mit en bouche pour le tester sur trois respirations. Ensuite, elle cracha à sec dans son masque, le rinça et l'apposa. Philippe se pencha vers elle :
« Un conseil, Anne, une fois dans l'eau, ne donne pas trop de coups de palme sinon, avec la vase, tu vas lever un nuage et tu peux dire adieu à tes recherches. Et nous, on veille sur Tic. »

Elle lui sourit. Elle avait beau être plus jeune, elle savait déjà, pour le nuage.

L'équipage du *Petrus III* les avait informés qu'ils avaient aperçu une silhouette au fond de l'eau, à une centaine de mètres de l'entrée de la voûte. Ils s'étaient postés juste devant l'entrée, prêts à promener leurs Maglite sur la partie souterraine du canal. Tic refusait de lâcher et personne ne pouvait le raisonner. Anne lui avait donné un mouchoir en tissu et il n'arrêtait pas de le presser contre ses lèvres pour éponger le sang. Plus la lumière déclinait, plus le tunnel prenait un air funèbre.

Le *Cronos* glissa dans la pénombre. Avec le soir, les parfums, nourris de silence, semblaient conspirer. Rémi réfléchissait. Il n'arrivait pas à sortir de sa course-poursuite, ses muscles restaient tendus comme des arcs. La confrontation avec l'homme, derrière les barreaux d'acier, n'avait duré qu'une seconde peut-être, mais l'image s'était figée. L'image d'un homme à la détermination hors norme. Il y avait plus que de la détermination en fait — de la bravade. Pourquoi ? Rémi voulait savoir. Retiré dans ses pensées, il jetait sur l'eau un regard morne. Il préférait traquer les vivants que les morts, voilà tout. Quelque chose en lui disait que ce n'était pas fini. Une relation s'était tissée dans leur affrontement muet. Rémi sentit la casquette au fond de sa poche.

Il toucha le sachet et formula des mots qui ressemblaient à une prière.

Peu profond, le canal s'offrait sans grande diversité. On était loin du bric-à-brac de la Seine et de sa chasse aux trésors. Sous un pont, en plein cœur de Paris, gisait même un carrosse qui faisait rêver toute la Fluviale... Mais ici, l'eau répétait sa langueur verte, domestiquée et plane, et le plus grand trophée à brandir était une cannette de bière.

Vide.

Ce calme agaça Rémi. Soudain, Tic s'agita sur le Zodiac et se pencha avec un sourire, révélant des dents toutes rouges :

« Oh ! Un poisson-poutrelle… »

Il fit rire tout le monde. Même affaibli, Tic restait le clown de service. Poisson-poutrelle : ainsi appelait-il les morceaux de bois à la dérive. Sur le canal, on en trouvait peu et il parla, non sans attendrissement, de « spécimen rare » ; la Seine d'hiver en charriait, elle, beaucoup. Les poissons-poutrelles étaient redoutables pour les embases. Tic décida de récupérer le *spécimen*. Chacun pensa qu'il occupait son esprit à faire diversion pour chasser la douleur.

Le *Cronos* s'approcha du bord. L'équipage s'amarra sur un anneau en amont de la zone de recherche. Tic, qui avait du mal à rester en place, se captiva pour la lumière bleue, il était comme un chien qui s'amuse autant d'une plume que d'un os, alors qu'il s'est pris un coup de bâton :

« J'aime bien cette promenade dans la piscine d'un réacteur nucléaire… Pas vous ? Et comme chaque fois avec le nucléaire, faut s'attendre à des cadavres, et pas que de poissons-poutrelles… Avec un peu de chance, ils seront peut-être phosphorescents, va savoir… »

Rémi le considéra avec respect :

« Tic, t'es vraiment né pour mourir sur le champ de bataille, en continuant à jouer du tambour… »

Anne ne quitta pas Tic des yeux :

« Tic, pourquoi tu ne rentres pas ? Je suis sûre que tu as plus mal que tu ne veux l'avouer. »

Tic releva la tête et fit semblant de battre du tambour.

Philippe haussa les épaules, persuadé que l'on ne pouvait rien contre l'obstination. Il ouvrit la porte latérale, amovible, du *Cronos*. Ainsi, Anne pourrait se laisser glisser doucement, très doucement dans l'eau. Tic grimpa sur la banquette droite du canal, commande en main.

Avant de descendre, Anne planta ses yeux dans ceux de Rémi. Elle les baissa sur son sac de plongée et l'invita du regard, une seconde fois, à lui emprunter son K-Way. Elle le fit avec tant de douceur que Rémi s'exécuta. Après tout, il n'était pas obligé de s'enrhumer.

La jeune femme avait envisagé de plonger sans la commande. Contrairement à la Seine, il n'y avait pas de courant dans le canal et la ligne de vie la gênerait dans ses investigations. Mais tous l'en avaient dissuadée. Plonger avec la commande était la règle. Elle avait cédé.

Anne s'enfonça dans l'eau du canal, sa silhouette fit des mouvements souples. Elle rappelait les chapelets de bulles et l'ondulation d'une carpe koï, fouillant la vase en quête de larves.

Sauf qu'elle cherchait un cadavre.

Elle vint se poster du même côté que Tic. La plongeuse avait pris soin de déhaler la totalité de la commande, sur environ vingt-cinq mètres ; sur le plan technique, elle s'apprêtait à remonter en semi-circulaire. D'abord, elle gagna la rive d'en face, avant de progresser d'un mètre et de repartir en sens inverse pour sonder du regard le canal.

Rémi, lui, fixait l'eau sans pouvoir chasser de ses pensées l'homme qui avait soutenu son regard. Il voulait savoir. Ce type avait réveillé son instinct de flicard. Rapidement, il eut trop chaud dans le K-Way d'Anne, le contact sur sa peau lui fut insupportable et il se remit torse nu. Le gyrophare le zébra de bleu. Le plongeur avait un beau corps de sportif, d'homme qui considère ses muscles comme ses outils.

Philippe gardait un œil sur Anne qui évoluait dans l'onde trouble du canal. Son phare de plongée, qu'elle brandissait dans une main, jetait sous l'eau son faisceau lumineux. Avec la pénombre du souterrain, le phare ressemblait à un rayon de lune perdu dans la nuit. Il éclairait tout ce qu'Anne croisait et les policiers en surplomb pouvaient suivre sa progression. Cette victoire sur l'ombre tenait de l'enchantement. Anne veillait à ne pas remuer la vase avec ses palmes.

Quand soudain, elle eut un doute. Sa main droite, restée libre, s'enfonça dans la vase, sans toucher le fond dur du canal. Un nuage opaque s'éleva et elle eut l'impression qu'une seiche imaginaire lui avait craché son encre brune à la figure. Le canal Saint-Martin avait beau ne pas être profond, il ne se livrait pas sans résistance.

Rien, elle ne trouvait rien.

Inlassablement, elle reprit ses va-et-vient.

Au bout de quarante minutes, alors qu'elle perdait courage, elle perçut une forme et se prépara au face-à-face, étrange car jamais apprivoisé, avec la mort. Lentement, très lentement, elle se laissa glisser jusqu'au cadavre.

La vision se précisa. Son cœur se serra.

Le corps gisait sur le dos. Il était vêtu d'une salopette bleue, chaussé de rangers noirs. La tête, désarticulée, était emmaillotée dans un sac plastique turquoise, les mains, porteuses de gants turquoise également, avaient été bandées avec du gros scotch argenté. Un malaise se dégageait de cette vision, quelque chose d'indéfinissable sur quoi les mots glissaient. Elle remonta à la surface pour que les autres préviennent l'état-major, la Fluviale, l'écluse de l'Arsenal et l'OPJ du SAIP[1] du XIe arrondissement. En se retrouvant à l'air libre, le malaise se dissipa, comme si le cauchemar appartenait à un autre monde, celui d'*en dessous*.

Il ne leur fallut pas longtemps pour arriver. Le caractère mystérieux du lieu aiguisait sans doute la curiosité. Deux policiers du SAIP s'aventurèrent dans le tunnel avec le gardien de nuit de l'écluse qui avait ouvert la grille avec la clef canaux. Ils blaguèrent sur le lieu pour conjurer la peur, dirent qu'ils marchaient dans la bouche du diable, qu'il faisait noir parce que les dents étaient toutes cariées. À l'entrée, on pouvait voir leurs torches s'agiter comme des lucioles.

Rémi Jullian était parti les accueillir pour se dégourdir les jambes. Il était heureux pour Tic d'avoir ramassé la casquette : il la confierait à l'OPJ pour l'exploitation de l'ADN. Toutes les chances pour qu'il y ait un lien avec l'affaire et Tic serait peut-être vengé. Mais surtout, Rémi n'aurait lâché pour rien au monde l'envie d'aller jusqu'au bout. Dans sa tête, il s'était promis des retrouvailles et la casquette restait son seul lien.

Arrivé au niveau d'Anne Marxer, l'OPJ échangea recommandations contre précisions techniques. Anne disparut à nouveau sous l'eau et chacun put voir son faisceau qui révélait les profondeurs en éclaireur. Elle se dirigea vers la tête, triompha de l'appréhension, puis, résolue, tendit enfin la main vers *cette chose*. En

---

1. Service de l'accueil et de l'investigation de proximité.

finir, il fallait en finir, maintenant qu'elle avait réussi à trouver ce dormeur des profondeurs et que tout le monde avait les yeux rivés sur elle.

Rémi marqua un point mentalement : l'OPJ venait d'accepter de prendre la casquette. Il avait juste fait remarquer à sa collègue qu'il faudrait la sécher et la glisser dans une enveloppe kraft avant de la remettre aux services de l'Identité judiciaire. L'héroïsme forcené de Tic le laissait insensible et il ne comprenait pas que le policier de la Fluviale ne soit pas allé dare-dare se faire examiner aux urgences médico-judiciaires de l'Hôtel-Dieu. La leçon de morale menaçait, il avait déjà regardé sa collègue et dit : « Quand on est blessé, on s'arrête. » Elle avait acquiescé.

Son regard revint à la progression du phare d'Anne sous l'eau. Quand la plongeuse prit le cadavre à bras-le-corps et qu'elle gonfla son gilet stabilisateur pour remonter, elle comprit tout de suite que quelque chose clochait.

Ce n'était pas un cadavre.

Elle avait passé la commande sous les aisselles de *la chose*. Tic et Rémi la hissèrent jusqu'à la banquette, sous les yeux ahuris de chacun. Le gardien de nuit de l'écluse comprit en un quart de tour quand le noyé fut à quai. Il eut un rire bref et se tourna vers l'OPJ :

« Ce truc, c'est Éric Debourde ou Debourgues... »

Face à l'incompréhension des deux policiers du XIe arrondissement, il précisa :

« C'est le mannequin d'exercice de la brigade des sapeurs-pompiers de Paris. C'est son surnom. Les pompiers de la Monnaie l'avaient égaré depuis octobre, ne me demandez pas comment... Ils vont être contents de remettre la main dessus. »

Philippe déclara solennellement en baissant les bras :
« Fin d'intervention ! »

L'OPJ se réjouissait intérieurement, l'affaire serait vite expédiée. Face à l'obstination de Tic, il se permit quelques remarques douteuses sur la gravité de ses blessures. Rémi le foudroya du regard. Il flairait que le policier essayait de se débarrasser de la procédure. Sa collègue, une blonde avec un chignon, plutôt gracieuse, semblait plus sérieuse. Rémi se frotta les mains d'avoir réglé avant le sort de la casquette. Voir que la femme percutait sur l'importance de l'objet le conforta dans ses réflexes.

Philippe avisa les stations directrices. Quant à Anne, elle avait retrouvé toute sa bonne humeur et elle riait enfin de sa découverte.

Retour base.

CHAPITRE 47

Dimanche 10 juillet 2011
22 h 45
Paris V^e, quai Saint-Bernard,
brigade fluviale

Le passage de l'écluse fut plus rapide au retour mais l'attente suffit à plonger Rémi dans les affres du doute. Les vantaux s'ouvrirent et libérèrent les captifs.

Aurait-il pu le rattraper ? Où était l'erreur ?

Dès la sortie de l'écluse, les policiers retrouvèrent les lueurs de leurs pontons. Une lumière jaune, réverbérée par la Seine, filtrait depuis la salle d'équipage et la cuisine, par les baies coulissantes. Il y avait juste à traverser et ils étaient chez eux. Quelques bonds sur l'eau et le Zodiac regagna la Fluviale.

La nuit tombait comme une nuit d'été, à lente perfusion.

Il fut décidé qu'Anne, qui avait mené les recherches, rédigerait l'événement de main courante ; Rémi, qui avait aussi été aux premières loges, la seconderait. Philippe coupa les gaz pour stopper la vitesse et entamer le virage, il les remit en fin de course. Le *Cronos* se présenta, nez à 40°, avant de se laisser dériver, prêt à s'amarrer.

Rémi jaillit d'un bond hors du pneumatique, pour fixer une première amarre à l'avant. Il consolida l'amarrage avec un bout à l'arrière. Philippe coupa le contact. La voûte, par son étrangeté, laissait l'impression de revenir d'un autre monde et aucun des quatre n'avait vraiment quitté les lieux.

Ils sautèrent sur les cubis noirs flottants. Leurs corps tanguèrent, il leur fallait calculer leur équilibre — cette gymnastique surprenait toujours les visiteurs. Tic prit la position du surfeur menacé par la lèvre d'un gros tube, se coiffa les cheveux en arrière et tout le monde éclata de rire.

Tic fut accueilli en héros et chacun voulut savoir les détails. Une fois dans la salle d'équipage, Rémi, lui, chercha des yeux Lily. Elle n'était pas là. Une série passait sur l'écran de télévision. Des chirurgiens au bloc opératoire, avec des corps qui pissent le sang et signent leur dernière heure, soubresauts à l'appui. Ferré par les images, Rémi resta quelques secondes face à l'écran. Le vide lui parut soudain insupportable. Le jeune homme n'eut plus qu'une idée : tenir Lily dans ses bras, à défaut d'avoir plaqué au sol le fuyard. Il sortit sur le ponton métallique, gravit deux à deux les marches de l'escalier en colimaçon pour gagner son casier et enfin se changer. Il se choisit un beau tee-shirt noir du RAID, puis redescendit l'escalier, toujours à la hâte, pour expédier l'événement de main courante. Après, il pourrait prendre une douche éclair et débusquer Lily.

Il était assis devant l'ordinateur, à côté d'Anne, quand Igor, le chef de poste, vint se pencher au-dessus de son épaule. Au ton qu'il prit, Rémi sentit que Philippe et Tic avaient déjà dû tout raconter :

« Alors, on s'amuse à pêcher les mouettes ?

— Moque-toi, Igor, dit Rémi sans se retourner, un chef, ça ne se mouille pas et c'est pas toi qui te serais jeté à l'eau pour poursuivre un crapaud.

— Ça court trop vite pour moi, un poisson... Ah ! là ! là ! on dirait un petit poulet malade, maintenant. Allez, cache-nez et tisane, et lit de camp...

— Hé, l'aîné, je veux bien te parier que c'était pas de la friture, ce mec, alors arrête de te la ramener... »

Rémi lui avait jeté un regard de biais.

« Je te charrie, Rémi, le prends pas comme ça. Et souviens-toi : *Roche dans le crâne, en général, elle gagne*. Crois-en les anciens.

— Quelqu'un a croisé Lily ? l'interrompit Rémi que l'adage avait fait sourire.

— Elle est sur l'*Île-de-France*, ils sont juste revenus. Ils ont fait des manœuvres de stationnement dans un espace réduit, entre deux ducs-d'Albe, en face de l'Institut de la Mode... Et il paraît qu'elle s'en est sacrément bien tirée.

— Ah ouais ?... Nickel... J'ai un truc à lui dire. »

Il se dépêcha de finir de rédiger la main courante. Il n'avait pas *un truc à lui dire*, il avait des mondes à lui conter.

Rémi tapa le dernier mot en enfonçant fort les touches, pivota sur le fauteuil et se rua vers la douche. Nuage d'*Eau de Rochas* pour homme pour finir, direction le remorqueur-pousseur. Il traversa le ponton atelier, le ponton menuiserie et passa, plein d'allégresse, la porte qui le menait à l'*Île-de-France*. Parallèle au quai, le géant semblait dormir.

Il sauta les marches d'un bel escalier en bois qui avait été fabriqué par Boutdebois, le menuisier de la Fluv. Voir Lily le mettait de meilleure humeur.

Sur le pont, il croisa Tac qui lui précisa que Lily était dans la salle des machines. Tac fit une blague à laquelle Rémi ne répondit pas. Il savait qu'elle aimait y rester seule, quelques minutes, pour méditer quand tout le monde était parti. Il se rappela ses baisers et un instant il n'y eut plus que cela, le souvenir, ouvert en grande corolle, capiteux, grandiose, conquérant, étouffant.

Il essaya de ne rien projeter, de ne rien vouloir, de ne s'attendre à rien.

Il ne voulait pas s'avouer que plus que tout, il redoutait qu'elle le repousse.

À son appréhension, il comprit combien il tenait à elle. Il ferma les yeux et sentit son parfum qui flottait encore dans la nuit tombante. L'odeur puissante, sucrée et narcotique du lys. Elle portait toujours le même parfum. Qu'elle n'en change pas lui plaisait, elle signait l'air.

Avant de descendre, le policier jeta un œil au pont. La corde avait été roulée en spirale, comme dans la Marine nationale. Gestuelle splendide, certes, mais conséquences dangereuses. Si on tirait la corde, elle multipliait les vrilles. Ce genre de détail le rendait fou. Il pensa qu'il faudrait le répéter à Tac : de la lover dans le sens des aiguilles d'une montre et de juste la poser à même le pont, œil épissé au-dessus, prête à servir.

La remorque l'impressionnait toujours, elle, par sa puissance. Elle disposait d'un système de largage automatique, en cas de difficulté. C'était le seul cordage à rester dans un bac, à l'arrière — du diamètre 54, à quatre torons avec une âme centrale, faite pour supporter dix-sept tonnes. Dix-sept tonnes… Sur ce bateau, tout respirait la force, un côté château fort, avec les sabords de décharge d'où l'eau s'écoulait et les larges fers plats à jabots bleus qui donnaient cet air d'enceinte.

Lorsqu'il comprit qu'il reculait le moment où il serait seul avec Lily, que son esprit tentait la diversion en s'agrippant aux éléments connus, il sourit et se moqua de sa pusillanimité.

L'amour faisait de chaque homme un naufragé.

L'obscurité gagna et Rémi fut entouré par les cris des oiseaux qui marquaient leur territoire. Il s'avança vers la porte étanche qui permettait l'accès à la salle des machines et son royaume de tuyaux, de clefs et de boulons. Rémi emprunta l'échelle métallique. Elle était peinte en rouge. Il descendait toujours de la même façon, n'engageant jamais les deux mains en même temps, gardant une main pour lui, une main pour s'agripper. Tout fut noir, sans transition, seuls les voyants mécaniques jetèrent leurs constellations.

Rémi appela :

« Lily ? »

Ses pas résonnèrent. Bien sûr, elle ne répondit pas. Habituée au noir, elle devait être dans un coin à l'épier, il fallait s'attendre à sursauter d'une seconde à l'autre. Le parfum du lys se fit plus fort, bientôt concurrencé par une odeur tenace d'huile qui rappelait les tracteurs. Le bateau avait navigué et Rémi aurait pu le dire rien qu'à ces effluves d'huile moteur sur le métal brûlant. Rémi hésita à allumer sa Maglite. Très vite, il y renonça. Il aurait cassé la magie. Si elle n'avait pas répondu, c'est qu'*elle voulait qu'il la trouve*, sans lui faciliter la tâche.

Il releva le défi. Cela plaisait à son tempérament de joueur. Il allait la trouver. Et surtout, il n'était pas prêt à essuyer un deuxième échec.

Il la trouverait, et elle l'embrasserait. C'était ainsi. Parce qu'il le voulait.

Cela faisait longtemps qu'il n'avait pas souhaité aussi ardemment quelque chose. Ce besoin d'être comblé le rassura. Qui sait ? Peut-être la prière dont il avait chargé la pierre jetée depuis le pont Saint-Louis serait-elle efficace... Il s'immobilisa et se concentra sur les bruits. Proche, le clapotis de l'eau le long de la coque revenait, régulier. Près de l'échelle, il sentit un courant d'air frais : les ventilateurs de l'armoire électrique. Tout était doux, aseptisé et chaud dans le ventre du bateau amiral. Il progressa dans l'ombre, courbé pour ne pas se prendre un tuyau dans la tête. Ses pas claquèrent sur les plaques d'aluminium du navire, un bruit qui n'était lié qu'à ce bateau. Il réfléchit à tous les recoins où elle aurait pu s'asseoir.

Il paria qu'elle était là, et non dans le magasin avant ou arrière, juste parce qu'il misa sur le plaisir qu'elle devait éprouver à le guetter comme une proie, avec un temps d'avance. Durant de longues secondes, il se dit que s'il s'illusionnait sur leur rapprochement, il allait se prendre un méchant coup de poignard. Cela aurait pu suffire à faire fuir un garçon.

Il murmura :

« Lily, je *sais* que tu es là... »

Il tourna la tête à gauche, il lui semblait avoir entendu un rire étouffé. Lily était une fille bien et c'était là le problème. Il fallait du temps pour comprendre combien c'était précieux. En même temps, il se disait qu'à la fin de la vie, il ne resterait que cela : les femmes qu'il avait aimées. Ce sont elles qu'on emporte dans la tombe, et rien d'autre, il en était persuadé. Parfois, ce *elles* est singulier.

Ses yeux s'habituèrent à l'ombre. Il eut l'impression

qu'on lui brandissait un bouquet de lys sous le nez et il sut qu'elle était là. Rémi devina deux grands yeux qui le fixaient, un sourire qui se moquait. Instinctivement, il se courba et tendit une main en avant. Elle le mordit. Lily était blottie comme un animal contre un propulseur, à l'avant du bateau.

Il lui demanda gentiment, presque en susurrant :

« Qu'est-ce que tu fais là, l'écureuil ? Tu rêves ? »

Elle rit.

« Non, j'aime bien être seule et oublier parfois mes semblables...

— Je te dérange, alors ? »

Et il fit mine de se relever pour partir. Elle le retint par le bras :

« Mais non, idiot, *pas toi*...

— Je suis trop différent pour être ton semblable, alors... »

Sur son bras, la chaleur de la main de Lily le gagna et il ne put s'empêcher de se souvenir de la douceur de ses lèvres sur son sexe. Cette pensée le perturba, comme si la chair renversait les mots.

Le plongeur se tenait en équilibre sur la pointe des pieds, poings croisés posés au sol, muscles en avant. À son tour, il l'observa, devinant ses traits plus qu'il ne les voyait. Il était maintenant tellement proche qu'il sentait sa respiration :

« Et pourquoi là, mademoiselle ?

— À cause des lucioles. »

Sa réponse avait le ton de l'évidence. Rémi fut déconcerté :

« Les lucioles... ? »

À nouveau, le rire clair de Lily. Rémi répéta :

« Quelles lucioles, Lily ? »

Il approcha sa main vers une joue mais Lily se jeta

à quatre pattes et lui montra du doigt deux diodes vert fluo. Il comprit et hocha la tête. C'était la première fois qu'il les regardait vraiment, donc autrement. Il calcula qu'il devait y en avoir six en tout, à bâbord et tribord. Il plaisanta :

« Tes lucioles, chérie, ce sont les indicateurs de colmatage des propulseurs.

— Tout ce que tu veux mais pas *chérie*, protesta-t-elle. Je déteste qu'on m'appelle chérie. Indicateurs ou pas, pour moi ce sont des lucioles et j'adore, ça me rappelle plein de souvenirs d'enfance. Pas toi ? »

Rémi se retrouva presque allongé. Il s'étonna d'être soudain à côté d'elle, aussi naturellement, à observer ce qu'il ne voyait plus que comme des lucioles ou des vers luisants. Car en plus, elle avait raison. Ils étaient deux enfants penchés sur un buisson, noyés dans la nuit bruissante, éblouis devant la phosphorescence des lucioles.

Il sentit qu'elle se tournait vers lui :

« Il paraît que tu es parti à la courette et que tu as sauté à l'eau dans le canal, c'est vrai ? »

Le policier commençait à avoir des fourmis dans les jambes.

« Lily, tu ne veux pas qu'on aille plus loin, juste là, sur le carter de protection, devant les armoires électriques ? Ça fait comme un banc des amants, on sera parfait pour parler.

— Ah, mais Monsieur est chochotte, en fait...

— Je suis pas chochotte et je te le montre quand tu veux, mais tu vois, j'ai vraiment une fourmilière dans le pied gauche alors si tu avais pitié, je serais pas fâché...

— O.K., ça va, tu as gagné. Adieu, lucioles ! »

En fait, elle s'asseyait souvent là-bas, près des clarinettes d'assèchement du bateau qui ressemblaient à de grosses marguerites bleues. À cet endroit, on était entouré par toutes les couleurs du remorqueur, le vert du circuit de refroidissement, le noir de la purge d'air, le bleu clair de l'eau potable, le noir et bleu de l'eau de Seine, le parme du gazole et le rouge du circuit incendie.

Quelques pas sur les tôles larmées et ils furent côte à côte. Rémi se lança dans le récit détaillé de ses exploits ratés. On était loin de Cyrano. Il guettait ses réactions. Quand il vit qu'il la faisait rire, il fut rassuré. Depuis le début, ils avaient cette complicité. Elle rayonnait à nouveau. Enhardi, il lui raconta sa traversée souterraine. Lily était bon public, elle s'extasiait devant tout ce qu'il disait. Il en rajouta et fit un peu l'Italien, jusqu'à ce qu'elle pose sa tête sur ses genoux en murmurant :

« Encore, raconte-moi encore quand tu as découvert qu'il y avait une porte... »

Il posa ses mains sur son visage et vérifia qu'elle avait fermé les yeux. Il crut qu'elle allait s'endormir et redouta que quelqu'un ne vînt les déranger. Il lui sembla entendre des pas sur le pont et il tendit l'oreille. Fausse alerte. Ses doigts défirent la queue-de-cheval de Lily et il s'amusa à enrouler des mèches autour de son index. Son ventre irradiait de chaleur et il ne pensait qu'à l'embrasser.

Maintenant, son récit s'essoufflait et Lily ne parlait presque plus, elle tapotait parfois son genou pour le relancer et c'était délicieux. Il se demanda comment cela allait finir et redouta, plus que tout, de briser la magie de deux corps qui se retrouvent.

Elle se redressa soudain, s'approcha de ses lèvres et décréta :

« Tu vas le retrouver, Rémi, ton fuyard, je veux bien le parier, t'inquiète... Tu as toujours été le meilleur pour remonter des fils impossibles. »

Il l'attira contre lui, plongea enfin sa langue dans l'abysse. Des gouttes de sueur firent la course dans son dos. Il ressentit un besoin infini de la fouiller, de savourer sa chair. En renouant avec leurs baisers, elle gémit. Il glissa une main entre ses cuisses. C'était chaud comme un pain qui lève. Les bruits du remorqueur les enveloppèrent. La coque battait contre les ducs-d'Albe et piégeait l'eau, en un bruit de gourde qui tressaute dans un sac. Rémi s'approcha de l'oreille de Lily :

« On est dans le ventre de la baleine... »

Puis il la souleva et dit d'un ton résolu :

« Viens...

— Hé ! » protesta-t-elle.

Il avait une idée en tête. Face à sa détermination, elle n'osa rien demander. Retour du claquement des semelles sur les tôles. Ils passèrent entre les deux moteurs, Rémi en tête, la main de Lily serrée dans la sienne. C'était un dédale de gros tuyaux, au sol également. Là, les effluves d'huile hydraulique nappaient l'air. Ils enjambèrent le filtre à eau de la pompe Fifi, et Rémi abandonna Lily devant la porte étanche du magasin arrière :

« Attends-moi une seconde, l'alarme incendie va hurler, je monte l'arrêter et je te rejoins. »

Rémi connaissait ce bateau par cœur, même dans le noir. D'un geste décidé, il ouvrit la porte et l'alarme retentit, puissante, nasillarde. Lily rougit, perturbée par l'idée qu'ils attireraient l'attention des autres par ce bruit. Elle rougit aussi de se retrouver projetée dans la réalité, nue face à son désir. Le plongeur cavala jusqu'à la timonerie et fut de retour en un éclair. Lorsqu'il revint, il guetta le moment où Lily lui dirait qu'elle remontait.

Mais elle resta.

Le magasin arrière était étroit, plus humide. Le matériel s'y entassait et Rémi alluma sa Maglite pour que Lily ne bute pas contre les tuyaux de sauvetage en caoutchouc armé. Elle rit de suivre Rémi au milieu des clefs pour les propulseurs, des caisses d'entretien et des araignées de levage. Le lieu dégageait une impression de dureté avec ses crochets et ses chaînes, et c'était le dernier endroit où elle aurait imaginé l'embrasser. Elle hésita encore :

« Tu ne crois pas que les autres pourraient... »

Dans le faisceau de la Maglite, son visage se découpait comme une lune. Il la rassura :

« Mais non... Et on les entendra sur le pont... »

Elle respira profondément avant de décréter :

« Tu es fou... Rémi Jullian est fou. Et maintenant, qu'est-ce que l'on fait ? Tu te changes en loup-garou et tu me sacrifies ? »

Il se rapprocha et l'embrassa dans la nuque en relevant sa queue-de-cheval, qu'elle avait renouée. Elle frissonna. Lily avait la plus belle peau du monde, veloutée, constellée de taches de rousseur. Et elle ne partait toujours pas. Elle le supplia :

« Embrasse-moi comme une femme, pas comme une fleur. »

D'un geste lent, il leva les bras de la jeune femme et les maintint tendus contre un poteau. De son autre main, il parcourut son dos du bout des doigts, bouleversé par la mémoire des courbes qui revenait. Il lui murmura à l'oreille :

« Promets-moi de me faire confiance. »

Il posa sa torche et la serra, toujours de dos. Il ne la lâcha que pour défaire son ceinturon. Sa verge ne semblait plus préoccupée qu'à s'aiguiser. Comme si elle concentrait toutes les forces de vie, des milliers de désirs enfouis. Il releva le polo de coton de Lily et le lui ôta. Son parfum vola autour d'eux, mêlé à celui du cordage passé au goudron de Norvège, dont il restait une bobine derrière eux. Cela sentait le feu de cheminée, le pin et les sabots des chevaux, et Rémi ne connaissait pas d'odeur plus mystérieuse.

Le faisceau de la Maglite créait de forts contrastes. La peau formait un îlot de blancheur, Rémi se perdit dans cette contemplation. Il passa ses doigts sous la dentelle du soutien-gorge, à la recherche de la pointe des seins. Libérée, la poitrine emplit ses mains et il aurait pu rester des heures dans cette plénitude. Comme réponse, la main gauche de Lily oscilla en aveugle, jusqu'à s'engouffrer dans le treillis bleu du plongeur. Le sang affluait, gonflant les tissus. À la langueur du désir se mêla une violence sacrée.

Tout commença à disparaître. Le Jardin des Plantes et ses arbres qui dormaient, la gare d'Austerlitz, les tristes statues du square Tino-Rossi, le pont d'Austerlitz et ses masques de Méduse, la plainte du métro sur la passerelle... Le quai, la Fluviale, le remorqueur, la course-poursuite, le fuyard, leur histoire, le temps.

Rien, il ne resta rien. Que la peau blanche de Lily, territoire immense.

Rémi voulait qu'elle s'abandonne. Qu'elle se donne, entière.

Il lui dit :

« Laisse-moi faire, O.K. ? Reste comme ça, ferme les yeux... »

Elle hocha tranquillement la tête. Le désir la rendait lointaine.

Il finit de la déshabiller, ne garda que le mince slip blanc qui arrondissait encore plus ses fesses. Il se saisit de cordage noir qu'il coupa avec son couteau Leatherman, un SuperTool 200. Elle avait mis un pied nu sur du cordage orange et vert, aux airs de serpent arboricole. Par sa posture, elle paraissait en triompher. Rémi se dit qu'elle ferait une belle vigie. Il jeta un œil plus à droite aux crochets qui servaient à ranger les élingues. Des sangles jaunes en Kevlar pendaient. Il les repoussa.

La première fois qu'il avait été attiré par Lily, elle faisait des nœuds sur l'*Hélios*. Un tour mort et une demi-clef pour élinguer un tronc d'arbre. Il lui avait appris à mettre une manille, qu'il rattrapait avec une gaffe, pour que le cordage coule. Il avait remarqué ses doigts de dentellière, la grâce qu'elle mettait en chaque chose et il avait eu envie de l'enlacer.

Avec douceur, il lui prit son poignet droit et fit avec le cordage noir deux tours morts et une demi-clef. Il ne voulait pas que Lily se sente piégée. Si elle tirait, le nœud se défaisait. Le plongeur procéda de même avec le poignet gauche et la lia aux crochets. Elle n'était pas sa prisonnière, elle était son offrande. Il hésita à attacher aussi ses pieds, puis abandonna l'idée. Elle resta silencieuse, attentive aux baisers qui parcouraient chaque parcelle de sa peau. Avec la tension, les muscles de son dos se dessinèrent et Rémi ne se lassa pas de la caresser. Elle frissonna.

Il recula d'un mètre, la regarda, fasciné. Et se demanda comment il avait pu se priver aussi longtemps de ce qu'il aimait. C'est fou combien il mettait d'énergie à refuser parfois d'être heureux.

Lorsqu'il la pénétra, il lui sembla qu'elle murmurait : « Je t'aime. »

Il en fut tant incertain, qu'il recommença, encore et encore.

Maintenant, la nuit pouvait tomber.

CHAPITRE 48

Dimanche 10 juillet 2011
23 h 45
Paris V^e, quai Saint-Bernard,
brigade fluviale

Les images rythmaient l'écran de télévision de la Fluviale, teintes d'aquarium au milieu du noir. Philippe avait fait remarquer une fois que depuis les bateaux, on voyait tout ce qui se passait dans la salle d'équipage, jusqu'aux bouteilles sur la table, à cause des lumières crues, redoutables. Dès lors, la nuit, ils laissaient juste allumé dans la cuisine pour se sentir moins épiés. Tic, Tac, Anne, Philippe et Igor discutaient dans la salle d'équipage. Chacun y était allé de sa théorie pour parier sur le pedigree du fuyard. Derrière les baies coulissantes, le fleuve jetait son encre.

Anne se pencha sur la tasse de Tic, la flaira et fit de grands yeux :

« Qu'est-ce que tu bois ?

— L'absinthe de l'ouvrier, ça nous réussit. Moi, j'aime la vieille gnôle qui déchausse les dents.

— Arrête tes conneries ! C'est quoi ? De la verveine ?

Notre Tic se mettrait à la tisane, maintenant ? Ça existe, ce genre de conversions spontanées ?

— J'ai le droit d'avoir soif *et* sommeil, comme tout le monde, je suis pas qu'une pile électrique...

— Quelqu'un sait où sont Rémi et Lily ? demanda Philippe que le débat autour de la tasse intéressait peu.

— Une fille et un garçon, en général, ça sait s'occuper honnêtement, dit Tac. Dans ces cas-là, mieux vaut pas trop savoir.

— Comme t'es mauvaise langue...

— Pas eux, en tout cas, je vous rassure, corrigea Tic.

— Tu peux te taire, deux secondes, Tic, t'es capable de ça et d'être sérieux ? dit Philippe.

— Moi, non, toi, si... »

Anne sourit : c'est vrai que Tic ne se prenait jamais au sérieux. Puis il y eut un silence et la télévision continua son monologue. Personne ne l'écoutait.

Igor prit le ton du type qui ne plaisante pas :

« Rémi est peut-être juste en train d'expliquer à Lily comment on fait l'assèchement sur le remorqueur pour un sauvetage...

— Ouais, c'est ça, dit Tac, hilare, et il lui montre *avec une grrrande application* comment on branche les tuyaux sur la clarinette, derrière... »

Tout le monde éclata de rire.

« C'est fin, ça, dit Anne.

— Ouais, je suis assez fier de moi, elle mérite une AOC, celle-là, dit Tac.

— Tu parles, elle est tellement nulle qu'elle pourrait être de moi ! »

Et Tic s'étira en se renfonçant dans sa chaise.

Igor se tourna vers Tic et le regarda droit dans les yeux :

« Au fait, Tic, le chat noir de la brigade, c'est toi, non ? Je veux pas dire mais tu portes vraiment la schcoumoune. Quand t'es là, on se ramasse que des affaires de merde. Je dis ça comme ça, moi... Déjà un cadavre qu'est mannequin des pompiers, c'est pas tous les soirs, puis un mec qui déboule de nulle part pour te sécher sur place, si c'est pas de vraies daubasses, ça... »

Tic leva sa tasse et fit mine de le prendre de haut :

« Non mais, écoutez-le ! Si moi je suis Chat noir, je dis que toi t'es cabot... parce que t'arrêtes pas de râler. Ouais, je t'assure que t'arrêtes pas de râler. Et comme t'es brigadier-chef, eh ben, t'es cabot-chef. Si on se tape un blaireau à la flotte ce soir, qui a juste envie de tremper son calbute pour montrer Donald à ses potes, je me sens pas concerné... Ah putain !! Fais chier...

— Qu'est-ce qui t'arrive encore ? dit Igor qui se demandait pourquoi il s'était rassis brutalement.

— Mon bras gauche... Je sais pas ce qu'il m'a fait l'autre abruti sur le quai, c'est comme s'il se paralysait, ce con de bras. »

Anne lui dit sur le ton du reproche :

« Tic, tu sais ce que j'en pense. Même légèrement blessé, tu aurais dû aller direct aux UMJ. Sans attendre. »

Tic grimaça.

Tac enchaîna :

« Elle a raison, Tic. Tu sais jamais ce que ça peut cacher, une douleur. Le bras gauche et l'infarctus du myocarde, même combat...

— Arrêtez, vous allez me faire... me faire fipper.

— Attends, l'interrompit Tac, c'est grave, regarde, là, tu sais même plus parler. *Flipper*, Tic, *flipper*, pas *fipper*.

— T'as surtout une drôle de tête... », s'inquiéta Anne.

Pour le coup, Tic ne dit plus rien. Il se tenait le ventre, côté symétrique au foie, plié par une douleur vive, à l'égal d'un coup de poignard. Il grimaça.

« Hé, Tic ! Ma parole, on va t'appeler Rictus, dit Tac. Tu sais que t'es blanc comme un linge ? »

Tic ne riait plus du tout. La douleur irradiait désormais dans l'épaule et il les regardait tous, sans comprendre. Il avait envie de dormir.

« Ça suffit, Tic, maintenant, on appelle le SAMU », trancha Igor.

Anne se rua vers le téléphone de la brigade.

Lorsqu'elle joignit le SAMU, elle ne put s'empêcher de trembler. Un mauvais pressentiment. Elle revint en courant :

« Ils seront là dans quelques minutes. »

Tic fit oui de la tête. Il ne parlait plus. Par à-coups, sa tête retombait. Igor lui prit le pouls :

« Tiens bon, gladiateur. Ils arrivent. Tiens bon, garçon. »

Les regards se croisèrent, inquiets. Plus personne ne doutait que c'était grave.

À minuit, Tic fut transporté par le SAMU jusqu'à l'Hôtel-Dieu.

À minuit et quart, il était transféré en chirurgie digestive.

Le diagnostic faisait mal rien qu'à le prononcer : rupture de la rate.

CHAPITRE 49

Dimanche 10 juillet 2011
23 h 55
Aubervilliers, rue Régine-Gosset

En arrivant à l'hacienda, j'ai écrasé les graviers comme des milliers de cafards sous mes rangers. Je jurais sans m'arrêter. ¡ *Hostia* ! ¡ *cojones* ! Putain de vie à la con... Il faudrait que je crame la Ducati sans trop tarder. Plus tard. Dans l'immédiat, impossible de ressortir avec. Fidèle à ma devise : discrétion et patience.

J'avais tourné dans Pantin, La Courneuve et Saint-Denis avant de m'engager dans Aubervilliers, pour m'assurer que personne ne me filochait. Dans ma tête, j'avais le piton de la Fournaise qui crachait des flammes. Mon front me brûlait, ma bouche était toute sèche et j'étais encore trempé. J'ai fumé une cigarette dehors, dans le noir, puis je suis rentré. J'ai envoyé un grand coup de pied dans la porte, la peinture du mur s'est barrée.

Arrivé au bas de l'escalier, j'ai hurlé. Un long cri libérateur.

Un cri pour lancer à la face du monde que j'étais encore en vie, et libre.

Archi n'était apparemment pas là. Tout sonnait étrangement vide dans cette putain de maison hantée.

Le regard du flic en brosse me travaillait, c'était un teigneux, je le sentais. Un point faisait la toupie dans mon cerveau : pourquoi ce n'étaient pas des mecs de la BAC, au port de l'Arsenal ? Ils avaient à l'épaule un patch que je ne connaissais pas. Si La Fêlure m'avait balancé, ils auraient envoyé la BAC ou la BRI. C'est eux qui aimaient chasser le méchant. On pouvait pas me faire coincer par des bleus. Et pourquoi les flics en civil ne m'avaient pas coursé ? Pourquoi ? Réfléchis, Diego.

La réponse à cette dernière question était simple : ce n'étaient pas des flics, ils n'en avaient d'ailleurs pas la sale gueule. Un truc clochait dans cette histoire. Mettre le doigt dessus m'aurait ôté une enclume de la tête. Un truc clochait.

J'ai grimpé comme un fou les marches, vérifié derrière chaque porte qu'il n'y ait personne de planqué et me suis jeté sous la douche. Au bout de cinq minutes, j'ai réalisé que l'eau était brûlante, ma peau fumait et si je continuais, j'allais finir en cochon grillé. Le savon maigrissait entre mes doigts et je ne m'étais toujours pas lavé. Le noir de ma fausse moustache avait coulé jusqu'à mes pieds. J'aurais voulu une femme, oui, une femme, pour me frotter le dos et me masser les épaules. Une femme pour coller ses seins contre mes omoplates et me faire tout oublier. Une femme pour chasser le noir avec ses belles mains blanches.

J'aurais voulu Marina.

Et j'étais seul, seul avec dix mille problèmes à gérer — et la vie de merde qui allait avec. Je guettais le retour d'Archi. Notre tandem me manquait.

Je ne supporte pas qu'on m'abandonne.

J'ai réglé le jet au maximum et j'ai baissé la tête pour que l'eau détende les muscles de ma nuque. Je me sentais un cou de taureau avec les nerfs tendus pour l'assaut alors qu'il fallait que je me calme.

Dix minutes. J'ai dû rester dix minutes sous la douche. Et j'ai eu le temps de penser.

Tout ça n'était pas bon. La raison voulait que je prenne le large, que je jette trois affaires dans un sac et que j'aille me faire oublier pendant un mois ou deux. Après, l'agitation se tasserait et je reviendrais. Je pourrais plus blairer un parasol et je banderais dur pour faire la pie dans une bijouterie. Peut-être que Yacine m'accompagnerait au bout du monde.

Le bout du monde : l'expression m'a filé les jetons. Comme si au bout du monde, y avait plus rien, plus de route, plus d'horizon, qu'un grand trou et juste à tomber dedans.

Je devais ramasser mon fric. Mon cash fourgué à 20 % d'intérêt... J'en avais prêté à des Nouches, à un mec surnommé Le Tigre... Le Tigre, mon cul, il s'appelait Baumgartner et c'était tout de suite moins impressionnant. Le Nouche n'avait pas répondu à ma première injonction. Ni à la deuxième, d'ailleurs. Et je savais compter que jusqu'à trois. Je lui avais pourtant précisé que dans le meilleur des cas, je le finirais à la barre à mine s'il continuait de faire le sourd-muet. Chez nous, règnent deux domaines avec lesquels on ne plaisante pas. Deux domaines sérieux, intouchables, deux terres sacrées.

La famille, et le fric. Le fric, et la famille.

Et certains n'ont pour famille que le fric.

Si je sortais le Desert Eagle, quelque chose me disait que ma cote de persuasion grimperait. O.K., j'allais sortir Saint-Père le Desert Eagle. Impossible de remonter maintenant au braquo. Trop risqué. Donc, résume, Diego : tu rafles les lovés et tu te fais la malle. Tout de suite, Diego. Vas-y.

Presque... D'abord, s'occuper du Browning Baby, je n'étais pas le modèle à laisser mon arme noyée.

Je me suis enroulé dans une serviette, ai coincé un bout au creux des reins et j'ai entrepris de me raser. Mes mains tremblaient et bien sûr, je me suis coupé. J'ai pris un morceau d'argile, j'ai tapoté dessus. En me regardant dans le miroir, j'ai trouvé que j'avais des yeux de panda, avec de jolis cernes noirs. Bravo.

Mais je ressemblais moins à Diego. Banco.

Dès que je suis sorti de la salle de bains, je me suis jeté sur le lit. Un coup de barre bizarre, violent. J'ai écarté les bras en croix et fixé le plafond, comme je fais quand je n'ai plus rien à prier. Des images ont dansé, des cauchemars aussi. Et les quelques souvenirs auxquels je tenais. Avant de ressortir, je devais me couper les cheveux pour achever ma métamorphose. Ras, genre McGregor dans *Trainspotting*. Je l'ai fait.

J'ai murmuré : *Archi...*

Il y avait un autre problème.

La petite mésange.

Je lui avais promis de voir son nouveau numéro. Si je la décevais, on serait partis pour cinq ans de larmes. Je voulais décevoir la petite mésange ? *Tu veux* vraiment *décevoir la petite mésange, Diego ?* Dans ma tête, au moins une réponse claire : non.

Il fallait reculer mon départ. Tenir et attendre qu'elle fasse son numéro. La famille, c'était sacré. Promis, juré, craché.

Et puis y avait une tripotée de beaux coups à taper. Beaucoup, beaucoup de thune à la clef... J'ai soupiré.

Ma vie était trop compliquée. Une fraction de seconde, je me suis dit : « Si tu t'étais rendu, tout se serait arrêté. » Comme une montre qu'on casse, *bang* ! Et le temps n'existe plus. La seconde d'après, je me serais craché dessus tellement je me vomissais. Comment je pouvais penser un truc pareil ? Il fallait vraiment sombrer pour avoir de telles idées. Renoncer à ma liberté ? La dernière des possibilités.

Et je l'ai dit, et je l'ai répété : PLUTÔT CREVER.

D'un bond, je me suis levé. J'ai ouvert le placard bleu ciel, j'ai caressé du bout des doigts les cheveux d'or de Falbala avec un clin d'œil, et j'ai sorti mon *Martin Eden*, ma relique. Retour au lit, je le feuillette, mes yeux roulent sur les pages, s'arrêtent, piégés :

« Alors, comme de jeunes taureaux, ils bondissent l'un vers l'autre, les poings nus, de toute l'ardeur de leur haine, de tout leur désir de détruire, de tuer. Que sont devenus les milliers d'années de civilisation et de nobles aspirations ? Il ne reste plus que la lumière électrique pour marquer le chemin parcouru par la grande aventure humaine. Martin et Tête-de-Fromage sont redevenus deux sauvages de l'âge de pierre. Ils sont redescendus au plus profond des abîmes limoneux, dans la fange primordiale et ils luttent aveuglément, instinctivement comme lutte la poussière d'étoiles, comme lutteront les atomes de l'univers, éternellement. »

Mes mains ont tremblé, encore plus. Ce livre m'hypnotisait. Je n'étais pas sûr de comprendre tous les mots, certains ressemblaient à des enveloppes avec rien à l'intérieur mais ce qui était sûr, c'est que je me battrais, comme Martin. Avec les dents s'il le fallait. Je ne conseillais à personne de m'approcher. Jack London me parlait depuis sa tombe pleine d'encre, il me disait que j'étais aussi un taureau, mais un taureau croisé avec un buffle, un tigre et un crotale.

J'ai reposé le livre sur le lit avec un signe de croix et j'ai réfléchi.

Agis, mec. Hors de l'action, pas d'horizon.

Normalement, quand je dois sécher une arme, je vais voir les garagistes. Un, ils pullulent à Auber, et deux, rien de plus efficace. Mon pote Chieb, de l'impasse Désiré-Leroy, avait une *caisse à outils* qui disait toujours oui. Un surdoué. J'ai hésité. Y aller ? Pour être sincère, je me voyais mal débarquer avec mon Browning Baby baptisé à l'eau de Seine. Un enfoiré non identifié m'avait balancé et ma paranoïa était au top. En temps normal, je croyais en personne. Là, j'étais *persuadé* de croire en personne. Alors partager mes problèmes avec quelqu'un, on en était loin.

C'était idiot car j'y aurais gagné, question manipulations. Parce qu'ils avaient des systèmes d'air comprimé, les garagistes. J'aurais démonté la culasse et le canon, retiré le ressort de la culasse et du percuteur et dévissé les plaquettes de poignée pour que l'air pulsé assèche mon Baby. Après, j'aurais juste eu à finir de sécher au chiffon et à graisser. Là, j'avais à me taper le démontage des pièces goupillées et je n'aurais pas parié que ma nervosité s'entende avec la patience.

J'ai pris mon courage à deux mains et je me suis dirigé vers les combles, dans la pièce qui me servait d'atelier. J'ai mis de la musique — Filter — et rapproché le faisceau des lampes sur mon pétard. Me recueillir sur mon flingue a eu l'effet recherché : je me suis calmé, palier par palier. J'ai enlevé le chargeur et les cartouches. Bruit de grelots dans ma main gauche, temps de réflexion et j'ai tout jeté. Elles avaient beau être étanches, ma loi était risque zéro.

Le triangle de Bird de ma sœur sur les incidents mineurs et les accidents majeurs... J'ai secoué le chargeur, je l'ai tapoté et je l'ai vidé de son ressort et de sa planchette. À chaque nouveau mouvement, la pression baissait. Curer les pièces creuses avec un chiffon aurait amadoué n'importe quel type avec la tête chauffée à blanc. Même moi : la preuve.

Profondes inspirations et j'ai fini par un essuyage complet, plus appliqué que n'importe quel barman avec ses verres. Chaque pièce au sèche-cheveux, un vrai toilettage en règle. Je les ai comptées comme les moutons : 33. L'âge du Christ.

Ne restait plus qu'à graisser.

À la fin, j'ai serré le Browning dans mes mains et je me suis dit que c'était moi que j'avais remonté. J'avais retrouvé ma fureur, j'étais prêt. Je me suis changé, j'ai enfilé un pantalon noir, failli mettre une chemise noire, me suis ravisé pour attraper une belle chemise rouge en soie. J'avais envie d'en jeter. Passage par la cuisine, ouverture du réfrigérateur avec la phrase de Mesrine qui vient me gifler : « Si un jour, par pitié, il laisse sa vie à un rival ou à un ennemi, il se condamne lui-même à la mort. » Bière en main, je suis allé sortir *le jouet*... L'obusier. Mister Desert Eagle en personne. Lui aussi, il en jetait. Il a jailli de sa planque avec des éclats d'argent. Vif éclair, comme le mercure. L'acier était froid. L'acier était inhumain. L'acier était fait pour tuer. La preuve, y avait aucun taré pour fabriquer des berceaux en acier. C'était pas moi qui le disais, mais notre pape Luciano.

J'ai appelé Yacine. Derrière lui, des gloussements de fille. Je me suis demandé s'il n'y en avait pas plusieurs. Le renard en était capable, pas de doute :

« Yacine, tu plantes tes colombes et tu rappliques.

Prends une caisse. Rendez-vous au bout de la rue du Landy, face au canal. Viens accompagné, O.K., tu m'as compris ? Plutôt bien lesté. Pour une visite de courtoisie comme on les aime. »

J'ai regardé ma montre. La Gucci indiquait 1 h 20.
« Dans 15 minutes ? Ça te laisse le temps de payer. »
Il a moyennement apprécié ma dernière remarque.
Archi s'était encore barré. Comme toujours quand j'avais besoin de lui. En sortant, retour en arrière. J'avais oublié de prendre un borsalino.
J'ai éteint la musique et les lumières.
Maintenant, c'était fête foraine.

CHAPITRE 50

Dimanche 10 juillet 2011
1 h 35
Aubervilliers, rue du Landy

Yacine m'a fait l'honneur d'arriver à l'heure et j'ai pu garder mon calme. Préférable car l'absence d'Archi me donnait déjà assez le vertigo. Yacine avait réussi à s'arracher à ses belettes. Je me connaissais par cœur, ce n'était pas du calme, c'était du répit et je demandais qu'à démarrer. L'important était de faire illusion, et, parole, je le faisais. Yacine avait chopé une BMW série 1 coupé noire. Je savais qu'il traficotait avec d'autres mecs autour des voitures ces derniers temps. C'était bon pour notre bizness. Il les volait avec Oz, direct dans la rue ou chez des bourges juste bons à délester de leur trop-plein de propriété. Un bienfaiteur. Ensuite, il leur filait une nouvelle immatriculation avec des titres de propriété volés par des contacts à l'étranger qui jouaient les roulottiers. Guère plus compliqué que les 205 qui cèdent à l'aide d'une demi-balle de tennis accolée à la serrure. Grand coup, déplacement d'air dans le barillet et loquet qui saute. Contre les alarmes, un jet de bombe à raser sous le siège passager pour neutraliser le détecteur. Ma jeunesse et ses pratiques préhistoriques... Toutes les méthodes étaient possibles en fonction des qualifications et des caisses : la barbare qui brise les vitres latérales avec la céramique d'une bougie de voiture, l'opportuniste qui essaie les portières au cas où, la violente enfin, avec *car-jacking*. Après, les sbires de Yacine maquillaient les numéros de série. Les bagnoles étaient alors comme achetées d'occase. Si c'était pas de la magie, ça...

Je suis monté, j'ai baissé le borsalino sur mes yeux et souri. Et j'ai annoncé :

« On va au camp de Nouches. »

Yacine m'a dévisagé comme s'il découvrait mes mœurs :

« T'as vu l'heure, gros ?

— Ben ouais, justement... C'est une super heure pour foutre le bordel quand on a de bonnes raisons de ne pas être très content, content. Je dois récupérer ma thune, Yacine. Et j'ai un pote pour la traduction. »

J'ai brandi mon allié et Mister Desert Eagle a fait sa sortie en société.

Yacine a sifflé. Il savait ce que ça voulait dire. Pour tout avouer, j'étais pas fan du tir au Desert Eagle. Plutôt un jouet pour Archi. Mon plaisir était d'être rapide et précis. Le Desert Eagle était, lui, un obusier. Mais il impressionnait. Yacine a ajouté :

« Moi j'ai le pompe pour l'accompagner. Le Mossberg.

— On va faire un beau couple, mon Yacine. Et t'as mis tes crocos, tu vas être trop beau. »

J'ai fouillé dans la boîte à gants de la BM :

« T'as pas un truc cool, des fois, genre Marvin Gaye ? »

Yacine m'a regardé sans y croire. J'étais sérieux. Il

a fait non de la tête et mis de la musique que je ne connaissais pas — Savant des Rimes. Le titre défila : *L'Effet 9.1*. C'était bien, quoi que ce soit. Je ne supportais pas le silence. Au bout de quelques mètres, Yacine, plus nerveux, a gardé les yeux rivés au rétroviseur :

« Tu crois que ça se fait comme ça, ma gueule ? Baum', sur son territoire, il va grave pas apprécier. Sur la vie de ma mère. »

Baum' : c'est ainsi qu'il appelait Baumgartner, Le Tigre. Je l'ai rassuré :

« Dans notre métier, tout se fait et tout a été fait. La seule règle, Yacine, regarde-moi bien, la seule règle, c'est que rien ne se fait pas... Souviens-toi, seuls les poissons morts suivent le courant. Je lui ai déjà demandé gentiment. Alors, on va quand même pas arriver à 10 heures avec les croissants pour le prier de rendre la monnaie... Chhhh ! Roule pas trop vite, Yacine, sinon les schmitts vont nous flairer le cul. »

Le camp se situait pas loin, dans le quartier du Landy, à côté d'un village d'insertion de familles roms tranquilles et sans histoires. Le village avait un vigile.

Je venais de l'apercevoir, d'ailleurs :

« C'est vraiment le vigile, lui ?

— Ouais, le vigile du village, pas du camp, Diego. T'inquiète, on y va tranquille.

— Il a pas l'air tellement concerné. On pourrait arriver avec des Kalach qu'il s'en foutrait, Jojo.

— Tu feras gaffe, il peut y avoir du clébard en liberté, au fond. »

Je n'ai pas répondu. Ce n'étaient pas les clébards qui m'inquiétaient. Mais la forêt cachée des fusils de chasse des Nouches. Tous des tireurs de première.

Dans mon souvenir, Baum' avait aussi un pistolet-mitrailleur, un Skorpion. Je me suis rappelé cette phrase de mon père : « Ce n'est pas l'arme qui est dangereuse, mais son utilisateur. »

On a longé des palissades. Avant, derrière, y avait des abattoirs. On s'était déjà fait courser là par la BAC. Courir vite était pour nous une question de survie.

Mes dents de derrière bâillaient. J'ai fait craquer mes jointures et j'ai secoué la tête pour me réveiller. L'heure des retrouvailles se précisait. J'avais envie d'expédier l'affaire et de vite rentrer me coucher. Pour l'adrénaline, j'avais déjà eu ma dose.

Je connaissais Baum' de près. Il mesurait presque deux mètres. Je m'étais déjà battu avec lui, torse nu, juste pour challenger. Je me souvenais de son dos : il avait un aigle tatoué, et un lion qui butait un serpent, au corps-à-corps. Et sur le bras, un truc incompréhensible : un guerrier barbu avec un casque ailé. Mais surtout, un autre tatouage qui nous reliait : des chaînes brisées avec écrit *Vivre libre ou mourir*. Rien que pour ça, je le respectais. Ce qui ne me retiendrait pas de le liquider, s'il le cherchait.

Je mesurais moins que lui mais je l'avais fracassé à terre lors du combat. Il m'avait pas calculé, comme David, et il a tiré la gueule pendant des mois, le Goliath. Ça ne m'empêchait pas d'être un peureux. Sérieux. Bref coup d'œil à Yacine, concentré sur le volant, et j'ai eu un doute. On n'allait pas chez les bonnes sœurs et je savais que Yacine avait la gâchette facile. J'ai lancé :

« Arrête-toi deux secondes et écoute. Si tu devais te souvenir d'une seule chose, c'est de te croire toujours moins fort que tes ennemis, Yacine. Tu m'entends ?

Et faut toujours que tes ennemis se croient plus forts que toi. »

Il s'est tourné vers moi :

« De quoi tu me parles ? C'est ton testament, ma gueule ? Ça fout les jetons, ta façon de dire les choses, comme ça, là...

— Nan, nan, je te dis juste que face à l'ennemi, faut que tu gardes à l'esprit qu'il va trouver ta faille, écoute bien... Peut-être même celle que tu ignores. Après, il se relâche et c'est là que tu le tiens. »

Yacine a hoché la tête. Un silence, et j'ai continué, grave :

« Non, mon testament, c'est que je suis pas dans le pardon. NI À HAÏR, NI À PARDONNER. C'est ce que tu pourras écrire sur ma tombe, je compte sur toi. »

Il a hésité, puis il a souri et il a crié :

« On va rapatrier les dollars ! On va sortir les tromblons ! Yeah, man, ça va pleuvoir des kicks ! »

J'ai eu l'impression d'avoir parlé pour rien. On ne raisonne pas les fauves. Avant de repartir, Yacine a attrapé son fusil à pompe avec un clignement d'œil. Il l'a chargé en Brenneke, et armé d'un rapide aller-retour de la pompe. Un bruit qu'on reconnaîtrait entre mille.

J'ai fini par dire :

« Allez, go. Et si tu peux arriver avec un beau dérapage, te prive pas... Déjà, je marcherai pas quinze mètres en territoire ennemi et ensuite, tu sais que j'ai rien contre les arrivées en force, pas vrai ? »

Tape sur l'arrière de la tête pour pacte fraternel. Yacine n'a pas bronché.

Les phares ont éclairé des fils à linge tendus comme des guirlandes de 14-Juillet. Nous, on arrivait avec les pétards. Ils n'étaient pas encore couchés et Baum' jouait aux cartes sur une table de camping. À l'écart, une Lamborghini noir mat, de location à tous les coups. Effet de la crise. Mouvement discret à Yacine pour la lui montrer, une fois son dérapage achevé. Quatre bâtards de clébards ont fait le comité des fêtes en aboyant. Je détestais que les clebs aboient, ça me mettait les nerfs.

Je suis descendu lentement, borsalino au niveau de la hanche. Tout prendre au sérieux, rien au tragique. Yacine a claqué la portière et il s'est posté un peu en retrait, derrière la voiture, pour ne pas s'annoncer direct avec le Mossberg. C'était mauvais pour les présentations. Une odeur de *glaizys* à la viande flottait dans l'air. Ils devaient avoir mangé tard, la moindre peur et ils auraient la gerbe facile.

Baum' a lâché les cartes en marmonnant quelque chose que je n'ai pas compris. Il portait un débardeur blanc et les muscles qui allaient bien avec. Il avait raison, il avait fait chaud à crever toute la journée. Le beau brun à la coupe de cheveux de footballeur a levé les yeux vers moi et souri, un sourire forcé :

« Diego ! *Ap*[1] ! Tu veux une *bira*[2] ? »

En revanche, je l'ai entendu lancer aux trois mecs autour de la table, mouvement bas de la main à l'appui :

« *Darta*[3] ! »

Il a enchaîné avec :

« Siko, Roky, Pyrex, Roket ! »

En fait, il rappelait ses chiens. Heureusement pour eux, il les a sifflés juste avant que je ne distribue des coups de pied : ils me reniflaient les semelles en grognant.

---

1. « Viens ! »
2. « Une bière. »
3. « Attention ! »

J'ai fait un geste en direction de la Lamborghini :

« Je vois que tout va bien pour toi, ça me fait plaisir, je t'assure, car je t'avouerai que j'étais pas sans inquiétude... Un si long silence... »

Il a lancé un pauvre regard à la caisse, comme pour s'excuser. J'ai vu qu'il lorgnait mon borsalino avec intérêt. Légitime, bien joué.

« Diego, je suis désolé... »

Je l'ai coupé sec, ça commençait à fourmiller dans mes doigts :

« J'espère que t'es surtout désolé de nous faire sortir la nuit, avec mon pote. »

Il s'est avancé de deux pas :

« Attends, Diego, je... »

Pile le genre de phrase qui me donne un coup de typhus. Je viens clamer haut et fort mon impatience et on me répond d'attendre...

Vous avez déjà vu un déluge de feu ? D'un geste rapide, j'ai fait valser le borsalino et dégainé Mister Desert Eagle, index sur le pontet. Bien content de ne plus le sentir contre ma peau. Plus encombrant, tu meurs.

C'est vrai que c'était un drôle de lapin à brandir. J'avais plaqué le canon à gauche avant de sortir de la voiture et l'obusier était déjà armé dans mon dos. Comme dit le proverbe, la meilleure arme est celle qui est la plus proche de la main. Je n'ai pas eu le temps de voir Baum' se décomposer, j'aurais pourtant aimé. On ne peut pas avoir tous les plaisirs, dans la vie.

En un éclair, l'arme fut à hauteur des yeux. Je la tenais à deux mains à cause de la puissance de feu. Elle était chambrée en .50 AE. Je me suis tassé pour renforcer mes appuis et anticiper le départ du coup de feu. Tout ça en moins de secondes que les doigts d'une main. Ça allait secouer fort. Tempête en prévision, sale temps pour les tympans.

J'ai pointé le Desert Eagle vers la gueule braillarde de Siko. Ou de Pyrex, ou de Roket, ou de Roky. *Bang*. Bruit énorme, démesuré, comme la flamme et la fumée. J'avais sept coups et il y en eut quatre pour les bêtes de la Création. *Bang. Bang. Bang.* L'obusier a craché son feu et Baum' a hurlé. Les chiens n'ont pas eu le temps, eux, sauf le dernier. Ce qu'il en restait n'avait plus de voix. C'était rouge. Les trois autres mecs sont restés bouche ouverte, pétrifiés par le bouquet final.

Pas besoin de vérifier derrière moi, je savais que Yacine avait sorti son fusil à pompe.

Je me suis tourné vers la Lamborghini. Il me restait trois coups.

Nouveau hurlement de Baum', main droite en avant pour bloquer mon élan.

J'ai pensé fort : « Touche le fond mais creuse encore, Baum'. »

Les caravanes se sont allumées d'un coup mais personne n'osait sortir. Comme quoi il restait des réflexes de bon sens chez l'espèce humaine. Des ombres s'agitaient en relevant les rideaux au crochet.

Il a suffi d'un signe et un gorille de Baum' est parti en courant. Il a ramené une grande boîte à chaussures pleine de billets. Baum' ne me quittait pas des yeux, horrifié. Il les a juste baissés pour compter les billets en tremblant. Le sang de ses chiens avait giclé sur ses mains. Et sur son beau débardeur blanc.

J'ai dû avoir l'air sincèrement ennuyé. Je n'aimais pas tirer sur les bêtes. Mais on pouvait dire ce qu'on voulait, c'était mieux que de tirer sur les hommes.

CHAPITRE 51

Lundi 11 juillet 2011
12 h 15
Paris Ier, quai des Orfèvres,
brigade criminelle

« Où s'est encore barré ce putain de Crabières ? » hurla le commandant Desprez du fond de son fauteuil.

Et quand Jo Desprez hurlait, cela donnait envie d'être sourd.

« C'est toujours l'heure du café pour Crabières ! »

Crabières était le dernier lancier du groupe. Jo avait aperçu Marcelo Gavaggio dans le couloir. Ce dernier arrivait à grandes enjambées, serrant contre lui des chemises orange. Marcelo risqua une tête à travers la porte toujours ouverte du bureau 324 :

« Tu vas enfin comprendre pourquoi on le surnomme La Vierge... »

Jo bougonna :

« Ah ouais ? Pourquoi La Vierge ?

— Parce qu'il fait parfois des apparitions à son bureau...

— Très drôle, dit Desprez entre ses dents. En attendant, comment puis-je mettre la main sur ce courant d'air ? (Il feuilleta les documents devant lui.) Je ne vois pas son PV d'enquête de voisinage dans l'affaire du double flingage... C'est pourtant bien cette branque de brigadier de mes deux qui devait le taper ? Oui ?? Oui... Et son portable, à Crabières, c'est juste pour faire joli ou pour ses cinq à sept ? Je vais lui arracher la tête à celui-là, je t'assure... Je vais vraiment me le faire. Comme dit Ange Mancini, le plus dur, ce n'est pas de gérer l'exceptionnel, mais le quotidien. Alors l'humain ! L'humain... je préfère pas en parler. En attendant, j'aimerais le détail des vérifs et des éléments recueillis. Faudrait lui dire, à Crabières, que c'est pas la peine d'avoir des affaires si on les sort pas. Bon, pour chasser l'air vicié, t'as pas quelques nouvelles ?

— Quelques, non, sourit Marcelo qui était le flic le plus placide du 36, mais une, ça devrait suffire.

— Vas-y. »

Desprez tapa frénétiquement son stylo sur le plumier en bois de son bureau.

« Alors, Booba Ba est passé entre nos mains ce matin, tout frais ramené de Fresnes. On était à trois, avec Franck et Laurent.

— Et... ? s'impatienta Desprez dont le front s'était plissé. L'air de Paris lui a fait du bien ?

— Je veux... Alors lui, je te le dis d'emblée, l'honneur, c'est pas ce qui le torture. On avait réuni des billes pour lui casser les pattes et il n'a pas fait trop de résistance.

— Et... ? » répéta Desprez que le calme de Gavaggio énervait encore plus.

Le vent souffla par la fenêtre entrouverte du bureau 324. Un crochet retenait les deux battants. Elle donnait sur un bout de Seine que Jo n'avait jamais le temps de contempler. Les deux hommes se tournèrent vers la fenêtre, puis le regard de Marcelo soupesa celui de Jo.

« On y est allés au chausse-pied et c'est passé... Il dit que Sess Sylla l'a contacté pour l'enrôler à sa sortie mais qu'il ne sait rien sur le double flingage. Il ne voit pas qui aurait assez de couilles à Aubervilliers pour se permettre de descendre Sess et son soldat Moussa. Mais comme on voit le mal partout, on ne l'a pas cru sur parole. Je ne sais pas s'il a chiqué à mort, mais il prétend ne pas connaître le fameux Diego.

— C'est ce que tu appelles des nouvelles ? »

Du dépit perçait dans la voix de Jo Desprez.

« Attends avant de lâcher les chiens, dit Marcelo Gavaggio, je n'ai pas fini... Marc Valparisis t'avait demandé de sonder autour d'un certain Oz et là, on a tiré la bonne carte. Naïm Malek, surnommé Oz, logerait en ce moment chez sa sœur, à Montreuil. Pour être précis, l'appart un étage au-dessus, qui appartient à un oncle qui passe son temps au bled. »

Les yeux de Desprez s'allumèrent :

« On a l'adresse exacte ?

— Oui, Booba a été généreux.

— C'est bien, ces âmes désintéressées », commenta Desprez en hochant la tête avec une moue. L'expérience le rendait cynique.

« Ce serait parfait si Marc lançait un petit dispo...

— Sûr, Marcelo. Je vais l'appeler de ce pas. File-moi l'adresse... Rien d'autre ?

— Non... », dit Marcelo avec humilité.

Il se reprit :

« Si... que j'ai faim. »

Desprez poussa sa coupelle de dattes en direction de Gavaggio. Ce dernier posa avec soin les chemises orange sur le bureau du commandant. Il en ouvrit une et pointa du doigt deux informations. De l'autre main, il attrapa un marqueur fluorescent et surligna les données. Il détestait lire à l'envers mais Jo Desprez était cramponné aux feuilles. Le chef de section lâcha prise pour chausser ses lunettes demi-lune, grimaça pour accommoder et lut en faisant O.K. de la tête. Il avait déjà saisi son téléphone et cherchait le nom de Marc Valparisis dans la liste des appels récents. Ses ongles étaient tous rongés.

Deux sonneries. Au bout, la voix fatiguée de Marc. L'information lui redonna du mordant et Jo sentit qu'il réagissait au quart de tour.

Jo Desprez pivota vers son bureau, posa les mains à plat sur les dossiers et soupira. Il fit semblant d'ouvrir ses dossiers avec des gestes mesurés pour réprimer en lui le bull-terrier.

Il feuilleta chaque document. L'élément pileux trouvé entre la console centrale et le siège avant droit avait été transmis à la section biologie du Laboratoire pour exploitation. Le profil génétique associé à l'ADN nucléaire de cet élément pileux n'ayant pas été identifié, il avait été intégré à la base des TNR[1] dans le FNAEG[2]. Pour les fadettes, les enquêteurs tombaient sans surprise sur plusieurs numéros non identifiables. Sur certains, les policiers continuaient à tirer le fil jusqu'à attraper du poisson et pourquoi pas, par rapprochement, du gros requin. Versant banques, Jo vérifia ce que Marcelo lui avait déjà appris : les enquêteurs du groupe étaient remontés au dossier d'ouverture et tout était faux. Jo ne put s'empêcher de penser :

---

1. Traces non résolues.
2. Fichier national automatisé des empreintes génétiques, à Écully.

une vraie vie de voyou, faux papiers et fausses adresses. Et la fausse vie qui va avec : fin de faits divers, destin de morgue.

Peu de mouvements liés à la carte bleue de Sylla sur les derniers jours avant le flingage. La veille, à 18 h 47, il avait acheté un casque hi-fi sans fil Sennheiser — comme quoi ces renards ne volaient pas tout — au Darty de la Dalle Villette. Murielle Bach avait contacté Darty pour accéder aux bandes. Elles n'avaient pas encore été traitées. Quant aux clefs retrouvées dans l'Audi blanche, Jo avait eu l'œil de taupe : deux étaient les sœurs jumelles de celles retrouvées sur Souleymane Traoré. Pour le reste du trousseau, des sherpas de la Crime avaient dressé la liste de tous les serruriers que les deux lascars avaient pu fréquenter, avant de leur rendre visite.

Jo releva la tête et ses yeux tombèrent sur le Post-it qu'il avait collé sur ses éphémérides. Encore un point qu'il faudrait ne pas oublier. Le matin, à 9 heures, il avait parcouru la synthèse opérationnelle de la DSPAP[1] et les mots-clefs de *brigade fluviale*, *policier blessé* l'avaient accroché, comme l'intitulé : VIOLENCES VOLONTAIRES SUR FONCTIONNAIRE CHARGÉ DE L'AUTORITÉ. Bref passage par la salle de commandement de l'état-major pour le café et il avait appris que c'était grave. Le commandant avait redouté de tomber sur le nom de Rémi Jullian. Il s'était promis de l'appeler pour en savoir plus. Il repositionna le Post-it et son esprit se recala sur les dossiers.

La Crime avait mis la semelle à la balistique et le service avait dépêché un chaouche. Il avait livré directement un rapport d'étude balistique sur le bureau de

---

1. Direction de la sécurité de proximité de l'agglomération parisienne.

Jo, à 11 h 50. Le commandant avait apprécié. Il passa rapidement les pages de reproduction des scellés de l'IML — un scellé provenait de l'IJ — et alla directement aux *Résultats des examens et recherches*. Comme il ne trouvait pas les réponses à toutes ses questions, il se baissa à gauche, vers son téléphone fixe, et appela le balisticien.

12 h 45 : Desprez se mordit la lèvre inférieure, redoutant que son homme, Michel Rosso, ne soit parti déjeuner.

Pour Jo, ce serait dattes et cacahouètes.

Le repas de roi du flic qui ne peut pas décrocher.

Mais Michel Rosso répondit, d'une voix que Jo ne connaissait que posée. Comment un balisticien pouvait-il passer sa vie avec des armes et être plus calme qu'un chat castré ? Cela épatait Jo qui démarrait comme un V2.

Ils échangèrent sur les constatations. Jo rappela l'essentiel : que la voiture n'avait pas bougé après les faits et que les positions de Sess Sylla et de Moussa Keita, confrontées aux trajectoires intracorporelles des projectiles, laissaient penser qu'il n'y avait qu'un tireur, positionné dans le véhicule, derrière le passager avant. L'absence de douilles orientait bien sûr vers un revolver. À force de persévérance, l'IJ avait fini par retrouver une balle, nichée dans le revêtement de la portière avant. La balle avait rebondi par trois fois.

Deux balles, extraites des corps, n'avaient pas été trop fragmentées. Comme disait Rosso, le dieu des crapules avait ses limites. Michel Rosso avait pesé et mesuré chaque élément avant de les observer en détaillant la forme, les matériaux, l'aspect, les cannelures et la forme générale du blindage et du chemisage. Il avait pu déterminer que le calibre était du .38 Special ou du .357 Magnum, de la grande famille des 9 mm. À nouveau, cela cadrait avec l'hypothèse du revolver. Le commandant Desprez n'arrêtait pas de hocher la tête, attentif au moindre détail qui pourrait soulever une nouvelle question. Il vérifiait à chaque instant combien Rosso était patient et rompu à ses salves.

Rosso avait répété ce qu'il avait écrit dans le rapport, *que les examens à la loupe binoculaire et au microscope comparateur avaient permis de démontrer que les traces laissées par le canon sur les balles des scellés avaient été produites par le même canon, non examiné dans le dossier*. Le balisticien avait avancé une marque possible : un revolver Colt. Le Colt avait sur les balles une signature à lui, bien précise : six rayures orientées à gauche, larges de 14/10e de millimètre. La consultation de l'application CIBLE, qui permettait de remonter aux antécédents pour voir si l'arme avait déjà été utilisée, était négative.

Jo avait terminé la conversation par la promesse d'une gamelle chez Al Dar, non loin du 36. En attendant, il avait tiré à lui sa coupelle et dévoré deux dattes — sans lâcher ses dossiers.

CHAPITRE 52

Mercredi 13 juillet 2011
5 h 15
Montreuil-sous-Bois, cité de La Noue,
square Lénine

Oz avait mis son réveil sur 5 heures du matin. Il savait que les flics frappaient à l'heure du laitier et il avait remarqué leur petit manège, la veille, alors qu'il tournait autour d'un Porsche Cayenne stationné quai de la Gironde, près de la boucherie de gros Emsalem. Il était reparti dare-dare sur un scooter volé et il espérait les avoir semés. Son sommeil avait été mauvais. Il se demandait depuis combien de temps il était surveillé. Et si Diego l'apprenait, il l'étranglerait des deux mains. Dix jours auparavant, Diego l'avait humilié en renversant son carton de DVD et il n'avait rien oublié, ni la rage ni la honte. Son oreille chauffait encore quand il s'endormait dessus. Mais il avait compris la leçon et il s'était juré que le Spanish finirait plus fier de lui que de son Colt 1900. Diego était un chef, un vrai modèle, mais comme toutes les médailles, il avait son revers. C'était lui qui lui avait appris à s'habiller et à régler son réveil sur l'heure des schmitts lors des phases chaudes.

Pour toujours garder un temps d'avance.

Tout ce que disait Diego valait parole d'or.

Voilà pourquoi il épiait le moindre bruit. À force de se concentrer à un mètre de la porte, il s'en inventait, aussi. Il avait sur lui son Gomm-cogne. Son Gomm-cogne revisité — nourri à la chevrotine. Il le serrait dans sa main gauche. Cette main était moite, Oz détestait cette sensation.

Il voulait connaître l'heure. Un besoin frénétique de vérifier à chaque minute, mais il avait laissé son portable à côté du matelas. Cet appartement était encore plus vide que le sien. Normal, son oncle devait y passer dix jours par an. Un jour, il ferait comme lui. Il achèterait au bled des hôtels et des restaurants et les filles le prendraient pour un prince. Non. Un jour, il ferait *mieux* que son oncle. Parce qu'il serait son oncle + Diego.

Parfois, il se rendait compte qu'il piquait à Diego des expressions et des attitudes. Et surtout, sa façon de tirer sur sa cigarette comme si le monde n'existait pas. Il avait remarqué qu'Aïcha le fixait étrangement quand il reproduisait ce geste du Spanish.

C'était simple, elle le regardait comme un homme.

Il rêvait de la prendre comme dans les films, *recto verso*. Mais elle ne se laissait pas faire. Le problème était qu'il se trouvait trop maigre. Il avait beau répéter des pompes chaque matin, il gardait cette ligne d'ablette. S'il avait croisé un magicien, il lui aurait demandé d'avoir des épaules d'acier. Des épaules bien dessinées comme Diego.

La veille, il avait été heureux comme un dieu, à cause d'une affaire grandiose. Il avait acheté à un petit des Jordan 5, gris-bleu métallisé, 80 €. Des baskets qui valaient plus du double et qu'il avait ratées, une fois, sur eBay. Il en avait été furieux. Les Jordan 5 étaient désormais là, dans le noir, à quelques mètres de lui. Au final, on avait besoin de peu de choses dans la vie. Ce qui expliquait qu'il n'y ait rien chez lui. De toute façon, il préférait être dehors.

L'angoisse arriva sans prévenir, d'un coup, elle chassa l'image des chaussures. Il eut peur que les schmitts l'aient à la matte et qu'ils l'empêchent de rentrer à la Maladrerie. Ce n'est pas que sa grotte lui manquait. Mais il y avait une raison, une raison qui faisait qu'il ne POUVAIT PAS rester des semaines loin de chez lui.

Il ne pouvait pas laisser mourir le ficus de sa mère.

Quelque chose lui disait que ça lui porterait la poisse.

Elle était morte depuis presque un an et il voyait que, depuis, pas grand-chose ne pouvait l'arrêter. L'école de la rue fabriquait peu d'idéalistes... Oz était persuadé que sans haine, rien n'avançait. Mais le ficus de sa mère, c'était sacré. Le seul truc vivant qui restait d'elle, à part sa sœur, ses deux petits frères et lui. Il se souvint quand elle lui criait dessus parce qu'il avait oublié de l'arroser. À l'époque, il répondait que c'était pas pour les hommes d'arroser un ficus. Ils étaient plutôt du genre à pisser dans les plantes, avec sa tribu de gremlins. Maintenant, même la colère de sa mère lui manquait. Plus personne pour lui poser des limites. Il eut un mauvais feeling, son cœur se serra. Il aurait voulu repousser les rideaux, ouvrir la porte-fenêtre et voir le jour se lever. Le noir l'oppressait, lui rappelant trop les caves. Et un jeu débile à Saint-Denis où, avec la plus grande meute de barjes de la planète, ils avaient trouvé un labyrinthe souterrain. Ils s'amusaient à parier de l'argent sur qui s'en sortirait. Quitte à laisser crever les mecs qui se perdraient. Il leur restait plus qu'à manger la terre, à ces losers.

Les souvenirs ne rendent pas vivant.

D'abord remettre la main sur son portable. Ce serait toujours ça de lumière.

Il rampa jusqu'au matelas et passa la main dessous jusqu'à ce qu'il bute sur le boîtier. Rassuré, il tapa sur une touche et l'écran s'illumina.

5 h 22. Il réfléchit.

Diego et Yacine devaient être à Drancy. Yacine lui avait dit qu'ils se retrouvaient à 4 h 30 quai Tjibaou. Il était un peu vexé. Il aurait voulu être de la partie. En même temps, si c'était pour rameuter les loups… Il fallait qu'il soit plus fort que les loups, qu'il fasse le renard et qu'il se débarrasse des flics. Un instant, il se vit en train de leur tirer dessus. Quelque chose lui disait qu'il en était capable.

Il se sentait mûr pour leur montrer qu'il n'avait plus l'âge d'être Peter Pan.

À quoi reconnaît-on qu'on est grand ? Qu'on n'a plus peur, sûrement.

Maintenant, il était un *warrior*. Encore une expression de Diego.

Combien Diego et Yacine allaient toucher ? Il imagina des sacs et des sacs de cash. De quoi s'en faire un matelas. Autre chose que ce truc dégueulasse à même le sol qui puait la sueur, sur lequel il s'était rassis. Comme eux, il avait l'argent dans le sang. Toucher des billets le faisait bander. Un point le rendait fier : le tuyau des combles pour accéder au local DAB venait de lui. Les grandes oreilles, c'était lui. Il les avait laissées traîner et il avait entendu des petits de la Maladrerie se vanter. Oz était impatient. Impatient du jour où Diego lui ferait pleinement confiance et lui demanderait de monter sur des gros coups, à ses côtés.

Il y eut un bruit de canalisations et Oz sursauta.

Il s'en voulut d'avoir sursauté. Il était beau, le *warrior*... Il fallait anticiper, s'attendre à tout pour n'avoir peur de rien. Changer cette angoisse en une démultiplication de l'attention.

Le silence revint et ce fut presque plus angoissant.

Tout simplement parce qu'*il les sentait*.

CHAPITRE 53

Mercredi 13 juillet 2011
5 h 44
Montreuil-sous-Bois, cité de La Noue,
square Lénine

5 h 44. Le lieutenant Valparisis s'étira dans la Xantia. Son poing toucha en fin de course la tête de Nicolas Imbert qui conduisait. Il lui décocha une pichenette dans la tempe.

« C'est parti, mon Nico, on va aller taquiner du bandit. »

Nicolas Imbert ne répondit pas, absorbé par la conduite en territoire apache. Ici, ils n'étaient pas les bienvenus. Ils arrivaient allée Eugénie-Cotton, la cité se rapprochait.

Marc Valparisis baissa la tête pour regarder les tours :

« Tout est triste et fatigué ici, pardi, même les lampadaires piquent du nez. Et tu sais quoi ? Tu nous mets dans cette voiture, mais à 22 heures au lieu de 6 heures, et tu peux parier qu'on se prend un W-C sur la gueule dès qu'on pose le pied. C'est arrivé à des mecs du GSP d'Épinay-sur-Seine, faut dire que ça chicore grave, là-bas.

— C'est quand même pas la cité des Bosquets de Montfermeil », se contenta de répondre Nicolas qui avait été à la BAC.

Au bout de quelques mètres, Marc Valparisis poursuivit, en regardant droit devant lui :

« Ça m'ennuie qu'on n'ait pas pu avoir le groupe effrac[1] de la BRI. On va être obligés de péter la lourde[2] avec nos petits muscles, si Malek Naïm n'ouvre pas. C'est pas que ce soit Porte-avions[3], le garçon, mais en même temps, on ne sait jamais vraiment sur qui on tombe...

— Destin de flic, partie de roulette... »

Marc considéra longuement le jeune homme. Nouvelle pichenette et il lui dit :

« T'es un philosophe, toi. »

Avant de rejoindre Montreuil, ils étaient passés par le 2e DPJ pour s'équiper et décider de la répartition dans les véhicules. Ils étaient partis à six. Six policiers du GRB. Marc Valparisis avait prié pour que Xavier Cavalier, le chef de groupe, ne le mette pas en tandem avec Jérôme Pawelec.

Marc détestait Jérôme Pawelec.

Ce policier incarnait tout ce qui lui faisait serrer les poings : bêtise, intolérance et arrivisme.

Le monde était parfois bien fait, puisque Nicolas Imbert l'accompagnait. Compagnon mutique, certes, mais efficace. Grégory Marchal avait écopé de Jérôme Pawelec. Les policiers du 2e District se garèrent. Un équipage du commissariat de Montreuil les avait rejoints, en renfort, pour assurer la sécurité des

---

1. Le groupe effraction.
2. La « porte ».
3. Surnom de Michel Ardouin, ex-complice de Mesrine.

voitures. Le soleil se levait à travers les tours de béton. Une lumière jaune, poussiéreuse, gagna sur le gris. Avant de descendre, Nicolas tendit à Marc un chewing-gum, sans un mot.

Marc cligna de l'œil et prit le chewing-gum à la menthe. C'était la première fois que Nicolas partageait quelque chose avec lui. Ils s'apprivoisaient. Xavier Cavalier arriva presque au même moment. Derrière lui, Marc aperçut la silhouette lourdaude de Jérôme Pawelec et cela suffit à lui faire tourner la tête dans la direction opposée.

Il s'accorda cinq secondes de contemplation avant l'opération.

Xavier Cavalier s'approcha :

« Qu'est-ce que tu fais ? »

Marc avait mis sa main droite en visière devant ses yeux.

« Rien. C'est tellement beau que je cherche le Taj Mahal. »

Le chef eut un rire bref et redevint aussitôt sérieux. Il s'en retourna auprès de ses hommes et répéta :

« On prend d'abord possession du palier, puis chacun se met en position autour de la porte, comme on a dit. Je vous répète les basiques pour que ça rentre dans le crâne. Pas d'héroïsme inutile, les gilets pare-balles, ça rend personne invincible. Chacun est responsable de sa sécurité. C'est pas parce que le mec est censé être seul qu'on la met en veilleuse... Souvenez-vous, gare au tunnel : je ne veux pas vous voir tous courir vers la chambre. Pas de systématisme. On raisonne *en situation*. La cible peut attendre ailleurs, bien planquée. Éclatement immédiat, et chacun part à gauche et à droite au plus vite pour ne pas rester dans la lumière. C'est le moment faible, les gars, celui de la silhouette en découpe. Si le mec engage le feu, il aura un choix de cible à faire à cause de l'éclatement, et il hésitera. Parfois, on doit la vie sauve à un quart de seconde... »

Le commandant s'éclaircit la voix et continua :

« Ensuite c'est déploiement dans l'appartement et vous vous couvrez mutuellement. Malek Naïm doit être calibré donc vous vous servez des murs et des angles. Pas de bousculade, pas de coup de sang. Résolution et maîtrise. On progresse une fois, pas deux. Placards, toilettes, cuisine, rien ne doit être laissé de côté. Attention aux angles morts, et celui que je vois dos à une porte aura affaire à moi. Allez, dix-septième étage, les gars, on y va. »

Ils grimpèrent au dernier étage de la forteresse et se glissèrent sans un bruit près de l'entrée de l'appartement. Xavier Cavalier, le commandant, accola son oreille à la porte. Une moue crispa ses lèvres. De la main, il fit le signe *zéro, calme plat* : il n'entendait rien. Pourtant, ils savaient que leur client était là. Il fronça les sourcils. Il lui sembla percevoir quelque chose mais des sons parasites lui parvinrent, qui firent écran avec les bruits de l'appartement.

La main de Xavier Cavalier approcha de la sonnette. Pour le moment, il avait choisi des présentations courtoises. Ne manquait plus que le bouquet de fleurs. Il sonna, frappa et cria :

« POLICE, ouvrez ! »

Il en fallait plus pour faire bouger Malek Naïm.

Marc s'impatienta. Son regard croisa celui de Jérôme Pawelec. Le flic se passait la langue sur les lèvres et devait encore réfléchir à sa future promotion, ce connard.

Marc se leva d'un bond, courut à la porte et tambourina :

« POLIIIIIIIIICE, ouvre, bordel ! »

Le groupe n'avait pas pris le bélier et, sans le Door-Raider du groupe effrac de la BRI, restait la méthode primaire, le bon vieux refuge dans les basiques. Le commandant hocha la tête en direction de Marc et murmura : « Top. » La seconde d'après, Marc fracassait la porte à coups de pied et pénétrait, Sig Sauer au poing, dans l'appartement baigné de pénombre, suivi de Grégory Marchal, en hurlant : « POLICE !!!! GO GO GO GO GO ! » Ils se dispersèrent comme des sauterelles. La Maglite de Marc éclaira un retrait dans le mur et il s'y tassa, à l'affût, pour ne pas se prendre une balle en pleine tête.

En couverture, Nicolas Imbert pointa un fusil à pompe en direction de la pièce principale. Les autres se positionnèrent, progressèrent, et tout alla très vite. Grégory Marchal s'éloigna d'une porte en criant : « DANGER À GAUCHE ! » Mais ils eurent beau chercher, traquer la moindre cache, soulever le drap et remuer le peu que contenait le F2, ils ne trouvèrent pas âme qui vive. Rien.

Malek Naïm avait disparu.

Il fallut accuser le coup. Marc Valparisis voulait comprendre. Julien Roux, un gardien de la paix, désigna une paire de baskets dans l'entrée. Le lieutenant Valparisis glissa sa main sous le drap : il sentit une chaleur. Pas de doute possible. Une odeur de sueur montait du matelas. Ses yeux scrutèrent nerveusement tout l'espace.

La voix de Julien Roux s'éleva :

« Chef, la porte était fermée de l'intérieur. »

Marc bondit près de la porte-fenêtre grande ouverte. Le vent soulevait les rideaux à fleurs sales. Xavier Cavalier se posta derrière pour tendre le cou et fit

« Waouh... ». Sous eux, soixante mètres d'aplomb qui donnaient le vertige.

Le commandant Cavalier marmonna :

« Il n'a pas pu passer... *par là*, tout de même. Il n'est pas assez taré pour aller...

— Pour aller s'écraser ? avança Marc. Ce genre d'oiseau est encore bien plus taré que ça... non ? »

Marc se pencha en avant et balaya du regard l'esplanade. Il précisa :

« En tout cas, il n'est pas *en bas*, si c'est ce que tu veux savoir. »

Les deux hommes parurent soulagés.

« Bon, on a tous compris ce qu'il est dur de croire : Spiderman s'est barré par les airs. »

Face à la porte-fenêtre : une rambarde. Voilà le chemin qu'avait choisi le jeune lascar : l'ascension plein gaz du mont Maudit. Marc frissonna.

Deux solutions. Il n'y en avait que deux, pas dix mille. Ou le type avait bravé le vide et fait un jeté jusqu'à la porte-fenêtre d'à côté, ou il s'était tracté sur le toit en jouant sa vie à pile ou face.

Julien Roux s'avança et dit calmement :

« Moi, s'il le faut, je veux bien essayer de passer de la rambarde au toit...

— Toi, le coupa brutalement Xavier Cavalier, tu n'essaies rien du tout. T'as pas fait varappe au RAID et tu vas pas te risquer sans baudrier pour qu'on compte les morceaux en bas. En revanche, tu prends un collègue et vous allez vite voir s'il y a un moyen d'accès au toit sur le palier. »

Ils revinrent au bout de deux minutes avec des mines dépitées :

« Zéro pointé. L'accès au sas est verrouillé. »

Le commandant Cavalier se gratta le menton puis

poussa un long soupir. Marc nota qu'il s'était coupé le matin en se rasant. Il avait dû le faire à la lampe électrique pour ne pas réveiller sa femme... Avec le ton d'un homme qui avait mûri sa décision, Xavier Cavalier décréta :

« On laisse tomber. »

Marc cria à la ronde :

« Julien, Nicolas, vous faites les vérifications dans les appartements voisins et... et Jérôme, tu vas nous lever deux témoins pour faire la quize[1] de l'appart... »

Bruits de pas. Dispersion du groupe. Marc appela un serrurier.

Il arriva à 10 h 11.

La perquisition terminée, Marc garda les nouvelles clefs sur lui en attendant d'être présenté à Spiderman.

Retour au service.

Quand ils aperçurent les portes de Paris, chacun éprouva une impression de giron. Tout leur faisait du bien : le soleil sur les marronniers et les platanes, les couleurs des façades, le bleu du ciel qui transperçait et ce côté fier, typique de l'architecture parisienne. Comparée aux tours géantes des cités fatiguées, la rue Louis-Blanc avait le charme des immeubles lilliputiens.

Le groupe Cavalier était en ébullition. Julien Roux se chargea d'aller chercher des sandwichs. Marc fila avec Xavier dans le bureau pistache de Michel Duchesne. Quand ils rendirent compte de l'opération, le commandant Duchesne se cala au fond de son fauteuil, dubitatif, et dit :

« Et moi qui croyais que l'escalade était la spécia-

---

1. La « perquisition ».

lité de nos monte-en-l'air moldaves... Bon, la suite plus tard, j'imagine ? »

Le commandant Cavalier fit signe que oui.

Nicolas Imbert se colla des écouteurs dans les oreilles et guetta les flux sur le portable de la sœur de Malek Naïm. Conversations-fleuves autour du néant, des amours éphémères, des achats compulsifs. De quoi avoir la nausée dès qu'il entendait pour la énième fois : « Ça va, toi ? »

Julien ne vit pas passer l'après-midi. Il avait mangé la moitié de son sandwich et bu un Coca zéro. À 17 h 30, il entendit une voix tout autre, une voix réduite à l'essentiel — à la survie.

Une voix de bête traquée qui chuchotait.

Malek Naïm avait défié la mort pour atteindre les toits et se faufiler par la porte-fenêtre ouverte d'un autre appartement, vide de ses occupants. Il s'était bâti une belle souricière, avec porte fermée de l'extérieur. Il appelait avec le téléphone fixe trouvé sur place et il était obsédé par l'idée que le ou la propriétaire se pointe et le débusque. Julien fit signe à Marc qui passait dans le couloir de rappliquer. Bientôt, ce fut la nuée du groupe, penchée sur l'ordinateur du jeune gardien de la paix avec remarques qui fusent et Julien qui demande à tout le monde de se taire. L'excitation était palpable.

Dans les yeux, la lueur de ceux qui veulent gagner.

Grand débat du groupe.

Quand Xavier Cavalier prit la parole, tous étaient suspendus à ses lèvres, prêts à rouler comme des tambours vers Montreuil pour lever le lièvre.

« Désolé, les gars, mais on ne peut pas aller le serrer. Trop risqué. Ce mec a nargué deux fois la mort pour sortir et se planquer. Si on débarque, neuf chances sur dix pour qu'il recommence et la chance ne peut pas l'accompagner à tous les coups...

— Et faut abandonner l'idée d'une intervention ce soir, ajouta Marc Valparisis. Le soir, c'est chez eux dans les cités, on va pas se mettre tout le quartier à dos.

— Ouais, on n'est pas des Rambo, confirma Julien.

— On n'est surtout pas des bas de plafond », dit Valparisis.

Il regarda Jérôme Pawelec en coin, qui, comme toujours, ne semblait pas d'accord. SuperFlic avait sans doute une *bien meilleure* solution.

« Bon, moi je dis : demain, même heure, on se pointe avec la BRI. Ils sont rodés et on disposera de tous les moyens pour faire les choses au mieux sans tenter le diable. »

Le commandant Cavalier venait de parler avec calme. Il avait un regard profond et des yeux gris-bleu, comme l'ardoise. Il s'était levé pour couper court aux hésitations. De toute façon, il ne reviendrait pas sur sa position.

Marc savait qu'il avait raison.

Le lieutenant regagna son bureau avec Nicolas et Grégory. Valparisis fixa son drapeau de la Bolivie et tâcha de faire le vide. Quand il fermait les yeux, il voyait soixante mètres sous ses pieds. Ses poils se hérissèrent et il se releva pour aller chercher un café.

Quand il réapparut au bout de cinq minutes, il en avait renversé sur sa belle chemise Xoos. Pas de chance, il avait choisi la blanche. Il fouilla dans son casier et sortit un tee-shirt noir à écusson, offert par la BRI. Maintenant, il ne risquait plus rien.

Puis ce fut une avalanche de détails pour organiser l'opération concertée du lendemain.

Quand elle fut calée, la pression redescendit.

À 18 h 35, Xavier Cavalier passa une tête par la porte. Il était livide. Même s'il n'avait rien dit, tout le monde aurait compris :

« La BAC Montreuil vient d'appeler. Ils ont chopé Malek Naïm. »

Marc Valparisis plongea ses doigts dans la poche de son jean. Au fond, il tâta des clefs.

Tous les regards étaient fixés sur le chef. Il reprit, plus bas, avec un geste de la main vers le sol :

« Il a tenté une dernière sortie et ils l'ont chopé... en bas. »

On ne joue pas trois fois à Trompe-la-Mort.

CHAPITRE 54

Mercredi 13 juillet 2011
18 h 50
Paris X^e, rue Louis-Blanc,
2e District de police judiciaire

Avec la mort de Malek Naïm tombait le moyen le plus direct de remonter au Spanish. Le GRB perdait son gibier le plus précieux du moment. Marc Valparisis serra les clefs du garçon dans son poing et cette certitude passa au second plan. Bêtement, il eut l'impression que ces clefs incarnaient une part du petit, un fragment de son existence. Alors que le jeu était neuf. Ce genre de sensation ne se raisonnait pas. Aucun flic n'était à l'abri.

C'était pire encore. Il prenait comme un signe le fait d'avoir changé sa chemise blanche contre un tee-shirt noir. Il portait rarement du noir. Quel âge avait Malek ? Il vérifia.

À peine dix-sept ans. À peine dix-sept ans...

Quand il se demanda quelle pouvait avoir été la vie du petit, quelle avait été sa dernière pensée durant la chute, il se dit qu'il fallait tout de suite arrêter. Au niveau de la gorge, il ressentit une oppression. Il repensa au lever du jour au milieu des cités. Il n'avait pas complètement plaisanté avec le Taj Mahal. La dernière fois qu'il avait vu une lumière jaune piquée de poussière, comme si l'œil voyait trouble, c'était en Inde, face à ce rêve de marbre blanc.

Il posa ses jambes sur son bureau, mit les clefs dans sa tasse fétiche, une bleu nuit à anse, avec étoile d'or *United States Marshal*, et rejeta les bras en arrière pour s'étirer. Marc ferma les yeux et l'image des baskets vides de Malek le traversa. Leurs languettes étaient abaissées. Mais Malek était mort pieds nus. Le flic fit une prière pour le petit. Une prière à sa façon. Il espérait que là où il était, personne ne lui mettait de Gomm-cogne dans les mains.

Cette prière lui permit de passer à autre chose.

Grand silence dans les bureaux. Chacun devait être remué par cette fin tragique, aussi absurde que la mort du Soldat inconnu. Dans la tête de Marc, les neurones ne se batailllaient pas et il savait qu'il lui fallait un nouveau café pour continuer. Par réflexe, il farfouilla dans une vieille boîte en métal sur son bureau. Bruit de ferraille mais il n'en sortit que des trombones et des pin's de shérif. Sa réserve de pièces était vide, elle. Il lança un regard mauvais à Grégory Marchal :

« Grégory, t'aurais pas pioché dans ma réserve, par hasard ? »

Grégory sourit :

« Souvent soupçonné, jamais accroché... Je plaisante, non, pourquoi, tu veux quarante centimes ?

— Mouais..., douta Marc, je veux surtout que tu me les rendes.

— Tiens, clochard ! Va-nu-pieds de mes deux. »

Marc tiqua sur *va-nu-pieds* — à cause du petit.

Grégory lui balança deux pièces. Marc les récupéra d'une main, il s'impressionna lui-même, puis il retourna au distributeur. Marcher lui changerait peut-être les idées.

N'en resta alors qu'une, fixe comme toutes les idées de flic. Adriana, la sœur de ce Diego, dont avait parlé Ken Wood. Mais il fallait y aller maintenant, ne pas perdre de temps. La mort d'Oz allait faire jaser et nul ne pouvait augurer des retombées. Par définition, une sœur de braqueur était une vraie patelle, la bouche solidement accrochée à son rocher et rien ne la déciderait à parler.

Il fallait trouver un biais. Un biais personnalisé.

Marc Valparisis revint avec son gobelet, le posa sur son bureau et se jeta dans son fauteuil. Il réfléchit. On tombait là dans ses déserts : il ne connaissait rien au trapèze. Il ne pouvait pas se pointer la fleur aux lèvres, sans accroche possible. Surtout pas chez une sœur de braqueur qui lui claquerait la porte au nez. Il ne pouvait se permettre d'arriver perdant. Bref coup d'œil à l'heure et il initia une recherche sur Internet. Il se parla à lui-même : « Magne-toi, joli cœur, elle t'attend, la donzelle. »

Découverte de Jules Léotard, l'inventeur toulousain du trapèze volant. Milieu du XIXe siècle. Marc n'eut pas de frissons devant les photographies de l'acrobate en collant... Tout le contraire lorsqu'il agrandit des images d'Andrée Jan, une trapéziste qui avait passé vingt-sept ans de sa vie sur un trapèze. Années cinquante, soixante. Ce n'était pas tous les jours que le métier de flic croisait une trapéziste. Ça changeait de pied-nickelé-monte-au-braquo-sur-sa-moto. Il rapprocha son fauteuil et il eut les yeux collés à l'écran. Une artiste doublée d'un corps de pin-up figée dans les airs, sculpturale, jolie frimousse et boucles de sacrée coquine — des images en veux-tu en voilà. Pile son genre, dans l'esprit des plaques publicitaires rétro accrochées autour de lui. Il siffla. À son bureau, Grégory Marchal releva la tête, sourire en coin. Il connaissait le *travail de terrain* de Marc... Parodiant une phrase célèbre, il lui dit, par-dessus la tour de Pise de dossiers :

« Qu'est-ce qui se passe, Marc ? La découverte d'une belle plante fait plus pour le bonheur du genre humain que la découverte d'une étoile ? »

Marc lui renvoya son sourire :

« Arrête, je suis en pleine concentration. »

Il y avait de quoi siffler. Andrée Jan faisait du trapèze... sous un hélicoptère. Apparemment sa spécialité. Cette fantaisie lui valait de beaux surnoms : *The Helicoptere Girl*, *Star in the sky*, *Miss Risque*... Miss Risque lui plut en particulier. Son esprit s'évada jusqu'à Aubervilliers et il se demanda s'il allait rencontrer Miss Risque, version moderne. Si elle jouissait de cette plastique, il était prêt à y passer la nuit. Ses lèvres dessinèrent un sourire : *pur professionnalisme*.

Étrangement, il se refusa à faire des recherches Internet sur Adriana. Il préférait amasser des billes dans son domaine, le trapèze. Il mémorisa des détails sur Andrée Jan, la belle trapéziste des années cinquante, pour nourrir la conversation. Peut-être redoutait-il que l'image d'Adriana corresponde moins à ses fantasmes ? Peu de chances, vu qu'elle avait réussi le tour de force de faire de cette brute de Ken Wood un joueur de harpe...

Son regard parcourut l'écran à la recherche d'autres éléments sur Andrée Jan. Nouvel arrêt. Nouvelle admiration. Un cas de dingue... Andrée Jan avait été la seule à répondre à l'appel désespéré de Monseigneur Richard, archevêque de Bordeaux, pour aller dépendre un drapeau corsaire qui paradait à quatre-vingt-trois mètres sur l'une des flèches de la cathédrale Saint-André. Les alpinistes avaient refusé la grimpette. Mais pas Andrée Jan. Elle plaisait de plus en plus à Marc. Le trapèze aussi. Marc saisit qu'il était désormais loin des souvenirs du cirque, de l'intérêt pour le va-et-vient aérien d'une fille à demi nue sur son perchoir mobile. Quand il lut que la spécialité d'Andrée Jan était « le grand ballant, suspendue par les talons nus, sans aucune sécurité », il se dit que finalement, trapéziste et braqueur partageaient le goût de l'adrénaline. Il ne l'avait pas envisagé sous cet angle. Voilà qui rapprochait le frère et la sœur. O.K. Marc se sentait paré et sa mission le motivait de plus en plus. Quelque chose d'inattendu venait s'y greffer. Une excitation qu'il n'avait pas besoin de nommer.

Il enregistra une image d'Andrée Jan au trapèze pendu entre le deuxième et le troisième étage de la tour Eiffel et décida que cela ferait un beau fond d'écran.

Prêt à éteindre son ordinateur, il hésita. Presque malgré lui, ses doigts tapèrent dans la section Images de Google :

Adriana + trapèze + cirque Moreno

Léger tremblement. Il avait fermé les yeux. Quand il les rouvrit, il resta suspendu aux premières images. D'un coup, il se sentit transparent. Comme si sa stupéfaction rayonnait et que tout en lui trahissait ses émotions — le contraire d'une réaction de flic. Il lança à

Grégory un regard inquiet. Mais celui-ci répondait à un SMS. Bouche bée, Marc revint à l'écran. Il éprouva d'abord de la surprise, puis un vide, puis un manque. Le flic combattit des souvenirs. Des souvenirs où se mêlaient une fièvre, du désir et le parfum d'une femme. Le parfum d'une femme qu'il avait aimée.

Il l'avait serrée dans ses bras, un 22 décembre, dans son bureau en soupente du quai des Orfèvres, quand il était encore à la Crime. Et ils avaient fait l'amour deux jours après, la nuit de Noël. Cela ne s'oubliait pas. Elle était morte au cours de l'affaire. Cela non plus ne s'oubliait pas. Il l'avait baptisée Coccinelle, à cause d'une robe rouge à pois noirs qu'elle portait le jour de leur rencontre.

Marc ferma les poings, immobile face à l'écran.

Quelque chose s'apaisa en lui. Regarder cette trapéziste lui faisait du bien. Nouveau coup d'œil en direction de Grégory. Il lisait maintenant des télégrammes. Marc revint à ses pensées. Strictement, les deux jeunes femmes ne se ressemblaient pas. Son esprit les rapprochait pourtant. Intrigué, il agrandit une image où Adriana posait à côté d'un tigre blanc. La photographie était troublante car l'artiste portait sur ses épaules un boléro de fourrure blanche. Jeu de miroirs. Qui fallait-il le plus redouter ? Le tigre ou la fille ? Il plongea dans le regard frondeur de la trapéziste et comprit. Elle irradiait de sensualité sauvage, comme *l'autre*. Marc avait beau combattre, il ne pouvait résister à la féminité.

Il frotta ses paumes contre son jean : elles étaient moites.

Adriana n'était pas belle. Elle était au-delà. Belle comme ces femmes qu'on ne possède jamais vraiment…

Qu'on observe danser dans un pré, en se demandant quel lasso saura les attraper.

Marc se mordit la lèvre inférieure. Tout reprenait vie en lui.

Et il pensa ce qu'il avait toujours pensé : les femmes restent le seul sujet sur lequel il valait le coup de se pencher.

CHAPITRE 55

Mercredi 13 juillet 2011
19 h 05
Paris X^e, rue Louis-Blanc,
2e District de police judiciaire

« O.K., Marc, mais tu prends Jérôme avec toi. »
Perplexe, Marc observa son chef et crut que sa mâchoire allait se décrocher tellement il en resta éberlué.
Il venait de se ramasser pleine face un scud ; il ne sut même pas quoi répondre. *Il plaisantait — ce sérieux de Xavier Cavalier plaisantait.* Mais non, il répétait en détachant les mots, avec un petit geste d'impatience qui trahissait son obstination comme son autorité :
« Tu prends Jérôme avec toi, Marc. »
Sans le quitter du regard.
Marc écarquilla les yeux : il informait Xavier Cavalier qu'il partait du côté d'Aubervilliers pour tester la sœur du Spanish et Xavier lui imposait de s'y rendre avec l'élément le plus nuisible qu'on ait créé après le cafard.
Un temps, il resta muet, stupéfait, dépité. Puis il tenta

de regagner son aplomb. Il balbutia, avec le ton buté des enfants punis :

« Je préférerais... pas. »

Xavier Cavalier soupira et tâcha de le raisonner :

« Écoute, Marc, tu sais combien je t'apprécie, toi et ton travail. Mais tu mets un acharnement suspect à critiquer tout ce que fait, pense ou dit ce pauvre Jérôme...

— *Ce pauvre Jérôme ?!!!!!*

— Je ne dis pas que tu as tort, mais reconnais qu'il lui arrive d'avoir de bons réflexes policiers...

— Ouais, ironisa Marc, c'est comme la tombola. Être intelligent, chez lui, ça tient du coup de chance.

— T'es dur, Marc.

— Non, je suis flic de corps et d'esprit : je constate, point.

— Bon, donc, c'est oui ? dit Cavalier sans attendre de réponse.

— Je ne vois surtout pas comment ça pourrait être non... À partir du moment où tu l'as décidé... Tu dois avoir tes raisons-que-la-raison-ne-connaît-pas... »

Xavier Cavalier lui sourit. Affaire classée.

Une fois dans la voiture, Marc refusa que ce soit Jérôme qui conduise. Il n'allait pas remettre sa vie entre les mains d'un abruti. En plus, il détestait l'odeur de Jérôme. Un mélange de sueur, d'eau de toilette pour barbare et de connerie. Marc Valparisis passa les vitesses avec brutalité et la conversation se réduisit au minimum. Tirer la gueule n'avait jamais tué un coéquipier. Marc l'ouvrit juste pour décider *grosso modo* de la répartition des rôles. Il pensa en lui-même : « C'est simple. Je parle, et toi tu fermes ta grosse poubelle à aboyer qui te sert de bouche. » Il s'imaginait mal rencontrer Miss Risque avec ce flic aux réactions imprévisibles. Presque contre l'enquête, il pria pour qu'elle ne soit pas là.

Mais elle fut là.

Ils avaient frappé au hasard, la première roulotte à gauche après le portail du cirque Diana Moreno — et c'était la sienne. Il aurait dû s'en douter. Tout était féminin dans cette roulotte. Elle ressemblait à un gros chariot rétro à glaces. Marc se concentra, tandis qu'il restait sur le seuil de la porte et qu'il dévisageait avec curiosité la jeune femme dans l'entrebâillement. Subitement, l'image précipita dans son esprit et il comprit pourquoi cette roulotte le troublait. Le square à musique, place de Bitche. Le square en face de l'église Saint-Jacques-Saint-Christophe. Le square aux airs du kiosque des Amoureux de Peynet — grand classique de la déco des bureaux de femmes flics. Marc s'appuyait à l'instant sur une balustrade blanche en fer forgé, avec des volutes qui s'enroulaient en rinceaux comme sur le kiosque qu'avait peint Peynet. Il ne put s'empêcher de penser : encore un signe.

La trapéziste prit une mine pincée en découvrant le duo qui avait frappé et qui demandait à la rencontrer.

Elle se méfia. Ils avaient des têtes de flics. De sales têtes de flics. Surtout un qui ne lui inspirait pas du tout confiance.

Elle dit :

« Oui ?... C'est pour ?...

— Vous êtes bien trapéziste ?... Quelques questions à vous poser, mademoiselle. Police judiciaire. On peut entrer ? »

Marc avait présenté son plus beau sourire. Il savait

que c'était loin d'être gagné. À la regarder à la dérobée, le flic révisa la force des basiques. Elle était encore plus belle que sur les photographies. Moins maquillée, plus accessible. Si elle se laissait approcher...

Ce con de Jérôme avait déjà dégainé sa brème[1]. Il la lui collait sous le nez comme s'il lui demandait de baiser l'hostie du pape.

Elle les toisa de haut en bas :

« J'avais compris... Mais je crois que rien ne m'oblige à vous répondre. »

Répliquer tout de suite, ne laisser s'installer ni le doute ni le silence. Marc enchaîna du tac au tac :

« Je suis d'accord avec vous. Mais je pense que ce serait quand même bien de nous écouter cinq minutes, vu la gravité de ce que j'ai à vous dire. Après, promis, je vous laisse libre de nous mettre dehors. Cinq minutes. (Il sourit.) Et je peux vous assurer que je suis l'homme le plus précis de la terre. »

Avec les doigts d'une main, il lui montra le chiffre cinq : parole de flic. Hochements de tête échangés. Nouveau sourire de Marc :

« Croix de bois, croix de fer, si je mens... »

Il la laissa achever mentalement. Sur ses lèvres, il devina : « ... en enfer ». Elle portait un gloss mordoré et elle avait dessiné le contour de sa bouche au crayon. Discret. Un instant, il ne regarda que ça : sa bouche. Adriana dut s'en apercevoir. Elle hésita. Puis elle jeta un œil à sa montre, juste pour rappeler qu'on était le soir, chez elle, et qu'ils n'auraient pas une minute de plus. Mais le mot *gravité* l'avait retenue. Son visage s'assombrit. Elle avait toujours peur que l'on vienne lui annoncer la mort de Diego. La question lui brûlait

---

1. Carte de police.

les lèvres mais elle ne voulait pas les orienter sur sa famille, au cas où ils ne sauraient rien. Après tout, elle ignorait pourquoi ce sinistre tandem débarquait. Les laisser parler. Écouter. Ne pas montrer son appréhension. D'une voix timide, elle dit :

« C'est si grave que ça ? »

Son inquiétude était tellement profonde, tellement sincère, qu'elle fit fondre Marc. Elle avait arqué ses sourcils avec toute la grâce du monde. Elle avait un teint très pâle et elle portait une robe en satin, couleur d'orage, à fines bretelles. Le tissu marquait un bel arrondi au niveau des cuisses. Pour le moment, Marc ne pouvait juger de l'effet vu de dos. Mais il imagina. Et surtout, il fut ennuyé pour elle que Gros-Jérôme la voie dans une tenue aussi sexy. Il se ressaisit. Y aller au flan. C'était le moment. Pourvu que Gros-Jérôme n'enquille pas.

« Oui. »

Voix un ton en dessous. Coup d'œil de croque-mort vers le bas.

« Bon, cinq. »

Elle avait repris le geste de main de Marc. C'était le contrat.

Comme pour leur montrer que c'était bien son territoire, elle ne les laissa pas passer en premier. Elle ouvrit la voie puis leur fit signe d'entrer en restant plantée là, debout. Elle ne quitta pas des yeux le drôle de flic avec sa cravate trop grosse et sa veste de lin froissée sous laquelle il suait à grosses gouttes. Quelle idée de porter une veste en été... Une veste de la couleur qu'elle détestait le plus : lilas. Être homme et s'habiller en lilas relevait pour elle de l'impossible.

Tandis qu'elle évoluait dans la petite pièce, Marc ne put détacher ses yeux de la silhouette. Tout ondulait : le corps, les reins, les cheveux. De longs cheveux roux qui jetaient leurs flammes. Il avait du mal à se concentrer, soudain il eut envie de ne la voir habillée que de ses cheveux. C'était encore mieux qu'Andrée Jan en photo, car plus vrai, simplement en mouvement. Il eut l'impression de respirer une fleur vénéneuse. Elle le regarda de biais et lui dit, rien que pour l'agacer :

« Et vous ? Vous êtes faux flic ou vous n'avez pas de carte ? »

Il lui trouva un côté garce et sourit de toutes ses dents, modèle carnassier qui n'a pas peur. Si elle voulait jouer à ce petit jeu, pas de problème :

« Vous voulez vraiment la voir ?
— J'ai l'air de plaisanter ?...
— O.K., je vous la sors. »

Marc feignit de chercher en vain dans toutes ses poches.

Il prit un air désolé.

Elle prit un air incrédule.

Alors Marc lui tendit sa carte tricolore en lui faisant comprendre qu'elle avait gagné. Elle esquissa un sourire et il saisit qu'il commençait à l'intriguer. Un point remporté pour racheter la mine patibulaire de Gros-Jérôme.

Elle croisa les bras :

« Alors ? »

À son ton trop détaché, Marc conclut qu'elle était inquiète.

Il fit signe à Jérôme de se taire, avec le plat de la main. Marc risqua :

« On peut s'asseoir ? »

Voix faussement fluette d'Adriana :

« Non.

— Tant pis », dit Marc.

Et il pensa : belle comédienne. Mais après tout, elle avait le droit de détester sincèrement les flics. C'était sans doute de famille. Elle se tourna de profil et à nouveau, Marc fut gêné par l'image qui prenait trop de place. Malgré lui, il surimprima une pin-up en maillot de bain. Pour reprendre de la gravité, il rappela à lui la triste fin de Malek. L'effet fut immédiat.

Elle se tourna vers Gros-Jérôme, Marc voulut s'interposer et couper toute question, mais elle le devança en pointant son coéquipier du doigt :

« Et lui ?... C'est votre doublure ou votre pot de fleurs ?... Il ne parle jamais ? »

Marc craignit le pire. La masse répondit :

« Si, mais comme vous n'avez apparemment rien à nous dire... »

Marc le fusilla du regard. Elle allait se refermer comme un bénitier marin.

La pique la renvoya à ses angoisses. Marc vit ses yeux se voiler. Il décida d'attaquer dans le bois dur :

« Bon, on va être francs avec vous, mademoiselle. Et on va arrêter tout de suite de jouer au chat et à la souris. On sait très bien que vous avez un frère qui s'appelle Diego... »

Au nom de son frère, elle releva la tête et prit une posture fière. Elle refusait de se montrer troublée.

« Et on n'est pas là pour juger de ce que fait votre frère, si vous voyez ce que je veux dire, mademoiselle... Juré... », dit Jérôme.

Marc pivota vers lui, stupéfait. Le blaireau pouvait avoir du tact, il fallait l'admettre.

Il confirma :

« Oui, ce que fait votre frère ne regarde que lui. Mais

on voulait vous prévenir, pour que vous sachiez. Il est en danger... Et je suis sérieux. »

Silence.

Marc reprit :

« Vous avez entendu parler du double flingage qui a eu lieu, dans la nuit de jeudi 7, pas très, très loin d'ici ? »

Adriana secoua la tête en signe de dénégation. Malgré elle, un sanglot qui monte et soulève la poitrine. Elle mit tous ses efforts à le réprimer. Ne pas leur donner ce plaisir, à ces salopards de flics.

La voix de Marc prit des inflexions graves :

« Adriana, regardez-moi. Droit dans les yeux. On a toutes les raisons de penser que c'est votre frère, Diego, qui les a descendus... Et je peux vous assurer qu'on est bien informés. »

La tête de Gros-Jérôme qui gigote tandis qu'il se balance sur un pied :

« C'est notre métier. »

Adriana se tourna vers la grosse limace, dégoûtée.

Elle se tordit les doigts. Elle baissa les yeux et demanda, presque à voix basse :

« Comment vous pouvez dire ça ? »

Marc Valparisis reprit la main, il sentait que Jérôme Pawelec lui faisait peur :

« Je ne peux pas vous dire comment, mais je peux vous dire que je suis sûr. Adriana : on n'a aucun doute là-dessus et croyez-moi, je préférerais vous dire le contraire, vous avez l'air d'une fille bien. »

Une lueur dans le regard de la fille et les joues qui rosissent. Elle ne s'attendait pas au compliment dans ce contexte.

Elle en oubliait l'heure. Marc choisit ce moment pour lui montrer à nouveau sa main droite. Avec l'index, il dessina dans les airs : une. Il restait une minute.

Bref sourire sur les lèvres de la trapéziste. Écartelée, elle se mordit la lèvre inférieure. Marc savait qu'elle doutait. Tout en elle le disait. Il imagina son débat intérieur, entre protéger son frère par le silence ou au contraire l'exposer, par ces mêmes mots qu'elle retenait.

Il enfonça le clou profond :

« Adriana, je sais que vous ne nous appréciez pas. Ce n'est pas le sujet... Même ça, c'est votre droit. Je vous dis juste que les heures sont comptées pour votre frère si vous ne nous précisez pas où on peut le trouver...

— Si vous faites ce choix, ajouta Gros-Jérôme qu'Adriana rendait moins con, d'autres le trouveront. Et plus vite que nous. Parce que c'est leur métier à eux, de se venger. »

Marc considéra longuement son collègue tandis qu'il parlait. Le débile mental avait recouvré des neurones. À moins que ce ne soit la magie de cette fille.

« Adriana, dit Marc avec une douceur non feinte, je vais vous raconter une histoire. Vous m'accordez un délai supplémentaire de deux minutes, Adriana ? »

Il n'arrêtait pas de répéter son prénom, comme une litanie pour installer la confiance. La trapéziste hocha tristement la tête, sans le regarder. Elle s'était assise sur un coussin par terre, jambes repliées. Marc vit qu'elle avait plein d'ecchymoses — il fut surpris. Quelle que soit la pose qu'elle prenait, il était parasité par le désir, gêné d'avoir pour témoin son acolyte qui dégoulinait de sueur. Marc vint s'agenouiller en face d'elle tandis que Gros-Jérôme demeurait près de la porte, chien de faïence aux jambes arquées.

« C'est une histoire vraie, Adriana, l'histoire de deux bandits rivaux de gros calibre. Je vous la fais courte : ils se retrouvent un jour face à face. Climat de duel, de règlement de comptes. Du lourd, du bien méchant. L'un brandit un fusil à pompe et menace l'autre. Le second fixe le premier dans les yeux et lui dit : *Tu peux toujours me descendre, mec. C'est ton choix. Mais sache que j'ai quatre fils et que tant qu'ils vivront, chacun de leurs muscles sera programmé pour me venger — et te tuer. Alors vas-y, tire, bâtard, fais ton sale job et fais-le vite... Mais souviens-toi. Ils ne te rateront pas.* C'est tout ce que j'ai à vous raconter, grande fille. Maintenant, vous avez le droit depuis... (Il questionna sa montre) depuis deux minutes trente de nous mettre dehors, Adriana. »

Les yeux de la trapéziste s'embuèrent et il la prit dans ses bras. Elle le repoussa violemment puis quelque chose en elle céda. Marc ne chiquait pas. La peine de cette fille lui faisait mal et il avait déjà eu sa ration d'émotions dans la soirée. Dans sa compassion, le penchant sexuel se mua en tendresse naturelle, en désir de la protéger, d'instinct. Il eut l'impression, violente, de la connaître, de la retrouver, de l'avoir toujours cherchée.

Le parfum de ses cheveux de feu monta jusqu'à lui. Elle ne sentait pas cette odeur sucrée, écœurante de certaines filles. Adriana pleura, mais ne parla pas. Il eut envie de l'embrasser mais Chien-de-Faïence surveillait le moindre de ses gestes du coin de l'œil.

Sans un mot, il glissa dans la main de la trapéziste une carte avec son nom, son grade, son mél et son numéro de téléphone. Il l'effleura et ce contact l'électrisa.

Ils repartirent. Marc se contrôla pour ne pas se retourner. Il respira ses doigts et à nouveau il pensa : elle sent comme les fleurs vénéneuses.

CHAPITRE 56

Jeudi 14 juillet 2011
11 h 01
Paris Ier, quai des Orfèvres,
brigade criminelle

Le commandant Jo Desprez avait posé une datte dans sa bouche mais il ne l'avalait pas. Il restait encore suspendu à ce qu'il venait d'apprendre. L'impression était étrange : comme lorsque l'on aperçoit devant soi, en pleine nuit, les feux d'une voiture qui freine dans un virage. Un rougeoiement rassurant, des lumières qui tremblent, et puis plus rien. Retour à la nuit noire.

Le lundi soir, il avait appelé Rémi Jullian, le plongeur de la Fluviale, pour savoir ce que c'était que cette histoire de policier gravement blessé au sein de leur unité. Rémi lui avait fait un résumé comme toujours détaillé, ce garçon aurait rivalisé avec la précision maniaque des procéduriers de la Crime.

Les faits étaient simples : un gardien de la paix avait failli mourir d'une rupture de la rate après avoir été agressé par un homme en fuite. Rémi avait décrit ces faits avec minutie et le comportement du fuyard avait également intrigué Jo. La description de l'homme aussi, mais sur le coup, Jo n'avait pas tilté. Comment aurait-il pu ? L'esprit humain est habitué à rapprocher ce qu'il y a de comparable, pas à accoler Mars avec la Lune. Si l'affaire n'avait pas concerné la Fluviale, pas sûr que Jo Desprez se serait penché dessus avec tant d'intérêt, mais il avait pour le plongeur une affection sincère, filiale. Rémi Jullian les avait déjà aidés dans une affaire lourde : il avait fait ses preuves, et Jo Desprez savait que du sang PJ coulait dans ce policier.

Rémi, par sollicitude pour Tic, avait demandé à Jo de voir s'il ne pouvait pas faire remonter la demande d'extraction d'ADN de la casquette sur le haut de la pile par un petit coup de fil... Les bonnes relations que les enquêteurs entretenaient avec les responsables du laboratoire de police scientifique valaient sésame. Rémi soutenait que Tic le méritait, qu'il était le rayon de soleil de la brigade, et pas seulement parce qu'il était de Bandol. Le commandant et le plongeur s'étaient quittés sur la promesse d'emmener Jo en Zodiac sous la voûte Richard-Lenoir, dès que la Crime le laisserait respirer. Autant dire jamais et cela viendrait s'ajouter à la liste des regrets éternels.

Le commandant avait d'abord oublié sa mission, puis ses yeux étaient retombés sur le Post-it et il s'était fendu d'un appel, après avoir eu pendant dix minutes Camille Beaux, un ami parfumeur. Camille l'avait suffisamment sorti de ses pensées pour qu'il se permette le hors-piste d'appeler le laboratoire.

Et le résultat dépassait toute espérance. Jo Desprez avait toujours su qu'il ne fallait pas injurier l'avenir. L'allié du policier est le temps. Presque tout tombe, un jour ou l'autre...

Il se répéta la phrase dans sa tête pour mieux s'en persuader : lorsque le profil génétique trouvé sur la casquette avait rejoint la base des traces non résolues dans le fichier du FNAEG, il y avait eu rapprochement avec une autre trace non résolue. Celle de l'élément pileux trouvé entre la console centrale et le siège avant droit dans l'affaire du double flingage de Sess Sylla et de Moussa Keita. *Hit*. Le profil de l'individu était le même. L'expert avait validé les concordances et vérifié l'absence de discordances. Il était formel.

Passé la phase de sidération, le cerveau du commandant multiplia les opérations.

Jo Desprez sauta sur le téléphone pour joindre de toute urgence Rémi Jullian. Le plongeur de la Fluviale ne répondit pas immédiatement mais cinq minutes après, le portable de Jo Desprez sonnait. Il félicita Rémi pour ses intuitions et lui demanda illico de redonner le signalement du fuyard de Bastille. À chaque nouveau détail, Jo hochait la tête avec gravité. Tout correspondait avec les descriptions précédentes de Sakanoko, l'épicier d'Aubervilliers, et de Ken Wood, la balance de Marc. Jo eut le palpitant qui monta. L'individu *était* leur client, à 99 %. Rémi Jullian était le seul à l'avoir croisé, à savoir en parler *de visu*, à pouvoir le détroncher. Jo avait aussi une mauvaise photographie à lui montrer. Pouvait-il se libérer et faire un tour à la Crime ? *Le plus tôt serait le mieux...*

Par ailleurs, il serait bon qu'il accompagne le soir même Marc Valparisis et les hommes du GRB du 2e DPJ dans Aubervilliers et se mêle à leur dispositif. Le 2, plus sur son terrain, travaillerait pour le compte de la BC. Jo Desprez avait demandé ce service à Michel Duchesne, s'appuyant sur le fait que *le sachant reste maître d'œuvre* et que *les gens du cru connaissent mieux leur terrain.* Pour plaisanter, mais le commandant Desprez ne plaisantait jamais complètement en ce domaine, il avait répété à Duchesne que s'il tirait la couverture à lui, il y aurait *explication de gravure.*

En plus des surveillances techniques, le groupe du GRB allait mettre en place des surveillances physiques aux abords du cirque Diana Moreno pour vérifier que le Spanish ne pointe pas le bout de son nez pour voir sa sœur. Ce serait du H24 pour commencer, car ils ne connaissaient pas les horaires de la demoiselle. Cela permettrait également d'en apprendre plus sur ses fréquentations et peut-être de tomber sur des complices de Diego, en tout cas de cerner la nébuleuse. Pas évident d'être discret dans le quartier. Les policiers du GRB se relaieraient sur plusieurs jours, avec des hommes postés à proximité pour pouvoir enquiller sur une filoche. Si cela s'éternisait, ils installeraient ensuite de la vidéosurveillance. Jo ne pourrait être là le soir même, *on lui avait livré de la viande* et il avait un gardé à vue sur le feu.

Rémi Jullian ne se fit pas prier. Il promit d'en parler à Mickaël Dalot, le commandant de la Fluviale, et de se libérer dans la matinée.

Jo raccrocha avec une excitation de jeune chien qui fit du bien à ses vieux os. Il en oublia ses acouphènes et ses sciatiques récalcitrantes. Cela faisait une semaine qu'il se bourrait de cortisone. Le commandant appela Michel Duchesne, il appela Marc Valparisis, il appela Manu Barthez et il se dit qu'il n'avait plus besoin d'appeler la chance, parce qu'il la tenait.

CHAPITRE 57

Jeudi 14 juillet 2011
14 h 02
Paris X^e, rue Louis-Blanc,
2e District de police judiciaire

Marc Valparisis avait contacté Maxime, un collègue, commandant au GRB du SDPJ 93, pour en savoir plus sur une attaque de dabiste, au centre commercial de Drancy, commise la veille vers 10 heures. Son collègue l'avait tout d'abord charrié en lui demandant pourquoi il grattait sur son terrain mais il connaissait le côté reniflard de Marc. En dépit des rivalités, c'était aussi cela, l'esprit GRB : échanger, croiser les données, favoriser les recoupements, plus sûrement qu'avec tous les télégrammes et circulaires. Le seul remède contre le banditisme reposait sur la circulation de l'information. Car les policiers pouvaient compter sur leur vrai talon d'Achille, à ces coureurs de fonds : le confort dans la répétition.

Maxime, le collègue de Bobigny, avait donné à Marc plus de détails sur le mode opératoire. Ce qui intéressait Marc était l'aspect duo. Depuis l'attaque du buraliste, il vérifiait tous les braqueurs-duettistes. Maxime avait continué. Pas d'explosifs. Juste deux mecs calibrés avec apparemment un Beretta et une autre arme, non identifiée par le dabiste agressé. Marc avait demandé : « Pas de batte de base-ball, ni de gaz lacrymo ? » Négatif. On ne pouvait pas gagner à tous les coups. Les braqueurs avaient planqué dans les combles avant de descendre comme des Pères Noël par le faux plafond pour surprendre le dabiste. Ils avaient attendu vingt-cinq minutes la temporisation des deux coffres, relais et DAB. Vingt-cinq très longues minutes. Interminables. Le dabiste avait mal supporté l'attente, à cause de l'exiguïté du local technique et du regard fou de l'un des deux agresseurs. Le plus énervé lui avait dit, tandis qu'il lui collait de l'adhésif : « Bouge pas et fais pas le con, pense à ta famille, pense à tes enfants, sinon on t'égorge. » Il lui avait mis des Serflex pour l'entraver. Ils étaient cagoulés, avec des gants et des vêtements que le dabiste peinait à décrire. Ils avaient pris la fuite en voiture et les bandes étaient en cours d'exploitation. Le montant dérobé s'élevait à 150 000 €.

Le lieutenant raccrocha.

Un bruit de fléchette fusa sur sa messagerie électronique. Il venait de recevoir un mél.

Marc tapa sur une touche pour agrandir la fenêtre. Et là, il reçut un choc. Son cœur bondit d'un coup.

Il n'en revenait pas. Miss Risque avait osé une apparition. Les doigts frôlés dans la caravane le hantèrent. Bien sûr, elle n'avait pas appelé. Elle avait tapé un message — et Marc le relut au moins vingt fois, juste pour le plaisir :

> De **adrianarosegold@gmail.com**
> Pour **Marc Valparisis** <marc.valparisis@interieur.gouv.fr>
> Sujet **À armes égales**
>
> Besoin... de vous revoir.
> Adriana

Il se hâta de répondre :

> De **marc.valparisis@interieur.gouv.fr**
> Pour **Adriana** <adrianarosegold@gmail.com>
>
> Quand ?
> MV

Il effaça la ligne et se redressa sur son fauteuil. C'était ridicule comme réponse.

En quête d'inspiration, il prit un élastique et l'étira entre les doigts de sa main gauche.

Il avait trouvé. Non sans frénésie, il tapa :

> J'adore qu'une jolie femme exprime le besoin de me revoir, à défaut de l'envie.
> Je suis sûr de trouver un créneau quand vous voulez.
> Up to you,
> MV

Et il fut incapable de continuer à travailler. Les yeux rivés à l'écran, il n'avait qu'un espoir : qu'elle ne se défile pas et qu'elle réponde. Vite. Marc eut l'impression que ses collègues le regardaient bizarrement et c'était vrai que les méls l'avaient changé en conspirateur. Il commença à se demander ce qu'il allait pouvoir inventer pour s'échapper sans qu'on lui colle Jérôme dans les pattes, même si ses pulsions de le guillotiner s'étaient calmées. Quel prétexte, donc ?

Le coup de la banquière qui l'ennuie ? Sa mère malade ? Il n'avait pas d'enfant mais plus c'était gros, plus c'était perso, plus ça passait. Il cherchait encore la solution quand il entendit un nouveau bruit de fléchette.

> De **adrianarosegold@gmail.com**
> Pour **Marc Valparisis <marc.valparisis@interieur.gouv.fr>**
> Sujet **Compte à rebours**
>
> Tout de suite ?
> … … … … … … …
> Venez chez moi si vous voulez.
> Adriana

Le cran de cette fille l'étonna. Il se demanda même si ce n'était pas un piège. Avant tout, ne pas oublier qu'elle est la sœur d'un braqueur, potentiellement très dangereux. Ne pas se jeter comme un bleu dans la gueule du loup. Débat, puis la curiosité l'emporta :

> De **marc.valparisis@interieur.gouv.fr**
> Pour **Adriana <adrianarosegold@gmail.com>**
> Sujet **Re-Compte à rebours**
>
> Laissez-moi trois heures pour être tout de suite.
> Et je serai.
> MV

C'était un peu grande gueule comme repartie mais il l'assumait. Son expérience lui avait appris à préférer le panache aux regrets. Regard vers sa montre : il lui restait deux heures trente pour expédier son travail et s'éjecter. Après l'envoi, il entra « Rose Gold » dans Google pour lister les résultats. Rien de probant. Il ne voyait pas le lien et le nom ne sonnait pas espagnol. Par sa réponse, Marc avait fait son Aladin et il voulait, avant tout, lui plaire, plus exactement, ne pas la décevoir. Il ne savait pas ce qu'elle attendait, il ne savait pas pourquoi elle agissait ainsi, mais il s'en foutait. Un flic restait un homme.

CHAPITRE 58

Jeudi 14 juillet 2011
17 h 27
Paris XIXe, porte d'Aubervilliers,
cirque Diana Moreno

Marc se gara à la sauvage, redouta de finir à la fourrière mais il avait quelques minutes de retard et il n'était pas impossible qu'Adriana soit du genre à le lui faire remarquer. Il avait joué au poker menteur avec Xavier Cavalier, prétextant une tentative de suicide de son meilleur ami. Maintenant, la mauvaise conscience le gagnait et il espéra qu'il ne porterait pas la poisse à son ami avec ses mensonges. De toute façon, mentir rendait toujours con.

Avec des nœuds de ce type, il risquait de plonger dans un sacré merdier. Il n'était pas persuadé d'être exactement dans son rôle de policier, surtout après avoir mis Jérôme Pawelec sur la touche avec des méthodes déloyales. Mais cette fille l'attirait et il voulait au moins comprendre qui elle était, vraiment. Bien sûr, cela relevait de son ADN de flic de rebondir sur l'adresse de Diego. On ne pouvait pas le changer et sans scrupule, il le ferait. Il se rassura en se disant qu'Adriana avait sans doute une motivation cachée pour souhaiter le revoir aussi rapidement — et seul. Marc n'était pas un naïf.

Il frappa discrètement à la porte, même s'il savait que les fenêtres avaient des yeux et que sa présence n'avait échappé à personne. Par son chapiteau qui aimantait les caravanes comme le cœur d'un tournesol ses graines, le cirque donnait l'impression d'entrer en territoire libre, nucléaire et soudé, indépendant. Marc se sentit déplacé.

Miss Risque ouvrit et il la trouva toujours plus belle. Elle le troublait. Pas tant par sa beauté, mais par le mélange des contraires qu'elle incarnait. Il y avait de la fraîcheur et de la force, une grâce enfantine — et un regard qui semblait en savoir plus long sur l'humanité qu'une bible. Elle portait un haut à manches bouffantes, vert bronze en accord avec son fard, et chaque manche stylisait une tête d'ours avec des perles turquoise en guise d'yeux. En bas, une jupe à volants noirs superposés où du tulle dépassait. Aux pieds, des escarpins noirs en velours. Marc observa en dernier ce qu'il avait préféré : deux yeux couleur d'ambre, aux franges vert d'eau.

Lorsqu'il pénétra dans la roulotte, le parfum qui régnait lui revint immédiatement en mémoire. Il n'aurait su dire ce que c'était. Cela ne sentait ni le supermarché ni la rue.

Elle le regarda en riant, tandis qu'elle disciplinait les flammes de ses cheveux en une longue queue-de-cheval :

« Vous êtes en avance ! »

Marc fut perturbé par la remarque. Il rectifia :

« Je crois plutôt que je suis en retard… »

Elle rit à nouveau :

« Les hommes sont toujours en retard, donc vous êtes en avance. Puisque vous arrivez... »

Elle baissa la tête vers la montre de Valparisis :

« Euh... seulement quatre minutes après l'horaire annoncé. Bagatelle!

— Vous parlez bien français pour une Espagnole... »

Son côté flic qui le reprenait.

« J'ai vécu et je vis en France. L'Espagne, c'est une autre époque... Le passé.

— L'Espagne ne vous manque pas ?

— Autant qu'à vous si on vous enlève du jour au lendemain votre sacro-sainte tour Eiffel, non ? Je reste espagnole, j'aime Barcelone, le soleil, la Méditerranée, Gaudí, la *horchata de chufa*, je mets de la cannelle dans mon chocolat et quand j'ai de la chance, je mange des churros... »

Sa queue-de-cheval dansait — la jeune femme n'arrêtait pas de bouger la tête.

« Pas uniquement, apparemment, nota Marc. Vous êtes fine comme une liane.

— Je ne suis pas chimpanzé, je suis trapéziste. »

Il sourit et se demanda pourquoi elle mettait tant de légèreté dans le cadre qui les reliait. Stratégie ? Elle pouvait être redoutable, à l'évidence. Il décida de rester sur ses gardes. Dans le pire des cas, il portait sur lui son Sig Sauer. Léger malaise, comme s'il s'offrait au piège.

Marc fit quelques pas :

« Je peux regarder, un peu ?

— Pas trop...

— Ne vous inquiétez pas, je ne suis pas là pour perquisitionner.

— Vous êtes flic. »

Elle avait planté ses yeux dans les siens, bras croisés.

À la façon dont elle avait prononcé le mot *flic*, il saisit toute la distance qui les séparait. Pas facile de renouer le dialogue.

Il se déplaça quand même et laissa errer son regard sur les étagères.

Valparisis se dirigea ensuite vers un tableau couvert de photographies. On était loin des clichés de vacances. Tout respirait la prouesse. Adriana bien sûr mais aussi d'autres artistes. Entre autres, le fantôme blanc d'un funambule à l'assaut d'une cathédrale avec un balancier et les lettres d'or qui se détachaient : Olivier Roustan. Un autre funambule attira l'œil du flic. Bras tendus en haut d'un mât, l'homme né du ciel surplombait la cascade de toile du chapiteau. Valparisis retourna l'image et lut : Cédric Casanova. Anvers, éclipse du 11 août 1999, *Blue Lemon*. Il saisit pourquoi la lumière l'avait intrigué. L'éclipse. À la gauche de Casanova, le contorsionniste César désarticulé dans un cube de quarante centimètres d'arête. Plus loin, un dresseur du nom d'Alfred Court, en pose hiératique avec Douchka, sa panthère des neiges, autour du cou.

Tandis qu'elle le surveillait du coin de l'œil, elle parut se remémorer un détail.

Elle fit mine de replacer un livre en passant et alla retirer une carte postale, au-dessus de son bureau. Le geste fut quasi imperceptible mais il n'échappa pas à Marc. Il avait juste eu le temps d'apercevoir une plage. Elle répéta, de dos :

« Vous voyez que vous êtes flic... »

Marc se campa face à elle, soudain plus dur :

« Vous m'avez fait venir chez vous pour me déclarer la guerre ? Vous savez, j'ai du travail, Adriana, j'y retourne quand vous voulez. »

Elle baissa les yeux puis marcha d'un pas décidé jusqu'au coin cuisine pour préparer du thé. Marc n'était plus sûr de comprendre. Le charme était cassé.

La voix d'Adriana lui parvint alors qu'il touchait un justaucorps suspendu, parsemé d'étoiles scintillantes :

« Vous buvez du thé ?

— Oui, oui », mentit Marc qui lâcha le tissu.

La jolie rousse revint avec deux tasses fleuries et une théière. Marc n'avait l'habitude ni de boire du thé, ni de boire dans des tasses fleuries. Il fit comme s'il avait grandi avec. Elle s'était assise en face de lui, sur un coussin. Elle lui en désigna un autre de la main. Marc s'accroupit sans la quitter des yeux. Au bout d'un moment, le silence devint pesant. Il se laissa tomber sur le coussin. Pourtant, il se dit qu'il allait rentrer. Cela n'avait aucun sens : que pouvait-il attendre de la sœur d'un braqueur ? Et le voilà qui prenait le thé au lieu de travailler. Elle sentit son raidissement. Elle se leva pour mettre de la musique. Il dut avoir un air interrogateur parce qu'elle dit pour l'éclairer :

« Chostakovitch. »

Marc posa la question qui lui brûlait les lèvres :

« Pourquoi m'avez-vous demandé de venir ? »

La remarque était amère, il n'appréciait ni de perdre son temps ni qu'on se joue de lui.

Elle eut une réponse désarmante de franchise :

« Je ne sais pas... »

Les yeux d'ambre se posèrent sur lui :

« Franchement, je ne sais pas... Vous représentez quelque chose de tellement...

— De tellement ?

— ... Exotique. »

Marc ne s'attendait à rien... mais surtout pas à ce terme. *Exotique*...

« Je ne savais pas que j'étais exotique.

— Ne le prenez pas mal. Vous êtes ce qu'il y a de plus éloigné, pour nous.

— Vous n'aviez pas l'air si loin, tout à l'heure... »

Elle se repositionna, plia une jambe sous l'autre et posa son menton dans ses mains. Le policier vit les deux jambes nues, parfaites. Il lutta pour songer à autre chose que de les toucher. Adriana réfléchissait.

Marc alla droit à l'essentiel :

« Vous êtes inquiète pour votre frère, ne dites pas le contraire. »

Elle eut un air triste et moqueur.

« Perspicace, avec ça... Vous devriez faire flic... N'allez pas croire que je connaisse toute la vie de mon frère, je mène une vie tranquille ici, le cirque est ma famille.

— Vous avez d'autres frères ? Des sœurs... »

Pas de réponse. Juste une lueur inquiète. Il tenta un autre registre pour ne pas la fermer :

« Et pourquoi Rose Gold ?

— Rose ?... Ah oui ! Rose Gold, sur mon adresse ! Oh, c'est simple. Rose Gold a suspendu son trapèze à la tour Eiffel, dans les années cinquante. À deux cents mètres du sol, sans filet... J'apprécie beaucoup l'engagement artistique de Rose Gold — et j'aime la tour Eiffel.

— Alors vous connaissez Andrée... »

Trou noir. Il n'arrivait plus à se rappeler le nom. Ridicule. La dèche.

« Andrée... Euh... Miss Risque !

— Ah ! dit-elle, surprise. Andrée Jan ! Vous connaissez Andrée Jan, vous ?

— Et pourquoi pas...
— Je ne pensais pas que... (Elle n'acheva pas.) Non, rien... Ce n'est pas grave. »

Elle balaya sa pensée d'un revers de main et prit une mine rêveuse. Elle voulait retourner avec Diego voir la tour Eiffel. Elle adorait les virées nocturnes avec son frère.

La musique de Chostakovitch peupla le silence et Marc trouva qu'elle faisait marche funèbre. Il imaginait l'univers de cette fille plus gai, plus coloré. Sa roulotte l'était.

Il regarda l'heure et dit :

« Vous avez spectacle, ce soir ?

— Non, pas ce soir.

— J'imagine que vous devez beaucoup vous entraîner ?

— Cinq fois par semaine », dit-elle en déployant sa jupe en vaste corolle autour d'elle.

Elle ressembla à une belle-de-nuit.

« Alors vous aussi, vous aimez le risque et le danger ?

— Oui, applaudit-elle. Vous vivez pour autre chose, vous ? Franchement... ?

— Non, admit Marc.

— ... Et la beauté. Il ne faut pas oublier la beauté.

— C'est vrai. Je suis d'accord avec vous, Adriana. On oublie trop souvent la beauté. »

Ils avaient retrouvé de la complicité. Marc avait pioché dans le bon sujet.

Elle lui versa du thé et Marc se força à le goûter. Le plus dur fut de ne pas grimacer. Il la fit parler sur son parcours, plus que sur sa famille, pour ne pas la cabrer. La jeune femme s'ouvrit par paliers. Enfin, elle raconta sa vie de bon cœur, ses déménagements, le temps où elle avait été serveuse à Barcelone pour se payer des cours de danse, comment elle était devenue la reine des crêpes à Montmartre pour pouvoir rester à Paris. Et son amour du trapèze, de la liberté qu'il procurait.

La liberté... Bien sûr, la liberté...

« Vous voyez qui est Alain Robert ? s'enthousiasma Adriana en lui posant la main sur l'épaule.

— Non... »

Elle ne concevait pas que l'on ne connaisse pas Alain Robert. Elle lui répéta ce qu'elle avait appris à Diego.

« Mais si... Un type qui grimpe en solo des sommets urbains, à mains nues. Eh bien, Alain Robert a escaladé la tour Eiffel un 31 décembre. Il est arrivé à minuit au sommet. Vous imaginez ? Par un froid sibérien ! Après cet exploit, il est redescendu et a dit... écoutez, c'est mémorable : *Après tout, la tour Eiffel n'est qu'une grosse échelle.* J'adore ! Il fallait oser : le dire ET le montrer. C'est cette phrase qui m'a donné l'idée de mon prochain numéro. Le dernier barreau de l'échelle que je monte devient mon trapèze, et l'échelle disparaît. Vous devriez venir voir, je suis sûre que ça vous plairait. »

Adriana avait un bel accent que Marc prit plaisir à écouter. Il ne pouvait pas trop traîner. Le policier se releva et la trapéziste l'observa avec un désarroi profond, qu'elle avait jusque-là caché.

« Vous savez, j'ai toujours peur pour mon frère. Tout le temps, à chaque instant. Il n'y a que le trapèze qui me fasse oublier combien j'ai peur pour Diego.

— Votre frère s'est choisi une voie compliquée... Mais vous aussi, vous prenez des risques.

— Je suis responsable de ma propre sécurité... Pas mon frère. Vous pensez vraiment qu'il est en danger ?

— Je ne le pense pas, Adriana, j'en suis persuadé. Et je ne peux pas vous forcer à me mener à lui... Mais j'ai peur que vous le regrettiez. Réfléchissez bien, Adriana. Les tueurs en face de votre frère ne se battent pas à coups d'idéaux, ils ont des armes qui trouent un homme. Et qui dit que vous serez épargnée, jolie jeune femme, hein ?... »

À cette remarque, elle ferma violemment les paupières, comme pour refuser la réalité. Elle se jeta dans ses bras et sanglota :

« Vous ne comprenez pas, je ne peux pas vous dire. JE NE PEUX PAS. Vous ne connaissez pas notre histoire. Je vis un enfer, Marc... (Elle s'aperçut qu'elle l'avait appelé par son prénom.) Marc, vous permettez ? Je crois... je crois Marc que *je n'ai pas le choix.* »

Valparisis hésita à la serrer dans ses bras. Il se demandait si elle avait besoin de protection, ou de lui. Ou des deux.

« Ce que vous dites est dangereux, Adriana, car dans ces cas-là, la vie choisira pour vous. »

Elle releva ses yeux vers lui et il vit que son mascara avait coulé. Il sortit un mouchoir et en tapota sa peau pour gommer les coulures. Elle se déroba.

Il la retint à bout de bras, plongea dans ses yeux et lança :

« Pourquoi m'avez-vous demandé de venir, Adriana ? »

Elle soutint son regard, entrouvrit les lèvres et brusquement, tout parut s'embrouiller dans sa tête. Elle le toisa, et cette fille dans ses bras, cette fille qu'il brûlait de serrer, sembla soudain une étrangère. Adriana se détourna et cette volte-face lui rappela la première fois, quand elle l'avait repoussé après avoir pleuré.

Mais cette fois-ci, elle ne se ravisa pas. Au contraire, elle décréta d'une voix glaciale, comme si son retrait ne suffisait pas :

« Partez. Maintenant. Je ne vous le dirai pas deux fois. »

Marc la considéra un instant, indécis. À la stupéfaction succéda l'agacement. Il l'aurait giflée de jouer ainsi avec son désir. Il hésita à l'embrasser malgré elle. Il la saisit par un bras puis la relâcha.

Le flic recula sans la quitter des yeux. Avec une dureté non feinte, il lui dit :

« Cela ne vous va pas de faire la petite fille. »

Et il n'ajouta rien. Il aurait aimé qu'elle baisse au moins les yeux.

Elle ne bougea pas.

Marc l'observa, lèvres pincées. Elle avait tout gâché.

Il claqua la porte et se jura d'oublier.

Arrivé à sa voiture, il resta une minute dos contre la carrosserie et s'alluma une cigarette.

Il tira des bouffées de fumée avec nervosité. La fille lui avait mis du gris au cœur. Il lui en voulait, détestant la frustration qui pourrissait son désir.

Assombri, il écrasa son mégot dans le gravillon.

Peut-être avait-elle cru qu'il la draguait pour obtenir des informations sur Diego ? Arrêter tout de suite avec les *peut-être*... Il se répéta qu'elle était la sœur d'un braqueur et que c'était mieux comme ça. Trop de risques. Flopée de complications en perspective. La sœur d'un braqueur, tu parles d'une histoire... Il y avait plus simple dans la vie.

Il se retourna, posa la main sur la poignée et trouva sa Ford Fiesta ridicule. À moins que ce ne fût lui. Il n'appréciait pas d'être dans le rôle du pauvre type.

Tout l'énervait. Il avait envie de lever la première fille qu'il croiserait et de la prendre, là, à l'arrière de la voiture, talons à la vitre et visage collé au siège. Jusqu'à se décharger de toute sa colère.

Il démarra, satisfait de voir disparaître Aubervilliers dans le rétroviseur.

CHAPITRE 59

Jeudi 14 juillet 2011
18 h 15
Paris XIXe, avenue de Flandre

Paris défilait et la musique country dans laquelle baignait la Fiesta ne donnait pas plus d'allant aux images. Marc avait dépassé les Orgues de Flandre et leur empilement de roses des sables, Stalingrad était à deux pas. Impossible de rater ces tours du XIXe arrondissement, parmi les plus hautes de la capitale. Elles fournissaient une belle activité au GRB du 2e DPJ, l'îlot Riquet en tête. Marc avait boudé son plaisir en les longeant. Parce qu'il était ailleurs. Il avait conduit brutalement, à défaut d'aller vite, à cause du trafic surchargé. Au croisement, le flic fut à deux doigts de griller le feu rouge. Ce n'était pas l'envie qui lui en avait manqué. L'air buté, le lieutenant tapota son volant d'une main et fuma une nouvelle cigarette. Il avait beau regarder les filles traverser, il ne leur trouvait rien d'extraordinaire. Rien qui ne justifie qu'il quitte son mauvais sourire au coin des lèvres. Le temps était lourd et il paria sur la pluie. Tant qu'à faire, autant que tout soit vraiment pourri.

Pour conjurer le sort, il rêvait toujours d'une fille penchée sur son sexe mais il ne croisait pas la bonne tête. Menteur. Ce n'était pas la question. Il ne s'agissait pas de tomber sur le bon profil ou non. Miss Risque avait distillé le poison de l'obsession dans son crâne.

Il devait se l'avouer : il ne pensait qu'à elle depuis qu'il avait quitté la porte d'Aubervilliers. Cent pensées contradictoires. Dont une qui tournait en boucle et ce n'était pas la raison qui gagnait. Marc avait la main tendue vers son portable pour aviser Xavier Cavalier de son retour, quand il braqua à 90°, franchit la bande blanche dans un crissement de pneus et repartit en sens inverse.

Direction Aubervilliers.

Ses tempes commençaient à grisonner et il n'avait plus l'âge d'avoir des regrets.

La foule, la ville — plus rien ne l'intéressait. L'avenue de Flandre lui parut trop longue. Il monta le son de la musique pour tromper l'ennui. Le rythme ne cadrait pas avec le flot continu des voitures, pare-chocs contre pare-chocs. Ses yeux zigzaguèrent de droite à gauche. Marc ne se voyait pas rester bloqué. Il se décida à faire le torero et détacha sa ceinture. Le lieutenant se courba côté passager, baissa la plaque POLICE du pare-soleil et piocha à la hâte sous le tapis de sol. Il en sortit *la goutte d'eau* — le gyrophare. Il tira sur le fil qui tirebouchonnait, passa le bleu par sa vitre ouverte et l'aimanta en un tour de main sur le toit. Lumière et rotation, et pour que le langage soit clair, Marc régla l'intensité du son. Avec ce vacarme, il pouvait oublier la musique country. Les voitures s'écartèrent et Marc fut aspiré par le cirque, comme si toute sa volonté était tendue vers cette fille. Il l'avait gardée au bout de ses doigts.

Même la froideur de la trapéziste ne lui faisait plus peur. Après tout, il suffisait de redoubler de chaleur. Il pouvait avoir confiance en son charme. Sa maturité lui donnait un avantage sur la fille : il en savait plus long qu'elle sur les règles de la séduction. S'il gardait ce temps d'avance, elle tomberait.

Et comme il était joueur, il paria avec lui-même.

Dans l'excitation, il faillit rater l'intersection et continuer sur la porte de la Villette. Marc jura et tourna juste à temps rue Mathis. Il ne mit pas longtemps à remonter la rue Curial, laissant derrière lui les Orgues de Flandre. Il passa le périphérique comme s'il forçait un barrage. Maintenant, c'était tout droit jusqu'à la place Skanderbeg, tout droit jusqu'à Adriana.

La place Skanderbeg, du nom d'un homme de guerre albanais que tout le monde avait oublié... Centrifugeuse à automobiles, cette place n'avait aucun intérêt, à part son cerisier débonnaire et ce chapiteau qui, en terres bétonnées, avait la beauté des mirages.

Un peu avant d'arriver au cirque, il rangea le bleu pour ne pas attirer l'attention. Il fit la toupie autour de la place et se gara au niveau du rond-point. Une idée lui était venue. Il avait repensé à l'histoire de Ken Wood, aux fleurs livrées à la trapéziste.

Marc traversa entre les voitures et fureta dans les bosquets de la place Skanderbeg. Plus il ratissait, plus il s'énervait. Cette place était bien la seule à snober les fleurs... Que du vert et des rochers. De loin, il devait avoir l'air d'un drogué. Rapide coup d'œil autour de lui. Le rond-point n'attirait pas les foules. De guerre lasse, il déplia son couteau et tailla de longues branches dans les buissons. Personne ne viendrait lui reprocher de rafraîchir la coupe des parterres, il était loin de saccager une roseraie, le lieu relevait de l'aire d'autoroute.

Pour dire le vrai, il ne savait même pas ce qu'il ramassait. Ses connaissances s'arrêtaient aux platanes. Il choisit juste ce qui avait un beau feuillage. Puis il courut à sa voiture et jeta les branches sur le siège passager. Il ouvrit la boîte à gants, tâta au fond à l'aveugle et trouva ce qu'il cherchait : de la Rubalise rouge et blanc. Sa trouvaille le fit sourire : il l'avait piquée une fois dans une voiture sérigraphiée, se disant que cela pouvait toujours servir. Marc prit le soin de la tortiller pour rendre plus discrète la mention POLICE NATIONALE. Ses doigts nouèrent la Rubalise autour du bouquet et ajustèrent l'étreinte comme un corset autour de la taille d'une fille. Le policier pensa que les femmes le rendaient cinglé. Il n'en fut pas plus étonné que cela. Il se pencha encore vers la boîte à gants, repéra un stick Drakkar noir et se le passa sous les bras. Il finit en épongeant la sueur sur son front. Dernier regard dans le rétroviseur. Il nota une lueur connue dans ses yeux gris-vert et se dit qu'ils feraient le reste.

Marc démarra et se gara à quelques mètres de l'entrée du cirque. Il sortit de sa voiture, prêt pour la seconde manche.

Marc n'était pas taillé pour les défaites.

Le flic courut jusqu'au portail vert, encombré de son drôle de bouquet, avec une seule inquiétude en tête : qu'elle ne soit plus là.

Trois coups secs au heurtoir en métal. Marc ne pouvait empêcher son cœur de battre plus vite. La dernière pensée qu'il eut fut : « Comme pour une interpellation, Marc, tu entres et tu lui sautes dessus. » C'était risqué — comme toutes les interpellations. Pour se rassurer, il se dit : « Pas tant que ça. »

Il retint sa respiration, jusqu'à entendre le bruit des pas derrière la porte.

Elle était là.

La porte s'ouvrit.

Marc eut juste le temps d'apercevoir les flammèches au-dessus de son bouquet. Il planta la forêt dans les bras d'Adriana et elle disparut tout entière. Immédiatement, il la contourna par la droite, se plaça derrière elle et releva les cheveux sur sa nuque. Ils glissèrent en cascade entre ses doigts. Presque en même temps, il dirigea sa main gauche vers la bouche pour qu'elle ne parle pas.

Assez des mots.

Le bouquet tomba à leurs pieds. Une odeur de sève monta du feuillage. Marc attira Adriana contre son torse et embrassa sa nuque à pleine bouche. Terrain conquis. Alors il fit rouler ses lèvres sur sa peau. De sa main libre, il descendit la fermeture Éclair qui fermait le haut de la jeune femme. La nudité du dos et d'une épaule se révéla. Sur la tête d'ourson de la manche, l'une des deux perles turquoise qui formaient les yeux roula au sol. Marc ne la ramassa pas, occupé à dévorer la chair, la main toujours posée sur la bouche de la trapéziste. Il l'embrassait de tout son manque, de toute sa rancœur pacifiée. Elle lui mordit l'index qui franchissait maintenant la barrière des dents. Il l'entendit pousser un soupir, presque imperceptible, comme un souffle d'oiseau, et son désir monta. Point de non-retour.

Lentement, elle se libéra de son étreinte et lui fit face. Ses yeux lui parurent encore plus grands.

Elle se colla à lui, promena doucement la pulpe de

ses doigts sur son visage pour l'apprivoiser, enfin elle l'embrassa. Marc fut parcouru d'un feu violent, qui dévasta tout en lui. Elle l'embrassa longuement, lui vola son souffle et glissa une main dans son dos, puis les deux. Jamais une femme ne lui avait pétri les fesses de cette façon, presque masculine. C'était plein d'audace et de témérité. Toucher comme prendre ne l'effrayaient pas. Alors qu'ils ne se connaissaient pas. Ils trébuchèrent sur une balle de jonglage et faillirent tomber. Puis ils reculèrent et se laissèrent choir sur le lit surélevé.

Elle resta contre lui, fermement enlacée. Elle défit sa ceinture et il lui chuchota à l'oreille :

« Adriana, quel âge as-tu ? »

À son tour, elle s'approcha de son oreille :

« Je vais te dire un secret, mais tu ne le répéteras pas... Beaucoup moins que toi. »

Puis elle reprit, sans le quitter du regard :

« Tu n'as pas peur de sortir avec moi, flic ? »

Il savait que sa réponse pèserait lourd, qu'elle pouvait tout briser.

Il lui dit ce qu'elle voulait entendre :

« Mon désir commande à ma peur, Miss Risque. »

Rassurée, elle replongea sa langue dans la bouche du policier. Il se demanda si elle avait déjà embrassé un homme plus âgé. Après tout, peu importait. Ses lèvres s'asséchèrent et elle se leva d'un bond pour ramener une tasse. Elle voulait qu'il boive, la bouche sèche lui semblait contraire à l'amour et elle n'avait pas tort. Du thé. Le flic finit par s'habituer, même s'il ne serait jamais converti. Il défit la queue-de-cheval qu'elle avait nouée en allant chercher à boire. Comme tous les hommes, ôter un élastique le déroutait. Quand il y parvint, il releva les cheveux de la fille, pour le plaisir de les sentir encore fuir entre ses doigts. Il la retourna et la tint cambrée au-dessus de lui. Le corps était fin et fort, superbe. Les muscles en révélaient l'architecture, la splendeur de la chair, ambrée. Il lui murmura : « Tu es belle... Tu as des bras comme des flèches de cathédrale. » Elle ferma les yeux, et ne répondit pas. Les mains de Marc relevèrent progressivement le haut à manches bouffantes et à nouveau, le parfum de la peau se rapprocha. Dessous, elle était nue. Il la tint comme cela, pour le plaisir de la contempler, puis fit glisser les seins jusqu'à sa langue et tourna, tourna, tourna jusqu'à ce que son esprit tourne aussi. Elle poussa un gémissement et il la désira plus encore. Enhardi, Marc la remonta, avec douceur, pour embrasser les boucles rousses du sexe. Elle avait parlé de secret mais il pensa : le plus grand secret est là.

Ils restèrent enlacés, pénétrés, délacés. Quand elle vit son arme, elle le supplia :

« Sur ma tempe. »

Marc crut d'abord qu'il avait mal compris. Il la regarda :

« Quoi, Miss Risque, tu veux...

— Ton arme sur ma tempe... Chargeur engagé... Sinon tu ne me prends plus... Et que tu me serres, très, très fort. Bien plus fort que ça. »

Elle avait l'air le plus résolu du monde. Marc secoua la tête, incrédule. Non, elle ne plaisantait pas. Il sourit : c'était bien une sœur de braqueur... Ce ne pouvait être que ça. Comme elle insistait et qu'elle lui brandissait son arme de service, il ne voulut pas passer pour un couard. Au poids de l'arme, Adriana vérifia qu'il y avait des munitions. Elle sortit le chargeur, arma la culasse et rabattit le marteau en appuyant sur la détente. Clin d'œil. Pas de cartouche chambrée. Visiblement, les claquements de l'acier l'amusaient. Alors, elle réengagea le chargeur. Marc l'observait, fasciné. Cette fille était tarée, mais elle lui plaisait. Elle fit rouler Marc dans les draps, l'enjamba et le surplomba. Elle était nue, le buste fier, avec juste sa jupe relevée dont le tulle caressait la peau de Marc à chaque passage. Elle le toisa et lui tendit à nouveau son arme.

Il plaqua le canon de son Sig contre la tempe gauche d'Adriana. Fermement. Ce qu'il ressentit le troubla. Elle ouvrit grands les yeux, soutint son regard et lui offrit sa bouche.

Puis elle dit, avec une détermination farouche :

« Maintenant, prends-moi. »

Par quel mystère embrassait-elle un policier ?

Par quelle folie la tenait-il dans ses bras ?

C'était l'heure où les questions importaient peu. Les corps savaient, eux, pourquoi.

CHAPITRE 60

Jeudi 14 juillet 2011
19 h 50
Paris XIXe, porte d'Aubervilliers,
cirque Diana Moreno

La petite mésange, j'avais l'habitude de la voir tous les 13 juillet.
C'était comme ça. On avait un événement à célébrer.
Mais là, je me m'étais pas senti d'humeur familiale et le 13 juillet était passé. Je n'avais pas eu la force d'affronter cette date. Retour sur le braquo. Déguerpir du centre commercial de Drancy avait été chaudard et on ne plaisantait pas avec 150 000 €. Affaire propre : *tu tapes, tu te casses*. On avait cramé l'Audi A6 break qui avait servi de véhicule de fuite et toutes les affaires du braquo pour pas faire les-Jojo-s'amusent. Yacine avait tiqué parce que j'avais préparé l'Audi pour qu'elle flambe mieux et qu'on roulait dans un tombeau qui puait l'essence, en plus du jerrican qui patientait. J'avais monté le son de *The Belly* et ses cent quatre-vingt-deux coups de feu et j'avais hurlé à Yacine :

« On rentre au bercail, gremlin ! Le bec bourré de thune ! Yahoooou ! On rentre au bercail. »

Maintenant, il fallait rester planqué. Un jour sans sortir, pour limiter la casse. Principe de précaution, logique de survie. J'avais avalé un morceau chez Yacine. Un ami lui avait ramené du pecorino. J'ai demandé à Yacine de m'en schlasser un bout et on s'est goinfré de pain comme des canards. Puis je me suis levé et je lui ai appris une signature au couteau.

Dix-sept coups.

Il m'a demandé :

« Pourquoi dix-sept, narvalo ? »

Et je lui ai répondu :

« Parce que ni seize ni dix-huit, bâtard. »

Et je lui ai montré en le frôlant de la pointe. Millimétré. Une danse macabre autour des artères. En fait le contraire de l'escrime. Pas de grands gestes de branleur mais des petits coups incisifs, courts et précis pour taper profond. Je crois que j'ai gagné de lui faire peur. Ça a réussi à me faire rire, je pouvais plus m'arrêter.

On a partagé le flouze.

L'opé était bien montée : on n'était que tous les deux, le rêve pour partager.

Si je pouvais, je monterais toujours à deux au braquo.

Dans l'idéal avec mon frère.

Mais ça, je ne pouvais pas le dire à Yacine.

Yacine ne serait jamais mon frère.

Personne ne serait plus jamais mon frère.

Et il y eut cette rencontre. Le lendemain. Aujourd'hui. Tout à l'heure. Yasmine qui court comme une folle dans les rues d'Aubervilliers. Moi qui entre dans un café. Yasmine échevelée, Yasmine à la peau brunie par le soleil, qui ne cesse de pleurer.

Yasmine qui me cherche partout, dans Aubervilliers. Personne ne sait où j'habite, impossible de me trouver.

Un mauvais pressentiment. Avec de tels signes, pas besoin d'être gourou.

Elle fonce dans mes bras et s'écroule. Yasmine n'arrive pas même à parler. Je la serre, je répète *Yasmine, Yasmine, Yasmine*, tout bas, pour la calmer.

Elle lève les yeux et je reconnais la douleur, que rien ne sait apaiser.

Elle est là, furieuse, cette douleur à racines, cette mauvaise herbe du cœur. Ce monstre hideux que je ne sais pas dégommer. Ce monstre hideux sur lequel j'essaie de tirer, depuis des années.

Elle est là.

Je voudrais que Yasmine ne parle pas. Je voudrais qu'elle ne dise rien. Juste que je devine, sans les mots pour frapper.

Mais ils finissent par venir. Flots déversés.

Une grande vague horrible qui vient tout saccager. C'est le naufrage.

C'est un égout, de l'eau sale qui pénètre partout, un direct qui fait saigner : Oz est mort, Oz est tombé.

Putain non, pas un 13 juillet.

On est restés trente minutes serrés avec Yasmine. Elle savait que j'aimais son frère. Je savais qu'elle l'aimait. Ça nous suffisait. J'ai refusé de m'asseoir sur un banc, je lui ai juste demandé de venir dans l'arrière-salle de Mehdi, seule avec moi. Je lui ai offert une grenadine à laquelle elle n'a pas touché.

À la fin, j'ai bu la grenadine. Avec une paille. Ça

ne m'était pas arrivé depuis... Depuis... Impossible seulement de retrouver.

Je l'ai embrassée sur le front et je lui ai filé du cash en loucedé. Je lui ai dit :

« Je serai toujours là pour toi. Et je m'occupe demain de tout pour Oz. T'auras pas un billet à sortir, je te le promets. »

Un silence et je m'excuse :

« Yasmine, je dois partir... Je sais... »

Nouveau baiser. Et je disparais.

Désormais, je marchais vers la roulotte de ma sœur, pour rattraper l'absence de la veille. On ne s'appelait pas. Elle savait que ça pouvait me faire tomber. Donc, elle avait forcément dû se demander ce que je branlais. Légitime, *sister*.

J'avais brassé du cash, j'allais pouvoir me terrer à l'étranger. Je lui enverrais des cartes postales qu'elle accrocherait.

Mais je voulais qu'elle me dise avant quand je pourrais voir son nouveau numéro.

L'air était lourd et je n'avais pas pris ma moto. J'aurais été incapable de rouler après *la nouvelle*. Oz était mon partner. S'il fallait faire un travail, il le faisait. Oz était mon ami.

La mort ça faisait chier.

Je ne sais pas exactement ce qui s'est passé. Je suis arrivé au cirque, j'ai vu le portail vert, et je me suis méfié. Il faisait grand jour avec l'heure d'été et j'ai flippé. Sans doute à cause d'Oz et de la Bastille. Le karma était mauvais. Encore cette putain de poisse du 13 juillet. O.K., on était le 14. Mais le temps s'annonçait orageux, comme tous les 14-Juillet. À croire que les feux d'artifice seraient moins beaux si les gens ne passaient pas la journée à se demander si oui ou non, ils seraient annulés. J'avais beau être en noir, avec une nouvelle casquette fraîchement achetée, j'avais l'impression qu'on ne voyait que moi. Je portais un haut que ma sœur aimait bien, parce qu'il était moulant et que ça mettait en valeur mes épaules.

Mes mains tremblaient. Addiction à la paranoïa, fatigue et résidus de stress. Pas au top.

Je me suis dit :

« Man, tu contrôles... »

Mon œil a guetté d'instinct des angles pour me réfugier.

J'ai contourné la roulotte et fureté un peu autour pour flairer les lieux, voir d'où pouvait venir le danger et surtout vérifier qu'il n'y ait pas un de ces trous-du-cul de planqué. Je craignais moins les soldats de Sess et de Moussa que les schmitts. Pour une bonne raison : je savais à peu près quelle gueule ils avaient tous. La mort avait un visage.

Les flics, eux, étaient assez pervers pour se déguiser. Eux, c'étaient les sans-visages.

J'ai baissé les yeux. À cinq mètres, y avait des pensées dans une jardinière. Cinq mètres à découvert : risqué. Brève hésitation, puis je me suis faufilé pour en couper trois. La petite mésange apprécierait. Y avait que les orchidées qu'elle détestait, maintenant je le savais.

Et je suis retourné à la roulotte.

Je suis retourné au cauchemar.

Là, derrière le hublot, ma sœur, la chair de ma chair, embrasse un enculé qui a au moins quinze ans de plus. Mais ce n'était pas ça qui me gênait.

Les pensées sont tombées.
L'enculé tenait une arme.
Une arme de flic.

Je me suis laissé tomber le long de la roulotte. J'étais dans le tunnel du Mont-Blanc, il faisait noir comme dans un four, et c'était un four. Tout se mettait à cramer. Oz était mort, j'avais tué deux grands malades, j'étais coursé par des condés, et ma sœur, Adriana, s'occupait de faire jouir un flic.

Une seule question : qu'est-ce que tu fais ?

J'étais à deux doigts de souffler en Thaïlande. Buter un flic à bout touchant pour qu'il goûte sa cervelle ne me paraissait pas exactement l'Idée.

Une fraction de seconde, je me suis dit : tu entres et tu les descends tous les deux, enlacés. Diamondback était de la partie, dans mon dos.

Les deux. Cette vermine et mon trésor — mon seul vrai trésor. Adriana. Ce qu'aucun butin ne m'apportera. Jamais.

Il y avait un blème : je ne croyais pas ce que je voyais. J'étais en train de devenir fou, et j'hallucinais.

Je voulais sortir du four.

Mes yeux roulaient dans tous les sens. J'ai eu la bouche sèche et le ciel, noir de nuages, me menaçait.

L'enfer. J'avais mis un pied dans l'enfer.

J'ai pris la force de me relever et de regarder.

Non, *tout était vrai*.

J'allais attendre planqué que Trouduc range son braquemard et lâche ma putain de sœur. Et j'aviserais.

À 20 h 02, Roméo a rentré son Sig Sauer. Je me suis jeté sous la roulotte et j'ai vu ses sales pompes de flic qui partaient. J'avais un volcan à la place du cerveau.

Et j'ai eu peur — parce que je me faisais peur.

Doucement, je me suis extrait. Au loin, Trouduc a rejoint sa voiture. Tu peux vraiment aller au diable, triple salopard. Je saute les marches de l'escalier.

Et je hurle. Je renverse tout. Je ne peux plus m'arrêter de hurler.

Elle se précipite vers moi et me supplie de ne pas crier.

Je la regarde, furieux à tout briser :

« Quoi ?... Quoi ?... Tu baises avec un flic et tu me demandes de la fermer ? »

Je l'ai attrapée par les cheveux et j'ai cherché. Partout autour de moi, je le jure, j'ai cherché.

Je me suis à peine calmé quand j'ai trouvé.

Je l'ai tirée par la crinière et je l'ai traînée.

Sa tête que je baisse, violemment, jusqu'à ce que le front touche le fond de l'évier.

Vas-y, sens l'acier, à défaut de te faire buter, *sister*.

Elle avait la tête légèrement tournée, une joue écrasée au fond de l'évier.

J'ai sorti mon Diamondback, celui qui avait tué Sess et Moussa. J'ai pressé le canon contre sa tempe. Elle a couiné, ma sœur a couiné. Ta sœur, Diego, TA SŒUR.

À mon tour de baisser la tête, le doigt sur la détente.

TA SŒUR, Diego.

Je hurle comme si on m'avait poignardé :

« PUTAIN, MAIS QU'EST-CE QUE TU M'AS FAIT ? QU'EST-CE QUE TU NOUS AS FAIT ? !!!!!! »

J'aperçois une paire de ciseaux plantée dans un pot de cuisine.

J'attrape les ciseaux, je tords ses cheveux et je tire,

et je coupe, je coupe. Je coupe tout ce que je peux, jusqu'à ne plus voir mes pieds.

Ma sœur pleure, le visage déformé. Une pluie rousse. La pluie rousse de ce maudit temps orageux.

Elle ouvre les yeux et elle me regarde, du fond de l'abîme que j'ai creusé.

Là, je manque de me brûler la cervelle.

Je la lâche et me recule, effrayé.

Avec ses cheveux courts, ma sœur a un air de garçon manqué... Elle me ressemble.

Mais elle ressemble encore plus à toi, Archi.

CHAPITRE 61

Jeudi 14 juillet 2011
22 h 02
Paris XIXe, porte d'Aubervilliers,
cirque Diana Moreno

« C'est quoi, *ça* ? demanda Marc Valparisis, le visage collé à la vitre de la Ford Fiesta.

— Ben, un trav... »

Le lieutenant Marc Valparisis se tourna au ralenti vers son chef, Xavier Cavalier. Il cligna des paupières, l'enfant de chœur parfait :

« J'ai bien vu que c'était un travelo. Mais je veux juste que tu reconnaisses que c'est tout de même pas courant, *un trav avec un attaché-case.* Et puis ce n'est pas leur territoire, ici.

— J'ai jamais dit le contraire, je constate.

— Mais il sort d'où ? »

La vision n'en finissait pas de surprendre Marc. Un croisement entre une *drag queen* et un homme d'affaires.

Il questionna aussi Rémi Jullian, assis à l'arrière :

« Et toi, Rémi, tu penses quoi ?

— Que c'est le boss. »

Grand rire dans la Fiesta. Durant tout le trajet, ils avaient parlé à Rémi de la course-poursuite sous la voûte Richard-Lenoir. Xavier voulait tout savoir. Le lieu aurait excité la curiosité de n'importe quel flic. Autant que les agissements de l'homme en fuite. En retour, Xavier lui avait fait le point sur l'affaire.

Les policiers du GRB planquaient aux abords du cirque depuis une bonne heure et ils avaient à nouveau aperçu le travelo qui longeait les grilles vertes du cirque. Marc ne le quittait pas des yeux.

« Et qu'est-ce qu'il fout, ce con ? »

Soudain, Marc sentit le regard de Xavier qui l'inspectait.

« Marc ?...
— Oui ?
— Regarde-moi une seconde.
— Pourquoi ?
— Il était aussi travesti, ton meilleur ami ? »

Marc sursauta, inquiet. Il avait peur d'avoir compris. Il se ressaisit et répondit :

« Non, pourquoi ?
— Pour rien. T'as des paillettes plein les joues. Des paillettes bronze, je dirais...
— Ah ouais ? J'ai des paillettes bronze, moi ?... D'un côté, si tu le dis...
— Je constate. »

Marc eut un rire bref.

« Et quand tu ne constates pas, *tu écoutes, tu pèses et tu tranches*. Le rôle d'un chef, quoi. Un vrai. Putain, mate-moi le beau petit lièvre ! Je rêve ou il se planque, lui aussi ? Non mais t'as vu ce que je vois ? Toi aussi, Rémi ? C'est le pompon, là.

— Les jeux du cirque... », balança Rémi.

Xavier Cavalier prit un ton grave :

« Marc, je peux te parler d'un truc, un truc étrange qui ne devrait pas te plaire... Sauf si t'es déjà au courant... »

Le policier se pencha brusquement vers lui, sourcils froncés :

« Quoi... qui ne devrait pas me plaire ? »

Le chef se mordit les lèvres. Il ne savait pas comment le tourner.

« Y a une drôle de phrase sur le site de la PP[1]. On m'a appelé et je t'avoue que j'aurais préféré m'en passer.

— Oh ! Tu m'inquiètes. Balance ! »

Xavier Cavalier prit le temps de peser sa phrase :

« Un X a piraté le site. La page d'accueil a été défacée, ou défigurée si tu préfères. Un bandeau pirate sillonne l'écran avec... Je peux, devant... ?

— Oui, oui, on se connaît bien avec Rémi...

— ... Sillonne l'écran avec cette mention, et je t'assure que je ne te balade pas : VALPARISIS, ARRÊTE DE TRAVAILLER AVEC TES COUILLES ! Je ne pouvais pas ne pas te le dire, vu que tu n'as pas l'air vraiment-vraiment au courant... »

Marc demeura scotché. Il s'était pris un pavé. Le flic réfléchissait à cent à l'heure, il se souvenait juste avoir flirté avec une fille dont le petit copain était informaticien chez Arte :

« C'est dingue, un truc pareil...

— C'est surtout ennuyeux », corrigea Xavier Cavalier.

Le chef reprit :

« Tu vois quelqu'un qui pourrait t'en vouloir ? T'as insulté un collègue ces derniers temps ou... ou

---

[1]. Préfecture de police.

t'as fait des choses susceptibles… de foutre le bordel ? Tu peux être franc avec moi… Avec nous, hein, Rémi ? »

Marc n'eut pas besoin d'aller piocher loin. Il dit du tac au tac :

« Non, je ne vois pas.

— Bon, en même temps, ce n'est pas le sujet du moment. »

Xavier nota que la nouvelle perturbait Marc.

« Sur le site de la PP, ça craint, quand même. Je vais faire les gorges chaudes de l'état-major.

— Tu vas surtout te faire oublier… Ou te faire remarquer. En positif. »

Un silence épais.

Heureusement, une femme sortit de la roulotte d'Adriana et les trois furent tous muscles tendus.

« Marc, c'est elle ? » demanda le commandant.

Marc sembla hésiter :

« Euh… Ça pourrait… »

Il tendit le cou en avant pour mieux examiner. L'apparition le troubla. Il se souvint de son Sig Sauer sur la tempe d'Adriana. De ce plaisir trouble, inconnu. Il essaya de se ressaisir et de se focaliser sur ce qu'il voyait :

« Oui, mais y a quelque chose de changé. Elle a un foulard et des lunettes, mais c'est bien sa silhouette. Quasiment certain.

— Et regardez-moi notre Monsieur en talons qui se barre en courant ! Mais c'est un gag, ce petit jeu, un gag ! » observa le chef.

Il poursuivit :

« Quand on raconte tout ce qu'on voit dans notre métier, après, on ne nous croit pas.

— Eh ouais ! *La réalité rattrape souvent la fiction…*

On ne le répétera jamais assez, dit Marc. N'empêche que j'aimerais bien qu'on me dise ce qu'il traficote...

— À observer, on aura peut-être la clef. »

Xavier Cavalier avait noté que l'apparition de la fille perturbait Marc.

Rémi souriait, enthousiaste comme un enfant. Il était content d'être avec eux. Même s'ils restaient toute la nuit dans la voiture.

Xavier se retourna franchement vers lui :

« Rémi, votre avis m'intéresse... attendez que je remette la main dessus. »

Le chef plongea à ses pieds dans le cartable qu'il gardait avec lui. Rémi l'entendit fouiller dans des dossiers. Il en sortit des photographies imprimées et dit en désignant les images :

« On est tombés sur ces séquences de vidéosurveillance...

— Ah oui, montre-lui... Une affaire d'extorsion, compléta Marc. Je te la fais simple : un cafetier dans le XVIIIe, rue Myrha, qui doit payer pour sa protection. »

Derrière, Rémi hocha la tête. Coup d'œil dans le rétroviseur, Marc reprit :

« Le type a été mis à l'amende pour retards de paiement, les extorqueurs l'ont forcé à leur remettre une somme rondelette...

— En terrain neutre, précisa Xavier, le lobby de l'*Etap Hotel* de Sevran. Et ce n'est pas pour piquer la braise à Sevran mais on le connaît, le cafetier, on se fait parfois une gamelle chez lui. Il est venu directement nous voir, il n'en pouvait plus de payer, on a enquêté et la vidéosurveillance a le don d'être parfois généreuse... Le principe de la pochette-surprise...

— Ouais, ce serait bien que tu jettes un œil, Rémi. »

Rémi posa les images sur le tapis de sol et sortit sa lampe. Il se pencha en plissant les yeux. D'un coup, il se redressa, interloqué. Après un temps de silence, il dit :

« Le mec à côté du Black, sur la photo, celle où il ne porte pas de chapeau, il ressemble... Il ressemble au lascar de la voûte Richard-Lenoir. »

À l'avant, les deux policiers échangèrent un regard. Hochement de tête de Marc.

« Après, l'image manque de lumière et je préférerais la voir sur écran, mais je veux bien parier. C'était quand ? (Il lut à haute voix la datation :) lundi 27 juin...

— Ce n'est pas notre extorqueur, précisa Marc, on a notre homme sur d'autres séquences, mais quand l'un de nos gars, Nicolas Imbert, a vu la tronche des deux, il a reconnu Sess Sylla. J'ai jeté un œil, et son comparse ressemblait aux signalements et à la seule photo qu'on avait de Diego. La date colle avec l'attaque du buraliste. Joli rebond grâce à cette affaire d'extorsion.

— Ouais, dit Rémi en se concentrant, pour moi, c'est lui... Impressionnant.

— ÇA PART, ÇA PART, ÇA PART », les coupa Cavalier avec excitation.

Il répercuta l'information à l'attention des deux autres voitures postées et de Julien, qui était à moto.

« La fille sort, à pied, on ne devrait pas trop la perdre, ironisa Marc.

— Marc, dit Xavier, ne prononce *jamais* des phrases comme ça. On ne t'a pas dit que ça rendait chat noir ?

— Et si elle plonge dans le canal, ajouta Rémi, je vous promets que je saute. »

Adriana marchait d'un pas las. Parfois elle s'arrêtait ou s'appuyait contre un tronc d'arbre.

Xavier eut un doute :

« Elle est psychotique ?

— C'est quoi, cette idée ? répondit Marc, piqué au vif.

— Oh ! Mais je vois que le sujet te fait monter sur tes grands chevaux... »

Xavier Cavalier était loin d'être bête.

« Vous arrêtez, les deux, trancha Rémi. Je vous signale qu'elle hâte le pas. »

Ce fut au tour de Xavier Cavalier de froncer les sourcils :

« Il ne faut pas qu'elle nous remarque. »

Le GRB du 2 affina sa surveillance. Ils laissaient régulièrement de la marge à la fille, puis ils se rapprochaient, en un savant yo-yo difficile à cerner.

Adriana croisa plusieurs groupes qui zigzaguaient. Avec le 14 juillet, les gens étaient sortis. Quasiment que des hommes, déjà sérieusement avinés. Des pétards fusaient. Et des Pets de Diable, aux claquements secs caractéristiques. Un mec bourré l'aborda, en titubant.

Xavier perçut la nervosité soudaine de Marc.

« Qu'est-ce qu'il lui veut, le gros lourdingue ?

— 1,90 m au garrot, cent kilos de connerie, c'est parti », commenta Marc.

Elle sembla ne pas même lui répondre et elle serra les poings. Le type s'éloigna.

Le quartier n'était pas des plus calmes, la nuit, les traîne-savates pullulaient.

Ils arrivèrent au canal Saint-Denis. Le soir tombait.

« Au moins, mademoiselle n'a pas froid aux yeux », dit Rémi.

Sur ses épaules, elle avait jeté un châle léger qui flottait au vent.

« Tu crois qu'il va pleuvoir, Rémi, toi qui passes ta vie dehors ? » demanda Xavier.

Le jeune homme rit et reprit l'expression du chef :

« Je ne crois rien, je constate. Pour le moment, je constate que le vent forcit, que la température chute légèrement, et que ça sent l'humidité. »

Il avait la main tendue à travers la vitre. Adriana se retourna et le plongeur rentra sa main d'un geste vif.

« Elle a l'air plutôt jolie, ajouta Rémi. Je parle du corps, vu qu'elle cache le visage...

— Elle l'est. »

Marc l'avait dit avec conviction. Il se demandait juste où était passée sa longue chevelure bouclée. Le foulard n'était pas bombé. Oui, quelque chose avait changé et de ne pas percuter l'inquiétait.

Elle traversa et s'engouffra dans la rue du Landy. Redoublement de pétards. Des bataillons entiers.

Sans signe précurseur, elle suspendit sa marche.

« Et là, elle fait quoi ? »

Xavier Cavalier essayait de comprendre la scène dans sa globalité. Il ajouta :

« Personne ne la suit ? »

Rémi se retourna :

« Y a que des flics pour saborder leur 14-Juillet. »

Retour au sérieux. Il vérifia le positionnement de ses hommes.

Elle revint sur ses pas et partit en sens inverse, rue Claude-Bernard.

« Là, j'avoue que je comprends pas ce qu'elle fout, dit Xavier.

— Elle brouille les pistes, fit observer Marc, songeur. Ça veut dire à tous les coups qu'on approche. Allez, ma belle, conduis-nous jusqu'au loup. On te suit. »

CHAPITRE 62

Jeudi 14 juillet 2011
22 h 40
Aubervilliers, rue Régine-Gosset

Elle marcha rue Régine-Gosset, fit quelques pas rue Heurtault, puis obliqua à gauche, rue du Colonel-Fabien. Elle prit encore à gauche, rue du Port... et tourna à nouveau rue Régine-Gosset. Pour tracer ce rectangle à travers les rues d'Aubervilliers, elle avait varié dix fois au moins son rythme et n'avait cessé de se retourner.

Ils brûlaient. Il fallait être discret, ce n'était pas le moment de tout faire foirer.

Marc était rongé d'espérance, il l'encouragea dans sa tête en se mordant l'ongle du pouce :

« Vas-y, Adriana, remonte la mèche lente jusqu'au détonateur. On y est presque, je le sais. Fais-moi confiance. Flair du policier. »

Les explosions de pétards s'intensifiaient. Au bout de la rue, des fusées agonisaient avec des traînées de feu.

Après avoir jeté des regards inquiets, Adriana pénétra dans l'hacienda de la rue Régine-Gosset. Ce qu'ils ne pouvaient pas savoir, c'était l'agitation qui torturait Adriana. Le désir d'explication et la vengeance avançaient, à parts égales. Elle se mordait les doigts pour ne plus pleurer. Sa main droite glissa dans la poche intérieure de son blouson aux couleurs mordorées pour vérifier la position de *l'objet*. Des lustres qu'elle n'en avait pas serré l'acier. Mais elle ne saurait avoir oublié.

Un don héréditaire.

Sa vue se troubla. Elle hoqueta malgré elle.

L'endroit avait l'air inhabité. Si l'on avait demandé à Marc de quoi il s'agissait, il aurait répondu d'un squat, sans hésiter.

Marc soupira profondément. Il tremblait de savoir si c'était bien *là* et il voulait de l'action.

« Bon, à partir de maintenant, attention aux fauves, chuchota-t-il.

— Ce serait bon d'appeler Jo Desprez, car sans vendre la peau de l'ours, on est bien d'accord là-dessus, si on serre le gusse au débotté, Jo ne pourra qu'être suspicieux. Je vais prévenir Michel Duchesne. »

Et Xavier saisit son téléphone. Il parla derrière son poing.

Rémi intervint :

« Faudrait pas prévenir la BRI ? Je dis ça, je dis rien, mais on ne sait jamais où l'on tombe...

— On est obligés d'agir, on ne peut attendre personne. Mais on va prévenir aussi Barthez. Si on a besoin de renfort, ce sera réactif d'emblée. »

Xavier Cavalier avait répondu avec calme.

Marc pointa son index en direction d'Adriana :

« En revanche, elle, ce n'est pas le moment de la perdre. »

Elle était entrée avec mille précautions. Au dernier moment, ils avaient perçu une hésitation. Adriana n'avait pas l'air assuré : elle aussi avait un comportement de bête traquée.

C'est de famille, se dit Marc.

Ils sortirent des voitures et se déployèrent.

Marc se rappela soudain que son Sig n'était pas armé. À cause de la scène passée. Le décalage lui parut insensé. Le moment aussi. Il n'aurait pu expliquer rationnellement ce qui s'était déroulé. Elle aussi, elle était insensée.

Le lieutenant saisit son arme. Rapide manœuvre de la culasse vers l'arrière.

Lâché franc — la cartouche qui grimpe dans la chambre.

Ils avaient observé le manège d'Adriana. Elle s'était arrêtée au niveau d'une ancienne pancarte en métal SORTIE DE CAMIONS DANGER, avait passé la main à travers la vitre cassée d'une fenêtre de la façade en pierre meulière, l'avait déverrouillée de l'intérieur et s'était hissée pour sauter de l'autre côté.

Ils l'imitèrent, avec un temps de retard.

Marc s'avança arme au poing, marteau rabattu.

CHAPITRE 63

Jeudi 14 juillet 2011
22 h 44
Aubervilliers, rue Régine-Gosset

Cela faisait longtemps qu'elle n'avait pas entendu le gravier crisser. Les souvenirs affleurèrent et elle fut encore au bord de pleurer. Les tirs de pétards couvraient le bruit de sa marche. Avant de se décider à sortir, elle n'avait pas arrêté de sangloter. Adriana avait mis plus d'une heure et demie avant d'oser affronter un miroir. Dans sa tête, les hurlements de son frère continuaient. Jamais il ne l'avait frappée. Elle ressentait encore la pression de sa main dans l'évier et celle du canon sur sa tempe. Quand elle avait vu s'approcher les ciseaux, elle avait manqué s'évanouir. Son corps s'obstinait à trembler. Elle avait d'abord tâté ses cheveux, surprise de ne plus éprouver la course de ses doigts le long de ses mèches.

Étrangement, personne n'était venu la voir.

La violence coupait du monde.

Elle avait haï Diego si profondément qu'elle s'était juré de le tuer.

Mais c'était son frère.

Quand elle avait découvert ses nouveaux traits dans le miroir, elle avait poussé un cri. Un cri déchirant.

Elle n'aurait su dire si elle avait perdu conscience. Car après, elle ne se souvenait que d'un blanc sans durée.

Puis l'heure avait parlé. Elle était donc restée longtemps au sol, étendue, jambes écartées et bras en croix.

Quand elle s'était levée, elle s'était déshabillée.

Elle avait marché lentement, comme dans un songe, jusqu'au placard où elle rangeait des vêtements qu'elle portait peu. Adriana en avait sorti une robe. Une longue robe fourreau que les mites avaient trouée.

Lorsqu'elle se glissa dans le tissu, elle vit que la robe était désormais élimée aux coudes.

Mais elle lui allait bien.

Comme à sa mère...

C'était sa robe. Une relique. Pour être précise, la robe que sa mère avait revêtue pour l'enterrement de leur père, Pedro. Quand il avait été criblé de balles, lors d'un règlement de comptes, dans un bar du quartier du Raval à Barcelone. Les tueurs se fichaient des victimes collatérales. Il y en avait eu quatre. L'homme de main de son père, un plombier, une serveuse et un enfant.

Son père parlait toujours de Yago, ce caïd qui semait la terreur. Il avait trouvé un moyen radical pour se faire connaître et respecter. S'il voulait s'approprier un territoire, il envoyait ses porte-flingues dans un bar et ils tiraient systématiquement sur le plus jeune et le plus âgé. C'était sa signature. Le message était clair : pas de sentiments, pas d'innocents.

Le bruit avait couru qu'il était le commanditaire de

l'exécution de son père. Diego avait voulu le venger et il ne s'était pas privé de le faire savoir.

Quelques mois plus tard, comme les ennemis de Pedro ne pouvaient mettre la main sur Diego, ils avaient trouvé leur mère. Deux hommes en noir qui avaient pénétré chez eux. Ils l'avaient violée avant de lui envoyer deux balles dans le cervelet. Une chacun. Tout cela devant témoin — Annia, leur grand-mère maternelle, celle qui avait tricoté Arturo, l'ours qu'Adriana n'avait jamais quitté. Trois mois plus tard, Annia fut internée, fissurée par le choc qui refusait de passer.

Il ne resta qu'eux trois, soudés comme les doigts d'une main qui en avait perdu deux.

Diego était devenu fou, ingérable. Insomniaque, il faisait le guet toutes les nuits pour les protéger. Il vérifiait derrière chaque porte, avait changé la disposition des meubles pour que personne ne reste devant les fenêtres. Cet enfer avait duré trois semaines. Le temps qu'il convainque Cristobal, leur oncle, de les accueillir. Mais celui-ci avait été formel : il craignait trop pour sa propre vie et la solution n'était que temporaire. Son grand frère avait depuis tout petit une passion pour les casse-tête. Il avait pris la situation comme un challenge, il avait trouvé des solutions. Adriana était trop jeune pour courir les rues. Voilà pourquoi ils avaient atterri chez Leonor.

Diego était tellement dur qu'il leur faisait presque peur. Tous les deux jours, il se battait avec n'importe qui. Pour s'entraîner et décharger sa haine. Archi le suivait, il s'était assombri.

Et il y eut l'irréparable.

Seule dans sa caravane, Adriana avait pleuré, pleuré dans la longue robe de sa mère.

Elle ne savait plus exactement ce qu'elle pleurait — qui ou quoi. Trop de deuils à assumer.

Vers 21 h 30, elle s'était lentement relevée.

Elle ne pouvait pas en rester là avec son frère. Leur histoire ne méritait pas cet épisode.

Comment Diego aurait-il pu réagir autrement ?

Elle regretta son comportement. Elle avait tout brisé.

Habituée à puiser du courage au plus profond d'elle-même, elle avait décidé d'aller lui dire...

Lui dire qu'elle comprenait.

Sans doute y aurait-il un temps, plus tard, pour pardonner.

C'est alors qu'un étrange fiel l'avait envahie en touchant ses cheveux coupés.

Elle était revenue sur ses pas, avait gravi les marches de sa caravane pour se diriger vers une cache. Adriana en avait sorti un foulard où brillait la montre en or offerte par Diego. Un autre objet jetait ses éclats et elle s'en empara. Elle le glissa dans la poche de son blouson. Insoupçonnable.

C'était un petit Derringer. De jolies ciselures dansaient sur le canon court, la crosse était en nacre. À l'origine, un Derringer à grenaille, transformé en .22 LR, cadeau de son père quand elle avait sept ans. Le dernier avant sa mort. *Pour plus tard.* Elle l'avait vu dans un tiroir et il n'avait pu lui refuser. Il avait ri en lui disant qu'elle avait bien raison, que c'était pour les mains d'une femme. Adriana avait tout de suite adopté cette arme, celle du joueur de poker comme disait Diego, tellement discrète qu'elle se dissimulait partout. Sa mémoire ne parvenait pas à mettre un âge sur la première fois où Pedro, leur père, l'avait fait tirer. Il lui semblait qu'elle était née avec une arme.

Dans sa famille, on n'était pas loin de la poser dans le berceau.

La vie était à ce prix.

Elle monta l'escalier de l'hacienda, comme la revenante qu'elle était, prête à affronter le passé.

CHAPITRE 64

Jeudi 14 juillet 2011
22 h 48
Aubervilliers, rue Régine-Gosset

Passé une pièce en ruine, les policiers se retrouvèrent rapidement dans une cour. Ils se mirent à couvert et Marc observa la configuration des lieux. À main gauche se dressait un bâtiment ancien qui ressemblait à une hacienda. On pouvait y accéder par des piliers. Là-haut, la plupart des ouvertures étaient brisées.

Une lumière filtrait à travers des persiennes délabrées.

On eût dit une maison hantée.

En même temps régnait un charme que Marc avait du mal à cerner.

Peut-être était-ce dû à ce terrain de jeu inespéré, en pleine ville, à cette herbe qui partout dansait à travers les débris de tuiles, les cailloux et le gravier, à cette cour herbue, immense. Les ailantes étaient ici rois, ils poussaient droits comme des cierges pour atteindre la lumière sous les toitures délabrées.

Autour et sous un hangar effondré, des buddleias, des touffes d'orties et quelques arbres rescapés. Marc attendit quelques secondes sans bouger. Pas un bruit. La trapéziste avait disparu. Il s'avança et mit le pied sur un jouet d'enfant, un monstre japonais aux muscles surdéveloppés. Il chuchota aux autres de se méfier des cannettes de Coca vides qui jonchaient le sol et des bouteilles de bière, disséminées çà et là, sur lesquelles le pas pouvait rouler. C'était un sacré fouillis, d'où partout jaillissait la liberté.

L'idée prit sens dans sa tête : oui, le charme venait de là. Chacun faisait ici ce qu'il voulait : plantes, animaux et sans doute hommes.

CHAPITRE 65

Jeudi 14 juillet 2011
22 h 50
Aubervilliers, rue Régine-Gosset

Adriana poussa la porte d'une petite chambre dont le parquet n'avait jamais été vitrifié. Elle eut un frisson : elle n'avait pas l'habitude d'avoir la nuque nue. Elle sortit une torche minuscule, au faisceau pourtant puissant. Pleine de curiosité, elle ouvrit un tiroir et en tira des affaires d'enfant. De leur enfance. Elle fouilla d'abord doucement, puis frénétiquement, comme si tout allait lui parler du passé.

Un haut noir avec un panda à moitié cramé.

Son estomac se noua. Bien sûr qu'elle le connaissait...

Elle murmura :

« Archi... »

Il le portait tout le temps quand il avait quinze ans, contre Diego qui répétait que c'était indigne d'un dur comme lui.

Elle trouva encore un jeu de tarot qui la fit sourire, en dépit des larmes qui revenaient. Leurs éclats de rire quand ils jouaient... Elle ferma les yeux et caressa les cartes. Elle chercha *Le Petit*. Diego adorait cette carte car il adorait protéger son petit frère.

Elle porta sa main droite à sa tête et fit le tour de sa nouvelle coupe.

Diego lui avait fait la tête d'Archi, les cheveux plaqués en moins.

Archi à seize ans, qui renonce à sa queue-de-cheval pour offrir moins de prise aux assaillants.

La ressemblance avec son jeune frère avait toujours été flagrante.

À tout moment, elle s'attendait à voir surgir Diego. Diego qui arriverait dans son dos. Elle se retournerait, forte comme elle avait toujours été, ou dû être, sans choix, et elle lui dirait qu'elle ne lui en voulait pas. Elle espérait que, de son côté, il lui aurait pardonné.

Rien ne pouvait les séparer. *Les doigts d'une main*, souviens-toi, Diego.

À moins qu'il n'existe plus de place que pour la haine.

Il en était capable.

Elle continua à fouiller et se demanda où il avait mis *Martin Eden*. Elle savait combien ce livre avait compté pour lui. Il y avait trouvé la force de s'accepter, tel qu'il était, tel que son destin l'avait forgé.

Sous une pile de vieux journaux, elle exhuma un caleçon avec des montgolfières et des sweats à capuche. Archi. Que des affaires d'Archi. Diego n'avait rien jeté. Adriana les porta à ses narines. Non, ils ne sentaient plus rien. Plus rien qui ressemblât *à lui*. Cruellement, ils sentaient la poussière.

Poussière tu es...

Archi, mort à l'aube dans une fusillade, sur la chaussée, un 13 juillet, à l'âge de sa majorité. Mort par le canon d'une arme, comme son père, comme sa mère. Parce qu'il avait dû défendre leur territoire. Parce qu'il y aura toujours d'autres morts à venger. Simplement parce que la mort appelle la mort, pour exister.

Archi n'était pas mort sur le coup. Mais dans les bras de Diego. Il était encore conscient, déchiré par la douleur, furieux de mourir, trop jeune pour s'éclipser, trop jeune pour ne plus rêver. C'est cette colère que Diego n'avait jamais pu effacer.

La colère de refuser de mourir.

Archi avait mis du temps à sombrer dans le coma. Au lieu de lâcher, il mettait un point d'honneur à ne pas céder, contre la mort qui arrivait.

Elle était venue.

Pour la première fois de sa vie, face aux deux yeux verts de son frère, Diego avait pleuré. Des pleurs froids, de déclaration de guerre — contre la vie. Il n'avait jamais accepté. Elle savait qu'il continuait de parler à leur frère, par-delà la mort. Parfois, elle était obligée de le raisonner, doutant que les frontières restent nettes dans son esprit. Elle ne voulait pas entrer dans son jeu, sinon, ils auraient pu passer leur vie avec les fantômes.

Le jour où elle avait compris que le deuil n'existe pas, elle avait commencé à moins souffrir de la mort d'Archi. Comment pouvait-on accepter la mort de ceux que l'on aime ? La réponse l'avait réconciliée avec la vie, avec cette douleur culpabilisante de leur survivre.

On n'accepte jamais.

Elle porterait toujours cette plaie en elle, jusqu'à ce que sa propre mort abolisse tout.

On n'enterre pas un frère.

Quand elle avait habité sa caravane, l'une des priorités avait été d'élever un autel où elle posait chaque jour une pierre, une fleur, des pétales. Souvent, elle allumait une bougie et priait pour les morts.

Un bruit la sortit de ses pensées. Comme des craquements qui se rapprochaient. Elle hésita à se retourner.

C'était Diego, elle le savait.

Maîtriser son tremblement. Vite. Elle s'empara de son Derringer, brisa les canons vers le haut et glissa précipitamment une cartouche dans chacun d'eux. Elle les referma, sans avoir rien perdu de sa rapidité, avant de dissimuler l'arme dans le tiroir, sous les affaires d'Archi.

Nouveau craquement et malgré elle, un frisson qui court sur la peau.

Elle pivota franchement et poussa un cri.

Une ombre lui arracha sa lampe et s'acharna à la ceinturer. Une main voulut l'empêcher de crier.

Le faisceau de lumière s'éteignit et le noir s'imposa.

La peur vécue quelques heures auparavant se libéra et elle hurla, hurla à en crever. Comme Diego avait hurlé.

Presque aussitôt, elle s'effondra sur le plancher.

Durant quelques secondes, elle éprouva une chaleur. Quelqu'un se baissa vers elle, l'ombre la recouvrait.

L'ombre sentait une odeur connue.

Et ce fut le néant.

Au premier cri, Diego avait douté. Il n'y avait pas de femme chez lui. Pas plus que personne. Au deuxième, il avait bondi et dévalé l'escalier. Puis il s'était jeté contre un mur et l'avait longé, pas à pas, corps plaqué, en retenant son souffle, à l'affût du moindre déplacement.

Dans sa main gauche, il tenait fermement son Beretta

92 FS en inox. Grand coup de pied dans la porte et progression dans la pièce, Beretta maintenu à deux mains, à hauteur des yeux. Il défonça un vieux paravent, *personne*, et sortit en courant. Il cracha à cause de la poussière qui l'irritait. Cette maison puait le passé.

Il réfléchit, dos collé au mur. Le bruit provenait donc de l'autre pièce, de la réserve d'Archi. Les pétards du 14-Juillet le firent sursauter. Putains de pétards à la con. Un jour dans l'année et c'était celui-là. La chance l'avait quitté.

Diego avança, bras en avant, presque accolés, mains refermées sur la précieuse arme qui lui avait tant de fois sauvé la vie. Prêt à tirer.

Il eut un sourire mauvais : bientôt, sa cible allait se dévoiler. Il se demandait qui c'était. Les mêmes qu'au port de l'Arsenal ? Ils étaient peut-être plusieurs, il fallait se méfier. Vérifier chaque angle mort. Nouveau coup de pied dévastateur et Diego s'arrêta, stupéfait.

Un homme jetait sur lui un œil terrible.

Le troisième œil, tout aussi acéré, était le canon d'une arme.

Surpris, Diego savait pourtant qui était cet homme. Rien n'aurait pu l'effacer de sa mémoire.

Il repensa au passage de *Martin Eden.*

Deux sauvages de l'âge de pierre qui s'affrontent.

Dans un coin, Adriana gisait. Il lui sembla qu'elle bougeait, faiblement, mais qu'elle bougeait. L'essentiel.

Il réalise qu'elle porte cette robe qu'on ne met qu'une fois.

Presque aussitôt, il revient à l'ennemi juré.

Canon contre canon. Le duel dont il rêvait. Venu à lui.

Sainte justice.

Ils s'évaluèrent sans parler.

Diego plissa les yeux. Il savait que son plus grand ennemi n'était toutefois pas cet homme qui le jaugeait. Mais sa haine, sa propre haine qu'il fallait dompter pour tirer.

Le troisième œil de l'homme, toujours rivé, son lac de froideur. Contrôle de soi. Imperturbable.

Et le temps qui ne se décide ni à avancer ni à reculer.

Une voix qui s'élève, puis une autre et encore une autre, des pas précipités dans la maison, partout des voix qui crient :

« POLICE ! POLICE ! POLICE ! TU BOUGES PAS ! »

« BOUGE PAS, CONNARD ! CONNARD TU BOUGES PAS ! »

« ET LÈVE LES MAINS, ON VEUT VOIR TES MAINS, TES MAINS ! LÂCHE CETTE ARME ET TES MAINS SUR LA TÊTE ! »

Trois flics qui commencent à former une triangulation de sécurité.

Une demi-seconde.

Le canon qui se met à trembler, léger.

La haine qui dévore chaque parcelle de Diego.

Les flics qui beuglent des ordres.

Diego fait semblant de baisser son Beretta.

Ne pas se faire prendre, jamais.

Les Affranchis.

Acapulco. Le grand saut.

Diego se retourne, arme à la main, et soutient le regard des policiers.

Brusque volte-face. Une demi-seconde encore et sa main remonte à la tempe.

Pousser la destruction jusqu'au bout.

Ne pas tomber.

Libre, Diego, pour l'éternité.

Mais avant, tuer ce flic qui a tout volé.

Le canon du Beretta pivote à 180°. Diego prend ses appuis, maintien du buste ferme, abdos serrés.

Encore un cri. Son cerveau grave inconsciemment le « NON » hurlé par Adriana.

Adriana comprend. Quand les flics avaient crié, elle s'était redressée, dos à la commode. Sa main droite avait plongé à la recherche du Derringer, profitant des regards braqués sur Diego.

Elle arme le chien avec le pouce et vise à l'instinct, en un éclair.

Son bras secoué.

Chaleur de la flamme, chaleur du canon, l'index qui se couvre de poudre. La balle s'élance, cette balle qui échappe à l'œil humain. Elle traverse de part en part le poignet gauche de Diego pour l'empêcher de tirer. Adriana, bouche bée, l'œil fixé sur ce poignet qui lâche l'arme. Adriana qui sent la main de son père sur la sienne, cette main qui lui a appris à viser.

En simultané, le coup de Diego qui part et blesse l'épaule de Valparisis.

Rouge.

Rouge mariée.

Rouge.

Main droite de Marc contre main gauche de Diego. Main droite sur la crosse, index le long du pontet qui descend vers la queue de détente, main gauche alliée pour stabiliser, corps tassé du policier, durci, de côté. Et le tir de riposte de Marc, déjà parti. Un coup, deux coups, pour assurer.

Bang. Bang.

Diego qui s'écroule.

Marc ensanglanté qui se jette sur Adriana pour lui arracher le Derringer.

Adriana qui se défend et n'en finit pas de hurler. Elle rampe jusqu'à son frère et réfugie sa tête, ses cheveux coupés, contre la poitrine trouée, contre ce « D » en argent qu'elle lui avait offert. Adriana en robe de deuil, qui en veut à la vie, qui en veut à la mort, qui pleure et qui ne va pas cesser.

Diego qui lui murmure en crachant du sang :

« NI À HAÏR NI À PARDONNER. »

Adriana se blottit, petite mésange, contre ce frère qu'elle perd. Le deuxième.

Maintenant, elle gémit comme un animal blessé.

Il attrape ses cheveux trop courts, tente de la serrer contre lui et lui dit encore, alors qu'il sent que tout s'effondre en lui, qu'il pense à son Colt 1900, avec lequel il ne tirera jamais, qu'il pense au Petit, qu'il n'a pas su protéger, qu'il pense à Oz, qui l'admirait, qu'il voit sa sœur, Adriana, qu'il a brusquée, qu'il pense à la Tour d'Argent où elle voulait aller, à Marina, qu'il ne reverra plus, et qu'il entend, au loin, les déflagrations des feux d'artifice, ces sonorités puissantes, qu'il aura tant aimées...

Maintenant que la nuit est tombée, il lui dit, Diego lui dit, parce qu'il est prêt :

« Continue à habiter le ciel sur ton trapèze, petite mésange. Je veillerai toujours sur toi, jamais je ne t'abandonnerai... JAMAIS. »

LISTE DES PRINCIPAUX PERSONNAGES

Braqueurs et bandits
Diego
Archibaldo, son frère, dit Archi
Pedro, père de Diego
Sess SYLLA
Moussa KEITA
Yacine MAREK, dit Skor
Malek NAÏM, dit Oz
Souleymane TRAORÉ, dit Pitbull
Booba BA
Bilal ASKRI, « indicateur » de Marc VALPARISIS
La Fêlure, marchand d'armes et d'explosifs
BAUMGARTNER, dit Baum' ou Le Tigre

Cirque
Adriana, sœur de Diego et d'Archibaldo, trapéziste

Brigade fluviale
Rémi JULLIAN, brigadier de police, plongeur-sauveteur
Mickaël DALOT, commandant
Lily PÉRY
Anne MARXER, gardien de la paix
Igor LESAGE, brigadier-chef de police
Thierry
Loïc

Tic et Tac
Philippe LE STER

Brigade criminelle

Jonathan DESPREZ, commandant, chef de section
Marcelo GAVAGGIO, chef de groupe
Hervé MONTAGNE, lieutenant, procédurier
Murielle BACH
Laurent LEFORT
Franck LECOURTOIS
Arnaud CRABIÈRES, brigadier
BRI en assistance

2ᵉ District de police judiciaire

Michel DUCHESNE, commandant fonctionnel, chef de la section criminelle
Policiers du GRB :
Xavier CAVALIER, commandant, chef de groupe
Marc VALPARISIS, lieutenant, chef-adjoint
Nicolas IMBERT
Aymeric HENNEAUX
Grégory MARCHAL
Stella AUGER
Julien ROUX, gardien de la paix
Jérôme PAWELEC, gardien de la paix

Commissariat d'Aubervilliers

Manu BARTHEZ, commissaire central, chef de la circonscription
Éric LE CALVEZ, policier de la BAC Tango
Sébastien GARAT, policier de la BAC Tango
Habib Riffi, OPJ de la brigade des délégations et enquêtes judiciaires

Brigade de répression du banditisme

Benoît TESSON, capitaine

Identité judiciaire

Dino, technicien de scène de crime
Mehdi, binôme de l'équipe CrimeScope

Mylène
Fabien
Gégé, traceur
Valentine LAMY, photographie
Sandra COIRIER, la dactylotechnicienne
Nicolas ALLEMOZ, plan

Balistique
Michel ROSSO, balisticien

Institut médico-légal
Professeur Line LETDAÏ, directrice

SILLAGE

Angle mort n'existerait pas sans la foi, les autorisations, le soutien ou l'amitié de chaque personne figurant dans cette liste. Que tous soient remerciés d'avoir contribué à donner corps à l'imaginaire.

Antoine Gallimard, Charlotte Gallimard, Aurélien Masson, Ludovic Escande, Anne-Gaëlle Fontaine et toutes les personnes qui font d'un manuscrit plus qu'un livre chez Gallimard, M. le Préfet Michel Gaudin, M. le Préfet Jean-Louis Fiamenghi, M. Christian Flaesch, M. Jérôme Foucaud, Philippe Justo, Thierry Delville, Philippe Bugeaud, Michel Roux, Loulou Dédola, RCP, Banlieue Musique, Gégé Da Silva, Emmanuel Boisard, Germain Nouvion, Michel Vielfaure, Norbert Fleury, Cyrille Cazeau, Géraldine Auger, Michel Constant, Nicolas Millot, la BAC d'Aubervilliers, Éric Calvet, Philippe Corbizet, Nicolas Leclerc, Ludovic Rodts, Franck Mamino et toute la brigade fluviale de Paris, spécialement la brigade A1 (Sébastien Couvreur, Maxime Clayes, Stella Ober, Sébastien Tarradellas & Carole, Loïc Moyaux, Vincent Lebœuf, Norbert Bouilly, Julien Fauqueur) et la brigade A3 (Anne Lesage, Thierry Boidin *dit Thierry Bidon*, Jean-Patrick Grongnet, Laurent Genoux, Cédric Devezeaud, Olivier Beffy, Philippe Boisumeau, Serge Denis, Philippe Dauve *dit Pimpon*, Vincent Wibaut) et Jennifer Lettelier, Hamou Berkat, Samy, Chieb Hetitib, Pascal Fanech — Michel Brunon, Virgil Vosse, Robert Bachacou,

Christophe Briou, Simon Oualid, Dimitri HK Studio (partie remise…) — le cirque Diana Moreno, Alexandre Romanès, Ariadna Gilabert Corominas, Lisa Rinne, Nono, dDamage (Fred et J.-B. Hanak), Jean-Luc Henno, David Olender, Jean-Luc Leblond, Jean-Michel Becker, Christophe Ballet, Bernard Meunier, Benoît Nau, Christophe Piana, Philippe *Man in Black*, J.-P., Christian Aghroum, Charles Luciani, Xavier Castaing, le Laboratoire central et spécialement Bruno Vanlerberghe, Bruno Bergeron, Bertrand Lesch, Frédéric Lamotte, Isabelle Milluy-Rolin, les éclusiers de l'écluse du Temple, Rémi Brunot et la capitainerie du port de l'Arsenal, le Centre de déminage de Versailles et spécialement Éric Lombard et Patrick Renoult, l'INPS d'Écully et son directeur Frédéric Dupuch, ainsi que tous les services qui m'ont reçue, Christine Sagnal, Xavier Delrieu, Jérémy Suel, Henry Moreau, Bernard Conreux, Roger Martinez, Michel Monnier, Michel Faury, Sébastien Vidal, l'Ultima Ratio, UB, Michel Le Grognec, Jean-Marc Gentil, Philippe Baytek, Dominique Sudre, Rosette, Agnès Zanardi, Dominique Lecomte, Gérard Puverel, Joseph Jean-Baptiste, Mylène Benoît, Sandrine Haaser, Sylvie Pereira, Christian Picquet, Michel Corbières, Marc de Gouvenain, la Société des Gens de Lettres, Dominique Le Brun, le Prix du Jeune Écrivain, Marc et Nelly Sebbah, le Centre national du livre, Jean-Pierre Dullier (*in extremis* !), Istvan d'Eliassy et Véronique Di Benetto pour leur refuge, Gilles Nantas, Sharon Cintamani, Jean-Michel Duriez, Solenn Heinrich, Marceline Kouame, Baptiste, Alexandre, Adedola B, Alain Dubois et Noémi, Gilles Manzoni, Jacques Salvator, Mickaël Dahan, Frédéric Medeiros, et la mairie d'Aubervilliers pour la reproduction du plan situé en début d'ouvrage, Guillaume Duthoo, Daniel Reytier, Christian Robert, Chantal D. Spitz, Christophe Augias, Adjé, Momo, Saïd Belharet, Claude Mesplède, Pierre Seguelas, Hervé Delouche et Corinne Naidet, pour leur confiance dès l'origine, Irina Volkonskii, Pierre Richard, Hélène Hervieu, Carmel Gherbi, Brigitte Lecanuet, Marion Venries de Laguillaumie, Raphaël Chauviteau, Vital et Dolorès Chauviteau, Maxime Casanove, François M., François Fl., Nadège

Ricouart, Bernard Friboulet, Loïc, Bertrand Wilmart, Monsieur Lamoureux et *Animations enfantines*, Jacques Genin, Sophie Vidal, François Pralus (Série Noire!), Laurence Cailler, Olivier et Nadette Baussan, André Ève, Guy Delbard, Pierre Hermé, Delphine Baussan, Catherine et Pierre Breton, Jean-Luc Poujauran, Alexandre Bader, Gaëlle et Richard Sève, Anne Ghisoli, Hervé Nègre, Natalia Calejo, René Ertoran, Fouad et Anne-Marie de Gepetto Vélos, Mohammed Lotfy, Franck Hériot, Jean-Christophe et Cécile Astier, Matthias et Emeric, Marie-Louise Meunier, Bruno Verjus, Stan, Matcha, Jean-Michel et Corinne Verjus, Henry et Morse Astier, *à vie*, les lecteurs, libraires et journalistes qui auront cru en *Quai des enfers*, le docteur Jean-Michel Besnard, le docteur Michel T. et son équipe, le docteur Herschkorn, la musique (Mike Patton, Schubert, Jane's Addiction, Stereophonics, Filter, Massive Attack, NIN, The Chemical Brothers, Metallica, The Prodigy, Rob Zombie, Alpinestars, Rammstein, Purcell, Adjé, Molecule, Soundgarden, Dälek, Chopin, entre autres), et tout le petit peuple sacré des SDF du pont Louis-Philippe, jusqu'au quai aux Fleurs (à la mémoire de James Bonnaud et de Mamie), et à mes amis.

Nemo et Bengali, aussi.

Et Gunwal Jegou, parce que je voudrais que tu sois encore là...

DU MÊME AUTEUR

Aux Éditions Gallimard

Dans la collection Série Noire

ANGLE MORT, 2012. Folio Policier n° 750.
QUAI DES ENFERS, 2010. Folio Policier n° 642.

Dans la collection Folio 2 €

PETIT ÉLOGE DE LA NUIT, 2014, n° 5819.

Composition: Nord Compo
Impression Novoprint
à Barcelone, le 26 décembre 2014
Dépôt légal : décembre 2014

ISBN 978-2-07-046252-0./Imprimé en Espagne.

274566